गुनाहों का देवता

मध्यवर्गीय जीवन की कहानी

डॉ. धर्मवीर भारती

जन्मशती-2024

गुनाहों का देवता

धर्मवीर भारती

वाणी प्रकाशन ग्रुप | भारतीय ज्ञानपीठ

वाणी प्रकाशन : भारतीय ज्ञानपीठ की पुस्तकों के एकमात्र प्रकाशक एवं वितरक

पाँचवाँ संस्करण : 1959
ग्यारहवाँ संस्करण : 1973
इक्कीसवाँ संस्करण : 1987
छब्बीसवाँ संस्करण : 1995
इकतीसवाँ संस्करण : 1998
छत्तीसवाँ संस्करण : 2000
इकतालीसवाँ संस्करण : 2003
छियालीसवाँ संस्करण : 2005
साठवाँ संस्करण : 2010
इकसठवाँ संस्करण : 2010
पैंसठवाँ संस्करण : 2011
उनहत्तरवाँ संस्करण : 2014
सत्तरवाँ संस्करण : 2015
इकहत्तरवाँ संस्करण : 2015
बहत्तरवाँ संस्करण : 2016
तिहत्तरवाँ संस्करण : 2017
पिचहत्तरवाँ संस्करण : 2019
छिहत्तरवाँ संस्करण : 2020
सतहत्तरवाँ संस्करण : 2021
अठहत्तरवाँ संस्करण : 2022
उन्यासीवाँ संस्करण : 2023
अस्सीवाँ संस्करण : 2023
इक्यासीवाँ संस्करण : 2024
बयासीवाँ संस्करण : 2024
तिरासीवाँ संस्करण : 2024
चौरासीवाँ संस्करण : 2025
पचासीवाँ संस्करण : 2025
छियासीवाँ संस्करण : 2025
सतासीवाँ संस्करण : 2025
अठासीवाँ संस्करण : 2025
नवासीवाँ संस्करण : 2025
नब्बेवाँ संस्करण : 2026

लोकोदय ग्रन्थमाला : ग्रन्थांक 79

वाणी प्रकाशन ग्रुप

4695, 21-ए, दरियागंज, नयी दिल्ली-110 002
फ़ोन : 011-23273167, 23275710
ईमेल : sales@vaniprakashan.in

गुनाहों का देवता

(उपन्यास)

धर्मवीर भारती

ISBN : 978-93-5518-244-9

Ninetieth Edition : 2026

Price : INR. 299

मुद्रक : एस.के. इंटरप्राइजेज, दिल्ली-110 093 में मुद्रित

GUNAHON KA DEVTA (Novel) *by* Dharmveer Bharti

मामाजी, लल्ली
और अपनी पद्मा जिज्जी
को

इस उपन्यास के नये संस्करण पर दो शब्द लिखते समय मैं समझ नहीं पा रहा हूँ कि क्या लिखूँ? अधिक-से-अधिक मैं अपनी हार्दिक कृतज्ञता उन सभी पाठकों के प्रति व्यक्त कर सकता हूँ जिन्होंने इसकी कलात्मक अपरिपक्वता के बावजूद इसको पसन्द किया है। मेरे लिए इस उपन्यास का लिखना वैसा ही रहा है जैसा पीड़ा के क्षणों में पूरी आस्था से प्रार्थना करने, और इस समय भी मुझे ऐसा लग रहा है जैसे मैं वह प्रार्थना मन-ही-मन दोहरा रहा हूँ, बस...

—**धर्मवीर भारती**

अगर पुराने जमाने की नगर-देवता की और ग्राम-देवता की कल्पनाएँ आज भी मान्य होतीं तो मैं कहता कि इलाहाबाद का नगर-देवता जरूर कोई रोमैंटिक कलाकार है। ऐसा लगता है कि इस शहर की बनावट, गठन, जिन्दगी और रहन-सहन में कोई बँधे-बँधाये नियम नहीं, कहीं कोई कसाव नहीं, हर जगह एक स्वच्छन्द खुलाव, एक बिखरी हुई-सी अनियमितता। बनारस की गलियों से भी पतली गलियाँ और लखनऊ की सड़कों से चौड़ी सड़कें। यार्कशायर और ब्राइटन के उपनगरों का मुकाबला करने वाले सिविल लाइन्स और दलदलों की गन्दगी को मात करने वाले मुहल्ले। मौसम में भी कहीं कोई सम नहीं, कोई सन्तुलन नहीं। सुबहें मलयजी, दोपहरें अंगारी, तो शामें रेशमी! धरती ऐसी कि सहारा के रेगिस्तान की तरह बालू भी मिले, मालवा की तरह हरे-भरे खेत भी मिलें और ऊसर और परती की भी कमी नहीं। सचमुच लगता है कि प्रयाग का नगर-देवता स्वर्ग-कुंजों से निर्वासित कोई मनमौजी कलाकार है जिसके सृजन में हर रंग के डोरे हैं।

और चाहे जो हो, मगर इधर क्वार, कार्तिक तथा उधर वसन्त के बाद और होली के बीच के मौसम से इलाहाबाद का वातावरण नैस्टर्शियम और पैंजी के फूलों से भी ज्यादा खूबसूरत और आम के बौरों की खुशबू से भी ज्यादा महकदार होता है। सिविल लाइन्स हो या अल्फ्रेड पार्क, गंगातट हो या खुसरूबाग, लगता है कि हवा एक नटखट दोशीजा की तरह कलियों के आँचल और लहरों के मिजाज से छेड़खानी करती चलती है। और अगर आप सर्दी से बहुत नहीं डरते तो आप ज़रा एक ओवरकोट डालकर सुबह-सुबह घूमने निकल जाएँ तो इन खुली हुई जगहों की फिजाँ इठलाकर आपको अपने जादू में बाँध लेगी। खासतौर से पौ फटने के पहले तो आपको एक बिल्कुल नयी अनुभूति होगी। वसन्त के नये-नये मौसमी फूलों के रंग से मुकाबला करने वाली हल्की सुनहली, बाल-सूर्य की अँगुलियाँ सुबह की राजकुमारी के गुलाबी वक्ष पर बिखरे हुए भौंराले गेसुओं को धीरे-धीरे हटाती जाती हैं और क्षितिज पर सुनहली तरुणाई बिखर पड़ती है।

एक ऐसी ही खुशनुमा सुबह थी, और जिसकी कहानी मैं कहने जा रहा हूँ, वह सुबह से भी ज्यादा मासूम युवक, प्रभाती गाकर फूलों को जगाने वाले देवदूत की तरह अल्फ्रेड पार्क के लॉन पर फूलों की सरजमीं के किनारे-किनारे घूम रहा था। कत्थई

स्वीटपी के रंग का पशमीने का लम्बा कोट, जिसका एक कालर उठा हुआ था और दूसरे कालर में सरो की एक पत्ती बटन होल में लगी हुई थी, सफेद मक्खन जीन की

पतली पैंट और पैरों में सफेद जरी की पेशावरी सैंडिलें, भरा हुआ गोरा चेहरा और ऊँचे चमकते हुए माथे पर झूलती हुई एक रूखी भूरी लट। चलते-चलते उसने एक रंग-बिरंगा गुच्छा इकट्ठा कर लिया था और रह-रह कर वह उसे सूँघ लेता था।

पूरब के आसमान की गुलाबी पाँखुरियाँ बिखरने लगी थीं और सुनहले पराग की एक बौछार सुबह के ताजे फूलों पर बिछ रही थी। "अरे सुबह हो गयी?" उसने चौंककर कहा और पास की एक बेंच पर बैठ गया। सामने से एक माली आ रहा था। "क्यों जी, लाइब्रेरी खुल गयी?" "अभी नहीं बाबूजी!" उसने जवाब दिया। वह फिर सन्तोष से बैठ गया और फूलों की पाँखुरियाँ नोचकर नीचे फेंकने लगा। जमीन पर बिछाने वाली सोने की चादर परतों पर परतें बिछाती जा रही थी और पेड़ों की छायाओं का रंग गहराने लगा था। उसकी बेंच के नीचे फूलों की चुनी हुई पत्तियाँ बिखरी थीं और अब उसके पास सिर्फ एक फूल बाकी रह गया था। हलके फालसई रंग के उस फूल पर गहरे बैंजनी डोरे थे।

"हलो कपूर!" सहसा किसी ने पीछे से कन्धे पर हाथ रखकर कहा, "यहाँ क्या झक मार रहे हो सुबह-सुबह?"

उसने मुड़कर पीछे देखा, "आओ, ठाकुर साहब! आओ बैठो यार, लाइब्रेरी खुलने का इन्तजार कर रहा हूँ।"

"क्यों, यूनिवर्सिटी लाइब्रेरी चाट डाली, अब इसे तो शरीफ लोगों के लिए छोड़ दो!"

"हाँ, हाँ, शरीफ लोगों ही के लिए छोड़ रहा हूँ; डॉक्टर शुक्ला की लड़की है न, वह इसकी मेम्बर बनना चाहती थी तो मुझे आना पड़ा, उसी का इन्तजार भी कर रहा हूँ।"

"डॉक्टर शुक्ला तो पॉलिटिक्स डिपार्टमेंट में हैं?"

"नहीं, गवर्नमेंट साइकोलॉजिकल ब्यूरो में।"

"और तुम पॉलिटिक्स में रिसर्च कर रहे हो?"

"नहीं, इकनॉमिक्स में!"

"बहुत अच्छे! तो उनकी लड़की को सदस्य बनवाने आये हो?" कुछ अजब स्वर में ठाकुर ने कहा।

"छि:!" कपूर ने हँसते हुए, कुछ अपने को बचाते हुए कहा, "यार, तुम जानते हो कि मेरा उनसे कितना घरेलू सम्बन्ध है। जब से मैं प्रयाग में हूँ, उन्हीं के सहारे हूँ और आजकल तो उन्हीं के यहाँ पढ़ता-लिखता भी हूँ...।"

ठाकुर साहब हँस पड़े, "अरे भाई, मैं डॉक्टर शुक्ला को जानता नहीं क्या? उनका-सा भला आदमी मिलना मुश्किल है। तुम सफाई व्यर्थ में दे रहे हो।"

ठाकुर साहब यूनिवर्सिटी के उन विद्यार्थियों में से थे जो बरायनाम विद्यार्थी होते हैं और कब तक वे यूनिवर्सिटी को सुशोभित करते रहेंगे, इसका कोई निश्चय नहीं। एक

अच्छे-खासे रुपये वाले व्यक्ति थे और घर के ताल्लुकेदार। हँसमुख, फब्तियाँ कसने में मजा लेने वाले, मगर दिल के साफ, निगाह के सच्चे। बोले–

"एक बात तो मैं स्वीकर करता हूँ कि तुम्हारी पढ़ाई का सारा श्रेय डॉ. शुक्ला को है! तुम्हारे घर वाले तो कुछ खर्चा भेजते नहीं?"

"नहीं, उनसे अलग ही होकर आया था। समझ लो कि इन्होंने किसी-न-किसी बहाने मदद की है।"

"अच्छा, आओ, तब तक लोटस-पोंड (कमल-सरोवर) तक ही घूम लें। फिर लाइब्रेरी भी खुल जाएगी!"

दोनों उठकर एक कृत्रिम कमल-सरोवर की ओर चल दिये जो पास ही में बना हुआ था। सीढ़ियाँ चढ़कर ही उन्होंने देखा कि एक सज्जन किनारे बैठे कमलों की ओर एकटक देखते हुए ध्यान में तल्लीन हैं। छिपकली से दुबले-पतले, बालों की एक लट माथे पर झूमती हुई—

"कोई प्रेमी हैं, या कोई फिलासफर हैं, देखा ठाकुर?"

"नहीं यार, दोनों से निकृष्ट कोटि के जीव हैं–ये कवि हैं। मैं इन्हें जानता हूँ। ये रवीन्द्र बिसरिया हैं। एम.ए. में पढ़ता है। आओ, मिलाएँ तुम्हें!"

ठाकुर साहब ने एक बड़ा-सा घास का तिनका तोड़कर पीछे से चुपके-से जाकर उसकी गरदन गुदगुदायी। बिसरिया चौंक उठा–पीछे मुड़कर देखा और बिगड़ गया–"यह क्या बदतमीजी है, ठाकुर साहब! मैं कितने गम्भीर विचारों में डूबा था।" और सहसा बड़े विचित्र स्वर में आँखें बन्द कर बिसरिया बोला, "आह! कैसा मनोरम प्रभात है! मेरी आत्मा में घोर अनुभूति हो रही थी...।"

कपूर बिसरिया की मुद्रा पर ठाकुर साहब की ओर देखकर मुसकराया और इशारे में बोला, "है यार शगल की चीज। छेड़ो ज़रा!"

ठाकुर साहब ने तिनका फेंक दिया और बोला, "माफ करना, भाई बिसरिया! बात यह है कि हम लोग कवि तो हैं नहीं, इसलिए समझ नहीं पाते। क्या सोच रहे थे तुम?"

बिसरिया ने आँखें खोलीं और एक गहरी साँस लेकर बोला, "मैं सोच रहा था कि आखिर प्रेम क्या होता है, क्यों होता है? कविता क्यों लिखी जाती है? फिर कविता के संग्रह उतने क्यों नहीं बिकते जितने उपन्यास या कहानी-संग्रह?"

"बात तो गम्भीर है।" कपूर बोला, "जहाँ तक मैंने समझा और पढ़ा है–प्रेम एक तरह की बीमारी होती है, मानसिक बीमारी, जो मौसम बदलने के दिनों में होती है, मसलन क्वार-कार्तिक या फागुन-चैत। उसका सम्बन्ध रीढ़ की हड्डी से होता है। और कविता एक तरह का सन्निपात होता है। मेरा मतलब आप समझ रहे हैं, मि. सिबरिया?"

“सिबरिया नहीं बिसरिया?” ठाकुर साहब ने टोका।

बिसरिया ने कुछ उजलत, कुछ परेशानी और कुछ गुस्से से उनकी ओर देखा और बोला, “क्षमा कीजिएगा, आप या तो फ्रायडवादी हैं या प्रगतिवादी और आपके विचार सर्वदा विदेशी हैं। मैं इस तरह के विचारों से घृणा करता हूँ...।”

कपूर कुछ जवाब देने ही वाला था कि ठाकुर साहब बोले, “अरे भाई, बेकार उलझ गये तुम लोग, पहले परिचय तो कर लो आपस में। ये हैं श्री चन्द्रकुमार कपूर, विश्वविद्यालय में रिसर्च कर रहे हैं और आप हैं श्री रवीन्द्र बिसरिया, इस वर्ष एम.ए. में बैठ रहे हैं। बहुत अच्छे कवि हैं।”

कपूर ने हाथ मिलाया और फिर गम्भीरता से बोला, “क्यों साहब, आपको दुनिया में और कोई काम नहीं रहा जो आप कविता करते हैं?”

बिसरिया ने ठाकुर साहब की ओर देखा और बोला, “ठाकुर साहब, यह मेरा अपमान है, मैं इस तरह के सवालों का आदी नहीं हूँ।” और उठ खड़ा हुआ।

“अरे बैठो-बैठो!” ठाकुर साहब ने हाथ खींचकर बिठा लिया, “देखो, कपूर का मतलब तुम समझे नहीं। उसका कहना यह है कि तुममें इतनी प्रतिभा है कि लोग तुम्हारी प्रतिभा का आदर करना नहीं जानते। इसलिए उन्होंने सहानुभूति में तुमसे कहा कि तुम और कोई काम क्यों नहीं करते। वरना कपूर साहब तुम्हारी कविता के बहुत शौकीन हैं। मुझसे बराबर तारीफ करते हैं।”

बिसरिया पिघल गया और बोला,“क्षमा कीजिएगा। मैंने गलत समझा, अब मेरा कविता-संग्रह छप रहा है, मैं आपको अवश्य भेंट करूँगा।” और फिर बिसरिया ठाकुर साहब की ओर मुड़कर बोला, “अब लोग मेरी कविताओं की इतनी माँग करते हैं कि मैं परेशान हो गया हूँ। अभी कल ‘त्रिवेणी’ के सम्पादक मिले। कहने लगे अपना चित्र दे दो। मैंने कहा कि कोई चित्र नहीं है तो पीछे पड़ गये। आखिरकार मैंने आइडेंटिटी कार्ड उठाकर दे दिया!”

“वाह!” कपूर बोला, “मान गये आपको हम! तो आप राष्ट्रीय कविताएँ लिखते हैं या प्रेम की?”

“जब जैसा अवसर हो!” ठाकुर साहब ने जड़ दिया, “वैसे तो यह वारफ्रंट का कवि-सम्मेलन, शराबबन्दी कॉन्फ्रेंस का कवि-सम्मेलन, शादी-ब्याह का कवि-सम्मेलन, साहित्य-सम्मेलन का कवि-सम्मेलन सभी जगह बुलाये जाते हैं। बड़ा यश है इनका!”

बिसरिया ने प्रशंसा से मुग्ध होकर देखा, मगर फिर एक गर्व का भाव मुँह पर लाकर गम्भीर हो गया।

कपूर थोड़ी देर चुप रहा, फिर बोला, “तो कुछ हम लोगों को भी सुनाइए न!”

"अभी तो मूड नहीं है।" बिसरिया बोला।

ठाकुर साहब बिसरिया को पिछले पाँच सालों से जानने थे, वे अच्छी तरह जानते थे कि बिसरिया किस समय और कैसे कविता सुनाता है। अत: बोले, "ऐसे नहीं कपूर, आज शाम को आओ। ज़रा गंगाजी चलें, कुछ बोटिंग रहे, कुछ खाना-पीना रहे तब कविता भी सुनना!"

कपूर को बोटिंग का बेहद शौक था। फौरन राजी हो गया और शाम का विस्तृत कार्यक्रम बन गया।

इतने में एक कार उधर से लाइब्रेरी की ओर गुजरी। कपूर ने देखा और बोला, "अच्छा, ठाकुर साहब, मुझे तो इजाजत दीजिए। अब चलूँ लाइब्रेरी में। वो लोग आ गये। आप कहाँ चल रहे हैं?"

"मैं ज़रा जिमखाने की ओर जा रहा हूँ। अच्छा भाई, तो शाम को पक्की रही।"

"बिल्कुल पक्की!" कपूर बोला और चल दिया।

लाइब्रेरी के पोर्टिको में कार रुकी थी और उसके अन्दर ही डॉक्टर साहब की लड़की बैठी थी।

"क्यों सुधा, अन्दर क्यों बैठी हो?"

"तुम्हें ही देख रही थी, चन्दर।" और वह उतर आयी। दुबली-पतली, नाटी-सी, साधारण-सी लड़की, बहुत सुन्दर नहीं, केवल सुन्दर, लेकिन बातचीत में बहुत दुलारी।

"चलो, अन्दर चलो।" चन्दर ने कहा।

वह आगे बढ़ी, फिर ठिठक गयी और बोली, "चन्दर, एक आदमी को चार किताबें मिलती हैं?"

"हाँ! क्यों?"

"तो...तो..." उसने बड़े भोलेपन से मुसकराते हुए कहा, "तो तुम अपने नाम से मेम्बर बन जाओ और दो किताबें हमें दे दिया करना बस, ज्यादा का हम क्या करेंगे?"

"नहीं!" चन्दर हँसा, "तुम्हारा तो दिमाग खराब है। खुद क्यों नहीं बनतीं मेम्बर?"

"नहीं, हमें शरम लगती है, तुम बन जाओ मेम्बर हमारी जगह पर।"

"पगली कहीं की!" चन्दर ने उसका कन्धा पकड़कर आगे ले चलते हुए कहा, "वाह रे शरम! अभी कल ब्याह होगा तो कहना, हमारी जगह तुम बैठ जाओ चन्दर! कॉलेज में पहुँच गयी लड़की; अभी शरम नहीं छूटी इसकी! चल अन्दर!"

और वह हिचकती, ठिठकती, झेंपती और मुड़-मुड़कर चन्दर की ओर रूठी हुई निगाहों से देखती हुई अन्दर चली गयी।

थोड़ी देर बाद सुधा चार किताबें लादे हुए निकली। कपूर ने कहा, "लाओ, मैं ले

लूँ!" तो बाँस की पतली टहनी की तरह लहराकर बोली, "सदस्य मैं हूँ। तुम्हें क्यों दूँ किताबें?" और जाकर कार के अन्दर किताबें पटक दीं। फिर बोली, "आओ, बैठो, चन्दर!"

"मैं अब घर जाऊँगा।"

"ऊँहूँ, यह देखो!" और उसने भीतर से कागजों का एक बंडल निकाला और बोली, "देखो, यह पापा ने तुम्हारे लिए दिया है। लखनऊ में कॉन्फ्रेंस है न। वहीं पढ़ने के लिए यह निबन्ध लिखा है उन्होंने। शाम तक यह टाइप हो जाना चाहिए। जहाँ संख्याएँ हैं वहाँ खुद आपको बैठकर बोलना होगा। और पापा सुबह से ही कहीं गये हैं। समझे जनाब!" उसने बिल्कुल अल्हड़ बच्चों की तरह गरदन हिलाकर शोख स्वरों में कहा।

कपूर ने बंडल ले लिया और कुछ सोचता हुआ बोला, "लेकिन डॉक्टर साहब का हस्तलेख, इतने पृष्ठ, शाम तक कौन टाइप कर देगा?"

"इसका भी इन्तजाम है" और अपने ब्लाउज में से एक पत्र निकालकर चन्दर के हाथ में देती हुई बोली, "यह कोई पापा की पुरानी ईसाई छात्रा है। टाइपिस्ट। इसके घर मैं तुम्हें पहुँचाये देती हूँ। मुकर्जी रोड पर रहती है यह। उसी के यहाँ टाइप करवा लेना और यह खत उसे दे देना।"

"लेकिन अभी मैंने चाय नहीं पी।"

"समझ गये, अब तुम सोच रहे होगे कि इसी बहाने सुधा तुम्हें चाय भी पिला देगी। सो मेरा काम नहीं है जो मैं चाय पिलाऊँ? पापा का काम है यह! चलो, आओ!"

चन्दर जाकर भीतर बैठ गया और किताबें उठाकर देखने लगा, "अरे, चारों कविता की किताबें उठा लायी—समझ में आएँगी तुम्हारे? क्यों, सुधा?"

"नहीं!" चिढ़ाते हुए सुधा बोली, "तुम कहो, तुम्हें समझा दें। इकनॉमिक्स पढ़ने वाले क्या जानें साहित्य?"

"अरे, मुकर्जी रोड पर ले चलो, ड्राइवर!" चन्दर बोला, "इधर कहाँ चल रहे हो?"

"नहीं, पहले घर चलो!" सुधा बोली, "चाय पी लो, तब जाना!"

"नहीं, मैं चाय नहीं पिऊँगा।" चन्दर बोला।

"चाय नहीं पिऊँगा, वाह! वाह!" सुधा की हँसी में दूधिया बचपन छलक उठा—"मुँह तो सूखकर गोभी हो रहा है, चाय नहीं पीएँगे।"

बँगला आया तो सुधा ने महराजिन से चाय बनाने के लिए कहा और चन्दर को स्टडी रूम में बिठाकर प्याले निकालने के लिए चल दी।

वैसे तो यह घर, यह परिवार चन्द्र कपूर का अपना हो चुका था; जब से वह अपनी माँ से झगड़कर प्रयाग भाग आया था पढ़ने के लिए, यहाँ आकर बी.ए. में भरती हुआ था और कम खर्च के खयाल से चौक में एक कमरा लेकर रहता था, तभी डॉक्टर शुक्ला उसके सीनियर टीचर थे और उसकी परिस्थितियों से अवगत थे। चन्दर की अँग्रेजी बहुत ही अच्छी थी और डॉ. शुक्ला उससे अक्सर छोटे-छोटे लेख लिखवाकर पत्रिकाओं में भिजवाते थे। उन्होंने कई पत्रों के आर्थिक स्तम्भ का काम चन्दर को दिलवा दिया था और उसके बाद चन्दर के लिए डॉ. शुक्ला का स्थान अपने संरक्षक और पिता से भी ज्यादा हो गया था। चन्दर शरमीला लड़का था, बेहद शरमीला, कभी उसने यूनिवर्सिटी के वजीफे के लिए भी कोशिश न की थी, लेकिन जब बी.ए. में वह सारी यूनिवर्सिटी में सर्वप्रथम आया तब स्वयं इकनॉमिक्स विभाग ने उसे यूनिवर्सिटी के आर्थिक प्रकाशनों का वैतनिक सम्पादक बना दिया था। एम.ए. में भी वह सर्वप्रथम आया और उसके बाद उसने रिसर्च ले ली। उसके बाद डॉ. शुक्ला यूनिवर्सिटी से हटकर ब्यूरो में चले गये थे। अगर सच पूछा जाय तो उसके सारे करियर का श्रेय डॉ. शुक्ला को था जिन्होंने हमेशा उसकी हिम्मत बढ़ायी और उसको अपने लड़के से बढ़कर माना। अपनी सारी मदद के बावजूद डॉ. शुक्ला ने उससे इतना अपनापन बनाये रखा कि कैसे धीरे-धीरे चन्दर सारी गैरियत खो बैठा; यह उसे खुद नहीं मालूम। यहा बँगला, इसके कमरे, इसके लॉन, इसकी किताबें, इसके निवासी, सभी कुछ जैसे उसके अपने थे और सभी का उससे जाने कितने जन्मों का सम्बन्ध था।

और यह नन्ही दुबली-पतनी रंगीन चन्द्रकिरन-सी सुधा। जब आज से वर्षों पहले यह सातवीं पास करके अपनी बुआ के पास से यहाँ आयी थी तब से लेकर आज तक कैसे वह भी चन्दर की अपनी होती गयी थी, इसे चन्दर खुद नहीं जानता था। जब वह आयी थी तब वह बहुत शरमीली थी, बहुत भोली थी, आठवीं में पढ़ने के बावजूद वह खाना खाते वक्त रोती थी, मचलती थी तो अपनी कॉपी फाड़ डालती थी और जब तक डॉक्टर साहब उसे गोदी में बिठाकर नहीं मनाते थी, वह स्कूल नहीं जाती थी। तीन बरस की अवस्था में ही उसकी माँ चल बसी थी और दस साल तक वह अपनी बुआ के पास एक गाँव में रही थी। अब तेरह वर्ष की होने पर गाँव वालों ने उसकी शादी पर जोर देना और शादी न होने पर गाँव की औरतों ने हाथ नचाना और मुँह मटकाना शुरू किया तो डॉक्टर साहब ने उसे इलाहाबाद बुलाकर आठवीं में भर्ती करा दिया। जब वह आयी थी तो आधी जंगली थी, तरकारी में घी कम होने पर वह महराजिन का चौका जूठा कर देती थी और रात में फूल तोड़कर न लाने पर अक्सर उसने माली को दाँत भी काट खाया था। चन्दर से जरूर वह बेहद डरती थी, पर न जाने क्यों चन्दर भी

उससे नहीं बोलता था। लेकिन जब दो साल तक उसके ये उपद्रव जारी रहे और अक्सर डॉक्टर साहब गुस्से के मारे उसे न साथ खिलाते थे और न उससे बोलते थे, तो वह रो-रोकर और सिर पटक-पटककर अपनी जान आधी कर देती थी। तब अक्सर चन्दर ने पिता और पुत्री का समझौता कराया था, अक्सर सुधा को डाँटा था, समझाया था, और सुधा, घर-भर से अल्हड़ पुरवाई और विद्रोही झोंके की तरह तोड़-फोड़ मचाती रहने वाली सुधा, चन्दर की आँख के इशारे पर सुबह की नसीम की तरह शान्त हो जाती थी। कब और क्यों उसने चन्दर के इशारों का यह मौन अनुशासन स्वीकार कर लिया था, यह उसे खुद नहीं मालूम था, और यह सभी कुछ इतने स्वाभाविक ढंग से, इतना अपने-आप होता गया कि दोनों में से कोई भी इस प्रक्रिया से वाकिफ नहीं था, कोई भी इसके प्रति जागरूक न था, दोनों का एक-दूसरे के प्रति अधिकार और आकर्षण इतना स्वाभाविक था जैसे शरद की पवित्रता या सुबह की रोशनी।

और मजा तो यह था कि चन्दर की शक्ल देखकर छिप जाने वाली सुधा इतनी ढीठ हो गयी कि उसका सारा विद्रोह, सारी झुँझलाहट, मिजाज की सारी तेजी, सारा तीखापन और सारा लड़ाई-झगड़ा, सभी की तरफ से हटकर चन्दर की ओर केन्द्रित हो गया था। वह विद्रोहिनी अब शान्त हो गयी थी। इतनी शान्त, इतनी सुशील, इतनी विनम्र, इतनी मिष्टभाषिणी कि सभी को देखकर ताज्जुब होता था, लेकिन चन्दर को देखकर जैसे उसका बचपन फिर लौट आता था और जब तक वह चन्दर को खिझाकर, छेड़कर लड़ नहीं लेती थी उसे चैन नहीं पड़ता था। अक्सर दोनों में अनबोला रहता था, लेकिन जब दो दिन तक दोनों मुँह फुलाये रहते थे और डॉक्टर साहब के लौटने पर सुधा उत्साह से उनको ब्यूरो का हाल नहीं पूछती थी और खाते वक्त दुलार नहीं दिखाती थी तो डॉक्टर साहब फौरन पूछते, "क्या... चन्दर से लड़ाई हो गयी क्या?" फिर वह मुँह फुलाकर शिकायत करती थी और शिकायतें भी क्या-क्या होती थीं, चन्दर ने उसकी हेड मिस्ट्रेस का नाम एलीफैंटा (श्रीमती हथिनी) रखा था, या चन्दर ने उसको डिबेट के भाषण के प्वाइंट नहीं बताये, या चन्दर कहता है कि सुधा की सखियाँ कोयला बेचती हैं और जब डॉक्टर साहब कहते हैं कि वह चन्दर को डाँट देंगे तो वह खुशी से फूल उठती और चन्दर के आने पर आँखें नचाती हुई चिढ़ाती थी, "कहो, कैसी डाँट पड़ी?"

वैसे सुधा अपने घर की पुरखिन थी। किस मौसम में कौन-सी तरकारी पापा को माफिक पड़ती है, बाजार में चीजों का क्या भाव है, नौकर चोरी तो नहीं करता, पापा कितने सोसायटियों के मेम्बर हैं, चन्दर के इकनॉमिक्स के कोर्स में क्या है, यह सभी उसे मालूम था। मोटर या बिजली बिगड़ जाने पर वह थोड़ी-बहुत इंजीनियरिंग भी कर लेती थी और मातृत्व का अंश तो उसमें इतना था कि हर नौकर और नौकरानी उससे

अपना सुख-दु:ख कह देते थे। पढ़ाई के साथ-साथ घर का सारा काम-काज करते हुए उसका स्वास्थ्य भी कुछ बिगड़ गया था और अपनी उम्र के हिसाब से कुछ अधिक शान्त, संयम, गम्भीर और बुजुर्ग थी, मगर अपने पापा और चन्दर, इन दोनों के सामने हमेशा उसका बचपन इठलाने लगता था। दोनों के सामने उसका हृदय उन्मुक्त था और स्नेह बाधाहीन।

लेकिन हाँ, एक बात थी। उसे जितना स्नेह और स्नेह-भरी फटकारें और स्वास्थ्य के प्रति चिन्ता अपने पापा से मिलती थी, वह सब बड़े नि:स्वार्थ भाव से वह चन्दर को दे डालती थी। खाने-पीने की जितनी परवाह उसके पापा उसकी रखते थे, न खाने पर या कम खाने पर उसे जितने दुलार से फटकारते थे, उतना ही खयाल वह चन्दर का रखती थी और स्वास्थ्य के लिए जो उपदेश उसे पापा से मिलते थे, उसे और भी स्नेह में पागकर वह चन्दर को दे डालती थी। चन्दर कै बजे खाना खाता है, यहाँ से जाकर घर पर कितनी देर पढ़ता है, रात को सोते वक्त दूध पीता है या नहीं, इन सबका लेखा-जोखा उसे सुधा को देना पड़ता, और जब कभी उसके खाने-पीने में कोई कमी रह जाती तो उसे सुधा की डाँट खानी ही पड़ती थी। पापा के लिए सुधा अभी बच्ची थी; और स्वास्थ्य के मामले में सुधा के लिए चन्दर अभी बच्चा था। और कभी-कभी तो सुधा की स्वास्थ्य-चिन्ता इतनी ज्यादा हो जाती थी कि चन्दर बेचारा जो खुद तन्दुरुस्त था, घबरा उठता था। एक बार सुधा ने कमाल कर दिया। उसकी तबीयत खराब हुई और डॉक्टर ने उसे लड़कियों का एक टॉनिक पीने के लिए बताया। इम्तहान में जब चन्दर कुछ दुबला-सा हो गया तो सुधा अपनी बची हुई दवा ले आयी। और लगी चन्दर से जिद करने कि "पियो इसे!" जब चन्दर ने किसी अखबार में उसका विज्ञापन दिखाकर बताया कि लड़कियों के लिए है, तब कहीं जाकर उसकी जान बची।

इसीलिए जब आज सुधा ने चाय के लिए कहा तो उसकी रूह काँप गयी क्योंकि जब कभी सुधा चाय बनाती थी तो प्याले के मुँह तक दूध भरकर उसमें दो-तीन चम्मच चाय का पानी डाल देती थी और अगर उसने ज्यादा स्ट्रांग चाय की माँग की तो उसे खालिस दूध पीना पड़ता था। और चाय के साथ फल और मेवा और खुदा जाने क्या-क्या, और उसके बाद सुधा का इसरार, न खाने पर सुधा का गुस्सा और उसे बाद की लम्बी-चौड़ी मनुहार; इस सबसे चन्दर बहुत घबराता था। लेकिन जब सुधा उसे स्टडी रूम में बिठाकर जल्दी से चाय बना लायी तो उसे मजबूर होना पड़ा, और बैठे-बैठे निहायत बेबसी से उसने देखा कि सुधा ने प्याले में दूध डाला और उसके बाद थोड़ी-सी चाय डाल दी। उसके बाद अपने प्याले में चाय डालकर और दो चम्मच दूध डालकर आप ठाठ से पीने लगी, और बेतकल्लुफी से दूधिया चाय का प्याला चन्दर के सामने खिसकाकर बोली, "पीजिए, नाश्ता आ रहा है।"

चन्दर ने प्याले को अपने सामने रखा और उसे चारों तरफ घुमाकर देखता रहा कि किस तरफ से उसे चाय का अंश मिल सकता है। जब सभी ओर से प्याले में क्षीरसागर नज़र आया तो उसने हारकर प्याला रख दिया।

"क्यों, पीते क्यों नहीं?" सुधा ने अपना प्याला रख दिया।

"पीएँ क्या? कहीं चाय भी हो?"

"तो और क्या खालिस चाय पीजिएगा? दिमागी काम करने वालों को ऐसी ही चाय पीनी चाहिए।"

"तो अब मुझे सोचना पड़ेगा कि मैं चाय छोड़ूँ या रिसर्च। न ऐसी चाय मुझे पसन्द, न ऐसा दिमागी काम!"

"लो, आपको विश्वास नहीं होता। मेरी क्लासफेलो है गेसू काजमी; सबसे तेज लड़की है, उसकी अम्मी उसे दूध में चाय उबालकर देती है।"

"क्या नाम है तुम्हारी सखी का?"

"गेसू!"

"बड़ा अच्छा नाम है!"

"और क्या! मेरी सबसे घनिष्ठ मित्र है और उतनी ही अच्छी है जितना अच्छा नाम!"

"जरूर-जरूर" मुँह बिचकाते हुए चन्दर ने कहा, "और उतनी ही काली होगी, जितने काले गेसू।"

"धत्, शरम नहीं आती किसी लड़की के लिए ऐसा कहते हुए!"

"और हमारे दोस्तों की बुराई करती हो तब?"

"तब क्या! वे तो सब हैं ही बुरे! अच्छा तो नाश्ता, पहले फल खाओ" और वह प्लेट में छील-छीलकर सन्तरा रखने लगी। इतने में ज्यों की वह झुककर एक गिरे हुए सन्तरे को नीचे से उठाने लगी कि चन्दर ने झट से उसका प्याला अपने सामने रख लिया और अपना प्याला उधर रख दिया और शान्त चित्त से पीने लगा। सन्तरे की फाँकें उसकी ओर बढ़ाते हुए ज्यों ही उसने एक घूँट चाय ली तो वह चौंककर बोली, "अरे, यह क्या हुआ?"

"कुछ नहीं, हमने उसमें दूध डाल दिया। तुम्हें दिमागी काम बहुत रहता है!" चन्दर ने ठाठ से चाय घूँटते हुए कहा। सुधा कुढ़ गयी। कुछ बोली नहीं। चाय खत्म करके चन्दर ने घड़ी देखी।

"अच्छा लाओ, क्या टाइप कराना है? अब बहुत देर हो रही है।"

"बस यहाँ तो एक मिनट बैठना बुरा लगता है आपको! हम कहते हैं कि नाश्ते और खाने के वक्त आदमी को जल्दी नहीं करनी चाहिए। बैठिए न!"

"अरे, तो तुम्हें कॉलेज की तैयारी नहीं करनी है?"

"करनी क्यों नहीं है। आज तो गेसू को मोटर पर लेते हुए तब जाना है!"

"तुम्हारी गेसू और कभी मोटर पर चढ़ी है?"

"जी, वह साबिर हुसैन काजमी की लड़की है, उसके यहाँ दो मोटरें हैं और रोज तो उसके यहाँ दावतें होती रहती हैं।"

"अच्छा, हमारी तो दावत कभी नहीं की?"

"अहा हा, गेसू के यहाँ दावत खाएँगे! इसी मुँह से! जनाब उसकी शादी भी तय हो गयी है, अगले जाड़ों तक शायद हो भी जाय।"

"छिः, बड़ी खराब लड़की हो! कहाँ रहता है ध्यान तुम्हारा?"

सुधा ने मजाक में पराजित कर बहुत विजय-भरी मुसकान से उसकी ओर देखा। चन्दर ने झेंपकर निगाह नीची कर ली तो सुधा पास आकर चन्दर का कन्धा पकड़कर बोली–"अरे उदास हो गये, नहीं भइया, तुम्हारा भी ब्याह तय कराएँगे, घबराते क्यों हो!" और एक मोटी-सी इकनॉमिक्स की किताब उठाकर बोली, "लो, इस मुटकी से ब्याह करोगे! लो बातचीत कर लो, तब तक मैं वह निबन्ध ले आऊँ, टाइप कराने वाला।"

चन्दर ने खिसियाकर बड़ी जोर से सुधा का हाथ दबाया। "हाय रे!" सुधा ने हाथ छुड़ाकर मुँह बनाते हुए कहा, "लो बाबा, हम जा रहे हैं, काहे बिगड़ रहे हैं आप?" और वह चली गयी! डॉक्टर साहब का लिखा हुआ निबन्ध उठा लायी और बोली, "लो, यह निबन्ध की पाण्डुलिपि है।" उसके बाद चन्दर की ओर बड़े दुलार से देखती हुई बोली, "शाम को आओगे?"

"न!"

"अच्छा, हम परेशान नहीं करेंगे। तुम चुपचाप पढ़ना। जब रात को पापा आ जाएँ तो उन्हें निबन्ध की प्रतिलिपि देकर चले जाना!"

"नहीं, आज शाम को मेरी दावत है ठाकुर साहब के यहाँ।"

"तो उसके बाद आ जाना। और देखो, अब फरवरी आ गयी है, मास्टर ढूँढ़ दो हमें।"

"नहीं, ये सब झूठी बात है। हम कल सुबह आएँगे।"

"अच्छा, तो सुबह जल्दी आना और देखो, मास्टर लाना मत भूलना। ड्राइवर तुम्हें मुकर्जी रोड पहुँचा देगा।"

वह कार में बैठ गया और कार स्टार्ट हो गयी कि फिर सुधा ने पुकारा। वह फिर उतरा। सुधा बोली, "लो, यह लिफाफा तो भूल ही गये थे। पापा ने लिख दिया है। उसे दे देना।"

"अच्छा।" कहकर फिर चन्दर चला कि फिर सुधा ने पुकारा, "सुनो!"

"एक बार में क्यों नहीं कह देती सब!" चन्दर ने झल्लाकर कहा।

"अरे बड़ी गम्भीर बात है। देखो, वहाँ कुछ ऐसी-वैसी बात मत कहना लड़की से, वरना उसके यहाँ दो बड़े-बड़े बुलडॉग हैं।" कहकर उसने गाल फुलाकर, आँख फैलाकर ऐसी बुलडॉग की भंगिमा बनायी कि चन्दर हँस पड़ा। सुधा भी हँस पड़ी।

ऐसी थी सुधा, और ऐसा था चन्दर।

सिविल लाइन्स के एक उजाड़ हिस्से में एक पुराने-से बँगले के सामने आकर मोटर रुकी। बँगले का नाम था 'रोज़लान' लेकिन सामने के कम्पाउंड में जंगली घास उग रही थी और गुलाब के फूलों के बजाय अहाते में मुरगी के पंख बिखरे पड़े थे। रास्ते पर भी घास उग आयी थी और फाटक पर, जिसके एक खम्भे की कॉर्निस टूट चुकी थी, बजाय लोहे के दरवाजे के दो आड़े बाँस लगे हुए थे। फाटक के एक ओर एक छोटा-सा लकड़ी का नामपटल लगा था, जो कभी काला रहा होगा, लेकिन जिसे धूल, बरसात और हवा ने चितकबरा बना दिया था। चन्दर मोटर से उतरकर उस बोर्ड पर लिखे हुए अधमिटे सफेद अक्षरों को पढ़ने की कोशिश करने लगा, और जाने किसका मुँह देखकर सुबह उठा था कि उसे सफलता भी मिल गयी। उस पर लिखा था, 'ए.एफ. डिक्रूज'। उसने जेब से लिफाफा निकाला और पता मिलाया। लिफाफे पर लिखा था, 'मिस पी. डिक्रूज'। यही बँगला है, उसे सन्तोष हुआ।

"हॉर्न दो!" उसने ड्राइवर से कहा। ड्राइवर ने हॉर्न दिया। लेकिन किसी का बाहर आना तो दूर, एक मुरगा, जो अहाते में कुड़कुड़ा रहा था, उसने मुड़कर बड़े सन्देह और त्रास से चन्दर की ओर देखा और उसके बाद पंख फड़फड़ाते हुए, चीखते हुए जान छोड़कर भागा। "बड़ा मनहूस बँगला है, यहाँ आदमी रहते हैं या प्रेत?" कपूर ने ऊबकर कहा और ड्राइवर से बोला, "जाओ तुम, हम अन्दर जाकर देखते हैं!"

"अच्छा हुजूर, सुधा बीबी से क्या कह देंगे?"

"कह देना, पहुँचा दिया।"

कार मुड़ी और कपूर बाँस फाँदकर अन्दर घुसा। आगे का पोर्टिको खाली पड़ा था और नीचे की जमीन ऐसी थी जैसे कई साल से उस बँगले में कोई सवारी गाड़ी न आयी हो। वह बरामदे में गया। दरवाजे बन्द थे और उन पर धूल जमी थी। एक जगह चौखट और दरवाजे के बीच में मकड़ी ने जाला बुन रखा था। 'यह बँगला खाली है क्या?' कपूर ने सोचा। सुबह साढ़े आठ बजे ही वहाँ ऐसा सन्नाटा छाया था कि दिल घबरा जाय। आसपास चारों ओर आधी फर्लांग तक कोई बँगला नहीं था। उसने सोचा

बँगले के पीछे की ओर शायद नौकरों की झोंपड़ियाँ हों। वह दायें बाजू से मुड़ा और खुशबू का एक तेज झोंका उसे चूमता हुआ निकल गया। 'ताज्जुब है, यह सन्नाटा, यह मनहूसी और इतनी खुशबू!' कपूर ने कहा और आगे बढ़ा तो देखा कि बँगले के पिछवाड़े गुलाब का एक बहुत खूबसूरत बाग है। कच्ची रविशें और बड़े-बड़े गुलाब, हर रंग के। वह सचमुच 'रोज़लान' था।

वह बाग में पहुँचा। उधर से भी बँगले के दरवाजे बन्द थे। उसने खटखटाया लेकिन कोई जवाब नहीं मिला। वह बाग में घुसा कि शायद कोई माली काम कर रहा हो। बीच-बीच में ऊँचे-ऊँचे जंगली चमेली के झाड़ थे और कहीं-कहीं लोहे की छड़ों के कटघरे। बेगमबेलिया भी फूल रही थी लेकिन चारों ओर एक अजब-सा सन्नाटा था और हर फूल पर किसी खामोशी के फरिश्ते की छाँह थी। फूलों में रंग था, हवा में ताजगी थी, पेड़ों में हरियाली थी, झोंकों में खुशबू थी, लेकिन फिर भी सारा बाग एक ऐसे सितारों का गुलदस्ता लग रहा था जिनकी चमक, जिनकी रोशनी और जिनकी ऊँचाई लुट चुकी हो। लगता था जैसे बाग का मालिक मौसमी रंगीनी भूल चुका हो, क्योंकि नैस्टर्शियम या स्वीटपी या फ्लाक्स, कोई भी मौसमी फूल न था, सिर्फ गुलाब थे और जंगली चमेली थी और बेगमबेलिया थी जो सालों पहले बोये गये थे। उसके बाद उन्हीं की काट-छाँट पर बाग चल रहा था। बागवानी में कोई नवीनता और मौसम का उल्लास न था।

चन्दर फूलों का बेहद शौकीन था। सुबह घूमने के लिए उसने दरिया किनारे के बजाय अल्फ्रेड पार्क चुना था क्योंकि पानी की लहरों के बजाय उसे फूलों के बाग के रंग और सौरभ की लहरों से बेहद प्यार था। और उसे दूसरा शौक था कि फूलों के पौधों के पास से गुजरते हुए हर फूल को समझने की कोशिश करना। अपनी नाजुक टहनियों पर हँसते-मुसकराते हुए ये फूल जैसे अपने रंगों की बोली में आदमी से जिन्दगी का जाने कौन-सा राज कहना चाहते हैं। और ऐसा लगता है कि जैसे हर फूल के पास अपना व्यक्तिगत सन्देश है जिसे वह अपने दिल की पाँखुरियों में आहिस्ते से सहेज कर रखे हुए हैं कि कोई सुनने वाला मिले और वह अपनी दास्ताँ कह जाए। पौधे की ऊपरी फुनगी पर मुसकराता हुआ आसमान की तरफ मुँह किये हुए यह गुलाब जो रात-भर सितारों की मुसकराहट चुपचाप पीता रहा है, यह अपने मोतियों-पाँखुरियों के होंठों से जाने क्यों खिलखिलाता ही जा रहा है। जाने इसे कौन-सा रहस्य मिल गया है। और वह एक नीचे वाली टहनी का आधा झुका हुआ गुलाब, झुकी हुई पलकों-सी पाँखुरियाँ और दोहरे मखमली तार-सी उसकी डंडी, यह गुलाब जाने क्यों उदास है? और यह दुबली-पतली लम्बी-सी नाजुक कली जो बहुत सावधानी से हरा आँचल लपेटे है और

प्रथम ज्ञात-यौवना की तरह लाज में जो सिमटी तो सिमटी ही चली जा रही है, लेकिन जिसके यौवन की गुलाबी लपटें सात हरे परदों में से झलकी ही पड़ती हैं, झलकी ही पड़ती हैं। और फारस के शाहजादे जैसा शान से खिला हुआ पीला गुलाब! उस पीले गुलाब के पास आकर चन्दर रुक गया और झुककर देखने लगा। कातिक पूनो के चाँद से झरनेवाले अमृत को पीने के लिए व्याकुल किसी सुकुमार, भावुक परी की फैली हुई अंजलि के बराबर बड़ा-सा वह फूल जैसे रोशनी बिखेर रहा था। बेगमबेलिया के कुंज से छनकर आने वाली तोतापंखी धूप ने जैसे उस पर धान-पान की तरह खुशनुमा हरियाली बिखेर दी थी। चन्दर ने सोचा, उसे तोड़ ले लेकिन हिम्मत न पड़ी। वह झुका कि उसे सूँघ ही ले। सूँघने के इरादे से उसने हाथ बढ़ाया ही था कि किसी ने पीछे से गरजकर कहा, "हीयर यू आर, आई हैव काट रेड हैंडेड टुडे!" (यह तुम हो; आज तुम्हें मौके पर पकड़ पाया हूँ)

और उसके बाद किसी ने अपने दोनों हाथों में जकड़ लिया और उसकी गरदन पर सवार हो गया। वह उछल पड़ा और अपने को छुड़ाने की कोशिश करने लगा। पहले तो वह कुछ समझ नहीं पाया। अजब रहस्यमय है यह बँगला। एक अव्यक्त भय और एक सिहरन में उसके हाथ-पाँव ढीले हो गये। लेकिन उसने हिम्मत करके अपना एक हाथ छुड़ा लिया और मुड़कर देखा तो एक बहुत कमजोर, बीमार-सा, पीली आँखों वाला गोरा उसे पकड़े हुए था। चन्दर के दूसरे हाथ को फिर पकड़ने की कोशिश करता हुआ वह हाँफता हुआ बोला (अँग्रेजी में) "रोज-रोज यहाँ से फूल गायब होते थे। मैं कहता था, कहता था, कौन ले जाता है। हो...हो...", वह हाँफता जा रहा था, "आज मैंने पकड़ा तुम्हें। रोज चुपके से चले जाते थे..." वह चन्दर को कसकर पकड़े था लेकिन उस बीमार गोरे की साँस जैसे छूटी जा रही थी। चन्दर ने उसे झटका देकर धकेल दिया और डाँटकर बोला, "क्या मतलब है तुम्हारा! पागल है क्या! खबरदार जो हाथ बढ़ाया, अभी ढेर कर दूँगा तुझे! गोरा सूअर?" और उसने अपनी आस्तीनें चढ़ायीं।

वह धक्के से गिर गया था, धूल झाड़ते उठ बैठा और बड़ी ही रोनी आवाज में बोला, "कितना जुल्म है, कितना जुल्म है! मेरे फूल भी तुम चुरा ले गये और मुझे इतना हक भी नहीं कि तुम्हें धमकाऊँ! अब तुम मुझसे लड़ोगे! तुम जवान हो, मैं बूढ़ा हूँ। हाय रे मैं!" और सचमुच वह जैसे रोने लगा हो।

चन्दर ने उसका रोना देखा और उसका सारा गुस्सा हवा हो गया और हँसी रोककर बोला, "गलतफहमी है, जनाब! मैं बहुत दूर रहता हूँ। मैं चिट्ठी लेकर मिस डिक्रूज से मिलने आया था।"

उसका रोना नहीं रुका, "तुम बहाना बनाते हो, बहाना बनाते हो और अगर मैं विश्वास नहीं करता तो तुम मारने की धमकी देते हो? अगर मैं कमजोर न होता... तो तुम्हें पीसकर खा जाता और तुम्हारी खोपड़ी कुचलकर फेंक देता जैसे तुमने मेरे फूल फेंके होंगे?"

"फिर तुमने गाली दी! मैं उठाकर तुम्हें अभी नाले में फेंक दूँगा!"

"अरे बाप रे! दौड़ो, दौड़ो, मुझे मार डाला...पापी...टामी...अरे दोनों कुत्ते मर गये...।" उसने डर के मारे चीखना शुरू किया।

"क्या है, बर्टी? क्यों चिल्ला रहे हो?" बाथरूम के अन्दर से किसी ने चिल्लाकर कहा।

"अरे मार डाला इसने...दौड़ो-दौड़ो!"

झटके से बाथरूम का दरवाजा खुला बेदिङ् गाउन पहने हुए एक लड़की दौड़ती हुई आयी और चन्दर को देखकर रुक गयी।

"क्या है?" उसने डाँटकर पूछा।

"कुछ नहीं, शायद पागल मालूम देता है!"

"जबान सँभालकर बोलो, वह मेरा भाई है!"

"ओह! कोई भी हो। मैं मिस डिक्रूज से मिलने आया था। मैंने आवाज दी तो कोई नहीं बोला। मैं बाग में घूमने लगा। इतने में इसने मेरी गरदन पकड़ ली। यह बीमार और कमजोर है वरना अभी गरदन दबा देता।"

गोरा उस लड़की के आते ही फिर तनकर खड़ा हो गया और दाँत पीसकर बोला, "अरे मैं तुम्हारे दाँत तोड़ दूँगा। बदमाश कहीं का, चुपके-चुपके आया और गुलाब तोड़ने लगा। मैं चमेली की झाड़ के पीछे छिपा देख रहा था।"

"अभी मैं पुलिस बुलाती हूँ, तुम देखते रहो बर्टी इसे। मैं फोन करती हूँ।" लड़की ने डाँटते हुए कहा।

"अरे भाई, मैं मिस डिक्रूज से मिलने आया हूँ।"

"मैं तुम्हें नहीं जानती, झूठा कहीं का। मैं मिस डिक्रूज हूँ।"

"देखिए तो यह खत!"

लड़की ने खत खोला और पढ़ा और एकदम उसने आवाज बदल दी।

"छि: बर्टी, तुम किसी दिन पागलखाने जाओगे। आपको डॉ. शुक्ला ने भेजा है। तुम तो मुझे बदनाम करा डालोगे!"

उसकी शक्ल और भी रोनी हो गयी, "मैं नहीं जानता था, मैं जानता नहीं था।" उसने और भी घबराकर कहा।

"माफ कीजिएगा!" लड़की ने बड़े मीठे स्वर में साफ हिन्दुस्तानी में कहा, "मेरे भाई का दिमाग ज़रा ठीक नहीं रहता, जब से इनकी पत्नी की मौत हो गयी।"

"इसका मतलब ये नहीं कि ये किसी भले आदमी की इज्जत उतार लें।" चन्दर ने बिगड़कर कहा।

"देखिए, बुरा मत मानिए। मैं इनकी ओर से माफी माँगती हूँ। आइए, अन्दर चलिए।" उसने चन्दर का हाथ पकड़ लिया। उसका हाथ बेहद ठंडा था। वह नहाकर आ रही थी। उसके हाथ के उस तुषार स्पर्श से चन्दर सिहर उठा और उसने हाथ झटककर कहा, "अफसोस, आपका हाथ तो बर्फ है?"

लड़की चौंक गयी। वह सद्य:स्नाता सहसा सचेत हो गयी और बोली, "अरे शैतान तुम्हें ले जाए, बर्टी! तुम्हारे पीछे मैं बेदिङ् गाउन में भाग आयी।" और बेदिङ् गाउन के दोनों कालर पकड़कर उसने अपनी खुली गरदन ढँकने का प्रयास किया और फिर अपनी पोशाक पर लज्जित होकर भागी।

अभी तक गुस्से के मारे चन्दर ने उस पर ध्यान नहीं दिया था। लेकिन उसने देखा कि वह तेईस बरस की दुबली-पतली तरुणी है। लहराता हुआ बदन, गले तक कटे हुए बाल। एंग्लो इंडियन होने के बावजूद गोरी नहीं है। चाय की तरह वह हल्की, पतली, भूरी और तुर्श थी। भागते वक्त ऐसी लग रही थी, जैसे छलकती हुई चाय।

इतने में वह गोरा उठा और चन्दर का कन्धा छूकर बोला, "माफ करना, भाई! उससे मेरी शिकायत मत करना। असल में ये गुलाब मेरी मृत पत्नी की यादगार हैं। जब इनका पहले पेड़ आया था तब मैं इतना ही जवान था जितने तुम, और मेरी पत्नी उतनी ही अच्छी थी जितनी पम्मी।"

"कौन पम्मी?"

"यह मेरी बहन प्रमिला डिक्रूज!"

"ओह! कब मरी आपकी पत्नी? माफ कीजिएगा मुझे भी मालूम नहीं था!"

"हाँ, मैं बड़ा अभागा हूँ। मेरा दिमाग कुछ खराब है; देखिए!" कहकर उसने झुककर अपनी खोपड़ी चन्दर के सामने कर दी और बहुत गिड़गिड़ाकर बोला, "पता नहीं कौन मेरे फूल चुरा ले जाता है! अपनी पत्नी की मृत्यु के बाद पाँच साल से मैं इन फूलों को सँभाल रहा हूँ। हाय रे मैं! जाइए, पम्मी बुला रही है।"

पिछवाड़े के सहन का बीच का दरवाजा खुल गया था और पम्मी कपड़े पहनकर बाहर झाँक रही थी। चन्दर आगे बढ़ा और गोरा मुड़कर अपने गुलाब और चमेली की झाड़ी में खो गया। चन्दर गया और कमरे में पड़े हुए सोफा पर बैठ गया। पम्मी ट्वायलेट

कर चुकी थी और एक हल्की फ्रांसीसी खुशबू से महक रही थी। शैम्पू से धुले हुए रूखे बाल जो मचले पड़ रहे थे, खुशनुमा आसमानी रंग का एक पतला चिपका हुआ झीना ब्लाउज और ब्लाउज पर एक फ्लैनेल का फुलपैंट जिसके दो गेलिस कमर, छाती और कन्धे पर चिपके हुए थे। होंठों पर एक हल्की लिपस्टिक की झलक मात्र थी, और गले तक बहुत हल्का पाउडर, जो बहुत नजदीक से ही मालूम होता था। लम्बे नाखूनों पर हल्की गुलाबी पेंट। वह आयी, निस्संकोच भाव से उसी सोफे पर कपूर के बगल में बैठ गयी और बड़ी मुलायम आवाज में बोली, "मुझे बड़ा दु:ख है, मिस्टर कपूर! आपको बहुत तवालत उठानी पड़ी। चोट तो नहीं आयी?"

"नहीं नहीं, कोई बात नहीं!" कपूर का सारा गुस्सा हवा हो गया। कोई भी लड़की नि:संकोच भाव से, इतनी अपनायत से सहानुभूति दिखाये और माफी माँगे, तो उसके सामने कौन पानी-पानी नहीं हो जाएगा, और फिर वह भी तब जबकि उसके होंठों पर न केवल बोली अच्छी लगती हो, वरन् लिपस्टिक भी इतनी प्यारी हो। लेकिन चन्दर की एक आदत थी। और चाहे कुछ न हो, कम-से-कम वह यह अच्छी तरह जानता था कि नारी जाति से व्यवहार करते समय कहाँ पर कितनी ढील देनी चाहिए, कितना कसना चाहिए, कब सहानुभूति से उन्हें झुकाया जा सकता है, कब अकड़कर। इस वक्त जानता था कि इस लड़की से वह जितनी सहानुभूति चाहे, ले सकता है, अपने अपमान के हर्जाने के तौर पर। इसलिए कपूर साहब बोले, "लेकिन मिस डिक्रूज, आपके भाई बीमार होने के बावजूद बहुत मजबूत हैं। उफ! गरदन पर जैसे अभी तक जलन हो रही है।"

"ओहो! सचमुच मैं बहुत शर्मिन्दा हूँ। देखूँ!" और कालर हटाकर उसने गरदन पर अपनी बर्फीली अँगुलियाँ रख दीं, "लाइए, लोशन मल दूँ मैं!"

"धन्यवाद धन्यवाद, इतना कष्ट न कीजिए। आपकी अँगुलियाँ गन्दी हो जाएँगी!" कपूर ने बड़ी शालीनता से कहा।

पम्मी के होंठों पर एक हल्की-सी मुसकराहट, आँखों में हल्की-सी लाज और वक्ष में एक हल्का-सा कम्पन दौड़ गया। यह वाक्य कपूर ने चाहे शरारत में ही कहा हो, लेकिन कहा इतने शान्त और संयत स्वरों में कि पम्मी कुछ प्रतिवाद भी न कर सकी और फिर छह बरस से साठ बरस तक की कौन ऐसी स्त्री है जो अपने रूप की प्रशंसा पर बेहाश न हो जाए।

"अच्छा लाइए, वह स्पीच कहाँ है जो मुझे टाइप करनी है।" उसने विषय बदलते हुए कहा।

"यह लीजिए।" कपूर ने दे दी।

"यह तो मुश्किल से तीन-चार घण्टे का काम है?" और पम्मी स्पीच को उलट-पुलटकर देखने लगी।

"माफ कीजिएगा, अगर मैं कुछ व्यक्तिगत सवाल पूछूँ; क्या आप टाइपिस्ट हैं!" कपूर ने बहुत शिष्टता से पूछा।

"जी नहीं!" पम्मी ने उन्हीं कागजों पर नज़र गड़ाते हुए कहा, "मैंने कभी टाइपिंग और शार्टहैंड सीखी थी, और तब मैं सीनियर कैम्ब्रिज पास करके यूनिवर्सिटी गयी थी। यूनिवर्सिटी मुझे छोड़नी पड़ी, क्योंकि मैंने अपनी शादी कर ली।"

"अच्छा, आपके पति कहाँ हैं?"

"रावलपिंडी में, आर्मी में।"

"लेकिन फिर आप डिक्रूज क्यों लिखती हैं, और फिर मिस?"

"क्योंकि हम लोग अलग हो गये हैं।" और स्पीच के कागज को फिर तह करती हुई बोली–

"मिस्टर कपूर, आप अविवाहित हैं?"

"जी हाँ?"

"और विवाह करने का इरादा तो नहीं रखते?"

"नहीं।"

"बहुत अच्छे। तब तो हम लोगों में निभ जाएगी। मैं शादी से बहुत नफरत करती हूँ। शादी अपने को दिया जानेवाला सबसे पड़ा धोखा है। देखिए, ये मेरे भाई हैं न, कैसे पीले और बीमार-से हैं। ये पहले बड़े तन्दुरुस्त और टेनिस में प्रान्त के अच्छे खिलाड़ियों में से थे। एक बिशप की दुबली-पतली भावुक लड़की से इन्होंने शादी कर ली, और उसे बेहद प्यार करते थे। सुबह-शाम, दोपहर, रात कभी उसे अलग नहीं होने देते थे। हनीमून के लिए उसे लेकर सीलोन गये थे। वह लड़की बहुत कलाप्रिय थी। बहुत अच्छा नाचती थी, बहुत अच्छा गाती थी और खुद गीत लिखती थी। यह गुलाब का बाग उसी ने बनवाया था और इन्हीं के बीच में दोनों बैठकर घंटों गुजार देते थे।

"कुछ दिनों बाद दोनों में झगड़ा हुआ। क्लब में बॉल डांस था और उस दिन वह लड़की बहुत अच्छी लग रही थी। बहुत अच्छी। डांस के वक्त इनका ध्यान डांस की तरफ कम था, अपनी पत्नी की तरफ ज्यादा। इन्होंने आवेश में उसकी अँगुलियाँ जोर से दबा दीं। वह चीख पड़ी और सभी इन लोगों की ओर देखकर हँस पड़े।

"वह घर आयी और बहुत बिगड़ी, बोली, 'आप नाच रहे थे या टेनिस का मैच

खेल रहे थे, मेरा हाथ था या टेनिस का रैकट?' इस बात पर बर्टी भी बिगड़ गया, और उस दिन से जो इन लोगों में खटकी तो फिर कभी न बनी। धीरे-धीरे वह लड़की एक सार्जेंट को प्यार करने लगी। बर्टी को इतना सदमा हुआ कि वह बीमार पड़ गया। लेकिन बर्टी ने तलाक नहीं दिया, उस लड़की से कुछ कहा भी नहीं, और उस लड़की ने सार्जेंट से प्यार जारी रखा लेकिन बीमारी में बर्टी की बहुत सेवा की। बर्टी अच्छा हो गया। उसके बाद उसको एक बच्ची हुई और उसी में वह मर गयी। हालाँकि हम लोग सब जानते हैं कि वह बच्ची उस सार्जेंट की थी लेकिन बर्टी को यकीन नहीं होता कि वह सार्जेंट को प्यार करती थी। वह कहता है, 'यह दूसरे को प्यार करती होती तो मेरी इतनी सेवा कैसे कर सकती थी भला!' उस बच्ची का नाम बर्टी ने रोज रखा। और उसे लेकर दिनभर उन्हीं गुलाब के पेड़ों की बीच में बैठा करता था जैसे अपनी पत्नी को लेकर बैठता था। दो साल बाद बच्ची को साँप ने काट लिया, वह मर गयी और तब से बर्टी का दिमाग ठीक नहीं रहता। खैर, जाने दीजिए। आइए, अपना काम शुरू करें। चलिए, अन्दर के स्टडी-रूप में चलें!"

"चलिए!" चन्दर बोला। और पम्मी के पीछे-पीछे चल दिया। मकान बहुत बड़ा था और पुराने अँग्रेजों के ढंग पर सजा हुआ था। बाहर से जितना पुराना और गन्दा नज़र आता था, अन्दर से उतना ही आलीशान और सुथरा। ईस्ट इंडिया कम्पनी के जमाने की छाप थी अन्दर। यहाँ तक कि बिजली लगने के बावजूद अन्दर पुराने बड़े-बड़े हाथ से खींचे जाने वाले पंखे लगे थे। दो कमरों को पार कर वे लोग स्टडी-रूम में पहुँचे। बड़ा-कमरा जिसमें चारों तरफ आलमारियों में किताबें सजी हुई थीं। चार कोने में चार मेजें लगी हुई थीं जिनमें कुछ बस्ट और कुछ तस्वीरें स्टैंड के सहारे रखी हुई थीं। एक आलमारी में नीचे खाने में टाइपराइटर रखा था। पम्मी ने बिजली जला दी और टाइपराइटर खोल कर साफ करने लगी। चन्दर घूमकर किताबें देखने लगा। एक कोने में कुछ मराठी की किताबें रखी थीं। उसे बड़ा ताज्जुब हुआ–"अच्छा पम्मी, ओह, माफ कीजिएगा, मिस डिक्रूज..."

"नहीं, आप मुझे पम्मी पुकार सकते हैं। मुझे यही नाम अच्छा लगता है–हाँ, क्या पूछ रहे थे आप?"

"क्या आप मराठी भी जानती हैं?"

"नहीं, मैं तो नहीं, मेरी नानीजी जानती थीं। क्या आपको डॉक्टर शुक्ला ने हम लोगों के बारे में कुछ नहीं बताया?"

"नहीं!" कपूर ने कहा।

"अच्छा! ताज्जुब है!" पम्मी बोली, "आपने ट्रेनाली डिक्रूज का नाम सुना है न?"

"हाँ हाँ, डिक्रूज जिन्होंने कौशाम्बी में खुदाई करवायी थी। वह तो बहुत बड़े पुरातत्त्ववेत्ता थे?" कपूर ने कहा।

"हाँ, वही। वह मेरे सगे नाना थे। और वह अँग्रेज नहीं थे, मराठा थे और उन्होंने मेरी नानी से शादी की थी जो एक कश्मीरी ईसाई महिला थीं। उनके कारण भारत में उन्हें ईसाइयत अपनानी पड़ी। यह मेरे नाना का ही मकान है और अब हम लोगों को मिल गया है। डॉ. शुक्ला के दोस्त मिस्टर श्रीवास्तव बैरिस्टर हैं न, वे हमारे खानदान के ऐटर्नी थे। उन्होंने और डॉ. शुक्ला ने ही यह जायदाद हमें दिलवायी। लीजिए, मशीन तो ठीक हो गयी।" उसने टाइपराइटर में कार्बन और कागज लगाकर कहा, "लाइए निबन्ध!"

इसके बाद घंटे-भर तक टाइपराइटर रुका नहीं। कपूर ने देखा कि यह लड़की जो व्यवहार में इतनी सरल और स्पष्ट है, फैशन में इतनी नाजुक और शौकीन है, काम करने में उतनी ही मेहनती और तेज भी है। उसकी अँगुलियाँ मशीन की तरह चल रही थीं। और तेज इतनी कि एक घण्टा में उसने लगभग आधी पाण्डुलिपि टाइप कर डाली थी। ठीक एक घंटे के बाद उसने टाइपराइटर बन्द कर दिया, बगल में बैठे हुए कपूर की ओर झुककर कहा, "अब थोड़ी देर आराम।" और अपनी अँगुलियाँ चटखाने के बाद वह कुरसी खिसकाकर उठी और एक भरपूर अँगड़ाई ली। उसका अंग-अंग धनुष की तरह झुक गया। उसके बाद कपूर के कन्धे पर बेतकल्लुफी से हाथ रखकर बोली, "क्यों, एक प्याला चाय मँगवायी जाय?"

"मैं तो पी चुका हूँ।"

"लेकिन मुझसे तो काम होने से रहा अब बिना चाय के।" पम्मी एक अल्हड़ बच्ची की तरह बोली, और अन्दर चली गयी। कपूर ने टाइप किये हुए कागज उठाये और कलम निकालकर उनकी गलतियाँ सुधारने लगा। चाय पीकर थोड़ी देर में पम्मी वापस आयी और बैठ गयी। उसने एक सिगरेट केस कपूर के सामने किया।

"धन्यवाद, मैं सिगरेट नहीं पीता।"

"अच्छा, ताज्जुब है, आपकी इजाजत हो तो मैं सिगरेट पी लूँ!"

"क्या आप सिगरेट पीती हैं? छिः, पता नहीं क्यों औरतों का सिगरेट पीना मुझे बहुत ही नापसन्द है।"

"मेरी तो मजबूरी है मिस्टर कपूर, मैं यहाँ के समाज में मिलती-जुलती नहीं, अपने विवाह और अपने तलाक के बाद मुझे एंग्लो इंडियन समाज से नफरत हो गयी है। मैं अपने दिल से हिन्दुस्तानी हूँ। लेकिन हिन्दुस्तानियों से घुलना-मिलना हमारे लिए सम्भव नहीं। घर में अकेले रहती हूँ। सिगरेट और चाय से तबीयत बदल जाती है। किताबों का मुझे शौक नहीं।"

"तलाक के बाद आपने पढ़ाई जारी क्यों नहीं रखी?" कपूर ने पूछा।

"मैंने कहा न, कि किताबों का मुझे शौक नहीं बिल्कुल!" पम्मी बोली। "और मैं अपने को आदमियों में घुलने-मिलने के लायक नहीं पाती। तलाक के बाद साल-भर तक मैं अपने घर में बन्द रही। मैं और बर्टी। सिर्फ बर्टी से बात करने का मौका मिला। बर्टी मेरा भाई, वह भी बीमार और बूढ़ा। कहीं कोई तकल्लुफ की गुंजाइश नहीं। अब मैं हरेक से बेतकल्लुफी से बात करती हूँ तो कुछ लोग मुझ पर हँसते हैं, कुछ लोग मुझे सभ्य समाज के लायक नहीं समझते, कुछ लोग उसका गलत मतलब निकालते हैं। इसलिए मैंने अपने को अपने बँगले में ही कैद कर लिया है। अब आप ही हैं, आज पहली बार मैंने देखा आपको। मैं समझी ही नहीं कि आपसे कितना दुराव रखना चाहिए। अगर आप भलेमानस न हों तो आप इसका गलत मतलब निकाल सकते हैं।"

"अगर यही बात हो तो..." कपूर हँसकर बोला, "सम्भव है कि मैं भलेमानस बनने के बजाय गलत मतलब निकालना ज्यादा पसन्द करूँ!"

"तो सम्भव है मैं मजबूर होकर आपसे भी न मिलूँ!" पम्मी गम्भीरता से बोली।

"नहीं, मिस डिक्रूज..."

"नहीं, आप पम्मी कहिए, डिक्रूज नहीं!"

"पम्मी सही, आप गलत न समझें, मैं मजाक कर रहा था।" कपूर बोला। उसने इतनी देर में समझ लिया था कि यह साधारण ईसाई छोकरी नहीं है।

इतने में बर्टी लड़खड़ाता हुआ, हाथ में धूल सना खुरपा लिये आया और चुपचाप खड़ा हो गया और अपनी धुँधली पीली आँखों से एकटक कपूर को देखने लगा। कपूर ने एक कुरसी खिसका दी और कहा, "आइए!" पम्मी उठी और बर्टी के कन्धे पर एक हाथ रखकर उसे सहारा देकर कुरसी पर बिठा दिया। बर्टी बैठ गया और आँखें बन्द कर लीं। उसका बीमार कमजोर व्यक्तित्व जाने कैसा लगता था कि पम्मी और कपूर दोनों चुप हो गये। थोड़ी देर बाद बर्टी ने आँखें खोलीं और बहुत करुण स्वर में बोला, "पम्मी, तुम नाराज हो, मैंने जान-बूझकर तुम्हारे मित्र का अपमान नहीं किया था?"

"अरे नहीं!" पम्मी ने उठकर बर्टी का माथा सहलाते हुए कहा, "मैं तो भूल गयी और कपूर भी भूल गये?"

"अच्छा, धन्यवाद! पम्मी, अपना हाथ इधर लाओ!" और वह पम्मी के हाथ पर सिर रखकर पड़ा रहा और बोला, "मैं कितना अभागा हूँ! कितना अभागा! अच्छा पम्मी, कल रात को तुमने सुना था, वह आयी थी और पूछ रही थी, बर्टी तुम्हारी तबीयत अब ठीक है, मैंने झट अपने आँखें ढँक लीं कि कहीं आँखों का पीलापन देख न ले। मैंने कहा, तबीयत अब ठीक है, मैं अच्छा हूँ तो उठी और जाने लगी। मैंने पूछा, कहाँ चली, तो बोली सार्जेंट के साथ ज़रा क्लब जा रही हूँ। तुमने सुना था पम्मी?"

कपूर स्तब्ध-सा उन दोनों की ओर देख रहा था। पम्मी ने कपूर को आँख का इशारा करते हुए कहा, "हाँ, हमसे मिली थी वह, लेकिन बर्टी, वह सार्जेंट के साथ नहीं गयी थी!"

"हाँ, तब?" बर्टी की आँखें चमक उठीं और उसने उल्लास-भरे स्वर में पूछा।

"वह बोली, बर्टी के ये गुलाब सार्जेंट से ज्यादा प्यारे हैं।" पम्मी बोली।

"अच्छा!" मुसकराहट से बर्टी का चेहरा खिल उठा, उसकी पीली-पीली आँखें और धँस गयीं और दाँत बाहर झलकने लगे, "हूँ! क्या कहा उसने, फिर तो कहो!"

उसने कहा, "ये गुलाब सार्जेंट से ज्यादा प्यारे हैं, फिर इन्हीं गुलाबों पर नाचती रही और सुबह होते ही इन्हीं फूलों में छिप गयी! तुम्हें सुबह किसी फूल में तो नहीं मिली?"

"उहूँ, तुम्हें तो किसी फूल में नहीं मिली?" बर्टी ने बच्चों के-से भोले विश्वास के स्वरों में कपूर से पूछा।

चन्दर चौंक उठा। पम्मी और बर्टी की इन बातों पर उसका मन बेहद भर आया था। बर्टी की मुसकराहट पर उसकी नसें थरथरा उठी थीं।

"नहीं; मैंने तो नहीं देखा था।" चन्दर ने कहा।

बर्टी ने फिर मायूसी से सिर झुका लिया और आँखें बन्द कर लीं और कराहती हुई आवाज में बोला, "जिस फूल में वह छिप गयी थी, उसी को किसी ने चुरा लिया होगा!" फिर सहसा वह तनकर खड़ा हो गया और पुचकारते हुए बोला, "जाने कौन ये फूल चुराता है! अगर मुझे एक बार मिल जाए तो मैं उसका खून ऐसे पी लूँ!" उसने हाथ की अँगुली काटते हुए कहा और उठकर लड़खड़ाता हुआ चला गया।

वातावरण इतना भारी हो गया था कि फिर पम्मी और कपूर ने कोई बातें नहीं कीं। पम्मी ने चुपचाप टाइप करना शुरू किया और कपूर चुपचाप बर्टी की बातें सोचता रहा। घण्टा-भर बाद टाइपराइटर खामोश हुआ तो कपूर ने कहा–

"पम्मी, मैंने जितने लोग देखे हैं उनमें शायद बर्टी सबसे विचित्र है और शायद सबसे दयनीय!"

पम्मी खामोश रही। फिर उसी लापरवाही से अँगड़ाई लेते हुए बोली, "मुझे बर्टी की बातों पर ज़रा भी दया नहीं आती। मैं उसको दिलासा देती हूँ क्योंकि वह मेरा भाई है और बच्चे की तरह नासमझ और लाचार है।"

कपूर चौंक गया। वह पम्मी की ओर आश्चर्य से चुपचाप देखता रहा; कुछ बोला नहीं।

"क्यों, तुम्हें ताज्जुब क्यों होता?" पम्मी ने कुछ मुसकराकर कहा, "लेकिन मैं सच कहती हूँ"–वह बहुत गम्भीर हो गयी, "मुझे ज़रा तरस नहीं आता इस पागलपन पर।" क्षण-भर चुप रही, फिर जैसे बहुत ही तेजी से बोली, "तुम जानते हो उसके फूल

कौन चुराता है? मैं, मैं उसके फूल तोड़कर फेंक देती हूँ। मुझे शादी से नफरत है, शादी के बाद होने वाली आपसी धोखेबाजी से नफरत है, और उस धोखेबाजी के बाद इस झूठमूठ की यादगार और बेईमानी के पागलपन से नफरत है। और ये गुलाब के फूल, ये क्यों मूल्यवान हैं, इसलिए न कि इसके साथ बर्टी की जिन्दगी की इतनी बड़ी ट्रैजेडी गुँथी हुई है। अगर एक फूल के खूबसूरत होने के लिए आदमी की जिन्दगी में इतनी बड़ी ट्रैजेडी आना जरूरी है तो लानत है उस फूल की खूबसूरती पर! मैं उससे नफरत करती हूँ। इसीलिए मैं किताबों से नफरत करती हूँ। एक कहानी लिखने के लिए कितनी कहानियों की ट्रैजेडी बर्दाश्त करनी होती है।"

पम्मी चुप हो गयी। उसका चेहरा सुर्ख हो गया था। थोड़ी देर बाद उसका तैश उतर गया और वह अपने आवेश पर खुद शरमा गयी। उठकर वह कपूर के पास गयी और उसके कन्धों पर हाथ रखकर बोली, "बर्टी से मत कहना, अच्छा?"

कपूर ने सिर हिलाकर स्वीकृति दी और कागज समेटकर खड़ा हुआ। पम्मी ने उसके कन्धों पर हाथ रखकर उसे अपनी ओर घुमाकर कहा, "देखो, पिछले चार साल से मैं अकेली थी, और किसी दोस्त का इन्तजार कर रही थी, तुम आये और दोस्त बन गये। तो अब अक्सर आना, ऐं?"

"अच्छा!" कपूर ने गम्भीरता से कहा।

"डॉ. शुक्ला से मेरा अभिवादन कहना, कभी यहाँ जरूर आएँ।"

"आप कभी चलिए, वहाँ उनकी लड़की है। आप उससे मिलकर खुश होंगी।"

पम्मी उसके साथ फाटक तक पहुँचाने चली तो देखा बर्टी एक चमेली के झाड़ में टहनियाँ हटा-हटाकर कुछ ढूँढ़ रहा था। पम्मी को देखकर पूछा उसने–"तुम्हें याद है; वह चमेली के झाड़ में तो नहीं छिपी थी?" कपूर ने पता नहीं क्यों जल्दी पम्मी को अभिवादन किया और चल दिया। उसे बर्टी को देखकर डर लगता था।

सुधा का कॉलेज बड़ा एकान्त और खूबसूरत जगह बना हुआ था। दोनों ओर ऊँची-सी मेंड़ और बीच में से कंकड़ की एक खूबसूरत घुमावदार सड़क। दायीं ओर चने और गेहूँ के खेत, बेर और शहतूत के झाड़ और बायीं ओर ऊँचे-ऊँचे टीले और ताड़ के लम्बे-लम्बे पेड़। शहर से काफी बाहर देहात का-सा नजारा था और इतना शान्त वातावरण लगता था कि यहाँ कोई उथल-पुथल, कोई शोरगुल है ही नहीं। जगह इतनी हरी-भरी कि दर्जों के कमरों के पीछे ही महुआ चूता था और लम्बी-लम्बी घास की दुपहरिया के नीले फूलों की जंगली लतरें उलझी रहती थीं।

और इस वातावरण ने अगर किसी पर सबसे ज्यादा प्रभाव डाला था तो वह थी गेसू। उसे अच्छी तरह मालूम था कि बाँस के झाड़ के पीछे किस चीज के फूल हैं। पुराने पीपल पर गिलोय की लतर चढ़ी है और करौंदे के झाड़ के पीछे एक साही की माँद है। नागफनी की झाड़ी के पास एक बार उसने एक लोमड़ी भी देखी थी। शहर के एक मशहूर रईस साबिर हुसैन काजमी की वह सबसे बड़ी लड़की थी। उसकी माँ, जिन्हें उसके पिता अदन से ब्याह कर लाये थे, शहर की मशहूर शायरा थीं। हालाँकि उनका दीवान छपकर मशहूर हो चुका था, मगर वह किसी भी बाहरी आदमी से कभी नहीं मिलती-जुलती थीं, उनकी सारी दुनिया अपने पति और अपने बच्चों तक सीमित थी। उन्हें शायराना नाम रखने का बहुत शौक था। अपनी दोनों लड़कियों का नाम उन्होंने गेसू और फूल रखा था और अपने छोटे बच्चे का नाम हसरत। हाँ, अपने पतिदेव साबिर साहब के हुक्के से बेहद चिढ़ती थीं और उनका नाम उन्होंने रखा था, 'आतिश-फिजाँ।'

घास, फूल, लतर और शायरी का शौक गेसू ने अपनी माँ से विरासत में पाया था। किस्मत से उसका कॉलेज भी ऐसा मिला जिसमें दर्जों की खिड़कियों से आम की शाखें झाँका करती थीं इसलिए हमेशा जब कभी मौका मिलता था, क्लास से भाग कर गेसू घास पर लेटकर सपने देखने की आदी हो गयी थी। क्लास के इस महाभिनिष्क्रमण और उसके बाद लतरों की छाँह में जाकर ध्यान-योग की साधना में उसकी एकमात्र साथिन थी सुधा। आम की घनी छाँह में हरी-हरी दूब में दोनों सिर के नीचे हाथ रखकर लेट रहतीं और दुनिया-भर की बातें करतीं। बातों में छोटी से छोटी और बड़ी से बड़ी किस तरह की बातें करती थीं, यह वही समझ सकता है जिसने कभी दो अभिन्न सहेलियों की एकान्त वार्ता सुनी हो। गालिब की शायरी से लेकर, उनके छोटे भाई हसरत ने एक कुत्ते का पिल्ला पाला है, यह गेसू सुनाया करती थी और शरत् के उपन्यासों से लेकर यह कि उसकी मालिन ने गिलट का कड़ा बनवाया है, यह सुधा बताया करती थी। दोनों अपने-अपने मन की बातें एक-दूसरे को बता डालती थीं और जितना भावुक, प्यारा, अनजान और सुकुमार दोनों का मन था, उतनी ही भावुक और सुकुमार दोनों की बातें। हाँ भावुक, सुकुमार दोनों ही थीं, लेकिन दोनों में एक अन्तर था। गेसू शायर होते हुए भी इस दुनिया की थी और सुधा शायर न होते हुए भी कल्पनालोक की थी। गेसू अगर झाड़ियों में से कुछ फूल चुनती तो उन्हें सूँघती, उन्हें अपनी चोटी में सजाती और उन पर चन्द शे'र कहने के बाद भी उन्हें माला में पिरोकर अपनी कलाई में लपेट लेती। सुधा लतरों के बीच में सिर रखकर लेट जाती और निर्निमेष पलकों से फूलों को देखती रहती और आँखों से न जाने क्या पीकर उन्हें उन्हीं की डालों पर फूलता हुआ छोड़ देती। गेसू

हर चीज का उचित इस्तेमाल जानती थी, किसी भी चीज को पसन्द करने या प्यार करने के बाद अब उसका क्या उपयोग है, क्रियात्मक यथार्थ जीवन में उसका क्या स्थान है, यह गेसू खूब समझती थी। लेकिन सुधा किसी भी फूल के जादू में बँध जाना चाहती थी, उसी की कल्पना में डूब जाना जानती थी, लेकिन उसके बाद सुधा को कुछ नहीं मालूम था। गेसू की कल्पना और भावुक सूक्ष्मता शायरी में व्यक्त हो जाती थी, अत: उसकी जिन्दगी में काफी व्यावहारिकता और यथार्थ था, लेकिन सुधा, जो शायरी लिख नहीं सकती थी, अपने स्वभाव और गठन में खुद ही एक मासूम शायरी बन गयी थी। वह भी पिछले दो सालों में तो सचमुच ही इतनी गम्भीर, सुकुमार और भावनामयी बन गयी थी कि लगता था कि सूर के गीतों से उसके व्यक्तित्व के रेशे बुन गये हैं।

लड़कियाँ, गेसू और सुधा के इस स्वभाव और उनकी अभिन्नता से वाकिफ थीं। और इसलिए जब सुधा की मोटर आकर सायबान में रुकी और उसमें से सुधा और गेसू हाथ में फाइल लिये उतरीं तो कामिनी ने हँसकर प्रभा से कहा, "लो, चन्दा-सूरज की जोड़ी आ गयी!" सुधा ने सुन लिया। मुसकराकर गेसू की ओर फिर कामिनी और प्रभा की ओर देखकर हँस दी। सुधा बहुत कम बोलती थी, लेकिन उसकी हँसी ने उसे खुशमिजाज साबित कर रखा था और वह सभी की प्यारी थी। प्रभा ने आकर सुधा के गले में बाँह डालकर कहा, "गेसू बानो, थोड़ी देर के लिए सुधारानी को हमें दे दो। ज़रा कल के नोट्स उतारने हैं इनसे पूछकर।"

गेसू हँसकर बोली, "उसके पापा से तय कर ले, फिर तू जिन्दगी भर सुधा को पाल-पोस, मुझे क्या करना है।"

जब सुधा प्रभा के साथ चली गयी तो गेसू ने कामिनी के कन्धे पर हाथ रखा और कहा, "कम्मो रानी, अब तो तुम्हीं हमारे हिस्से में पड़ी, आओ। चलो, देखें लतर में कुन्दरू हैं?"

"कुन्दरू तो नहीं, अब चने का खेत हरिया आया है।" कम्मो बोली।

गृह-विज्ञान का पीरियड था और मिस उमालकर पढ़ा रही थीं। बीच की कतार की एक बेंच पर कामिनी, प्रभा, गेसू और सुधा बैठी थीं। हिस्सा बाँट अभी तक कायम था, अत: कामिनी के बगल में गेसू, गेसू के बगल में प्रभा और प्रभा के बाद बेंच के कोने पर सुधा बैठी थी। मिस उमालकर रोगियों के खान-पान के बारे में समझा रही थीं। मेज के बगल में खड़ी हुई, हाथ में एक किताब लिये हुए, उसी पर निगाह लगाये वह बोलती जा रही थीं। शायद अँग्रेजी की किताब में जो कुछ लिखा हुआ था, उसी का हिन्दी में उल्था करते हुए बोलती जा रही थीं, "आलू एक नुकसानदेह तरकारी है, रोग की हालत में। वह खुश्क होता है, गरम होता है और हजम मुश्किल से होता है...।"

सहसा गेसू ने एकदम बीच से पूछा, "गुरुजी, गांधीजी आलू खाते हैं या नहीं?" सभी हँस पड़े।

मिस उमालकर ने बहुत गुस्से से गेसू की ओर देखा और डाँटकर कहा, "व्हाइ टॉक ऑव गांधी? आई वांट नो पोलिटिकल डिस्कशन इन क्लास। (गांधी से क्या मतलब? मैं दर्जे में राजनीतिक बहस नहीं चाहती।)" इस पर तो सभी लड़कियों की दबी हुई हँसी फूट पड़ी। मिस उमालकर झल्ला गयीं और मेज पर किताब पटकते हुए बोली, "साइलेंस (खामोश)!" सभी चुप हो गये। उन्होंने फिर पढ़ाना शुरू किया।

"जिगर के रोगियों के लिए हरी तरकारियाँ बहुत फायदेमन्द होती हैं। लौकी, पालक और हर किस्म के हरे साग तन्दुरुस्ती के लिए बहुत फायदेमन्द होते हैं।"

सहसा प्रभा ने कुहनी मारकर गेसू से कहा, "ले, फिर क्या है, निकाल चने का हरा साग, खा-खाकर मोटे हों मिस उमालकर के घंटे में!"

गेसू ने अपने कुरते की जेब से बहुत-सा साग निकालकर कामिनी और प्रभा को दिया।

मिस उमालकर अब शक्कर के हानि-लाभ बता रही थीं, "लम्बे रोग के बाद रोगी को शक्कर कम देनी चाहिए। दूध या साबूदाने में ताड़ की मिश्री मिला सकते हैं। दूध तो ग्लूकोज के साथ बहुत स्वादिष्ट लगता है।"

इतने में जब तक सुधा के पास साग पहुँचा कि फौरन मिस उमालकर ने देख लिया। वह समझ गयीं, यह शरारत गेसू की होगी, "मिस गेसू, बीमारी की हालत में दूध काहे के साथ स्वादिष्ट लगता है?"

इतने में सुधा के मुँह से निकला, "साग काहे के साथ खाएँ?" और गेसू ने कहा, "नमक के साथ!"

"हूँ? नमक के साथ?" मिस उमालकर ने कहा, "बीमारी में दूध नमक के साथ अच्छा लगता है। खड़ी हो! कहाँ था ध्यान तुम्हारा?"

गेसू सन्न। मिस उमालकर का चेहरा मारे गुस्से के लाल हो रहा था।

"क्या बात कर रही थीं तुम और सुधा?"

गेसू सन्न!

"अच्छा, तुम लोग क्लास के बाहर जाओ, और आज हम तुम्हारे गार्जियन को खत भेजेंगे। चलो, जाओ बाहर।"

सुधा ने कुछ मुसकराते हुए प्रभा की ओर देखा और प्रभा हँस दी। गेसू ने देखा कि मिस उमालकर का पारा और भी चढ़ने वाला है तो वह चुपचाप किताब उठाकर चल दी। सुधा भी पीछे-पीछे चल दी। कामिनी ने कहा, "खत-वत भेजती रहना, सुधा!" और क्लास ठठाकर हँस पड़ी। मिस उमालकर गुस्से से नीली पड़ गयीं, "क्लास अब खत्म

होगी।" और रजिस्टर उठाकर चल दीं। गेसू अभी अन्दर ही थी कि वह बाहर चली गयीं और उनके ज़रा दूर पहुँचते ही गेसू ने बड़ी अदा से कहा, "बड़े बेआबरू होकर तेरे कूचे से हम निकले!" और सारी क्लास फिर हँसी से गूँज उठी। लड़कियाँ चिड़ियों की तरह फुर्र हो गयीं और थोड़ी ही देर में सुधा और गेसू बैडमिंटन फील्ड के पास वाले छतनार पाकड़ के नीचे लेटी हुई थीं।

बड़ी खुशनुमा दोपहरी थी। खुशबू से लदे हल्के-हल्के झोंके गेसू की ओढ़नी और गरारे की सिलवटों से आँखमिचौली खेल रहे थे। आसमान में कुछ हल्के रुपहले बादल उड़ रहे थे और जमीन पर बादलों की साँवली छायाएँ दौड़ रही थीं। घास के लम्बे-चौड़े मैदान पर बादलों की छायाओं का खेल बड़ा मासूम लग रहा था। जितनी दूर तक छाँह रहती थी, उतनी दूर तक घास का रंग गहरा काही हो जाता था, और जहाँ-जहाँ बादलों से छनकर धूप बरसने लगती थी वहाँ-वहाँ घास सुनहरे धानी रंग की हो जाती थी। दूर कहीं पर पानी बरसा था और बादल हल्के होकर खरगोश के मासूम स्वच्छन्द बच्चों की तरह दौड़ रहे थे। सुधा आँखों पर फाइल की छाँह किये हुए बादलों की ओर एकटक देख रही थी। गेसू ने उसकी ओर करवट बदली और उसकी वेणी में लगे हुए रेशमी फीते को उँगली में उमेठते हुए एक लम्बी-सी साँस भरकर कहा–

"बादशाहों की मुअत्तर ख्वाबगाहों में कहाँ
वह मजा जो भीगी-भीगी घास पर सोने में है,
मुतमइन बेफिक्र लोगों की हँसी में भी कहाँ
लुत्फ जो एक-दूसरे को देखकर रोने में है।"

सुधा ने बादलों से अपनी निगाह नहीं हटायी, बस एक करुण सपनीली मुसकराहट बिखेरकर रह गयी।

"क्या देख रही है, सुधा?" गेसू ने पूछा।

"बादलों को देख रही हूँ।" सुधा ने बेहोश आवाज में जवाब दिया। गेसू उठी और सुधा की छाती पर सिर रखकर बोली

"कैफ बरदोश, बादलों को न देख
बेखबर, तू न कुचल जाय कहीं!"

और सुधा के गाल में जोर की चुटकी काट ली। "हाय रे!" सुधा ने चीखकर कहा और उठ बैठी, "वाह वाह! कितना अच्छा शेर है! किसका है?"

"पता नहीं किसका है।" गेसू बोली, "लेकिन बहुत सच है सुधी, आस्माँ के बादलों के दामन में अपने ख्वाब टाँक लेना और उनके सहारे जिन्दगी बसर करने का

खयाल है तो बड़ा नाजुक, मगर रानी बड़ा खतरनाक भी है। आदमी बड़ी ठोकरें खाता है। इससे तो अच्छा है कि आदमी को नाजुकखयाली से साबिका ही न पड़े। खाते-पीते, हँसते-बोलते आदमी की जिन्दगी कट जाए।"

सुधा ने अपना आँचल ठीक किया, और लटों में से घास के तिनके निकालते हुए कहा, "गेसू, अगर हम लोगों को भी शादी-ब्याह के झंझट में न फँसना पड़े और इसी तरह दिन कटते जाएँ तो कितना मजा आए। हँसते-बोलते, पढ़ते-लिखते, घास में लेटकर बादलों से प्यार करते हुए कितना अच्छा लगता है, लेकिन हम लड़कियों की जिन्दगी भी क्या! मैं तो सोचती हूँ गेसू; कभी ब्याह ही न करूँ। हमारे पापा का ध्यान कौन रखेगा?"

गेसू थोड़ी देर तक सुधा की आँखों में आँखें डालकर शरारत-भरी निगाहों से देखती रही और मुसकराकर बोली, "अरे, अब ऐसी भोली नहीं हो रानी तुम! ये शबाब, ये उठान और ब्याह नहीं करेंगी, जोगन बनेंगी।"

"अच्छा, चल हट बेशरम कहीं की, खुद ब्याह करने की ठान चुकी है तो दुनिया-भर को क्यों तोहमत लगाती है!"

"मैं तो ठान ही चुकी हूँ, मेरा क्या! फिक्र तो तुम लोगों की है कि ब्याह नहीं होता तो लेटकर बादल देखती हैं।" गेसू ने मचलते हुए कहा।

"अच्छा अच्छा," गेसू की ओढ़नी खींचकर सिर के नीचे रखकर सुधा ने कहा, "क्या हाल है तेरे अख्तर मियाँ का? मँगनी कब होगी तेरी?"

"मँगनी क्या, किसी भी दिन हो जाय, बस फूफीजान के यहाँ आने-भर की कसर है। वैसे अम्मी तो फूल की बात उनसे चला रही थीं, पर उन्होंने मेरे लिए इरादा जाहिर किया। बड़े अच्छे हैं, आते हैं तो घर-भर में रोशनी छा जाती है।" गेसू ने बहुत भोलेपन से गोद में सुधा का हाथ रखकर उसकी उँगलियाँ चिटकाते हुए कहा।

"वे तो तेरे चचाजाद भाई हैं न? तुझसे तो पहले उनसे बोल-चाल रही होगी।" सुधा ने पूछा।

"हाँ-हाँ, खूब अच्छी तरह से। मौलवी साहब हम लोगों को साथ-साथ पढ़ाते थे और जब हम दोनों सबक भूल जाते थे तो एक-दूसरे का कान पकड़कर साथ-साथ उठते-बैठते थे।" गेसू कुछ झेंपते हुए बोली।

सुधा हँस पड़ी, "वाह रे! प्रेम की इतनी विचित्र शुरुआत मैंने कहीं नहीं सुनी थी। तब तो तुम लोग एक-दूसरे का कान पकड़ने के लिए अपने-आप सबक भूल जाते होंगे?"

"नहीं जी, एक बार फिर पढ़कर कौन सबक भूलता है और एक बार सबक याद होने के बाद जानती हो इश्क में क्या होता है–

मकतबे इश्क में इक ढंग निराला देखा,
उसको छुट्टी न मिली जिसको सबक याद हुआ।"

"खैर, यह सब बात जाने दे सुधा, जब तू कब ब्याह करेगी?"

"जल्दी ही करूँगी।" सुधा बोली।

"किससे?"

"तुझसे।" और दोनों खिलखिलाकर हँस पड़ीं।

बादल हट गये थे और पाकड़ की छाँह को चीरते हुए एक सुनहली रोशनी का तार झिलमिला उठा। हँसते वक्त गेसू के कान में टॉप चमक उठे और सुधा का ध्यान उधर खिंच गया। "ये कब बनवाया तूने?"

"बनवाया नहीं।"

"तो उन्होंने दिये होंगे, क्यों?"

गेसू ने शरमाकर सिर हिला दिया।

सुधा ने उठकर हाथ से छूते हुए कहा, "कितने सुन्दर कमल हैं! वाह! क्यों, गेसू! तूने सचमुच के कमल देखे हैं?"

"ना"

"मैंने देखे हैं।"

"कहाँ?"

"असल में पाँच-छह साल पहले तक तो मैं गाँव में रहती थी न! ऊँचाहार के पास एक गाँव में मेरी बुआ रहती हैं न, बचपन से मैं उन्हीं के पास रहती थी। पढ़ाई की शुरुआत मैंने वहीं की और सातवीं तक वहीं पढ़ी। तो वहाँ मेरे स्कूल के पीछे के पोखरे में बहुत-से कमल थे। रोज शाम को मैं भाग जाती थी और तालाब में घुसकर कमल तोड़ती और घर से बुआ एक लम्बा-सा सोंटा लेकर गालियाँ देती हुई आती थीं मुझे पकड़ने के लिए। जहाँ वह किनारे पहुँचतीं तो मैं कहती, अभी डूब जाएँगे बुआ, अभी डूबे, तो बहुत रबड़ी-मलाई का लालच देकर वह मिन्नत करतीं–निकल आओ, तो मैं निकलती थी। तुमने तो कभी देखा नहीं होगा हमारी बुआ को?"

"न, तूने कभी दिखाया ही नहीं।"

"इधर बहुत दिनों से आयीं ही नहीं वे। आएँगी तो दिखाऊँगी तुझे। और उनकी एक लड़की है। बड़ी प्यारी, बहुत मजे की है। उसे देखकर तो तुम उसे बहुत प्यार करोगी। वो तो अब यहीं आने वाली है। अब यहीं पढ़ेगी।"

"किस दर्जे में पढ़ती है?"

"प्राइवेट विदुषी में बैठेगी इस साल। खूब गोल-मटोल और हँसमुख है।" सुधा बोली।

इतने में घण्टा बोला और गेसू ने सुधा के पैर के नीचे दबी हुई अपनी ओढ़नी खींची।

"अरे, अब आखिरी घंटे में जाकर क्या पढ़ोगी! हाजिरी कट ही गयी। अब बैठो

यहीं बातचीत करें, आराम करें।" सुधा ने अलसाये स्वर में कहा और खड़ी होकर एक मदमाती हुई अँगड़ाई ली–गेसू ने हाथ पकड़कर उसे बिठा लिया और बड़ी गम्भीरता से कहा, "देखो, ऐसी अरसौहीं अँगड़ाई न लिया करो, इससे लोग समझ जाते हैं कि अब बचपन करवट बदल रहा है।"

"धत्!" बेहद झेंपकर और फाइल में मुँह छिपाकर सुधा बोली।

"लो, तुम मजाक समझती हो, एक शायर ने तुम्हारी अँगड़ाई के लिए कहा है–

कौन ये ले रहा है अँगड़ाई
आसमानों को नींद आती है।"

"वाह!" सुधा बोली, "अच्छा गेसू, आज बहुत-से शेर सुनाओ।"

"सुनो–

इस रिदायेतीरगी है और खाबेकायनात
डूबते जाते हैं तारे, भीगती जाती है रात!"

"पहली लाइन के क्या मतलब हैं?" सुधा ने पूछा।

"रिदायेतीरगी के माने हैं अँधेरे की चादर और खाबेकायनात के माने हैं जिन्दगी का सपना–अब फिर सुनो शेर–

इस रिदायेतीरगी है और खाबेकायनात
डूबते जाते हैं तारे, भीगती जाती है रात!"

"वाह! कितना अच्छा है–अन्धकार की चादर है, जीवन का स्वप्न है, तारे डूबते जाते हैं, रात भीगती जाती है...गेसू, उर्दू की शायरी बहुत अच्छी है।"

"तो तू खुद उर्दू क्यों नहीं पढ़ लेती?" गेसू ने कहा।

"चाहती तो बहुत हूँ, पर निभ नहीं पाता!"

"किसी दिन शाम को आओ सुधा तो अम्मीजान से तुझे शेर सुनवाएँ। यह ले तेरी मोटर तो आ गयी।"

सुधा उठी, अपनी फाइल उठायी। गेसू ने अपनी ओढ़नी झाड़ी और आगे चली। पास आकर उचककर उसने प्रिंसिपल का रूम देखा। वह खाली था। उसने दाई को खबर दी और मोटर पर बैठ गयी।

गेसू बाहर खड़ी थी। "चल तू भी न!"

"नहीं, मैं गाड़ी पर चली जाऊँगी।"

"अरे चलो, गाड़ी साढ़े चार बजे आयेगी। अभी घण्टा-भर है। घर पर चाय पिएँगे, फिर मोटर पहुँचा देगी। जब तक पापा नहीं हैं, तब तक जितना चाहो कार घिसो!"

गेसू भी आ बैठी और कार चल दी।

दूसरे दिन जब चन्दर डॉ. शुक्ला के यहाँ निबन्ध की प्रतिलिपि लेकर पहुँचा तो आठ बज चुके थे। सात बजे तो चन्दर की नींद ही खुली थी और जल्दी से वह नहा-धोकर साइकिल दौड़ाता हुआ भागा था कि कहीं भाषण की प्रतिलिपि पहुँचने में देर न हो जाए।

जब वह बँगले पर पहुँचा तो धूप फैल चुकी थी। अब धूप भली नहीं मालूम देती थी, धूप की तेजी बर्दाश्त के बाहर होने लगी थी, लेकिन सुधा नीलकाँटे के ऊँचे-ऊँचे झाड़ों की छाँह में एक छोटी-सी कुरसी डाले बैठी थी। बगल में एक छोटी-सी मेज थी जिस पर कोई किताब खुली हुई रखी थी, हाथ में क्रोशिया थी और उँगलियाँ एक नाजुक तेजी से डोरे से उलझ-सुलझ रही थीं। हल्के बादामी रंग की इकलाई की लहराती हुई धोती, नारंगी और काली तिरछी धारियों का कलफ किया चुस्त ब्लाउज और एक कन्धे पर उभरा एक उसका पफ ऐसा लग रहा था जैसे कि बाँह पर कोई रंगीन तितली आकर बैठी हुई हो और उसका सिर्फ एक पंख उठा हो! अभी-अभी शायद नहाकर उठी थी क्योंकि शरद की खुशनुमा धूप की तरह हलके सुनहले बाल पीठ पर लहरा रहे थे। नीलकाँटे की टहनियाँ उनको सुनहली लहरें समझकर अठखेलियाँ कर रही थीं।

चन्दर की साइकिल जब अन्दर दिख पड़ी तो सुधा ने उधर देखा लेकिन कुछ भी न कहकर फिर अपनी क्रोशिया बुनने में लग गयी। चन्दर सीधा पोर्टिको में गया और अपनी साइकिल रखकर भीतर चला गया डॉ. शुक्ला के पास। स्टडी-रूम में, बैठक में, सोने के कमरे में कहीं भी डॉ. शुक्ला नज़र नहीं आये। हारकर वह बाहर आया तो देखा मोटर अभी गैरज में है। तो वे जा कहाँ सकते हैं? और सुधा को तो देखिए! क्या अकड़ी हुई है आज, जैसे चन्दर को जानती ही नहीं। चन्दर सुधा के पास गया। सुधा का मुँह और भी लटक गया।

"डॉक्टर साहब कहाँ हैं?" चन्दर ने पूछा।

"हमें क्या मालूम?" सुधा ने क्रोशिया पर से बिना निगाह उठाये जवाब दिया।

"तो किसे मालूम होगा?" चन्दर ने डाँटते हुए कहा, "हर वक्त का मजाक हमें अच्छा नहीं लगता। काम की बात का उसी तरह जवाब देना चाहिए। उनके निबन्ध की लिपि देनी है या नहीं!"

"हाँ-हाँ, देनी है तो मैं क्या करूँ? नहा रहे होंगे। अभी कोई ये तो है नहीं कि तुम निबन्ध की लिपि लाये हो तो कोई नहाये-धोये न, बस सुबह से बैठा रहे कि अब निबन्ध आ रहा है, अब आ रहा है?" सुधा ने मुँह बनाकर आँखें नचाते हुए कहा।

"तो सीधे क्यों नहीं कहती कि नहा रहे हैं।" चन्दर ने सुधा के गुस्से पर हँसकर कहा। चन्दर की हँसी पर तो सुधा का मिजाज और भी बिगड़ गया और अपनी क्रोशिया उठाकर और किताब बगल में दबाकर, वह उठकर अन्दर चल दी। उसके उठते ही चन्दर आराम से उस कुरसी पर बैठ गया और मेज पर टाँग फैलाकर बोला–

"आज मुझे बहुत गुस्सा चढ़ा है, खबरदार कोई बोलना मत!"

सुधा जाते-जाते मुड़कर खड़ी हो गयी।

"हमने कह दिया चन्दर एक बार कि हमें ये सब बातें अच्छी नहीं लगतीं। जब देखो तुम चिढ़ाते रहते हो!" सुधा ने गुस्से से कहा।

"नहीं! चिढ़ाएँगे नहीं तो पूजा करेंगे! तुम अपने मौके पर छोड़ देती हो!" चन्दर ने उसी लापरवाही से कहा।

सुधा गयी नहीं। वहीं घास पर बैठ गयी और किताब खोलकर पढ़ने लगी। जब पाँच मिनट तक वह कुछ नहीं बोली तो चन्दर ने सोचा आज बात कुछ गम्भीर है।

"सुधा!" उसने बड़े दुलार से पुकारा। "सुधा!"

सुधा ने कुछ नहीं कहा मगर दो बड़े-बड़े आँसू टप से नीचे किताब पर गिर गये।

"अरे क्या बात है सुधा, नहीं बताओगी?"

"कुछ नहीं।"

"बता दो, तुम्हें हमारी कसम है।"

"कल शाम को तुम आये नहीं..." सुधा रोनी आवाज में बोली।

"बस इस बात पर इतनी नाराज हो, पगली!"

"हाँ, इस बात पर इतनी नाराज हूँ! तुम आओ चाहे हजार बार न आओ; इस पर हम क्यों नाराज होंगे! बड़े कहीं के आये, नहीं आएँगे तो जैसे हमारा घर-बार नहीं है। अपने को जाने क्या समझ लिया है!" सुधा ने चिढ़कर जवाब दिया।

"अरे तो तुम्हीं तो कह रही थीं, भाई।" चन्दर ने हँसकर कहा।

"तो बात पूरी भी सुनो। शाम को गेसू का नौकर आया था। उसके छोटे भाई हसरत की सालगिरह थी। सुबह 'कुरानखानी' होने वाली थी और उसकी माँ ने बुलाया था।"

"तो गयी क्यों नहीं?"

"गयी क्यों नहीं! किससे पूछकर जाती? आप तो इस वक्त आ रहे हैं जब सब खत्म हो गया।" सुधा बोली।

"तो पापा से पूछ के चली जाती!" चन्दर से समझाकर कहा, "और फिर गेसू के यहाँ तो यों अक्सर जाती हो तुम!"

"तो? आज तो डांस भी करने के लिए कहा था उसने। फिर बाद में तुम कहते, 'सुधा, तुम्हें ये नहीं करना चाहिए, वो नहीं करना चाहिए। लड़कियों को ऐसे रहना चाहिए, वैसे रहना चाहिए।' और बैठ के उपदेश पिलाते और नाराज होते। बिना तुमसे पूछे हम कहीं सिनेमा, पिकनिक, जलसों में गये हैं कभी?" और फिर आँसू टपक पड़े।

"पगली कहीं की! इतनी-सी बात पर रोना क्या? किसी के हाथ कुछ उपहार भेज दो और फिर किसी मौके पर चली जाना।"

"हाँ, चली जाना! तुम्हें कहते क्या लगता है! गेसू ने कितना बुरा माना होगा!" सुधा ने बिगड़ते हुए ही कहा। "इम्तहान आ रहा है, फिर कब जाएँगे?"

"कब है इम्तहान तुम्हारा?"

"चाहे जब हो! मुझे पढ़ाने के लिए कहा किसी से?"

"अरे भूल गये! अच्छा, आज देखो कहेंगे!"

"कहेंगे-कहेंगे नहीं, आज दोपहर को आप बुला लाइए, वरना हम सब किताबों में लगाये देते हैं आग। समझे कि नहीं!"

"अच्छा-अच्छा, आज दोपहर को बुला लाएँगे। ठीक, अच्छा याद आया बिसरिया से कहूँगा तुम्हें पढ़ाने के लिए। उसे रुपये की जरूरत भी है।" चन्दर ने छुटकारे का कोई रास्ता न पाकर कहा।

"आज दोपहर को जरूर से।" सुधा ने फिर आँखें नचाकर कहा। "लो, पापा आ गये नहाकर, जाओ!"

चन्दर उठा और चल दिया। सुधा उठी और अन्दर चली गयी।

डॉ. शुक्ला हल्के-साँवले रंग के ज़रा स्थूलकाय-से थे। बहुत गम्भीर अध्ययन और अध्यापन और उम्र के साथ-साथ ही उनकी नम्रता और भी बढ़ती जा रही थी।

लेकिन वे लोगों से मिलते-जुलते कम थे। व्यक्तिगत दोस्ती उनकी किसी से नहीं थी। लेकिन उत्तर भारत के प्रमुख विद्वान् होने के नाते कॉन्फ्रेंसों में, मौखिक परीक्षाओं में, सरकारी कमेटियों में वे बराबर बुलाये जाते थे और इसमें प्रमुख दिलचस्पी से हिस्सा लेते थे। ऐसी जगहों में चन्दर अक्सर उनका प्रमुख सहायक रहता था और इसी नाते चन्दर भी प्रान्त के बड़े-बड़े लोगों से परिचित हो गया था। जब वह एम.ए. पास हुआ था तब से फाइनेंस विभाग में उसे कई बार ऊँचे-ऊचे पदों का 'ऑफर' आ चुका था लेकिन डॉ. शुक्ला इसके खिलाफ थे। वे चाहते थे कि पहले वह रिसर्च पूरी कर ले। सम्भव हो तो विदेश हो आये, तब चाहे कुछ काम करे। अपने व्यक्तिगत जीवन में डॉ.

शुक्ला अन्तर्विरोधों के व्यक्ति थे। पार्टियों में मुसलमानों और ईसाइयों के साथ खाने में कोई एतराज नहीं था लेकिन कच्चा खाना वे चौके में आसन पर बैठकर, रेशमी धोती पहनकर खाते थे। सरकार को उन्होंने सलाह दी कि साधू और संन्यासियों को जबरदस्ती काम में लगाया जाए और मन्दिरों की जायदादें जब्त कर ली जाएँ, लेकिन सुबह घंटे-भर तक पूजा जरूर करते थे। पूजा-पाठ, खान-पान, जात-पाँत के पक्के हामी, लेकिन व्यक्तिगत जीवन में कभी यह नहीं जाना कि उनका कौन शिष्य ब्राह्मण है, कौन बनिया, कौन खत्री, कौन कायस्थ!

नहाकर वे आ रहे थे और दुर्गासप्तशती का कोई श्लोक गुनगुना रहे थे। कपूर को देखा तो रुक गये और बोले, "हैलो, हो गया वह टाइप!"

"जी हाँ।"

"कहाँ कराया टाइप?"

"मिस डिक्रूज के यहाँ।"

"अच्छा! वह लड़की अच्छी है। अब तो बहुत बड़ी हुई होगी? अभी शादी नहीं हुई? मैंने तो सोचा वह मिले या न मिले!"

"नहीं, वह यहीं है। शादी हुई। फिर तलाक हो गया।"

"अरे! तो अकेले रहती है?"

"नहीं, अपने भाई के साथ है, बर्टी के साथ!"

"अच्छा! और बर्टी की पत्नी अच्छी तरह है?"

"वह मर गयी।"

"राम-राम, तब तो घर ही बदल गया होगा।"

"पापा, पूजा के लिए सब बिछा दिया है।" सहसा सुधा बोली।

"अच्छा बेटी, अच्छा चन्दर, मैं पूजा कर आऊँ जल्दी से। तुम चाय पी चुके?"

"जी हाँ।"

"अच्छा तो मेरी मेज पर एक चार्ट है, ज़रा इसको ठीक तो कर दो तब तक। मैं अभी आया।"

चन्दर स्टडी-रूम में गया और मेज पर बैठ गया। कोट उतारकर उसने खूँटी पर टाँग दिया और नक्शा देखने लगा। पास में एक छोटी-सी चीनी की प्याली में चाइना इंक रखी थी और मेज पर पानी। उसने दो बूँद पानी डालकर चाइना इंक घिसनी शुरू की, इतने में सुधा कमरे में दाखिल, "ऐ सुनो!" उसने चारों ओर देखकर बड़े सशंकित स्वरों में कहा और फिर झुककर चन्दर के कान के पास मुँह लगाकर कहा, "चावल की नानखटाई खाओगे?"

"ये क्या बला है?" चन्दर ने इंक घिसते-घिसते पूछा।

"बड़ी अच्छी चीज होती है; पापा को बहुत अच्छी लगती है। आज हमने सुबह अपने हाथ से बनायी थी। ऐं, खाओगे?" सुधा ने बड़े दुलार से पूछा।

"ले आओ।" चन्दर ने कहा।

"ले आये हम, लो!" और सुधा ने अपने आँचल में लिपटी हुई दो नानखटाई निकालकर मेज पर रख दी।

"अरे तश्तीर में क्यों नहीं लायी? सब धोती में घी लग गया। इतनी बड़ी हो गयी, शऊर नहीं ज़रा-सा।" चन्दर ने बिगड़कर कहा।

"छिपा करके लाये हैं, फिर ये सकरी होती हैं कि नहीं? चौके के बाहर कैसे लाते! तुम्हारे लिये तो लाये हैं और तुम्हीं बिगड़ रहे हो। अन्धे को नोन दो, अन्धा कहे मेरी आँखें फोड़ीं।" सुधा ने मुँह बनाकर कहा, "खाना है कि नहीं?"

"हाथ में तो स्याही लगी है।" चन्दर बोला।

"हम अपने हाथ से नहीं खिलाएँगे, हमारा हाथ जूठा हो जाएगा और राम-राम! पता नहीं तुम रेस्तराँ में मुसलमान के हाथ का खाते होगे। थू-थू!"

चन्दर हँस पड़ा सुधा की इस बात पर और उसने पानी में हाथ डुबोकर बिना पूछे सुधा के आँचल में हाथ पोंछ दिये स्याही के और बेतकल्लुफी से नानखटाई उठाकर खाने लगा।

"बस, अब धोती का किनारा रंग दिया और यही पहनना है हमें दिनभर।" सुधा ने बिगड़कर कहा।

"खुद नानखटाई छिपाकर लायी और घी लग गया तो कुछ नहीं और हमने स्याही पोंछ दी तो मुँह बिगड़ गया।" चन्दर ने मैपिंग पेन में इंक लगाते हुए कहा।

"हाँ, अभी पापा देखें तो और बिगड़ें कि धोती में घी, स्याही सब लगाये रहती है। तुम्हें क्या?" और उसने स्याही लगा हुआ छोर कसकर कमर में खोंस लिया।

"छि:, वही घी में तर छोर कमर में खोंस लिया। गन्दी कहीं की!" चन्दर ने चार्ट की लाइनें ठीक करते हुए कहा।

"गन्दी हैं तो, तुमसे मतलब!" और मुँह चिढ़ाते हुए सुधा कमरे से बाहर चली गयी।

चन्दर चुपचाप बैठा चार्ट दुरुस्त करता रहा। उत्तर प्रदेश के पूर्वी जिला–बलिया, आजमगढ़, बस्ती, बनारस आदि में बच्चों की मृत्यु-संख्या का ग्राफ बनाना था और एक ओर उनके नक्शे पर बिन्दुओं की एक सघनता से मृत्यु-संख्या का निर्देश करना था। चन्दर की एक आदत थी वह काम में लगता था तो भूत की तरह लगता था। फिर

उसे दीन-दुनिया, किसी की खबर नहीं रहती थी। खाना-पीना, तन-बदन, किसी का होश नहीं रहता था। इसका एक कारण था। चन्दर उन लड़कों में से था जिनकी जिन्दगी बाहर से बहुत हल्की-फुल्की होते हुए भी अन्दर से बहुत गम्भीर और अर्थमयी होती है, जिनके सामने एक स्पष्ट उद्देश्य, एक लक्ष्य होता है। बाहर से चाहे जैसे होने पर भी अपने आन्तरिक सत्य के प्रति घोर ईमानदारी यह इन लोगों की विशेषता होती है और सारी दुनिया के प्रति अगम्भीर और उच्छृंखल होने पर भी जो चीजें इनकी लक्ष्यपरिधि में आ जाती हैं, उनके प्रति उनकी गम्भीरता, साधना और पूजा बन जाती है। इसलिए बाहर से इतना व्यक्तिवादी और सारी दुनिया के प्रति निरपेक्ष और लापरवाह दिख पड़ने पर भी वह अन्तरतम से समाज और युग और अपने आसपास के जीवन और व्यक्तियों के प्रति अपने को बेहद उत्तरदायी अनुभव करता था। वह देशभक्त भी था और शायद समाजवादी भी, पर अपने तरीके से। वह खद्दर नहीं पहनता था, कांग्रेस का सदस्य नहीं था, जेल नहीं गया था, फिर भी वह अपने देश को प्यार करता था। बेहद प्यार। उसकी देशभक्ति, उसका समाजवाद, सभी उसके अध्ययन और खोज में समा गया था। वह यह जानता था कि समाज के सभी स्तम्भों का स्थान अपना अलग होता है। अगर सभी मन्दिर के कंगूरे का फूल बनने की कोशिश करने लगें तो नींव की ईंट और सीढ़ी का पत्थर कौन बनेगा? और वह जानता था कि अर्थशास्त्र वह पत्थर है जिस पर समाज के सारे भवन का बोझ है। और उसने निश्चय किया था कि अपने देश, अपने युग के आर्थिक पहलू को वह खूब अच्छी तरह से अपने ढंग से विश्लेषण करके देखेगा और उसे आशा थी कि वह एक दिन ऐसा समाधान खोज निकालेगा कि मानव की बहुत-सी समस्याएँ हल हो जाएँगी और आर्थिक और राजनीतिक क्षेत्र में अगर आदमी खूँखार जानवर बन गया है तो एक दिन दुनिया उसकी एक आवाज पर देवता बन सकेगी। इसलिए जब वह बैठकर कानपुर की मिलों के मजदूरों के वेतन का चार्ट बनाता था, या उपयुक्त साधनों के अभाव में मर जाने वाली गरीब औरतों और बच्चों का लेखा-जोखा करता था तो उसके सामने अपना करियर, अपनी प्रतिष्ठा, अपनी डिग्री का सपना नहीं होता था। उसके मन में उस वक्त वैसा सन्तोष होता था जो किसी पुजारी के मन में होता है, जब वह अपने देवता की अर्चना के लिए धूप, दीप, नैवेद्य सजाता है। बल्कि चन्दर थोड़ा भावुक था, एक बार तो जब चन्दर ने अपने रिसर्च के सिलसिले में यह पढ़ा कि अँग्रेजों ने अपनी पूँजी लगाने और अपना व्यापार फैलाने के लिए किस तरह मुर्शिदाबाद से लेकर रोहतक तक हिन्दुस्तान के गरीब से गरीब और अमीर से अमीर बाशिन्दे को अमानुषिकता से लूटा, तब वह फूट-फूटकर रो पड़ा था लेकिन इसके बावजूद उसने राजनीति में कभी डूबकर हिस्सा नहीं लिया क्योंकि उसने देखा था कि

उसके जो भी मित्र राजनीति में गये, वे थोड़े दिन बाद बहुत प्रसिद्धि और प्रतिष्ठा पा गये मगर आदमीयत खो बैठे।

अपने अर्थशास्त्र के बावजूद वह यह समझता था कि आदमी की जिन्दगी सिर्फ आर्थिक पहलू तक सीमित नहीं और वह यह भी समझता था कि जीवन को सुधारने के लिए सिर्फ आर्थिक ढाँचा बदल देने-भर की जरूरत नहीं है। उसके लिए आदमी का सुधार करना होगा, व्यक्ति का सुधार करना होगा। वरना एक भरे-पूरे और वैभवशाली समाज में भी आज के-से अस्वस्थ और पाशविक वृत्तियों वाले व्यक्ति रहेंगे तो दुनिया ऐसी ही लगेगी जैसे एक खूबसूरत सजा-सजाया महल जिसमें कीड़े और राक्षस रहते हों।

वह यह भी समझता था कि वह जिस तरह की दुनिया का सपना देखता, वह दुनिया आज किसी भी एक राजनीतिक क्रान्ति या किसी भी विशेष पार्टी की सहायता मात्र से नहीं बन सकती है। उसके लिए आदमी को अपने को बदलना होगा, किसी समाज को बदलने से काम नहीं चलेगा। इसलिए वह अपने व्यक्ति के संसार में निरन्तर लगा रहता था और समाज के आर्थिक पहलू को समझने की कोशिश करता रहता था। यही कारण है कि अपने जीवन में आने वाले व्यक्तियों के प्रति वह बेहद ईमानदार रहता था और अपने अध्ययन और काम के प्रति वह सचेत और जागरूक रहता था और वह अच्छी तरह समझता था कि इस तरह वह दुनिया को उस ओर बढ़ाने में थोड़ी-सी मदद कर रहा है। चूँकि अपने में भी वह सत्य की वही चिनगारी पाता था इसलिए कवि या दार्शनिक न होते हुए भी वह इतना भावुक, इतना दृढ़-चरित्र, इतना सशक्त और इतना गम्भीर था और काम तो अपना वह इस तरह करता था जैसे वह किसी की एकाग्र उपासना कर रहा हो। इसलिए जब वह चार्ट के नक्शे कर कलम चला रहा था तो उसे मालूम नहीं हुआ कि कितनी देर से डॉ. शुक्ला आकर उसके पीछे खड़े हो गये।

"वाह, नक्शे पर तो तुम्हारा हाथ बहुत अच्छा चलता है। बहुत अच्छा! अब उसे रहने दो। लाओ, देखें, तुम्हार काम कैसा चल रहा है। आज तो इतवार है न?"

डॉ. शुक्ला पास की कुरसी पर बैठकर बोले, "चन्दर! आजकल मैं एक किताब लिखने की सोच रहा हूँ। मैंने सोचा कि भारतवर्ष की जाति-व्यवस्था का नये वैज्ञानिक ढंग से अध्ययन और विश्लेषण किया जाए। तुम इसके बारे में क्या सोचते हो?"

"व्यर्थ है! जो व्यवस्था आज नहीं तो कल चूर-चूर होने जा रही है, उसके बारे में तूमार बाँधना और समय बरबाद करना बेकार है।" चन्दर ने बहुत आत्मविश्वास से कहा।

"यही तो तुम लोगों में खराबी है। कुछ थोड़ी-सी खराबियाँ जाति-व्यवस्था की देख लीं और उसके खिलाफ हो गये। एक रिसर्च स्कॉलर का दृष्टिकोण ही दूसरा होना चाहिए। फिर हमारे भारत की प्राचीन सांस्कृतिक परम्पराओं को तो बहुत ही सावधानी

से समझने की आवश्यकता है। यह समझ लो कि मानव-जाति दुर्बल नहीं है। अपने विकास-क्रम में वह उन्हीं संस्थाओं, रीति-रिवाजों और परम्पराओं को रहने देती है जो उसके अस्तित्व के लिए बहुत आवश्यक होती है। अगर वे आवश्यक न हुईं तो मानव उससे छुटकारा माँग लेता है। यह जाति-व्यवस्था जाने कितने सालों से हिन्दुस्तान में कायम है, क्या यही इस बात का प्रमाण नहीं कि यह बहुत सशक्त है, अपने में बहुत जरूरी है?"

"अरे हिन्दुस्तान की भली चलायी।" चन्दर बोला, "हिन्दुस्तान में तो गुलामी कितने दिनों से कायम है तो क्या वह भी जरूरी है।"

"बिल्कुल जरूरी है।" डॉ. शुक्ला बोले, "मुझे भी हिन्दुस्तान पर गर्व है। मैंने कभी कांग्रेस का काम किया, लेकिन मैं इस नतीजे पर पहुँचा हूँ कि ज़रा-सी आजादी अगर मिलती है हिन्दुस्तानियों को, तो वे उसका भरपूर दुरुपयोग करने से बाज नहीं आते और कभी भी ये लोग अच्छे शासक नहीं निकलेंगे।"

"अरे नहीं! ऐसी बात नहीं। हिन्दुस्तानियों को ऐसा बना दिया है अँग्रेजों ने। वरना हिन्दुस्तान ने ही तो चन्द्रगुप्त और अशोक पैदा किये थे और रही जाति-व्यवस्था की बात तो मुझे तो स्पष्ट दिख रहा है कि जाति-व्यवस्था टूट रही है।" कपूर बोला, "रोटी-बेटी की कैद थी। रोटी की कैद तो करीब-करीब टूट गयी, अब बेटी की कैद भी...ब्याह-श ादियाँ भी दो-एक पीढ़ी के बाद स्वच्छन्दता से होने लगेंगी।"

"अगर ऐसा होगा तो बहुत गलत होगा। इससे जातिगत पतन होता है। ब्याह-शादी को कम-से-कम मैं भावना की दृष्टि से नहीं देखता। यह एक सामाजिक तथ्य है और उसी दृष्टिकोण से हमें देखना चाहिए। शादी में सबसे बड़ी बात होती है सांस्कृतिक समानता। और जब अलग-अलग जाति में अलग-अलग रीति-रिवाज हैं तो एक जाति की लड़की दूसरी जाति में जाकर कभी भी अपने को ठीक से सन्तुलित नहीं कर सकती। और फिर एक बनिया की व्यापारिक प्रवृत्तियों की लड़की और एक ब्राह्मण का अध्ययन वृत्ति का लड़का, इनकी सन्तान न इधर विकास कर सकती है न उधर। यह तो सामाजिक व्यवस्था को व्यर्थ के लिए असन्तुलित करना हुआ।"

"हाँ, लेकिन विवाह को आप केवल समाज के दृष्टिकोण से क्यों देखते हैं? व्यक्ति के दृष्टिकोण से भी देखिए। अगर दो विभिन्न जाति के लड़के-लड़की अपना मानसिक सन्तुलन ज्यादा अच्छा कर सकते हैं तो क्यों न विवाह की इजाजत दी जाए!"

"ओह, एक व्यक्ति के सुझाव के लिए हम समाज को क्यों नुकसान पहुँचाएँ! और इसका क्या निश्चय कि विवाह के समय यदि दोनों में मानसिक सन्तुलन है तो विवाह के बाद भी रहेगा ही। मानसिक सन्तुलन और प्रेम जितना अपने मन पर आधारित होता

है उतना ही बाहरी परिस्थितियों पर। क्या जाने ब्याह के वक्त की परिस्थिति का दोनों के मन पर कितना प्रभाव है और उसके बाद सन्तुलन रह पाता है या नहीं? और मैंने तो लव-मैरिजेज (प्रेम-विवाह) को असफल ही होते देखा है। बोलो है या नहीं?" डॉ. शुक्ला ने कहा।

"हाँ, प्रेम-विवाह अक्सर असफल होते हैं, लेकिन सम्भव है वह प्रेम न होता हो। जहाँ सच्चा प्रेम होगा वहाँ कभी असफल विवाह नहीं होंगे।" चन्दर ने बहुत साहस करके कहा।

"ओह! ये सब साहित्य की बातें हैं। समाजशास्त्र की दृष्टि से या वैज्ञानिक दृष्टि से देखो! अच्छा खैर, अभी मैंने उसकी रूप-रेखा बनायी है। लिखूँगा तो तुम सुनते चलना। लाओ, वह निबन्ध कहाँ है!" डॉ. शुक्ला बोले।

चन्दर ने उन्हें टाइप की हुई प्रतिलिपि दे दी। उलट-पुलटकर डॉ. शुक्ला ने देखा और कहा, "ठीक है। अच्छा चन्दर, अपना काम इधर ठीक-ठीक कर लो, अगले इतवार को लखनऊ कॉन्फ्रेंस में चलना है।"

"अच्छा! कार पर चलेंगे या ट्रेन से?"

"ट्रेन से। अच्छा।" घड़ी देखते हुए उन्होंने कहा, "अब ज़रा मैं काम से चल रहा हूँ। तुम यह चार्ट बना डालो और एक निबन्ध लिख डालना 'पूर्वी जिलों में शिशु मृत्यु।' प्रान्त के स्वास्थ्य विभाग ने एक पुरस्कार घोषित किया है।"

डॉ. शुक्ला चले गये। चन्दर ने फिर चार्ट में हाथ लगाया।

चन्दर के जाने के ज़रा ही देर बाद पापा आये और खाने बैठे। सुधा ने रसोई की रेशमी धोती पहनी और पापा को पंखा झलने बैठ गयी। सुधा अपने पापा की सिरचढ़ी दुलारी बेटियों में से थी और इतनी बड़ी हो जाने पर भी वह दुलार दिखाने से बाज नहीं आती थी। फिर आज तो उसने पापा की प्रिय नानखटाई अपने हाथ से बनायी थी। आज तो दुलार दिखाने का उसका हक था और भली-बुरी हर तरह की जिद को मान लेना करना, यह पापा की मजबूरी थी।

मुश्किल से डॉ. साहब ने अभी दो कौर खाये होंगे कि सुधा ने कहा, "नानखटाई खाओ, पापा!"

डॉ. शुक्ला ने एक नानखटाई तोड़कर खाते हुए कहा, "बहुत अच्छी है!" खाते-खाते उन्होंने पूछा, "सोमवार को कौन दिन है, सुधा!"

"सोमवार को कौन दिन है? सोमवार को 'मंडे' है।" सुधा ने हँसकर कहा। डॉ.

शुक्ला भी अपनी भूल पर हँस पड़े। "अरे देख तो मैं कितना भुलक्कड़ हो गया हूँ। मेरा मतलब था कि सोमवार को कौन तारीख है?"

"11 तारीख।" सुधा बोली, "क्यों?"

"कुछ नहीं, 10 को कॉन्फ्रेंस है और 14 को तुम्हारी बुआ आ रही हैं।"

"बुआ आ रही हैं, और बिनती भी आएगी?"

"हाँ, उसी को तो पहुँचाने आ रही हैं। विदुषी का केन्द्र यहीं तो है।"

"आहा! अब तो बिनती तीन महीने यहीं रहेगी, पापा अब बिनती को यहीं बुला लो। मैं बहुत अकेली रहती हूँ।"

"हाँ, अब तो जून तक यहीं रहेगी। फिर जुलाई में उसकी शादी होगी।" डॉ. शुक्ला ने कहा।

"अरे, अभी से? अभी उसकी उम्र ही क्या है!" सुधा बोली।

"क्यों, तेरे बराबर है। अब तेरे लिए भी तेरी बुआ ने लिखा है।"

"नहीं पापा, हम ब्याह नहीं करेंगे।" सुधा ने मचलकर कहा।

"तब?"

"बस हम पढ़ेंगे। एफ.ए. कर लेंगे, फिर बी.ए., फिर एम.ए., फिर रिसर्च, फिर बराबर पढ़ते जाएँगे, फिर एक दिन हम भी तुम्हारे बराबर हो जाएँगे। क्यों, पापा?"

"पागल नहीं तो, बातें तो सुनो इसकी! ला, दो नानखटाई और दे।" शुक्ला हँसकर बोले।

"नहीं, पहले तो कबूल दो तब हम नानखटाई देंगे। बताओ ब्याह तो नहीं करोगे।" सुधा ने दो नानखटाइयाँ हाथ में उठाकर कहा।

"ला, रख।"

"नहीं, पहले बता दो।"

"अच्छा-अच्छा, नहीं करेंगे।"

सुधा ने दोनों नानखटाइयाँ रखकर पंखा झलना शुरू किया। इतने में फिर नानखटाइयाँ खाते हुए डॉ. शुक्ला बोले, "तेरी सास तुझे देखने आएगी तो यही नानखटाइयाँ तुमसे बनवा कर खिलाएँगे।"

"फिर वही बात!" सुधा ने पंखा पटककर कहा, "अभी तुम वादा कर चुके हो कि ब्याह नहीं करेंगे।"

"हाँ-हाँ, ब्याह नहीं करूँगा, यह तो कह दिया मैंने। लेकिन तेरा ब्याह नहीं करूँगा, यह मैंने कब कहा?"

"हाँ आँ, ये तो फिर झूठ बोल गये तुम..." सुधा बोली।

"अच्छा, ए! चलो ओहर।" महराजिन ने डाँटकर कहा, "एत्ती बड़ी बिटिया हो गयी, मारे दुलारे के बररानी जात है।" महराजिन पुरानी थी और सुधा को डाँटने का पूरा हक था उसे, और सुधा भी उसका बहुत लिहाज करती थी। वह उठी और चुपचाप जाकर अपने कमरे में लेट गयी। बारह बज रहे थे।

वह लेटी-लेटी कल रात की बात सोचने लगी। क्लास में क्या मजा आया था कल; गेसू कितनी अच्छी लड़की है! इस वक्त गेसू के यहाँ खाना-पीना हो रहा होगा और फिर सब लोग मिलकर गाएँगे। कौन जाने शायद दोपहर को कव्वाली भी हो। इन लोगों के यहाँ कव्वाली इतनी अच्छी होती है। सुधा सुन नहीं पाएगी और गेसू ने भी कितना बुरा माना होगा। और यह सब चन्दर की वजह से। चन्दर हमेशा उसके आने-जाने, उठने-बैठने में कतर-ब्योंत करता रहता है। एक बार वह अपने मन से लड़कियों के साथ पिकनिक में चली गयी। वहीं चन्दर के बहुत-से दोस्त भी थे। एक दोस्त ने जाकर चन्दर से जाने क्या कह दिया कि चन्दर उस पर बहुत बिगड़ा। और सुधा कितनी रोयी थी उस दिन। यह चन्दर बहुत खराब है। सच पूछो तो अगर कभी-कभी वह सुधा का कहना मान लेता है तो उससे दुगुना सुधा पर रोब जमाता है और सुधा को रुला-रुलाकर मार डालता है। और खुद अपने-आप दुनिया भर में घूमेंगे। अपना काम होगा तो 'चलो सुधा, अभी करो, फौरन।' और सुधा का काम होगा तो–'अरे भाई, क्या करें, भूल गये।' अब आज ही देखो, सुबह आठ बजे आये और अब देखो दो बजे भी जनाब आते हैं या नहीं? और कह गये हैं दो बजे तक के लिए तो दो बजे तक सुधा को चैन नहीं पड़ेगी। न नींद आएगी, न किसी काम में तबीयत लगेगी। लेकिन अब ऐसे काम कैसे चलेगा। इम्तहान को कितने थोड़े दिन रह गये हैं। और सुधा की तबीयत सिवा पोयट्री (कविता) के और कुछ पढ़ने में लगती ही नहीं। कब से वह चन्दर से कह रही है थोड़ा-सा इकनॉमिक्स पढ़ा दो, लेकिन ऐसा स्वार्थी है कि बस चाय पी ली, नानखटाई खा ली, रुला लिया और फिर अपने मस्त साइकिल पर घूम रहे हैं।

यही सब सोचते-सोचते सुधा को नींद आ गयी।

और तीन बजे जब गेसू आयी तो भी सुधा सो रही थी। पलंग के नीचे डी.एम.सी. का गोला खुला हुआ था और तकिये के पास क्रोशिया पड़ी थी। सुधा थी बड़ी प्यारी। बड़ी खूबसूरत। और खासतौर से उसकी पलकें तो अपराजिता के फूलों को मात करती थीं। और थी इतनी गोरी गुदकारी कि कहीं पर दबा दो तो फूल खिल जाए। मूँगिया होंठों पर जाने कैसा अछूता गुलाब मुसकराता था और बाँहें तो जैसे बेले की पाँखुरियों की बनी हों। गेसू आयी। उसके हाथ में मिठाई थी जो उसकी माँ ने सुधा के लिए भेजी थी। वह पल-भर खड़ी रही और फिर उसने मेज पर मिठाई रख दी और क्रोशिया से सुधा

की गर्दन गुदगुदाने लगी। सुधा ने करवट बदली। गेसू ने नीचे पड़ा हुआ डोरा उठाया और आहिस्ते से उसका चुटीला डोरे के एक छोर से बाँधकर दूसरा छोर मेज के पाये से बाँध दिया। और उसके बाद बोली, "सुधा, सुधा उठो।"

सुधा चौंककर उठ गयी और आँखें मलते-मलते बोली, "अब दो बजे हैं? लाये उन्हें या नहीं?"

"ओहो! उन्हें लाये या नहीं किसे बुलाया था रानी, दो बजे; ज़रा हमें भी तो मालूम हो?" गेसू ने बाँह में चुटकी काटते हुए पूछा।

"उफ्फोह!" सुधा बाँह झटककर बोली, "मार डाला! बेदर्द कहीं की! ये सब अपने उन्हीं अख्तर मियाँ को दिखाया कर!" और ज्यों ही सुधा ने सिर ढँकने के लिए पल्ला उठाया तो देखा कि चोटी डोर में बँधी हुई है। इसके पहले कि सुधा कुछ कहे, गेसू बोली, "या सनम! ज़रा पढ़ाई तो देखो, मैंने तो सुना था कि नींद न आये इसलिए लड़के अपनी चोटी खूँटी में बाँध लेते हैं पर यह नहीं मालूम था कि लड़कियाँ भी अब वही करने लगी हैं।"

सुधा ने चोटी से डोर खोलते हुए कहा, "मैं ही सताने को रह गयी हूँ। अख्तर मियाँ की चोटी बाँधकर नचाना उन्हें। अभी से बेताब क्यों हुई जाती है?"

"अरे रानी, उनके चोटी कहाँ? मियाँ हैं मियाँ?"

"चोटी न सही, दाढ़ी सही।"

"दाढ़ी, खुदा खैर करे, मगर वो दाढ़ी रख लें तो मैं उनसे मोहब्बत तोड़ लूँ।"

सुधा हँसने लगी।

"ले, अम्मी ने तेरे लिए मिठाई भेजी है। तू आयी क्यों नहीं?"

"क्या बताऊँ"

"बताऊँ-वताऊँ कुछ नहीं। अब कब आएगी। तू?"

"गेसू, सुनो, इसी मंगल, नहीं-नहीं बृहस्पति को बुआ आ रही हैं। वो चली जाएँगी तब आऊँगी मैं।"

"अच्छा, अब मैं चलूँ। अभी कामिनी और प्रभा के यहाँ मिठाई पहुँचानी है।" गेसू मुड़ते हुए बोली।

"अरे बैठो भी।" सुधा ने गेसू की ओढ़नी पकड़कर उसे खींच कर बिठलाते हुए कहा, "अभी आये हो, बैठे हो, दामन सँभाला है।"

"आहा। अब तो तू भी उर्दू शायरी कहने लगी।" गेसू ने बैठते हुए कहा।

"तेरा ही मर्ज लग गया।" सुधा ने हँसकर कहा।

"देख कहीं और भी मर्ज न लग जाए, वरना फिर तेरे लिए भी इन्तजाम करना होगा!" गेसू ने पलंग पर लेटते हुए कहा।

"अरे ये वो गुड़ नहीं कि चींटे खाएँ।"

"देखूँगी, और देखूँगी क्या, देख रही हूँ। इधर पिछले दो साल से कितनी बदल गयी है तू। पहले कितना हँसती-बोलती थी, कितनी लड़ती-झगड़ती थी और अब कितना हँसने-बोलने पर भी गुमसुम हो गयी है तू। और वैसे हमेशा हँसती रहे चाहे लेकिन जाने किस खयाल में डूबी रहती है हमेशा।" गेसू ने सुधा की ओर देखते हुए कहा।

"धत् पगली कहीं की।" सुधा ने गेसू के एक हल्की-सी चपत मारकर कहा, "यह सब तेरे अपने खयाली-पुलाव हैं। मैं किसी के ध्यान में डूबूँगी, ये हमारे गुरु ने नहीं सिखाया।"

"गुरु तो किसी के नहीं सिखाते सुधा रानी, बिल्कुल सच-सच, क्या कभी तुम्हारे मन में किसी के लिए मोहब्बत नहीं जागी?" गेसू ने बहुत गम्भीरता से पूछा।

"देख गेसू, तुझसे मैंने आज तक तो कभी कुछ नहीं छिपाया, न शायद कभी छिपाऊँगी। अगर कभी कोई बात होती तो तुझसे छिपी न रहती और रहा मुहब्बत का, तो सच पूछ तो मैंने जो कुछ कहानियों में पढ़ा है कि किसी को देखकर मैं रोने लगूँ, गाने लगूँ, पागल हो जाऊँ यह सब कभी मुझे नहीं हुआ। और रहीं कविताएँ तो उनमें की बातें मुझे बहुत अच्छी लगती हैं। कीट्स की कविताएँ पढ़कर ऐसा लगा है अक्सर कि मेरी नसों का कतरा-कतरा आँसू बनकर छलकने वाला है। लेकिन वह महज कविता का असर होता है।"

"महज कविता का असर," गेसू ने पूछा, "कभी किसी खास आदमी के लिए तेरे मन में हँसी या आँसू नहीं उमड़ते! कभी अपने मन को जाँचकर तो देख, कहीं तेरी नाजुक-खयाली के परदे में किसी एक की सूरत तो नहीं छिपी है।"

"नहीं गेसू बानो, नहीं, इसमें मन को जाँचने की क्या बात है। ऐसी बात होती और मन किसी के लिए झुकता तो क्या खुद मुझे नहीं मालूम होता?" सुधा बोली, "लेकिन तुम ऐसा क्यों सोचती हो?"

"बात यह है, सुधी!" गेसू ने सुधा को अपनी गोद में खींचते हुए कहा, "देखो, तुम मुझसे इल्म में ऊँची हो, तुमने अँग्रेजी शायरी छान डाली है लेकिन जिन्दगी से जितना मुझे साबिका पड़ चुका है, अभी तुम्हें नहीं पड़ा। अक्सर कब, कहाँ और कैसे मन अपने को हार बैठता है, यह खुद हमें पता नहीं लगता। मालूम तब होता है जब जिसके कदम पर हमने सिर रखा है, वह झटके से अपने कदम घसीट ले। उस वक्त हमारी नींद टूट जाती है और तब हम जाकर देखते हैं कि अरे हमारा सिर तो किसी के कदमों पर रखा हुआ था और उनके सहारे आराम से सोते हुए हम सपना देख रहे थे कि हमारा सिर कहीं झुका ही नहीं। और मुझे जाने तेरी आँखों में इधर क्या दीख रहा है कि मैं

बेचैन हो उठी हूँ। तूने कभी कुछ नहीं कहा, लेकिन मैंने देखा कि नाजुक अशआर तेरे दिल को उस जगह छू लेते हैं जिस जगह उसी को छू सकते हैं जो अपना दिल किसी के कदमों पर चढ़ा चुका हो। और मैं यह नहीं कहती कि तूने मुझसे छिपाया है। कौन जानता है तेरे दिल ने खुद तुझसे यह राज छिपा रखा हो।" और सुधा के गाल थपथपाते हुए गेसू बोली, "लेकिन मेरी एक बात मानेगी तू? तू कभी इस दर्द को मोल न लेना, बहुत तकलीफ होती है।"

सुधा हँसने लगी, "तकलीफ की क्या बात? तू तो है ही। तुझसे पूछ लूँगी उसका इलाज।"

"मुझसे पूछकर क्या कर लेगी–

'दर्दे दिल क्या बाँटने की चीज है?
बाँट लें अपने पराये दर्दे दिल?'

नहीं, तू बड़ी सुकुँवार है। तू इन तकलीफों के लिए बनी नहीं मेरी चम्पा!" और गेसू ने उसका सिर अपनी छाती में छिपा लिया।

टन से घड़ी ने साढ़े तीन बजाये।

सुधा ने अपना सिर उठाया और घड़ी की ओर देखकर कहा–

"ओफ्फोह, साढ़े तीन बजे गये और अभी तक गायब!"

"किसके इन्तजार में बेताब है तू?" गेसू ने उठकर पूछा।

"बस दर्दे दिल, मुहब्बत, इन्तजार, बेताबी, तेरे दिमाग में तो यही सब भरा रहता है आज कल, वही तू सबको समझती है। इन्तजार-विन्तजार नहीं, चन्दर अभी मास्टर लेकर आएँगे। अब इम्तहान कितना नजदीक है।"

"हाँ, ये तो सच है और अभी तक मुझसे पूछ, क्या पढ़ाई हुई है। असल बात तो यह है कि कॉलेज में पढ़ाई हो तो घर में पढ़ने में मन लगे और राजा-कॉलेज में पढ़ाई नहीं होती। इससे अच्छा सीधे यूनिवर्सिटी में बी.ए. करते तो अच्छा था। मेरी तो अम्मी ने कहा कि वहाँ लड़के पढ़ते हैं, वहाँ नहीं भेजूँगी, लेकिन तू क्यों नहीं गयी, सुधा?"

"मुझे भी चन्दर ने मना कर दिया था।" सुधा बोली।

सहसा गेसू ने एक क्षण को सुधा की ओर देखा और कहा, "सुधी, तुझसे एक बात पूछूँ!"

"हाँ!"

"अच्छा जाने दे!"

"पूछो न!"

"नहीं, पूछना क्या, खुद जाहिर है।"

"क्या?"

"कुछ नहीं।"

"पूछो न!"

"अच्छा, फिर कभी पूछ लेंगे। अब देर हो रही है। आधा घण्टा हो गया। कोचवान बाहर खड़ा है।"

सुधा गेसू को पहुँचाने बाहर तक आयी।

"कभी हसरत को लेकर आओ।" सुधा बोली।

"अब पहले तुम आओ।" गेसू ने चलते-चलते कहा।

"हाँ, हम तो बिनती को लेकर आएँगे। और हसरत से कह देना तभी उसके लिए तोहफा लाएँगे!"

"अच्छा, सलाम..."

और गेसू की गाड़ी मुश्किल से फाटक के बाहर गयी होगी कि साइकिल पर चन्दर आते हुए दीख पड़ा। सुधा ने बहुत गौर से देखा कि उसके साथ कौन है, मगर वह अकेला था।

सुधा सचमुच झल्ला गयी। आखिर लापरवाही की हद होती है। चन्दर को दुनिया भर के काम याद रहते हैं, एक सुधा से जाने क्या खार खाये बैठा है कि सुधा का काम कभी नहीं करेगा। इस बात पर सुधा कभी-कभी दु:खी हो जाती है और घर में किससे वह कहे काम के लिए। खुद कभी बाजार नहीं जाती। नतीजा यह होता है कि वह छोटी-से-छोटी चीज के लिए मोहताज होकर बैठ जाती है। और काम नौकरों से करवा भी ले, पर अब मास्टर तो नौकर से नहीं ढुँढ़वाया जा सकता? ऊन तो नौकर नहीं पसन्द कर सकता? किताबें तो नौकर नहीं ला सकता? और चन्दर का यह हाल है। इसी बात पर कभी-कभी उसे रुलाई आ जाती है।

चन्दर ने आकर बरामदे में साइकिल रखी और सुधा का चेहरा देखते ही वह समझ गया। "काहे मुँह बना रखा है, पाँच बजे मास्टर साहब आएँगे तुम्हारे। अभी उन्हीं के यहाँ से आ रहे हैं। बिसरिया को जानती हो, वही आएँगे।" और उसके बाद चन्दर सीधा स्टडी-रूम में पहुँच गया। वहाँ जाकर देखा तो आराम-कुर्सी पर बैठे-ही-बैठे डॉ. शुक्ला सो रहे हैं अत: उसने अपना चार्ट और पेन उठाया और ड्राइंगरूप में आकर चुपचाप काम करने लगा।

बड़ा गम्भीर था वह। जब इंक घोलने के लिए उसने सुधा से पानी नहीं माँगा और खुद गिलास लाकर आँगन में पानी लेने लगा, तब सुधा समझ गयी कि आज दिमाग

कुछ बिगड़ा है। वह एकदम तड़प उठी। क्या करे वह! वैसे चाहे वह चन्दर से कितना ही ढीठ क्यों न हो पर चन्दर गुस्सा रहता था तब सुधा की रूह काँप उठती थी। उसकी हिम्मत नहीं पड़ती थी कि वह कुछ भी कहे। लेकिन अन्दर-ही-अन्दर वह इतनी परेशान हो उठती थी कि बस।

कई बार वह किसी-न-किसी बहाने से ड्राइंगरूप में आयी, कभी गुलदस्ता बदलने, कभी मेजपोश बदलने, कभी आलमारी में कुछ रखने, कभी आलमारी में से कुछ निकालने, लेकिन चन्दर अपने चार्ट में निगाह गड़ाये रहा। उसने सुधा की ओर देखा तक नहीं। सुधा की आँख में आँसू छलक आये और वह चुपचाप अपने कमरे में चली गयी और लेट गयी। थोड़ी देर वह पड़ी रही, पता नहीं क्यों वह फूट-फूटकर रो पड़ी। खूब रोयी, खूब रोयी और फिर मुँह धोकर आकर पढ़ने की कोशिश करने लगी। जब हर अक्षर में उसे चन्दर का उदास चेहरा नज़र आने लगा तो उसने किताब बन्द करके रख दी और ड्राइंगरूम में गयी। चन्दर ने चार्ट बनाना भी बन्द कर दिया था और कुरसी पर सिर टेके छत की ओर देखता हुआ जाने क्या सोच रहा था।

वह जाकर सामने बैठ गयी तो चन्दर ने चौंककर सिर उठाया और फिर चार्ट को सामने खिसका लिया। सुधा ने बड़ी हिम्मत करके कहा–

"चन्दर!"

"क्या!" बड़े भर्राये गले से चन्दर बोला।

"इधर देखो!" सुधा ने बहुत दुलार से कहा।

"क्या है!" चन्दर ने उधर देखते हुए कहा, "अरे सुधा! तुम रो क्यों रही हो?"

"हमारी बात पर नाराज हो गये तुम। हम क्या करें, हमारा स्वभाव ही ऐसा हो गया। पता नहीं क्यों तुम पर इतना गुस्सा आ जाता है।" सुधा के गाल पर दो बड़े-बड़े मोती ढलक आये।

"अरे पगली! मालूम होता है तुम्हारा तो दिमाग बहुत जल्दी खराब हो जाएगा, हमने तुमसे कुछ कहा है?"

"कह लेते तो हमें सन्तोष हो जाता। हमने कभी कहा तुमसे कि तुम कहा मत करो। गुस्सा मत हुआ करो। मगर तुम तो फिर गुस्सा मन-ही-मन में छिपाने लगते हो। इसी पर हमें रुलाई आ जाती है।"

"नहीं सुधी, तुम्हारी बात नहीं थी और हम गुस्सा भी नहीं थे। पता नहीं क्या मन बड़ा भारी-सा था।"

"क्या बात है, अगर बता सको तो बताओ, वरना हम कौन हैं तुमसे पूछने वाले।" सुधा ने बड़े करुण स्वर में कहा।

"तो तुम्हारा दिमाग खराब हुआ। हमने कभी तुमसे कोई बात छिपायी? जाओ, अच्छी लड़की की तरह मुँह धो आओ।"

सुधा उठी और मुँह धोकर आकर बैठ गयी।

"अब बताओ, क्या बात थी?"

"कोई एक बात हो तो बताएँ। पता नहीं तुम्हारे घर से गये तो एक-न-एक ऐसी बात होती गयी कि मन बड़ा उदास हो गया।"

"आखिर फिर भी कोई बात तो हुई ही होगी!"

"बात यह हुई कि तुम्हारे यहाँ से मैं घर गया खाना खाने। वहाँ देखा चाचाजी आये हुए हैं, उनके साथ एक कोई साहब और हैं। खैर बड़ी खुशी हुई। खाना-वाना खाकर जब बैठे तब मालूम हुआ कि चाचाजी मेरा ब्याह तय करने के लिए आये हैं और साथ वाले साहब मेरे होनेवाले ससुर हैं। जब मैंने इनकार कर दिया तो बहुत बिगड़कर चले गये और बोले हम आज से तुम्हारे लिए मर गये और तुम हमारे लिए मर गये।"

"तुम्हारी माताजी कहाँ हैं?"

"प्रतापगढ़ में, लेकिन वो तो सौतेली हैं और वे तो चाहती ही नहीं कि मैं घर लौटूँ, लेकिन चाचाजी जरूर आज तक मुझसे कुछ मुहब्बत करते थे। आज वह भी नाराज होकर चले गये।"

सुधा कुछ देर तक सोचनी रही, फिर बोली, "तो चन्दर, तुम शादी कर क्यों नहीं लेते?"

"नहीं सुधा, शादी नहीं करती है मुझे। मैंने देखा कि जिसकी शादी हुई, कोई भी सुखी नहीं हुआ। सभी का भविष्य बिगड़ गया। और क्यों एक तवालत पाली जाए? जाने कैसी लड़की हो, क्या हो?"

"तो उसमें क्या? पापा से कहो उस लड़की को जाकर देख लें। हम भी पापा के साथ चले जाएँगे। अच्छी हो तो कर लो न, चन्दर। फिर यहीं रहना। हमें अकेला भी नहीं लगेगा। क्यों?"

"नहीं जी, तुम तो समझती नहीं हो। जिन्दगी निभानी है कि कोई गाय-भैंस खरीदना है!" चन्दर ने हँसकर कहा, "आदमी एक-दूसरे को समझे, बूझे, प्यार करे, तब ब्याह के भी कोई माने हैं।"

"तो उसी से कर लो जिससे प्यार करते हो!"

चन्दर ने कुछ जवाब नहीं दिया।

"बोलो! चुप क्यों हो गये! अच्छा, तुमने किसी को प्यार किया, चन्दर!"

"क्यों?"

"बताओ न!"

"शायद नहीं!"

"बिल्कुल ठीक, हम भी यही सोच रहे थे अभी।" सुधा बोली।

"क्यों, ये क्यों सोच रही थी?"

"इसलिए कि तुमने किया होता तो तुम हमसे थोड़े ही छिपाते, हमें जरूर बताते, और नहीं बताया तो हम समझ गये कि अभी तुमने किसी से प्यार नहीं किया।"

"लेकिन तुमने यह पूछा क्यों, सुधा! यह बात तुम्हारे मन में उठी कैसे?"

"कुछ नहीं, अभी गेसू आयी थी। वह बोली–सुधा, तुमने किसी से कभी प्यार किया है, असल में वह अख्तर को प्यार करती है। उससे उसका विवाह होने वाला है। हाँ, तो उसने पूछा कि तूने किसी से प्यार किया है, हमने कहा, नहीं। बोली, तू अपने से छिपाती है। तो हम मन-ही-मन में सोचने रहे कि तुम आओगे तो तुमसे पूछेंगे कि हमने कभी प्यार तो नहीं किया है। क्योंकि तुम्हीं एक हो जिससे हमारा मन कभी कोई बात नहीं छिपाता, अगर कोई बात छिपाई भी होती हमने, तो तुम्हें जरूर बता देती। फिर हमने सोचा, शायद कभी हमने प्यार किया हो और तुम्हें बताया हो, फिर हम भूल गये हों। अभी उसी दिन देखो, हम पापा की दवाई का नाम भूल गये और तुम्हें याद रहा। शायद हम भूल गये हों और तुम्हें मालूम हो। कभी हमने प्यार तो नहीं किया न?"

"नहीं, हमें तो कभी नहीं बताया।" चन्दर बोला।

"तब तो हमने प्यार-वार नहीं किया। गेसू यूँ ही गप्प उड़ा रही थी।" सुधा ने सन्तोष की साँस लेकर कहा, "लेकिन बस! चाचाजी के नाराज होने पर तुम इतने दु:खी हो गये हो! हो जाने दो नाराज। पापा तो हैं अभी, क्या पापा मुहब्बत नहीं करते तुमसे?" "सो क्यों नहीं करते, तुमसे ज्यादा मुझसे करते हैं लेकिन उनकी बात से मन तो भारी हो ही गया। उसके बाद गये बिसरिया के यहाँ। बिसरिया ने कुछ बड़ी अच्छी कविताएँ सुनायीं। और भी मन भारी हो गया।" चन्दर ने कहा।

"लो, तब तो चन्दर, तुम प्यार करते होगे! जरूर से?" सुधा ने हाथ पटककर कहा।

"क्यों?"

"गेसू कह रही थी–शायरी पर जो उदास हो जाता है वह जरूर मुहब्बत-वुहब्बत करता है।" सुधा ने कहा, "अरे यह पोर्टिको में कौन है?"

चन्दर ने देखा, "लो बिसरिया आ गया!"

चन्दर उसे बुलाने उठा तो सुधा ने कहा, "अभी बाहर बिठलाना उन्हें, मैं तब तक कमरा ठीक कर लूँ।"

बिसरिया को बाहर बिठाकर चन्दर भीतर आया, अपना चार्ट वगैरह समेटने के

लिए, तो सुधा ने कहा, "सुनो!"

चन्दर रुक गया।

सुधा ने पास आकर कहा, "तो अब तो उदास नहीं हो तुम। नहीं चाहते मत करो शादी, इसमें उदास क्या होना। और कविता-वविता पर मुँह बनाकर बैठे तो अच्छी बात नहीं होगी।"

"अच्छा!" चन्दर ने कहा।

"अच्छा-वच्छा नहीं बताओ, तुम्हें मेरी कसम है, उदास मत हुआ करो फिर हमसे कोई काम नहीं होता।"

"अच्छा, उदास नहीं होंगे, पगली!" चन्दर ने हल्की-सी चपत मारकर कहा और बरबस उसके मुँह से एक ठंडी साँस निकली। उसने चार्ट उठाकर स्टडी रूम में रखा। देखा डॉक्टर साहब अभी सो रहे हैं। सुधा कमरा ठीक कर रही थी। वह आकर बिसरिया के पास बैठ गया।

थोड़ी देर में कमरा ठीक करके सुधा आकर कमरे के दरवाजे पर खड़ी हो गयी। चन्दर से पूछा "क्यों, सब ठीक है?"

उसने सिर हिला दिया, कुछ बोली नहीं।

"यही हैं आपकी शिष्या। सुश्री सुधा शुक्ला। इस साल बी.ए. फाइनल का इम्तहान देंगी।"

बिसरिया ने बिना आँखें उठाये ही हाथ जोड़ लिये। सुधा ने हाथ जोड़े फिर बहुत ही सकुचा-सी गयी। चन्दर उठा और बिसरिया को लाकर उसने अन्दर बिठा दिया। बिसरिया के सामने सुधा और उसकी बगल में चन्दर।

चुप। सभी चुप।

अन्त में चन्दर बोला–"लो, तुम्हारे मास्टर साहब आ गये। अब बताओ न, तुम्हें क्या-क्या पढ़ना है?"

सुधा चुप। बिसरिया कभी यह पुस्तक उलटता, कभी वह। थोड़ी देर बाद वह बोला–"आपके क्या विषय हैं?"

"जी!" बड़ी कोशिश से बोलते हुए सुधा ने कहा–"हिन्दी, इकनॉमिक्स और गृह-विज्ञान।" और उसके माथे पर पसीना झलक आया।

"आपको हिन्दी कौन पढ़ाता है?" बिसरिया ने किताब में ही निगाह गड़ाये हुए कहा।

सुधा ने चन्दर की ओर देखा और मुसकराकर फिर मुँह झुका लिया।

"बोलो न तुम खुद, ये राजा गर्ल्स कॉलेज में हैं। शायद मिस पवार हिन्दी पढ़ाती हैं।" चन्दर ने कहा–"अच्छा, अब आप पढ़ाइए, मैं अपना काम करूँ।" चन्दर उठकर

चल दिया। स्टडी रूप में मुश्किल से चन्दर दरवाजे तक पहुँचा होगा कि सुधा ने बिसरिया से कहा–

"जी, मैं पेन ले आऊँ!" लपकती हुई चन्दर के पास पहुँची।

"ए सुनो, चन्दर!" चन्दर रुक गया और उसका कुरता पकड़कर छोटे बच्चों की तरह मचलते हुए सुधा बोली–"तुम चलकर बैठो तो हम पढ़ेंगे। ऐसे शरम लगती है।"

"जाओ, चलो! हर वक्त वही बचपना!" चन्दर ने डाँटकर कहा–"चलो, पढ़ो सीधे से। इतनी बड़ी हो गयी, अभी तक वही आदतें!"

सुधा चुपचाप मुँह लटकाकर खड़ी हो गयी और फिर धीरे-धीरे पढ़ने लग गयी। चन्दर स्डटी रूम में जाकर चार्ट बनाने लगा। डॉक्टर साहब अभी तक सो रहे थे। एक मक्खी उड़कर उनके गले पर बैठ गयी और उन्होंने बायें हाथ से मक्खी मारते हुए नींद में कहा–"मैं इस मामले में सरकार की नीति का विरोध करता हूँ।"

चन्दर ने चौंककर पीछे देखा। डॉक्टर साहब जग गये थे और जमुहाई ले रहे थे।

"जी, आपने मुझसे कुछ कहा?" चन्दर ने पूछा।

"नहीं, क्या मैंने कुछ कहा था? ओह! मैं सपना देख रहा था कै बज गये?"

"साढ़े पाँच।"

"अरे बिल्कुल शाम हो गयी!" डॉक्टर साहब ने बाहर देखकर कहा–"अब रहने दो कपूर, आज काफी काम किया है तुमने। चाय मँगवाओ। सुधा कहाँ है?"

"पढ़ रही है। आज से उसके मास्टर साहब आने लगे हैं।"

"अच्छा-अच्छा, जाओ उन्हें भी बुला लाओ, और चाय भी मँगवा लो। उसे भी बुला लो–सुधा को।"

चन्दर जब ड्राइंग रूम में पहुँचा तो देखा सुधा किताबें समेट रही है और बिसरिया जा चुका है। उसने सुधा से कहना चाहा लेकिन सुधा का मुँह देखते ही उसने अनुमान किया कि सुधा लड़ने के मूड में है, अत: वह स्वयं ही जाकर महराजिन से कह आया कि तीन प्याला चाय पढ़ने के कमरे में भेज दो। जब वह लौटने लगा तो खुद सुधा ही उसके रास्ते में खड़ी हो गयी और धमकी के स्वर में बोली–"अगर कल से साथ नहीं बैठोगे तुम, तो हम नहीं पढ़ेंगे।"

"हम साथ नहीं बैठ सकते, चाहे तुम पढ़ो या न पढ़ो।" चन्दर ने ठंडे स्वर में कहा और आगे बढ़ा।

"तो फिर हम नहीं पढ़ेंगे।" सुधा ने जोर से कहा।

"क्या बात है? क्यों लड़ रहे हो तुम लोग?" डॉ. शुक्ला अपने कमरे से बोले। चन्दर कमरे में जाकर बोला, "कुछ नहीं, ये कह रही हैं कि..."

"पहले हम कहेंगे," बात काटकर सुधा बोली–"पापा, हमने इनसे कहा कि तुम पढ़ाते वक्त बैठा करो, हमें बहुत शरम लगती है, ये कहते हैं पढ़ो चाहे न पढ़ो, हम नहीं बैठेंगे।"

"अच्छा-अच्छा, जाओ चाय लाओ।"

जब सुधा चाय लेने गयी तो डॉक्टर साहब बोले–"कोई विश्वासपात्र लड़का है? अपने घर की लड़की समझकर सुधा को सौंपना पढ़ने के लिए। सुधा अब बच्ची नहीं है।"

"हाँ-हाँ, अरे यह भी कोई कहने की बात है!"

"हाँ, वैसे अभी तक सुधा तुम्हारी ही निगहबानी में रही है। तुम खुद ही अपनी जिम्मेवारी समझते हो। लड़का हिन्दी में एम.ए. है?"

"हाँ, एम.ए. कर रहा है।"

"अच्छा है, तब तो बिनती आ रही है, उसे भी पढ़ा देगा।"

सुधा चाय लेकर आ गयी थी।

"पापा, तुम लखनऊ कब जाओगे?"

"शुक्रवार को, क्यों?"

"और ये भी जाएँगे?"

"हाँ।"

"और हम अकेले रहेंगे?"

"क्यों, महराजिन यहीं सोएगी और अगले सोमवार को हम लौट आएँगे।" डॉ. शुक्ला ने चाय का प्याला मुँह से लगाते हुए कहा।

एक गमकदे की शाम, मन उदास, तबीयत उचटी-सी, सितारों की रोशनी फीकी लग रही थी। मार्च की शुरुआत थी और फिर भी जाने शाम इतनी गरम थी, या सुधा को ही इतनी बेचैनी लग रही थी। पहले वह जाकर सामने के लॉन में बैठी लेकिन सामने के मौलसिरी के पेड़ में छोटी-छोटी गौरैयों ने मिलकर इतनी जोर से चहचहाना शुरू किया कि उसकी तबीयत घबरा उठी। वह इस वक्त एकान्त चाहती थी और सबसे बढ़कर सन्नाटा चाहती थी जहाँ कोई न बोले, कोई बात न करे, सभी खामोशी में डूबे हुए हों।

वह उठकर टहलने लगी और जब लगा कि पैरों में ताकत ही नहीं रही तो फिर लेट गयी, हरी-हरी घास पर। मंगलवार की शाम थी और अभी तक पापा नहीं आये थे। आना तो दूर, पापा या चन्दर के हाथ के एक पुरजे के लिए तरस गयी थी। किसी ने यह भी नहीं लिखा कि वे लोग कहाँ रह रहे हैं, या कब तक आएँगे। किसी को

भी सुधा का खयाल नहीं। शनिवार या इतवार को तो वह हर रोज खाना खाते वक्त रोयी, चाय पीना तो उसने उसी दिन से छोड़ दिया था और सोमवार को सुबह पापा नहीं आये तो वह इतना फूट-फूटकर रोयी कि महराजिन को सिंकती हुई रोटी छोड़कर चूल्हे की आँच निकालकर सुधा को समझाने आना पड़ा। और सुधा की रुलाई देखकर तो महराजिन के हाथ-पाँव ढीले हो गये थे। उसकी सारी डाँट हवा हो गयी थी और वह सुधा का मुँह-ही-मुँह देखती थी। कल से कॉलेज भी नहीं गयी थी। और दोनों दिन इन्तजार करती रही कि कहीं दोपहर को पापा न आ जाएँ। गेसू से भी दो दिन से मुलाकात नहीं हुई थी।

लेकिन मंगल को दोपहर तक जब कोई खबर न आयी तो उसकी घबराहट बेकाबू हो गयी। इस वक्त उसने बिसरिया से कोई भी बात नहीं की। आधा घण्टा पढ़ने के बाद उसने कहा कि उसके सिर में दर्द हो रहा है और उसके बाद खूब रोयी, खूब रोयी। उसके बाद उठी, चाय पी, मुँह-हाथ धोया और सामने के लॉन में टहलने लगी। और फिर लेट गयी हरी-हरी घास पर।

बड़ी ही उदास शाम थी। और क्षितिज की लाली के होठ भी स्याह पड़ गये थे। बादल साँस रोके पड़े थे और खामोश सितारे टिमटिमा रहे थे। बगुलों की धुँधली-धुँधली कतारें पर मारती हुई गुजर रही थीं। सुधा ने एक लम्बी साँस लेकर सोचा कि अगर वह चिड़िया होती तो एक क्षण में उड़कर जहाँ चाहती वहाँ की खबर ले आती। पापा इस वक्त घूमने गये होंगे। चन्दर अपने दोस्तों की टोली में बैठा रँगरेलियाँ कर रहा होगा। वहाँ भी दोस्त बना ही लिये होंगे उसने। बड़ा बातूनी है चन्दर और बड़ा मीठे स्वभाव का। आज तक किसी से सुधा ने उसकी बुराई नहीं सुनी। सभी उसको प्यार करते थे। यहाँ तक कि महराजिन, जो सुधा को हमेशा डाँटती रहती थी, चन्दर का हमेशा पक्ष लेती थी। और सुधा हरेक से पूछ लेती थी कि चन्दर के बारे में उसकी क्या राय है? लेकिन सब लोग जितनी चन्दर की तारीफ करते वह उतना अच्छा उसे नहीं समझती थी। आदमी की परख तब होती है जब दिन-रात बरते। चन्दर उसका ऊन कभी नहीं लाकर देता था, बादामी रंग का मँगाओ तो केसरिया रंग का ला देता था। इतने नक्शे बनाता रहता था, और सुधा ने हमेशा उससे कहा कि मेजपोश की कोई डिजाइन बना दो तो उसने कभी नहीं बनायी। एक बार सुधा ने बहुत अच्छी वायल कानपुर से मँगवायी और चन्दर ने कहा, "लाओ, यह बहुत अच्छी है इस पर हम किनारे की डिजाइन बना देंगे।" और उसके बाद उसने उसमें तमाम पान-जैसा जाने क्या बना दिया और जब सुधा ने पूछा, "यह क्या है?" तो बोला, "लंका का नक्शा है।" जब सुधा बिगड़ी तो बोला, "लड़कियों के हृदय में रावण से मेघनाद तक करोड़ों राक्षसों का वास होता है, इसलिए

उनकी पोशाक में लंका का नक्शा ज्यादा सुशोभित होता है।" मारे गुस्से के सुधा ने वह धोती अपनी मालिन को दे डाली थी। यह सब बातें तो किसी को मालूम नहीं। उनके सामने तो ज़रा-सा कपूर साहब हँस दिये, चार मजाक की बातें कर दीं, छोटे-मोटे उनके काम कर दिये, मीठी बातें कर लीं और सब समझे कपूर साहब तो बिल्कुल गुलाब के फूल हैं। लेकिन कपूर साहब एक तीखे काँटे हैं जो दिन-रात सुधा के मन में चुभते रहते हैं, यह तो दुनिया को नहीं मालूम। दुनिया क्या जाने कि सुधा कितनी परेशान रहती है चन्दर की आदतों से! अगर दुनिया को मालूम हो जाए तो कोई चन्दर की ज़रा भी तारीफ न करे, सब सुधा को ही ज्यादा अच्छा कहें, लेकिन सुधा कभी किसी से कुछ नहीं कहती, मगर आज उसका मन हो रहा था कि किसी से चन्दर की जी भरकर बुराई कर ले तो उसका मन हल्का हो जाए।

"चलो बिटिया रानी, तई खाय लेव, फिर भीतर लेटो। अबहिन लेटे का बखत नहीं आवा!" सहसा महराजिन ने आकर सुधा की स्वप्न-शृंखला तोड़ते हुए कहा।

"अब हम नहीं खाएँगे, भूख नहीं।" सुधा ने अपने सुनहले सपनों ही में डूबी हुई बेहोश आवाज में जवाब दिया।

"खाय लेव बिटिया, खाय-पियै छोड़ै से कसस काम चली, आव उठौ!" महराजिन ने बड़े दुलार से कहा। सुधा पीछा छूटने की कोई आशा न देखकर उठ गयी और चल दी खाने। कौर उठाते ही उसकी आँख में आँसू छलक आये, लेकिन अपने को रोक लिया उसने। दूसरों के सामने अपने को बहुत शान्त रखना आता था उसे। दो कौर खाने के बाद वह महराजिन से बोली, "आज कोई चिट्ठी तो नहीं आयी?"

"नहीं बिटिया, आज तो दिन भर घरै में रह्यो!" महराजिन ने पराँठे उलटते हुए जवाब दिया–"काहे बिटिया, बाबूजी कुछौ नाही लिखिन तो छोटे बाबू तो लिख देते।"

"अरे महराजिन, यही तो हमारी जान का रोना है। हम चाहे रो-रोकर मर जाएँ मगर न पापा को खयाल, न पापा के शिष्य को। और चन्दर तो ऐसे खराब हैं कि हम क्या करें। ऐसे स्वार्थी हैं, अपने मतलब के कि बस! सुबह-शाम आएँ और हम या पापा न मिलें तो आफत ढा देंगे–बहुत घूमने लगी हो तुम, बहुत बाहर कदम निकल गया है तुम्हारा–और सच पूछो तो चन्दर की वजह से हमने सब जगह आना-जाना बन्द कर दिया और खुद हैं कि आज लखनऊ, कल कलकत्ता और एक चिट्ठी भेजने तक का वक्त नहीं मिलता! अभी हम ऐसा करते तो हमारी जान नोच खाते! और पापा को देखो, उनके दुलारे उनके साथ हैं तो बस और किसी की फिक्र ही नहीं। अब तुम महराजिन, चन्दर को तो कभी कुछ चाय-वाय बना के मत देना।"

"काहे बिटिया, काहे कोसत हो। कैसा चाँद-से तो हैं छोटे बाबू, और कैसा हँस के बातें करत हैं। माई का जाने कैसे हियाव पड़ा कि उन्हें अलग कै दिहिस। बेचारा होटल में जाने कैसे रोटी खात होई। उन्हें हिंयई बुलाय लेव तो अपने हाथ की खिलाय के दुई महीना माँ मोटा कै देईं। हमें तोसे ज्यादा उसकी ममता लगत है।"

"बीबीजी, बाहर एक मेम पूछत हैं–हिंया कोने डाकदर रहत हैं? हम कहा, नाहीं, हिंया तो बाबूजी रहत हैं तो कहत हैं, नहीं यही मकान आय।" मालिन ने सहसा आकर बहुत स्वतन्त्र स्वरों में कहा।

"बैठाओ उन्हें, हम आते हैं।" सुधा ने कहा और जल्दी-जल्दी खाना शुरू किया और जल्दी-जल्दी खत्म कर दिया।

बाहर जाकर उसने देखा तो नीलकाँटे के झाड़ से टिकी हुई एक बाइसिकिल रखी थी और एक ईसाई लड़की लॉन पर टहल रही है। होगी करीब चौबीस-पच्चीस बरस की, लेकिन बहुत अच्छी लग रही थी।

"कहिए, आप किसे पूछ रही हैं?" सुधा ने अँग्रेजी में पूछा।

"मैं डॉक्टर शुक्ला से मिलने आयी हूँ।" उसने शुद्ध हिन्दुस्तानी में कहा।

"वे तो बाहर गये हैं और कब आएँगे, कुछ पता नहीं। कोई खास काम है आपको?" सुधा ने पूछा।

"नहीं, यूँ ही मिलने आ गयी। आप उनकी लड़की हैं?" उसने साइकिल उठाते हुए कहा।

"जी हाँ, लेकिन अपना नाम तो बताती जाइए।"

"मेरा नाम कोई महत्त्वपूर्ण नहीं है। मैं उनसे मिल लूँगी। और हाँ, आप उसे जानती हैं, मिस्टर कपूर को?"

"आहा! आप पम्मी हैं, मिस डिक्रूज!" सुधा को एकदम खयाल आ गया–"आइए, आइए; हम आपको ऐसे नहीं जाने देंगे। चलिए, बैठिए।" सुधा ने बड़ी बेतकल्लुफी से उसकी साइकिल पकड़ ली।

"अच्छा-अच्छा, चलो!" कहकर पम्मी जाकर ड्राइंग रूम में बैठ गयी।

"मिस्टर कपूर रहते कहाँ हैं?" पम्मी ने बैठने से पहले पूछा।

"रहते तो वे चौक में हैं, लेकिन आजकल तो वे भी पापा के साथ बाहर गये हैं। वे तो आपकी एक दिन बहुत तारीफ कर रहे थे, बहुत तारीफ। इतनी तारीफ किसी लड़की की करते तो हमने सुना नहीं।"

"सचमुच!" पम्मी का चेहरा लाल हो गया। "वह बहुत अच्छे हैं, बहुत अच्छे हैं!"

थोड़ी देर पम्मी चुप रही, फिर बोली–"क्या बताया था उन्होंने हमारे बारे में?"

"ओह तमाम! एक दिन शाम को तो हम लोग आप ही के बारे में बातें करते रहे। आपके भाई के बारे में बताते रहे। फिर आपके काम के बारे में बताया कि कितनी तेज टाइप करती हैं, फिर आपकी रुचियों के बारे में बताया कि आपको साहित्य से बहुत शौक नहीं है और आप शादी से बेहद नफरत करती हैं और आप ज्यादा मिलती-जुलती नहीं, बाहर आती-जाती नहीं और मिस डिक्रूज..."

"न, आप पम्मी कहिए मुझे?"

"हाँ, तो मिस पम्मी, शायद इसलिए आप उसे इतनी अच्छी लगीं कि आप कहीं आती-जाती नहीं, वह लड़कियों का आना-जाना और आजादी बहुत नापसन्द करता है।" सुधा बोली।

"नहीं, वह ठीक सोचता है।" पम्मी बोली–"मैं शादी और तलाक के बाद इसी नतीजे पर पहुँची हूँ कि चौदह बरस से चौंतीस बरस तक लड़कियों को बहुत शासन में रखना चाहिए।" पम्मी ने गम्भीरता से कहा।

एक ईसाई मेम के मुँह से यह बात सुनकर सुधा दंग रह गयी।

"क्यों?" उसने पूछा।

"इसलिए कि इस उम्र में लड़कियाँ बहुत नादान होती हैं और जो कोई भी चार मीठी बातें करता है, तो लड़कियाँ समझती हैं कि इससे ज्यादा प्यार उन्हें कोई नहीं करता। और इस उम्र में जो कोई भी ऐरा-गैरा उनके संसर्ग में आ जाता है, उसे वे प्यार का देवता समझने लगती हैं और नतीजा यह होता है कि वे ऐसे जाल में फँस जाती हैं कि जिन्दगी भर उससे छुटकारा नहीं मिलता। मेरा तो यह विचार है कि या तो लड़कियाँ चौंतीस बरस के बाद शादियाँ करें जब वे अच्छा-बुरा समझने के लायक हो जाएँ, नहीं तो मुझे तो हिन्दुओं का कायदा सबसे ज्यादा पसन्द आता है कि चौदह वर्ष के पहले ही लड़की की शादी कर दी जाए और उसके बाद उसका संसर्ग उसी आदमी से रहे जिससे उसे जिन्दगी भर निबाह करना है और अपने विकास-क्रम से दोनों ही एक-दूसरे को समझते चलें। लेकिन यह तो सबसे भद्दा तरीका है कि चौदह और चौंतीस बरस के बीच में लड़की की शादी हो, या उसे आजादी दी जाए। मैंने तो स्वयं अपने ऊपर बन्धन बाँध लिये थे।...तुम्हारी तो शादी अभी नहीं हुई?"

"नहीं।"

"बहुत ठीक, तुम चौंतीस बरस के पहले शादी मत करना, अच्छा हाँ, और क्या बताया चन्दर ने मेरे बारे में?"

"और तो कुछ खास नहीं; हाँ, यह कह रहा था, आपको चाय और सिगरेट बहुत

अच्छी लगती है। ओहो, देखिए मैं भूल ही गयी, लीजिए सिगरेट मँगवाती हूँ।" और सुधा ने घंटी बतायी।

"रहने दीजिए, मैं सिगरेट छोड़ रही हूँ।"

"क्यों?"

"इसलिए कि कपूर को अच्छा नहीं लगता और अब वह मेरा दोस्त बन गया है, और दोस्ती में एक-दूसरे से निबाह ही करना पड़ता है। उसने आपसे यह नहीं बताया कि मैंने उसे दोस्त मान लिया है?" पम्मी ने पूछा।

"जी हाँ, बताया था, अच्छा तो चाय लीजिए!"

"हाँ-हाँ, चाय मँगवा लीजिए। आपका कपूर से क्या सम्बन्ध है?" पम्मी ने पूछा।

"कुछ नहीं। मुझसे भला क्या सम्बन्ध होगा उनका, जब देखिए तब बिगड़ते रहते हैं मुझ पर; और बाहर गये हैं और आज तक कोई खत नहीं भेजा। ये कहीं सम्बन्ध हैं?"

"नहीं, मेरा मतलब आप उनसे घनिष्ठ हैं!"

"हाँ, कभी वह छिपाते तो नहीं मुझसे कुछ! क्यों?"

"तब तो ठीक है, सच्चे दिल के आदमी मालूम पड़ते हैं। आप तो यह बता सकती हैं कि उन्हें क्या-क्या चीजें पसन्द हैं?"

"हाँ...उन्हें कविता पसन्द है। बस कविता के बारे में बात न कीजिए, कविता सुना दीजिए उन्हें या कविता की किताब दे दीजिए उन्हें और उनको सुबह घूमना पसन्द है। रात को गंगाजी की सैर करना पसन्द है। सिनेमा तो बहुत पसन्द है। और, और क्या, चाय की पत्ती का हलुआ पसन्द है।"

"यह क्या होता है?"

"मेरा मतलब बिना दूध की चाय उन्हें पसन्द है।"

"अच्छा, अच्छा। देखिए आप सोचेंगी कि मैं इस तरह से मि. कपूर के बारे में पूछ रही हूँ जैसे मैं कोई जासूस होऊँ, लेकिन असल बात मैं आपको बता दूँ। मैं पिछले दो-तीन साल से अकेली रहती रही। किसी से नहीं मिलती-जुलती थी। उस दिन मिस्टर कपूर गये तो पता नहीं क्यों मुझ पर प्रभाव पड़ा। उनको देखकर ऐसा लगा कि यह आदमी है जिसमें दिल की सच्चाई है, जो आदमियों में बिल्कुल नहीं होती। तभी मैंने सोचा, इनसे दोस्ती कर लूँ। लेकिन चूँकि एक बार दोस्ती करके विवाह, और विवाह के बाद अलगाव, मैं भोग चुकी हूँ इसलिए इनके बारे में पूरी जाँच-पड़ताल कर लेना चाहती हूँ। लेकिन दोस्त तो अब बना ही चुकी हूँ।" चाय आ गयी थी और पम्मी ने सुधा के प्याले में चाय ढाली।

"न, मैं तो अभी खाना खा चुकी हूँ।" सुधा बोली।

पम्मी ने दो-तीन चुस्कियों के बाद कहा–"आपके बारे में चन्दर ने मुझसे कहा था।"

"कहा होगा!" सुधा मुँह बिगाड़कर बोली–"मेरी बुराई कर रहे होंगे और क्या?"

पम्मी चाय के प्यारे से उठते हुए धुएँ को देखती हुई अपने ही खयाल में डूबी थी। थोड़ी देर बाद बोली, "मेरा अनुमान गलत नहीं होता। मैंने कपूर को देखते ही समझ लिया था कि यही मेरे लिए उपयुक्त मित्र हैं। मैंने कविता पढ़नी बहुत दिनों से छोड़ दी लेकिन किसी कवयित्री ने, शायद मिसेज ब्राउनिंग ने कहीं लिख था, कि वह मेरी जिन्दगी में रोशनी बनकर आया, उसे देखते ही मैं समझ गयी कि यह वह आदमी है जिसके हाथ में मेरे दिल के सभी राज़ सुरक्षित रहेंगे। वह खेल नहीं करेगा, और प्यार भी नहीं करेगा। जिन्दगी में आकर भी जिन्दगी से दूर और सपनों में बँधकर भी सपनों से अलग...यह बात कपूर पर बहुत लागू होती है। माफ करना मिस सुधा, मैं आपसे इसलिए कह रही हूँ कि आप इनकी घनिष्ठ हैं और आप उन्हें बतला देंगी कि मेरा क्या खयाल है उनके बारे में। अच्छा, अब मैं चलूँगी।"

"बैठिए न!" सुधा बोली।

"नहीं, मेरा भाई अकेला खाने के लिए इन्तजार कर रहा होगा।" उठते हुए पम्मी ने कहा।

"आप बहुत अच्छी हैं। इस वक्त आप आयीं तो मैं थोड़ी-सी चिन्ता भूल गयी वरना मैं तीन दिन से उदास थी। बैठिए, कुछ और चन्दर के बारे में बताइए न!"

"अब नहीं। वह अपने ढंग का अकेला आदमी है, यह मैं कह सकती हूँ...ओह तुम्हारी आँखें बड़ी सुन्दर हैं। देखूँ।" और छोटे बच्चे की तरह उसके मुँह को हथेलियों से ऊपर उठाकर पम्मी ने कहा, "बहुत सुन्दर आँखें हैं। माफ करना, मैं कपूर से भी इतनी ही बेतकल्लुफ हूँ!"

सुधा झेंप गयी। उसने आँखें नीची कर लीं।

पम्मी ने अपनी साइकिल उठाते हुए कहा–"कपूर के साथ आप आइएगा। और आपने कहा था कपूर को कविता पसन्द है।"

"जी हाँ, गुडनाइट।"

जब पम्मी बँगले पर पहुँची तो उसकी साइकिल के करियर में अँग्रेजी कविता के पाँच-छह ग्रन्थ बँधे।

आठ बज चुके थे। सुधा जाकर अपने बिस्तरे पर लेटकर पढ़ने लगी। अँग्रेजी कविता पढ़ रही थी। अँग्रेजी लड़कियाँ कितनी आजाद और स्वच्छन्द होती होंगी! जब पम्मी, जो ईसाई है, इतनी आजाद है, उसने सोचा और पम्मी कितनी अच्छी है उसकी बेतकल्लुफी में भोलापन तो नहीं है, पर सरलता बेहद है। बड़ा साफ दिल है, कुछ छिपाना नहीं जानती।

और सुधा से सिर्फ पाँच-छह साल बड़ी है, लेकिन सुधा उसके सामने बच्ची लगती है। कितना जानती है पम्मी और कितनी अच्छी समझ है उसकी। और चन्दर की तारीफ करते नहीं थकती। चन्दर के लिए उसने सिगरेट छोड़ दी। चन्दर उसका दोस्त है, इतनी पढ़ी-लिखी लड़की के लिए रोशनी का देवदूत है। सचमुच चन्दर पर सुधा को गर्व है। और उसी चन्दर से वह लड़-झगड़ लेती है, इतनी मान-मनुहार कर लेती है और चन्दर सब बर्दाश्त कर लेता है वरना चन्दर के इतने बड़े-बड़े दोस्त हैं और चन्दर की इतनी इज्जत है। अगर चन्दर चाहे तो सुधा की रत्ती भर परवाह न करे लेकिन चन्दर सुधा की भली-बुरी बात बर्दाश्त कर लेता है। और वह कितना परेशान करती रहती है चन्दर को।

कभी अगर सचमुच चन्दर बहुत नाराज हो गया और सचमुच हमेशा के लिए बोलना छोड़ दे तब क्या होगा? या चन्दर यहाँ से कहीं चला जाए तब क्या होगा? खैर, चन्दर जाएगा तो नहीं इलाहाबाद छोड़कर, लेकिन अगर वह खुद कहीं चली गयी तब क्या होगा? वह कहाँ जाएगी! अरे पापा को मनाना तो बायें हाथ का खेल है, और ऐसा प्यार वह करेगी नहीं कि शादी करनी पड़े।

लेकिन यह सब तो ठीक है। पर चन्दर ने चिट्ठी क्यों नहीं भेजी? क्या नाराज होकर गया है? जाते वक्त सुधा ने परेशान तो बहुत किया था। होलडॉल की पेटी का बक्सुआ खोल दिया था और उठाते ही चन्दर के हाथ से सब कपड़े बिखर गये। चन्दर कुछ बोला नहीं लेकिन जाते समय उसने सुधा को डाँटा भी नहीं और न यही समझाया कि घर का खयाल रखना, अकेले घूमना मत, महराजिन से लड़ना मत, पढ़ती रहना। इससे सुधा समझ तो गयी थी कि वह नाराज है, लेकिन कुछ कहा नहीं।

लेकिन चन्दर को खत तो भेजना चाहिए था। चाहे गुस्से का ही खत क्यों न होता? बिना खत के मन उसका कितना घबरा रहा है। और क्या चन्दर को मालूम नहीं होगा। यह कैसे हो सकता है? जब इतनी दूर बैठे हुए सुधा को मालूम हो गया कि चन्दर नाखुश है तो क्या चन्दर को नहीं मालूम होगा कि सुधा का मन उदास हो गया है। जरूर मालूम होगा। सोचते-सोचते उसे जाने कब नींच आ गयी और नींद में उसे पापा या चन्दर की चिट्ठी मिली या नहीं, यह तो नहीं मालूम, लेकिन इतना जरूर है कि जैसे यह सारी सृष्टि एक बिन्दु से बनी और एक बिन्दु में समा गयी, उसी तरह सुधा की यह भादों की घटाओं जैसी फैली हुई बेचैनी और गीली उदासी एक चन्दर के ध्यान से उठी और उसी में समा गयी।

दूसरे दिन सुबह सुधा आँगन में बैठी हुई आलू छील रही थी और चन्दर का इन्तजार कर रही थी। उसी दिन रात को पापा आ गये थे और दूसरे दिन सुबह बुआजी और बिनती।

"सुधी!" किसी ने इतने प्यार से पुकारा कि हवाओं में रस भर गया।

"अच्छा! आ गये चन्दर!" सुधा आलू छोड़कर उठ बैठी, "क्या लाये हमारे लिए लखनऊ से?"

"बहुत कुछ, सुधा!"

"के है सुधा!" सहसा कमरे में से कोई बोला।

"चन्दर हैं।" सुधा ने कहा, "चन्दर, बुआ आ गयीं।" और कमरे से बुआजी बाहर आयीं।

"प्रणाम, बुआजी!" चन्दर बोला और पैर छूने के लिए झुका।

"हाँ, हाँ, हाँ!" बुआजी तीन कदम पीछे हट गयीं। "देखत्यों नैं हम पूजा की धोती पहने हैं। ई के है, सुधा!"

सुधा ने बुआ की बात का कुछ जवाब नहीं दिया–"चन्दर, चलो अपने कमरे में; यहाँ बुआ पूजा करेंगी।"

चन्दर अलग हटा। बुआ ने हाथ के पंचपात्र से वहाँ पानी छिड़का और जमीन फूँकने लगीं। "सुधा, बिनती को भेज देव।" बुआजी ने धूपदानी में महराजिन से कोयला लेते हुए कहा।

सुधा अपने कमरे में पहुँचकर चन्दर को खाट पर बिठाकर नीचे बैठ गयी।

"अरे, ऊपर बैठो।"

"नहीं, हम यहीं ठीक हैं।" कहकर वह बैठ गयी और चन्दर की पैंट पर पेंसिल से लकीरें खींचने लगीं।

"अरे यह क्या कर रही हो?" चन्दर ने पैर उठाते हुए कहा।

"तो तुमने इतने दिन क्यों लगाये?" सुधा ने दूसरे पाँयचे पर पेंसिल लगाते हुए कहा।

"अरे, बड़ी आफत में फँस गये थे, सुधा। लखनऊ से हम लोग गये बरेली। वहाँ एक उत्सव में हम लोग भी गये और एक मिनिस्टर भी पहुँचे। कुछ सोशलिस्ट, कम्युनिस्ट और मजदूरों ने विरोध प्रदर्शन किया। फिर तो पुलिस वालों और मजदूरों में जमकर लड़ाई हुई। वह तो कहो एक बेचारा सोशलिस्ट लड़का था कैलाश मिश्रा, उसने हम लोगों की जान बचायी, वर्ना पापा और हम, दोनों ही अस्पताल में होते..."

"अच्छा! पापा ने हमें कुछ बताया नहीं!" सुधा घबराकर बोली और बड़ी देर तक बरेली, उपद्रव और कैलाश मिश्रा की बात करती रही।

"अरे ये बाहर गा कौन रहा है?" चन्दर से सहसा पूछा।

बाहर कोई गाता हुआ आ रहा था, "आँचल में क्यों बाँध लिया मुझ परदेशी का प्यार...आँचल में क्यों..." और चन्दर को देखते ही उस लड़की ने चौंककर कहा,

"अरे?" क्षण-भर स्तब्ध, और फिर शरम से लाल होकर भागी बाहर।

"अरे, भागती क्यों है? यही तो हैं चन्दर।" सुधा ने कहा।

लड़की बाहर रुक गयी और गरदन हिलाकर इशारे से कहा, "मैं नहीं आऊँगी। मुझे शरम लगती है।"

"अरे चली आ, देखो हम अभी पकड़ लाते हैं, बड़ी झक्की है यह।" कहकर सुधा उठी, वह फिर भागी। सुधा पीछे-पीछे भागी। थोड़ी देर बाद सुधा अन्दर आयी तो सुधा के हाथ में उस लड़की की चोटी और वह बेचारी बुरी तरह अस्त-व्यस्त थी। दाँत से अपने आँचल का छोर दबाये हुए थी बाल की तीन-चार लटें मुँह पर झुक रही थीं और लाज के मारे सिमटी जा रही थी और आँखें थीं कि मुस्काये या रोये, यह तय ही नहीं कर पायी थीं।

"देखो...चन्दर...देखो।" सुधा हाँफ रही थी–"यही है बिनती मोटकी कहीं की, इतनी मोटी है कि दम निकल गया हमारा।" सुधा बुरी तरह हाँफ रही थी।

चन्दर ने देखा–बेचारी की बुरी हालत थी। मोटी तो बहुत नहीं थी पर हाँ, गाँव की तन्दुरुस्ती थी, लाल चेहरा, जिसे शरम ने तो दूना बना दिया था। एक हाथ से अपनी चोटी पकड़ थी, दूसरे से अपने कपड़े ठीक कर रही थी और दाँत से आँचल पकड़े।

"छोड़ दो उसे, यह क्या है सुधा! बड़ी जंगली हो तुम।" चन्दर ने डाँटकर कहा।

"जंगली मैं हूँ या यह?" चोटी छोड़कर सुधा बोली–"यह देखो, दाँत काट लिया है इसने।" सचमुच सुधा के कन्धे पर दाँत के निशान बने हुए थे।

चन्दर इस सम्भावना पर बेतहाशा हँसने लगा कि इतनी बड़ी लड़की दाँत काट सकती है–"क्यों जी, इतनी बड़ी हो गयी और दाँत काटती हो?" उसकी हँसी रुक नहीं रही थी। "सचमुच यह तो बड़े मजे की लड़की है। बिनती है इसका नाम? क्यों रे, महुआ बीनती थी क्या वहाँ, जो बुआजी ने बिनती नाम रखा है?"

वह पल्ला ठीक से ओढ़ चुकी थी। बोली, "नमस्ते।"

चन्दर और सुधा दोनों हँस पड़े। "अब इतनी देर बाद याद आयी।" चन्दर और भी हँसने लगा।

"बिनती! ए बिनती!" बुआ की आवाज आयी। बिनती ने सुधा की ओर देखा और चली गयी।

"और कहो सुधी," चन्दर बोला–"क्या हाल-चाल रहा यहाँ?"

"फिर भी एक चिट्ठी भी तो नहीं लिखी तुमने।" सुधा बड़ी शिकायत के स्वर में बोली, "हमें रोज रुलाई आती थी। और तुम्हारी वो आयी थी।"

"हमारी वो?" चन्दर ने चौंककर पूछा।

"अरे हाँ, तुम्हारी पम्मी रानी।"

"अच्छा वो आयी थीं। क्या बात हुई?"

"कुछ नहीं; तुम्हारी तसवीर देख-देखकर रो रही थीं।" सुधा ने उँगलियाँ नचाते हुए कहा।

"मेरी तसवीर देखकर! अच्छा, और थी कहाँ मेरी तसवीर?"

"अब तुम तो बहस करने लगे, हम कोई वकील हैं! तुम कोई नयी बात बताओ।" सुधा बोली।

"हम तो तुम्हें बहुत-बहुत बात बताएँगे। पूरी कहानी है।"

इतने में बिनती आयी। उसके हाथ में एक तश्तरी थी और एक गिलास। तश्तरी में कुछ मिठाई थी, और गिलास में शरबत। उसने लाकर तश्तरी चन्दर के सामने रख दी।

"ना भई, हम नहीं खाएँगे।" चन्दर ने इनकार किया।

बिनती ने सुधा की ओर देखा।

"खा लो। लगे नखरा करने। लखनऊ से आ रहे हैं न, तकल्लुफ न करें तो मालूम कैसे हो?" सुधा ने मुँह चिढ़ाते हुए कहा। चन्दर मुसकराकर खाने लगा।

"दीदी के कहने पर खाने लगे आप!" बिनती ने अपने हाथ की अँगूठी की ओर देखते हुए कहा।

चन्दर हँस दिया, कुछ बोला नहीं। बिनती चली गयी।

"बड़ी अच्छी लड़की मालूम पड़ती है यह।" चन्दर बोला।

"बहुत प्यारी है। और पढ़ने में हमारी तरह नहीं है, बहुत तेज है।"

"अच्छा! तुम्हारी पढ़ाई कैसी चल रही है?"

"मास्टर साहब बहुत अच्छा पढ़ाते हैं। और चन्दर, अब हम खूब बात करते हैं उनसे दुनिया-भर की और वे बस हमेशा सरे नीचे किये रहते हैं। एक दिन पढ़ते वक्त हम गरी पास में रखकर खाते गये, उन्हें मालूम ही नहीं हुआ। उनसे एक दिन कविता सुनवा दो।" सुधा बोली।

चन्दर ने कुछ जवाब नहीं दिया और डॉ. साहब के कमरे में जाकर किताबें उलटने लगा।

इतने में बुआजी का तेज स्वर आया–"हमैं मालूम होता कि ई मुँह-झौंसी हमके ऐसी नाच नचइहै तो हम पैदा होते गला घोंट देइत। हरे राम! अक्काश सिर पर उठाये है। कै घंटे से नरियात-नरियात गटई फट गयी। इ बोलतै नाहीं जैसे साँप सूँघ गवा होय।"

प्रोफेसर शुक्ला के घर में वह नया सांस्कृतिक तत्त्व था। कितनी शालीनता और

शिष्टता से वह रहते थे। कभी इस तरह की भाषा भी उनके घर में सुनने को मिलेगी, इसकी चन्दर को ज़रा भी उम्मीद न थी। चन्दर चौंककर उधर देखने लगा। डॉ. शुक्ला समझ गये। कुछ लज्जित-से और मुसकराकर ग्लानि छिपाते हुए-से बोले, "मेरी विधवा बहन है, कल गाँव से आयी है लड़की को पहुँचाने।"

उसके बाद कुछ पटकने का स्वर आया, शायद किसी बरतन के। इतने में सुधा आयी, गुस्से से लाल–"सुना पापा तुमने, बुआ बिनती को मार डालेंगी।"

"क्या हुआ आखिर?" डॉ. शुक्ला ने पूछा।

"कुछ नहीं, बिनती ने पूजा का पंचपात्र उठाकर ठाकुरजी के सिंहासन के पीछे रख दिया था। उन्हें दिखाई नहीं पड़ा, तो गुस्सा बिनती पर उतार रही हैं।"

इतने में फिर उनकी आवाज आयी–"पैदा करते बखत बहुत अच्छा लाग रहा, पालत बखत टें बोल गये। मर गये रह्यो तो आपन सन्तानौ अपने हाथ लै जात्यौ। हमारे मूड़ पर ई हत्या काहे डाल गयौ। ऐसी कुलच्छनी है कि पैदा होतेहिन बाप को खाय गयी।"

"सुना पापा तुमने?"

"चलो हम चलते हैं।" डॉ. शुक्ला ने कहा। सुधा वहीं रह गयी। चन्दर से बोली, "ऐसा बुरा स्वभाव है बुआ का कि बस। बिनती ऐसी है कि इतना बर्दाश्त कर लेती है।"

बुआ ने ठाकुर जी का सिंहासन साफ करते हुए कहा, "रोवत काहे हो, कौन तुम्हारे माई-बाप को गरियावा है कि ई अँसुआ ढरकाय रही हो। ई सब चोचला अपने ओ को दिखाओ जायके। दुई महीना और हैं–अबहिन से उधियानी न जाओ।"

अब अभद्रता सीमा पार कर चुकी थी।

"बिनती, चलो कमरे के अन्दर, हटो सामने से।" डॉ. शुक्ला ने डाँटकर कहा, "अब ये चरखा बन्द होगा या नहीं। कुछ शरम-हया है या नहीं तुममें?"

बिनती सिसकते हुए अन्दर गयी। स्टडी रूप में देखा कि चन्दर है तो उलटे पाँव लौट आयी सुधा के कमरे में और फूट-फूटकर रोने लगी।

डॉ. शुक्ला लौट आये–"अब हम ये सब करें कि अपना काम करें! अच्छा कल से घर में महाभारत मचा रखा है। कब जाएँगी ये, सुधा?"

"कल जाएँगी। पापा अब बिनती को कभी मत भेजना इनके पास।" सुधा ने गुस्सा-भरे स्वर में कहा।

"अच्छा-जाओ, हमारा खाना परसो। चन्दर, तुम अपना काम यहाँ करो। यहाँ शोर ज्यादा हो तो तुम लाइब्रेरी में चले जाना। आज भर की तकलीफ है।"

चन्दर ने अपनी कुछ किताबें उठायीं और उसने चला जाना ही ठीक समझा। सुधा खाना परोसने चली गयी। बिनती रो-रोकर और तकिये पर सिर पटककर अपनी कुण्ठा और दु:ख उतार रही थी। बुआ घंटी बजा रही थीं, दबी जबान जाने क्या बकती जा रही थीं, यह घंटी के भक्ति-भावना-भरे मधुर स्वर में सुनायी नहीं देता था।

लेकिन बुआजी दूसरे दिन गयीं नहीं। जब तीन-चार दिन बाद चन्दर गया तो देखा बाहर के सेहन में डॉ. शुक्ला बैठे हुए हैं और दरवाजा पकड़कर बुआजी खड़ी बातें कर रही हैं। लेकिन इस वक्त बुआजी काफी गम्भीर थीं और किसी विषय पर मन्त्रणा कर रही थीं। चन्दर के पास पहुँचने पर फौरन वे चुप हो गयीं और चन्दर की ओर सशंकित नेत्रों से देखने लगीं। डॉ. शुक्ला बोले, "आओ चन्दर, बैठो।" चन्दर बगल की कुर्सी खींचकर बैठ गया तो डॉक्टर साहब बुआजी से बोले, "हाँ, हाँ, बात करो, अरे ये तो घर के आदमी हैं। इनके बारे में सुधा ने नहीं बताया तुम्हें? ये चन्दर हैं हमारे शिष्य, बहुत अच्छा लड़का है।"

"अच्छा, अच्छा, भइया बइठो, तू तो एक दिन अउर आये रह्यो, बी.ए. में पढ़त हौ सुधा के संगे।"

"नहीं बुआजी, मैं रिसर्च कर रहा हूँ।"

"वाह, बहुत खुशी भई तोको देख के–हाँ तो सुकुल!" वे अपने भाई से बोलीं, "फिर यही ठीक होई। बिनती का बियाह टाल देव और अगर ई लड़का ठीक हुई जाय तो सुधा का बियाह अषाढ़-भर में निपटाय देव। अब अच्छा नाहीं लागत। ठूँठ ऐसी बिटिया, सूनी माँग लिये छररावा करत है एहर-ओहर!" बुआ बोलीं।"

"हाँ, ये तो ठीक है।" डॉ. शुक्ला बोले, "मैं खुद सुधा का ब्याह अब टालना नहीं चाहता। बी.ए. तक की शिक्षा काफी है वरना फिर हमारी जाति में तो लड़के नहीं मिलते। लेकिन ये जो लड़का तुम बता रही हो तो घर वाले कुछ एतराज तो नहीं करेंगे! और फिर, लड़का तो हमें अच्छा लगा लेकिन घरवाले पता नहीं कैसे हों?"

"अरे तो घरवालन से का करै का है तोको। लड़का तो अलग है, अपने-आप पढ़ रहा है और लड़की अलग रहिए, न सास का डर, न ननद की धौंस। हम पत्री मँगवाये देइत ही, मिलवाय लेव।"

डॉ. शुक्ला ने स्वीकृति में सिर हिला दिया।

"तो फिर बिनती के बारे में का कहत हौ? अगहन तक टाल दिया जाय न?" बुआजी ने पूछा।

"हाँ-हाँ," डॉ. शुक्ला ने विचार में डूबे हुए कहा।

"तो फिर तुम ही इन जूतापिटऊ, बड़नक्कू से कह दियौ; आय के कल से हमरी छाती पर मूँग दलत हैं।" बुआजी ने चन्दर की ओर किसी को निर्देशित करते हुए कहा और चली गयीं।

चन्दर चुपचाप बैठा था। जाने क्या सोच रहा था। शायद कुछ भी नहीं सोच रहा था! मगर फिर भी अपनी विचार-शून्यता में ही खोया हुआ-सा था। जब डॉ. शुक्ला उसकी ओर मुड़े और कहा, "चन्दर!" तो वह एकदम से चौंक गया और जाने किस दुनिया से लौट आया। डॉ. साहब ने कहा, "अरे! तुम्हारी तबीयत खराब है क्या?"

"नहीं तो।" एक फीकी हँसी हँसकर चन्दर ने कहा।

"तो मेहनत बहुत कर रहे होगे। कितने अध्याय लिखे अपनी थीसिस के? अब मार्च खत्म हो रहा है और पूरा अप्रैल तुम्हें थीसिस टाइप कराने में लगेगा और मई में हर हाल में जमा हो जानी चाहिए।"

"जी, हाँ।" बड़े थके स्वर में चन्दर ने कहा, "दस अध्याय हो ही गये हैं। तीन अध्याय और होने हैं और अनुक्रमणिका बनानी है। अप्रैल के पहले सप्ताह तक खत्म हो ही जायेगा। अब सिवा थीसिस के और करना ही क्या है?" एक बहुत गहरी साँस लेते हुए चन्दर ने कहा और माथा थामकर बैठ गया।

"कुछ तबीयत ठीक नहीं है तुम्हारी। चाय बनवा लो! लेकिन सुधा तो है नहीं, न महराजिन है।" डॉक्टर साहब बोले।

अरे सुधा, सुधा के नाम पर चन्दर चौंक गया। हाँ, अभी वह सुधा के ही बारे में सोच रहा था, जब बुआजी बात कर रही थीं। क्या सोच रहा था। देखा...उसने याद करने की कोशिश की पर कुछ याद ही नहीं आ रहा था, पता नहीं क्या सोच रहा था। पता नहीं था...कुछ सुधा के ब्याह की बात हो रही थी शायद। क्या बात हो रही थी...?

"कहाँ गयी है सुधा?" चन्दर ने पूछा।

"आज शायद साबिर साहब के यहाँ गयी है। उनकी लड़की उनके साथ पढ़ती है न, वहीं गयी है बिनती के साथ।"

"अब इम्तहान को कितने दिन रह गये हैं, अभी घूमना बन्द नहीं हुआ उनका?"

"नहीं, दिन-भर पढ़ने के बाद उठी थी, उसके भी सिर में दर्द था, चली गयी। घूम-फिर लेने दो बेचारी को, अब तो जा ही रही है।" डॉ. शुक्ला बोले, एक हँसी के साथ जिसमें आँसू छलके पड़ते थे।

"कहाँ तय हो रही है सुधा की शादी?"

"बरेली में। अब उसकी बुआ ने बताया है। जन्मपत्री दी है मिलवा लो, फिर तुम

ज़रा सब बातें देख लेना। तुम तो थीसिस में व्यस्त रहोगे; मैं जाकर लड़का देख आऊँगा। फिर मई के बाद जुलाई तक सुधा का ब्याह कर देंगे। तुम्हें डॉक्टरेट मिल जाए और यूनिवर्सिटी में जगह मिल जाए। बस हम तो लड़का-लड़की दोनों से फारिग।" डॉ. शुक्ला बहुत अजब-से स्वरों में बोले।

चन्दर चुप रहा।

"बिनती को देखा तुमने?" थोड़ी देर बाद डॉक्टर ने पूछा।

"हाँ, वही न जिनको डाँट रही थीं ये उस दिन?"

"हाँ, वही। उसके ससुर आये हुए हैं; उनसे कहना है कि अब शादी अगहन-पूस के लिए टाल दें। पहले सुधा की हो जाए, वह बड़ी है और हम चाहते हैं कि बिनती को तब तक विदुषी का दूसरा खंड भी दिला दें। आओ, उनसे बात कर लें अभी।" डॉ. शुक्ला उठे। चन्दर भी उठा।

और उसने अन्दर जाकर बिनती के ससुर के दिव्य दर्शन प्राप्त किये। वे एक पलंग पर बैठे थे, लेकिन वह अभागा पलंग उनके उदर के ही लिए नाकाफी था। वे चित पड़े थे और साँस लेते थे तो पुराणों की उस कथा का प्रदर्शन हो जाता था कि धीरे-धीरे पृथ्वी का गोला वाराह के मुँह पर कैसे ऊपर उठा होगा। सिर पर छोटे-छोटे बाल और कमर में एक अँगोछे के अलावा सारा शरीर दिगम्बर। सुबह शायद गंगा नहाकर आये थे क्योंकि पेट तक में चन्दन, रोली लगी हुई थी।

डॉ. शुक्ला जाकर बगल में कुर्सी पर बैठ गये; "कहिए दुबेजी, कुछ जलपान किया आपने?"

पलंग चरमराया। उस विशाल मांस-पिंड में एक भूडोल आया और दुबेजी जलपाल की याद करके गद्गद होकर हँसने लगे। एक थलथलाहट हुई और कमरे की दीवारें गिरते-गिरते बचीं। दुबेजी ने उठकर बैठने की कोशिश की लेकिन असफल होकर लेटे-ही-लेटे कहा, "हो-हो! सब आपकी कृपा है। खूब छकके मिष्टान्न पाया। अब ज़रा सरबत-उरबत कुछ मिलै तो जो कुछ पेट में जलन है, सो शान्त होय!" उन्होंने पेट पर अपना हाथ फेरते हुए कहा।

"अच्छा, अरे भाई ज़रा शरबत बना देना।" डॉ. शुक्ला ने दरवाजे की ओट में खड़ी हुई बुआजी से कहा। बुआजी की आवाज सुनाई पड़ी, "बाप रे! ई ढाई मन की लहास कम-से-कम मसक-भर के शरबत तो उलीचै लैईहैं।" चन्दर को हँसी आ गयी, डॉ. शुक्ला मुसकराने लगे लेकिन दुबेजी के दिव्य मुखमंडल पर कहीं क्षोभ या उल्लास की रेखा तक न आयी। चन्दर मन-ही-मन सोचने लगा, प्राचीन काल के ब्रह्मानन्द सिद्ध महात्मा ऐसे ही होते होंगे।

बुआ एक गिलास में शरबत ले आयीं। दुबेजी काँख-काँखकर उठे और एक साँस में शरबत गले से नीचे उतारकर, गिलास नीचे रख दिया।

"दुबेजी, एक प्रार्थना है आपसे!" डॉ. शुक्ला ने हाथ जोड़कर बड़े बिनीत स्वर में कहा।

"नहीं! नहीं!" बात काटकर दुबेजी बोले, "बस अब हम कुछ न खावैं। आप बहुत सत्कार किये। हम एही से छक गये। आपके देखके तो हमें बड़ी प्रसन्नता भई। आप सचमुच दिव्य पुरुष हौ! और फिर आप तो लड़की के मामा हो, और बियाह-शादी में जो है सो मामा का पक्ष देखा जाता है। ई तो भगवान् ऐसा जोड़ मिलाइन हैं कि वरपक्ष अउर कन्यापक्ष दुइन के मामा बड़े ज्ञानी हैं। आप हैं तौन कालिज में पुरफेसर और ओहर हमार सार—लड़का केर मामा जौन हैं तौन डाकघर में मुंशी हैं, आपकी किरपा से।" दुबेजी ने गर्व से कहा। चन्दर मुसकराने लगा।

"अरे सो तो आपकी नम्रता है लेकिन मैं सोच रहा हूँ कि गरमियों में अगर ब्याह न रखकर जाड़े में रखा जाए तो ज्यादा अच्छा होगा। तब तक आपके सत्कार की हम कुछ तैयारी भी कर लेंगे।" शुक्ला बोले।

दुबेजी इसके लिए तैयार नहीं थे। वे बड़े अचरज में भरकर उनकी ओर देखने लगे। लेकिन बहुत कहने-सुनने के बाद अन्त में वे इस शर्त पर राजी हुए कि अगहन तक हर तीज-त्योहार पर लड़के के लिए कुरता-धोती का कपड़ा और ग्यारह-बारह रुपये नज़राना जाएगा और अगहन में अगर ब्याह हो रहा है तो सास-ननद और जिठानी की गरम साड़ी जाएगी और जब-जब दुबेजी गंगा नहाने प्रयागराज आएँगे तो उनका रोचना एक थाल, कपड़े और एक स्वर्णमण्डित जौ से होगा। जब डॉ. शुक्ला ने यह स्वीकार कर लिया तो दुबेजी ने उठकर अपना झालम-झोला कुरता गले में अटकाया और अपनी गठरी हाथ में उठाकर बोले–

"अच्छा तो अब आज्ञा देव, हम चली अब, और ई रुपिया लड़की को दै दियो, अब बात पक्की है।" और अपनी टेंट से उन्होंने एक मुड़ा-मुड़ाया तेल लगा हुआ पाँच रुपये का नोट निकाला और डॉ. साहब को दे दिया।

"चन्दर एक ताँगा कर दो, दुबेजी को। अच्छा, आओ हम भी चलें।"

जब ये लोग लौटे तो बुआजी एक थैली से कुछ धर-निकाल रही थीं। डॉ. शुक्ला ने नोट बुआजी को देते हुए कहा, "लो, ये दे गये तुम्हारे समधी जी, लड़की को।"

पाँच का नोट देखा तो बुआजी सुलग उठीं–"न गहना न गुरिया, बियाह पक्का कर गये ई कागज के टुकड़े से। अपना-आप तो सोना और रुपिया और कपड़ा सब लीलै

को तैयार और देत के दाँई पेट पिराता है जूता-पिटऊ का। अरे राम चाही तो जमदूत ई लहास की बोटी-बोटी करके रामजी के कुत्तन को खिलइहैं।"

चन्दर हँसी के मारे पागल हो गया।

बुआजी ने थैली का मुँह बाँधा और बोलीं, "अबहिन तक बिनती का पता नै, और ऊ तुरकन-मलेच्छन के हियाँ कुछ खा-पी लिहिस तो फिर हमरे हियाँ गुजारा नाहि न ओका। बड़ी आजाद हुई गयी है सुधा की सह पाय के। आवै देव, आज हम भद्र उतारित ही।"

डॉ. शुक्ला अपने कमरे में चले गये। चन्दर को प्यास लगी थी। उसने बुआजी से एक गिलास पानी माँगा। बुआ ने एक गिलास में पानी दिया और बोलीं, "बैठ के पियो बेटा; बैठ के। कुछ खाय का देई?"

"नहीं, बुआजी!" बुआ बैठकर हँसिया से कटहल छीलने लगीं और चन्दर पानी पीता हुआ सोचने लगा, बुआजी सभी से इतनी मीठी बात करती हैं तो आखिर बिनती से ही इतनी कटु क्यों हैं?

इतने में अन्दर चप्पलों की आहट सुनाई पड़ी। चन्दर ने देखा। सुधा और बिनती आ गयी थीं। सुधा अपनी चप्पल उतारकर अपने कमरे में चली गयी और बिनती आँगन में आयी। बुआजी के पास आकर बोली, "लाओ, हम तरकारी काट दें।"

"चल हट ओहर। पहिले नहाव जाय के। कुछ खाय तो नै रह्यो। एत्ती देर कहाँ घूमति रह्यो? हम खूब अच्छी तरह जानित ही तूँ हमार नाक कटाइन के रहबो। पतुरियन के ढँग सीखे हैं!"

बिनती चुप। एक तीखी वेदना का भाव उसके मुँह पर आया। उसने आँखें झुका लीं। रोयी नहीं और चुपचाप सिर झुकाये हुए सुधा के कमरे में चली गयी।

चन्दर क्षण-भर खड़ा रहा। फिर सुधा के पास गया। सुधा के कमरे में अकेले बिनती खाट पर पड़ी थी—औंधे मुँह, तकिया में मुँह छिपाये। चन्दर को जाने कैसा लगा। उसके मन में बेहद तरस आ रहा था इस बेचारी लड़की के लिए, जिसके पिता हैं ही नहीं और जिसे प्रताड़ना के सिवा कुछ नहीं मिला। चन्दर को बहुत ही ममता लग रही थी इस अभागिनी के लिए। वह सोचने लगा, कितना अन्तर है दोनों बहनों में। एक बचपन से ही कितने असीम दुलार, वैभव और स्नेह में पली है और दूसरी प्रताड़ना और कितने अपमान में पली और वह भी अपनी ही सगी माँ से जो दुनिया भर के प्रति स्नेहमयी है, अपनी लड़की को छोड़कर।

वह कुर्सी पर बैठकर चुपचाप यही सोचने लगा—लब आगे भी इस बेचारी को क्या सुख मिलेगा। ससुराल कैसी है, यह तो ससुर को देखकर ही मालूम देता है।

इतने में सुधा कपड़े बदलकर हाथ में किताब लिये, उसे पढ़ती हुई, उसी में डूबी हुई आयी और खाट पर बैठ गयी। "अरे! बिनती! कैसे पड़ी हो? अच्छा तुम हो चन्दर! बिनती! उठो!" उसने बिनती की पीठ पर हाथ रखकर कहा।

बिनती जो अभी तक निश्चेष्ट पड़ी थी, सुधा के ममता-भरे स्पर्श पर फूट-फूटकर रो पड़ी। तो सुधा ने चन्दर से कहा, "क्या हुआ बिनती रानी को।" और बिनती भी जोरों से सिसकियाँ भरने लगी तो सुधा ने चन्दर से कहा, "कुछ तुमने कहा होगा। चौदह दिन बाद आये और आते ही लगे रुलाने उसे। कुछ कहा होगा तुमने! समझ गये। घूमने के लिए उसे भी डाँटा होगा। हम साफ-साफ बताये देते हैं चन्दर, हम तुम्हारी डाँट सह लेते हैं इसके ये मतलब नहीं कि अब तुम इस बेचारी पर भी रोब झाड़ने लगो। इससे कभी कुछ कहा तो अच्छी बात नहीं होगी!"

"तुम्हारे दिमाग का कोई पुरजा ढीला हो गया है क्या? मैं क्यों कहूँगा बिनती को कुछ!"

"बस फिर यही बात तुम्हारी बुरी लगती है।" सुधा बिगड़कर बोली, "क्यों नहीं कहोगे बिनती को कुछ? जब हमें कहते हो तो उसे क्यों नहीं कहोगे? हम तुम्हारे अपने हैं तो क्या वो तुम्हारी अपनी नहीं है?"

चन्दर हँस पड़ा–"सो क्यों नहीं है, लेकिन तुम्हारे साथ न ऐसे निबाह, न वैसे निबाह।"

"ये सब कुछ हम नहीं जानते! क्यों रो रही है यह?" सुधा बोली धमकी के स्वर में।

"बुआजी ने कुछ कहा था।" चन्दर बोला।

"अरे तो उसके लिए क्या रोना! इतना समझाया तुझे कि उनकी तो आदत है। हँसकर टाल दिया कर। चल उठ! हँसती है कि गुदगुदाऊँ।" सुधा ने गुदगुदाते हुए कहा। बिनती ने उसका हाथ पकड़कर झटक दिया और फिर सिसकियाँ भरने लगी।

"नहीं मानेगी तू?" सुधा बोली, "अभी ठीक करती हूँ तुझे मैं। चन्दर, पकड़ो तो इसका हाथ।"

चन्दर चुप रहा।

"नहीं उठे। उठो, तुम इसका हाथ पकड़ लो तो हम अभी इसे हँसाते हैं।" सुधा ने चन्दर का हाथ पकड़कर बिनती की ओर बढ़ते हुए कहा। चन्दर ने अपना हाथ खींच लिया और बोला, "वह तो रो रही है और तुम बजाय समझाने के उसे परेशान कर रही हो।"

"अरे जानते हो, क्यों रो रही है? अभी इसके ससुर आये थे, वो बहुत मोटे थे तो ये सोच रही है कहीं 'वो' भी मोटे हों!" सुधा ने फिर उसकी गरदन गुदगुदाकर कहा।

बिनती हँस पड़ी। सुधा उछल पड़ी–"लो, ये तो हँस पड़ी, अब रोओगी?" अब फिर सुधा ने गुदगुदाना शुरू किया। बिनती पहले तो हँसी से लोट गयी फिर पल्ला सँभालते हुए बोली, "छिः, दीदी! वो बैठे हैं कि नहीं!" और उठकर बाहर जाने लगी।

"कहाँ चली?" सुधा ने पूछा।

"जा रही हूँ नहाने।" बिनती पल्लू से सिर ढँकते हुए चल दी।

"क्यों, मैंने तेरा बदन छू दिया इसलिए?" सुधा हँसकर बोली, "ऐ चन्दर, वो गेसू का छोटा भाई है न–हसरत, मैंने उसे छू लिया तो फौरन उसने जाकर अपना मुँह साबुन से धोया और अम्मीजान से बोला, "मेरा मुँह जूठा हो गया।" और आज हमने गेसू के अख्तर मियाँ को देखा। बड़े मजे के हैं। मैं तो गेसू से बात करती रही लेकिन बिनती और फूल ने बहुत छेड़ा उन्हें। बेचारे घबरा गये। फूल बहुत चुलबुली है और बड़ी नाजुक है। बड़ी बोलने वाली है और बिनती और फूल का खूब जोड़ मिला। दोनों खूब गाती हैं।"

"बिनती गाती भी है?" चन्दर ने पूछा, "हमने तो रोते ही देखा।"

"अरे बहुत अच्छा गाती है। इसने एक गाँव का गाना बहुत अच्छा गाया था।... अरे देखो वह सब बताने में हम तुम पर गुस्सा होना तो भूल ही गये। कहाँ रहे चार रोज? बोलो, बताओ जल्दी से।"

"व्यस्त थे सुधा, अब थीसिस तीन हिस्सा लिख गयी। इधर हम लगातार पाँच घंटे से बैठकर लिखते थे!" चन्दर बोला।

"पाँच घंटे!" सुधा बोली, "दूध आजकल पीते हो कि नहीं?"

"हाँ-हाँ, तीन गायें खरीद ली हैं...।" चन्दर बोला।

"नहीं, मजाक नहीं, कुछ खाते-पीते रहना, कहीं तबीयत खराब हुई तो अब हमारा इम्तहान है, पड़े-पड़े मक्खी मारोगो और अब हम देखने भी नहीं आ सकेंगे।"

"अब कितना कोर्स बाकी है तुम्हारा?"

"कोर्स तो खत्म था हमारा। कुछ कठिनाइयाँ थीं सो पिछले दो-तीन हफ्ते में मास्टर साहब ने बता दी थीं। अब दोहराना है। लेकिन बिनती का इम्तहान मई में है, उसे भी तो पढ़ाना है।"

"अच्छा, अब चलें हम।"

"अरे बैठो! फिर जाने कै दिन बाद आओगे। आज बुआ तो चली जाएँगी फिर कल से यहीं पढ़ो न। तुमने बिनती के ससुर को देखा था?"

"हाँ, देखा था!" चन्दर उनकी रूपरेखा याद करके हँस पड़ा–"बाप रे! पूरे टैंक थे वे तो।"

"बिनती की ननद से तुम्हारा ब्याह करवा दें। करोगे?" सुधा बोली, "लड़की इतनी ही मोटी है। उसे कभी डाँट लेना तो देखेंगे तुम्हारी हिम्मत।"

ब्याह! एकदम से चन्दर को याद आ गया। अभी बुआ ने बात की थी सुधा के ब्याह की। तब उसे कैसा लगा था? कैसा लगा था? उसका दिमाग घूम गया था। लगा जैसे एक असहनीय दर्द था या क्या था–जो उसकी नस-नस को तोड़ गया। एकदम...।

"क्या हुआ, चन्दर? अरे चुप क्यों हो गये? डर गये मोटी लड़की के नाम से?" सुधा ने चन्दर का कन्धा पकड़कर झकझोरते हुए कहा।

चन्दर एक फीकी हँसी हँसकर रह गया और चुपचाप सुधा की ओर देखने लगा। सुधा चन्दर की निगाह से सहम गयी। चन्दर की निगाह में जाने क्या था, एक अजब-सा पथराया सूनापन, एक जाने किस दर्द की अमंगल छाया, एक जाने किसी पीड़ा की मूक आवाज, एक जाने कैसी पिघलती हुई-सी उदासी और वह भी गहरी, जाने कितनी गहरी...और चन्दर था कि एकटक देखता जा रहा था, एकटक अपलक...।

सुधा को जाने कैसा लगा। ये अपना चन्दर तो नहीं, ये अपने चन्दर की निगाह तो नहीं है। चन्दर तो ऐसी निगाह से, इस तरह अपलक तो सुधा को कभी नहीं देखता था। नहीं, यह चन्दर की निगाह तो नहीं। इस निगाह में न शरारत है, न डाँट, न दुलार और न करुणा। इसमें कुछ ऐसा है जिससे सुधा बिल्कुल परिचित नहीं, जो आज चन्दर में पहली बार दिखाई पड़ रहा है। सुधा को जैसा डर लगने लगा, जैसे वह काँप उठी। नहीं, यह कोई दूसरा चन्दर है जो उसे इस तरह देख रहा है। यह कोई अपरिचित है, कोई अजनबी, किसी दूसरे देश का कोई व्यक्ति जो सुधा को...

"चन्दर, चन्दर! तुम्हें क्या हो गया!" सुधा की आवाज मारे डर के काँप रही थी, उसका मुँह पीला पड़ गया, उसकी साँस बैठने लगी थी–"चन्दर..." और जब उसका कुछ बस न चला तो उसकी आँखों में आँसू छलक आये।

हाथों पर एक गरम-गरम बूँद आकर पड़ते ही चन्दर चौंक गया। "अरे सुधी! रोओ मत। नहीं पगली। हमारी तबीयत कुछ ठीक नहीं है, एक गिलास पानी तो ले आओ।"

सुधा अब भी काँप रही थी। चन्दर की आवाज में अभी भी मुलायमियत नहीं आ पायी थी। वह पानी लाने के लिए उठी।

"नहीं, तुम कहीं जाओ मत, तुम बैठो यहीं।" उसने उसकी हथेली अपने माथे पर रखकर जोर से अपने हाथों में दबा ली और कहा, "सुधा!..."

"क्यों, चन्दर!"

"कुछ नहीं!" चन्दर ने आवाज दी लेकिन लगता था वह आवाज चन्दर की नहीं थी। न जाने कहाँ से आ रही थी...

"क्या सिर में दर्द है? बिनती, एक गिलास पानी लाओ जल्दी से।"

सुधा ने आवाज दी। चन्दर जैसे पहले-सा हो गया–"अरे! अभी मुझे क्या हो गया था? तुम क्या बात कर रही थीं सुधा?"

"पता नहीं तुम्हें अभी क्या हो गया था?" सुधा ने घबरायी हुई गौरैया की तरह सहमकर कहा।

चन्दर स्वस्थ हो गया–"कुछ नहीं सुधा! मैं ठीक हूँ। मैं तो यूँ ही तुम्हें परेशान करने के लिए चुप था।" उसने हँसकर कहा।

"हाँ, चलो रहने दो। तुम्हारे सिर में दर्द है जरूर से।" सुधा बोली। बिनती पानी लेकर आ गयी थी।

"लो, पानी पियो!"

"नहीं, हमें कुछ नहीं चाहिए।" चन्दर बोला।

"बिनती, ज़रा पेनबाम ले आओ।" सुधा ने गिलास जबर्दस्ती उसके मुँह से लगाते हुए कहा। बिनती पेनबाम ले आयी थी–"बिनती, तू ज़रा लगा दे इनके। अरे खड़ी क्यों है? कुर्सी के पीछे खड़ी होकर माथे पर ज़रा हल्की उँगली से लगा दे।"

बिनती आज्ञाकारी लड़की की तरह आगे बढ़ी, लेकिन फिर हिचक गयी। किसी अजनबी लड़के के माथे पर कैसे पेनबाम लगा दे। "चलती है या अभी काट के गाड़ देंगे यहीं। मोटकी कहीं की! खा-खाकर मुटानी है। ज़रा-सा काम नहीं होता।"

बिनती ने हारकर पेनबाम लगाया। चन्दर ने उसका हाथ हटा दिया तो सुधा ने बिनती के हाथ से पेनबाम लेकर कहा, "आओ, हम लगा दें।" बिनती पेनबाम देकर चली गयी तो चन्दर बोला, "अब बताओ, क्या बात कर रही थीं? हाँ, बिनती के ब्याह की। ये उनके ससुर तो बहुत ही भद्दे मालूम पड़ रहे थे। क्या देखकर ब्याह कर रही हो तुम लोग?"

"पता नहीं क्या देखकर ब्याह कर रही हैं बुआ। असल में बुआ पता नहीं क्यों बिनती से इतनी चिढ़ती हैं, वह तो चाहती हैं किसी तरह से बोझ टले सिर से। लेकिन चन्दर, यह बिनती बड़ी खुश है। यह तो चाहती है कि किसी तरह जल्दी से ब्याह हो!" सुधा मुसकराती हुई बोली।

"अच्छा, यह खुद ब्याह करना चाहती है!" चन्दर ने ताज्जुब से पूछा।

"और क्या? अपने ससुर की खूब सेवा कर रही थी सुबह। बल्कि पापा तो कह रहे थे कि अभी यह बी.ए. कर ले तब ब्याह करो। हमसे पापा ने कहा इससे पूछने को। हमने पूछा तो कहने लगी बी.ए. करके भी वही करना होगा। तो बेकार टालने से क्या फायदा। फिर पापा हमसे बोले कि कुछ वजहों से अगहन में ब्याह होगा, तो बड़े ताज्जुब से बोली, अगहन में?"

"सुधी, तुम जानती हो अगहन में उसका ब्याह क्यों टल रहा है? पहले तुम्हारा ब्याह

होगा।" चन्दर हँसकर बोला। वह पूर्णतया शान्त था और उसके स्वर में कम-से-कम बाहर सिवा चुहल के और कुछ भी न था।

"मेरा ब्याह, मेरा ब्याह!" आँखें फाड़कर, मुँह फैलाकर, हाथ नचाकर, कुतूहल-भरे आश्चर्य से सुधा ने कहा और फिर हँस पड़ी, खूब हँसी–"कौन करेगा मेरा ब्याह? बुआ? पापा करने ही नहीं देंगे। हमारे बिना पापा का काम नहीं चलेगा और बाबूसाहब, तुम किस पर आकर रंग जमाओगे? ब्याह मेरा। हूँ!" सुधा ने मुँह बिचकाकर उपेक्षा से कहा।

"नहीं सुधा, मैं गम्भीरता से कह रहा हूँ। तीन-चार महीने के अन्दर तुम्हारा ब्याह हो जाएगा।" चन्दर उसे विश्वास दिलाते हुए बोला।

"अरे जाओ!" सुधा ने हँसते हुए कहा, "ऐसे हम तुम्हारे बनाने में आ जाएँ तो हो चुका।"

"अच्छा जाने दो। तुम्हारे पास कोई पोस्टकार्ड है? लाओ ज़रा इस कॉमरेड को एक चिट्ठी तो लिख दें।" चन्दर बात बदलकर बोला। पता नहीं क्यों इस विषय की बात के चलने में उसे कैसा लगता था।

"कौन कॉमरेड?" सुधा ने पूछा, "तुम भी कम्युनिस्ट हो गये क्या?"

"नहीं, जी, वो बरेली का सोशलिस्ट लड़का कैलाश जिसने झगड़े में हम लोगों की जान बचायी थी। हमने तुम्हें बताया नहीं था, सब किस्सा उस झगड़े का, जब हम और पापा बाहर गये थे!"

"हाँ-हाँ, बताया था। उसे जरूर खत लिख दो!" सुधा ने पोस्टकार्ड देते हुए कहा, "तुम्हें पता मालूम है?"

चन्दर जब पोस्टकार्ड लिख रहा था तो सुधा ने कहा, "सुनो, उसे लिख देना कि पापा की सुधा, पापा की जान बचाने के एवज में आपकी बहुत कृतज्ञ है और कभी अगर हो सके तो आप इलाहाबाद जरूर आएँ!...लिख दिया?"

"हाँ!" चन्दर ने पोस्टकार्ड जेब में रखते हुए कहा।

"चन्दर, हम भी सोशलिस्ट पार्टी के मेम्बर होंगे!" सुधा ने मचलते हुए कहा।

"चलो, अब तुम्हें नयी सनक सवार हुई। तुम क्या समझ रही हो सोशलिस्ट पार्टी को। राजनीतिक पार्टी है वह। यह मत करना कि सोशलिस्ट पार्टी में जाओ और लौटकर आओ तो पापा से कहो–अरे हम तो समझे पार्टी है, वहाँ चाय-पानी मिलेगा। वहाँ तो सब लोग लेक्चर देते हैं।"

"धत्, हम कोई बेवकूफ हैं क्या?" सुधा ने बिगड़कर कहा।

"नहीं, सो तो तुम बुद्धिसागर हो, लेकिन लड़कियों की राजनीतिक बुद्धि कुछ ऐसी ही होती है!" चन्दर बोला।

"अच्छा रहने दो। लड़कियाँ न हों तो काम ही न चले।" सुधा ने कहा।

"अच्छा, सुधा! आज कुछ रुपये दोगी। हमारे पास पैसे खतम हैं। और सिनेमा देखना है ज़रा।" चन्दर ने बहुत दुलार से कहा।

"हाँ-हाँ, जरूर देंगे तुम्हें। मतलबी कहीं के!" सुधा बोली, "अभी-अभी तुम लड़कियों की बुराई कर रहे थे न?"

"तो तुम और लड़कियों में से थोड़े ही हो। तुम तो हमारी सुधा हो। सुधा महान्।"

सुधा पिघल गयी–"अच्छा, कितना लोगे?" अपनी पॉकेट में से पाँच रुपये का नोट निकालकर बोली, "इससे काम चल जाएगा?"

"हाँ-हाँ, आज ज़रा सोच रहे हैं पम्मी के यहाँ जाएँ, तब सेकेंड शो जाएँ।"

"पम्मी रानी के यहाँ जाओगे। समझ गये, तभी तुमने चाचाजी से ब्याह करने से इनकार कर दिया। लेकिन पम्मी तुमसे तीन साल बड़ी है। लोग क्या कहेंगे?" सुधा ने छेड़ा।

"ऊँह, तो क्या हुआ जी! सब यों ही चलता है!" चन्दर हँसकर टाल गया।

"तो फिर खाना यहीं खाये जाओ और कार लेते जाओ।" सुधा ने कहा।

"मँगाओ!" चन्दर से पलंग पर पैर फैलाते हुए कहा। खाना आ गया। और जब तक चन्दर खाता रहा, सुधा सामने बैठी रही और बिनती दौड़-दौड़कर पूड़ी लाती रही।

जब चन्दर पम्मी के बँगले पर पहुँचा तो शाम होने में देर नहीं थी। लेकिन अभी फर्स्ट शो शुरू होने में देरी थी। पम्मी गुलाबों के बीच में टहल रही थी और बर्टी एक अच्छा-सा सूट पहने लॉन पर बैठा था और घुटनों पर टुड्डी रखे कुछ सोच-विचार में पड़ा था। बर्टी के चेहरे पर का पीलापन भी कुछ कम था। वह देखने में इतना भयंकर नहीं मालूम पड़ता था। लेकिन उसकी आँखों का पागलपन अभी वैसा ही था और खूबसूरत सूट पहनने पर भी उसका हाल यह था कि एक कालर अन्दर था और एक बाहर।

पम्मी ने चन्दर को आते देखा तो खिल गयी। "हल्लो, कपूर! क्या हाल है? पता नहीं क्यों आज सुबह से मेरा मन कह रहा था कि आज मेरे मित्र जरूर आएँगे। और शाम के वक्त तुम तो इतने अच्छे लगते हो जैसे वह जगमग सितारा जिसे देखकर कीट्स ने अपनी आखिरी सानेट लिखी थी।" पम्मी ने एक गुलाब तोड़ा और चन्दर के कोट के बटन होल में लगा दिया। चन्दर ने बड़े भय से बर्टी की ओर देखा कि कहीं गुलाब तोड़े जाने पर वह फिर चन्दर की गरदन पर सवार न हो जाए। लेकिन बर्टी कुछ बोला नहीं। बर्टी ने सिर्फ हाथ उठाकर अभिवादन किया और फिर बैठकर सोचने लगा।

पम्मी ने कहा, "आओ, अन्दर चलें।" और चन्दर और पम्मी दोनों ड्राइंग रूम में बैठ गये।

चन्दर ने कहा, "मैं तो डर रहा था कि तुमने गुलाब तोड़कर मुझे दिया तो कहीं बर्टी नाराज न हो जाए, लेकिन वह कुछ बोला नहीं।"

पम्मी मुसकरायी, "हाँ, अब वह कुछ कहता नहीं और पता नहीं क्यों गुलाबों से उसकी तबीयत भी इधर हट गयी। अब वह उतनी परवाह भी नहीं करता।"

"क्यों?" चन्दर ने ताज्जुब से पूछा।

"पता नहीं क्यों। मेरी तो समझ में यह आता है कि उसका जितना विश्वास अपनी पत्नी पर था वह इधर धीरे-धीरे हट गया और इधर वह यह विश्वास करने लगा है कि सचमुच वह सार्जेंट को प्यार करती थी। इसलिए उसने फूलों को प्यार करना छोड़ दिया।"

"अच्छा! लेकिन यह हुआ कैसे? उसने तो अपने मन में इतना गहरा विश्वास जमा रखा था कि मैं समझता था कि मरते दम तक उसका पागलपन न छूटेगा।"

"नहीं, बात यह हुई कि तुम्हारे जाने के दो-तीन बाद मैंने एक दिन सोचा कि मान लिया जाए अगर मेरे और बर्टी के विचारों में मतभेद है तो इसका मतलब यह नहीं कि मैं उसके गुलाब चुराकर उसे मानसिक पीड़ा पहुँचाऊँ और उसका पागलपन और बढ़ाऊँ। बुद्धि और तर्क के अलावा भावना और सहानुभूति का भी एक महत्त्व मुझे लगा और मैंने फूल चुराना छोड़ दिया। दो-तीन दिन वह बेहद खुश रहा, बेहद खुश और मुझे भी बड़ा सन्तोष हुआ कि लो अब बर्टी शायद ठीक हो जाए। लेकिन तीसरे दिन सहसा उसने अपना खुरपा फेंक दिया, कई गुलाब के पौधे उखाड़कर फेंक दिये और मुझसे बोला, "अब तो कोई फूल भी नहीं चुराता, अब भी वह इन फूलों में नहीं मिलती। वह जरूर सार्जेंट के साथ जाती है। वह मुझे प्यार नहीं करती, हरगिज नहीं करती, और वह रोने लगा।" बस उसी दिन से वह गुलाबों के पास नहीं जाता और आजकल बहुत अच्छे-अच्छे सूट पहनकर घूमता है और कहता है–"क्या मैं सार्जेंट से कम सुन्दर हूँ! और इधर वह बिल्कुल पागल हो गया है। पता नहीं किससे अपने-आप लड़ता रहता है।"

चन्दर ने ताज्जुब से सिर हिलाया।

"हाँ, मुझे बड़ा दुःख हुआ!" पम्मी बोली, "मैंने तो, हमदर्दी की कि फूल चुराने बन्द कर दिये और उसका नतीजा यह हुआ। पता नहीं क्यों कपूर, मुझे लगता है कि हमदर्दी करना इस दुनिया में सबसे बड़ा पाप है। आदमी से हमदर्दी कभी नहीं करनी चाहिए।"

चन्दर ने सहसा अपनी घड़ी देखी।

"क्यों, अभी तुम नहीं जा सकते। बैठो और बातें सुनो, इसलिए मैंने तुम्हें दोस्त बनाया है। आज दो-तीन साल हो गये, मैंने किसी से बातें ही नहीं की हैं और तुमसे इसलिए मैंने मित्रता की है कि बातें करूँगी।"

चन्दर हँसा, "आपने मेरा अच्छा उपयोग ढूँढ़ निकाला।"

"नहीं, उपयोग नहीं, कपूर! तुम मुझे गलत न समझना। जिन्दगी ने मुझे इतनी बातें बतायी हैं और यह किताबें जो मैं इधर पढ़ने लगी हूँ, इन्होंने मुझे इतनी बातें बतायी हैं कि मैं चाहती हूँ कि उन पर बातचीत करके अपने मन का बोझ हल्का कर लूँ। और तुम्हें बैठकर सुननी होंगी सभी बातें!"

"हाँ, मैं तैयार हूँ लेकिन किताबें पढ़नी कब से शुरू कर दीं तुमने?" चन्दर ने ताज्जुब से पूछा।

"अभी उस दिन मैं डॉ. शुक्ला के यहाँ गयी। उनकी लड़की से मालूम हुआ कि तुम्हें कविता पसन्द है। मैंने सोचा, उसी पर बातें करूँ और मैंने कविताएँ पढ़नी शुरू कर दीं।"

"अच्छा, तो देखता हूँ कि दो-तीन हफ्ते में भाई और बहन दोनों में कुछ परिवर्तन आ गये।"

पम्मी कुछ बोली नहीं, हँस दी।

"मैं सोचता हूँ पम्मी कि आज सिनेमा देखने जाऊँ। कार है साथ में, अभी पन्द्रह मिनट बाकी है। चाहो तो चलो।"

"सिनेमा! आज चार साल से मैं कहीं नहीं गयी हूँ। सिनेमा, हौजी, बाल डांस–सभी जगह जाना बन्द कर दिया है मैंने। मेरा दम घुटेगा हॉल के अन्दर लेकिन चलो देखें, अभी भी कितने ही लोग वैसे ही खुशी से सिनेमा देखते होंगे।" एक गहरी साँस लेकर पम्मी बोली, "बर्टी को ले चलोगे?"

"हाँ, हाँ! तो चलो उठो, फिर देर हो जाएगी!" चन्दर ने घड़ी देखते हुए कहा।

पम्मी फौरन अन्दर के कमरे में गयी और एक जार्जेट का हल्का भूरा गाउन पहनकर आयी। इस रंग से वह जैसे निखर आयी। चन्दर ने उसकी ओर देखा, तो वह लजा गयी और बोली, "इस तरह से मत देखो। मैं जानती हूँ यह मेरा सबसे अच्छा गाउन है। इसमें कुछ अच्छी लगती होऊँगी। चलो!" और आकर उसने बेतकल्लुफी से उसके कन्धे पर हाथ रख दिया।

दोनों बाहर आये तो बर्टी लॉन पर घूम रहा था। उसके पैर लड़खड़ा रहे थे। लेकिन वह बड़ी शान से सीना ताने था। "बर्टी, आज मिस्टर कपूर मुझे सिनेमा दिखाने जा रहे हैं। तुम भी चलोगे?"

"हूँ!" बर्टी ने सिर हिलाकर जोर से कहा, "सिनेमा जाऊँगा? कभी नहीं। भूलकर भी नहीं। तुमने मुझे क्या समझा है? मैं सिनेमा जाऊँगा?" धीरे-धीरे उसका स्वर मन्द पड़ गया... "अगर सिनेमा में वह सार्जेंट के साथ मिल गयी तो! तो मैं उसका गला घोंट दूँगा।" अपने गले को दबाते हुए बर्टी बोला और इतनी जोर से दबा दिया अपना

गला कि आँखें लाल हो गयीं और खाँसने लगा। खाँसी बन्द हुई तो बोला, "वह मुझे प्यार नहीं करती। वह सार्जेंट को प्यार करती है। वह उसी के साथ घूमती है। अगर वह मिल जाएगी सिनेमा में तो उसकी हत्या कर डालूँगा, तो पुलिस आएगी और खेल खत्म हो जाएगा। तुम जानते हो मि. कपूर, मैं उससे कितना नफरत करता हूँ...और...और लेकिन नहीं, कौन जानता है मैं नफरत करता होऊँ और वह मुझे...कुछ समझ में नहीं आता, मैं पागल हूँ, ओफ।" और वह सिर थाम कर बैठ गया।

पम्मी ने चन्दर का हाथ पकड़कर कहा, "चलो, यहाँ रहने से उसका दिमाग और खराब होगा। आओ!"

दोनों जाकर कार में बैठे। चन्दर खुद ही ड्राइव कर रहा था। पम्मी बोली, "बहुत दिन से मैंने कार नहीं ड्राइव की है। लाओ, आज ड्राइव करूँ।"

पम्मी ने स्टीयरिंग अपने हाथ में ले ली। चन्दर इधर बैठ गया।

थोड़ी देर में कार रीजेंट के सामने जा पहुँची। चित्र था–'सेलामी, ह्वेयर शी डांस्ड' ('सेलामी, जहाँ वह नाची थी')। चन्दर ने टिकट लिया और दोनों ऊपर बैठ गये। अभी न्यूज रील चल रही थी। सहसा पम्मी ने कहा, "कपूर, सेलामी की कहानी मालूम है?"

"न! क्या यह कोई उपन्यास है!" चन्दर ने पूछा।

"नहीं, यह बाइबिल की एक कहानी है। असल में एक राजा था हैराद। उसने अपने भाई को मारकर उसकी पत्नी से अपनी शादी कर ली। उसकी भतीजी थी सेलामी, जो बहुत सुन्दर थी और बहुत अच्छा नाचती थी। हैराद उस पर मुग्ध हो गया। लेकिन सेलामी एक पैगम्बर पर मुग्ध थी। पैगम्बर ने सेलामी के प्रणय को ठुकरा दिया। एक बार हैराद ने सेलामी से कहा कि यदि तुम नाचो तो मैं तुम्हें कुछ दे सकता हूँ। सेलामी नाची और पुरस्कार में उसने अपना अपमान करने वाले पैगम्बर का सिर माँगा! हैराद वचनबद्ध था। उसने पैगम्बर का सिर तो दे दिया लेकिन बाद में इस भय से कि कहीं राज्य पर कोई आपत्ति न आये, उसने सेलामी को भी मरवा डाला।"

चन्दर को यह कहानी बहुत अच्छी लगी। तब तो चित्र बहुत ही अच्छा होगा, उसने सोचा। सुधा की परीक्षा है वरना सुधा को भी दिखला देता। लेकिन क्या नैतिकता है इन पाश्चात्य देशों की कि अपनी भतीजी पर ही हैराद मुग्ध हो गया। उसने कहा पम्मी से–

"लेकिन हैराद अपनी भतीजी पर ही मुग्ध हो गया?"

"तो क्या हुआ! यह तो सैक्स है मि. कपूर। सेक्स कितनी भयंकर शक्तिशाली भावना है, यह भी शायद तुम नहीं समझते। अभी तुम्हारी आँखों में बड़ा भोलापन है। तुम रूप की आग के संसार से दूर मालूम पड़ते हो, लेकिन शायद दो-एक साल बाद तुम भी

जानोगे कि यह कितनी भयंकर चीज है। आदमी के सामने वक्त-बेवक्त, नाता-रिश्ता, मर्यादा-अमर्यादा कुछ भी नहीं रह जाता। वह अपनी भतीजी पर मोहित हुआ तो क्या? मैंने तो तुम्हारे यहाँ एक पौराणिक कहानी पढ़ी थी कि महादेव अपनी लड़की सरस्वती पर मुग्ध हो गये।"

"महादेव नहीं, ब्रह्मा।" चन्दर बोला।

"हाँ-हाँ ब्रह्मा। मैं भूल गयी थी। तो यह तो सेक्स है। आदमी को कहाँ ले जाता है, यह अन्दाज भी नहीं किया जा सकता। तुम तो अभी बच्चों की तरह भोले हो और ईश्वर न करे तुम कभी इस प्याले का शरबत चखो। मैं भी तो तुम्हारी इसी पवित्रता को प्यार करती हूँ।" पम्मी ने चन्दर की ओर देखकर कहा, "तुम जानते हो, मैंने तलाक क्यों दिया? मेरा पति मुझे बहुत चाहता था लेकिन मैं विवाहित जीवन के वासनात्मक पहलू से घबरा उठी! मुझे लगने लगा, मैं आदमी नहीं हूँ बस मांस का लोथड़ा हूँ जिसे मेरा पति जब चाहे मसल दे, जब चाहे...ऊब गयी थी! एक गहरी नफरत थी मेरे मन में। तुम आये तो तुम बड़े पवित्र लगे। तुमने आते ही प्रणय-याचना नहीं की। तुम्हारी आँखों में भूख नहीं थी। हमदर्दी थी, स्नेह था, कोमलता थी, निश्छलता थी। मुझे तुम काफी अच्छे लगे। तुमने मुझे अपनी पवित्रता देकर जिला दिया..."

चन्दर को एक अजब-सा गौरव अनुभव हुआ और पम्मी के प्रति एक बहुत ऊँची आदर-भावना। उसने पवित्रता देकर जिला दिया। सहसा चन्दर के मन में आया—लेकिन यह उसके व्यक्तित्व की पवित्रता किसकी दी हुई है। सुधा की ही न! उसी ने तो उसे सिखाया है कि पुरुष और नारी में कितने ऊँचे सम्बन्ध रह सकते हैं।

"क्या सोच रहे हो?" पम्मी ने अपना हाथ कपूर की गोद में रख दिया।

कपूर सिहर गया लेकिन शिष्टाचारवश उसने अपना हाथ पम्मी के कन्धे पर रख दिया। पम्मी ने दो क्षण के बाद अपना हाथ हटा लिया और बोली, "कपूर, मैं सोच रही हूँ अगर यह विवाह-संस्था हट जाए तो कितना अच्छा हो। पुरुष और नारी में मित्रता हो। बौद्धिक मित्रता और दिल की हमदर्दी। यह नहीं कि आदमी औरत को वासना की प्यास बुझाने का प्याला समझे और औरत आदमी को अपना मालिक। असल में बँधने के बाद ही, पता नहीं क्यों सम्बन्धों में विकृति आ जाती है। मैं तो देखती हूँ कि प्रणय विवाह भी होते हैं तो वह असफल हो जाते हैं क्योंकि विवाह के पहले आदमी औरत को ऊँची निगाह से देखता है, हमदर्दी और प्यार की चीज समझता है और विवाह के बाद सिर्फ वासना की। मैं तो प्रेम में भी विवाह-पक्ष में नहीं हूँ और प्रेम में भी वासना का विरोध करती हूँ।"

"लेकिन हर लड़की ऐसी थोड़े ही होती है!" चन्दर बोला, "तुम्हें वासना से नफरत हो लेकिन हर एक को तो नहीं।"

"हर एक को होती है। लड़कियाँ बस वासना की झलक, एक हल्की सिहरन, एक गुदगुदी पसन्द करती हैं। बस, उसी के पीछे उन पर चाहे जो दोष लगाया जाय लेकिन अधिकतर लड़कियाँ कम वासनाप्रिय होती हैं, लड़के ज्यादा।"

चित्र शुरू हो गया। वह चुप हो गयी। लेकिन थोड़ी ही देर में मालूम हुआ कि चित्र भ्रमात्मक था। वह बाइबिल की सेलामी की कहानी नहीं थी। वह एक अमेरिकन नर्तकी और कुछ डाकुओं की कहानी थी। पम्मी ऊब गयी। अब जब डाकू पकड़कर सेलामी को एक जंगल में ले गये तो इंटरवल हो गया और पम्मी ने कहा, "अब चलो, आधे ही चित्र से तबीयत ऊब गयी।"

दोनों उठ खड़े हुए और नीचे आये।

"कपूर, अबकी बार तुम ड्राइव करो!" पम्मी बोली।

"नहीं, तुम्हीं ड्राइव करो!" कपूर बोला।

"कहाँ चलें!" पम्मी ने स्टार्ट करते हुए कहा।

"जहाँ चाहो।" कपूर ने विचारों में डूबे हुए कहा।

पम्मी ने गाड़ी खूब तेज चला दी। सड़कें साफ थीं। पम्मी का कालर फहराने लगा और उड़कर चन्दर के गालों पर थपकियाँ लगाने लगा। चन्दर दूर खिसक गया। पम्मी ने चन्दर की ओर देखा और बजाय कालर ठीक करने के, गले का एक बटन और खोल दिया और चन्दर को पास खींच लिया। चन्दर चुपचाप बैठ गया। पम्मी ने एक हाथ स्टीयरिंग पर रखा और एक हाथ से चन्दर का हाथ पकड़े रही जैसे वह चन्दर को दूर नहीं जाने देगी। चन्दर के बदन में एक हल्की सिहरन नाच रही थी। क्यों? शायद इसलिए कि हवा ठंडी थी या शायद इसलिए कि...उसने पम्मी का हाथ अपने हाथ से हटाने की कोशिश की। पम्मी ने हाथ खींच लिया और कार के अन्दर की बिजली जला दी।

कपूर चुपचाप ठाकुर साहब के बारे में सोचता रहा। कार चलती रही। जब चन्दर का ध्यान टूटा तो उसने देखा कार मैकफर्सन लेक के पास रुकी है।

दोनों उतरे। बीच में सड़क थी, इधर नीचे उतरकर झील और उधर गंगा बह रही थी। आठ बजा होगा। रात हो गयी थी, चारों तरफ सन्नाटा था। बस सितारों की हल्की रोशनी थी। मैकफर्सन झील काफी सूख गयी थी। किनारे-किनारे मछली मारने के मचान बने थे।

"इधर आओ!" पम्मी बोली। और दोनों नीचे उतरकर मचान पर जा बैठे। पानी का धरातल शान्त था। सिर्फ कहीं-कहीं मछलियों के उछलने या साँस लेने से पानी हिल जाता था। पास ही के नीवाँ गाँव में किसी के यहाँ शायद शादी थी जो शहनाई का हल्का स्वर हवाओं की तरंगों पर हिलता-डुलता हुआ आ रहा था। दोनों चुपचाप थे। थोड़ी

देर बाद पम्मी ने कहा, "कपूर, चुपचाप रहो, कुछ बात मत करना। उधर देखो पानी में। सितारों का प्रतिबिम्ब देख रहे हो। चुप्पे से सुनो, ये सितारे क्या बातें कर रहे हैं।"

पम्मी सितारों की ओर देखने लगी। कपूर चुपचाप पम्मी की ओर देखता रहा। थोड़ी देर बाद सहसा पम्मी एक बाँस से टिककर बैठ गयी। उसके गले के दो बटन खुले हुए थे। और उसमें से रूप की चाँदनी फटी पड़ती थी। पम्मी आँखें बन्द किये बैठी थी। चन्दर ने उसकी ओर देखा और फिर जाने क्यों उससे देखा नहीं गया। वह सितारों की ओर देखने लगा। पम्मी के कालर के बीच से सितारे टूट-टूटकर बरस रहे थे।

सहसा पम्मी ने आँखें खोल दीं और चन्दर का कन्धा पकड़कर बोली, "कितना अच्छा हो अगर आदमी हमेशा सम्बन्धों में एक दूरी रखे। सेक्स न आने दे। ये सितारे हैं, देखो कितने नजदीक हैं। करोड़ों बरस से साथ हैं, लेकिन कभी भी एक दूसरे को छूते तक नहीं, तभी तो संग निभ जाता है।" सहसा उसकी आवाज में जाने क्या छलक आया कि चन्दर जैसे मदहोश हो गया–बोली वह–"बस ऐसा हो कि आदमी अपने प्रेमास्पद को निकटतम लाकर छोड़ दे, उसको बाँधे न। कुछ ऐसा हो कि होंठों के पास खींचकर छोड़ दे।" और पम्मी ने चन्दर का माथा होंठों तक लाकर छोड़ दिया। उसकी गरम-गरम साँसें चन्दर की पलकों पर बरस गयीं..."कुछ ऐसा हो कि आदमी उसे अपने हृदय तक खींचकर फिर हटा दे।" और चन्दर को पम्मी ने अपनी बाँहों में घेरकर अपने वक्ष तक खींचकर छोड़ दिया। वक्ष की गरमाई चन्दर के रोम-रोम में सुलग उठी, वह बेचैन हो उठा। उसके मन में आया कि वह अभी यहाँ से चला जाए। जाने कैसा लग रहा था उसे। सहसा पम्मी बोली, "लेकिन नहीं, हम लोग मित्र हैं और कपूर, तुम बहुत पवित्र हो, निष्कलंक हो और तुम पवित्र रहोगे। मैं जितनी दूरी, जितना अन्तर, जितनी पवित्रता पसन्द करती हूँ, वह तुममें है और हम लोगों में हमेशा निभेगी जैसे इन सितारों में हमेशा निभती आयी है।"

चन्दर चुपचाप सोचने लगा, "वह पवित्र है। एकाएक उसका मन जैसे ऊबने लगा। जैसे एक विहग शिशु घबराकर अपने नीड़ के लिए तड़प उठता है, वैसे ही वह इस वक्त तड़प उठा सुधा के पास जाने के लिए–क्यों? पता नहीं क्यों? यहाँ कुछ है जो उसे जकड़ लेना चाहता है। वह क्या करे?"

पम्मी उठी, वह भी उठा। बाँस का मचान हिला। लहरों में हरकत हुई। करोड़ों साल से अलग और पवित्र सितारे हिले, आपस में टकराये और चूर-चूर होकर बिखर गये।

रात-भर चन्दर को ठीक से नींद नहीं आयी। अब गरमी काफी पड़ने लगी थी। एक सूती चादर से ज्यादा नहीं ओढ़ा जाता था और चन्दर ने वह भी ओढ़ना छोड़ दिया था, लेकिन उस दिन रात को अक्सर एक अजब-सी कँपकँपी उसे झकझोर जाती थी और वह कसकर चादर लपेट लेता था, फिर जब उसकी तबीयत घुटने लगती तो वह उठ बैठता था। उसे रात-भर नींद नहीं आयी; बार-बार झपकी आयी और लगा कि खिड़की के बाहर सुनसान अँधेरे में से अजब-सी आवाजें आती हैं और नागिन बनकर उसकी साँसों में लिपट जाती हैं। वह परेशान हो उठता है, इतने में फिर कहीं से कोई मीठी सतरंगी संगीत की लहर आती है और उसे सचेत और सजग कर जाती है। एक बार उसने देखा कि सुधा और गेसू कहीं चली जा रही हैं। उसने गेसू को भी कभी नहीं देखा था लेकिन उसने सपने में गेसू को पहचान लिया। लेकिन गेसू तो पम्मी की तरह गाउन पहने हुए थी! फिर देखा बिनती रो रही है और इतना बिलख-बिलखकर रो रही है कि तबीयत घबरा जाए। घर में कोई नहीं है। चन्दर समझ नहीं पाता कि वह क्या करे! अकेले घर में एक अपरिचित लड़की से बोलने का साहस भी नहीं होता उसका। किसी तरह हिम्मत करके वह समीप पहुँचा तो देखा अरे, यह तो सुधा है। सुधा लुटी हुई-सी मालूम पड़ती है। वह बहुत हिम्मत करके सुधा के पास बैठ गया। उसने सोचा, सुधा को आश्वासन दे लेकिन उसके हाथों पर जाने कैसे सुकुमार जंजीरें कसी हुई हैं। उसके मुँह पर किसी की साँसों का भार है। वह निश्चेष्ट है। उसका मन अकुला उठा। वह चौंककर जाग गया तो देखा वह पसीने से तर है। वह उठकर टहलने लगा। वह जाग गया था लेकिन फिर भी उसका मन स्वस्थ नहीं था। कमरे में ही टहलते-टहलते वह फिर लेट गया। लगा जैसे सामने की खुली खिड़की से सैकड़ों तारे टूट-टूटकर भयानक तेजी से आ रहे हैं और उसके माथे से टकरा-टकराकर चूर-चूर हो जाते हैं। एक मर्मान्तक पीड़ा उसकी नसों में खौल उठी और लगा जैसे उसके अंग-अंग में चिताएँ धधक रही हैं।

जैसे-तैसे रात कटी और सुबह उठते ही वह यूनिवर्सिटी जाने से पहले सुधा के यहाँ गया। सुधा लेटी हुई पढ़ रही थी। डॉ. शुक्ला पूजा कर रहे थे। बुआजी शायद रात को चली गयी थीं। क्योंकि बिनती बैठी तरकारी काट रही थी और खुश नज़र आ रही थी। चन्दर सुधा के कमरे में गया। देखते ही सुधा मुसकरा पड़ी। बोली कुछ नहीं लेकिन आते ही उसने चन्दर के अंग-अंग को अपनी निगाहों के स्वागत में समेट लिया। चन्दर सुधा के पैरों के पास बैठ गया।

"कल रात को तुम कार लेकर वापस आये तो चुप्पे से चले गये!" सुधा बोली, "कहो, कल कौन-सा खेल देखा?"

"कल बहुत बड़ा खेल देखा; बहुत बड़ा खेल, सुधी!" चन्दर व्याकुलता से बोला,

"अरे जाने कैसा मन हो गया कि रात-भर नींद ही नहीं आयी।" और उसके बाद चन्दर सब बता गया। कैसे वह सिनेमा गया। उसने पम्मी से क्या बात की। उसके बाद कैसे कार पर उसने चन्दर को पास खींच लिया। कैसे वे लोग मैकफर्सन झील गये और वहाँ पम्मी पागल हो गयी। फिर कैसे चन्दर को एकदम सुधा की याद आने लगी और फिर रात-भर चन्दर को कैसे-कैसे सपने आये। सुधा बहुत गम्भीर होकर मुँह में पेंसिल दबाये कुहनी टेके बस चुपचाप सुनती रही और अन्त में बोली, "तो तुम इतने परेशान क्यों हो गये, चन्दर! उसने तो अच्छी ही बात कही थी। यह तो अच्छा ही है कि ये सब जिसे तुम सेक्स कहते हो, यह सम्बन्धों में न आए। उसमें क्या बुराई है? क्या तुम चाहते हो कि सेक्स आए?"

"कभी नहीं, तुम मुझे अभी तक नहीं समझ पायीं।"

"तो ठीक है, तुम भी नहीं चाहते कि सेक्स आए और वह भी नहीं चाहती कि सेक्स आए तो झगड़ा क्या है? क्यों, तुम उदास क्यों हो इतने?" सुधा बोली बड़े अचरज से।

"लेकिन उसका व्यवहार कैसा है?" चन्दर ने सुधा से कहा।

"ठीक तो है। उसने बता दिया तुम्हें कि इतना अन्तर होना चाहिए। समझ गये। तुम लालची आदमी, चाहते होगे यह भी अन्तर न रहे! इसीलिए तुम उदास हो गये, छि:!" होंठों में मुसकराहट और आँखों में शरारत की झलक छिपाते हुए सुधा बोली।

"तुम तो मजाक करने लगी।" चन्दर बोला।

सुधा सिर्फ चन्दर की ओर देखकर मुसकराती रही। चन्दर सामने लगी हुई तसवीर की ओर देखता रहा। फिर उसने सुधा के कबूतरों-जैसे उजले मासूम नन्हे पैर अपने हाथ में ले लिये और भर्रायी हुई आवाज में बोला, "सुधा, तुम कभी हम पर विश्वास न हार बैठना।"

सुधा ने किताब बन्द करके रख दी और उठकर बैठ गयी। उसने चन्दर के दोनों हाथ अपने हाथों में लेकर कहा, "पागल कहीं के! हमें कहते हो, अभी सुधा में बचपन है और तुममें क्या है! वाह रे छुईमुई के फूल! किसी ने हाथ पकड़ लिया, किसी ने बदन छू लिया तो घबरा गये! तुमसे अच्छी लड़कियाँ होती हैं।" सुधा ने उसके दोनों हाथ झकझोरते हुए कहा।

"नहीं सुधी, तुम नहीं समझतीं। मेरी जिन्दगी में एक ही विश्वास की चट्टान है। वह हो तुम। मैं जानता हूँ कि कितने ही जल-प्रलय हों लेकिन तुम्हारे सहारे मैं हमेशा ऊपर रहूँगा। तुम मुझे डूबने नहीं दोगी। तुम्हारे ही सहारे मैं लहरों से खेल भी सकता हूँ। लेकिन तुम्हारा विश्वास अगर कभी हिला तो मैं किन अँधेरी गहराइयों में डूब जाऊँगा, यह कभी मैं सोच नहीं पाता।" चन्दर ने बड़े कातर स्वर में कहा।

सुधा बहुत गम्भीर हो गयी। क्षण-भर वह चन्दर के चेहरे की ओर देखती रही, फिर चन्दर के माथे पर झूलती हुई एक लट को ठीक करती हुई बोली, "चन्दर, और मैं किसके विश्वास पर चल रही हूँ, बोलो! लेकिन मैंने तो कभी नहीं कहा कि चन्दर अपना विश्वास मत हारना! और क्या कहूँ। मुझे अपने चन्दर पर पूरा विश्वास है। मरते दम तक विश्वास रहेगा। फिर तुम्हारा मन इतना डगमगा क्यों गया? बुरी बात है न?"

चन्दर ने सुधा के कन्धे पर अपना सिर रख दिया। सुधा ने उसका हाथ लेकर कहा, "लाओ, यहाँ छुआ था पम्मी ने तुम्हें!" और उसका हाथ होंठों तक ले गयी। चन्दर काँप गया, आज सुधा को यह क्या हो गया है। लेकिन होंठों तक हाथ ले जाकर झाड़ने-फूँकने वाली की तरह सुधा ने फूँककर कहा, "जाओ, तुम्हारे हाथ से पम्मी के स्पर्श का जहर उतर गया। अब तो ठीक हो गये! पवित्र हो गये! छू-मन्तर!"

चन्दर हँस पड़ा। उसका मन शान्त हो गया। सुधा में जादू था। सचमुच जादू था। बिनती चाय ले आयी। दो प्याले। सुधा बोली, "अपने लिए भी लाओ।" बिनती ने सिर हिलाया।

सुधा ने चन्दर की ओर देखकर कहा, "ये पगली जाने क्यों तुमसे झेंपती है?"

"झेंपती कहाँ हूँ?" बिनती ने प्रतिवाद किया और प्याला भी ले आयी और जमीन पर बैठ गयी। सुधा ने प्याला मुँह से लगाया और बोली, "चन्दर, तुमने पम्मी को गलत समझा है। पम्मी बहुत अच्छी लड़की है। तुमसे बड़ी भी है और तुमसे ज्यादा समझदार, और उसी तरह व्यवहार भी करती है। तुम अगर कुछ सोचते हो तो गलत सोचते हो। मेरा मतलब समझ गये न।"

"जी हाँ, गुरुआनीजी, अच्छी तरह से!" चन्दर ने हाथ जोड़कर विनम्रता से कहा। बिनती हँस पड़ी और उसकी चाय छलक गयी। नीचे रखी हुई चन्दर की जरीदार पेशावरी सैंडिल भी गयी। बिनती ने झुककर एक अँगोछे से उसे पोंछना चाहा तो सुधा चिल्ला उठी–"हाँ-हाँ, छुओ मत। कहीं इनकी सैंडिल भी बाद में आके न रोने लगे। सुन बिनती, एक लड़की ने कल इन्हें छू लिया तो आप आज उदास थे। अभी तुम सैंडिल छुओ तो कहीं जाके कोतवाली में रपट न कर दें।"

चन्दर हँस पड़ा। और उसका मन धुलकर ऐसे निखर गया जैसे शरद का नीलाभ आकाश।

"अब पम्मी के यहाँ कब जाओगे?" सुधा ने शरारत-भरी मुसकराहट से पूछा।

"कल जाऊँगा! ठाकुर साहब पम्मी के हाथ अपनी कार बेच रहे हैं तो कागज पर दस्तख्त करना है।" चन्दर ने कहा, "अब मैं निडर हूँ। कहो बिनती, तुम्हारे ससुर का क्या कोई खत नहीं आया।"

बिनती झेंप गयी। चन्दर चल दिया।

थोड़ी दूर जाकर फिर मुड़ा और बोला, "अच्छा सुधा, आज तक जो काम हो बता दो फिर एक महीने तक मुझसे कोई मतलब नहीं। हम थीसिस पूरी करेंगे। समझीं?"

"समझे!" हाथ पटककर सुधा बोली।

सचमुच डेढ़ महीने तक चन्दर को होश नहीं रहा कि कहाँ क्या हो रहा है। बिसरिया रोज सुधा और बिनती को पढ़ाने आता रहा, सुधा और बिनती दोनों ही का इम्तहान खत्म हो गया। पम्मी दो बार सुधा और चन्दर से मिलने आयी लेकिन चन्दर एक बार भी उसके यहाँ नहीं गया। मिश्रा का एक खत बरेली से आया लेकिन चन्दर ने उसका भी जवाब नहीं दिया। डॉक्टर साहब ने अपनी पुस्तक के दो अध्याय लिख डाले लेकिन उसने एक दिन भी बहस नहीं की। बिनती उसे बराबर चाय, दूध, नाश्ता, शरबत और खरबूजा देती रही लेकिन चन्दर ने एक बार भी उसके ससुर का नाम लेकर नहीं चिढ़ाया। सुधा क्या करती है, कहाँ जाती है, चन्दर से क्या कहती है, चन्दर को कोई होश नहीं, बस उसका पेन, उसके कागज, स्टडीरूम की मेज और चन्दर है कि आखिर थीसिस पूरी करके ही माना।

7 मई को जब उसने थीसिस का आखिरी पन्ना लिखकर पूरा किया और सन्तोष की साँस ली तो देखा कि शाम के पाँच बजे हैं, सायबान में अभी परदा पड़ा है लेकिन धूप उतार पर है और लू बन्द हो गयी है। उसकी कुर्सी के पीछे एक चटाई बिछाये हुए सुधा बैठी है। ह्यूगो का अधपढ़ा हुआ उपन्यास बगल में खुला हुआ औंधा पड़ा है और आप चन्दर की एक मोटी-सी इकनॉमिक्स की किताब खोले उस पर कलम से कुछ गोदा-गोदी कर रही है।

"सुधा!" एक गहरी साँस लेकर अँगड़ाई लेते हुए चन्दर ने कहा, "लो, आज आखिरकार जान छूटी। बस, अब दो-तीन महीने में माबदौलत डॉक्टर बन जाएँगे!"

सुधा अपने कार्य में व्यस्त। चन्दर ने कहा, यह सुनकर भी गुम। चन्दर ने हाथ बढ़ाकर चोटी झटके दी। "हाय रे! हमें नहीं अच्छा लगता, चन्दर!" सुधा बिगड़कर बोली, "तुम्हारे काम के बीच में कोई बोलता है तो बिगड़ जाते हो और हमारा काम थोड़े ही महत्त्वपूर्ण है!" कहकर सुधा फिर पेन लेकर गोदने लगी।

"आखिर कौन-सा उपनिषद् लिख रही हैं आप? ज़रा देखें तो!" चन्दर ने किताब खींच ली। टाजिग की इकनॉमिक्स की किताब में एक पूरे पन्ने पर सुधा ने एक बिल्ली बनायी थी और अगर निगाह ज़रा चूक जाए तो आप कह नहीं सकते थे यह चौरासी

लाख योनियों में किस योनि का जीव है, लेकिन चूँकि सुधा कह रही है कि यह बिल्ली है, इसलिए मानना होगा कि यह बिल्ली ही है।

चन्दर ने सुधा की बाँह पकड़कर कहा, "उठ! आलसी कहीं की, चल उठा ये पोथा! चलके पापा के पैर छू आएँ?"

सुधा चुपचाप उठी और आज्ञाकारी लड़की की तरह मोटी फाइल उठा ली। दरवाजे तक पहुँचकर रुक गयी और चन्दर के कन्धे पर फाइलें टिकाकर बोली, "ऐ चन्दर, तो सच्ची अब तुम डॉक्टर हो जाओगे?"

"और क्या?"

"आहा!" कहकर जो सुधा उछली तो फाइल हाथ से खिसकी और सभी पन्ने जमीन पर।

चन्दर झल्ला गया। उसने गुस्से से लाल होकर एक घूँसा सुधा को मार दिया। "अरे राम रे!" सुधा ने पीठ सीधी करते हुए कहा, "बड़े परोपकारी हो डॉक्टर चन्दर कपूर! हमें बिना थीसिस लिखे डिग्री दे दी! लेकिन बहुत जोर की थी!"

चन्दर हँस पड़ा।

खैर दोनों पापा के पास गये। वे भी लिखकर ही उठे थे और शरबत पी रहे थे। चन्दर ने जाकर कहा, "पूरी हो गयी।" और झुककर पैर छू लिये। उन्होंने चन्दर को सीने से लगाकर कहा, "बस बेटा, अब तुम्हारी तपस्या पूरी हो गयी। अब जुलाई से यूनिवर्सिटी में जरूर आ जाओगे तुम!"

सुधा ने पोथा कोच पर रख दिया और अपने पैर बढ़ाकर खड़ी हो गयी। "ये क्या?" पापा ने पूछा।

"हमारे पैर नहीं छुएँगे क्या?" सुधा ने गम्भीरता से कहा।

"चल पगली! बहुत बदतमीज होती जा रही है!" पापा ने कृत्रिम गुस्से से कहा, "चन्दर! बहुत सिर चढ़ी हो गयी है। ज़रा दबाकर रखा करो। तुमसे छोटी है कि नहीं?"

"अच्छा पापा, अब आज मिठाई मिलनी चाहिए।" सुधा बोली, "चन्दर ने थीसिस खत्म की है?"

"जरूर, जरूर बेटी!" डॉक्टर शुक्ला ने जेब से दस का नोट निकाल कर दे दिया, "जाओ, मिठाई मँगवाकर खाओ तुम लोग।"

सुधा हाथ में नोट लिये उछलते हुए स्टडी रूप में आयी, पीछे-पीछे चन्दर। सुधा रुक गयी और अपने मन में हिसाब लगाते हुए बोली, "दस रुपये पौंड ऊन। एक पौंड में आठ लच्छी। छह लच्छी में एक शाल। बाकी बची दो लच्छी। दो लच्छी में एक स्वेटर। बस एक बिनती का स्वेटर, एक हमारा शाल।"

चन्दर का माथा ठनका। अब मिठाई की उम्मीद नहीं। फिर भी कोशिश करनी चाहिए।

"सुधा, अभी से शाल का क्या करोगी? अभी तो बहुत गरमी है!" चन्दर बोला।

"अबकी जाड़े में तुम्हारा ब्याह होगा तो आखिर हम लोग नयी-नयी चीज का इन्तजाम करें न। अब डॉक्टर हुए, अब डॉक्टरनी आएँगी!" सुधा बोली।

खैर, बहुत मनाने-बहलाने-फुसलाने पर सुधा मिठाई मँगवाने को राजी हुई। जब नौकर मिठाई लेने चला गया तो चन्दर ने चारों ओर देखकर पूछा, "कहाँ गयी बिनती? उसे भी बुलाओ कि अकेले-अकेले खा लोगी!"

"वह पढ़ रही है मास्टर साहब से!"

"क्यों? इम्तहान तो खत्म हो गया, अब क्या पढ़ रही है?" चन्दर ने पूछा।

"विदुषी का दूसरा खण्ड तो दे रही है न सितम्बर में!" सुधा बोली।

"अच्छा, बुलाओ बिसरिया को भी!" चन्दर बोला।

"अच्छा, मिठाई आने दो।" सुधा ने कहा और फाइल की ओर देखकर कहा, "मुझे इस कम्बख्त पर बहुत गुस्सा आ रहा है।"

"क्यों?"

"इसकी वजह से तुम डेढ़ महीने सीधे से बोले तक नहीं। इम्तहान वाले दिन सुबह-सुबह तुम्हें हाथ जोड़ने आयी तो तुमने सिर पर हाथ भी नहीं रखा!" सुधा ने शिकायत के स्वर में कहा।

"तो अब आशीर्वाद दे दें। अब तो खत्म हुई थीसिस। अब जितना चाहो बात कर लो। थीसिस न लिखते तो फिर तुम्हारे चन्दर को उपाधि कहाँ से मिलती?" चन्दर ने दुलार से कहा।

"तो फिर कन्वोकेशन पर तुम्हारी गाउन हम पहनकर फोटो खिंचाएँगे!" सुधा मचलकर बोली। इतने में नौकर मिठाई ले आया। "जाओ, बिनतीजी को बुला लाओ।" चन्दर ने कहा।

बिनती आयी।

"तुम पढ़ चुकी!" चन्दर ने पूछा।

"अभी नहीं।" बिनती बोली।

"अच्छा, अब आज पढ़ाई बन्द करो, उन्हें भी बुला लाओ। मिठाई खाई जाए।" चन्दर ने कहा।

"अच्छा!" कहकर बिनती जो मुड़ी तो सुधा बोली, "अरे लालचिन! ये तो पूछ ले कि मिठाई काहे की है?"

"मुझे मालूम है!" बिनती मुसकराती हुई बोली, "उनके यहाँ आज गये होंगे, पम्मी के यहाँ फिर आज कुछ उस दिन जैसी बात हुई होगी।"

सुधा हँस पड़ी। चन्दर झेंप गया। बिनती चली गयी बिसरिया को बुलाने।

"अब तो ये तुमसे बोलने लगी!" सुधा ने कहा।

"हाँ, यह है बड़ी सुशील लड़की और बहुत शान्त। हमें बहुत अच्छी लगती है। बोलना तो जैसे आता ही नहीं इसे।"

"हाँ, लेकिन अब खूब सीख रही है। इसकी गुरु मिली है गेसू। हमसे भी ज्यादा गेसू से पटने लगी है इसकी। दोनों ब्याह करने जा रही हैं और दोनों उसी की बातें करती हैं जब मिलती हैं तब।" सुधा बोली।

"और कविता भी करती है यह, तुम एक बार कह रही थीं?" चन्दर ने पूछा।

"नहीं जी, असल में एक बड़ी सुन्दर-सी नोट-बुक थी, उसमें यह जाने क्या लिखती थी? हमें नहीं दिखाती थी। बाद में हमने देखा कि एक डायरी है। उसमें धोबी का हिसाब लिखती थी।"

"तो कविता नहीं लिखतीं! ताज्जुब है, वरना सोलह बरस के बाद प्रेम करके कविता करना तो लड़कियों का फैशन हो गया है, उतना ही व्यापक जितना उलटा पल्ला ओढ़ना।" चन्दर बोला।

"चला तुम्हारा नारी-पुराण!" सुधा बिगड़ी।

मिठाई खाने वाले आये। आगे-आगे बिनती, पीछे-पीछे बिसरिया। अभिवादन के बाद बिसरिया बैठ गया। "कहो बिसरिया, तुम्हारी शिष्या कैसी है?"

"बस अद्वितीय।" कवि बिसरिया ने सिर हिलाकर कहा। सुधा मुसकरा दी, चन्दर की ओर देखकर।

"और ये सुधा कैसी थी?"

"बस अद्वितीय।" बिसरिया ने उसी तरह कहा।

"दोनों अद्वितीय हैं? साथ ही!" चन्दर ने पूछा।

सुधा और बिनती दोनों हँस दीं। बिसरिया नहीं समझ पाया कि उसने कौन-सी हँसने की बात की थी और जब नहीं समझ पाया तो पहले सिर खुजलाने लगा फिर खुद भी हँस पड़ा। उसकी हँसी पर तीनों और हँस पड़े।

"चन्दर, मास्टर साहब भी खूब हैं। एक दिन बिनती को महादेवी की वह कविता पढ़ा रहे थे, 'विरह का जलजात जीवन,' तो पढ़ते-पढ़ते बड़ी गहरी साँस भरने लगे।"

चन्दर और बिनती दोनों हँस पड़े। बिसरिया पहले तो खुद हँसा फिर बोला, "हाँ भाई, क्या करें, कपूर! तुम तो जानते ही हो, मैं बहुत भावुक हूँ। मुझसे बर्दाश्त नहीं

होता। एक बार तो ऐसा हुआ कि पर्चे में एक करुणरस का गीत आ गया अर्थ लिखने को। मैं उसे पढ़ते ही इतना व्यथित हो गया कि उठकर टहलने लगा। प्रोफेसर समझे मैं दूसरे लड़के की कॉपी देखने उठा हूँ, तो उन्होंने निकाल दिया। मुझे निकाले जाने का अफसोस नहीं हुआ लेकिन कविता पढ़कर मुझे बहुत रुलाई आयी।"

सुधा हँसी तो चन्दर ने आँख के इशारे से मना किया और गम्भीरता से बोला, "हाँ भाई बिसरिया, सो तो सही है ही। तुम इतने भावुक न हो तो इतना अच्छा कैसे लिख सकते हो? तो तुमने पर्चा छोड़ दिया?"

"हाँ, मैं पर्चे वगैरह की क्या परवाह करता हूँ? मेरे लिए इन सभी वस्तुओं का कुछ भी अर्थ नहीं। मैं भावना की उपासना करता हूँ। उस समय परीक्षा देने की भावना से ज्यादा सबल उस कविता की करुण-भावना थी। और इस तरह मैं कितनी बार फेल हो चुका हूँ। मेरे साथ वह पढ़ता था न हरिहर टंडन, वह अब बस्ती कॉलेज का प्रिंसिपल है। एक मेरा सहपाठी था, वह रेडियो का प्रोग्राम एक्जीक्यूटिव है..."

"और एक तुम्हारा सहपाठी तो हमने सुना कि असेम्बली का स्पीकर भी है!" चन्दर बात काटकर बोला। सुधा फिर हँस पड़ी। बिनती भी हँस पड़ी।

खैर मिठाई का भोग प्रारम्भ हुआ। बिसरिया कुछ तकल्लुफ कर रहा था तो बिनती बोली, "खाइए, मिठाई तो विरह-रोग और भावुकता में बहुत स्वास्थ्यप्रद होती है!"

"अच्छा, अब तो बिनती का कंठ फूट निकला! अपने गुरुजी को बना रही है।" चन्दर बोला।

बिसरिया थोड़ी देर बाद चला गया। "अब मुझे एक पार्टी में जाना है।" उसने कहा। जब आखिर में एक रसगुल्ला बच रहा तो बिनती हाथ में लेकर बोली, "कौन लेगा?" आज पता नहीं क्यों बिनती बहुत खुश थी और बहुत बोल रही थी।

चन्दर बोला, "हमें दो!"

सुधा बोली, "हमें!"

बिनती ने एक बार चन्दर की ओर देखा, एक बार सुधा की ओर। चन्दर बोला, "देखें बिनती हमारी है या सुधा की है।"

बिनती ने झट रसगुल्ला सुधा के मुख में रख दिया और सुधा के सिर पर सिर रखकर बोली–

"हम अपनी दीदी के हैं!" सुधा ने आधा रसगुल्ला बिनती को दे दिया तो बिनती चन्दर को दिखलाकर खाते हुए सुधा से बोली, "दीदी, ये हमें बहुत बनाते हैं, अब हम भी तुम्हारी तरह बोलेंगे तो इनका दिमाग ठीक हो जाएगा।"

"हम-तुम दोनों मिलके इनका दिमाग ठीक करेंगे?" सुधा ने प्यार से बिनती को

थपथपाते हुए कहा, "अब हम तश्तरियाँ धोकर रख दें।" और तश्तरियाँ उठाकर चल दी।

"पानी नहीं दोगी?" चन्दर बोला।

बिनती पानी ले आयी और बोली, "हम तो आपका इतना काम करते हैं और आज जब देखो तब हमें बनाते रहते हैं। आपको क्या आनन्द आता है हमें बनाने में?"

चन्दर ने पल-भर बिनती की ओर देखा और बोला, "असल में बनने के बाद जब तुम झेंप जाती हो तो...हाँ ऐसे ही।"

बिनती ने फिर झेंपकर मुँह छिपा लिया और लाज से सकुचाकर इन्द्रवधू बन गयी। बिनती देखने-सुनने में बड़ी अच्छी थी। उसकी गठन तो सुधा की तरह नहीं थी लेकिन उसके चेहरे पर एक फिरोजी आभा थी जिसमें गुलाल के डोरे थे। आँखें उसकी बड़ी-बड़ी और पलकों में इस तरह डोलती थीं जैसे किसी सुकुमार सीपी में कोई बहुत बड़ा मोती डोले। झेंपती थी तो मुँह पर साँझ मुसकरा उठती थी और गालों में फूलों के कटोरों जैसे दो छोटे-छोटे गड्ढे। और बिनती के अंग-अंग में एक रूप की लहर थी जो नागिन की तरह लहराती थी और उसकी आदत थी कि बात करते समय अपनी गरदन ज़रा टेढ़ी कर लेती थी और अँगुलियों से अपने आँचल का छोर उमेठने लगती थी।

इस वक्त चन्दर की बात पर झेंप गयी और उसी तरह आँचल के छोर को उमेठती हुई, मुसकान छिपाकर उसने ऐसी निगाह से चन्दर की ओर देखा जिसमें थोड़ी लाज, थोड़ा गुस्सा, थोड़ी प्रसन्नता और थोड़ी शरारत थी।

चन्दर एकदम बोल उठा, "अरे सुधा, सुधा, ज़रा बिनती की आँख देखो इस वक्त!"

"आयी अभी।" बगल के कमरे में तश्तरी रखते हुए सुधा बोली।

"बड़े खराब हैं आप?" बिनती बोली।

"हाँ, बनाओगी न आज से हमें? हमारा दिमाग ठीक करोगी न? बहुत बोल रही थी, अब बताओ!"

"बताएँ क्या? अभी तक हम बोलते नहीं थे तभी न?"

"अब अपनी ससुराल में बोलना टुइयाँ ऐसी! वहीं तुम्हारे बोल पर रीझेंगे लोग।" चन्दर ने फिर छेड़ा।

"छि:, राम-राम! ये सब मजाक हमसे मत किया कीजिए। दीदी से क्यों नहीं कहते जिनकी अभी शादी होने जा रही है।"

"अभी उनकी कहाँ, अभी तो तय भी नहीं हुई।"

"तय ही समझिए, फोटो इनकी उन लोगों ने पसन्द कर ली। अच्छा एक बात कहें, मानिएगा!" बिनती बड़े आग्रह और दीनता के स्वर में बोली।

"क्या?" चन्दर ने आश्चर्य से पूछा। बिनती आज सहसा कितनी बोलने लगी है।

बिनती बोली, नीचे जमीन की ओर देखती हुई–"आप हमसे ब्याह के बारे में मजाक न किया कीजिए, हमें अच्छा नहीं लगता।"

"ओहो, ब्याह अच्छा लगता है लेकिन उसके बारे में मजाक नहीं। गुड़ खाया गुलगुले से परहेज!"

"हाँ, यही तो बात है।" बिनती सहसा गम्भीर हो गयी–"आप समझते होंगे कि मैं ब्याह के लिए उत्सुक हूँ, दीदी भी समझती हैं; लेकिन मेरा ही दिल जानता है कि ब्याह की बात सुनकर मुझे कैसा लगने लगता है। लेकिन फिर भी मैंने ब्याह करने से इनकार नहीं किया। खुद दौड़-दौड़कर उस दिन दुबेजी की सेवा में लगी रही, इसलिए कि आप देख चुके हैं कि माँ का व्यवहार मुझसे कैसा है? आप यहाँ इस परिवार को देखकर समझ नहीं सकते कि मैं वहाँ कैसे रहती हूँ, कैसे माँजी की बातें बर्दाश्त करती हूँ, वह नरक है मेरे लिए, माँ की गोद नरक है और मैं किसी तरह निकल भागना चाहती हूँ। कुछ चैन तो मिलेगा!" बिनती की आँखों में आँसू आ गये और सिसकती हुई बोली, "लेकिन आप या दीदी जब यह कहते हैं, तो मुझे लगता है कि मैं कितनी नीच हूँ, कितनी पतित हूँ कि खुद अपने ब्याह के लिए व्याकुल हूँ, लेकिन आप न कहा करें तो अच्छा है!" बिनती को आँसुओं का तार बँध गया था।

सुधा बगल के कमरे से सब कुछ सुन रही थी। आयी और चन्दर से बोली, "बहुत बुरी बात है, चन्दर! बिनती, क्यों रो रही हो, रानी? बुआ का स्वभाव ही ऐसा है, उससे हमेशा अपना दिल दुखाने से क्या लाभ?" और पास जाकर उसको छाती से लगाकर सुधा बोली, "मेरी राजदुलारी! अब रोना मत, ऐं! अच्छा, हम लोग कभी मजाक नहीं करेंगे! बस अब चुप हो जाओ, रानी बिटिया की तरह जाओ मुँह धो आओ।"

बिनती चली गयी। चन्दर लज्जित-सा बैठा था।

"लो, अब तुम्हें भी रुलाई आ रही है क्या?" सुधा ने बहुत दुलार से कहा, "तुम उससे ससुराल का मजाक मत किया करो। वह बहुत दु:खी है और बहुत कदर करती है तुम्हारी। और किसी की मजाक की बात और है। हम या तुम कहते हैं तो उससे लग जाता है।"

"अच्छा, वो कह रही थी, तुम्हारी फोटो उन लोगों ने पसन्द कर ली है।"–चन्दर ने बात बदलने के खयाल से कहा।

"और क्या, कोई हमारी शक्ल तुम्हारी तरह है कि लोग नापसन्द कर दें।" सुधा अकड़कर बोली।

"नहीं, सच-सच बताओ?" चन्दर ने पूछा।

"अरे जी," लापरवाही से मुँह बिचकाकर सुधा बोली, "उनके पसन्द करने से

क्या होता है? मैं ब्याह-उआह नहीं करूँगी। तुम इस फेर में न रहना कि हमें निकाल दोगे यहाँ से।"

इतने में बिनती आ गयी। वह भी उदास थी। सुधा उठी और बिनती को पकड़ लायी और ढकेलकर चन्दर के बगल में बिठा दिया।

"लो, चन्दर! अब इसे दुलार कर लो तो अभी गुरगुराने लगे। बिल्ली कहीं की!" सुधा ने उसे हल्की-सी चपत मारकर कहा। बिनती का मुँह अपनी हथेलियों में लेकर अपने मुँह के पास लेकर आँखों में आँख डालकर कहा, "पगली कहीं की, आँसू का खजाना लुटाती फिरती है।"

"चन्दर!" डॉ. शुक्ला ने पुकारा और चन्दर उठकर चला गया।

सुधा पर इन दिनों घूमना सवार था। सुबह हुई कि चप्पल पहनी और गायब। गेसू, कामिनी, प्रभा, लीला शायद ही कोई लड़की बची होगी जिसके यहाँ जाकर सुधा ऊधम न मचा आती हो, और चार सुख-दुःख की बातें न कर आती हो। बिनती को घूमना कम पसन्द था, हाँ जब कभी सुधा गेसू के यहाँ जाती थी तो बिनती जरूर जाती थी, उसे सुधा की सभी मित्रों में गेसू सबसे ज्यादा पसन्द थी। डॉक्टर शुक्ला के ब्यूरो में छुट्टी हो चुकी थी पर वे सुधा का ब्याह तय करने की कोशिश कर रहे थे। इसलिए वह बाहर भी नहीं गये थे। चन्दर डेढ़ महीने तक लगातार मेहनत करने के बाद पढ़ाई-लिखाई की ओर से आराम कर रहा था और उसने निश्चित कर लिया था कि अब बरसात के पहले वह किताब छुएगा नहीं। बड़े आराम के दिन कटते थे उसके। सुबह उठकर साइकिल पर गंगा नहाने जाता था और वहाँ अक्सर ठाकुर साहब से भी मुलाकात हो जाती थी। डॉक्टर शुक्ला ने भी कई दफे इरादा किया कि वे गंगाजी चला करें लेकिन एक तो उनसे दिन में काम नहीं होता था, शाम को वे घूमते और सुबह उठकर किताब लिखते थे।

एक दिन सुबह लिख रहे थे कि चन्दर आया और उनके पैर छूकर बोला, "प्रान्तीय सरकार का वह पुरस्कार कल शाम को आ गया!"

"कौन-सा?"

"वह जो उत्तर प्रान्त में माता और शिशुओं की मृत्यु-संख्या पर मैंने निबन्ध लिखा था, उसी पर।"

"तो क्या पदक आ गया?" डॉक्टर शुक्ला ने कहा।

"जी," अपनी जेब में से एक मखमली डिब्बा निकालकर चन्दर ने दिया। पदक बहुत सुन्दर था। जगमगाता हुआ स्वर्णपदक जिसमें प्रान्तीय राजमुद्रा अंकित थी।

"ईश्वर तुम्हें बहुत यशस्वी करे जीवन में।" डॉक्टर शुक्ला ने पदक उसकी कमीज

में अपने हाथों से लगा दिया, "जाओ, अन्दर सुधा को दिखा आओ।"

चन्दर जाने लगा तो डॉक्टर साहब ने बुलाया, "अच्छा, अब सुधा की शादी का इन्तजाम करना है। हमसे तो कुछ होने से रहा, तुम्हीं को सब करना होगा। और सुनो, जेठ दशहरा को लड़के का भाई और माँ देखने आ रही हैं। और बहन भी आएँगी गाँव से।"

"अच्छा?" चन्दर बैठ गया कुर्सी पर और बोला, "कहाँ है लड़का? क्या करता है?"

"लड़का शाहजहाँपुर में है। घर के जमींदार हैं ये लोग। लड़का एम.ए. है। और अच्छे विचारों का है। उसने लिखा है कि सिर्फ दस आदमी बारात में आएँगे, एक दिन रुकेंगे। संस्कार के बाद चले जाएँगे। सिवा लड़की के गहने-कपड़े और लड़के के गहने-कपड़ों के और कुछ भी नहीं स्वीकर करेंगे।"

"अच्छा, ब्राह्मणों में तो ऐसा कुल नहीं मिलेगा।"

"तभी तो! सुधा की किस्मत है, वरना तुम बिनती के ससुर को तो देख ही चुके हो। अच्छा जाओ, सुधा से मिल आओ।"

वह सुधा के कमरे में आ गया। सुधा थी ही नहीं। वह आँगन में आया। देखा महराजिन खाना बना रही है और बिनती बरामदे में बुरादे की अँगीठी पर पकौड़ियाँ बना रही है।

"आइए," बिनती बोली, "दीदी तो गयी हैं गेसू को बुलाने। आज गेसू की दावत है।...पीढ़े पर बैठिएगा, लीजिए।" एक पीढ़ा चन्दर की ओर बिनती ने खिसका दिया। चन्दर बैठ गया। बिनती ने उसके हाथ में मखमली डिब्बा देखा तो पूछा, "यह क्या लाये? कुछ दीदी के लिए है क्या? यह तो अँगूठी मालूम पड़ती है।"

"अँगूठी, वह क्या दाल में मिला के खाएगी! जंगली कहीं की! उसे क्या तमीज है अँगूठी पहनने की!"

"हमारी दीदी के लिए ऐसी बात की तो अच्छा नहीं होगा, हाँ!" उसे बिनती ने उसी तरह गरदन टेढ़ी कर आँखें डुलाते हुए धमकाया–"उन्हें नहीं अँगूठी पहननी आएगी तो क्या आपको आएगी? अब ब्याह में सोलहों सिंगार करेंगी! अच्छा, दीदी कैसी लगेंगी घूँघट काढ़ के? अभी तक तो सिर खोले चकई की तरह घूमती-फिरती है।"

"तुमने तो डाल ली आदत, ससुराल में रहने की!" चन्दर ने बिनती से कहा।

"अरे हमारा क्या!" एक गहरी साँस लेते हुए बिनती ने कहा, "हम तो उसी के लिए बने थे। लेकिन सुधा दीदी को ब्याह-शादी में न फँसना पड़ता तो अच्छा था। दीदी इन सबके लिए नहीं बनी थीं। आप मामाजी से कहते क्यों नहीं?"

चन्दर ने कुछ जवाब नहीं दिया। चुपचाप बैठा हुआ सोचता रहा। बिनती भी कड़ाही में से पकौड़ियाँ निकाल-निकालकर थाली में रखने लगी। थोड़ी देर बाद जब वह घी में पकौड़ियाँ डाल चुकी तब भी वह वैसे ही गुमसुम बैठा सोच रहा था।

"क्या सोच रहे हैं आप? नहीं बताइएगा। फिर अभी हम दीदी से कह देंगे कि बैठे-बैठे सोच रहे थे।" बिनती बोली।

"क्या तुम्हारी दीदी का डर पड़ा है?" चन्दर ने कहा।

"अपने दिल से पूछिए। हमसे नहीं बन सकते आप!" बिनती ने मुसकराकर कहा और उसके गालों में फूलों के कटोरे खिल गये–"अच्छा, इस डिब्बे में क्या है, कुछ प्राइवेट!"

"नहीं जी, प्राइवेट क्या होगा, और वह भी तुमसे? सोने का मेडल है। मिला है मुझे एक लेख पर।" और चन्दर ने डिब्बा खोलकर दिखला दिया।

"आहा! ये तो बहुत अच्छा है। हमें दे दीजिए।" बिनती बोली।

"क्या करेगी तू?" चन्दर ने हँसकर पूछा।

"अपने आने वाले जीजाजी के लिए कान में बुन्दे बनवा लेंगे।" बिनती बोली, "अरे हाँ, आपको एक चीज दिखाएँगे।"

"क्या?"

"यह नहीं बताते। देखिएगा तो उछल पड़िएगा।"

"तो दिखाओ न!"

"अभी तो दीदी आ रही होंगी। दीदी के सामने नहीं दिखाएँगे।"

"सुधा से छिपाकर हम कुछ नहीं कर सकते, यह तुम जानती हो।" चन्दर बोला।

"छिपाने की बात थोड़े ही है। देखकर तब उन्हें बता दीजिएगा। वैसे वह खुद ही सुधा दीदी से क्या छिपाते हैं? लो, सुधा दीदी तो आ गयीं..."

चन्दर ने पीछे मुड़कर देखा। सुधा के हाथ में एक लम्बा-सा सरकंडा था और उसे झंडे की तरह फहराती हुई चल आ रही थी। चन्दर हँस पड़ा।

"खिल गये दीदी को देखते ही!" बिनती बोली और एक गरम पकौड़ी चन्दर के ऊपर फेंक दी।

"अरे, बड़ी शैतान हो गयी हो तुम इधर! पाजी कहीं की!" चन्दर बोला।

सुधा चप्पल उतारकर अन्दर आयी। झूमती-इठलाती हुई चली आ रही थी।

"कहो, सेठ स्वार्थीमल!" उसने चन्दर को देखते ही कहा, "सुबह हुई और पकौड़ी की महक लग गयी तुम्हें!" पीढ़ा खींचकर उसके बगल में बैठ गयी और सरकंडा चन्दर के हाथ पर रखते हुए बोली, "लो, यह गन्ना। घर में बो देना। और गँडेरी खाना! अच्छा" और हाथ बढ़ाकर वह डिबिया उठा ली और बोली, "इसमें क्या है? खोलें या न खोलें?"

"अच्छा, खत तक तो हमारे बिना पूछे खोल लेती हो। इसे पूछ के खोलोगी!"

"अरे हमने सोचा शायद इस डिबिया में पम्मी का दिल बन्द हो। तुम्हारी मित्र है, शायद स्मृति-चिह्न में वही दे दिया हो।" और सुधा ने डिबिया खोली तो उछल पड़ी, "यह तो उसी निबन्ध पर मिला है जिसका चार्ट तुम बनाये थे!"

"हाँ!"

"तब तो ये हमारा है।" डिबिया अपने वक्ष में छिपाकर सुधा बोली।

"तुम्हारा तो है ही। मैं अपना कब कहता हूँ?" चन्दर ने कहा।

"लगाकर देखो!" और उठकर सुधा चल दी।

"बिनती, दो पकौड़ी तो दो।" और दो पकौड़ियाँ लेकर खाते हुए चन्दर सुधा के कमरे में गया। देखा, सुधा शीशे के सामने खड़ी है और मेडल अपनी साड़ी में लगा रही है। वह चुपचाप खड़ा होकर देखने लगा। सुधा ने मेडल लगाया और क्षण-भर तनकर देखती रही फिर उसे एक हाथ से वक्ष पर चिपका लिया और मुँह झुकाकर उसे चूम लिया।

"बस, कर दिया न गन्दा उसे!" चन्दर मौका नहीं चूका।

और सुधा तो जैसे पानी-पानी। गालों से लाज की रतनारी लपटें फूटीं और एड़ी तक धधक उठीं। फौरन शीशे के पास से हट गयी और बिगड़कर बोली, "चोर कहीं के! क्या देख रहे थे?"

"बिनती इतने में तश्तरी में पकौड़ी रखकर ले आयी। सुधा ने झट से मेडल उतार दिया और बोली, "लो, रखो सहेजकर।"

"क्यों, पहने रहो न!"

"ना बाबा, परायी चीज, अभी खो जाये तो डाँड़ भरना पड़े।" और मेडल चन्दर की गोद में रख दिया।

बिनती ने धीमे से कहा, "या मुरली मुरलीधर की अधरा न धरी अधरा न धरौंगी।"

चन्दर और सुधा दोनों झेंप गये। "लो, गेसू आ गयी।"

सुधा की जान में जान आ गयी। चन्दर ने बिनती का कान पकड़कर कहा, "बहुत उलटा-सीधा बोलने लगी है!"

बिनती ने कान छुड़ाते हुए कहा, "कोई झूठ थोड़े ही कहती हूँ!"

चन्दर चुपचाप सुधा के कमरे में पकौड़ियाँ खाता रहा। बगल के कमरे में सुधा, गेसू, फूल और हसरत बैठे बातें करते रहे। बिनती उन लोगों को नाश्ता देती रही। उस कमरे में नाश्ता पहुँचाकर बिनती एक गिलास में पानी लेकर चन्दर के पास आयी और पानी रखकर बोली, "अभी हलुआ ला रही हूँ, जाना मत!" और पल-भर में तश्तरी में हलुआ रखकर ले आयी।

"अब मैं चल रहा हूँ!" चन्दर ने कहा।

"बैठो, अभी हम एक चीज दिखाएँगे। ज़रा गेसू से बात कर आएँ।" बिनती बड़े भोले स्वर में बोली, "आइए, हसरत मियाँ।" और पल-भर में नन्हे-मुन्ने-से छह वर्ष के हसरत मियाँ तनजेब का कुरता और चूड़ीदार पायजामे पर पीले रेशम की जाकेट पहने कमरे में खरगोश की तरह उछल आये।

"आदाबर्ज।" बड़े तमीज से उन्होंने चन्दर को सलाम किया।

चन्दर ने उसे गोद में उठाकर पास बिठा दिया। "लो, हलुआ खाओ, हसरत!"

हसरत ने सिर हिला दिया और बोला, "गेसू ने कहा था, जाकर चन्दर भाई से हमारा आदाब कहना और कुछ खाना मत! हम खाएँगे नहीं।"

चन्दर बोला, "हमारा भी नमस्ते कह दो उनसे जाकर।"

हसरत उठ खड़ा हुआ–"हम कह आएँ।" फिर मुड़कर बोला, "आप तब तक हलुआ खत्म कर देंगे?"

चन्दर हँस पड़ा, "नहीं हम तुम्हारा इन्तजार करेंगे, जाओ।"

हसरत सिर हिलाता हुआ चला गया।

इतने में सुधा आयी और बोली, "गेसू की गजल सुनो यहाँ बैठकर। आवाज आ रही है न! फूल भी आयी है इसलिए गेसू तुम्हारे सामने नहीं आएगी वरना फूल अम्मीजान से शिकायत कर देगी। लेकिन वह तुमसे मिलने को बहुत इच्छुक है, अच्छा यहाँ से सुनना बैठे-बैठे..."

सुधा चली गयी। गेसू ने गाना शुरू किया बहुत महीन, पतली लेकिन बेहद मीठी आवाज में जिसमें कसक और नशा दोनों घुले-मिले थे। चन्दर एक तकिया टेककर बैठ गया और उनींदा-सा सुनने लगा। गजल खत्म होते ही सुधा भागकर आयी–"कहो, सुन लिया न!" और उसके पीछे-पीछे आया हसरत और सुधा के पैरों में लिपटकर बोला, "सुधा, हम हलुआ नहीं खाएँगे!"

सुधा हँस पड़ी, "पागल कहीं का। ले खा।" और उसके मुँह में हलुआ ठूँस दिया। हसरत को गोद में लेकर वह चन्दर के पास बैठ गयी और गेसू के बारे में बताने लगी, "गेसू गर्मियाँ बिताने नैनीताल जा रही है। वहीं अख्तर की अम्मी भी आएँगी और मँगनी की रस्म वहीं पूरी करेंगी। अब वह पढ़ेगी नहीं। जुलाई तक उसका निकाह हो जाएगा। कल रात की गाड़ी से जा रहे हैं ये लोग। वगैरह-वगैरह।"

बिनती बैठी-बैठी गेसू और फूल से बातें करती रही। थोड़ी देर बाद सुधा उठकर चली गयी। "तुम जाना मत, आज खाना यहीं खाना, मैं बिनती को तुम्हारे पास भेज रही हूँ, उससे बातें करते रहना।"

थोड़ी देर बाद बिनती आयी। उसके हाथ में कुछ था जिसे वह अपने आँचल से छिपाये हुई थी। आयी और बोली, "अब दीदी नहीं हैं, जल्दी से देख लीजिए।"

"क्या है?" चन्दर ने ताज्जुब से पूछा।

"जीजाजी की फोटो।" बिनती ने मुसकराकर कहा और एक छोटी-सी बहुत कलात्मक फोटो चन्दर के हाथ में रख दी।

"अरे यह तो मिश्र हैं। कॉमरेड कैलाश मिश्र।" और चन्दर के दिमाग में बरेली की बातें, लाठी चार्ज...सभी कुछ घूम गया। चन्दर के मन में इस वक्त जाने कैसा-सा लग रहा था। कभी बड़ा अचरच होता, कभी एक सन्तोष होता कि चलो सुधा के भाग्य की रेखा उसे अच्छी जगह ले गयी, फिर कभी सोचता कि मिश्र इतना विचित्र स्वभाव का है, सुधा की उससे निभेगी या नहीं? फिर सोचता, नहीं सुधा भाग्यवान है। इतना अच्छा लड़का मिलना मुश्किल था।

"आप इन्हें जानते हैं?" बिनती ने पूछा।

"हाँ, सुधा भी उन्हें नाम से जानती है शक्ल से नहीं। लेकिन अच्छा लड़का है, बहुत अच्छा लड़का।" चन्दर ने एक गहरी साँस लेकर कहा और फिर चुप हो गया। बिनती बोली, "क्या सोच रहे हैं आप?"

"कुछ नहीं।" पलकों में आये हुए आँसू रोककर और होंठों पर मुसकान लाने की कोशिश करते हुए बोला, "मैं सोच रहा हूँ, आज कितना सन्तोष है मुझे, कितनी खुशी है मुझे, कि सुधा एक ऐसे घर जा रही है जो इतना अच्छा है, ऐसे लड़के के साथ जा रही है जो इतना ऊँचा"...कहते-कहते चन्दर की आँखें भर आयीं।

बिनती चन्दर के पास खड़ी होकर बोली, "छिः, चन्दर बाबू! आपकी आँखों में आँसू! यह तो अच्छा नहीं लगता। जितनी पवित्रता और ऊँचाई से आपने सुधा के साथ निबाह किया है, यह तो शायद देवता भी नहीं कर पाते और दीदी ने आपको जैसा निश्छल प्यार दिया है उसको पाकर तो आदमी स्वर्ग से भी ऊँचा उठ जाता है, फैलाद से भी ज्यादा ताकतवर हो जाता है, फिर आज इतने शुभ अवसर पर आप में कमजोरी कहाँ से? हमें तो बड़ी शरम लग रही है। आज तक दीदी तो दूर, हम तक को आप पर गर्व था। अच्छा, मैं फोटो रख तो आऊँ वरना दीदी आ जाएँगी!" बिनती ने फोटो ली और चली गयी।

बिनती जब लौटी तो चन्दर स्वस्थ था। बिनती की ओर क्षण भर चन्दर ने देखा और कहा, "मैं इसलिए नहीं रोया था बिनती, मुझे यह लगा कि यहाँ कैसा लगेगा। खैर जाने दो।"

"एक दिन तो ऐसा होता ही है न, सहना पड़ेगा!" बिनती बोली।

"हाँ, सो तो है; अच्छा बिनती, सुधा ने यह फोटो देखी है?" चन्दर ने पूछा।

"अभी नहीं, असल में मामाजी ने मुझसे कहा था कि यह फोटो दिखा दे सुधा को; लेकिन मेरी हिम्मत नहीं पड़ी। मैंने उनसे कह दिया कि चन्दर आएँगे तो दिखा देंगे। आप जब ठीक समझें तो दिखा दें। जेठ दशहरा अगले ही मंगल को है।" बिनती ने कहा।

"अच्छा।" एक गहरी साँस लेकर चन्दर बोला।

बिनती थोड़ी देर तक चन्दर की ओर एकटक देखती रही। चन्दर ने उसकी निगाह चुरा ली और बोला, "क्या देख रही हो, बिनती?"

"देख रही हूँ कि आपकी पलकें झपकती हैं या नहीं?" बिनती बहुत गम्भीरता से बोली।

"क्यों?"

"इसलिए कि मैंने सुना था, देवताओं की पलकें कभी नहीं गिरतीं।"

चन्दर एक फीकी हँसी हँसकर रह गया।

"नहीं, आप मजाक न समझें। मैंने अपनी जिन्दगी में जितने लोग देखे, उनमें आप-जैसा कोई भी नहीं मिला। कितने ऊँचे हैं आप, कितना विशाल हृदय है आपका! दीदी कितनी भाग्यशाली हैं।"

चन्दर ने कुछ जवाब नहीं दिया। "जाओ, फोटो ले आओ।" उसने कहा, "आज ही दिखा दूँ। जाओ, खाना भी ले आओ। अब घर जाकर क्या करना है।"

पापा को खाना खिलाने के बाद चन्दर और सुधा खाने बैठे। महराजिन चली गयी थी। इसलिए बिनती सेंक-सेंककर रोटी दे रही थी। सुधा एक रेशमी सनिया पहने चौके के अन्दर खा रही थी। और चन्दर चौके के बाहर। सुबह के कच्चे खाने में डॉक्टर शुक्ला बहुत छूत-छात का विचार रखते थे।

"देखो, आज बिनती ने रोटी बनायी है तो कितनी मीठी लग रही है, एक तुम बनाती हो कि मालूम ही नहीं पड़ता रोटी है कि सोख्ता!" चन्दर ने सुधा को चिढ़ाते हुए कहा।

सुधा ने हँसकर कहा, "हमें बिनती से लड़ाने की कोशिश कर रहे हो! बिनती की हमसे जिन्दगी-भर लड़ाई नहीं हो सकती!"

"अरे हम सब समझते हैं इनकी बात!" बिनती ने रोटी पटकते हुए कहा और जब सुधा सिर झुकाकर खाने लगी तो बिनती ने आँख के इशारे से पूछा, "कब दिखाओगे?"

चन्दर ने सिर हिलाया और फिर सुधा से बोला, "तुम उन्हें चिट्ठी लिखोगी?"

"किन्हें?"

"कैलाश मिश्रा को, वही बरेली वाले? उन्होंने हमें खत लिखा था उसमें तुम्हें प्रणाम

लिखा था।" चन्दर बोला।

"नहीं, खत-वत नहीं लिखते। उन्हें एक दफे बुलाओ तो यहाँ।"

"हाँ, बुलाएँगे अब महीने-दो महीने बाद, तब तुमसे खूब परिचय करा देंगे और तुम्हें उसकी पार्टी में भी भरती करा देंगे।" चन्दर ने कहा।

"क्या? हम मजाक नहीं करते? हम सचमुच समाजवादी दल में शामिल होंगे।" सुधा बोली, "अब हम सोचते हैं कुछ काम करना चाहिए, बहुत खेल-कूद लिये, बचपन निभा लिया।"

"उन्होंने अपना चित्र भेजा है। देखोगी?" चन्दर ने जेब में हाथ डालते हुए पूछा।

"कहाँ?" सुधा ने बहुत उत्सुकता से पूछा, "निकालो देखें।"

"पहले बताओ, हमें क्या इनाम दोगी? बहुत मुश्किल से भेजा उन्होंने चित्र!" चन्दर ने कहा।

"इनाम देंगे इन्हें!" सुधा बोली और झट से झपटकर चित्र छीन लिया।

"अरे, छू लिया चौके में से?" बिनती ने दबी जबान से कहा।

सुधा ने थाली छोड़ दी। अब छू गयी थी वह; अब खा नहीं सकती थी।

"अच्छी फोटो देखी दीदी। सामने की थाली छूट गयी!" बिनती ने कहा।

सुधा ने हाथ धोकर आँचल के छोर से पकड़कर फोटो देखी और बोली, "चन्दर सचमुच देखो! कितने अच्छे लग रहे हैं। कितना तेज है चेहरे पर, और माथा देखो कितना ऊँचा है।" सुधा फोटो देखती हुई बोली।

"अच्छी लगी फोटो? पसन्द है?" चन्दर ने बहुत गम्भीरता से पूछा।

"हाँ, हाँ, और समाजवादियों की तरह नहीं लगते ये।" सुधा बोली।

"अच्छा सुधा, यहाँ आओ।" और चन्दर के साथ सुधा अपने कमरे में जाकर पलंग पर बैठ गयी। चन्दर उसके पास बैठ गया और उसका हाथ अपने हाथ में लेकर उसकी अँगूठी घुमाते हुए बोला, "सुधा, एक बात कहें, मानोगी?"

"क्या?" सुधा ने बहुत दुलार और भोलेपन से पूछा।

"पहले बता दो कि मानोगी?" चन्दर ने उसकी अँगूठी की ओर एकटक देखते हुए कहा।

"फिर, हमने कभी कोई बात तुम्हारी टाली है! क्या बात है?"

"तुम मानोगी चाहे कुछ भी हो?" चन्दर ने पूछा।

"हाँ-हाँ, कह तो दिया। अब कौन-सी तुम्हारी ऐसी बात है जो तुम्हारी सुधा नहीं मान सकती!" आँखों में, वाणी में, अंग-अंग से सुधा के आत्मसमर्पण छलक रहा था।

"फिर अपनी बात पर कायम रहना, सुधा! देखो!" उसने सुधा की उँगलियाँ अपनी पलकों से लगाते हुए कहा, "सुधी मेरी! तुम उस लड़के से ब्याह कर लो!"

"क्या?" सुधा चोट खायी नागिन की तरह तड़प उठी–"इस लड़के से? यही शकल है इसकी हमसे ब्याह करने की! चन्दर, हम ऐसा मजाक नापसन्द करते हैं, समझे कि नहीं! इसलिए बड़े प्यार से बुला लाये, बड़ा दुलार कर रहे थे!"

"तुम अभी वायदा कर चुकी हो!" चन्दर ने बहुत आजिजी से कहा।

"वायदा कैसा? तुम कब अपने वायदे निभाते हो? और फिर यह धोखा देकर वायदा कराना क्या? हिम्मत थी तो साफ-साफ कहते हमसे! हमारे मन में आता सो कहते। हमें इस तरह से बाँध कर क्यों बलिदान चढ़ा रहे हो!" और सुधा मारे गुस्से के रोने लगी।

चन्दर स्तब्ध। उसने इस दृश्य की कल्पना ही नहीं की थी। वह क्षण भर खड़ा रहा। वह क्या कहे सुधा से, कुछ समझ ही में नहीं आता था। वह गया और रोती हुई सुधा के कन्धे पर हाथ रख दिया। "हटो उधर!" सुधा ने बहुत रुखाई से हाथ हटा दिया और आँचल से सिर ढकती हुई बोली, "मैं ब्याह नहीं करूँगी, कभी नहीं करूँगी। किसी से नहीं करूँगी। तुम सभी लोगों ने मिलकर मुझे मार डालने की ठानी है। तो मैं अभी सिर पटककर मर जाऊँगी।" और मारे तैश के सचमुच सुधा ने अपना सिर दीवार पर पटक दिया। "अरे!" दौड़कर चन्दर ने सुधा को पकड़ लिया। मगर सुधा ने गरजकर कहा, "दूर हटो चन्दर छूना मत मुझे।" और जैसे उसमें जाने कहाँ की ताकत आ गयी है, उसने अपने को छुड़ा दिया।

चन्दर ने दबी जबान से कहा, "छि: सुधा! यह तुमसे उम्मीद नहीं थी मुझे। यह भावुकता तुम्हें शोभा नहीं देती। बातें कैसी कर रही हो तुम! हम वही चन्दर हैं न!"

"हाँ, वही चन्दर हो! और तभी तो! इस सारी दुनिया में तुम्हीं एक रह गये हो मुझे फोटो दिखाकर पसन्द कराने को।" सुधा सिसक-सिसककर रोने लगी–"पापा ने भी धोखा दे दिया। हमें पापा से यह उम्मीद नहीं थी।"

"पगली! कौन अपनी लड़की को हमेशा अपने पास रख पाया है!" चन्दर बोला।

"तुम चुप रहो, चन्दर। हमें तुम्हारी बोली जहर लगती है। 'सुधा, यह फोटो तुम्हें पसन्द है?' तुम्हारी जबान हिली कैसे? शरम नहीं आयी तुम्हें। हम कितना मानते थे पापा को, कितना मानते थे तुम्हें? हमें यह नहीं मालूम था कि तुम लोग ऐसा करोगे।" थोड़ी देर चुपचाप सिसकती रही सुधा और फिर धधककर उठी–"कहाँ है वह फोटो? लाओ, अभी मैं जाऊँगी पापा के पास! मैं कहूँगी उनसे हाँ, मैं इस लड़के को पसन्द करती हूँ। वह बहुत अच्छा है, बहुत सुन्दर है। लेकिन मैं उससे शादी नहीं करूँगी, मैं किसी से शादी नहीं करूँगी! झूठी बात है..." और उठकर पापा के कमरे की ओर जाने लगी।

"खबरदार, जो कदम बढ़ाया!" चन्दर ने डाँटकर कहा, "बैठो इधर।"

"मैं नहीं रुकूँगी!" सुधा ने अकड़कर कहा।

"नहीं रुकोगी?"

"नहीं रुकूँगी।"

और चन्दर का हाथ तैश में उठा और एक भरपूर तमाचा सुधा के गाल पर पड़ा। सुधा के गाल पर नीली उँगलियाँ उपट आयीं। वह स्तब्ध! जैसे पत्थर बन गयी हो। आँख में आँसू जम गये। पलकों में निगाहें जम गयीं। होंठों में आवाजें जम गयीं और सीने में सिसकियाँ जम गयीं।

चन्दर ने एक बार सुधा की ओर देखा और कुर्सी पर जैसे गिर पड़ा और सिर पटककर बैठ गया। सुधा कुर्सी के पास जमीन पर बैठ गयी। चन्दर के घुटनों पर सिर रख दिया। बड़ी भारी आवाज में बोली, "चन्दर, देखें तुम्हारे हाथ में चोट तो नहीं आयी।"

चन्दर ने सुधा की ओर देखा, एक ऐसी निगाह से जिसमें कब्र मुँह फाड़कर जमुहाई ले रही थी। सुधा एकाएक फिर सिसक पड़ी और चन्दर के पैरों पर सिर रखकर बोली, "चन्दर, सचमुच मुझे अपने आश्रय से निकालकर ही मानोगो! चन्दर, मजाक की बात दूसरी है, जिन्दगी में तो दुश्मनी मत निकाला करो।"

चन्दर एक गहरी साँस लेकर चुप हो गया। और सिर थामकर बैठ गया। पाँच मिनट बीत गये। कमरे में सन्नाटा, गहन खामोशी। सुधा चन्दर के पाँवों को छाती से चिपकाये सूनी-सूनी निगाहों से जाने कुछ देख रही थी दीवारों के पार, दिशाओं के पार, क्षितिजों से परे...दीवार पर घड़ी चल रही थी टिक...टिक...

चन्दर ने सिर उठाया और कहा, "सुधा, हमारी तरफ देखो–" सुधा ने सिर ऊपर उठाया। चन्दर बोला, "सुधा, तुम हमें जाने क्या समझ रही होगी, लेकिन अगर तुम समझ पातीं कि मैं क्या सोचता हूँ! क्या समझता हूँ।" सुधा कुछ नहीं बोली, चन्दर कहता गया, "मैं तुम्हारे मन को समझता हूँ, सुधा! तुम्हारे मन ने जो तुमसे नहीं कहा, वह मुझसे कह दिया था–लेकिन सुधा, हम दोनों एक-दूसरे की जिन्दगी में क्या इसीलिए आये कि एक-दूसरे को कमजोर बना दें या हम लोगों ने स्वर्ग की ऊँचाइयों पर साथ बैठकर आत्मा का संगीत सुना सिर्फ इसीलिए कि उसे अपने ब्याह की शहनाई में बदल दें?"

"गलत मत समझो चन्दर, मैं गेसू नहीं कि अख्तर से ब्याह के सपने देखूँ और न तुम्हीं अख्तर हो, चन्दर! मैं जानती हूँ कि मैं तुम्हारे लिए राखी के सूत से भी ज्यादा पवित्र रही हूँ लेकिन मैं जैसी हूँ, मुझे वैसी ही क्यों नहीं रहने देते! मैं किसी से शादी नहीं करूँगी। मैं पापा के पास रहूँगी। शादी को मेरा मन नहीं कहता, मैं क्यों करूँ? तुम गुस्सा मत हो, दु:खी मत हो, तुम आज्ञा दोगे तो मैं कुछ भी कर सकती हूँ, लेकिन हत्या

करने से पहले यह तो देख लो कि मेरे हृदय में क्या है?" सुधा ने चन्दर के पाँवों को अपने हृदय से और भी दबाकर कहा।

"सुधा, तुम एक बात सोचो। अगर तुम सबका प्यार बटोरती चलती हो तो कुछ तुम्हारी जिम्मेदारी है या नहीं? पापा ने आज तक तुम्हें किस तरह पाला। अब क्या तुम्हारा यह फर्ज है कि तुम उनकी बात को ठुकराओ? और एक बात और सोचो–हम पर कुछ विश्वास करके ही उन्होंने कहा है कि मैं तुमसे फोटो पसन्द कराऊँ? अगर अब तुम इनकार कर देती हो तो एक तरफ पापा को तुमसे धक्का पहुँचेगा, दूसरी ओर मेरे प्रति उनके विश्वास को कितनी चोट लगेगी। हम उन्हें क्या मुँह दिखाने लायक रहेंगे भला! तो तुम क्या चाहती हो? महज अपनी थोड़ी-सी भावुकता के पीछे तुम सभी की जिन्दगी चौपट करने के लिए तैयार हो? यह तुम्हें शोभा नहीं देता है। क्या कहेंगे पापा, कि चन्दर ने अभी तक तुम्हें यही सिखाया था? हमें लोग क्या कहेंगे? बताओ। आज तुम शादी न करो। उसके बाद पापा हमेशा के लिए दु:खी रहा करें और दुनिया हमें कहा करें, तब तुम्हें अच्छा लगेगा।"

"नहीं।" सुधा ने भर्राये हुए गले से कहा।

"तब, और फिर एक बात और है न सुधी! सोने की पहचान आग में होती है न! लपटों में अगर उसमें और निखार आये तभी वह सच्चा सोना है। सचमुच मैंने तुम्हारे व्यक्तित्व को बनाया है या तुमने मेरे व्यक्तित्व को बनाया है, यह तो तभी मालूम होगा जब हम लोग कठिनाइयों से, वेदनाओं से, संघर्षों से खेलें और बाद में विजयी हों और तभी मालूम होगा कि सचमुच मैंने तुम्हारे जीवन में प्रकाश और बल दिया था। अगर सदा तुम मेरी बाँहों की सीमा में रहीं और मैं तुम्हारी पलकों की छाँव में रहा और बाहर के संघर्षों से हम लोग डरते रहे तो कायरता है। और मुझे अच्छा लगेगा कि दुनिया कहे कि मेरी सुधा, जिस पर मुझे नाज था, वह कायर है? बोलो। तुम कायर कहलाना पसन्द करोगी?"

"हाँ!" सुधा ने फिर चन्दर के घुटनों में मुँह छिपा लिया।

"क्या? यह मैं सुधा के मुँह से सुन रहा हूँ। छि: पगली! अभी तक तेरी निगाहों ने मेरे प्राणों में अमृत भरा है और मेरी साँसों ने तेरे पंखों में तूफानों की तेजी। और हमें-तुम्हें तो आज खुश होना चाहिए कि अब सामने जो रास्ता है उसमें हम लोगों को यह सिद्ध करने का अवसर मिलेगा कि सचमुच हम लोगों ने एक-दूसरे को ऊँचाई और पवित्रता दी है। मैंने आज तक तुम्हारी सहायता पर विश्वास किया था। आज क्या तुम मेरा विश्वास तोड़ दोगी? सुधा, इतनी क्रूर क्यों हो रही हो आज तुम? तुम साधारण लड़की नहीं हो।

तुम ध्रुवतारा से ज्यादा प्रकाशमान हो। तुम यह क्यों चाहती हो कि दुनिया कहे, सुधा भी एक साधारण-सी भावुक लड़की थी और आज मैं अपने कान से सुनूँ! बोलो सुधी?" चन्दर ने सुधा के सिर पर हाथ रखकर कहा।

सुधा ने आँखें उठायीं, बड़ी कातर निगाहों से चन्दर की ओर देखा और सिर झुका लिया। सुधा के सिर पर हाथ फेरते हुए चन्दर बोला–

"सुधा, मैं जानता हूँ मैं तुम पर शायद बहुत सख्ती कर रहा हूँ, लेकिन तुम्हारे सिवा और कौन है मेरा? बताओ। तुम्हीं पर अपना अधिकार भी आजमा सकता हूँ। विश्वास करो मुझ पर सुधा, जीवन में अलगाव, दूरी, दुःख और पीड़ा आदमी को महान् बना सकती है। भावुकता और सुख हमें ऊँचे नहीं उठाते। बताओ सुधा, तुम्हें क्या पसन्द है? मैं ऊँचा ऊठूँ तुम्हारे विश्वास के सहारे, तुम ऊँची उठो मेरे विश्वास के सहारे, इससे अच्छा और क्या है सुधा! चाहो तो मेरे जीवन को एक पवित्र साधन बना दो, चाहो तो एक छिछली अनुभूति।"

सुधा ने एक गहरी साँस ली, क्षण-भर घड़ी की ओर देखा और बोली, "इतनी जल्दी क्या है अभी चन्दर? तुम जो कहोगे मैं कर लूँगी!" और फिर वह सिसकने लगी–"लेकिन इतनी जल्दी क्या है? अभी मुझे पढ़ लेने दो!"

"नहीं, इतना अच्छा लड़का फिर मिलेगा नहीं। और इस लड़के के साथ तुम वहाँ पढ़ भी सकती हो। मैं जानता हूँ उसे। वह देवताओं-सा निश्छल है। बोलो, मैं पापा से कह दूँ कि तुम्हें पसन्द है?"

सुधा कुछ नहीं बोली।

"मौन का मतलब हाँ है न?" चन्दर ने पूछा।

सुधा ने कुछ नहीं कहा। झुककर चन्दर के पैरों को अपने होंठों से छू लिया और पलकों से दो आँसू चू पड़े। चन्दर ने सुधा को उठा लिया और उसके माथे पर हाथ रखकर कहा, "ईश्वर तुम्हारी आत्मा को सदा ऊँचा बनाएगा, सुधा!" उसने एक गहरी साँस लेकर कहा, "मुझे तुम पर गर्व है," और फोटो उठाकर बाहर चलने लगा।

"कहाँ जा रहे हो! जाओ मत!" सुधा ने उसका कुरता पकड़कर बड़ी आजिजी से कहा, "मेरे पास रहो, तबीयत घबराती है?"

चन्दर पलंग पर बैठ गया। सुधा तकिये पर सिर रखकर लेट गयी और फटी-फटी पथराई आँखों से जाने क्या देखने लगी। चन्दर भी चुप था, बिल्कुल खामोश। कमरे में सिर्फ घड़ी चल रही थी, टिक...टिक...

थोड़ी देर बाद सुधा ने चन्दर के पैरों को अपने तकिये के पास खींच लिया और उसके तलवों पर होठ रखकर उसमें मुँह छिपाकर चुपचाप लेटी रही। बिनती आयी।

सुधा हिली भी नहीं! चन्दर ने देखा वह सो गयी थी। बिनती ने फोटो उठाकर इशारे से पूछा, "मंजूर?" "हाँ।" बिनती ने बजाय खुश होने के चन्दर की ओर देखकर सिर झुका लिया और चली गयी।

सुधा सो रही थी और चन्दर के तलवों में उसकी नरम क्वाँरी साँसें गूँज रही थीं। चन्दर बैठा रहा चुपचाप। उसकी हिम्मत न पड़ी कि वह हिले और सुधा की नींद तोड़ दे। थोड़ी देर बाद सुधा ने करवट बदली तो वह उठकर आँगन के सोफे पर जाकर लेट रहा और जाने क्या सोचता रहा।

जब उठा तो देखा धूप ढल गयी है और सुधा उसके सिरहाने बैठी उसे पंखा झल रही है। उसने सुधा की ओर अपराधी जैसी कातर निगाहों से देखा और सुधा ने बहुत दर्द से आँखें फेर लीं और ऊँचाइयों पर आखिरी साँसें लेती हुई मरणासन्न धूप की ओर देखने लगी।

चन्दर उठा और सोचने लगा तो सुधा बोली, "कल आओगे कि नहीं?"

"क्यों नहीं आऊँगा?" चन्दर बोला।

"मैंने सोचा शायद अभी से दूर होना चाहते हो।" एक गहरी साँस लेकर सुधा बोली और पंखे की ओट में आँसू पोंछ लिये।

चन्दर दूसरे दिन सुबह नहीं गया। उसकी थीसिस का बहुत-सा भाग टाइप होकर आ गया था और उसे बैठा वह सुधार रहा था। लेकिन साथ ही पता नहीं क्यों उसका सहसा नहीं हो रहा था वहाँ जाने का। लेकिन मन में एक चिन्ता थी सुधा की। वह कल से बिल्कुल मुरझा गयी थी। चन्दर को अपने ऊपर कभी-कभी क्रोध आता था। लेकिन वह जानता था कि यह तकलीफ का ही रास्ता ठीक रास्ता है। वह अपनी जिन्दगी में सस्तेपन के खिलाफ था। लेकिन उसके लिए सुधा की पलक का एक आँसू भी देवता की तरह था और सुधा के फूलों-जैसे चेहरे पर उदासी की एक रेखा भी उसे पागल बना देती थी। सुबह पहले तो वह नहीं गया, बाद में स्वयं उसे पछतावा होने लगा और वह अधीरता से पाँच बजने का इन्तजार करने लगा।

पाँच बजे, और वह साइकिल लेकर पहुँचा। देखा, सुधा और बिनती दोनों नहीं हैं। अकेले डॉक्टर शुक्ला अपने कमरे में बैठे हैं। चन्दर गया। "आओ, सुधा ने तुमसे कह दिया, उसे पसन्द है?" डॉक्टर शुक्ला ने पूछा।

"हाँ, उसे कोई एतराज नहीं।" चन्दर ने कहा।

"मैं पहले से जानता था। सुधा मेरी इतनी अच्छी है, इतनी सुशील है कि वह मेरी

इच्छा का उल्लंघन तो कर ही नहीं सकती। लेकिन चन्दर, कल से उसने खाना-पीना छोड़ दिया है। बताओ, इससे क्या फायदा? मेरे बस में क्या है? मैं उसे हमेशा तो रख नहीं सकता। लेकिन, लेकिन आज सुबह खाते वक्त वह बैठी भी नहीं मेरे पास बताओ..." उनका गला भर आया–"बताओ, मेरा क्या कसूर है?"

चन्दर चुप था।

"कहाँ है सुधा?" चन्दर ने पूछा।

"गैरेज में मोटर ठीक कर रही है। मैं इतना मना किया कि धूप में तप जाओगी, लू लग जाएगी–लेकिन मानी ही नहीं! बताओ, इस झल्लाहट से मुझे कैसा लगता है?" वृद्ध पिता के कातर स्वर में डॉक्टर ने कहा, "जाओ चन्दर, तुम्हीं समझाओ! मैं क्या कहूँ?"

चन्दर उठकर गया। मोटर गैरेज में काफी गरमी थी, लेकिन बिनती वहीं एक चटाई बिछाये पड़ी सो रही थी और सुधा इंजन का कवर उठाये मोटर साफ करने में लगी हुई थी। बिनती बेहोश सो रही थी। तकिया चटाई से हटकर जमीन पर चला गया था और चोटी फर्श पर सोयी हुई नागिन की तरह पड़ी थी। बिनती का एक हाथ छाती पर था और एक हाथ जमीन पर। आँचल, आँचल न रहकर चादर बन गया था। चन्दर के जाते ही सुधा ने मुँह फेरकर देखा–"चन्दर, आओ।" क्षीण मुसकराहट उसके होंठों पर दौड़ गयी। लेकिन मुसकराहट में उल्लास लुट चुका था, रेखाएँ बाकी थीं। सहसा उसने मुड़कर देखा–"बिनती! अरे, कैसे घोड़ा बेचकर सो रही है! उठ! चन्दर आये हैं!" बिनती ने आँखें खोलीं, चन्दर की ओर देखा, लेटे-ही-लेटे नमस्ते किया और आँचल सँभालकर फिर करवट बदलकर सो गयी।

"बहुत सोती है कम्बख्त!" सुधा बोली, "इतना कहा इससे कमरे में जाकर पंखे में सो! लेकिन नहीं, जहाँ दीदी रहेगी, वहीं यह भी रहेगी। मैं गैरेज में हूँ तो यह कैसे कमरे में रहे। वहीं मरेगी जहाँ मैं मरूँगी।"

"तो तुम्हीं क्यों गैरेज में थीं! ऐसी क्या जरूरत थी अभी ठीक करने की!" चन्दर ने कहा, लेकिन कोशिश करने पर भी सुधा को आज डाँट नहीं पा रहा था। पता नहीं कहाँ पर क्या टूट गया था।

"नहीं चन्दर, तबीयत ही नहीं लग रही थी। क्या करती! क्रोसिया उठाया, वह भी रख दिया। कविता उठायी, वह भी रख दी। कविता वगैरह में तबीयत नहीं लगी। मन में आया, कोई कठोर काम हो, कोई नीरस काम हो लोहे-लक्कड़, पीतल-फौलाद का, तो मन लग जाए। तो चली आयी मोटर ठीक करने।"

"क्यों, कविता में भी तबीयत नहीं लगी? ताज्जुब है, गेसू के साथ बैठकर तुम तो कविता में घंटों गुजार देती थीं!" चन्दर बोला।

"उन दिनों शायद किसी को प्यार करती रही होऊँ तभी कविता में मन लगता था!"

सुधा उस दिन की पुरानी बात याद करके बहुत उदास हँसी हँसी–"अब प्यार नहीं करती होऊँगी, अब तबीयत नहीं लगती। बड़ी फीकी, बड़ी बेजार, बड़ी बनावटी लगती हैं ये कविताएँ, मन के दर्द के आगे सभी फीकी हैं।" और फिर वह उन्हीं पुरजों में डूब गयी। चन्दर भी चुपचाप मोटर की खिड़की से टिककर खड़ा हो गया। और चुपचाप कुछ सोचने लगा।

सुधा ने बिना सिर उठाये, झुके-ही-झुके, एक हाथ से एक तार लपेटते हुए कहा–

"चन्दर, तुम्हारे मित्र का परिवार आ रहा है, इसी मंगल को। तैयारी करो जल्दी।"

"कौन परिवार, सुधा?"

"हमारे जेठ और सास आ रही हैं, इसी बैसाखी को हमें देखने। उन्होंने तिथि बदल दी है। तो अब छह ही दिन रह गये हैं।"

चन्दर कुछ नहीं बोला। थोड़ी देर बाद सुधा फिर बोली–

"अगर उचित समझो तो कुछ पाउडर-क्रीम ले आना, लगाकर ज़रा गोरे हो जाएँ तो शायद पसन्द आ जाएँ! क्यों, ठीक है न!" सुधा ने बड़ी विचित्र-सी हँसी हँस दी और सिर उठाकर चन्दर की ओर देखा। चन्दर चुप था लेकिन उसकी आँखों में अजीब-सी पीड़ा थी और उसके माथे पर बहुत ही करुण छाँह।

सुधा ने कवर गिरा दिया और चन्दर के पास जाकर बोली, "क्यों चन्दर, बुरा मान गये हमारी बात का? क्या करें चन्दर, कल से हम मजाक करना भी भूल गये। मजाक करते हैं तो व्यंग्य बन जाता है। लेकिन हम तुमको कुछ कह नहीं रहे थे, चन्दर। उदास न होओ।" बड़े ही दुलार से सुधा बोली, "अच्छा, हम कुछ नहीं कहेंगे।" और उसने अपना आँचल सँभालने के लिए हाथ उठाया। हाथ में कालौंच लग गयी थी। चन्दर समझा मेरे कन्धे पर हाथ रख रही है सुधा। वह अलग हटा तो सुधा अपने हाथ देखकर बोली, "घबराओ न देवता, तुम्हारी उज्ज्वल साधना में कालिख नहीं लगाऊँगी। अपने आँचल में पोंछ लूँगी।" और सचमुच आँचल में हाथ पोंछकर बोली, "चलो, अन्दर चलें, उठ बिनती! बिलैया कहीं की!"

चन्दर को सोफे पर बिठाकर उसी की बगल में सुधा बैठ गयी और अँगुलियाँ तोड़ते हुए कहा, "चन्दर, सिर में बहुत दर्द हो रहा है मेरे।"

"सिर में दर्द नहीं होगा तो क्या?" इतनी तपिश में मोटर बना रही थीं! पापा कितने दु:खी हो रहे थे आज? तुम्हें इस तरह करना चाहिए? फिर फायदा क्या हुआ? न ऐसे दु:खी किया, वैसे दु:खी कर लिया। बात तो वही रही न? तारीफ तो तब थी कि तुम अपनी दुनिया में अपने हाथ से आग लगा देती और चेहरे पर शिकन न आती। अभी तक दुनिया की सभी ऊँचाई समेटकर भी बाहर से वही बचपन कायम रखा था तुमने,

अब दुनिया का सारा सुख अपने हाथ से लुटाने पर भी वही बचपन, वही उल्लास क्यों नहीं कायम रखती!"

"बचपन!" सुधा हँसी–"बचपन अब खत्म हो गया, चन्दर! अब मैं बड़ी हो गयी।"

"बड़ी हो गयी! कब से?"

"कल दोपहर से, चन्दर!"

चन्दर चुप। थोड़ी देर बाद फिर स्वयं सुधा ही बोली, "नहीं चन्दर, दो-तीन दिन में ठीक हो जाऊँगी! तुम घबराओ मत। मैं मृत्यु-शय्या पर भी होऊँगी तो तुम्हारे आदेश पर हँस सकती हूँ।" और फिर सुधा मुगसुम बैठ गयी। चन्दर चुपचाप सोचता रहा और बोला, "सुधी! मेरा तुम्हें कुछ भी ध्यान नहीं है?"

"और किसका है, चन्दर! तुम्हारा ध्यान न होता तो देखती मुझे कौन झुका सकता था। आज से सालों पहले जब मैं पापा के पास आयी थी तो मैंने कभी न सोचा था कि कोई भी होगा जिसके सामने मैं इतना झुक जाऊँगी।...अच्छा चन्दर, मन बहुत उचट रहा है! चलो, कहीं घूम आएँ! चलोगे?"

"चलो!" चन्दर ने कहा।

"जाएँ बिनती को जगा लाएँ। वह कमबख्त अभी पड़ी सो रही है।" सुधा उठकर चली गयी। थोड़ी देर में बिनती आँख मलते बगल में चटाई दाबे आयी और फिर बरामदे में बैठकर ऊँघने लगी। पीछे-पीछे सुधा आयी और चोटी खींचकर बोली, "चल तैयार हो! चलेंगे घूमने।"

थोड़ी देर में तैयार हो गये। सुधा ने जाकर मोटर निकाली और बोली चन्दर से–"तुम चलाओगे या हम? आज हमीं चलाएँ। चलो, किसी पेड़ से लड़ा दें मोटर आज!"

"अरे बाप रे।" पीछे बिनती चिल्लायी, "तब हम नहीं जाएँगे।"

सुधा और चन्दर दोनों ने मुड़कर उसे देखा और उसकी घबराहट देखकर दंग रह गये।

"नहीं। मरेगी नहीं तू!" सुधा ने कहा। और आगे बैठ गयी।

"बिनती, तू पीछे बैठेगी?" सुधा ने पूछा।

"न भइया, मोटर चलेगी तो मैं गिर जाऊँगी।"

"अरे कोई मोटर के पीछे बैठने के लिए थोड़ी कह रही हूँ। पीछे की सीट पर बैठेगी?" सुधा ने पूछा।

"ओ! मैं समझी तुम कह रही हो पीछे बैठने के लिए जैसी बग्गी में साईस बैठते हैं! हम तुम्हारे पास बैठेंगे।" बिनती ने मचलकर कहा।

"अब तेरा बचपन इठला रहा है, बिल्ली कहीं की, चल आ मेरे पास!" बिनती मुसकराती हुई जाकर सुधा के बगल में बैठ गयी। सुधा ने उसे दुलार से पास खींच लिया।

चन्दर पीछे बैठा तो सुधा बोली, "अगर कुछ हर्ज न समझो तो तुम भी आगे आओ या दूरी रखनी हो तो पीछे ही बैठो।"

चन्दर आगे बैठ गया। बीच में बिनती, इधर चन्दर उधर सुधा।

मोटर चली तो बिनती चीखी, "अरे मेरे मास्टर साहब।"

चन्दर ने देखा, बिसरिया चला जा रहा था, "आज नहीं पढ़ेंगे..." चन्दर ने चिल्लाकर कहा। सुधा ने मोटर रोकी नहीं।

चन्दर को बेहद अचरज हुआ जब उसने देखा कि मोटर पम्मी के बँगले पर रुकी। "अरे यहाँ क्यों?" चन्दर ने पूछा।

"यों ही।" सुधा ने कहा। "आज मन हुआ कि मिस पम्मी से अँग्रेजी कविता सुनें।"

"क्यों, अभी तो तुम कह रही थीं कि कविता पढ़ने में आज तुम्हारा मन ही नहीं लग रहा है!"

"कुछ कहो मत चन्दर, आज मुझे जो मन में आये, कर लेने दो। मेरा सिर बेहद दर्द कर रहा है। और मैं कुछ समझ नहीं पाती क्या करूँ। चन्दर तुमने अच्छा नहीं किया?"

चन्दर कुछ नहीं बोला। चुपचाप आगे चल दिया। सुधा के पीछे-पीछे कुछ संकोच करती हुई-सी बिनती आ रही थी।

पम्मी बैठी कुछ लिख रही थी। उसने उठकर सबों का स्वागत किया। वह कोच पर बैठ गयी। दूसरी पर सुधा, चन्दर और बिनती। सुधा ने बिनती का परिचय पम्मी से कराया और पम्मी ने बिनती से हाथ मिलाया तो बिनती जाने क्यों चन्दर की ओर देखकर हँस पड़ी। शायद उस दिन की घटना की याद में।

सहसा सुधा को जाने क्या खयाल आ गया, बिनती की शरारत-भरी हँसी देखकर कि उसने फौरन कहा चन्दर से–"चन्दर, तुम पम्मी के पास बैठो, दो मित्रों को साथ बैठना चाहिए।"

"हाँ, और खासतौर से जब वह कभी-कभी मिलते हों।"–बिनती ने मुसकराते हुए जोड़ दिया। पम्मी ने मजाक समझ लिया और बिना शरमाये बोली–

"हम लोगों को मध्यस्थ की जरूरत नहीं, धन्यवाद! आओ चन्दर, यहाँ आओ।" पम्मी ने चन्दर को बुलाया। चन्दर उठकर पम्मी के पास बैठ गया। थोड़ी देर तक बातें होती रहीं। मालूम हुआ, बर्टी अपने एक दोस्त के साथ तराई के पास शिकार खेलने गया है। आजकल वह दिल की शक्ल का एक पानपुमा दफ्ती का टुकड़ा काटकर उसमें गोली मारा करता है और जब किसी चिड़िया वगैरह को मारता है तो शिकार को उठाकर देखता है कि गोली हृदय में लगी है या नहीं। स्वास्थ्य उसका सुधर रहा है। सुधा कोच पर सिर टेके उदास बैठी थी। सहसा पम्मी ने बिनती से कहा, "आपको पहली दफे देखा मैंने। आप बातें क्यों नहीं करतीं?"

बिनती ने झेंपकर मुँह झुका लिया। बड़ी विचित्र लड़की थी। हमेशा चुप रहती थी और कभी-कभी बोलने की लहर आती तो गुटरगूँ करके घर गुँजा देती थी और जिन दिनों चुप रहती थी उन दिनों ज्यादातर आँख की निगाह, कपोलों की आशनाई या अधरों की मुसकान के द्वारा बातें करती थी। पम्मी बोली, "आपको फूलों से शौक है?"

"हाँ, हाँ" बिनती सिर हिलाकर बोली।

"चन्दर, इन्हें जाकर गुलाब दिखा लाओ। इधर फिर खूब खिले हैं!"

बिनती ने सुधा से कहा, "चलो दीदी।" और चन्दर के साथ बढ़ गयी।

फूलों के बीच में पहुँचकर, बिनती ने चन्दर से कहा, "सुनिए, दीदी को तो जाने क्या होता जा रहा है। बताइए, ऐसे क्या होगा?"

"मैं खुद परेशान हूँ, बिनती! लेकिन पता नहीं मन में कौन-सा विश्वास है जो कहता है कि नहीं, सुधा अपने को सँभालना जानती है, अपने मन को सन्तुलित करना जानती है और सुधा सचमुच ही त्याग में ज्यादा गौरवमयी हो सकती है।" इसके बाद चन्दर ने बात टाल दी। वह बिनती से ज्यादा बात करना नहीं चाहता था, सुधा के बारे में।

बिनती ने चन्दर को मौन देखा तो बोली, "एक बात कहें आपसे? मानिएगा!"

"क्या?"

"अगर हमसे कभी कोई अनधिकार चेष्टा हो जाए तो क्षमा कर दीजिएगा, लेकिन आप और दीदी दोनों मुझे इतना चाहते हैं कि हम समझ नहीं पाते कि व्यवहारों को कहाँ सीमित रखूँ!" बिनती ने सिर झुकाये एक फूल को नोचते हुए कहा।

चन्दर ने उसकी ओर देखा, क्षण-भर चुप रहा, फिर बोला, "नहीं बिनती, जब सुधा तुम्हें इतना चाहती है तो तुम हमेशा मुझ पर उतना ही अधिकार समझना जितना सुधा पर।"

उधर पम्मी ने चन्दर के जाते ही सुधा से कहा, "क्या आपकी तबीयत खराब है?"

"नहीं तो।"

"आज आप बहुत पीली नज़र आती हैं!" पम्मी ने पूछा।

"हाँ, कुछ मन नहीं लग रहा था तो मैं आपके पास चली आयी कि आपसे कुछ कविताएँ सुनूँ, अँगरेजी की। दोपहर को मैंने कविता पढ़ने की कोशिश की तो तबीयत नहीं लगी और शाम को लगा कि अगर कविता नहीं सुनूँगी तो सिर फट जाएगा।"

"आपके मन में कुछ संघर्ष मालूम पड़ता है, या शायद... एक बात पूछूँ आपसे?"

"क्या, पूछिए?"

"आप बुरा तो नहीं मानेंगी?"

"नहीं, बुरा क्यों मानूँगी?"

"आप कपूर को प्यार तो नहीं करतीं? उससे विवाह तो नहीं करना चाहतीं?"

"छि:, मिस पम्मी, आप कैसी बातें कर रही हैं। उसका मेरे जीवन में कोई ऐसा स्थान नहीं। छि:, आपकी बात सुनकर शरीर में काँटे उठ जाते हैं। मैं और चन्दर से विवाह करूँगी! इतनी घिनौनी बात तो मैंने कभी नहीं सुनी!"

"माफ कीजिएगा, मैंने यों ही पूछा था। क्या चन्दर किसी को प्यार करता है?"

"नहीं, बिल्कुल नहीं!" सुधा ने इतने ही विश्वास से कहा जितने विश्वास से उसने अपने बारे में कहा था।

इतने में चन्दर और बिनती आ गये। सुधा बोली अधीरता से, "मेरा एक-एक क्षण कटना मुश्किल हो रहा है, आप शुरू कीजिए कुछ गाना!"

"कपूर, क्या सुनोगे?" पम्मी ने कहा।

"अपने मन से सुनाओ! चलो, सुधा ने कहा तो कविता सुनने को मिली!"

पम्मी ने आलमारी से एक किताब उठायी और एक कविता गाना शुरू की–अपनी हेयर पिन निकालकर मेज पर रख दी और उसके बाल मचलने लगे। चन्दर के कन्धे से वह टिककर बैठ गयी और किताब चन्दर की गोद में रख दी। बिनती मुसकरायी तो सुधा ने आँख के इशारे से मना कर दिया। पम्मी ने गाना शुरू किया, लेडी नार्टन का एक गीत–

"मैं तुम्हें प्यार नहीं करती हूँ न! मैं तुम्हें प्यार नहीं करती हूँ।
फिर भी मैं उदास रहती हूँ जब तुम पास नहीं होते हो!
और मैं उस चमकदार नीले आकाश से भी ईर्ष्या करती हूँ
जिसके नीचे तुम खड़े होगे और जिसके सितारे तुम्हें देख सकते हैं..."

चन्दर ने पम्मी की ओर देखा। सुधा ने अपने ही वक्ष में अपना सिर छुपा लिया। पम्मी ने एक पद समाप्त कर एक गहरी साँस ली और फिर शुरू किया–

"मैं तुम्हें प्यार नहीं करती हूँ–फिर भी तुम्हारी बोलती हुई आँखें;
जिनकी नीलिमा में गहराई, चमक और अभिव्यक्ति है–
मेरी निर्निमेष पलकों और जागते अर्धरात्रि के आकाश में नाच जाती हैं!
और किसी की आँखों के बारे में ऐसा नहीं होता..."

सुधा ने बिनती को अपने पास खींच लिया और उसके कन्धे पर सिर टेककर बैठ गयी। पम्मी गाती गयी–

"न मुझे मालूम है कि मैं तुम्हें प्यार नहीं करती हूँ, लेकिन फिर भी,
कोई शायद मेरे साफ दिल पर विश्वास नहीं करेगा।

और अकसर मैंने देखा है, कि लोग मुझे देखकर मुसकरा देते हैं
क्योंकि मैं उधर एकटक देखती हूँ, जिधर से तुम आया करते हो!"

गीत का स्वर बड़े स्वाभाविक ढंग से उठा, लहराने लगा, काँप उठा और फिर धीरे-धीरे एक करुण सिसकती हुई लय में डूब गया। गीत खत्म हुआ तो सुधा का सिर बिनती के कन्धे पर था और चन्दर का हाथ पम्मी के कन्धे पर। चन्दर थोड़ी देर सुधा की ओर देखता रहा फिर पम्मी की एक हल्की सुनहरी लट से खेलते हुए बोला, "पम्मी, तुम बहुत अच्छा गाती हो!"

"अच्छा? आश्चर्यजनक! कहो चन्दर, पम्मी इतनी अच्छी है यह तुमने कभी नहीं बताया था, हमें फिर कभी सुनाइएगा?"

"हाँ, हाँ मिस शुक्ला! काश कि बजाय लेडी नार्टन के यह गीत आपने लिखा होता!"

सुधा घबरा गयी, "चलो। चन्दर, चलें अब! चलो।" उसने चन्दर का हाथ पकड़कर खींच लिया–"मिस पम्मी, अब फिर कभी आएँगे। आज मेरा मन ठीक नहीं है।"

चन्दर ड्राइव करने लगा। बिनती बोली, "हमें आगे हवा लगती है, हम पीछे बैठेंगे।"

कार चली तो सुधा बोली, "अब मन कुछ शान्त है, चन्दर। इसके पहले तो मन में कैसे तूफान आपस में लड़ रहे थे, कुछ समझ में नहीं आता। अब तूफान बीत गये। तूफान के बाद की खोमोश उदासी है।" सुधा ने गहरी साँस ली, "आज जाने क्यों बदन टूट रहा है।" बैठे ही बैठे बदन उमेठते हुए कहा।

दूसरे दिन चन्दर गया तो सुधा को बुखार आ गया। अंग-अंग जैसे टूट रहा हो और आँखों में ऐसी तीखी जलन कि मानो किसी ने अंगारे भर दिये हों। रात-भर वह बेचैन रही, आधी पागल-सी रही। उसने तकिया, चादर, पानी का गिलास सभी उठाकर फेंक दिया, बिनती को भी बुलाकर पास बिठा लेती, कभी उसे दूर ढकेल देती। डॉक्टर साहब परेशान, रात-भर सुधा के पास बैठे, कभी उसका माथा, कभी उसके तलवों में बर्फ मलते रहे। डॉक्टर घोष ने बताया कि यह कल की गरमी का असर है। बिनती ने एक बार पूछा, "चन्दर को बुलवा दें?" तो सुधा ने कहा, "नहीं, मैं मर जाऊँ तो! मेरे जीते जी नहीं!" बिनती ने ड्रावर से कहा, "चन्दर को बुला लाओ।" तो सुधा ने बिगड़कर कहा, "क्यों तुम सब लोग मेरी जान लेने पर तुले हो?" और उसके बाद कमजोरी से हाँफने लगी। ड्राइवर चन्दर को बुलाने नहीं गया।

जब चन्दर पहुँचा तो डॉक्टर साहब रात-भर जागरण के बाद उठकर नहाने-धोने जा रहे थे। "पता नहीं सुधा को क्या हो गया कल से! इस वक्त तो कुछ शान्त है पर

रात-भर बुखार और बेहद बेचैनी रही है। और एक ही दिन में इतनी चिड़चिड़ी हो गयी है कि बस..." डॉक्टर साहब ने चन्दर को देखते ही कहा।

चन्दर जब कमरे में पहुँचा तो देखा कि सुधा आँख बन्द किये हुए लेटी है और बिनती उसके सिर पर आइस-बैग रखे हुए है। सुधा का चेहरा पीला पड़ गया है और मुँह पर जाने कितनी ही रेखाओं की उलझन है, आँखें बन्द हैं और पलकों के नीचे से अंगारों की आँच छनकर आ रही है। चन्दर की आहट पाते ही सुधा ने आँखें खोलीं। अजब-सी आग्नेय निगाहों से चन्दर की ओर देखा और बिनती से बोली, "बिनती, इनसे कह दो जाएँ यहाँ से।"

बिनती स्तब्ध, चन्दर नहीं समझा, पास आकर बैठ गया, बोला, "सुधा, क्यों, पड़ गयी न, मैंने कहा था कि गैरेज में मोटर साफ मत करो। परसों इतना रोयी, सिर पटका, कल धूप खायी। आज पड़ रही! कैसी तबीयत है?"

सुधा उधर खिसक गयी और अपने कपड़े समेट लिये, जैसे चन्दर की छाँह से भी बचना चाहती है और तेज, कड़वी और हाँफती हुई आवाज में बोली, "बिनती, इनसे कह दो जाएँ यहाँ से।"

चन्दर चुप हो गया और एकटक सुधा की ओर देखने लगा और सुधा की बात ने जैसे चन्दर का मन मरोड़ दिया। कितनी गैरियत से बात कर रही है सुधा! सुधा, जो उसके अपने व्यक्तित्व से ज्यादा अपनी थी, आज किस स्वर में बोल रही है! "सुधी, क्या हुआ तुम्हें?" चन्दर ने बहुत आहत हो बहुत दुलार-भरी आवाज में पूछा।

"मैं कहती हूँ जाओगे नहीं तुम?" फुफकारकर सुधा बोली, "कौन हो तुम मेरी बीमारी पर सहानुभूति प्रकट करने वाले? मेरी कुशल पूछने वाले? मैं बीमार हूँ, मैं मर रही हूँ, तुमसे मतलब? तुम कौन हो? मेरे भाई हो? मेरे पिता हो? कल अपने मित्र के यहाँ मेरा अपमान कराने ले गये थे!" सुधा हाँफने लगी।

"अपमान! किसने तुम्हारा अपमान किया, सुधा? पम्मी ने तो कुछ भी नहीं कहा? तुम पागल तो नहीं हो गयीं?" चन्दर ने सुधा के पैरों पर हाथ रखते हुए कहा।

"पागल हो नहीं गयी तो हो जाऊँगी!" उसने पैर हटा लिये, "तुम, पम्मी, गेसू, पापा डॉक्टर सब लोग मिलकर मुझे पागल कर दोगे। पापा कहते हैं ब्याह करो, पम्मी कहती है मत करो, गेसू कहती है तुम प्यार करती हो और तुम...तुम, कुछ भी नहीं कहते। तुम मुझे इस नरक में बरसों से सुलगते देख रहे हो और बजाय इसके कि तुम कुछ कहो, तुमने मुझे खुद इस भट्ठी में ढकेल दिया!...चन्दर, मैं पागल हूँ, मैं क्या करूँ?" सुधा बड़े कातर स्वर में बोली। चन्दर चुप था। सिर्फ सिर झुकाये, हाथों पर था रखे बैठा था। सुधा थोड़ी देर हाँफती रही। फिर बोली–

"तुम्हें क्या हक था कल पम्मी के यहाँ ले जाने का? उसने क्यों कल गीत में कहा कि मैं तुम्हें प्यार करती हूँ?" सुधा बोली। चन्दर ने बिनती की ओर देखा–"क्यों बिनती? बिनती से मैं कुछ नहीं छिपाता।" "क्यों पम्मी ने कल कहा। मैं तुम्हें प्यार नहीं करती! मेरा मन मुझे धोखा नहीं दे सकता। मैं तुमसे सिर्फ जाने क्या करती हूँ...फिर पम्मी ने कल ऐसी बात क्यों कही? मेरे रोम-रोम में जाने कौन-सा ज्वालामुखी धधक उठता है ऐसी बातें सुनकर? तुम क्यों पम्मी के यहाँ ले गये?"

"तुम खुद गयी थीं, सुधा!" चन्दर बोला।

"तो तुम रोक नहीं सकते थे! तुम कह देते मत जाओ तो मैं कभी जा सकती थी? तुमने क्यों नहीं रोका? तुम हाथ पकड़ लेते। तुम डाँट देते। तुमने क्यों नहीं डाँटा? एक ही दिन में मैं तुम्हारी गैर हो गयी? गैर हूँ तो फिर क्यों आये हो? जाओ यहाँ से। मैं कहती हूँ; जाओ यहाँ से?" दाँत पीसकर सुधा बोली।

"सुधा..."

"मैं तुम्हारी बोली नहीं सुनना चाहती। जाते हो कि नहीं..." और सुधा ने अपने माथे पर से उठाकर आइस-बैग फेंक दिया। बिनती चौंक उठी। चन्दर चौंक उठा। उसने मुड़कर सुधा की ओर देखा। सुधा का चेहरा डरावना लग रहा था। उसका मन रो आया। वह उठा, क्षण-भर सुधा की ओर देखता रहा और धीरे-धीरे कमरे से बाहर चला गया।

बरामदे के सोफे पर आकर सिर झुकाकर बैठ गया और सोचने लगा, यह सुधा को क्या हो गया? परसों शाम को वह इसी सोफे पर सोया था, सुधा बैठी पंखा झल रही थी। कल शाम को वह हँस रही थी, लगता था तूफान शान्त हो गया पर यह क्या? अन्तर्द्वन्द्व ने यह रूप कैसे ले लिया?

और क्यों ले लिया? जब वह अपने मन को शान्त रख सकता है, जब वह सभी कुछ हँसते-हँसते बरदाश्त कर सकता है तो सुधा क्यों नहीं कर सकती? उसने आज तक अपनी साँसों से सुधा का निर्माण किया है। सुधा को तिल-तिल बनाया, सजाया, सँवारा है फिर सुधा में यह कमजोरी क्यों?

क्या उसने यह रास्ता अख्तियार करके भूल की? क्या सुधा भी एक साधारण-सी लड़की है जिसके प्रेम और घृणा का स्तर उतना ही साधारण है? माना उसने अपने दोनों के लिए एक ऐसा रास्ता अपनाया है जो विलक्षण है लेकिन इससे क्या! सुधा और वह दोनों ही क्या विलक्षण नहीं हैं? फिर सुधा क्यों बिखर रही है? लड़कियाँ भावना की ही बनी होती हैं? साधना उन्हें आती ही नहीं क्या? उसने सुधा का गलत मूल्यांकन किया था? क्या सुधा इस 'तलवार की धार' पर चलने में असमर्थ साबित होगी? यह तो चन्दर की हार थी।

और फिर सुधा ऐसी ही रही तो चन्दर? सुधा चन्दर की आत्मा है; इसे अब चन्दर खूब अच्छी तरह पहचान गया। तो क्या अपनी ही आत्मा को घोंट डालने की हत्या का पाप चन्दर के सिर पर है?

तो क्या त्याग मात्र नाम ही है? क्या पुरुष और नारी के सम्बन्ध का एक ही रास्ता है—प्रणय, विवाह और तृप्ति! पवित्रता, त्याग और दूरी क्या सम्बन्धों को, विश्वासों को जिन्दा नहीं रहने दे सकते? तो फिर सुधा और पम्मी में क्या अन्तर है? क्या सुधा के हृदय के इतने समीप रहकर, सुधा के व्यक्तित्व में घुल-मिलकर और आज सुधा को इतने अन्तर पर डालकर चन्दर पाप कर रहा है? तो क्या फूल को तोड़कर अपने ही बटन होल में लगा लेना ही पुण्य है और दूसरा रास्ता गर्हित है? विनाशकारी है? क्यों उसने सुधा का व्यक्तित्व तोड़ दिया है?

किसी ने उसके कन्धे पर हाथ रखा। विचार-शृंखला टूट गयी...बिनती थी। "क्या सोच रहे हैं आप?" बिनती ने पूछा, बहुत स्नेह से।

"कुछ नहीं!"

"नहीं बताइएगा? हम नहीं जान सकते?" बिनती के स्वर में ऐसा आग्रह, ऐसा अपनापन, ऐसी निश्छलता रहती थी कि चन्दर अपने को कभी नहीं रोक पाता था। छिपा नहीं पाता था।

"कुछ नहीं बिनती! तुम कहती हो, सुधा को इतने अन्तर पर मैंने रखा तो मैं देवता हूँ! सुधा कहती है, मैंने अन्तर पर रखा, मैंने पाप किया! जाने क्या किया है मैंने? क्या मुझे कम तकलीफ है? मेरा जीवन आजकल किस तरह घायल हो गया है, मैं जानता हूँ। एक पल मुझे आराम नहीं मिलता। क्या उतनी सजा काफी नहीं थी जो सुधा को भी किस्मत यह दण्ड दे रही है? मुझको सभी बेचैनी और दु:ख मिल जाता। सुधा को मेरे पाप का दण्ड क्यों मिल रहा है? बिनती, तुमसे अब कुछ नहीं छिपा। जिसको मैं अपनी साँसों में दुबकाकर इन्द्रधनुष के लोक तक ले गया, आज हवा के झोंके उसे बादलों की ऊँचाई से क्यों ढकेल देना चाहते हैं? और मैं कुछ भी नहीं कर सकता?" इतनी देर बाद बिनती के ममता-भरे स्पर्श में चन्दर की आँखें छलछला आयीं।

"छि:, आप समझदार हैं! दीदी ठीक हो जाएँगी! घबराने से काम नहीं चलेगा न! आपको हमारी कसम है। उदास मत होइए। कुछ सोचिए मत। दीदी बीमार हैं, आप इस तरह से करेंगे तो कैसे काम चलेगा! उठिए, दीदी बुला रही हैं।"

चन्दर गया। सुधा ने इशारे से पास बुलाकर बिठा लिया। "चन्दर, हमारा दिमाग ठीक नहीं है। बैठ जाओ लेकिन कुछ बोलना मत, बैठे रहो।"

उसके बाद दिन भर अजब-सा गुजरा। जब-जब चन्दर ने उठने की कोशिश की,

सुधा ने उसे खींचकर बिठा लिया। घर तो उसे जाने ही नहीं दिया। बिनती वहीं खाना ले आयी। सुधा कभी चन्दर की ओर देख लेती। फिर तकिये में मुँह गड़ा लेती। बोली एक शब्द भी नहीं, लेकिन उसकी आँखों में अजब-सी कातरता थी। पापा आये, घंटों बैठे रहे; पापा चले गये तो उसने चन्दर का हाथ अपने हाथ में ले लिया, करवट बदली और तकिये पर अपने कपोलों से चन्दर की हथेली दबाकर लेटी रही। पलकों से कितने ही गरम-गरम आँसू छलककर गालों पर फिसलकर चन्दर की हथेली भिगोते रहे।

चन्दर चुप रहा। लेकिन सुधा के आँसू जैसे नसों के सहारे उसके हृदय में उतर गये और जब हृदय डूबने लगा तो उसकी पलकों पर उतर आये। सुधा ने देखा लेकिन कुछ भी नहीं बोली। घण्टा-भर बहुत गहरी साँस ली; बेहद उदासी से मुसकराकर कहा, "हम दोनों पागल हो गये हैं, क्यों चन्दर? अच्छा, अब शाम हो गयी। ज़रा लॉन पर चलें।"

सुधा चन्दर के कन्धे पर हाथ रखकर खड़ी हो गयी। बिनती ने दवा दी, थर्मामीटर से बुखार देखा। बुखार नहीं था। चन्दर ने सुधा के लिए कुरसी उठायी। सुधा ने हँसकर कहा, "चन्दर, आज बीमार हूँ तो कुरसी उठा रहे हो, मर जाऊँगी तो अरथी उठाने भी आना, वरना नरक मिलेगा! समझे न!"

"छिः, ऐसा कुबोल न बोला करो, दीदी?"

सुधा लॉन में कुरसी पर बैठ गयी। बगल में नीचे चन्दर बैठ गया। सुधा ने चन्दर का सिर अपनी कुरसी में टिका लिया और अपनी उँगलियों से चन्दर के सूखे होंठों को छूते हुए कहा, "चन्दर, आज मैंने तुम्हें बहुत दुःखी किया, क्यों? लेकिन जाने क्यों, दुःखी न करती तो आज मुझे वह ताकत न मिलती जो मिल गयी।" और सहसा चन्दर के सिर को अपनी गोद में खींचती हुई-सी सुधा ने कहा, "आराध्य मेरे! आज तुम्हें बहुत-सी बातें बताऊँगी। बहुत-सी।"

बिनती उठकर जाने लगी तो सुधा ने कहा, "कहाँ चली? बैठ तू यहाँ। तू गवाह रहेगी ताकि बाद में चन्दर यह न कहे कि सुधा कमजोर निकल गयी।" बिनती बैठ गयी। सुधा ने क्षण-भर आँखें बन्द कर लीं और अपनी वेणी पीठ पर से खींचकर गोद में ढाल ली और बोली, "चन्दर, आज कितने ही साल हुए, जब से मैंने तुम्हें जाना है, तब से अच्छे-बुरे सभी कामों का फैसला तुम्हीं करते रहे हो। आज भी तुम्हीं बताओ चन्दर कि अगर मैं अपने को बहुत सँभालने की कोशिश करती हूँ और नहीं सँभाल पाती हूँ, तो यह कोई पाप तो नहीं? तुम जानते हो चन्दर, तुम जितने मजबूत हो उस पर मुझे घमंड है कि तुम कितनी ऊँचाई पर हो, मैं भी उतना ही मजबूत बनने की कोशिश करती हूँ, उतने ही ऊँचे उठने की कोशिश करती हूँ, अगर कभी-कभी फिसल जाती हूँ तो यह अपराध तो नहीं?"

"नहीं।" चन्दर बोला।

"और अगर अपने उस अन्तर्द्वन्द्व के क्षणों में तुम पर कठोर हो जाती हूँ, तो तुम सह लेते हो। मैं जानती हूँ, तुम मुझे जितनत स्नेह करते हो, उसमें मेरी सभी दुर्बलताएँ धुल जाती हैं। लेकिन आज मैं तुम्हें विश्वास दिलाती हूँ चन्दर कि मुझे खुद अपनी दुर्बलताओं पर शरम आती है आगे से मैं वैसी ही बनूँगी जैसा तुमने सोचा है, चन्दर।"

चन्दर कुछ नहीं बोला सिर्फ घास पर रखे हुए सुधा के पाँवों पर अपनी काँपती उँगलियाँ रख दीं। सुधा कहती गयी, "चन्दर, आज से कुछ ही महीने पहले जब गेसू ने मुझसे पूछा था कि तुम्हारा दिल कहीं झुका था तो मैंने इनकार कर दिया था, कल पम्मी ने पूछा, तुम चन्दर को प्यार करती हो तो मैंने इनकार कर दिया था, मैं आज भी इनकार करती हूँ कि मैंने तुम्हें प्यार किया है या तुमने मुझे प्यार किया है। मैं भी समझती हूँ और तुम भी समझते हो लेकिन यह न तुमसे छिपा है न मुझसे कि तुमने जो कुछ दिया है वह प्यार से कहीं ज्यादा ऊँचा और प्यार से कहीं ज्यादा महान् है।...मैं ब्याह नहीं करना चाहती थी, मैंने परसों इनकार कर दिया था, इतनी रोयी थी, खीझी थी, बाद में मैंने सोचा कि यह गलत है, यह स्वार्थ है। जब पापा मुझे इतना प्यार करते हैं तो मुझे उनका दिल नहीं दुखाना चाहिए। पर मन के अन्दर की जो खीझ थी, जो कुढ़न थी, वह कहीं तो उतरती ही। वह मैं अपने पर उतार देना चाहती थी, मन में आता था अपने को कितना कष्ट दे डालूँ इसीलिए अपने गैरेज में जाकर मोटर सँभाल रही थी, लेकिन वहाँ भी असफल रही और अन्त में वह खीझ अपने मन पर भी न उतारकर उस पर उतारी जिसको मैंने अपने से भी बढ़कर माना है। वह खीझ उतरी तुम पर!"

चन्दर ने सुधा की ओर देखा। सुधा मुसकराकर बोली, "न, ऐसे मत देखो। यह मत समझो कि अपने आज के व्यवहार के लिए मैं तुमसे क्षमा माँगूँगी। मैं जानती हूँ, माँगने से तुम दु:खी भी होगे और डाँटने भी लगोगे। खैर, आज से मैं अपना रास्ता पहचान गयी हूँ। मैं जानती हूँ कि मुझे कितना सँभलकर चलना है। तुम्हारे सपने को पूरा करने के लिए मुझे अपने को क्या बनाना होगा, यह भी मैं समझ गयी हूँ। मैं खुश रहूँगी, सबल रहूँगी और सशक्त रहूँगी और जो रास्ता तुम दिखलाओगे उधर ही चलूँगी। लेकिन एक बात बताओ चन्दर, मैंने ब्याह कर लिया और वहाँ सुखी न रह पायी, फिर और उन्हें वह भावना, उपासना न दे पायी और फिर तुम्हें दु:ख हुआ, तब?"

चन्दर ने घास का एक तिनका तोड़कर कहा, "देखो सुधा, एक बात बताओ। अगर मैं तुम्हें कुछ कह देता हूँ और उसे तुम मुझी को वापस दे देती हो तो कोई बहुत ऊँची बात नहीं हुई। अगर मैंने तुम्हें सचमुच ही स्नेह या पवित्रता जो कुछ भी दिया है, उसे तुम उन सभी के जीवन में ही क्यों नहीं प्रतिफलित कर सकती जो तुम्हारे जीवन

में आते हैं, चाहे वह पति ही क्यों न हों। तुम्हारे मन के अक्षय स्नेह-भंडार के उपयोग में इतनी कृपणता क्यों? मेरा सपना कुछ और ही है, सुधा। आज तक तुम्हारी साँसों के अमृत ने ही मुझे यह सामर्थ्य दी कि मैं अपने जीवन में कुछ कर सकूँ और मैं भी यही चाहता हूँ कि मैं तुम्हें वह स्नेह दूँ जो कभी घटे ही न। जितना बाँटो उतना बढ़े और इतना मुझे विश्वास है कि तुम यदि स्नेह की एक बूँद दो तो मनुष्य क्या से क्या हो सकता है। अगर वही स्नेह रहेगा तो तुम्हारे पति को कभी कोई असन्तोष क्या हो सकता है और फिर कैलाश तो इतना अच्छा लड़का है, और उसका जीवन इतना ऊँचा कि तुम उसकी जिन्दगी में ऐसी लगोगी, जैसे अँगूठी में हीरा। और जहाँ तक तुम्हारा अपना सवाल है, मैं तुमसे भीख माँगता हूँ कि अपना सब कुछ खोकर भी अगर मुझे कोई सन्तोष रहेगा तो यह देखकर कि मेरी सुधा अपने जीवन में कितनी ऊँची है। मैं तुमसे इस विश्वास की भीख माँगता हूँ।"

"छिः, मुझसे बड़े हो चन्दर! ऐसी बात नहीं कहते! लेकिन एक बात है। मैं जानती हूँ कि मैं चन्द्रमा हूँ, सूर्य की किरणों से ही जिसमें चमक आती है। तुमने जैसे आज तक मुझे सँवारा है, आगे भी तुम अपनी रोशनी अगर मेरी आत्मा में भरते गये तो मैं अपना भविष्य भी नहीं पहचान सकूँगी। समझे!"

"समझा, पगली कहीं की!" थोड़ी देर चन्दर चुप बैठा रहा फिर सुधा के पाँवों से सिर टिकाकर बोला–"परेशान कर डाला, तीन रोज से। सूरत तो देखो कैसी निकल आयी है और बैसाख को कुल चार रोज रह गये। अब मत दिमाग बिगाड़ना! वे लोग आते ही होंगे।"

"बिनती! दवा ले आ..." बिनती उठकर गयी तो सुधा बोली, "हटो, अब हम घास पर बैठेंगे!" और घास पर बैठकर वह बोली, "लेकिन एक बात है, आज से लेकर ब्याह तक तुम हर अवसर पर हमारे सामने रहना, जो कहोगे वह हम करते जाएँगे।"

"हाँ, यह हम जानते हैं।" चन्दर ने कहा और कुछ दूर हटकर घास पर लेट गया और आकाश की ओर देखने लगा। शाम हो गयी थी और दिन-भर की उड़ी हुई धूल अब बहुत कुछ बैठ गयी थी। आकाश के बादल ठहरे हुए थे और उन पर अरुणाई झलक रही थी। एक दुरंगी पतंग बहुत ऊँचे पर उड़ रही थी। चन्दर का मन भारी था। हालाँकि जो तूफान परसों उठा था वह खत्म हो गया था, लेकिन चन्दर का मन अभी मरा-मरा हुआ-सा था। वह चुपचाप लेटा रहा। बिनती दवा और पानी ले आयी। दवा पीकर सुधा बोली, "क्यों, चुप क्यों हो, चन्दर?"

"कोई बात नहीं।"

"फिर बोलते क्यों नहीं, देखा बिनती, अभी-अभी क्या कह रहे थे और अब देखो इन्हें।" सुधा बोली।

"हम अभी बताते हैं इन्हें!" बिनती बोली और गिलास में थोड़ा-सा पानी लेकर चन्दर के ऊपर फेंक दिया। चन्दर चौंककर उठ बैठा और बिगड़कर बोला, "यह क्या बदतमीजी है? अपनी दीदी को यह सब दुलार दिखाया करो।"

"तो क्यों पड़े थे ऐसे? बात करेंगे ऋषि-मुनियों जैसे और उदास रहेंगे बच्चों की तरह! वाह रे चन्दर बाबू!" बिनती ने हँसकर कहा, "दीदी, ठीक किया न मैंने?"

"बिल्कुल ठीक, ऐसे ही इनका दिमाग ठीक होगा।"

इतने में डॉक्टर शुक्ला आये और कुरसी पर बैठ गये। सुधा के माथे पर हाथ रखकर देखा, "अब तो तू ठीक है?"

"हाँ, पापा!"

"बिनती, कल तुम्हारी माताजी आ रही हैं। अब बैसाखी की तैयारी करनी है। सुधा के जेठ आ रहे हैं और सास।"

सुधा चुपचाप उठकर चली गयी। चन्दर, बिनती और डॉक्टर साहब बैठे उस दिन का बहुत-सा कार्यक्रम बनाते रहे।

चन्दर को सबसे बड़ा सन्तोष था कि सुधा ठीक हो गयी थी। बैसाख पूनो के एक दिन पहले ही से बिनती ने घर को इतना साफ कर डाला था कि घर चमक उठा था। यह बात तो दूसरी है कि स्टडी-रूम की सफाई में बिनती ने चन्दर के बहुत से कागज बुहारकर फेंक दिये थे और आँगन धोते वक्त उसने चन्दर के कपड़ों को छींटों से तर कर दिया था। उसके बदले में चन्दर ने बिनती को डाँटा था और सुधा देख-देखकर हँस रही थी और कह रही थी, "तुम क्यों चिढ़ रहे हो? तुम्हें देखने थोड़े ही आ रही हैं हमारी सास।"

बैसाखी पूनो की सुबह डॉक्टर साहब और बुआजी गाड़ी लेकर उनको लिवा लाने गये थे। चन्दर बाहर बरामदे में बैठा अखबार पढ़ रहा था और सुधा अन्दर कमरे में बैठी थी। अब दो दिन उसे बहुत दब-ढँककर रहना होगा। वह बाहर नहीं घूम सकती थी; क्योंकि जाने कैसे और कब उसकी सास आ जाएँ और देख लें। बुआ उसे समझा गयी थीं और उसने एक गम्भीर आज्ञाकारी लड़की की तरह मान लिया था और अपने कमरे में चुपचाप बैठी थी। बिनती कढ़ी के लिए बेसन फेंट रही थी और महराजिन ने रसोई में दूध चढ़ा रखा था।

सुधा चुपके से आयी, किवाड़ की आड़ से देखा कि पापा और बुआ की मोटर

आ तो नहीं रही है! जब देखा कि कोई नहीं है तो आकर चुप्पे से खड़ी हो गयी और पीछे से चन्दर के हाथ से अखबार ले लिया। चन्दर ने पीछे देखा तो सुधा एक बच्चे की तरह मुसकरा दी और बोली, "क्यों चन्दर, हम ठीक हैं न? ऐसे ही रहें न? देखा तुम्हारा कहना मानते हैं न हम?"

"हाँ सुधी, तभी तो हम तुमको इतना दुलार करते हैं!"

"लेकिन चन्दर, एक बार आज रो लेने दो। फिर उनके सामने नहीं रो सकेंगे।" और सुधा का गला रुँध गया और आँख छलछला आयी।

"छि:, सुधा..." चन्दर ने कहा।

"अच्छा, नहीं–नहीं..." और झटके से सुधा ने आँसू पोंछ लिये। इतने में गेट पर किसी कार का भोंपू सुनाई पड़ा और सुधा भागी।

"अरे, यह तो पम्मी की कार है।" चन्दर बोला। सुधा रुक गयी। पम्मी ने पोर्टिको में आकर कार रोकी।

"हैलो, मेरे जुड़वाँ मित्र, क्या हाल है तुम लोगों का?" और हाथ मिलाकर बेतकल्लुफी से कुर्सी खींचकर बैठ गयी।

"इन्हें अन्दर ले चलो, चन्दर! वरना अभी वे लोग आते होंगे।" सुधा बोली।

"नहीं, मुझे बहुत जल्दी है। आज शाम को बाहर जा रही हूँ। बर्टी अब मसूरी चला गया है, वहाँ से उसने मुझे भी बुलाया है। उसके हाथ में कहीं शिकार में चोट लग गयी है। मैं तो आज जा रही हूँ।"

सुधा बोली, "हमें ले चलिएगा?"

"चलिए। कपूर, तुम भी चलो, जुलाई में लौट आना!" पम्मी ने कहा।

"जब अगले साल हम लोगों की मित्रता की वर्षगाँठ होगी तो मैं चलूँगा।" चन्दर ने कहा।

"अच्छा, विदा!" पम्मी बोली। चन्दर और सुधा ने हाथ जोड़े तो पम्मी ने आगे बढ़कर सुधा का मुँह हथेलियों में उठाकर उसकी पलकें चूम लीं और बोली, "मुझे तुम्हारी पलकें बहुत अच्छी लगती हैं। अरे! इनमें आँसुओं का स्वाद है, अभी रोयी थीं क्या?" सुधा झेंप गयी।

चन्दर के कन्धे पर हाथ रखकर पम्मी ने कहा, "कपूर, तुम खत जरूर लिखते रहना। चलते तो बड़ा अच्छा रहता। अच्छा, आप दोनों मित्रों का समय अच्छी तरह बीते।" और पम्मी चल दी।

थोड़ी देर में डॉक्टर साहब की कार आयी। सुधा ने अपने कमरे के दरवाजे बन्द कर लिये, बिनती ने सिर पर पल्ला ढक लिया और चन्दर दौड़कर बाहर गया। डॉक्टर

साहब के साथ जो सज्जन उतरे वे ठिगने-से, गोरे-से, गोल चेहरे के कुलीन सज्जन थे और खद्दर का कुरता और धोती पहने थे। हाथ में एक छोटा-सा सफरी बैग था। चन्दर ने लेने को हाथ बढ़ाया तो हँसकर बोले, "नहीं जी, क्या इतना-सा बैग ले चलने में मेरा हाथ थक जाएगा। आप लोग तो खातिर करके मुझे महत्त्वपूर्ण बना देंगे।"

सब लोग स्टडी रूम में गये। वहीं डॉक्टर शुक्ला ने परिचय कराया–"यह हमारे शिष्य और लड़के, प्रान्त के होनहार अर्थशास्त्री चन्द्रकुमार कपूर और आप शाहजहाँपुर के प्रसिद्ध कांग्रेसी कार्यकर्ता और म्युनिसिपल कमिश्नर श्री शंकरलाल मिश्र।"

"अब तू नहाय लेव संकरी, फिर चाय ठंडाय जइहै।" बुआजी ने आकर कहा। आज बुआजी ने बहुत दिनों पहले की बूटीदार साड़ी पहन रखी थी और शायद वह खुश थीं क्योंकि बिनती को डाँट नहीं रही थीं।

"नहीं, मैं तो वेटिंग-रूम में नहा चुका। चाय मैं पीता नहीं। खाना ही तैयार कराइए।" और घड़ी देखकर शंकर बाबू बोले, "मुझे ज़रा स्वराज्य-भवन जाना है और दो बजे की गाड़ी से वापस चले जाना है और शायद उधर से ही चला जाऊँगा।" उन्होंने बहुत मीठे स्वर से मुसकराते हुए कहा।

"यह तो अच्छा नहीं लगता कि आप आये भी और कुछ रुके नहीं।" डॉक्टर शुक्ला बोले।

"हाँ, मैं खुद रुकना चाहता था लेकिन माँजी की तबीयत ठीक नहीं है। कैलाश भी कानपुर गया हुआ है। मुझे जल्दी जाना चाहिए।"

बिनती ने लाकर थाली रखी। चन्दर ने आश्चर्य से डॉक्टर साहब की ओर देखा। वे हँसकर बोले, "भाई, यह लोग हमारी तरह छूत-पाक नहीं मानते। शंकर तुम्हारे सम्प्रदाय के हैं, यहीं कच्चा खाना खा लेंगे।"

"इन्हें ब्राह्मण कहत के है, ई तो किरिस्तान है, हमरो धरम बिगाड़िन हिंयाँ आय कै! बुआजी बोलीं। बुआजी ने ही यह शादी तय करायी थी, लड़का बताया था और दूर के रिश्ते से वे कैलाश और शंकर की भाभी लगती थीं।"

शंकर बाबू ने हाथ धोये और कुर्सी खींचकर बैठ गये। चन्दर की ओर देखकर बोले, "आइए, होनहार डॉक्टर साहब, आप तो मेरे साथ खा सकते हैं?"

"नहीं, आप खाइए।" चन्दर ने तकल्लुफ करते हुए कहा।

"अजी वाह! मैं ब्राह्मण हूँ, शुद्ध; मेरे साथ खाकर आपको जल्दी मोक्ष मिल जाएगा। कहीं हाथ में तरकारी लगी रह गयी तो आपके लिए स्वर्ग का फाटक फौरन खुल जाएगा! खाओ।"

दो कौर खाने के बाद शंकर बाबू ने बुआजी से कहा, "यही बहू है, जो लड़की थाली रख गयी थी?"

"अरे राम कहौ, ऊ तो हमार छोरी है बिनती! पहचनत्यौ नै। पिछले साल तो मुन्ने के विवाह में देखे होबो!" बुआजी बोलीं।

शंकर बाबू कैलाश से काफी बड़े थे लेकिन देखने में बहुत बड़े नहीं लगते थे। खाते-पीते बोले, "डॉक्टर साहब! लड़की से कहिए, रोटी दे जाये। मैं इसी तरह देख लूँगा, और ज्यादा तड़क-भड़क की कोई जरूरत नहीं!"

डॉक्टर साहब ने बुआजी को इशारा किया और वे उठकर चली गयीं। थोड़ी देर में सुधा आयी। सादी सफेद धोती पहने, हाथ में रोटी लिये दरवाजे पर आकर हिचकी, फिर आकर चन्दर से बोली, "रोटी लोगे!" और बिना चन्दर की आवाज सुने रोटी चन्दर के आगे रखकर बोली, "और क्या चाहिए?"

"मुझे कढ़ी चाहिए।" शंकर बाबू ने कहा। सुधा गयी और कढ़ी ले आयी। शंकर बाबू के सामने रख दी। शंकर बाबू ने आँखें उठाकर सुधा की ओर देखा, सुधा ने निगाहें नीची कर लीं और चली गयी।

"बहुत अच्छी है लड़की!" शंकर बाबू ने कहा। "इतनी पढ़ी-लिखी लड़की में इतनी शर्म-लिहाज नहीं मिलती। सचमुच जैसे आपकी एक ही लड़की थी, आपने उसे खूब बनाया है। कैलाश के बिल्कुल योग्य लड़की है। यह तो कहिए डॉक्टर साहब कि शिष्टा प्रबल होती है वरना हमारा कहाँ सौभाग्य था! जब से मेरी पत्नी मरी तभी से माताजी कैलाश के विवाह की जिद कर रही हैं। कैलाश अन्तर्जातीय विवाह करना चाहता था, लेकिन हमें तो अपनी जाति में ही इतना अच्छा सम्बन्ध मिल गया।"

"तो तोहरे अबहिन कौन बैस ह्वै गयी। तुहौ काहे नाही बहुरिया लै अउत्यौ। सुधी के अकेल मन न लगी!" बुआजी बोलीं।

शंकर बाबू कुछ नहीं बोले। खाना खाकर उन्होंने हाथ धोये और घड़ी देखी।

"अब थोड़ा सो लूँ, या जाने दीजिए। आइए, बातें करें हम और आप," उन्होंने चन्दर से कहा। एक बजे तक चन्दर शंकर बाबू से बातें करता रहा और डॉक्टर साहब और सुधा वगैरह खाना खाते रहे। शंकर बाबू बहुत हँसमुख थे और बहुत बातूनी भी। चन्दर को तो कैलाश से भी ज्यादा शंकर बाबू पसन्द आये। बातें करने से मालूम हुआ कि शंकर बाबू की आयु अभी तीस वर्ष से अधिक की नहीं है। एक पाँच वर्ष का बच्चा है और उसी के होने में उनकी पत्नी मर गयी। अब वे विवाह नहीं करेंगे, वे गांधीवादी हैं, कांग्रेस के प्रमुख स्थानीय कार्यकर्ता हैं और म्युनिसिपल कमिश्नर हैं। घर के जमींदार हैं। कैलाश बरेली में पढ़ता था। अब भी कैलाश का कोई इरादा किसी प्रकार की नौकरी

या व्यापार करने का नहीं है, वह मजदूरों के लिए साप्ताहिक पत्र निकालने का इरादा कर रहा है। वह सुधा को बजाय घर पर रखने के अपने साथ रखेगा क्योंकि वह सुधा को आगे पढ़ाना चाहता है, सुधा को राजनीति क्षेत्र में ले जाना चाहता है।

बीच में एक बार बिनती आयी और उसने चन्दर को बुलाया। चन्दर बाहर गया तो बिनती ने कहा, "दीदी पूछ रही हैं, ये कितनी देर में जाएँगे?"

"क्यों?"

"कह रही हैं अब चन्दर को याद थोड़े ही है कि सुधा भी इसी घर में है। उन्हीं से बातें कर रहे हैं।"

चन्दर हँस दिया और कुछ नहीं कहा। बिनती बोली, "ये लोग तो बहुत अच्छे हैं। मैं तो कहूँगी सुधा दीदी को इससे अच्छा परिवार मिलना मुश्किल है। हमारे ससुर की तरह नहीं हैं ये लोग।"

"हाँ, फिर भी सुधा इतनी सेवा नहीं कर रही है इनकी। बिनती, तुम सुधा को कुछ शिक्षा दे दो इस मामले में।"

"हाँ-हाँ, हम सेवा करने की शिक्षा दे देंगे और ब्याह करने के बाद की शिक्षा अपनी पम्मी से दिलवा देना। खुद तो उनसे ले ही चुके होंगे आप!"

चन्दर झेंप गया। "पाजी कहीं की, बहुत बेशरम हो गयी है। पहले मुँह से बोल नहीं निकलता था!"

"तुमने और दीदी ने ही तो किया बेशरम! हम क्या करें? पहले हम कितना डरते थे!" बिनती ने उसी तरह गर्दन टेढ़ी करके कहा और मुसकराकर भाग गयी।

जब डॉक्टर साहब आये तो शंकर बाबू ने कहा, "अब तो मैं जा रहा हूँ, यह माला मेरी ओर से बहू को दे दीजिए।" और उन्होंने बड़ी सुन्दर मोतियों की माला बैग से निकाली और बुआजी के हाथ में दे दी।

"हाँ, एक बात है!" शंकर बाबू बोले, "ब्याह हम लोग महीने भर के अन्दर ही करेंगे। आपकी सब बात हमने मानी, यह बात आपको हमारी माननी होगी।"

"इतनी जल्दी!" डॉक्टर शुक्ला चौंक उठे, "यह असम्भव है, शंकर बाबू! मैं अकेला हूँ, आप जानते हैं।"

"नहीं, आपको कोई कष्ट न होगा।" शंकर बाबू बहुत मीठे स्वर में बोले, "हम लोग रीति-रसम के तो कायल हैं नहीं। आप जितना चाहे रीति-रसम अपने मन से कर लें। हम लोग तो सिर्फ छह-सात आदमियों के साथ आएँगे। सुबह आएँगे, अपने बँगले में एक कमरा खाली करा दीजिएगा। शाम को अगवानी और विवाह कर दें। दूसरे दिन दस बजे हम लोग चले जाएँगे।"

"यह नहीं होगा।" डॉक्टर साहब बोले, "हमारी तो अकेली लड़की है और हमारे भी तो कुछ हौसले हैं। और फिर लड़की की बुआ तो यह कभी भी नहीं स्वीकार करेंगी।"

"देखिए, मैं आपको समझा दूँ, कैलाश शादियों में तड़क-भड़क के सख्त खिलाफ है। पहले तो वह इसीलिए जाति में विवाह नहीं करना चाहता था, लेकिन जब मैंने उसे भरोसा दिलाया कि बहुत सादा विवाह होगा तभी वह राजी हुआ। इसीलिए इसे आप मान ही लें फिर विवाह के बाद तो जिन्दगी पड़ी है। आपकी अकेली लड़की है जितना चाहिए, करिए। रहा कम समय का तो शुभस्य शीघ्रम्! फिर आपको कुछ खास इन्तजाम भी नहीं करना, अगर कुछ हो तो कहिए मैं यहीं रह जाऊँ, आपका काम कर दूँ!" शंकर बाबू हँसकर बोले।

कुछ देर तक बातें होती रहीं, अन्त में शंकर बाबू ने अपने सौजन्य और मीठे स्वभाव से सभी को राजी कर ही लिया। उसके बाद उन्होंने सबसे विदा माँगी, चलते वक्त बुआजी और डॉक्टर साहब के पैर छुए, चन्दर से हाथ मिलाया और शंकर बाबू सबका मन जीतकर चले गये।

बुआजी ने माला हाथ में ली, उसे उलट-पलटकर देखा और बोलीं, "एक ऊ आये रहे जूताखोर! एक ठो कागज थमाय के चले गये!" और एक गहरी साँस लेके चली गयीं।

डॉ. साहब ने सुधा को बुलाया। उसके हाथ में वह माला रखकर उसे चिपटा लिया। सुधा पापा की गोद में मुँह छिपाकर रो पड़ी।

उसके बाद सुधा चली गयी और चन्दर, डॉक्टर साहब और बुआजी बैठे शादी के इन्तजाम की बातें करते रहे। यह तय हुआ कि अभी तो इन्हीं की इच्छानुसार विवाह कर दिया जाए फिर यूनिवर्सिटी खुलने पर सभी को बुलाकर अच्छी दावत वगैरह दे दी जाए। यह भी तय हुआ कि बुआजी गाँव जाकर अनाज, घी, बड़ियाँ और नौकर वगैरह का इन्तजाम कर लाएँ और पन्द्रह दिन के अन्दर लौट आएँ। अगवानी ठीक छह बजे शाम को हो जाए और सुबह के नाश्ते में क्या दिया जाए, यह सभी डॉक्टर साहब ने तय कर डाला। लेकिन निश्चय यह किया गया कि चूँकि आदमी बहुत कम आ रहे हैं, अत: सुबह-शाम के नाश्ते का काम यूनिवर्सिटी के किसी रेस्तराँ को दे दिया जाए।

इसी बीच में बिनती खरबूजा और शरबत लाकर रख गयी और चन्दर ने बहुत आराम से शरबत पीते हुए पूछा, "किसने बनाया है?"

"सुधा दीदी ने।"

"आज बड़ी खुश मालूम पड़ती है, चीनी बहुत कम छोड़ी है!" चन्दर बोला। बुआ और बिनती दोनों हँस पड़ीं।

थोड़ी देर बाद चन्दर उठकर भीतर गया तो देखा कि सुधा पलंग पर बैठी सामने एक किताब रखे जाने क्या देख रही है और सामने वह माला पड़ी है। चन्दर गया और बोला, "सुधा! आज मैं बहुत खुश हूँ।"

सुधा ने आँखें उठायीं और चन्दर की ओर देखकर मुसकराने की कोशिश की और बोली, "मैं भी बहुत खुश हूँ।"

"क्यों, तय हो गया इसलिए?" बिनती ने पूछा।

"नहीं, चन्दर बहुत खुश हैं इसलिए!" और एक गहरी साँस लेकर किताब बन्द कर दी।

"कौन-सी किताब है, सुधा?" चन्दर ने पूछा।

"कुछ नहीं, इस पर उर्दू के कुछ अशआर लिखे हैं जो गेसू ने सुनाये थे।" सुधा बोली।

चन्दर ने बिनती की ओर देखा और कहा, "बिनती, कैलाश तो जैसा है वैसा ही है, लेकिन शंकरबाबू की तारीफ मैं कर नहीं सकता। क्या राय है तुम्हारी?"

"हाँ, है तो सही; दीदी इतनी सुखी रहेंगी कि बस! दीदी, हमें भूल मत जाना समझीं!" बिनती बोली।

"और हमें भी मत भूलना सुधा!" चन्दर ने सुधा की उदासी दूर करने के लिए छेड़ते हुए कहा।

"हाँ, तुम्हें भूले बिना कैसे काम चलेगा।" सुधा ने और भी गहरी साँस लेते हुए कहा और एक आँसू गालों पर फिसल ही आया।

"अरे पगली, तुम सब कुछ अपने चन्दर के लिए कर रही हो, उसकी आज्ञा मानकर कर रही हो। फिर यह आँसू कैसे? छि:! और यह माला सामने रखे क्या कर रही हो?" चन्दर ने बहलाया।

"माला तो दीदी इसलिए सामने रखे थीं कि बतलाऊँ...बतलाऊँ!" बिनती बोली, "असल में रामायण की कहानी तो सुनी है चन्दर, तुमने? रामचन्द्र ने अपने एक भक्त को मोती की माला दी तो वह उसे दाँत से तोड़कर देख रहा था कि उसके अन्दर रामनाम है या नहीं। सो यह माला सामने रखकर देख रही थीं, इसमें कहीं चन्दर की झलक है या नहीं?"

"चुप गिलहरी कहीं की?" सुधा हँस पड़ी, "बहुत बोलना आ गया है!" सुधा ने हँसते हुए बनावटी गुस्से से कहा। फिर सुधा तकिये से टिककर बैठ गयी–"आज गेसू नहीं है। मुझे गेसू की बहुत याद आ रही है।"

"क्यों?"

"इसलिए कि आज उसके कई शेर याद आ रहे हैं। एक दफे उसने सुनाया था–

'ये आज फिजा खामोश है क्यों, हर जर्रे को आखिर होश है क्यों?
या तुम ही किसी के हो न सके, या कोई तुम्हारा हो न सका।'

इसी की अन्तिम पंक्ति है–

'मौजें भी हमारी हो न सकीं, तूफाँ भी हमारा हो न सका'!"

"वाह! यह पंक्ति बहुत अच्छी है", चन्दर ने कहा।

"आज गेसू होती तो बहुत-सी बातें करते!" सुधा बोली, "देखो चन्दर, जिन्दगी भी क्या होती है! आदमी क्या सोचता है और क्या हो जाता है। आज से तीन-चार महीने पहले मैंने क्या सोचा था! क्लास-रूम? से भागकर हम लोग पेड़ के नीचे लेटकर बातें करते थे, तो मैं हमेशा कहती थी–मैं शादी नहीं करूँगी। पापा को समझा लूँगी। उस दिन क्या मालूम था कि इतनी जल्दी जुए के नीचे गरदन डाल देनी होगी और पापा को भी जीतकर किसी दूसरे से हार जाना होगा। अभी उसकी तय भी नहीं हुई और महीने-भर बाद मेरी..." सुधा थोड़ी देर चुप रही और फिर–"और दूसरी बात उसकी, जो मैंने तुम्हें बतायी थी। उसने कहा था जब किसी के कदम हट जाते हैं सिर के नीचे से, तब मालूम होता है कि हम किसका सपना देख रहे थे। पहले हमें भी नहीं मालूम होता था कि हमारे सिर किसके कदमों पर झुक चुके हैं। याद है? मैंने तुम्हें बताया था, तुमने पूछा था!"

"याद है।" चन्दर ने कहा। बिनती उठकर चली गयी लेकिन सुधा या चन्दर किसी ने ध्यान भी नहीं दिया। चन्दर बोला, "लेकिन सुधा, इन सब बातों को सोचने से क्या फायदा, आगे का रास्ता सामने है, बढ़ो।"

"हाँ, सो तो है ही देवता मेरे! कभी-कभी जाने कितनी पुरानी बातें मन में आ ही जाती हैं और मन करता है कि मैं सोचती ही जाऊँ। जाने क्यों मन को बड़ा सन्तोष मिलता है। और चन्दर, जब मैं वहाँ रहूँगी, तुमसे दूर, तो इन्हीं स्मृतियों के अलावा और क्या शेष रहेगा...तुम्हें वह दिन याद है जब मैं गेसू के यहाँ नहीं जा पायी थी और उस स्थान पर हम लोगों में झगड़ा हो गया था...चन्दर, वहाँ सब कुछ है लेकिन मैं लड़ूँगी-झगड़ूँगी किससे वहाँ?"

चन्दर एक फीकी-सी हँसी हँसकर बोला, "अब क्या जन्म-भर बच्ची ही बनी रहोगी!"

"हाँ चन्दर, चाहती तो यही थी लेकिन जिन्दगी तो जबरदस्ती सब सुख छीन लेती है और बदले में कुछ भी नहीं देती। आओ, चलो लॉन पर चलें। शाम को तुमसे बातें ही करेंगे!"

उसके बाद सुधा रात को आठ बजे उठी, जब बुआ तैयार होकर स्टेशन जा रही थीं और ड्राइवर मोटर निकाल रहा था। और उदास टिमटिमाते हुए सितारों ने देखा कि चन्दर और सुधा दोनों की आँखों में आँसुओं की अवशेष नमी झिलमिला रही थी। उठते हुए सुधा ने क्षण-भर चन्दर की ओर देखा, चन्दर से सिर झुका लिया और बहुत उदास आवाज में कहा, "चलो सुधा, बहुत देर कर दी हम लोगों ने।"

पन्द्रह दिन बाद बुआ आयीं तो उन्होंने घर की शक्ल ही बदल दी। दरवाजे पर और बरसाती में हल्दी के हाथों की छाप लग गयी, कमरों का सभी सामान हटाकर दरियाँ बिछा दी गयीं और सबसे अन्दर वाले कमरे में सुधा का सब सामान रख दिया गया। स्टडी-रूम की सभी किताबें समेट दी गयीं और वहाँ एक बड़ी-सी मशीन लाकर रख दी गयी जिस पर बैठकर बिनती सिलाई करती थी। उसी को कपड़े और गहनों का भंडार-घर बनाया गया और उसकी चाबी बिनती या बुआ के पास रहती थी। गाँव से एक महराजिन, एक कहारिन और दो मजदूर आये थे, वे सभी गैरेज में सोते थे और दिर-भर काम करते थे और 'पानी पीने' को माँगते रहते थे। सभी कुर्सियाँ और सोफासेट निकलवाकर सायबान में लगवा दिये गये थे। रसोई के पार वाली कोठरी में कुल्हड़, पत्तलें, प्याले वगैरह रखे थे और पूजा वाले कमरे में शक्कर, घी, तरकारी और अनाज था। मिठाई कहाँ रखी जाएगी, इस पर बुआजी, महराजिन और बिनती में घंटे-भर तक बहस हुई लेकिन जब बुआजी ने बिनती से कहा, "आपन लड़के-बच्चे का बियाह कियो तो कतरनी अस जबान चलाय लिह्यो, अबहिन हर काम में काहे टाँग अड़ावा करत हौ!" तो बिनती चुप हो गयी और अन्त में बुआजी की राय सर्वोपरि मानी गयी। बुआजी की जबान जितनी तेज थी, हाथ भी उतने ही तेज। चार बोरा गेहूँ उन्होंने साफ करके कोठरियों में भरवा दिये। कम-से-कम पाँच तरह की दालें लायी थीं। बेसन पिसवाया, दाल दरवायी, पापड़ बनवाये, मैदा छनवाया, सूजी दरवायी, बरी-मुँगौरी डलवायीं, चावल की कचौरियाँ बनवायीं और सबको अलग-अलग गठरी में बाँधकर रख दिया। रात को अकसर बुआजी, महराजिन तथा गाँव की महरिन ढोलक लेकर बैठ जातीं और गीत गातीं। बिनती उनमें भी शामिल रहती।

सच पूछो तो सुधा के ब्याह का जितना उछाह बुआ को नहीं था, उतना बिनती को था। वह सुबह से उठकर झाड़ू लेकर सारा घर बुहार डालती थी, इसके बाद नहाकर तरकारी काटती, उसके बाद फिर चाय चढ़ाती। डॉक्टर साहब, चन्दर, सुधा सभी को चाय देती, बैठकर चन्दर अगर कुछ हिसाब लिखाता तो हिसाब लिखती, फिर अपनी मशीन

पर बैठ जाती और बारह-एक बजे तक सिलाई करती रहती, फिर दोपहर को चावल और दाल बीनती, शाम को खरबूजे काटती, शरबत बनाती और रात-भर जाग-जागकर गाती या दीदी को हँसाने की कोशिश करती। एक दिन सुधा ने कहा, "मेरे ब्याह में तो इतनी खुश है, अपने ब्याह में क्या करेगी?" तो बिनती ने जवाब दिया, "अपने ब्याह में तो मैं खुद बैंड बजाऊँगी, वर्दी पहनकर!"

घर चमक उठा था जैसे रेशम! लेकिन रेशम के दमकदार, रंगीन उल्लास भरे गोले के अन्दर भी एक प्राणी होता है, उदास स्तब्ध अपनी साँस रोककर अपनी मौत की क्षण-क्षण प्रतीक्षा करने वाला रेशम का कीड़ा। घर के इस सारे उल्लास और चहल-पहल से घिरा हुआ सिर्फ एक प्राणी था जिसकी साँस धीरे-धीरे डूब रही थी, जिसकी आँखों की चमक धीरे-धीरे कुम्हला रही थी, जिसकी चंचलता ने उसकी नज़रों से विदा माँग ली थी, वह थी–सुधा। सुधा बदल गयी थी। गोरा चम्पई चेहरा पीला पड़ गया था, और लगता था जैसे वह बीमार हो। खाना उसे जहर लगने लगा था, अपने कमरे को छोड़कर कहीं जाती न थी। एक शीतलपाटी बिछाये उसी पर दिन-रात पड़ी रहती थी। बिनती जब हँसती हुई खाना लाती और सुधा के इनकार पर बिनती के आँसू छलछला आते तब सुधा पानी के घूँट के सहारे कुछ खा लेती और उदास, फिर अपनी शीतलपाटी पर लेट जाती। स्वर्ग को कोई इन्द्रधनुषों से भर दे और शची को जहर पिला दे, कुछ ऐसा ही लग रहा था वह घर।

डॉक्टर शुक्ला का साहस न होता था सुधा से बोलने का। वह रोज बिनती से पूछ लेते–"सुधा खाना खाती है या नहीं?" बिनती कहती, "हाँ।" तो एक गहरी साँस लेकर अपने कमरे में चले जाते।

चन्दर परेशान था। उसने इतना काम शायद कभी भी न किया हो अपनी जिन्दगी में। सुनार के यहाँ, कपड़े वाले के यहाँ, फिर राशनिंग अफसर के यहाँ, पुलिस बैंड ठीक कराने पुलिस लाइंस, अर्जी देने मैजिस्ट्रेट के यहाँ, रुपया निकालने बैंक, शामियाने का इन्तजाम, पलंग, कुर्सी वगैरह का इन्तजाम, खाने-परोसने के बरतनों के इन्तजाम और जाने क्या-क्या...और जब बुरी तरह थककर आता, जेठ की तपती हुई दोपहरी में, तब बिनती आकर बताती–सुधा ने आज फिर कुछ नहीं खाया तो उसका मन होता था वह सिर पटक-पटक दे। वह सुधा के पास जाता, सुधा आँसू पोंछकर बैठती, एक टूटी-फूटी मुसकान से चन्दर का स्वागत करती। चन्दर उससे पूछता, "खाती क्यों नहीं?"

"खाती तो हूँ चन्दर, इससे ज्यादा गरमियों में मैं कभी नहीं खाती थी।" सुधा कहती और इतने दृढ़ स्वर से कि चन्दर से कुछ प्रतिवाद नहीं करते बनता।

अब बाहरी काम लगभग समाप्त हो गये थे। वैसे तो सभी जगह हल्दी छिड़ककर पत्र रवाना किये जा चुके थे लेकिन निमन्त्रण-पत्र भी बहुत सुन्दर छपकर आये, हालाँकि कुछ देर हो गयी थी। ब्याह को अब कुल सात दिन बचे थे। चन्दर सुबह दस बजे एक डिब्बे में निमन्त्रण-पत्र और लिफाफा-भरे हुए आया और स्टडी-रूम में बैठ गया। बिनती बैठी हुई कुछ सिल रही थी।

"सुधा कहाँ है? उसे बुला लाओ।"

सुधा आयी, सूजी आँखें, सूखे होंठ, रूखे बाल, मैली धोती, निम्प्राण चेहरा और बीमार चाल। हाथ में पंखा लिये थी। आयी और चन्दर के पास बैठ गयी–"कहो, क्या कर आये, चन्दर! अब कितना इन्तजाम बाकी है?"

"अब सब हो गया, सुधा रानी! आज तो पैर जवाब दे रहे हैं। साइकिल चलाते-चलाते पैर में जैसे गाँठें पड़ गयी हों।" चन्दर ने कार्ड फैलाते हुए कहा, "शादी तुम्हारी होगी और जान मेरी निकली जा रही है मेहनत से।"

"हाँ चन्दर, इतना उत्साह तो और किसी को नहीं है मेरी शादी का!" सुधा ने कहा और बहुत दुलार से बोली, "लाओ, पैर दबा दूँ तुम्हारे?"

"अरे पागल हो गयी?" चन्दर ने अपने पैर उठाकर ऊपर रख लिये।

"हाँ, चन्दर!" गहरी साँस लेते हुए सुधा बोली, "अब मेरा अधिकार भी क्या है तुम्हारे पैर छूने का। क्षमा करना, मैं भूल गयी थी कि मैं पुरानी सुधा नहीं हूँ।" और टप से दो आँसू गिर पड़े। सुधा ने पंखे की ओट पर आँखें पोंछ लीं।

"तुम तो बुरा मान गयी, सुधा!" चन्दर ने पैर नीचे रखते हुए कहा।

"नहीं चन्दर, अब बुरा-भला मानने के दिन बीत गये। अब गैरों की बात का भी बुरा-भला नहीं मान पाऊँगी, फिर घर के लोगों की बातों का बुरा-भला क्या...छोड़ो ये सब बातें। ये क्या निमन्त्रण-पत्र छपा है, देखें!"

चन्दर ने एक निमन्त्रण-पत्र उठाया, उसे लिफाफे में भरकर उस पर सुधा का नाम लिखकर कहा, "लो, हमारी सुधा का ब्याह है, आइएगा जरूर!"

सुधा ने निमन्त्रण-पत्र ले लिया–"अच्छा!" एक फीकी हँसी हँसकर बोली, "अच्छा, अगर हमारे पतिदेव ने आज्ञा दे दी तो आऊँगी आपके यहाँ। उनका भी नाम लिख दीजिए वर्ना बुरा न मान जाएँ।" और सुधा उठ खड़ी हुई।

"कहाँ चली?" चन्दर ने पूछा।

"यहाँ बहुत रोशनी है! मुझे अपना अँधेरा कमरा ही अच्छा लगता है।" सुधा बोली।

"चलो बिनती, वहीं कार्ड ले चलो!" चन्दर ने कहा, "आओ सुधा, आज कार्ड लिखते जाएँगे, तुमसे बात करते जाएँगे। जिन्दगी देखो, सुधी! आज पन्द्रह दिन से तुमसे दो मिनट बैठकर बात भी न कर सके।"

"अब क्या करना है, चन्दर! जैसा कह रहे हो वैसा कर तो रही हूँ। अभी कुछ और बाकी है क्या? बता दो वह भी कर डालूँ। अब तो रो-पीटकर ऊँचा बनना ही है।"

बिनती ने कार्ड समेटे तो सुधा डाँटकर बोली–"रख इसे यहीं; चली उठा के! बड़ी चन्दर की आज्ञाकारी बनी है। ये भी हमारी जान की गाहक हो गयी अब! हमारे कमरे में लायी ये सब, तो टाँग तोड़ दूँगी! पाजी कहीं की!"

बिनती ने कार्ड धर दिये। नौकर ने आकर कहा, "बाबूजी, कुम्हार अपना हिसाब माँगता है!"

"अच्छा, अभी आया, सुधा!" और चन्दर चला गया।

और इस तरह दिन बीत रहे थे। शादी नजदीक आती जा रही थी और सभी का सहारा एक-दूसरे से छूटता जा रहा था। सुधा के मन पर जो कुछ भी धीरे-धीरे मरघट की उदासी की तरह बैठता जा रहा था और चन्दर अपने प्यार से, अपनी मुसकानों से, अपने आँसुओं से धो देने के लिए व्याकुल हो उटा था, लेकिन यह जिन्दगी थी जहाँ प्यार हार जाता है, मुसकानें हार जाती हैं, आँसू हार जाते हैं–तश्तरी, प्याले, कुल्हड़, पत्तलें, कालीनें, दरियाँ और बाजे जीत जाते हैं। जहाँ अपनी जिन्दगी की प्रेरणा-मूर्ति के आँसू गिनने के बजाय कुल्हड़ और प्याले गिनवाकर रखने पड़ते हैं और जहाँ किसी आत्मा की उदासी को अपने आँसुओं से धोने के बजाय पत्तलें धुलवाना ज्यादा महत्त्वपूर्ण होता है, जहाँ भावना और अन्तर्द्वन्द्व के सारे तूफान सुनार और बिजलीवालों की बातों में डूब जाते हैं, और जहाँ दो आँसुओं में डूबते हुए व्यक्तियों की पुकार शहनाइयों की आवाज में डूब जाती है और जिस वक्त कि आदमी के हृदय का कण-कण क्षतविक्षत हो जाता है, जिस वक्त उसकी नसों में सितारे टूटते हैं, जिस वक्त उसके माथे पर आग धधकती है, जिस वक्त उसके सिर पर से आसमान और पाँव तले से धरती हट जाती है, उस समय उसे शादी की साड़ियों का मोल-तोल करना पड़ता है और बाजे वाले को एडवांस रुपया देना पड़ता है।

ऐसी थी उस वक्त चन्दर की जिन्दगी और उस जिन्दगी ने अपना चक्र पूरी तरह चला दिया था। करोड़ों तूफान घुमड़ाते हुए उसे नचा रहे थे। वह एक क्षण भी कहीं नहीं टिक पाता था। एक पल भी उसे चैन नहीं था, एक पल भी वह यह नहीं सोच पाता था कि उसके चारों ओर क्या हो रहा है? वह बेहोशी में, मूर्छा में मशीन की तरह काम कर रहा था। आवाजें थीं कि उसके कानों से टकराकर चली जाती थीं, आँसू थे कि हृदय को छू नहीं पाते थे, चक्र उसे फँसाकर खींचे लिये जा रहा था। बिजली से भी ज्यादा तेज, प्रलय से भी ज्यादा सशक्त वह खिंचा जा रहा था। सिर्फ एक ओर। शादी का दिन। सुधा

ने नथुनी पहनी, उसे नहीं मालूम। सुधा ने कोरे कपड़े पहने, उसे नहीं मालूम। सुधा ने चूड़े पहने, उसे नहीं मालूम। घर में गीत हुए, उसे नहीं मालूम। सुधा ने चूल्हा पूजते वक्त अपना सिर पटक दिया, उसे नहीं मालूम...वह व्यक्ति नहीं था, तूफान में उड़ता हुआ एक पीला पत्ता था जो वात्याचक्र में उलझ गया था और झोंके उसे नचाये जा रहे थे...

और उसे होश आया तब, जब बिनती जबरदस्ती उसका हाथ पकड़कर खींच ले गयी बारात आने के एक दिन पहले। उस छत पर, जहाँ सुधा पड़ी रो रही थी, चन्दर को ढकेलकर चली आयी।

चन्दर के सामने सुधा थी। सुधा, जिससे वह पता नहीं क्यों बचना चाहता था। अपनी आत्मा के संघर्षों से, अपने अन्त:करण के घावों की कसक से घबराकर जैसे कोई आदमी एकान्त कमरे में भागकर भीड़ में मिल जाता है, भीड़ के निरर्थक शोर में अपने को खो देना चाहता है, बाहर के शोर में अन्दर का तूफान भुला देना चाहता है; उस तरह चन्दर पिछले हफ्ते से सब कुछ भूल गया; उसे सिर्फ एक चीज याद रहती थी–शादी का प्रबन्ध। सुबह से लेकर सोने के वक्त तक वह इतना काम कर डालना चाहता था कि उसे एक क्षण भी बैठने का मौका न मिले, और सोने से पहले वह इतना थक जाये, इतना चूर-चूर हो जाये कि लेटते ही नींद उसे जकड़ ले और उसे बेहोश कर दे। लेकिन उस वक्त बिनती उसे उसके विस्मरण-स्थल से खींचकर एकान्त में ले आयी है जहाँ उसकी ताकत और उसकी कमजोरी, उसकी पवित्रता और उसका पाप, उसकी मुसकान और उसके आँसू, उसकी प्रतिभा और उसकी विस्मृति; उसकी सुधा अपनी जिन्दगी के चिरन्तन मोड़ पर खड़ी अपना सब कुछ लुटा रही थी। चन्दर को लगा जैसे उसको अभी चक्कर आ जाएगा। वह अकुलाकर खाट पर बैठ गया।

शाम थी, सूरज डूब रहा था और दिन-भर की तपी हुई छत पर जलती हुई बरसाती के नीचे एक खरहरी खाट पर सुधा लेटी थी। एक महीन पीली धोती पहने, कोरी मारकीन की कुर्ती पहने, रूखे चिकटे हुए बाल और नाक में बहुत बड़ी-सी नथ। पन्द्रह दिन के आँसुओं ने चेहरे को जाने कैसा बना दिया। न चेहरे पर सुकुमारता थी, न कठोरता। न रूप था, न ताजगी। सिर्फ ऐसा लगता था कि जैसे सुधा का सब कुछ लुट चुका है। न केवल प्यार और जिन्दगी लुटी है, वरन् आवाज भी लुट गयी है और नीरवता भी। वैभव भी लुट गया और याचना भी।

सुधा ने अपने पीले पल्ले से आँसू पोंछे और उठकर बैठ गयी। दोनों चुप। पहले कौन बोले! बिनती आयी, चन्दर और सुधा का खाना रखकर चली गयी। "खाना खाओगी, सुधा?" चन्दर ने पूछा। सुधा कुछ बोली नहीं सिर्फ सिर हिला दिया। और डूबते हुए सूरज और उड़ते हुए बादलों की ओर देखकर जाने क्या सोचने लगी। चन्दर

ने थाली खिसका दी और सुधा को अपनी ओर खींचकर बोला, "सुधा, इस तरह कैसे काम चलेगा। तुम्हीं को देखकर तो मैं अपना धीरज सँभालूँगा, बताओ और तुम्हीं यह कर रही हो!" सुधा चन्दर के पास खिसक आयी और दो मिनट तक चुपचाप चन्दर की ओर फटी हुई पथरायी आँखों से देखती रही और एकदम हृदय को फाड़ देने वाली आवाज में चीखकर रो उठी—"चन्दर, अब क्या होगा!"

चन्दर की समझ में नहीं आया, वह क्या करे! आँसू उसके सूख चुके थे। वह रो नहीं सकता था। उसके मन पर कहीं कोई पत्थर रखा था जो आँसुओं की बूँदों को बनने के साथ ही सोख लेता था लेकिन वह तड़प उठा, "सुधा!" वह घबराकर बोला, "सुधा, तुम्हें हमारी कसम है—चुप हो जाओ! चुप...बिल्कुल चुप...हाँ...ऐसे ही!" सुधा चन्दर के पाँवों में मुँह छिपाये थी—"उठकर बैठो ठीक से सुधा...इतना समझ-बूझकर यह सब करती हो, छि:! तुम्हें अपना दिल मजबूत करना चाहिए वरना पापा को कितना दु:ख होगा।"

"पापा ने तो मुझसे बोलना भी छोड़ दिया है, चन्दर! पापा से कह दे आज तो बोल लें, कल से हम उन्हें परेशान करने नहीं आएँगे, कभी नहीं आएँगे। अब उनकी सुधा को सब ले जा रहे हैं, जाने कहाँ ले जा रहे हैं!" और फिर वह फफक-फफककर रो पड़ी।

चन्दर ने बिनती से पापा को बुलवाया। सुधा को रोते हुए देखकर बिनती खड़ी हो गयी, "दीदी, रोओ मत दीदी, फिर हम किसके भरोसे रहेंगे यहाँ?" और सुधा को चुप कराते-कराते बिनती भी रोने लगी। और आँसू पोंछते हुए चली गयी।

पापा आये। सुधा चुप हो गयी और कुछ कहा नहीं, फिर रोने लगी। डॉक्टर शुक्ला भर्राये गल से बोले, "मुझे यह रोआई अच्छी नहीं लगती। यह भावुकता क्यों? तुम पढ़ी-लिखी लड़की हो। इसी दिन के लिए तुम्हें पढ़ाया-लिखाया गया था! भावुकता से क्या फायदा?" कहते-कहते डॉक्टर शुक्ला खुद रोने लगे। "चलो चन्दर यहाँ से! अभी जनवासा ठीक करवाना है।" चन्दर और डॉक्टर शुक्ला दोनों उठकर चले गये।

अपनी शादी के पहले, हमेशा के लिए अलग होने से पहले सुधा को इतना ही मौका मिला...उसके बाद...

सुबह छह बजे गाड़ी आती थी, लेकिन खुशकिस्मती से गाड़ी लेट थी; डॉक्टर शुक्ला तथा अन्य लोग बारात का स्वागत करने स्टेशन पर जा रहे थे और चन्दर घर पर ही रह गया था जनवासे का इन्तजाम करने। जनवासा बगल में था। माथुर साहब के बँगले के दोनों हॉल और कमरा खाली करवा लिये गये थे। चन्दर सुबह छह ही बजे आ गया था और जनवासे में सब सामान लगवा दिया था। नहाने का पानी और बाकी इन्तजाम कर वह घर आया। जलपान का इन्तजाम तो केदार के हाथ में था लेकिन कुछ तौलिये भिजवाने थे।

"बिनती, कुछ तौलिये निकाल दो।" चन्दर ने बिनती से कहा।

बिनती उर्द की दाल धो रही थी। उसने फौरन उठकर हाथ धोये और कमरे की ओर चली गयी।

"ऐ बिनती..." बुआजी ने भंडारे के अन्दर से आवाज लगायी–"जाने कहाँ मर गयी मुँहझौंसी! अरे सिंगार-पटार बाद में कर लियो, काम में तनिक दीदा नै लगते। बेसन का कनस्टर कहाँ रखा है?"

"अभी आये!" बिनती ने चन्दर से कहा और अपनी माँ के पास दौड़ी, पन्द्रह मिनट हो गये लेकिन बिनती लौटी ही नहीं। ब्याह का घर! हर तरफ से बिनती की पुकार मचती और बिनती पंख लगाये उड़ रही थी। जब बिनती नहीं लौटी तो चन्दर ने सुधा को ढूँढ़कर कहा, "सुधी, एक बहुत बड़ा-सा तौलिया निकाल दो।"

सुधा चुपचाप उठी और स्टडी-रूम में चली गयी। चन्दर भी पीछे-पीछे गया।

"बैठो, अभी निकालकर लाते हैं।" सुधा ने भरी हुई आवाज में कहा और बगल के कमरे में चली गयी। वहाँ से लौटी तो उसके हाथ में मीठे की तश्तरी थी।

"अरे खाने का वक्त नहीं है, सुधा! आठ बजे लोग आ जाएँगे।"

"अभी दो घंटे हैं, खा लो चन्दर! अब कभी तुम्हारे काम में हरजा करके खाने को नहीं कहूँगी!" सुधा बोली। चन्दर चुप।

"याद है, चन्दर! इसी जगह आँचल में छिपाकर नानखटाई लायी थी। आओ, आज अपने हाथ से खिला दूँ। कल ये हाथ पराये हो जाएँगे।" और सुधा ने एक इमरती तोड़कर चन्दर के मुँह में दे दी। चन्दर की आँखों में दो आँसू छलक आये–सुधा ने अपने हाथ से आँसू पोंछ दिये और बोली, "चन्दर, घर में कोई खाने का खयाल करने वाला नहीं है। खाते-पीते जाना, तुम्हें हमारी कसम है। मैं शाहजहाँपुर से लौटकर आऊँगी तो दुबले मत मिलना।" चन्दर कुछ बोला नहीं। आँसू बहते गये, सुधा खिलाती गयी, वह खाता गया। सुधा ने गिलास में पानी दिया, उसने हाथ धोया और जेब से रूमाल निकाला।

"क्यों, आज आँचल में हाथ नहीं पोंछोगे?" सुधा बोली। चन्दर ने आँचल हाथ में ले लिया और पलकों पर आँचल दबाकर फूट-फूटकर रो पड़ा।

"छि:, चन्दर! आज तो हम सँभल गये हैं, हमने सब स्वीकार कर लिया चुपचाप। अब तुम कमजोर मत बनो, तुमने कहा था, मैं शान्त रहूँ तो शान्त हो गयी। अब क्यों मुझे भी रुलाओगे! उठो।" चन्दर उठ खड़ा हुआ।

सुधा ने एक पान चन्दर के मुँह में देकर कत्था उसकी कमीज से लगा दिया। चन्दर कुछ नहीं बोला।

"अरे, आज तो लड़ लो, चन्दर! आज से खत्म कर देना।"

इतने में बिनती तौलिया ले आयी। "दीदी, इन्हें कुछ खिला दो। ये खा नहीं रहे हैं।" बिनती ने कहा।

"खिला दिया।" सुधा बोली, "देखो चन्दर, आज मैं नहीं रोऊँगी लेकिन एक शर्त पर। तुम बराबर मेरे सामने रहना। मंडप में रहोगे न?"

"हाँ, रहूँगा।" चन्दर ने आँसू पीते हुए कहा।

"कहीं चले मत जाना! मेरी आखिरी बिनती है।" सुधा बोली। चन्दर तौलिया लेकर चला आया।

चूँकि बारात में कुल आठ ही लोग थे अत: घर की और माथुर साहब की दो ही कारों से काम चल गया। जब ये लोग आये तो नाश्ते का सामान तैयार था और चन्दर चुपचाप बैठा था। उसने फौरन सबका सामान लगवाया और सामान रखवाकर वह जा ही रहा था कि कैलाश ने पीछे से कन्धे पर हाथ रखकर उसे पीछे घुमा लिया और गले से लगकर बोला, "कहाँ चले कपूर साहब, नमस्ते! चलो, पहले नाश्ता करो।" और खींचकर वह चन्दर को ले गया। अपने बगल की मेज पर बिठाकर, उसकी चाय अपने हाथ से बनायी और बोला, "कुछ नाराज थे क्या, कपूर? खत का जवाब क्यों नहीं देते थे?"

"हम तो बराबर खत का जवाब देते रहे, यार!" कपूर चाय पीते हुए बोला।

"अच्छा तो हम घूमते रहे इधर-उधर, खत गड़बड़ हो गये होंगे।...लो, समोसा खाओ!" कैलाश ने कहा। चन्दर ने सिर हिलाया तो बोला, "अरे, वाह म्याँ? शादी तुम्हारी नहीं हो रही है, हमारी हो रही है, समझे? तुम क्यों तकल्लुफ कर रहे हो। अच्छा कपूर...काम तो तुम्हीं पर होगा सब!"

"हाँ!" कपूर बोला।

"बड़ा अफसोस है, यार! जब हम लोग पहली दफा मिले थे तो यह नहीं मालूम था कि तुम और डॉक्टर साहब इतना अच्छा इनाम दोगे, अपने को बचाने का। हमारे लायक कोई काम हो तो बताओ!"

"आपकी दुआ है!" चन्दर ने सिर झुकाकर कहा, और सभी हँस पड़े। इतने में शंकरबाबू डॉक्टर साहब के साथ आये और सब लोग चुप हो गये।

दिन भर के व्यवहार से चन्दर ने देखा कि कैलाश भी उतना ही अच्छा हँसमुख और शालीन है जितने शंकरबाबू थे। वह उसे राजनीतिक क्षेत्र में जितना फौलादी लगा था, घरेलू जिन्दगी में उतना ही अच्छा लगा। चन्दर का मन खुशी से नाच उठा। सुधा की ओर से वह थोड़ा निश्चिन्त हो गया। अब सुधा निभा ले जाएगी। वह मौका निकालकर घर में गया। देखा, सुधा को औरतें घेरे हुए बैठी हैं और महावर लगा रही हैं। बिनती कनस्तर में से घी निकाल रही थी। चन्दर गया और बिनती की चोटी घसीटकर बोला,

“ओ गिलहरी, घी पी रही है क्या?”

बिनती ने दंग होकर चन्दर की ओर देखा। आज तक कभी अच्छे-भले में तो चन्दर ने उसे नहीं चिढ़ाया था। आज क्या हो गया? आज जबकि पिछले पन्द्रह रोज से चन्दर के होठ मुसकराना भूल गये थे।

“आँख फाड़कर क्या देख रही है? कैलाश बहुत अच्छा लड़का है, बहुत अच्छा। अब सुधा बहुत सुखी रहेगी। कितना अच्छा होगा, बिनती! हँसती क्यों नहीं गिलहरी!” और चन्दर ने बिनती की बाँह में चुटकी काट ली।

“अच्छा! हमें दीदी समझा है क्या? अभी बताती हूँ।” और घी भरे हाथ से चन्दर की बाँह पकड़कर बिनती ने जोर से घुमा दी। चन्दर ने अपने को छुड़ाया और बिनती को चपत मारकर गुनगुनाता हुआ चला गया।

बिनती ने कनस्तर के मुँह पर लगा घी पोंछा और मन में बोली, ‘देवता और किसे कहते हैं?’

शाम को बारात चढ़ी। सादी-सी बारात। सिर्फ एक बैंड था। कैलाश ने शेरवानी और पायजामा पहना था, और टोपी। सिर्फ एक माला गले में पड़ी थी और हाथ में कंगन बँधा था। मौर पीछे किसी आदमी के हाथ में था। जयमाला की रस्म होने वाली थी। लेकिन बुआजी ने स्पष्ट कर दिया कि हमारी लड़की कोई ऐसी-वैसी नहीं कि ब्याह के पहले भरी बारात में मुँह खोलकर माला पहनाये। लेकिन घूँघट के मामले पर सुधा ने दृढ़ता से मना किया था, वह घूँघट बिल्कुल नहीं करेगी।

अन्त में पापा उसे मंडप में ले आये। घर का काम-काज निबट गया था। सभी लोग आँगन में बैठे थे। कामिनी, प्रभा, लीला सभी थीं, एक ओर बाराती बैठे थे। सुधा शान्त थी लेकिन उसका मुँह ग्रहण के चन्द्रमा की तरह निस्तेज था। मंडप का एक बल्ब खराब हो गया था और चन्दर सामने खड़ा उसे बदल रहा था। सुधा ने जाते-जाते चन्दर को देखा और आँसू पोंछकर मुसकराने लगी और मुसकराकर फिर आँसू पोंछने लगी। कामिनी, प्रभा, लीला तमाम लड़कियाँ कैलाश पर फब्तियाँ कस रही थीं। सुधा सिर झुकाये बैठी थी। पापा से उसने कहा, “बिनती को हमारे पास भेज दो।” बिनती आकर सुधा के पीछे बैठ गयी। कैलाश ने आँख के इशारे से चन्दर को बुलाया। चन्दर जाकर पीछे बैठा तो कैलाश ने कहा, “यार, यहाँ जो लोग खड़े हैं इनका परिचय तो बता दो चुपके से!” चन्दर ने सभी का परिचय बताया। कामिनी, प्रभा, लीला सभी के बारे में जब चन्दर बता रहा था तो बिनती बोली, “बड़े लालची मालूम देते हैं आप? एक से सन्तोष नहीं है क्या? वाह रे जीजाजी!” कैलाश ने मुसकराकर चन्दर से पूछा, “इसका ब्याह तय हुआ कि नहीं?”

“हो गया।” चन्दर ने कहा।

"तभी बोलने का अभ्यास कर रही हैं; मंडप में भी इसीलिए बैठी हैं क्या?" कैलाश ने कहा। बिनती झेंप गयी और उठकर चली गयी।

संस्कार शुरू हुआ। कैलाश के हाथ में नारियल और उसकी मुट्ठी पर सुधा के दोनों हाथ। सुधा अब चुप थी। इतनी चुप...इतनी चुप कि लगता था उसके होंठों ने कभी बोलना जाना ही नहीं। संस्कार के दौरान ही पारस्परिक वचन का समय आया। कैलाश ने सभी प्रतिज्ञाएँ स्वयं कहीं। शंकरबाबू ने कहा, लड़की भी शिक्षित है और उसे भी स्वयं वचन करने होंगे। सुधा ने सिर हिला दिया। एक असन्तोष की लहर-सी बारातियों में फैल गयी। चन्दर ने बिनती को बुलाया। उसके कान में कहा, "जाकर सुधा से कह दो कि पागलपन नहीं करते। इससे क्या फायदा?" बिनती ने जाकर बहुत धीरे से सुधा के कान में कहा। सुधा ने सिर उठाकर देखा। सामने बरामदे की सीढ़ियों पर चन्दर बैठा हुआ बड़ा चिन्तित-सा कभी शंकरबाबू की ओर देखता और कभी सुधा की ओर। सुधा से उसकी निगाह मिली और वह सिहर-सा उठा, सुधा क्षण-भर उसकी ओर देखती रही। चन्दर ने जाने क्या कहा और सुधा ने आँखों-ही-आँखों में उसे क्या जवाब दे दिया। उसके बाद सुधा नीचे रखे हुए पूजा के नारियल पर लगे हुए सिन्दूर को देखती रही फिर एक बार चन्दर की ओर देखा। विचित्र-सी थी वह निगाह, जिसमें कातरता नहीं थी, करुणा नहीं थी, आँसू नहीं थे, कमजोरी नहीं थी, था एक गम्भीरतम विश्वास, एक उपमाहीन स्नेह, एक सम्पूर्णतम समर्पण। लगा, जैसे वह कह रही हो–सचमुच तुम कह रहे हो, फिर सोच लो चन्दर...इतने दृढ़ हो...इतने कठोर हो...मुझसे मुँह से क्यों कहलवाना चाहते हो...क्या सारा सुख लूटकर थोड़ी-सी आत्मवंचना भी मेरे पास नहीं छोड़ोगे?...अच्छा लो, मेरे देवता! और उसने हारकर सिसकियों से सने स्वरों में अपने को कैलाश को समर्पित कर दिया। प्रतिज्ञाएँ दोहरा दीं और उसके बाद साड़ी का एक छोर खींचकर, नथ की डोरी ठीक करने के बहाने उसने आँसू पोंछ लिये।

चन्दर ने एक गहरी साँस ली और बगल में बैठी हुई बुआजी से कहा, "बुआजी, अब तो बैठा नहीं जाता। आँखों में जैसे किसी ने मिर्च भर दी हो।"

"जाओ...जाओ, सोय रहो ऊपर, खाट बिछी है। कल सुबह दस बजे विदा करे को है। कुछ खायो-पियो नै, तो पड़े रहबो!" बुआ ने बड़े स्नेह से कहा।

चन्दर ऊपर गया तो देखा एक खाट पर बिनती औंधी पड़ी सिसक रही है। "बिनती! बिनती!" उसने बिनती को पकड़कर हिलाया। बिनती फूट-फूटकर रो पड़ी।

"उठ पगली, हमें तो समझाती है, खुद अपने-आप पागलपन कर रही है।" चन्दर ने रुँधे गल से कहा।

बिनती उठकर एकदम चन्दर की गोद में समा गयी और दर्दनाक स्वर में बोली, "हाय चन्दर...अब...क्या...होगा?"

चन्दर की आँखों में आँसू आ गये, वह फूट पड़ा और बिनती को एक डूबते हुए सहारे की तरह पकड़कर उसकी माँग पर मुँह रखकर फूट-फूटकर रो पड़ा। लेकिन फिर भी सँभल गया और बिनती का माथा सहलाते हुए और अपनी सिसकियों को रोकते हुए कहा, "रो मत पगली।"

धीरे-धीरे बिनती चुप हुई। और खाट के पास नीचे छत पर बैठ गयी और चन्दर के घुटनों पर हाथ रखकर बोली, "चन्दर, तुम आना मत छोड़ना। तुम इसी तरह आते रहना! जब तक दीदी ससुराल से लौट न आएँ।"

"अच्छा!" चन्दर ने बिनती की पीठ पर हाथ रखकर कहा, "घबराते नहीं। तुम तो बहादुर लड़की हो न! सब चीज बहादुरी से सहना चाहिए। कैसी दीदी की बहन हो? क्यों?"

बिनती उठकर नीचे चली गयी।

चन्दर लेट रहा। उसकी पोर-पोर में दर्द हो रहा था। नस-नस को जैसे कोई तोड़ रहा हो, खींच रहा हो। हड्डियों के रेशे-रेशे में थकान मिल गयी थी लेकिन उसे नींद नहीं आयी। आँगन में पुरोहितजी के मन्त्र-पाठ का स्वर और बीच-बीच में आने वाले किसी बाराती या औरतों की आवाजें उसके मन को अस्त-व्यस्त कर देती थीं। उसकी थकान और उसकी अशान्ति ही उसको बार-बार झटके देती थी। वह करवट बदलता, कभी ऊपर देखता, कभी आँखें बन्द कर लेता कि शायद नींद आ जाए लेकिन नींद नहीं ही आयी। धीरे-धीरे नीचे का रव भी शान्त हो गया। संस्कार भी समाप्त हुआ। बाराती उठकर चलने लगे और वह आवाजों से यह पहचानने की कोशिश करने लगा कि अब कौन क्या कर रहा है। धीरे-धीरे सब शोर शान्त हो गया।

चन्दर ने फिर करवट बदली और आँख बन्द कर ली। धीरे-धीरे एक कोहरा उसके मन पर छा गया। वह इतना जागा कि अब अगर वह आँख भी बन्द करता तो जब पलकें पुतलियों से छा जातीं तो एक बहुत कड़ुआ दर्द होने लगा था। जैसे-तैसे उसकी थोड़ी-सी आँख लगी...

किसी ने सहसा जगा दिया। पलक बन्द करने में जितना दर्द हुआ था उतना ही पलकें खोलने में। उसने पलकें खोलीं–देखा सामने सुधा खड़ी थी...

माँग और माथे में सिन्दूर, कलाई में कंगन, हाथ में अँगूठियाँ, कड़े, चूड़े, गले में गहने, बड़ी-सी नथुनी डोरे के सहारे कान में बँधी हुई, आँखें–जिनमें भादों की घटाओं की गरज खामोश हो रही बरसात-सी हो गयी थी।

वह क्षण-भर पैताने खड़ी रही। चन्दर उठकर बैठ गया! उसका दिल इस तरह धड़क रहा था जैसे किसी के सामने भाग्य का रूठा हुआ देवता खड़ा हो। सुधा कुछ बोली नहीं। उसने दोनों हाथ जोड़े और झुककर चन्दर के पैरों पर माथा टेक दिया। चन्दर ने उसके सिर पर हाथ रखकर कहा, "ईश्वर तुम्हारा सुहाग अटल करे! तुम बहुत

महान् हो। मुझे तुम पर आज से गर्व है। आज तक तुम जो कुछ थीं उससे कहीं ज्यादा हो मेरे लिए, सुधा!"

सुधा कुछ बोली नहीं। आँचल से आँसू पोंछती हुई पायताने जमीन पर बैठ गयी। और अपने गले से एक बेले का हार उतारा। उसने तोड़ डाला और चन्दर के पाँव खींचकर खाट के नीचे जमीन पर रख लिये।

"अरे यह क्या कर रही हो, सुधा।" चन्दर ने कहा।

"जो मेरे मन में आएगा!" बहुत मुश्किल से रुँधे गले से सुधा बोली, "मुझे किसी का डर नहीं, तुम जो कुछ दंड दे चुके हो, उससे बड़ा दंड तो अब भगवान भी नहीं दे सकेंगे?" सुधा ने चन्दर के पाँवों पर फूल रखकर उन्हें चूम लिया और अपनी कलाई में बँधी हुई एक पुड़िया खोलकर उसमें से थोड़ा-सा सिन्दूर उन फूलों पर छिड़ककर, चन्दर के पाँवों पर सिर रखकर चुपचाप रोती रही।

थोड़ी देर बाद उठी और उन फूलों को समेटा। अपने आँचल के छोर में उन्हें बाँध लिया और उठकर चली...धीमे-धीमे नि:शब्द...

"कहाँ चली, सुधा?" चन्दर ने सुधा का हाथ पकड़ लिया।

"कहीं नहीं!" अपना हाथ छुड़ाते हुए सुधा ने कहा।

"नहीं-नहीं, सुधा, लाओ ये हम रखेंगे!" चन्दर ने सुधा को रोकते हुए कहा।

"बेकार है, चन्दर! कल तक, परसों तक ये जूठे हो जाएँगे, देवता मेरे!" और सुधा सिसकते हुए चली गयी।

एक चमकदार सितारा टूटा और पूरे आकाश पर फिसलते हुए जाने किस क्षितिज में खो गया।

दूसरे दिन आठ बजे तक सारा सामान स्टेशन पहुँच गया। शंकरबाबू और डॉक्टर साहब पहले ही स्टेशन पहुँच गये थे। बाराती भी सब वहीं चले गये थे। कैलाश और सुधा को स्टेशन तक लाने का जिम्मा चन्दर पर था। बहुत जल्दी करते-कराते भी सवा नौ बज गये थे। उसने फिर जाकर कहा। कैलाश और सुधा खड़े हुए थे। पीछे से नाइन सुधा के सिर पर पंखा रखी थी और बुआजी रोचना कर रही थीं। चन्दर के जल्दी मचाने पर अन्त में उन्हें फुरसत मिली और वह आगे बढ़े। मोटर पर सुधा ने ज्यों ही पाँव रखा कि बिनती पाँव से लिपट गयी और रोने लगी। सुधा जोर से बिलख-बिलखकर रो पड़ी। चन्दर ने बिनती को छुड़ाया। सुधा पीछे बैठकर खिड़की पर मुँह रखकर सिसकती रही।

मोटर चल दी। सुधा मुड़कर अपने घर की ओर देख रही थी। बिनती ने हाथ जोड़े तो सुधा चीखकर रो पड़ी। फिर चुप हो गयी।

स्टेशन पर भी सुधा बिल्कुल शान्त रही। सुधा और कैलाश के लिए सेकेंड क्लास में एक बर्थ सुरक्षित थी। बाकी लोग ड्योढ़े में थे। शंकरबाबू ने दोनों को उस डिब्बे में पहुँचाया और बोले, "कैलाश, तुम ज़रा हमारे साथ आओ। मिस्टर कपूर, ज़रा बहू के पास आप रहिए। मैं डॉक्टर साहब को यहाँ भेज रहा हूँ।"

चन्दर खिड़की के पास खड़ा हो गया। शंकरबाबू का छोटा बच्चा आकर अपनी नयी चाची के पास बैठ गया और उनकी रेशमी चादर से खेलने लगा। चन्दर चुपचाप खड़ा था।

सहसा सुधा ने उसके हाथों पर अपना मेहँदी लगा हाथ रख दिया और धीमे से कहा, "चन्दर!" चन्दर ने मुड़कर देखा तो बोली, "अब कुछ सोचो मत। इधर देखो!" और सुधा ने जाने कितने दुलार से चन्दर से कहा, "देखो, बिनती का ध्यान रखना। उसे तुम्हारे ही भरोसे छोड़ रही हूँ और सुनो, पापा को रात को सोते वक्त दूध में ओवल्टीन जरूर दे देना। खाने-पीने में गड़बड़ी मत करना, यह मत समझना कि सुधा मर गयी तो फिर बिना दूध की चाय पीने लगो। हम जल्दी से आ जाएँगे। पम्मी का कोई खत आये तो हमें लिखना।"

इतने में डॉक्टर साहब और कैलाश आ गये। कैलाश कम्पार्टमेंट के बाथरूम में चला गया। डॉक्टर साहब आये और सुधा के सिर पर हाथ रखकर बोले, "बेटा! आज तेरी माँ होती तो कितना अच्छा होता। और देख, महीने-भर में बुला लेंगे तुझे! वहाँ घबराना मत।"

गाड़ी ने सीटी दी।

पापा ने कहा, "बेटा, अब ठीक से रहना और भावुकता या बचपना मत करना। समझी!" पापा ने आँख से रूमाल लगा लिया–"विवाह बहुत बड़ा उत्तरदायित्व है। अब तुम्हारी नयी जिन्दगी है। अब तक बेटी थी, अब बहू हो...।"

सुधा बोली, "पापा, तुम्हारा ओवल्टीन का डिब्बा शीशे वाली मेज पर है। उसे पी लिया करना और पापा, बिनती को गाँव मत भेजना। चन्दर को अब घर पर ही बुला लो। तुम अकेले पड़ गये! और हमें जल्दी बुला लेना..."

गार्ड ने सीटी दी। कैलाश ने जल्द से डॉक्टर साहब के पैर छुए। चन्दर से हाथ मिला लिया। सुधा बोली, "चन्दर, ये पुर्जा बिनती को देना और देखो मेरा नतीजा निकले तो तार देना।" गाड़ी चल पड़ी। "अच्छा पापा, अच्छा चन्दर..." सुधा ने हाथ जोड़े और खिड़की पर टिककर रोने लगी। और बार-बार आँसू पोंछ-पोंछकर देखने लगी।...

गाड़ी प्लेटफार्म के बाहर चली गयी तब चन्दर मुड़ा। उसके बदन में पोर-पोर में दर्द हो रहा था। वह कैसे घर पर पहुँचा उसे मालूम नहीं।

दो

चन्दर को हफ्ते-भर तक होश नहीं रहा। शादी के दिनों में उसे एक नशा था जिसके बल पर वह मशीन की तरह काम करता गया। शादी के बाद इतनी भयंकर थकावट उसकी नसों में कसक उठी कि उसका चलना-फिरना मुश्किल हो गया। वह अपने घर से होटल तक खाना खाने नहीं जा पाता था। बस पड़ा-पड़ा सोता रहता। सुबह नौ बजे सोता; पाँच बजे उठता; थोड़ी देर होटल में बैठकर फिर वापस आ जाता। चुपचाप छत पर लेटा रहता और फिर सो जाता। उसका मन एक उजड़े हुए नीड़ की तरह था जिसमें से विचार, अनुभूति, स्पन्दन और रस के विहंगम कहीं दूर उड़ गये थे। लगता था, जैसे वह सब कुछ भूल गया है। सुधा, बिनती, पम्मी, डॉक्टर साहब, रिसर्च, थीसिस, सभी कुछ! ये सब चीजें कभी-कभी उसके मन में नाच जातीं लेकिन चन्दर को ऐसा लगता कि ये किसी ऐसी दुनिया की चीजें हैं जिसको वह भूल गया है, जो उसके स्मृति-पटल से मिट चुकी है, कोई ऐसी दुनिया जो कभी थी, कहीं थी, लेकिन किसी भयंकर जलप्रलय ने जिसका कण-कण ध्वस्त कर दिया था। उसकी दुनिया अपनी छत तक सीमित थी, छत के चारों ओर की ऊँची दीवारों और उन चारदीवारों से बँधे हुए आकाश के चौकोर टुकड़े तक ही उसके मन की उड़ान बँध गयी थी। उजाला पाख था। पहले वह लुब्धक तारे की रोशनी देखता फिर धीरे-धीरे चाँद की दूधिया रोशनी सफेद कफन की तरह छा जाती और वह मन में थके हुए स्वर जैसे चाँदनी को ओढ़ता हुआ-सा कहता, "सो जा मुरदे...सो जा।"

छठे दिन उसका मन कुछ ठीक हुआ। थकावट, जो एक केंचुल की तरह उस पर छायी हुई थी, धीरे-धीरे उतर गयी और उसे लगा जैसे मन में कुछ टूटा हुआ-सा दर्द कसक रहा है। यह दर्द क्यों है, कैसा है, यह उसके कुछ समझ में नहीं आता था। पाँच बजे थे लेकिन धूप बिल्कुल नहीं थी। पीले उदास बादलों की एक झीनी तह ने ढलते हुए आषाढ़ के सूरज को ढँक लिया था। हवा में एक ठंडक आ गयी थी; लगता था कि

झोंके किसी वर्षा के देश से आ रहे हैं। वह उठा, नहाया और बिनती के घर चल पड़ा।

डॉक्टर शुक्ला लॉन पर हाथ में किताब लिए टहल रहे थे। पाँच दिनों में जैसे वह बहुत बूढ़े हो गये थे। बहुत झुके हुए-से निस्तेज चेहरा, डबडबायी आँखें और चाल में जैसे उम्र थक गयी हो। उन्होंने चन्दर का स्वागत भी उस तरह नहीं किया जैसे पहले करते थे। सिर्फ इतना बोले, "चन्दर, दो दफे ड्राइवर को भेजकर बुलाया तो मालूम हुआ तुम सो रहे हो। अब अपना सामान यहीं ले आओ।" और वे बैठकर किताब उलट-पलट कर देखने लगे। अभी तक वे बूढ़े थे, उनका व्यक्तित्व तरुण था। आज लगता था जैसे उनके व्यक्तित्व पर झुर्रियाँ पड़ने लगी हैं, उनके व्यक्तित्व की कमर भी झुक गयी है। चन्दर कुछ नहीं बोला। चुपचाप खड़ा रहा। सामने आकाश पर एक अजब-सी जर्दी छा रही थी। डॉक्टर साहब ने किताब बन्द की और बोले, "सुना है... कॉलेज के प्रिंसिपल आ गये हैं। जाऊँ ज़रा उनसे तुम्हारे बारे में बात कर आऊँ। तुम जाओ, सुधा का खत आया है बिनती के पास।"

"बुआजी हैं?" चन्दर ने पूछा।

"नहीं, आज ही सुबह तो गयीं। हम लोग कितना रोकते रहे लेकिन उन्हें कहीं और चैन ही नहीं पड़ता। बिनती को बड़ी मुश्किल से रोका मैंने।" और डॉक्टर साहब गैरेज की ओर चल पड़े।

चन्दर भीतर गया। सारा घर इतना सुनसान था, इतना भयंकर सन्नाटा कि चन्दर के रोएँ-रोएँ खड़े हो गये। शायद मौत के बाद का घर भी इतना नीरव और इतना भयानक न लगता होगा जितना यह शादी के बाद का घर। सिर्फ रसोई से कुछ खटपट की आवाज आ रही थी। "बिनती!" चन्दर ने पुकारा। बिनती चौके में थी। वह निकल आयी। बिनती को देखते ही चन्दर दंग हो गया। वह लड़की इतनी दुबली हो गयी थी कि जैसे बीमार हो। रो-रोकर उसकी आँखें सूज गयी थीं और होठ मोटे पड़ गये थे। चन्दर को देखते ही उसने कड़ाही उतारकर नीचे रख दी और बिखरी हुई लटें सुधारकर, आँचल ठीक कर बाहर निकल आयी। कमरे से खींचकर एक चौकी आँगन में डालकर चन्दर से बहुत उदास स्वर में बोली, "बैठिए!"

"घर कितना सूना लग रहा है बिनती, तुम अकेले कैसे रहती होगी?" चन्दर ने कहा। बिनती की आँखों में आँसू छलछला आये।

"बिनती, रोती क्यों हो? छि:! मुझे देखो। मैं कैसे पत्थर बन गया हूँ। क्यों? तुम तो इतनी अच्छी लड़की हो।" चन्दर ने बिनती के कन्धे पर हाथ रखकर कहा।

बिनती ने आँसू भरी पलकें चन्दर की ओर उठायीं और बड़े ही कातर स्वर में कहा, "आप देवता हो सकते हैं, लेकिन हरेक तो देवता नहीं है। फिर आपने कहा था आप आएँगे बराबर। पिछले हफ्ते से आये भी नहीं। यह भी नहीं सोचा कि हमारा क्या

हाल होगा! रोज सुबह-शाम कोई भी आता तो हम दौड़कर देखते कि आप आये हैं या नहीं। दीदी आपकी थीं! बस उन तक आपका रिश्ता था। हम तो आपके कोई नहीं हैं।"

"नहीं बिनती! इतने थक गये थे कि हमें कहीं आने-जाने की हिम्मत ही नहीं पड़ती थी। बुआजी को जाने क्यों दिया तुमने? उन्हें रोक लेतीं!" चन्दर ने कहा।

"अरे, वह थीं तो रोने भी नहीं देती थीं। मैं दो-तीन दिन तक रोयी तो मुझ पर बहुत बिगड़ीं और महराजिन से बोलीं, हमने तो ऐसी लड़की ही नहीं देखी। बड़ी बहन का ब्याह हो गया तो मारे जलन के दिन-रात आँसू बहा-बहाकर अमंगल बनाती है। जब बखत आएगा तभी शादी करेंगे कि अभी ही किसी के साथ निकाल दूँ।" बिनती ने एक गहरी साँस लेकर कहा, "आप समझ नहीं सकते कि जिन्दगी कितनी खराब है। अब तो हमारी तबीयत होती है कि मर जाएँ। अभी तक दीदी थीं, सहारा दिय रहती थीं। हिम्मत बँधाये रहती थीं, अब तो कोई नहीं हमारा।"

"छि:, ऐसी बातें नहीं करते, बिनती! महीने-भर में सुधा आ जाएगी। और माँ की बातों का क्या बुरा मानना?"

"आप लड़की होते तो समझते, चन्दर बाबू!" बिनती बोली और जाकर एक तश्तरी में नाश्ता ले आयी, "लो, दीदी कह गयी थीं कि चन्दर के खाने-पीने का खयाल रखना लेकिन यह किसको मालूम था कि दीदी के जाते ही चन्दर गैर हो जाएँगे।"

"नहीं बिनती, तुम गलत समझ रही हो। जाने क्यों एक अजीब-सी खिन्नता मन में आ गयी थी। कुछ करने की तबीयत ही नहीं होती थी। आज कुछ तबीयत ठीक हुई तो सबसे पहले तुम्हारे ही पास आया। बिनती! अब सुधा के बाद मेरा है ही कौन, सिवा तुम्हारे?" चन्दर ने बहुत उदास स्वर में कहा।

"तभी न! उस दिन मैं बुलाती रह गयी और आप यह गये, वह गये और आँख से ओझल! मैंने तो उसी दिन समझ लिया था कि अब पुराने चन्दर बाबू बदल गये।" बिनती ने रोते हुए कहा।

चन्दर का मन भर आया था, गले में आँसू अटक रहे थे लेकिन आदमी की जिन्दगी भी कैसी अजब होती है। वह रो भी नहीं सकता था, माथे पर दु:ख की रेखा भी झलकने नहीं दे सकता था, इसलिए कि सामने कोई ऐसा था, जो खुद दु:खी था और सुधा की थाती होने के नाते बिनती को समझाना उसका पहला कर्तव्य था। बिनती के आँसू रोकने के लिए वह खुद अपने आँसू पी गया और बिनती से बोला, "लो, कुछ तुम भी खाओ।" बिनती ने मना किया तो उसने अपने हाथ से बिनती को खिला दिया। बिनती चुपचाप खाती रही और रह-रहकर आँसू पोंछती रही।

इतने में महराजिन आयी। बिनती ने चौके के काम समझा दिये और चन्दर से बोली, "चलिए, ऊपर चलें।" चन्दर ने चारों ओर देखा। घर का सन्नाटा वैसा ही था।

सहसा उसके मन में एक अजीब-सी बात आयी। सुधा के साथ कभी भी कहीं भी वह जा सकता था, लेकिन बिनती के साथ छत पर अकेले जाने में क्यों उसके अन्त:करण ने गवाही नहीं दी। वह चुपचाप बैठा रहा। बिनती कुछ भी हो, कितनी ही समीप क्यों न हो, बिनती सुधा नहीं थी, सुधा नहीं हो सकती थी। "नहीं, यहीं ठीक है।" चन्दर बोला।

बिनती गयी। सुधा का पत्र ले आयी। चन्दर का मन जाने कैसा होने लगा। लगता था जैसे अब आँसू नहीं रुकेंगे। उसके मन में सिर्फ इतना आया कि अभी बहत्तर घंटे पहले सुधा यहीं थी, इस घर की प्राण थी; आज लगता है जैसे इस घर में सुधा थी ही नहीं...

आँगन में अँधेरा होने लगा था। वह उठकर सुधा के कमरे के सामने पड़ी हुई कोच पर बैठ गया और बिनती ने बत्ती जला दी। खत छोटा-सा था–

"डॉक्टर चन्दर बाबू,

क्या तुम कभी सोचते थे कि तुम इतनी दूर होगे और मैं तुम्हें खत लिखूँगी। लेकिन खैर!

अब तो घर में चैन की बंसी बजाते होंगे। एक अकेले मैं ही काँटे-जैसी खटक रही थी, उसे भी तुमने निकाल फेंका। अब तुम्हें न कोई परेशान करता होगा, न तुम्हारे पढ़ने-लिखने में बाधा पहुँचती होगी। अब तो तुम एक महीने में दस-बारह थीसिस लिख डालोगे।

जहाँ दिन में चौबीस घंटे तुम आँख के सामने रहते थे, वहाँ अब तुम्हारे बारे में एक शब्द सुनने के लिए तड़प उठती हूँ। कई दफे तबीयत आती है कि जैसे बिनती से तुम्हारे बारे में बातें करती थी वैसे ही इनसे (तुम्हारे मित्र से) तुम्हारे बारे में बातें करूँ लेकिन ये तो जाने कैसी-कैसी बातें करते हैं।

और सब ठीक है। यहाँ बहुत आजादी है मुझे। माँजी भी बहुत अच्छी हैं। परदा बिल्कुल नहीं करतीं। अपने पूजा के सारे बरतन पहले ही दिन हमसे मँजवाये।

देखो, पापा का ध्यान रखना। और बिनती को जैसे मैं छोड़ आयी हूँ उतनी ही मोटी रहे। मैं महीने-भर बाद आकर तुम्हीं से बिनती को वापस लूँगी, समझे? यह न करना कि मैं न रहूँ तो मेरे बजाय बिनती को रुला-रुलाकर, कुढ़ा-कुढ़ाकर मार डालो, जैसी तुम्हारी आदत है।

चाय ज्यादा मत पीना–खत का जवाब फौरन!

तुम्हारी–सुधा।"

चन्दर ने चिट्ठी एक बार फिर पढ़ी, दो बार पढ़ी, और बार-बार पढ़ता गया। हलके हरे कागज पर छोटे-छोटे काले अक्षर जाने कैसे लग रहे थे। जाने क्या कह रहे थे, छोटे-छोटे अर्थात् कुछ उनमें अर्थ था जो शब्द से भी ज्यादा गम्भीर था। युगों पहले वैयाकरणों ने उन शब्दों के जो अर्थ निश्चित किये थे, सुधा की कलम से जैसे उन शब्दों को एक

नया अर्थ मिल गया था। चन्दर बेसुध-सा तन्मय होकर उस खत को बार-बार पढ़ता गया और किस समय वे छोटे-छोटे नादान अक्षर उसके हृदय के चारों ओर कवच-जैसे बौद्धिकता और सन्तुलन के लौह पत्र को चीरकर अन्दर बिंध गये और हृदय की धड़कनों को मरोड़ना शुरू कर दिया, यह चन्दर को खुद नहीं मालूम हुआ जब तक कि उसकी पलकों से एक गरम आँसू खत पर नहीं टपक पड़ा। लेकिन उसने बिनती से वह आँसू छिपा लिया और खत मोड़कर बिनती को दे दिया। बिनती ने खत लेकर रख लिया और बोली, "अब चलिए खाना खा लीजिए!" चन्दर इनकार नहीं कर सका।

महराजिन ने थाली लगायी और बोली, "भइया, नीचे अबहिन आँगन धोवा जाई, आप जाय के ऊपर खाय लेव।"

चन्दर को मजबूरन ऊपर जाना पड़ा। बिनती ने खाट बिछा दी। एक स्टूल डाल दिया। पानी रख दिया और नीचे थाली लाने चली गयी। चन्दर का मन भारी हो गया था। यह वही जगह है, वही खाट है जिस पर शादी की रात वह सोया था। इसी के पैताने सुधा आकर बैठी थी अपने नये सुहाग में लिपटी हुई-सी। यहीं पर सुधा के आँसू गिरे थे...।

बिनती थाली लेकर आयी और नीचे बैठकर पंखा करने लगी।

"हमारी तबीयत तो है ही नहीं खाने की, बिनती!" चन्दर ने भर्राये हुए स्वर में कहा।

"अरे, बिना खाये-पीये कैसे काम चलेगा? और फिर आप ऐसा करेंगे तो हमारी क्या हालत होगी? दीदी के बाद और कौन सहारा है! खाइए!" और बिनती ने अपने हाथ से एक कौर बनाकर चन्दर को खिला दिया! चन्दर खाने लगा। चन्दर चुप था, वह जाने क्या सोच रहा था। बिनती चुपचाप बैठी पंखा झल रही थी।

"क्या सोच रहे हैं आप?" बिनती ने पूछा।

"कुछ नहीं!" चन्दर ने उतनी ही उदासी से कहा।

"नहीं बताइएगा?" बिनती ने बड़े कातर स्वर से कहा।

चन्दर एक फीकी मुसकान के साथ बोला, "बिनती! अब तुम इतना ध्यान न रखा करो! तुम समझती नहीं, बाद में कितनी तकलीफ होती है। सुधा ने क्या कर दिया है यह वह खुद नहीं समझती!"

"कौन नहीं समझता!" बिनती एक गहरी साँस लेकर बोली, "दीदी नहीं समझती या हम नहीं समझते! सब समझते हैं लेकिन जाने मन कैसा पागल है कि सब कुछ समझकर धोखा खाता है। अरे दही तो आपने खाया ही नहीं।" वह पूड़ी लाने चली गयी।

और इस तरह दिन कटने लगे। जब आदमी अपने हाथ से आँसू मोल लेता है, अपने-आप दर्द का सौदा करता है, तब दर्द और आँसू तकलीफ देह नहीं लगते। और जब कोई ऐसा हो जो आपके दर्द के आधार पर आपको देवता बनाने के लिए तैयार हो और आपके एक-एक आँसू पर अपने सौ-सौ आँसू बिखेर दे, तब तो कभी-कभी तकलीफ भी भली मालूम देने लगती है। लेकिन फिर भी चन्दर के दिन कैसे कट रहे थे यह वही जानता था। लेकिन अकबर के महल में जलते हुए दीपक को देखकर अगर किसी ने जाड़े की रात जमुना के घुटनों-घुटनों पानी में खड़े होकर काट दी, तो चन्दर अगर सुधा के प्यारे-प्यारे खतों के सहारे समय काट रहा था तो कोई ताज्जुब नहीं। अपने अध्ययन में प्रौढ़, अपने विचारों में उदार होने के बावजूद चन्दर अपने स्वभाव में बच्चा था, जिससे जिन्दगी कुछ भी करवा सकती थी बशर्ते जिन्दगी को यह आता हो कि इस भोले-भाले बच्चे को कैसे बहलावा दिया जाये।

बहलावे के लिए मुसकानें ही जरूरी नहीं होती हैं, शायद आँसुओं से मन जल्दी बहल जाता है। बिनती के आँसुओं में चन्दर सुधा की तसवीर देखता था और बहल जाता था। वह रोज शाम को आता और बिनती से सुधा की बातें करता, जाने कितनी बातें, जाने कैसी बातें और बिनती के माध्यम से सुधा में डूबकर चला आता था। चूँकि सुधा के बिना उसका दिन कटना मुश्किल था, एक क्षण कटना मुश्किल था इसलिए बिनती उसकी एक जरूरत बन गयी थी। वह जब तक बिनती से सुधा की बात नहीं कर लेता था, तब तक जैसे वह बेचैन रहता था, तब तक उसकी किसी काम में तबीयत नहीं लगती थी।

जब तक सुधा सामने रही, कभी भी उसे यह नहीं मालूम हुआ कि सुधा का क्या महत्त्व है उसकी जिन्दगी में। आज जब सुधा दूर थी तो उसने देखा कि सुधा उसकी साँसों से भी ज्यादा आवश्यक थी उसकी जिन्दगी के लिए। लगता था वह एक क्षण सुधा के बिना जिन्दा नहीं रह सकता। सुधा के अभाव में बिनती के माध्यम से वह सुधा को ढूँढ़ता था और जैसे सूरज के डूब जाने पर चाँद सूरज की रोशनी उधार लेकर रात को उजियारा कर देता है, उसी तरह बिनती सुधा की याद से चन्दर के प्राणों पर उजियारी बिखेरती रही। चन्दर बिनती को इस तरह अपनी साँसों की छाँह में दुबकाये रहा जैसे बिनती सुधा का स्पर्श हो, सुधा का प्यार हो।

बिनती भी चन्दर के माथे पर उदासी के बादल देखते ही तड़प उठती थी। लेकिन बिनती चन्दर को हँसा नहीं पायी। चन्दर का पुराना उल्लास लौटा नहीं। साँप का काटा हुआ जैसे लहरें लेता है वैसे ही चन्दर की नसों में फैला हुआ उदासी का जहर रह-रहकर चन्दर को झकझोर देता था। उन दिनों दो-दो तीन-तीन दिन तक चन्दर कुछ नहीं करता था, बिनती के पास भी नहीं जाता था, बिनती के आँसुओं की भी परवाह नहीं करता

था। खाना नहीं खाता था और अपने को जितनी तकलीफ हो सकती थी, देता था। फिर ज्यों ही सुधा का कोई खत आता था, वह उसे चूम लेता और फिर स्वस्थ हो जाता था। बिनती चाहे जितना करे लेकिन चन्दर की इन भयंकर उदासी की लहरों को चन्दर से छीन नहीं पायी थी। चाँद कितनी कोशिश क्यों न करे, वह रात को दिन नहीं बना सकता।

लेकिन आदमी हँसता है, दुःख-दर्द सभी में आदमी हँसता है। जैसे हँसते-हँसते आदमी की प्रसन्नता थक जाती है वैसे ही कभी-कभी रोते-रोते आदमी की उदासी थक जाती है और आदमी करवट बदलता है ताकि हँसी की छाँह में कुछ विश्राम कर फिर वह आँसुओं की कड़ी धूप में चल सके।

ऐसी ही एक सुबह थी जबकि चन्दर के उदास मन में आ रहा था कि वह थोड़ी देर हँस भी ले। बात यों हुई थी कि उसे शैली की एक कविता बहुत पसन्द आयी थी जिसमें शैली ने भारतीय मलयज को सम्बोधित किया है। उसने अपना शैली कीट्स का ग्रन्थ उठाया और उसे खोला तो वही आम के अचार के दाग सामने पड़ गये जो सुधा ने शरारतन डाल दिये थे। बस वह शैली की कविता तो भूल गया और उसे याद आ गयी आम की फाँक और सुधा की शरारत से भरी शोख आँखें। फिर तो एक के बाद दूसरी शरारत प्राणों में उठ-उठकर चन्दर की नसों को गुदगुदाने लगी और चन्दर उस दिन जाने क्यों हँसने के लिए व्याकुल हो उठा। उसे ऐसा लगा जैसे सुधा की यह दूरी, यह अलगाव सभी कुछ झूठ है। सच तो वे सुनहले दिन थे जो सुधा की शरारतों से मुसकराते थे, सुधा के दुलार में जगमगाते थे। और कुछ भी हो जाये, सुधा उसके जीवन का एक ऐसा अमर सत्य है जो कभी भी डगमगा नहीं सकता। अगर वह उदास होता है, दुःखी होता है तो वह गलत है। वह अपने ही आदर्श को झूठा बना रहा है, अपने ही सपने का अपमान कर रहा है। और उसी दिन सुधा का खत भी आया जिसमें सुधा ने साफ-साफ तो नहीं पर इशारे से लिखा था कि वह चन्दर के भरोसे ही किसी तरह दिन काट रही थी। उसने सुधा को एक पत्र लिखा, जिसमें वही शरारत, वही खिझाने की बातें थीं जो वह हमेशा सुधा से करता था, लेकिन जिसे वह पिछले तीन महीने में भूल गया था।

उसके बाद वह बिनती के यहाँ गया।

बिनती अपनी धोती में क्रोशिया की बेल टाँक रही थी। "ले गिलहरी, तेरी दीदी का खत! लाओ, मिठाई खिलाओ।"

"हम काहे को खिलाएँ! आप खिलाइए जो खिले पड़े हैं आज!" बिनती बोली।

"हम! हम क्यों खिलाएँगे! यहाँ तो सुधा का नाम सुनते ही तबीयत कुढ़ जाती है!"

"अरे चलिए, आपका घर मेरा देखा है। मुझसे नहीं बन सकते आप!" बिनती ने

मुँह चिढ़ाकर कहा, "आज बड़े खुश हैं!"

"हाँ, बिनती..." एक गहरी साँस लेकर चन्दर चुप हो गया, "कभी-कभी उदासी भी थक जाती है!" और मुँह झुकाकर बैठ गया।

"क्यों, क्या हुआ?" बिनती ने चन्दर की बाँह में सूई चुभो दी–चन्दर चौंक उठा। "हमारी शक्ल देखते ही आपके चेहरे पर मुहर्रम छा जाता है!"

"अजी नहीं, आपका मुख-मंडल देखकर तो आकाश में चन्द्रमा भी लज्जित हो जाता होगा, श्रीमती बिनती विदुषी!" चन्दर ने हँसकर कहा। आज चन्दर बहुत खुश था।

बिनती लजा गयी और फिर उसके गालों में फूल के कटोरे खिल गये और उसने चन्दर के कन्धे पर फिर सूई चुभोकर कहा, "आपको एक बड़े मजे की बात बतानी है आज!"

"क्या?"

"फिर हँसिएगा मत! और चिढ़ाइएगा नहीं!" बिनती बोली।

"कुछ तेरे ब्याह की बात होगी!" चन्दर ने कहा।

"नहीं, ब्याह की नहीं, प्रेम की!" बिनती ने हँसकर कहा और झेंप गयी।

"अच्छा, गिलहरी को यह रोग कब से?" चन्दर ने हँसकर पूछा, "अपनी माँजी की शकल देखी है न, काटकर कुएँ में फेंक देंगी तुझे!"

"अब क्या करें, कोई सिर पर प्रेम मढ़ ही दे तो!" बिनती ने बड़े आत्मविश्वास से कहा। थी बड़ी खुले स्वभाव की लड़की।

"आखिर कौन अभागा है वह! ज़रा नाम तो सुनें।" चन्दर बोला।

"हमारे महाकवि मास्टर साहब।" बिनती ने हँसकर कहा।

"अच्छा, यह कब से! तूने पहले तो कभी बताया नहीं।"

"अब तो जाकर हमें मालूम हुआ। पहले सोचा दीदी को लिख दें। फिर कहा वहाँ जाने किसके हाथ में चिट्ठी पड़े। तो सोचा तुम्हें बता दें!"

"हुआ क्या आखिर?" चन्दर ने पूछा।

"बात यह हुई कि पहले तो हम दीदी के साथ पढ़ते थे तब तो मास्टर साहब कुछ नहीं बोलते थे, इधर जब से हम अकेले पढ़ने लगे तब से कविताएँ समझाने के बहाने दुनिया-भर की बातें करते रहे। एक बार स्कन्दगुप्त पढ़ाते-पढ़ाते बड़ी ठंडी साँस लेकर बोले, काश कि आप भी देवसेना बन सकतीं। बड़ा गुस्सा आया मुझे। मन में आया कह दूँ कि मैं तो देवसेना बन जाती लेकिन आप अपना कवि सम्मेलन का पेशा छोड़कर स्कन्दगुप्त कैसे बन पाएँगे। लेकिन फिर मैंने कुछ कहा नहीं। दीदी से सब बात कह दी। दीदी तो हैं ही लापरवाह। कुछ कहा ही नहीं उन्होंने। और मास्टर साहब वैसे अच्छे हैं,

पढ़ाते भी अच्छा हैं, लेकिन यह फितूर जाने कैसे उनके दिमाग में चढ़ गया।" बिनती बड़े सहज स्वभाव से बोली।

"लेकिन इधर क्या हुआ?" चन्दर ने पूछा।

"अभी कल आये, एक हाथ में उनके एक मोटी-सी कॉपी थी। दे गये तो देखा वह उनकी कविताओं का संग्रह है और उसका नाम उन्होंने रखा है 'बिनती'। अभी आते होंगे। क्या करें कुछ समझ में नहीं आता। अभी तक दीदी के भरोसे हमने सब छोड़ दिया था। वह पता नहीं कब आएँगी।"

"अच्छा लाओ, वह संग्रह हमें दे दो।" चन्दर ने कहा, "और बिसरिया से कह देना वह चन्दर के हाथ पड़ गया। फिर कल सुबह तुम्हें मजा दिखलाएँगे। लेकिन हाँ, यह पहले बता दो कि तुम्हारा तो कुछ झुकाव नहीं है उधर, वरना बाद में हमें कोसो?" चन्दर ने छेड़ते हुए कहा।

"अरे हाँ, मुसलमान भी हो तो बेहना के संग! कवियों से प्यार लगाकर कौन बवालत पाले!" बिनती ने झेंपते हुए कहा।

दूसरे दिन सुबह पहुँचा तो बिसरिया साहब पढ़ा रहे थे। बिसरिया की शक्ल पर कुछ मायूसी, कुछ परेशानी, कुछ चिन्ता थी। उसको बिनती ने बता दिया कि संग्रह चन्दर के पास पहुँच गया है। चन्दर को देखते ही वह बोला, "अरे कपूर, क्या हाल है?" और उसके बाद अपने निर्दोष के लिए फौरन बोला, "कहो, हमारा संग्रह देखा है?"

"हाँ देखा है, ज़रा आप इन्हें पढ़ा लीजिए। आपसे कुछ जरूरी बातें करनी हैं।" चन्दर ने इतने कठोर स्वर में कहा कि बिसरिया के दिल की धड़कनें डूबने-सी लगीं। वह काँपती हुई आवाज में बहुत मुश्किल से अपने को सम्हालते हुए बोला, "कैसी बातें? कपूर, तुम कुछ गलत समझ रहे हो।"

कपूर एक उपेक्षा की हँसी हँसा और चला गया। डॉक्टर साहब पूजा करके उठे थे। दोनों में बातें होती रहीं। उनसे मालूम हुआ कि अगले महीने में सम्भवत: चन्दर की नियुक्ति हो जाएगी और तीन दिन बाद डॉक्टर साहब खुद सुधा को लाने के लिए शाहजहाँपुर जाएँगे। उन्होंने बुआजी को पत्र लिखा है कि यदि वह आ जाएँ तो अच्छा है, वरना चन्दर को दो-तीन दिन बाद यहीं रहना पड़ेगा क्योंकि बिनती अकेली है। चन्दर की बात दूसरी है लेकिन और लोगों के भरोसे डॉक्टर साहब बिनती को अकेले नहीं छोड़ सकते।

अविश्वास आदमी की प्रवृत्तियों को जितना बिगाड़ता है, विश्वास आदमी को उतना ही बनाता है। डॉक्टर साहब चन्दर पर जितना विश्वास करते थे, सुधा चन्दर पर जितना

विश्वास करती थी और इधर बिनती उस पर जितना विश्वास करने लगी थी उसके कारण चन्दर के चरित्र में इतनी दृढ़ता आ गयी थी कि वह फौलाद बन गया था। ऐसे अवसरों पर जब मनुष्य को गम्भीरता उत्तरदायित्व सौंपा जाता है तब स्वभावत: आदमी के चरित्र में एक विचित्र-सा निखार आ जाता है। यह निखार चन्दर के चरित्र में बहुत उभरकर आया था और यहाँ तक कि बुआजी अपनी लड़की पर अविश्वास कर सकती थीं, वह भी चन्दर को देवता ही मानती थीं, बिनती पर और चाहे जो बन्धन हो लेकिन चन्दर के हाथ में बिनती को छोड़कर वे निश्चिन्त थीं।

डॉक्टर साहब और चन्दर बैठे बातें कर ही रहे थे कि बिनती ने आकर कहा, "चलिए, मास्टर साहब आपका इन्तजार कर रहे हैं!" चन्दर उठ खड़ा हुआ। रास्ते में बिनती बोली, "हमसे बहुत नाराज हैं। कहते हैं तुम्हें हम ऐसा नहीं समझते थे!" चन्दर कुछ नहीं बोला। जाकर बिसरिया के सामने कुर्सी पर बैठ गया। "तुम जाओ, बिनती!" बिनती चली गयी तो चन्दर ने कहा, बहुत गम्भीर स्वरों में, "बिसरिया साहब, आपका संग्रह देखकर बहुत खुशी हुई लेकिन मेरे मन में सिर्फ एक शंका है। यह 'बिनती' नाम के क्या माने हैं?"

बिसरिया ने अपने गले की टाई ठीक की, वह गरमी में भी टाई लगाता था, और दिन में नाइट कैप पहनता था। टाई ठीक कर, खँखारकर बोला, "मैं भी यही समझता था कि आपको यह गलतफहमी होगी। लेकिन वास्तविक बात यह है कि मुझे मध्यकाल की कविता बहुत पसन्द है, खासतौर में उसमें बिनती (प्रार्थना) शब्द बड़ा मधुर है। मैंने यह संग्रह तो बहुत पहले तैयार किया था। मुझे बड़ा ताज्जुब हुआ जब मैं बिनती से मिला। मैंने उनसे कहा कि यह संग्रह भी बिनती नाम का है। फिर मैंने उन्हें लाकर दिखला दिया।"

चन्दर मुसकराया और मन-ही-मन कहा, 'है बिसरिया बहुत चालाक। लेकिन खैर मैं हार नहीं मान सकता।' और बहुत गम्भीर होकर बैठ गया।

"तो यह संग्रह इस लड़की के नाम पर नहीं है?"

"बिल्कुल नहीं।"

"और बिनती के लिए आपके मन में कहीं कोई आकर्षण नहीं?"

"बिल्कुल नहीं। छि:, आप मुझे क्या समझते हैं।" बिसरिया बोला।

"छि:, मैं भी कैसा आदमी हूँ, माफ करना बिसरिया! मैंने व्यर्थ में शक किया।"

बिसरिया यह नहीं जानता था कि यह दाँव इतना सफल होगा। वह खुशी से फूल उठा। सहसा चन्दर ने एक गहरी साँस ली।

"क्या बात है चन्दर बाबू?" बिसरिया ने पूछा।

"कुछ नहीं बिसरिया, आज तक मुझे तुम्हारी प्रतिभा, तुम्हारी भावना, तुम्हारी कला पर विश्वास था, आज से उठ गया।"

"क्यों?"

"क्यों क्या? अगर बिनती-जैसी लड़की के साथ रहकर भी तुम उसके आन्तरिक सौन्दर्य से अपनी कला को अभिसिंचित न कर सके तो तुम्हारे मन में कलात्मकता है; यह मैं विश्वास नहीं कर पाता। तुम जानते हो, मैं पुराने विचारों का संकीर्ण, बड़ा बुजुर्ग तो हूँ नहीं, मैं भी भावनाओं को समझता हूँ। मैं सौन्दर्य-पूजा या प्यार को पाप नहीं समझता और मुझे तो बहुत खुशी होती यह जानकर कि तुमने ये कविताएँ बिनती पर लिखी हैं, उसकी प्रेरणा से लिखी हैं। यह मत समझना कि मुझे इससे ज़रा भी बुरा लगता। यह तो कला का सत्य है। पाश्चात्य देशों में तो लोग हर कवि को प्रेरणा देने वाली लड़कियों की खोज में वर्षों बिता देते हैं, उसकी कविता से ज्यादा महत्त्व उसकी कविता के पीछे रहने वाले व्यक्तित्व को देते हैं। हिन्दोस्तान में पता नहीं क्यों हम नारी को इतना महत्त्वहीन समझते हैं, या डरते हैं, या हममें इतना नैतिक साहस नहीं है। तुम्हारा स्वभाव, तुम्हारी प्रतिभा किसी हालत में मुझे विदेश के किसी कवि से कम नहीं लगती। मैंने सोचा था, जब तुम अपनी कविताओं के प्रेरणात्मक व्यक्तित्व का नाम घोषित करोगे तो सारी दुनिया बिनती को और हमारे परिवार को जान जाएगी। लेकिन खैर, मैंने गलत समझा था कि बिनती तुम्हारी प्रेरणा-बिन्दु थी।" और चन्दर चुपचाप गम्भीरता से बिसरिया के संग्रह के पृष्ठ उलटने लगा।

बिसरिया के मन में कितनी उथल-पुथल मची हुई थी। चन्दर का मन इतना विशाल है, यह उसे कभी नहीं मालूम था। यहाँ तो कुछ छिपाने की जरूरत ही नहीं और जब चन्दर इतनी स्पष्ट बातें कर रहा है तो बिसरिया क्यों छिपाये।

"कपूर, मैं तुमसे कुछ नहीं छिपाऊँगा। मैं कह नहीं सकता कि बिनती जी मेरे लिए क्या हैं। शेक्सपियर की मिरांडा, प्रसाद की देवसेना, दाँते की बीएत्रिस, कीट्स की फैनी और सूर की राधा से बढ़कर माधुर्य अगर मुझे कहीं मिली है तो बिनती में। इतना, इतना डूब गया मैं बिनती में कि एक कविता भी नहीं लिख पाया। मेरा संग्रह छपने जा रहा था तो मैंने सोचा कि इसका नाम ही क्यों न 'बिनती' रखूँ।"

चन्दर ने बड़ी मुश्किल से अपनी हँसी रोकी। दरवाजे के पास छिपी खड़ी हुई बिनती खिलखिलकर हँस पड़ी। चन्दर बोला, "नाम तो 'बिनती' बहुत अच्छा सोचा तुमने, लेकिन सिर्फ एक बात है। मेरे जैसे विचार के लोग सभी नहीं होते। अगर घर के और लोगों को यह मालूम हो गया, मसलन डॉक्टर साहब को, तो वह न जाने क्या कर डालेंगे। इन लोगों को कविता और उसकी प्रेरणा का महत्त्व ही नहीं मालूम। उस हालत

में अगर तुम्हारी बहुत बेइज्जती हुई तो न हम कुछ बोल पाएँगे न बिनती। डॉक्टर साहब पुलिस को सौंप दें, यह अच्छा नहीं लगता। वैसे मेरी राय है कि तुम बिनती ही नहीं रखो; बड़ा नया नाम है; लेकिन यह समझ लो कि डॉक्टर साहब बहुत सख्त हैं इस मामले में।"

बिसरिया की समझ में नहीं आता था कि वह क्या करे। थोड़ी देर तक सिर खुजलाता रहा, फिर बोला, "क्या राय है कपूर, तुम्हारी? अगर मैं कोई दूसरा नाम रख दूँ तो कैसा रहेगा?"

"बहुत अच्छा रहेगा और सुरक्षित रहेगा। अभी अगर तुम बदनाम हो गये तो आगे तुम्हारी उन्नति के सभी मार्ग बन्द हो जाएँगे। आदमी प्रेम करे मगर ज़रा सोच-समझकर; मैं तो इस पक्ष में हूँ।"

"भावना को कोई नहीं समझता इस दुनिया में। कोई नहीं समझता, हम कलाकारों की कितनी मुसीबत है।" एक गहरी साँस लेकर बिसरिया बोला, "लेकिन खैर! अच्छा तो कपूर, क्या राय है तुम्हारी? मैं क्या नाम रखूँ इसका?"

चन्दर गम्भीरता से सिर झुकाये थोड़ी देर तक सोचता रहा। फिर बोला, "तुम्हारी कविताओं में बहुत रस है। कैसा रहे अगर तुम इसका नाम 'गड़ेरियाँ' रखो!"

"क्या?" बिसरिया ताज्जुब से बोला।

"हाँ-हाँ गड़ेरियाँ, मेरा मतलब है गन्ने की गड़ेरियाँ!" दरवाजे के पीछे बिनती से न रहा गया और खिलखिलाकर हँस पड़ी और सामने आ गयी। चन्दर भी अट्टहास कर पड़ा।

बिसरिया क्षण-भर आँख फाड़े दोनों की ओर देखता रहा। उसके बाद वह ज्यों ही मजाक समझा, उसका चेहरा लाल हो गया। हैट उठाकर बोला, "अच्छा, आप लोग मजाक बना रहे थे मेरा। कोई बात नहीं, मैं देखूँगा। मिस्टर कपूर, आप अपने को क्या समझते हैं?" वह चल दिया।

"अरे, सुनो बिसरिया!" चन्दर ने पुकारा, वह हँसी नहीं रोक पा रहा था। बिसरिया मुड़ा। मुड़कर बोला, "कल से मैं पढ़ाने नहीं आ सकता। मैं आपकी शकल भी नहीं देखना चाहता।" उसने बिनती से कहा।

"तो मुँह फेरकर पढ़ा दीजिएगा।" चन्दर बोला। बिनती फिर हँस पड़ी। बिसरिया ने मुड़कर बड़े गुस्से से देखा और पैर पटकते हुए चला गया।

"बेचारे कवि, कलाकार आज की दुनिया में प्यार भी नहीं कर पाते।" चन्दर ने कहा और दोनों की हँसी बहुत देर तक गूँजती रही।

अगस्त की उदास शाम थी, पानी रिमझिमा रहा था और डॉक्टर शुक्ला के सूने बँगले में बरामदे में कुर्सी डाले, लॉन पर छोटे-छोटे गड्ढों में पंख धोती और कुलेलें करती हुई गौरैयों की तरफ अपलक देखता हुआ चन्दर जाने किन खयालों में डूबा हुआ था। डॉक्टर साहब सुधा को लिवाने के लिए शाहजहाँपुर गये थे। बिनती भी जिद करके उनके साथ गयी थी। वहाँ से ये लोग दिल्ली घूमने के लिए चले गये थे लेकिन आज पन्द्रह रोज हो गये उन लोगों का कोई भी खत नहीं आया था। डॉक्टर साहब ने ब्यूरो को महज एक अर्जी भेज दी थी। चन्दर को डॉक्टर साहब के जाने के पहले ही कॉलेज में जगह मिल गयी थी और उसने क्लास लेने शुरू कर दिये थे। वह अब इसी बँगले में आ गया था। सुबह तो क्लास के पाठ की तैयारी करने और नोट्स बनाने में कट जाती थी, दोपहर कॉलेज में कट जाती थी लेकिन शामें बड़ी उदास गुजरती थीं और फिर पन्द्रह दिन से सुधा का कोई भी खत नहीं आया। वह उदास बैठा सोच रहा था।

लेकिन यह उदासी थी, दु:ख नहीं था। और वह भी उदासी, एक देवता की उदासी जो दु:ख भरी न होकर सुन्दर और सुकुमार अधिक होती है। एक बात जरूर थी। जब कभी वह उदास होता था तो जाने क्यों वह यह हमेशा सोचने लगता था कि उसके जीवन में जो कुछ हो गया है उस पर उसे गर्व करना चाहिए जैसे वह अपनी उदासी को अपने गर्व से मिटाने का प्रयास करता था। लेकिन इस वक्त एक बात रह-रहकर उभर आती थी उसके मन में, 'सुधा ने खत क्यों नहीं लिखा?'

पानी बिल्कुल बन्द हो गया था। पश्चिम के दो-एक बादल खुल गये थे। और पके जामुन के रंग के एक बहुत बड़े बादल के पीछे से डूबते हुए सूरज की उदास किरणें झाँक रही थीं। इधर की ओर एक इन्द्रधनुष खिल गया था जो मोटर गैरेज की छत से उठकर दूर पर युक्लिप्टस की लम्बी शाखों में उलझ गया था।

इतने में छाता लगाये पोस्टमैन आया, उसने पोर्टिको में अपने जूतों में लगी कीचड़ झाड़ी, पैर पटके और किरमिच के झोले से खत निकाले और सीढ़ी पर फैला दिये। उनमें से ढूँढ़कर तीन लिफाफे निकाले और चन्दर को दे दिये। चन्दर ने लपककर लिफाफे ले लिये। पहला लिफाफा बुआ का था बिनती के नाम, दूसरा था ओरियंटल इन्श्योरेंस का लिफाफा डॉक्टर साहब के नाम और तीसरा एक सुन्दर-सा नीला लिफाफा। यह सुधा का होगा। पोस्टमैन जा चुका था। उसने इतने प्यार से लिफाफे को चूमा जितने प्यार से डूबता हुआ सूरज नीली घटाओं को चूम रहा था। "पगली कहीं की! परेशान कर डालती है। यहाँ थी तो वही आदत, वहाँ है तो वही आदत!" चन्दर ने मन में कहा और लिफाफा खोल डाला।

लिफाफा पम्मी का था, मसूरी से आया। उसने झल्लाकर लिफाफा फेंक दिया। सुधा कितनी लापरवाह है। वह जानती है कि चन्दर को यहाँ कैसा लग रहा होगा। बिनती ने बता दिया होगा फिर भी वही लापरवाही! मारे गुस्से के...

थोड़ी देर बाद उसने पम्मी का खत पढ़ा। छोटा-सा खत था। पम्मी अभी मसूरी में ही है, अक्टूबर तक आएगी। लगभग सभी यात्री जा चुके हैं लेकिन उसे पहाड़ों की बरसात बहुत अच्छी लग रही है। बर्टी इलाहाबाद चला गया है। उसके साथ वहाँ से एक पहाड़ी ईसाई लड़की भी गयी है। बर्टी कहता है कि वह उसके साथ शादी करेगा। बर्टी अब बहुत स्वस्थ है। चन्दर चाहे तो जाकर बर्टी से मिल ले।

सुधा के खत के न आने से चन्दर के मन में बहुत बेचैनी थी। उसे ठीक से मालूम नहीं हो पा रहा था कि ये लोग हैं कहाँ? बर्टी के आने की खबर मिलने पर उसे सन्तोष हुआ, चलो एक दिन बर्टी से ही मिल आएँगे, अब देखें कैसे हैं वह?

तीसरे या चौथे दिन जब अकस्मात् पानी बन्द था तो वह कार लेकर बर्टी के यहाँ गया। बरसात में इलाहाबाद की सिविल लाइंस का सौन्दर्य और भी निखर आता है। रूखे-सूखे फुटपाथों और मैदानों पर घास जम जाती है; बँगले की उजाड़ चहारदीवारियाँ तक हरी-भरी हो जाती हैं। लम्बे और घने पेड़ और झाड़ियाँ निखरकर, धुलकर हरे मखमली रंग की हो जाती हैं और कोलतार की सड़कों पर थोड़ी-थोड़ी पानी की चादर-सी लहरा उठती है जिसमें पेड़ों की हरी छायाएँ बिछ जाती हैं। बँगले में पली हुई बत्तखों के दल सड़क पर चलती हुई मोटरों को रोक लेते हैं और हर बँगले में से रेडियो या ग्रामोफोन के संगीत की लहरें मचलती हुई वातावरण पर छा जाती हैं।

कॉलेज से लौटकर, एक प्याला चाय पीकर, कार लेकर चन्दर बर्टी के यहाँ चल दिया। वह बहुत दिन बाद बर्टी को देखने जा रहा है। जिन व्यक्तियों को उसने अपने जीवन में देखा था, बर्टी शायद उन सभी से निराला था, अद्‌भुत था। लेकिन कितना अभागा था। नहीं, अभागा नहीं कमजोर था बर्टी। और वही क्या कमजोर था यह सारी दुनिया कितनी कमजोर है।

बर्टी का बँगला आ गया था। वह उतरकर अन्दर गया। बाहर कोई नहीं था। बरामदे में एक पिंजरा टँगा हुआ था जिसमें एक बहुत छोटा तोते का बच्चा टँगा था। चन्दर भीतर जाने में हिचक रहा था क्योंकि एक तो पम्मी नहीं थी और दूसरे कोई और लड़की भी बर्टी के साथ आयी थी, बर्टी की भावी पत्नी। चन्दर ने आवाज दी। अन्दर कोई बहुत भारी पुरुष-स्वर में एक साधारण गीत गा रहा था। चन्दर ने फिर आवाज दी। बर्टी बाहर आया। चन्दर उसे देखकर दंग रह गया, बर्टी का चेहरा भर गया था, जवानी लौट आयी

थी, पीलेपन के बजाय चेहरे पर खून दौड़ गया था, सीना उभर आया था। बर्टी खाकी रंग का कोट, बहुत मोटा खाकी हैट, खाकी ब्रिचेज, शिकारी बूट पहने हुए था और कन्धे पर बन्दूक लटक रही थी। वह आया ड्राइंगरूम के दरवाजे पर पीठ झुकाकर एक हाथ से बन्दूक पकड़कर और एक हाथ आँखों के आगे रखकर उसने इस तरह देखा जैसे वह शिकार ढूँढ़ रहा हो। चन्दर के प्राण सूख गये। उसने मन-ही-मन सोचा, पहली बार तो वह कुश्ती में बर्टी से जीत गया था, लेकिन अबकी बार जीतना मुश्किल है। कहाँ बेकार फँसा आकर। उसने घबरायी हुई आवाज में कहा–

"यह मैं हूँ मिस्टर बर्टी, चन्दर कपूर, पम्मी का मित्र!"

"हाँ-हाँ, मैं जानता हूँ।" बर्टी तनकर खड़ा हो गया और हँसकर बोला, "मैं आपको भूला नहीं; मैं तो आपको यह दिखला रहा था कि मैं पागल नहीं हूँ, शिकारी हो गया हूँ।" और उसने चन्दर के कन्धे पकड़कर इतना जोर से झकझोर दिया कि चन्दर की पसलियाँ चरमरा उठीं। "आओ!" उसने चन्दर के कन्धे दबाकर बरामदे की ही कोच पर बिठा दिया और सामने कुर्सी पर बैठता हुआ बोला, "मैं तुम्हें अन्दर ले चलता, लेकिन अन्दर जेनी है और एक मेरा मित्र। दोनों बातें कर रहे हैं। आज जेनी की सालगिरह है। तुम जेनी को जानते हो न? वह तराई के कस्बे में रहती थी। मुझे मिल गयी। बहुत खराब औरत है! मैं तन्दुरुस्त हो गया हूँ न!"

"बहुत, मुझे ताज्जुब है कि तन्दुरुस्ती के लिए तुमने क्या किया तीन महीने तक!"

"नफरत, मिस्टर कपूर! औरतों से नफरत। उससे ज्यादा अच्छा टॉनिक तन्दुरुस्ती के लिए कोई नहीं है।"

"लेकिन तुम तो शादी करने जा रहे हो, लड़की ले आये हो वहाँ से।"

"अकेली लड़की नहीं, मिस्टर! मैं वहाँ से दो चीज लाया हूँ। एक तो यह तोते का बच्चा और एक जेनी, वही लड़की। तोते को मैं बहुत प्यार करता हूँ, यह बड़ा हो जाएगा, बोलने लगेगा तो इसे गोली मार दूँगा और लड़की से मैं बहुत नफरत करता हूँ, इससे शादी कर लूँगा! क्यों, है न ठीक? इसको शिकार का चाव कहते हैं और अब मैं शिकारी हूँ न!"

चन्दर हाँ कहे या न कहे। अभी बर्टी का दिमाग बिल्कुल वैसा ही है, इसमें कोई शक नहीं। वह क्या बात करे? अन्त में बोला–

"यह बन्दूक तो उतारकर रखिए। हमेशा बाँधे रहते हैं!"

"हाँ, और क्या? शिकार का पहला सिद्धान्त है कि जहाँ खतरा हो, जंगली जानवर हों वहाँ कभी बिना बन्दूक के नहीं जाना चाहिए?" और बहुत धीमे से चन्दर के कान में बर्टी बोला, "तुम जानते हो चन्दर, एक औरत है जो चौबीस घंटे घर में रहती है। मैं तो एक क्षण को बन्दूक अलग नहीं रखता।"

सहसा अन्दर से कुछ गिरने की आवाज आयी, कोई चीखा और लगा जैसे कोई चीज पियानो पर गिरी और परदों को तोड़ती हुई नीचे आ गयी। फिर कुछ झगड़ों की आवाज आयी।

चन्दर चौंक उठा, "क्या बात है बर्टी, देखो तो!"

बर्टी ने हाथ पकड़कर चन्दर को खींच लिया–"बैठो, बैठो! अन्दर मेरे मित्र और जेनी सालगिरह मना रहे हैं, अन्दर मत जाना!"

"लेकिन ये आवाजें कैसी हैं?" चन्दर ने चिन्ता से पूछा।

"शायद वे लोग प्रेम कर रहे हों!" बर्टी बोला और निश्चिन्तता से बैठ गया।

और क्षण-भर बाद उसने अजब-सा दृश्य देखा। एक बर्टी का ही हमउम्र आदमी हाथ से माथे का खून पोंछता हुआ आया। वह नशें में चूर था। और बहुत भद्दी गालियाँ देता हुआ चला जा रहा था। वह गिरता-पड़ता आया और उसने बर्टी को देखते ही घूँसा ताना–"तुमने मुझे धोखा दिया। मुझसे पचास रुपये उपहार ले लिया...मैं अभी तुम्हें बताता हूँ।" चन्दर स्तब्ध था। क्या करे क्या न करे? इतने में अन्दर से जेनी निकली। लम्बी-तगड़ी, कम-से-कम तीस वर्ष की औरत। उसने आते ही पीछे से उस आदमी की कमीज पकड़ी और उसे सीढ़ी से नीचे कीचड़ में ढकेल दिया और सैकड़ों गाली देते हुए बोली, "जा सीधे, वरना हड्डी नहीं बचेगी यहाँ।" वह फिर उठा तो खुद भी नीचे कूद पड़ी और घसीटती हुई दरवाजे के बाहर ढकेल आयी।

बर्टी साँस रोके अपराधी-सा खड़ा था। वह लौटी और बर्टी का कालर पकड़ लिया–"मैं निर्दोष हूँ! मैं कुछ नहीं जानता!" सहसा जेनी ने चन्दर की ओर देखा–"हूँ, यह भी तुम्हारा दोस्त है। अभी बताती हूँ?" और जो वह चन्दर की ओर बढ़ी तो चन्दर ने मन-ही-मन पम्मी का स्मरण किया। कहाँ फँसाया उस कम्बख्त ने खत लिखकर। ज्यों ही जेनी ने चन्दर का कालर पकड़ा कि बर्टी बड़े कातर स्वर में बोला, "उसे छोड़ दो! वह मेरा नहीं पम्मी का मित्र है!" जेनी रुक गयी। "तुम पम्मी के मित्र हो? अच्छा बैठ जाओ, बैठ जाओ, तुम शरीफ आदमी मालूम पड़ते हो। मगर आगे से तुम्हारा कोई मित्र आया तो मैं उसकी हत्या कर डालूँगी। समझे कि नहीं, बर्टी?"

बर्टी ने सिर हिलाया, "हाँ, समझ गये!" जेनी अन्दर चल दी, फिर सहसा बाहर आयी और बर्टी को पकड़कर घसीटती हुई बोली, "पानी बरस रहा है, इतनी सर्दी बढ़ रही है और तुमने स्वेटर नहीं पहना, चलो पहनो, मरने की ठानी है। मैं साफ बताये देती हूँ चाहे दुनिया इधर की उधर हो जाये, मैं बिना शादी किये मरने नहीं दूँगी तुम्हें।" और वह बकरे की तरह बर्टी का कान पकड़कर अन्दर घसीट ले गयी।

चन्दर ने मन में कहा, यह कुछ इस रहस्यमय बँगले का असर है कि हरेक का दिमाग खराब ही मालूम देता है। दो मिनट बाद जब बर्टी लौटा तो उसके गले में गुलबन्द, ऊनी स्वेटर, ऊनी मोजे थे। वह हाँफता हुआ आकर बैठ गया।

"मिस्टर कपूर! तुम्हें मानना होगा कि यह लड़की, यह डाइन जेनी बहुत क्रूर है।"

"मानता हूँ, बर्टी! सोलहों आने मानता हूँ।" चन्दर ने मुसकराहट रोककर कहा, "लेकिन यह झगड़ा क्या है?"

"झगड़ा क्या होता है? औरतों को समझना बहुत मुश्किल है।"

"इस औरत के फन्दे में फँसे कैसे तुम?" चन्दर ने पूछा।

"शी! शी!" होठ पर हाथ रखकर धीरे बोलने का इशारा करते हुए बर्टी ने कहा, "धीरे बोलो। बात ऐसी हुई कि जब मैं तराई में शिकार खेल रहा था तो एक बार अकेले छूट गया! यह एक पेंशनर फॉरेस्ट गार्ड की अनब्याही लड़की थी। शिकार में बहुत होशियार। मैं भटकते हुए पहुँचा तो इसका बाप बीमार था। मैं रुक गया। तीसरे दिन वह मर गया। उसे जाने कौन-सा रोग था कि उसका चेहरा बहुत डरावना हो गया था और पेट फूल गया था। रात को इसे बहुत डर लगा तो वह मेरे पास आकर लेट गयी। बीच में बन्दूक रखकर हम लोग सो गये। रात को इसने बीच से बन्दक हटा दी और अब वह कहती है कि मुझसे ब्याह करेगी और नहीं करूँगा तो मार डालेगी। पम्मी भी मुझसे बोली–तुम्हें अब ब्याह करना ही होगा। अब मजबूरी है, मिस्टर कपूर!"

चन्दर चुप बैठा सोच रहा था, कैसी विचित्र जिन्दगी है इस अभागे की! मानो प्रकृति ने सारे आश्चर्य इसी की किस्मत के लिए छोड़ रखे थे। फिर बोला–

"यह आज क्या झगड़ा था?"

"कुछ नहीं। आज इसकी सालगिरह थी। यह बोली, मुझे कुछ उपहार दो। मैं बहुत देर तक सोचता रहा। क्या दूँ इसे? कुछ समझ ही में नहीं आया। बहुत देर सोचने के बाद मैंने सोचा–मैं तो इसका पति होने जा रहा हूँ। इसे एक प्रेमी उपहार में दे दूँ। मैंने एक मित्र से कहा कि तुम मेरी भावी पत्नी से आज शाम को प्रेम कर सकते हो? वह राजी हो गया। मैं ले आया।"

चन्दर जोर से हँस पड़ा।

"हँसो मत, हँसो मत, मिस्टर कपूर!" बर्टी बहुत गम्भीर बनकर बोला, "इसका मतलब यह है कि तुम औरतों को समझते नहीं। देखो, एक औरत उसी चीज को ज्यादा पसन्द करती है, उसी के प्रति समर्पण करती है, जो उसकी जिन्दगी में नहीं होता। मसलन एक औरत है जिसका ब्याह हो गया है, या होने वाला है, उसे यदि एक नया

प्रेमी मिल जाये तो उसकी प्रसन्नता का ठिकाना नहीं रहता। वह अपने पति की बहुत कम परवाह करेगी अपने प्रेमी के सामने। और अगर क्वाँरी लड़की है तो वह अपने प्रेमी की भावनाओं की पूरी तौर से हत्या कर सकती है यदि उसे एक पति मिल जाये तो! मैं तो समझता हूँ कि कोई भी पति अपनी पत्नी को यदि कोई अच्छा उपहार दे सकता है तो वह है एक नया प्रेमी और कोई भी प्रेमी अपनी रानी को यदि कोई अच्छा उपहार दे सकता है तो वह यह कि उसे एक पति प्रदान कर दे। तुम्हारी अभी शादी तो नहीं हुई?"

"न!"

"तो तुम प्रेम तो जरूर करते होंगे...न, सिर मत हिलाओ...मैं यकीन नहीं कर सकता...। मैं इतनी सलाह तुम्हें दे रहा हूँ, कि अगर तुम किसी लड़की से प्यार करते हो तो ईश्वर के वास्ते उससे शादी मत करना–तुम मेरा किस्सा सुन चुके हो। अगर दिल से प्यार करना चाहते हो और चाहते हो कि वह लड़की जीवन-भर तुम्हारी कृतज्ञ रहे तो तुम उसकी शादी करा देना...यह लड़कियों के सेक्स जीवन का अन्तिम सत्य है...! हा! हा! हा!" बर्टी हँस पड़ा।

चन्दर को लगा जैसे आग की लपट उसे तपा रही है। उसने भी तो यही किया है सुधा के साथ जिसे बर्टी कितने विचित्र स्वरों में कह रहा है। उसे लगा जैसे इस प्रेत-लोक में सारा जीवन विकृत दिखाई देता है। वहाँ साधना की पवित्रता भी कीचड़ और पागलपन में उलझकर गन्दी हो जाती है। छिः, कहाँ बर्टी की बातें और कहाँ उसकी सुधा...

वह उठ खड़ा हुआ। जल्दी से विदा माँगकर इस तरह भागा जैसे उसके पैरों के नीचे अंगारे छिपे हों।

फिर उसे नींद नहीं आयी। चैन नहीं आया। रात को सोया तो वह बार-बार चौंक-सा उठा। उसने सपना देखा, एक बहुत बड़ा कपूर का पहाड़ है। बहुत बड़ा। मुलायम कपूर की बड़ी-बड़ी चट्टानें और इतनी पवित्र खुशबू कि आदमी की आत्मा बेले का फूल बन जाये। वह और सुधा उन सौरभ की चट्टानों के बीच चढ़ रहे हैं। केवल वह है और सुधा...सुधा सफेद बादलों की साड़ी पहने है और चन्दर किरनों की चादर लपेटे है। जहाँ-जहाँ चन्दर जाता है, कपूर की चट्टानों पर इन्द्रधनुष खिल जाते हैं और सुधा अपने बादलों के आँचल में इन्द्रधनुष के फूल बटोरती चलती है।

सहसा एक चट्टान हिली और उसमें से एक भयंकर प्रेत निकला। एक सफेद कंकाल–जिसके हाथ में अपनी खोपड़ी और एक हाथ में जलती मशाल और उस मुंडहीन कंकाल ने खोपड़ी हाथ में लेकर चन्दर को दिखाई। खोपड़ी हँसी और बोली, "देखो, जिन्दगी का अन्तिम सत्य यह है। यह!" और उसने अपने हाथ की मशाल

ऊँची कर दी। “यह कपूर का पहाड़, यह बादलों की साड़ी, यह किरनों का परिधान, यह इन्द्रधनुष के फूल, यह सब झूठे हैं। और यह मशाल, जो अपने एक स्पर्श में इन सबको पिघला देगी।”

और उसने अपनी मशाल एक ऊँचे शिखर से छुआ दी। वह शिखर धधक उठा। पिघलती हुई आग की एक धार बरसाती नदी की तरह उमड़कर बहने लगी।

“भागो, सुधा!” चन्दर ने चीखकर कहा, “भागो!”

सुधा भागी, चन्दर भागा और वह पिघली हुई आग की महानदी लहराते हुए अजगर की तरह उन्हें अपनी गुंजलिका में लपेटने के लिए चल पड़ी। शैतान हँस पड़ा, “हा! हा! हा!” चन्दर ने देखा, सुधा शैतान की गोद में थी।

चन्दर चौंककर जाग गया। पानी बन्द था लेकिन घनघोर अँधेरा था। और पिशाचनी की तरह पागल हवा पेड़ों को झकझोर रही थी जैसे युग के जमे हुए विश्वासों को उखाड़ फेंकना चाहती हो। चन्दर काँप रहा था, उसका माथा पसीने से तर था।

वह उठकर नीचे आया। उसके कदम ठीक नहीं पड़ रहे थे। बरामदे की बत्ती जलायी। महराजिन उठी–“का है भइया!” उसने पूछा।

“कुछ नहीं, अन्दर सोऊँगा।” चन्दर ने कहा और सुधा के कमरे में जाकर बत्ती जलायी। सुधा की चारपाई पर लेट गया। फिर उठा, चारों ओर के दरवाजे बन्द कर दिये कि कहीं कोई फिर ऐसा सपना बाहर के भयंकर अँधेरे में से न चला आये।

लेकिन बर्टी की बातों से अन्दर-ही-अन्दर उसके मन में जाने कहाँ क्या टूट गया जो फिर बन नहीं पाया। अभी तक उसे अपने पर गर्व था, विश्वास था, अब कभी-कभी वह अपने व्यक्तित्व का विश्लेषण करने लगा था। अब वह कभी-कभी अपने विश्वासों पर सिर ऊँचा करने के बजाय उन्हें सामने फेंक देता और एक निरपेक्ष वैज्ञानिक की तरह उनकी चीर-फाड़ करता, उनकी शव-परीक्षा किया करता। अभी तक उसके विश्वास का सम्बल था, अब किसी ने उसे तर्क का अस्त्र-शस्त्र दे दिया था। जाने किस राक्षसी प्रेरणा से उसने अपनी आत्मा को चीरना शुरू किया। और इस तर्क-वितर्क और अविश्वास के भयंकर जल-प्रलय की एक लहर ने उसे एक दिन नरक के किनारे ले जा पटका।

सुधा का खत आया था। दिल्ली में पापा अपने कुछ काम से रुके थे और सुधा की तबीयत खराब हो गयी थी। अब वह दो-तीन रोज में आ आएगी।

लेकिन चन्दर के मन पर एक अजब-सा असर हुआ था इस खत का। सुधा का पत्र नहीं आया था, सुधा दूर थी तब वह खुश था, वह उल्लसित था। सुधा का पत्र आते

ही सहसा वह उदास हो गया। उदास तो क्या उसे उबकाई-सी आने लगी। उसे यह सब सहसा, पता नहीं एक नाटक-सा लगने लगा था, एक बहुत सस्ता, नीचे स्तर का नाटक। उसे लगता था–ये सब चारों ओर का त्याग, साधन, सौन्दर्य, यह सब झूठ है। सुधा भी अन्ततोगत्वा वही साधारण लड़की है जो क्वाँरे जीवन में पति और विवाहित जीवन में प्रेमी की भूखी होती है।

वह भी शैतान से पूर्णतया हारा नहीं था। वह लड़ने की कोशिश करता था। लेकिन वह हार रहा था, यह भी उसे मालूम था। और चन्दर के जिस गर्व ने उसकी जीत में साथ दिया था, वही गर्व उसकी हार में साथ दे रहा था। उसने मन में सोच लिया कि वह सुधा से, सभी लड़कियों से, इस सारे नाटक से नफरत करता है। सुधा का विवाह होना ही था, सुधा को विवाह करना था, सुधा के आँसू झूठे थे, अगर चन्दर सुधा को न भी समझाता तो घूम-फिर सुधा विवाह करती ही।

तब फिर विश्वास काहे का? त्याग काहे का?

विश्वास टूट चुका था, गर्व जिन्दा था, गर्व घमंड में बदल गया था, घमंड नफरत में, और नफरत नसों को चूर-चूर कर देने वाली उदासी में।

सुधा जब आयी तो उसने चन्दर को बिल्कुल बदला हुआ पाया। एक बात और हुई जिसने और भी आग सुलगा दी। यह लोग दोपहर को एक बजे के लगभग आये जबकि चन्दर कॉलेज गया था। पापा तो आते ही नहा-धोकर सोने चले गये। सुधा और बिनती ने आते ही अपने कमरे की सफाई शुरू की; कमरे की सारी किताबें झाड़ीं, कपड़े ठीक किये, मेजें साफ कीं और उसके बाद कमरा धोने में लग गयीं। बिनती बाल्टी में पानी भर-भर लाने लगी और सुधा झाड़ू से फर्श धोने लगी। हाथों में चूड़े अब भी थे, पाँव में बिछिया और माँग में सिन्दूर–चेहरा बहुत पीला पड़ गया था सुधा का; चेहरे की हड्डियाँ निकल आयी थीं और आँखों की रोशनी भी मैली पड़ गयी थी। वह जाने क्यों कमजोर भी हो गयी थी।

झाड़ू लगाते-लगाते सुधा बिनती से बोली, "आज मालूम पड़ता है कि मैं आदमी हूँ? कल तक तो हैवान थी। पापा को भी जाने क्या सूझा कि इन्हें भी साथ दिल्ली ले गये। मैं तो शरम से मरी जाती थी।"

थोड़ी देर बाद चन्दर आया। बाहर ही उसे मालूम हो गया था कि सब लोग आ गये हैं। उसे जाने क्यों ऐसा लग रहा था कि वह उलटे लौट जाये, वह अगर इस घर में गया तो जाने उससे क्या अनर्थ हो जाएगा, लेकिन वह बढ़ता ही गया। स्टडी-रूम में डॉक्टर साहब सो रहे थे। वह लौटा और अपने कपड़े उतारने के लिए ड्राइंग-रूम की ओर

चला। सुधा ने ज्यों ही आहट पायी, वह फौरन झाड़ू फेंककर भागी, सिर खुला, धोती कमर से खुँसी हुई, हाथ गन्दे, बाल बिखरे और बेतहाशा दौड़कर चन्दर से लिपट गयी और बच्चों की भोली हँसी हँसकर बोली, "चन्दर, चन्दर! हम आ गये, अब बताओ?" और चन्दर को इस तरह कस लिया कि अब कभी छोड़ेगी नहीं।

"छि:, दूर हटो, सुधा! यह क्या नाटक करती हो!" और सुधा को रुखाई से परे हटाकर अपने कोट पर से सुधा के हाथ से लगी हुई मिट्टी झाड़ने हुए चन्दर चुपचाप अपने कमरे में चला गया।

सुधा पर जैसे बिजली गिर पड़ी हो। वह पत्थर की तरह खड़ी रही। फिर जैसे लड़खड़ाती हुई अपने कमरे में गयी और चारपाई पर लेटकर फूट-फूटकर रोने लगी। चन्दर सुधा से नहीं बोला। डॉक्टर साहब के जगते ही उनसे बातें करने लगा, शाम को वह साइकिल लेकर घूमने निकल गया। लौटकर ऊपर छत पर चला गया और बिनती को पुकारकर कहा, "अगर तकलीफ न हो तो ज़रा ऊपर खाना दे जाओ।" बिनती ने थाली लगायी और सुधा से कहा, "लो दीदी! दे आओ!" सुधा ने सिर हिलाकर कहा, "तू ही दे आ! मैं अब कौन रह गयी उनकी।" बिनती के बहुत समझाने पर सुधा ऊपर खाना ले गयी। चन्दर लेटा था गुमसुम। सुधा ने स्टूल खींचकर खाना रखा। चन्दर कुछ नहीं बोला। उसने पानी रखा। चन्दर कुछ नहीं बोला।

"खाओ न!" सुधा ने कहा और एक कौर बनाकर चन्दर को देने लगी।

"तुम जाओ!" चन्दर ने बड़े रूखे स्वर में कहा, "मैं खा लूँगा!"

सुधा ने कौर थाली में रख दिया और चन्दर के पायताने बैठकर बोली, "चन्दर, तुम क्यों नाराज हो, बताओ हमसे क्या पाप हो गया है? पिछले डेढ़ महीने हमने एक-एक क्षण गिन-गिनकर काटे हैं कि कब तुम्हारे पास आएँ। हमें क्या मालूम था कि तुम ऐसे हो गये हो। मुझे जो चाहे सजा दे लो लेकिन ऐसा न करो। तुम तो कुछ भी नहीं समझते।" और सुधा ने चन्दर के पैरों पर सिर रख दिया। चन्दर ने पैर झटक दिये, "सुधा, इन सब बातों से फायदा नहीं है। अब इस तरह की बातें करना और सुनना मैं भूल गया हूँ। कभी इस तरह की बातें करते अच्छा लगता था। अब तो किसी सोहागिन के मुँह से यह शोभा नहीं देता!"

सुधा तिलमिला उठी, "तो यह बात है तुम्हारे मन में! मैं पहले से समझती थी। लेकिन तुम्हीं ने तो कहा था, चन्दर! अब तुम्हीं ऐसे कह रहे हो? शरम नहीं आती तुम्हें।" और सुधा ने हाथ से ब्याह वाले चूड़े उतारकर छत पर फेंक दिये, बिछिया उतारने लगी–और पागलों की तरह फटी आवाज में बोली, "जो तुमने कहा, मैंने किया,

अब जो कहोगे वह करूँगी। यही चाहते हो न!" और अन्त में उसने अपनी बिछिया उतारकर छत पर फेंक दी।

चन्दर काँप गया। उसने इस दृश्य की कल्पना भी नहीं की थी। "बिनती! बिनती!" उसने घबराकर पुकारा और सुधा से बोला, "अरे, यह क्या कर रही हो! कोई देखेगा तो क्या सोचेगा! पहनो जल्दी से।"

"मुझे किसी की परवाह नहीं। तुम्हारा तो जी ठंडा पड़ जाएगा!"

चन्दर उठा। उसने जबरदस्ती सुधा के हाथ पकड़ लिये। बिनती आ गयी थी।

"लो, इन्हें चूड़े तो पहना दो!" बिनती ने चुपचाप चूड़े और बिछिया पहना दी। सुधा चुपचाप उठी और नीचे चली गयी।

चन्दर अपनी खाट पर सिर झुकाये लज्जित-सा बैठा था।

"लीजिए, खाना खा लीजिए।" बिनती बोली।

"मैं नहीं खाऊँगा।" चन्दर ने रुँधे गले से कहा।

"खाइए, वरना अच्छी बात नहीं होगी। आप दोनों मिलकर मुझे मार डालिए बस किस्सा खत्म हो जाए। न आप सीधे मुँह से बोलते हैं, न दीदी। पता नहीं आप लोगों को क्या हो गया है?"

चन्दर कुछ नहीं बोला।

"खाइए, आपको हमारी कसम है। वरना दीदी खाना नहीं खाएँगी! आपको मालूम नहीं, दीदी की तबीयत इधर बहुत खराब है। उन्हें सुबह-शाम बुखार रहता है। दिल्ली में तबीयत बहुत खराब हो गयी थी। आप ऐसे कर रहे हैं। बताइए, उनका क्या हाल होगा। आप समझते होंगे यह बहुत सुखी होंगी लेकिन आपको क्या मालूम!...पहले आप दीदी के एक आँसू पर पागल हो उठते थे, अब आपको क्या हो गया है?"

चन्दर ने सिर उठाया–और गहरी साँस लेकर बोला–"जाने क्या हो गया है, बिनती! मैं कभी नहीं सोचता था कि सुधा को मैं इतना दुःख दे सकूँगा। इतना अभागा हूँ कि मैं खुद भी इधर घुलता रहा और सुधा को भी इतना दुःखी कर दिया। और सचमुच चन्दर की आँखों में आँसू भर आये। बिनती चन्दर के पीछे खड़ी थी। चन्दर का सिर अपनी छाती में लगाकर आँसू पोंछती हुई बोली, "छिः, अब और दुःखी होइएगा तो दीदी और भी रोएँगी। लीजिए, खाइए!"

"जाओ, दीदी को बुला लो और उन्हें भी खिला दो!" चन्दर ने कहा। बिनती गयी। फिर लौटकर बोली, "बहुत रो रही हैं। अब आज उनका नशा उतर जाने दीजिए, तब कल बात कीजिएगा।"

"फिर सुधा ने न खाया तो?"

"नहीं, आप खा लीजिएगा तो वे खा लेंगी। उनको खिलाए बिना मैं नहीं खाऊँगी।" बिनती बोली और अपने हाथ से कौर बनाकर चन्दर को देने लगी। चन्दर ने खाना शुरू किया और धीरे-से गहरी साँस लेकर बोला, "बिनती! तुम हमारी और सुधा की उस जनम की कौन हो?"

सुबह के वक्त चन्दर जब नाश्ता करने बैठा तो डॉक्टर साहब के साथ ही बैठा। सुधा आयी और प्याला रखकर चली गयी। वह बहुत उदास थी। चन्दर का मन भर आया। सुधा की उदासी उसे कितना लज्जित कर रही थी, कितनी दु:खी कर रही थी। दिन-भर किसी काम में उसकी तबीयत नहीं लगी। उसने क्लास छोड़ दिये। लाइब्रेरी में भी जाकर किताबें उलट-पलटकर चला आया। उसके बाद प्रेस गया जहाँ उसे अपनी थीसिस छपने को देनी थी, उसके बाद ठाकुर साहब के यहाँ गया। लेकिन कहीं भी वह टिक नहीं पाया। जब तक वह सुधा को हँसा न ले, सुधा के आँसू सुखा न दे; उसे चैन नहीं मिलेगा।

शाम को वह लौटा तो खाना तैयार था। बिनती से उसने पूछा, "कहाँ है सुधा?" "अपनी छत पर।" बिनती ने कहा। चन्दर ऊपर गया। पानी परसों से बन्द था और बादल भी खुले हुए थे लेकिन तेज पुरवैया चल रही थी। तीज का चाँद शरमीली दुल्हन-सा बादलों में मुँह छिपा रहा था। हवा के तेज झकोरों पर बादल उड़ रहे थे और कचनार बादलों में तीज का धनुषाकार चाँद आँखमिचौली खेल रहा था। सुधा ने अपनी खाट बरसाती के बाहर खींच ली थी। छत पर धुँधला अँधेरा था और रह-रहकर सुधा पर चाँदनी के फूल बरस जाते थे। सुधा चुपचाप लेटी हुई बादलों को देखती हुई जाने क्या सोच रही थी।

चन्दर गया। चन्दर को देखते ही सुधा उठ खड़ी हुई और उसने बिजली जला दी और चुपचाप बैठ गयी। चन्दर बैठ गया। वह कुछ भी नहीं बोली। बगल में बिछी हुई बिनती की खाट पर सुधा बैठ गयी।

चन्दर को समझ नहीं आता था कि वह क्या कहे। सुधा को इतना दु:ख दिया उसने। सुधा उससे कल शाम से बोली तक नहीं।

"सुधा तुम नाराज हो गयीं! मुझे जाने क्या हो गया था। लेकिन माफ नहीं करोगी?" चन्दर ने बहुत काँपती हुई आवाज में कहा। सुधा कुछ नहीं बोली–चुपचाप बादलों की ओर देखती रही।

"सुधा?" चन्दर ने सुधा के दो कबूतरों जैसे उजले मासूम पैरों को लेकर अपनी गोद में रख लिया और भरे हुए गले से बोला, "सुधा, मुझे जाने क्या हो जाता है कभी-कभी! लगता है वह पहले वाली ताकत टूट गयी। मैं बिखर रहा हूँ। तुम आयीं और तुम्हारे सामने

मन का जाने कौन-सा तूफान फूट पड़ा! तुमने उसका इतना बुरा मान लिया। बताओ, अगर तुम ही ऐसा करोगी तो मुझे सँभालने वाला फिर कौन है, सुधा?" और चन्दर की आँखों से एक बूँद आँसू सुधा के पाँवों पर चू पड़ा। सुधा ने चौंककर अपने पाँव खींच लिये। और उठकर चन्दर की खाट पर बैठ गयी और चन्दर के कन्धे पर सिर रखकर फूट-फूटकर रो पड़ी। बहुत रोयी...बहुत रोयी। उसके बाद उठी और सामने बैठ गयी।

"चन्दर! तुमने गलत नहीं किया। मैं सचमुच कितनी अपराधिन हूँ। मैंने तुम्हारी जिन्दगी चौपट कर दी है। लेकिन मैं क्या करूँ? किसी ने तो मुझे कोई रास्ता नहीं बताया था। अब हो ही क्या सकता है, चन्दर! तुम भी बर्दाश्त करो और हम भी करें।" चन्दर नहीं बोला। उसने सुधा के हाथ अपने होंठों से लगा लिये। "लेकिन मैं तुम्हें इस तरह बिखरने नहीं दूँगी। तुमने अब अगर इस तरह किया तो अच्छी बात नहीं होगी। फिर हम तो बराबर हर पल तुम्हारे ही बारे में सोचते रहे और तुम्हारी ही बातें सोच-सोचकर अपने को धीरज देते रहे और तुम इस तरह करोगे तो..."

"नहीं सुधा, मैं अपने को टूटने नहीं दूँगा। तुम्हारा प्यार मेरे साथ है। लेकिन इधर मुझे जाने क्या हो गया था!"

"हाँ, समझ लो, चन्दर! तुम्हें हमारे सुहाग की लाज है, हम कितने दुःखी हैं, तुम समझ नहीं सकते। एक तुम्हीं को देखकर हम थोड़ा-सा दुःख-दर्द भूल जाते हैं, सो तुम भी इस तरह करने लगे! हम लोग कितने अभागे हैं!" और वह फिर चुपचाप लेटकर ऊपर देखती हुई जाने क्या सोचने लगी। चन्दर ने एक बार धुँधली रेशमी चाँदनी में मुरझाये हुए सोनजुही के फूल-जैसे मुँह की ओर देखा और सुधा के नरम गुलाबी होंठों पर उँगलियाँ रख दीं। थोड़ी देर वह आँसू में भीगे हुए गुलाब की दुःख-भरी पँखुरियों से उँगलियाँ उलझाये रहा और फिर बोला–

"क्या सोच रही थीं?" चन्दर ने बहुत दुलार से सुधा के माथे पर हाथ फेरकर कहा। सुधा एक फीकी हँसी हँसकर बोली–

"जैसे आज लेटी हुई बादलों को देख रही हूँ और पास तुम बैठे हो, उसी तरह एक दिन कॉलेज में दोपहर को मैं और गेसू लेटे हुए बादलों को देख रहे थे। उस दिन उसने एक शेर सुनाया। 'कैफ बरदोश बादलों को न देख, बेखबर तू कुचल न जाए कहीं।' उसका कहना कितना सच निकला! भाग्य ने कहाँ ले जा पटका मुझे!"

"क्यों, वहाँ तुम्हें कोई तकलीफ तो नहीं?" चन्दर ने पूछा।

"हाँ, समझते तो सब यही हैं लेकिन जो तकलीफ है वह मैं जानती हूँ या बिनती जानती है।" सुधा ने गहरी साँस लेकर कहा, "वहाँ आदमी भी बने रहने का अधिकार नहीं।"

"क्यों?" चन्दर ने पूछा।

"क्या बताएँ तुम्हें चन्दर! कभी-कभी मन में आता है कि डूब मरूँ। ऐसा भी जीवन होगा मेरा, यह कभी मैं नहीं सोचती थी।" सुधा ने कहा।

"क्या बात है? बताओ न।" चन्दर ने पूछा।

"बता दूँगी, देवता! तुमसे भला क्या छिपाऊँगी लेकिन आज नहीं, फिर कभी!"

सुधा ने कहा, "तुम परेशान मत हो। कहाँ तुम, कहाँ दुनिया! काश कि कभी तुम्हारी गोद से अलग न होती मैं!" और सुधा ने अपना मुँह चन्दर की गोद में छिपा लिया। चाँदनी पंखरियाँ बरस पड़ीं।

उल्लास और रोशनी का मलय पवन फिर लौट आया था, फिर एक बार चन्दर, सुधा और बिनती के प्राणों को विभोर कर गया था कि सुधा को महीने-भर बाद ही जाना है और सुधा भूल गयी थी कि शाहजहाँपुर से भी उसका कोई नाता है। बिनती का इम्तहान हो गया था और अक्सर चन्दर और सुधा बिनती के ब्याह के लिए गहने और कपड़े खरीदने जाते। जिन्दगी फिर खुशी के हिलकोरों पर झूलने लगी थी। बिनती का ब्याह उतरते अगहन में होने वाला था। अब दो-ढाई महीने रह गये थे। सुधा और चन्दर जाकर कपड़े खरीदते और लौटकर बिनती को जबरदस्ती पहनाते और गुड़िया की तरह उसे सजाकर खूब हँसते। दोनों के बड़े-बड़े हौसले थे बिनती के लिए। सुधा बिनती को सलवार और चुन्नी का एक सेट और गरारा और कुरते का एक सेट देना चाहती थी। चन्दर बिनती को हीरे की एक अँगूठी देना चाहता था। चन्दर बिनती को बहुत स्नेह करने लगा था। वह बिनती के ब्याह में भी जाना चाहता था लेकिन गाँव का मामला, कान्यकुब्जों की बारात। शहर में सुधा, बिनती और चन्दर को जितनी आजादी थी उतनी वहाँ भला क्योंकर हो सकती थी! फिर कहने वालों की जबान, कोई क्या कह बैठे! यही सब सोचकर सुधा ने चन्दर को मना कर दिया। इसीलिए चन्दर यहीं बिनती को जितने उपहार और आशीर्वाद देना चाहता था, दे रहा था। सुधा का बचपन लौट आया और दिन-भर उसकी शरारतों और किलकारियों से घर हिलता था। सुधा ने चन्दर को इतनी ममता में डुबो लिया था कि एक क्षण वह चन्दर को अपने से अलग नहीं रहने देती थी। जितनी देर चन्दर घर में रहता, सुधा उसे अपने दुलार में, अपनी साँसों की गरमाई में समेटे रहती थी, चन्दर के माथे पर हर क्षण वह जाने कितना स्नेह बिखेरती रहती थी!

एक दिन चन्दर आया तो देखा कि बिनती कहीं गयी है और सुधा चुपचाप बैठी हुई बहुत-से पुराने खतों को सँभाल रही है। एक गम्भीर उदासी का बादल घर में छाया

हुआ है। चन्दर आया। देखा, सुधा आँख में आँसू भरे बैठी है।

"क्या बात है, सुधा?"

"रुखसती की चिट्ठी आ गयी चन्दर, परसों शंकरबाबू आ रहे हैं।"

चन्दर के हृदय की धड़कनों पर जैसे किसी ने हथौड़ा मार दिया। वह चुपचाप बैठ गया। "अब सब खत्म हुआ, चन्दर!" सुधा ने बड़ी ही करुण मुस्कान से कहा, "अब साल-भर के लिए विदा और उसके बाद जाने क्या होगा?"

चन्दर कुछ नहीं बोला। वहीं लेट गया और बोला, "सुधा, दु:खी मत हो। आखिर कैलाश इतना अच्छा है, शंकरबाबू इतने अच्छे हैं। दु:ख किस बात का? रहा मैं तो अब मैं सशक्त रहूँगा। तुम मेरे लिए मत घबराओ!"

सुधा एकटक चन्दर की ओर देखती रही। फिर बोली, "चन्दर! तुम्हारे जैसे सब क्यों नहीं होते? तुम सचमुच इस दुनिया के योग्य नहीं हो! ऐसे ही बने रहना, चन्दर मेरे! तुम्हारी पवित्रता ही मुझे जिन्दा रख सकेगी वर्ना मैं तो जिस नरक में जा रही हूँ..."

"तुम उसे नरक क्यों कहती हो! मेरी समझ में नहीं आता!"

"तुम नहीं समझ सकते। तुम अभी बहुत दूर हो इन सब बातों से, लेकिन..." सुधा बड़ी देर तक चुप रही। फिर खत सब एक ओर खिसका दिये और बोली, "चन्दर, उनमें सब कुछ है। वे बहुत अच्छे हैं, बहुत खुले विचार के हैं, मुझे बहुत चाहते हैं, मुझ पर कहीं से कोई बन्धन नहीं, लेकिन इस सारे स्वर्ग का मोल जो देकर चुकाना पड़ता है उससे मेरी आत्मा का कण-कण विद्रोह कर उठता है।" और सहसा घुटनों में मुँह छिपाकर रो पड़ी।

चन्दर उठा और सुधा के माथे पर हाथ रखकर बोला, "छि:, रोओ मत सुधा! अब तो जैसा है, जो कुछ भी है, बर्दाश्त करना पड़ेगा।"

"कैसे करूँ, चन्दर! वह इतने अच्छे हैं और इसके अलावा इतना अच्छा व्यवहार करते हैं कि मैं उनसे क्या कहूँ? कैसे कहूँ?" सुधा बोली।

"जाने दो सुधी, जैसे जिन्दगी हो वैसा निबाह करना चाहिए, इसी में सुन्दरता है। और जहाँ तक मेरा खयाल है वैवाहिक जीवन के प्रथम चरण में ही यह नशा रहता है, फिर किसको यह सूझता है। आओ, चलो चाय पीएँ! उठो, पागलपन नहीं करते। परसों चली जाओगी, रुलाकर नहीं जाना होता। उठो!" चन्दर ने अपने मन की जुगुप्सा पीकर ऊपर से बहुत स्नेह से कहा।

सुधा उठी और चाय ले आयी। चन्दर ने अपने हाथ से एक कप में चाय बनायी और सुधा को पिलाकर उसी में पीने लगी। चाय पीते-पीते सुधा बोली–

"चन्दर, तुम ब्याह मत करना! तुम इसके लिए नहीं बने हो।"

चन्दर सुधा को हँसाना चाहता था–"चल स्वार्थी कहीं की! क्यों न करूँ ब्याह! जरूर करूँगा! और जनाब, दो-दो करूँगा! अपने आप तो कर लिया और मुझे उपदेश दे रही हैं!"

सुधा हँस पड़ी। चन्दर ने कहा–

"बस ऐसे ही हँसती रहना हमेशा, हमारी याद करके और अगर रोयी तो समझ लो हम उसी तरह फिर अशान्त हो उठेंगे जैसे अभी तक थे!..." फिर प्याला सुधा के होंठों से लगाकर बोला, "अच्छा सुधी, कभी तुम सुनो कि मैं उतना पवित्र नहीं रहा जितना कि हूँ तो तुम क्या करोगी? कभी मेरा व्यक्तित्व अगर बिगड़ गया, तब क्या होगा?"

"होगा क्या? मैं रोकने वाली कौन होती हूँ! मैं खुद ही क्या रोक पायी अपने को! लेकिन चन्दर, तुम ऐसे ही रहना। तुम्हें मेरे प्राणों की सौगन्ध है, तुम अपने को बिगाड़ना मत।"

चन्दर हँसा, "नहीं सुधा, तुम्हारा प्यार मेरी ताकत है। मैं कभी गिर नहीं सकता जब तक तुम मेरी आत्मा में गुँथी हो।"

तीसरे दिन शंकरबाबू आये और सुधा चन्दर के पैरों की धूल माथे पर लगाकर चली गयी...इस बार वह रोयी नहीं, शान्त थी जैसे वधस्थल पर जाता हुआ बेबस अपराधी।

जब तक आसमान में बादल रहते हैं तब तक झील में बादलों की छाँह रहती है। बादलों के खुल जाने के बाद कोई भी झील उनकी छाँह को सुरक्षित नहीं रख पाती। जब तक सुधा थी, चन्दर की जिन्दगी का फिर एक बार उल्लास और उसकी ताकत लौट आयी थी, सुधा के जाते ही वह फिर सब कुछ खो बैठा। उसके मन में कोई स्थायित्व नहीं रहा। लगता था जैसे वह एक जलागार है जो बहुत गहरा है, लेकिन जिसमें हर चाँद, सूरज, सितारे और बादल की छाँह पड़ती है और उनके चले जाने के बाद फिर वह उनका प्रतिबिम्ब धो डालता है और बदलकर फिर वैसा ही हो जाता है। कोई भी चीज पानी को रँग नहीं पाती, उसे छू नहीं पाती, हाँ, लहरों में उनकी छाया का रूप विकृत हो जाता है।

चन्दर को चारों ओर की दुनिया सहज गुजरते हुए बादलों का निस्सार तमाशा-सी लग रही थी। कॉलेज की चहल-पहल, ढलती हुई बरसात का पानी, थीसिस और डिग्री, बर्टी का पागलपन और पम्मी के खत–ये सभी उसके सामने आते और सपनों की तरह गुजर जाते। कोई चीज उसके हृदय को छू न पाती। ऐसा लगता था कि चन्दर एक खोखला व्यक्ति है जिसमें सिर्फ एक सापेक्ष अन्त:करण मात्र है, कोई निरपेक्ष आत्मा नहीं और हृदय भी जैसे समाप्त हो गया था। एक जलहीन हल्के बादल की तरह वह

हवा के हर झोंके पर तैर रहा था। लेकिन टिकता कभी भी नहीं था। उसकी भावनाएँ, उसका मन, उसकी आत्मा, उसके प्राण, उसका सब कुछ सो गया था और वह जैसे नींद में चल-फिर रहा था, नींद में सब कुछ कर रहा था। जाने के आठ-नौ रोज बाद सुधा का खत आया–

"मेरे भाग्य!

मैं इस बार तुम्हें जिस तरह छोड़ आयी हूँ उससे मुझे पल-भर को चैन नहीं मिलता। अपने को तो बेच चुकी, अपने मन के मोती को कीचड़ में फेंक चुकी, तुम्हारी रोशनी को ही देखकर कुछ सन्तोष है। मेरे दीपक, तुम बुझना मत। तुम्हें मेरे स्नेह की लाज है।

मेरी जिन्दगी का नरक फिर मेरे अंगों में भिदना शुरू हो गया है। तुम कहते हो कि जैसे हो निबाह करना चाहिए। तुम कहते हो कि अगर मैंने उनसे निबाह नहीं किया तो यह तुम्हारे प्यार का अपमान होगा। ठीक है, मैं अपने लिए नहीं, तुम्हारे लिए निबाह करूँगी, लेकिन मैं कैसे सँभालूँ अपने को? दिल और दिमाग बेबस हो रहे हैं, नफरत से मेरा खून उबला जा रहा है। कभी-कभी जब तुम्हारी सूरत सामने होती है तो जैसे अपना सुख-दुःख भूल जाती हूँ, लेकिन अब तो जिन्दगी का तूफान जाने कितना तेज होता जा रहा है कि लगता है तुम्हें भी मुझसे खींचकर अलग कर देगा।

लेकिन तुम्हें अपने देवत्व की कसम है, तुम मुझे अब अपने हृदय से दूर न करना। तुम नहीं जानते कि तुम्हारी याद के ही सहारे मैं यह नरक झेलने में समर्थ हूँ। तुम मुझे कहीं छिपा लो–मैं क्या करूँ, मेरा अंग-अंग मुझ पर व्यंग्य कर रहा है, आँखों की नींद खत्म है। पाँवों में इतना तीखा दर्द है कि कुछ कह नहीं सकती। उठते-बैठते चक्कर आने लगा है। कभी-कभी बदन काँपने लगता है। आज वह बरेली गये हैं तो लगता है मैं आदमी हूँ। तभी तुम्हें लिख भी रही हूँ। तुम दुःखी मत होना। चाहती थी कि तुम्हें न लिखूँ लेकिन बिना लिखे मन नहीं मानता। मेरे अपने! तुमने तो यही सोचकर यहाँ भेजा था कि इससे अच्छा लड़का नहीं मिलेगा। लेकिन कौन जानता था कि फूल में कीड़े भी होंगे।

अच्छा, अब माँजी नीचे बुला रही हैं...चलती हूँ...देखो अपने किसी खत में इन सब बातों का जिक्र मत करना! और इसे फाड़कर फेंक देना।

तुम्हारी अभागिन–सुधी।"

चन्दर को खत मिला तो एक बार जैसे उसकी मूर्च्छा टूट गयी। उसने खत लिया और बिनती को बुलाया। बिनती हाथ में साग और डलिया लिये आयी और पास बैठ गयी। चन्दर ने वह खत बिनती को दे दिया। बिनती ने पढ़ा और चन्दर को वापस दे दिया और चुपचाप तरकारी काटने लगी।

वह उठा और चुपचाप अपने कमरे में चला गया। थोड़ी देर बाद बिनती चाय लेकर आयी और चाय रखकर बोली, "आप दीदी को कब खत लिख रहे हैं?"

"मैं नहीं लिखूँगा!" चन्दर बोला।

"क्यों?"

"क्या लिखूँ बिनती, कुछ समझ में नहीं आता!" कुछ झल्लाकर चन्दर ने कहा। बिनती चुपचाप बैठ गयी। थोड़ी देर बाद चन्दर बड़े मुलायम स्वर में बोला, "बिनती, एक दिन तुमने कहा था कि मैं देवता हूँ, तुम्हें मुझ पर गर्व है। आज भी तुम्हें मुझ पर गर्व है?"

"पहले से ज्यादा!" बिनती बोली।

"अच्छा, ताज्जुब है!" चन्दर बोला, "अगर तुम जानती कि आजकल कभी-कभी मैं क्या सोचता हूँ तो तुम्हें ताज्जुब होता! तुम जानती तो, सुधा के इस खत से मुझे ज़रा-सा भी दु:ख नहीं हुआ, सिर्फ झल्लाहट ही हुई है। मैं सोच रहा था कि क्यों सुधा इतना स्वाँग भरती है दु:ख और अन्तर्द्वन्द्व का! किस लड़की को यह सब पसन्द नहीं? किस लड़की के प्यार में शरीर का अंश नहीं होता? लाख प्रतिभाशालिनी लड़कियाँ हों लेकिन अगर वे किसी को प्यार करेंगी तो उसे अपनी प्रतिभा नहीं देंगी, अपना शरीर ही देंगी और यदि वह अस्वीकार कर लिया जाय तो शायद प्रतिहिंसा से तड़प भी उठेंगी। अब तो मुझे ऐसा लगने लगा कि सेक्स ही प्यार है, प्यार का मुख्य अंश है, बाकी सभी कुछ उसकी तैयारी है, उसके लिए एक समुचित वातावरण और विश्वास का निर्माण करना है... जाने क्यों मुझे इस सबसे बहुत नफरत होती जाती है। अभी तक मैं सेक्स और प्यार को दो चीजें समझता था, प्यार पर विश्वास करता था, सेक्स से नफरत, अब मुझे दोनों ही एक चीजें लगती हैं और जाने कैसे अरुचि-सी हो गयी है इस जिन्दगी से। तुम्हारी क्या राय है, बिनती?"

"मेरी? अरे, हम बे-पढ़े-लिखे आदमी, हम क्या आपसे बात करेंगे! लेकिन एक बात है। ज्यादा पढ़ना-लिखना अच्छा नहीं होता।"

"क्यों?" चन्दर ने पूछा।

"पढ़ने-लिखने से ही आप और दीदी जाने क्या-क्या सोचते हैं! हमने देहात में देखा है कि वहाँ लड़कियाँ समझती हैं कि उन्हें क्या करना है। इसलिए कभी इन सब बातों पर अपना मन नहीं बिगाड़तीं। बल्कि मैंने तो देखा है सभी शादी के बाद मोटी होकर आती हैं। और दीदी अब छोटी-सी नहीं कि ऐसी उनकी तबीयत खराब हो जाय। यह सब मन में घुटने का नतीजा है। जब यह होना ही है तो क्यों दीदी दु:खी होती हैं? उन्हें तो और मोटी होना चाहिए।" बिनती बोली।

इस समस्या का इतना सरल समाधान सुनकर चन्दर को हँसी आ गयी।

"अब तुम ससुराल जा रही हो। मोटी होकर आना!"

"धत्, आप तो मजाक करने लगे!"

"लेकिन बिनती, तुम इस मामले में बड़ी विद्वान् मालूम देती हो। अभी तक यह विद्वत्ता कहाँ छिपा रखी थी?"

"नहीं, आप मजाक न बनाइए तो मैं सच बताऊँ कि देहाती लड़कियाँ शहर की लड़कियों से ज्यादा होशियार होती हैं इन सब मामलों में।"

"सच?" चन्दर ने पूछा। वह गाँव की जिन्दगी को बेहद निरीह समझता था।

"हाँ और क्या? वहाँ इतना दुराव, इतना गोपन नहीं है। सब कुछ उनके जीवन का उन्मुक्त है। और ब्याह के पहले ही वहाँ लड़कियाँ सब कुछ..."

"अरे नहीं!" चन्दर ने बेहद ताज्जुब से कहा।

"लो यकीन नहीं होता आपको? मुझे कैसे मालूम हुआ इतना। मैं आपसे कुछ नहीं छिपाती, वहाँ तो सब लोग इसे इतना स्वाभाविक समझते हैं जितना खाना-पीना, हँसना-बोलना। बस लड़कियाँ इस बात में सचेत रहती हैं कि किसी मुसीबत में न फँसें!"

चन्दर चुपचाप बैठ चाय पीता रहा। आज तक वह जिन्दगी को कितना पवित्र मानता रहा था लेकिन जिन्दगी कुछ और ही है। जिन्दगी अभी भी वह है जो सृष्टि के आरम्भ में थी...और दुनिया कितनी चालाक है! कितनी भुलावा देती है! अन्दर से मन में जहर छिपाकर भी होंठों पर कैसी अमृतमयी मुसकान झलकाती रहती है! यह बिनती जो इतनी शान्त संयत और भोली लगती थी, इसमें सभी गुन भरे हैं। इस दुनिया में? चन्दर ने जिन्दगी को परखने में कितना बड़ा धोखा खाया है।...जिन्दगी यह है–मांसलता और प्यास और उसके साथ-साथ अपने को छिपाने की कला।

वह बैठा-बैठा सोचता रहा। सहसा उसने पूछा–

"बिनती, तुम भी देहात में रही हो और सुधा भी। तुम लोगों की जिन्दगी में वह सब कभी आया?"

बिनती क्षण-भर चुप रही, फिर बोली, "क्यों, क्या नफरत करोगे सुनकर!"

"नहीं बिनती, जितनी नफरत और अरुचि दिल में आ गयी है उससे ज्यादा आ सकती है भला? बताना चाहो तो बता दो। अब मैं जिन्दगी को समझना चाहता हूँ, वास्तविकता के स्तर पर!" चन्दर ने गम्भीरता से पूछा।

"मैंने आपसे कुछ नहीं छिपाया, न अब छिपाऊँगी। पता नहीं क्यों दीदी से भी ज्यादा आप पर विश्वास जमता जा रहा है। सुधा दीदी की जिन्दगी में तो यह सब नहीं

आ पाया। वे बड़ी विचित्र-सी थीं। सबसे अलग रहती थीं और पढ़ती और कमल के पोखरे में फूल तोड़ती थीं, बस! मेरी जिन्दगी में..."

चन्दर ने चाय का प्याला खिसका दिया। जाने किस भाव से उसने बिनती के चेहरे की ओर देखा। वह शान्त थी, निर्विकार थी और बिना किसी हिचक के कहती जा रही थी।

चन्दर चुप था। बिनती ने अपने पाँवों से चन्दर के पाँवों की उँगलियाँ दबाते हुए पूछा, "क्या सोच रहे हैं आप? सुन रहे हैं आप?"

"जाने दो, मैं नहीं सुनूँगा। लेकिन तुम मुझ पर इतना विश्वास क्यों करती हो?" चन्दर ने पूछा।

"जाने क्यों? यहाँ आकर मैंने दीदी के साथ आपका व्यवहार देखा। फिर पम्मी वाली घटना हुई। मेरे तन-मन में एक विचित्र-सी श्रद्धा आपके लिए छा गयी। जाने कैसी अरुचि मेरे मन में दुनिया के लिए थी, आपको देखकर मैं फिर स्वस्थ हो गयी।"

"ताज्जुब है! तुम्हारे मन की अरुचि दूर हो गयी दुनिया के प्रति और मेरे मन की अरुचि बढ़ गयी। कैसे अन्तर्विरोध होते हैं मन की प्रतिक्रियाओं में! एक बात पूछूँ, बिनती! तुम मेरे इतनी समीप रही हो। सैकड़ों बार ऐसा हुआ होगा जो मेरे विषय में तुम्हारे मन में शंका पैदा कर देता, तुम सैकड़ों बार मेरे सिर को अपने वक्ष पर रखकर मुझे सान्त्वना दे चुकी हो। तुम मुझे बहुत प्यारी हो, लेकिन तुम जानती हो मैं तुम्हें प्यार नहीं करता हूँ, फिर यह सब क्या है, क्यों है?"

बिनती चुप रही–"पता नहीं क्यों है? मुझे इसमें कभी कोई पाप नहीं दिखा और कभी दिखा भी तो मन ने कहा कि आप इतने पवित्र हैं, आपका चरित्र इतना ऊँचा है कि मेरा पाप भी आपको छूकर पवित्र हो जाएगा।"

"लेकिन बिनती..."

"बस?" बिनती ने चन्दर को टोककर कहा, "इससे अधिक आप कुछ मत पूछिए, मैं हाथ जोड़ती हूँ?"

चन्दर चुप हो गया।

चन्दर जितना सुलझाने का प्रयास कर रहा था, चीजें उतनी ही उलझती जा रही थीं। सुधा ने जिन्दगी का एक पक्ष चन्दर के सामने रखा था। बिनती उसे दूसरी दुनिया में खींच लायी। कौन सच है, कौन झूठ? वह किसका तिरस्कार करे, किसको स्वीकार करे। अब सुधा गलती पर है तो चन्दर का जिम्मा है, चन्दर ने सुधा की हत्या की है...

लेकिन कितनी भिन्न हैं दोनों बहनें! बिनती कितनी व्यावहारिक, कितनी यथार्थ, संयत और सुधा कितनी आदर्श, कितनी कल्पनामयी, कितनी सूक्ष्म, कितनी ऊँची, कितनी सुकुमार और पवित्र।

जीवन की समस्याओं के अन्तर्विरोधों में जब आदमी दोनों पक्षों को समझ लेता है तब उसके मन में एक ठहराव आ जाता है। वह भावना से ऊपर उठकर स्वच्छ बौद्धिक धरातल पर जिन्दगी को समझने की कोशिश करने लगता है। चन्दर अब भावना से हटकर जिन्दगी को समझने की कोशिश करने लगा था। वह अब भावना से डरता था। भावना के तूफान में इतनी ठोकरें खाकर अब उसने बुद्धि की शरण ली थी और एक पलायनवादी की तरह भावना से भाग कर बुद्धि की एकांगिता में छिप गया था। कभी भावुकता से नफरत करता था, अब वह भावना से ही नफरत करने लगा था। इस नफरत का भोग सुधा और बिनती दोनों को ही भुगतना पड़ा। सुधा को उसने एक भी खत नहीं लिखा और बिनती से एक दिन भी ठीक से बातें नहीं कीं।

जब भावना और सौन्दर्य के उपासक को बुद्धि और वास्तविकता की ठेस लगती है तब वह सहसा कटुता और व्यंग्य से उबल उठता है। इस वक्त चन्दर का मन भी कुछ ऐसा ही हो गया था। जाने कितने जहरीले काँटे उसकी वाणी में उग आये थे, जिन्हें वह कभी भी किसी को चुभाने से बाज नहीं आता था। एक निर्मम निरपेक्षता से वह अपने जीवन की सीमा में आने वाले हर व्यक्ति को कटुता के जहर से अभिषिक्त करता चलता था। सुधा को वह कुछ लिख नहीं सकता था। पम्मी यहाँ थी नहीं, ले-देकर बची अकेली बिनती जिसे इन जहरीले वाणों का शिकार होना पड़ रहा था। सितम्बर बीत रहा था और अब वह गाँव जाने की तैयारी कर रही थी। डॉक्टर साहब ने दिसम्बर तक की छुट्टी ली थी और वे भी गाँव जाने वाले थे। शादी के महीने-भर पहले से उनका जाना जरूरी था।

चन्दर खुश नहीं था, नाराज नहीं था। एक स्वर्गभ्रष्ट देवदूत जिसे पिशाचों ने खरीद लिया हो, उन्हीं की तरह वह जिन्दगी के सुख-दुःख को ठोकर मारता हुआ किनारे खड़ा सभी पर हँस रहा था। खासतौर से नारी पर उसके मन का सारा जहर बिखरने लगा था और उसमें उसे यह भी अक्सर ध्यान नहीं रहता था कि वह किससे क्या बात कर रहा है। बिनती सब कुछ चुपचाप सहती जा रही थी, बिनती को सुधा की तरह रोना नहीं आता था; न उसकी चन्दर इतनी परवा ही करता था जितनी सुधा की। दोनों में बातें भी बहुत कम होती थीं, लेकिन बिनती मन-ही-मन दुःखी थी। वह क्या करे! एक दिन उसने चन्दर के पैर पकड़कर बहुत अनुनय से कहा–"आपको यह क्या होता जा रहा है? अगर आप ऐसे ही करेंगे तो हम दीदी को लिख देंगे!"

चन्दर बड़ी भयावनी हँसी हँसा–"दीदी को क्या लिखोगी? मुझे अब उसकी परवा नहीं। वह दिन गये, बिनती! बहुत बन लिये हम।"

"हाँ, चन्दर बाबू, आप लड़की होते तो समझते!"

"सब समझता हूँ मैं, कैसा दोहरा नाटक खेलती हैं लड़कियाँ! इधर अपराध करना, उधर मुखबिरी करना।"

बिनती चुप हो गयी। एक दिन जब चन्दर कॉलेज से आया तो उसके सिर में दर्द हो रहा था। वह आकर चुपचाप लेट गया। बिनती ने आकर पूछा तो बोला, "क्यों, क्यों मैं बतलाऊँ कि क्या है, तुम मिटा दोगी?"

बिनती ने चन्दर के सिर पर हाथ रखकर कहा, "चन्दर, तुम्हें क्या होता जा रहा है? देखो कैसी हड्डियाँ निकल आयी हैं इधर। इस तरह अपने को मिटाने से क्या फायदा?"

"मिटाने से?" चन्दर उठकर बैठ गया–"मैं मिटाऊँगा अपने को लड़कियों के लिए? छिः, तुम लोग अपने को क्या समझती हो? क्या है तुम लोगों में सिवा एक नशीली मांसलता के? इसके लिए मैं अपने को मिटाऊँगा?"

बिनती ने चन्दर को फिर लिटा दिया।

"इस तरह अपने को धोखा देने से क्या फायदा, चन्दर बाबू? मैं जानती हूँ दीदी के न होने से आपकी जिन्दगी में कितना बड़ा अभाव है। लेकिन..."

"दीदी के न होने पर? क्या मतलब है तुम्हारा?"

"मेरा मतलब आप खूब समझते हैं। मैं जानती हूँ, दीदी होतीं तो आप इस तरह न मिटाते अपने को। मैं जानती हूँ दीदी के लिए आपके मन में क्या था?" बिनती ने सिर में तेल डालते हुए कहा।

"दीदी के लिए क्या था?" चन्दर हँसा, बड़ी विचित्र हँसी–"दीदी के लिए मेरे मन में एक आदर्शवादी भावुकता थी जो अधकचरे मन की उपज थी, एक ऐसी भावना थी जिसके औचित्य पर ही मुझे विश्वास नहीं, वह एक सनक थी।"

"सनक!" बिनती बड़ी देर तक चुपचाप सिर में तेल ठोंकती रही। फिर बोली, "अपनी साँसों से बनायी देवमूर्ति पर इस तरह लात तो न मारिए। आपको शोभा नहीं देता!" बिनती की आँख में आँसू आ गये, "कितनी अभागी हैं दीदी!"

चन्दर एकटक बिनती की ओर देखता रहा और फिर बोला, "मैं अब पागल हो जाऊँगा, बिनती!"

"मैं आपको पागल नहीं होने दूँगी। मैं आपको छोड़कर नहीं जाऊँगी।"

"मुझे छोड़कर नहीं जाओगी!" चन्दर फिर हँसा–"जाइए आप! अब आप श्रीमती

बिनती होने वाली हैं। आपका ब्याह होगा। मैं पागल हो रहा हूँ, इससे क्या हुआ? इन सब बातों से दुनिया नहीं रुकती, शहनाइयाँ नहीं बन्द होतीं, बन्दनवार नहीं तोड़े जाते।"

"मैं नहीं जाऊँगी चन्दर अभी, तुम मुझे नहीं जानते। तुम्हारी इतनी ताड़ना और व्यंग्य सहकर भी तुम्हारे पास रही, अब दुनिया-भर की लांछना और व्यंग्य सहकर तुम्हारे पास रह सकती हूँ।" बिनती ने तीखे स्वर में कहा।

"क्यों?" तुम्हारे रहने से क्या होगा? तुम सुधा नहीं हो। तुम सुधा नहीं हो सकतीं! जो सुधा है मेरी जिन्दगी में, वह कोई नहीं हो सकता। समझीं? और मुझ पर अहसान मत जताओ! मैं मर जाऊँ, मैं पागल हो जाऊँ, किसी का साझा! क्यों तुम मुझ पर इतना अधिकार समझने लगीं–अपनी सेवा के बल पर? मैं इसकी रत्ती-भर परवा नहीं करता। जाओ, यहाँ से!" और उसने बिनती को धकेल दिया, तेल की शीशी उठाकर बाहर फेंक दी।

बिनती रोती हुई चली गयी। चन्दर उठा और कपड़े पहनकर बाहर चल दिया, "हूँ, ये लड़कियाँ समझती हैं अहसान कर रही हैं मुझ पर!"

बिनती के जाने की तैयारी हो गयी थी और लिया-दिया जाने वाला सारा सामान पैक हो रहा था। डॉक्टर साहब भी महीने-भर की छुट्टी लेकर साथ जा रहे थे। उस दिन की घटना के बाद फिर बिनती चन्दर से बिल्कुल ही नहीं बोली थी। चन्दर भी कभी नहीं बोला।

ये लोग कार पर जाने वाले थे। सारा सामान पीछे-आगे लादा जाने वाला था। डॉक्टर साहब कार लेकर बाजार गये थे। चन्दर उनका होल्डॉल सँभाल रहा था। बिनती आयी और बोली, "मैं आपसे बातें कर सकती हूँ?"

"हाँ, हाँ! तुम उस दिन की बात का बुरा मान गयीं! अमूमन लड़कियाँ सच्ची बात का बुरा मान जाती हैं! बोलो, क्या बात है?" चन्दर ने इस तरह कहा जैसे कुछ हुआ ही न हो।

बिनती की आँख में आँसू थे, "चन्दर, आज मैं जा रही हूँ!"

"हाँ, यह तो मालूम है, उसी का इन्तजाम कर रहा हूँ!"

"पता नहीं मैंने क्या अपराध किया चन्दर कि तुम्हारा स्नेह खो बैठी। ऐसा ही था चन्दर तो आते ही आते इतना स्नेह तुमने दिया ही क्यों था?... मैं तुमसे कभी भी दीदी का स्थान नहीं माँग रही थी...तुमने मुझे गलत क्यों समझा?"

"नहीं, बिनती! मैं अब स्नेह इत्यादि पसन्द नहीं करता हूँ। पूर्ण परिपक्व मनुष्य हूँ और ये सब भावनाएँ अब अच्छी नहीं लगतीं मुझे। स्नेह वगैरह की दुनिया अब मुझे बड़ी उथली लगती है।"

"तभी चन्दर! इतने दिन मैंने रोते-रोते बिताये। तुमने एक बार पूछा भी नहीं। जिन्दगी में सिवा दीदी और तुम्हारे, कौन था? तुमने मेरे आँसुओं की परवा नहीं की। तुम्हें कसूर नहीं देती; कसूर मेरा ही होगा, चन्दर!"

"नहीं, कसूर की बात नहीं बिनती! औरतों के रोने की कहाँ तक परवा की जाए, वे कुत्ते, बिल्ली तक के लिए उतने ही दु:ख से रोती हैं।"

"खैर, चन्दर! ईश्वर करे तुम जीवन-भर इतने मजबूर रहो। मंने अगर कभी तुम्हारे लिए कुछ किया, वैसे किया भी क्या, लेकिन अगर कुछ भी किया तो सिर्फ इसलिए कि मेरे मन की जाने कितनी ममता तुमने जीत ली या मैं हमेशा इस बात के लिए पागल रहती थी कि तुम्हें ज़रा-सी भी ठेस न पहुँचे, मैं क्या कर डालूँ तुम्हारे लिए। तुमने, तुम्हारे व्यक्तित्व ने मुझे जादू में बाँध लिया था। तुम मुझसे कुछ भी करने के लिए कहते तो मैं हिचक नहीं सकती थी–लेकिन खैर, तुम्हें मेरी जरूरत नहीं थी। तुम पर भार हो उठती थी मैं। मैंने अपने को खींच लिया, अब कभी तुम्हारे जीवन में आने का साहस नहीं करूँगी। यह भी कैसे कहूँ कि कभी तुम्हें मेरी जरूरत पड़ेगी। मैं जानती हूँ कि तुम्हारे तूफानी व्यक्तित्व के सामने मैं बहुत तुच्छ हूँ, तिनके से भी तुच्छ। लेकिन आज जा रही हूँ, अब कभी यहाँ आने का साहस न करूँगी। लेकिन क्या चलते वक्त आशीर्वाद भी न दोगे? कुछ आगे का रास्ता न बताओगे?"

बिनती ने झुककर चन्दर के पैर पकड़ लिये और सिसक-सिसककर रोने लगी। चन्दर ने बिनती को उठाया और पास की कुर्सी पर बिठा दिया और सिर पर हाथ रखकर बोला, "आशीर्वाद देवताओं से माँगा जाता है। मैं अब प्रेत हो चुका हूँ बिनती!"

चन्दर अब एकान्त चाहता था और वह चन्दर को मिल गया था। पूरा घर खाली, एक महराजिन, माली और नौकर। और सारे घर में सिर्फ सन्नाटा और उस सन्नाटे का प्रेत चन्दर। चन्दर चाहे जितना टूट जाये, चाहे जितना बिखर जाये, लेकिन चन्दर हारने वाला नहीं था। वह हार भी जाये लेकिन हार स्वीकार करना उसे नहीं आता था। उसके मन में अब सन्नाटा, अपने मन के पूजागृह में स्थापित सुधा की पावन, प्रांजल देवमूर्ति को उसने कठोरता से उठाकर बाहर फेंक दिया था। मन्दिर की मूर्तिमयी पवित्रता, बिनती को अपमानित कर दिया था और मन्दिर के पूजा-उपकरणों को, अपने जीवन के आदर्शों और मानदंडों को उसने चूर-चूर कर डाला था, और बुतशिकन विजेता की तरह क्रूरता से हँसते हुए मन्दिर के भग्नावशेषों पर कदम रखकर चल रहा था। उसका मन टूटा हुआ खँडहर था जिसके उजाड़, बेछत कमरों में चमगादड़ बसेरा करते हैं और जिसके ध्वंसावशेषों पर

गिरगिट पहरा देते हैं। काश कि कोई उन खँडहरों की ईंटें उलटकर देखता तो हर पत्थर के नीचे पूजा-मन्त्र सिसकते हुए मिलते, हर धूल की पर्त में घंटियों की बेहोश ध्वनियाँ मिलतीं, हर कदम पर मुरझाये हुए पूजा के फूल मिलते और हर शाम-सवेरे भग्न देवमूर्ति का करुण रुदन दीवारों पर सिर पटकता हुआ मिलता...लेकिन चन्दर ऐसा-वैसा दुश्मन नहीं था। उसने मन्दिर को चूर-चूर कर उस पर अपने गर्व का पहरा लगा दिया था कि कभी भी कोई उस पर खँडहर के अवशेष कुरेदकर पुराने विश्वास, पुरानी अनुभूतियाँ, पुरानी पूजाएँ फिर से न जगा दे। बुतशिकन तो मन्दिर तोड़ने के बाद सारा शहर जला देता है, ताकि शहर वाले फिर उस मन्दिर को न बना पाएँ–ऐसा था चन्दर। अपने मन को सुनसान कर लेने के बाद उसने अपनी जिन्दगी, अपना रहन-सहन, अपना मकान और अपना वातावरण भी सुनसान कर लिया था। अगहन आ गया था, लेकिन उसके चारों ओर जेठ की दुपहरी से भी भयानक सन्नाटा था।

बिनती जब से गयी उसने कोई खत नहीं भेजा था। सुधा के भी पत्र बन्द हो चुके थे। पम्मी के दो खत आये। पम्मी आजकल दिल्ली घूम रही थी, लेकिन चन्दर ने पम्मी को कोई जवाब नहीं दिया। अकेला...अकेला...बिल्कुल अकेला...सहारा मरुस्थल की नीरस भयावनी शान्ति और वह भी जब तक कि काँपता हुआ लाल सूरज बालू के क्षितिज पर अपनी आखिरी साँसें तोड़ रहा हो और बालू के टीलों की अधमरी छायाएँ लहरदार बालू पर धीरे-धीरे रेंग रही हों।

बिनती के ब्याह को पन्द्रह दिन रह गये थे कि सुधा का एक पत्र आया...

"मेरे देवता, मेरे नयन, मेरे पन्थ, मेरे प्रकाश!

आज कितने दिनों बाद तुम्हें खत लिखने का मौका मिल रहा है। सोचा था, बिनती के ब्याह के महीने-भर पहले गाँव आ जाऊँगी तो एक दिन के लिए तुम्हें आकर देख जाऊँगी। लेकिन इरादे-इरादे हैं और जिन्दगी-जिन्दगी। अब सुधा अपने जेठ और सास के लड़के की गुलाम है। ब्याह के दूसरे दिन ही चला जाना होगा। तुम्हें यहाँ बुला लेती, लेकिन यहाँ बन्धन और परदा तो ससुराल से भी बदतर है।

मैंने बिनती से तुम्हारे बारे में बहुत पूछा। वह कुछ नहीं बतायी। पापा से इतना मालूम हुआ कि तुम्हारी थीसिस छपने गयी है। कन्वोकेशन नजदीक है। तुम्हें याद है, वादा था कि तुम्हारा गाउन पहनकर मैं फोटो खिंचवाऊँगी। वह दिन याद करती हूँ तो जाने कैसा होने लगता है! एक कन्वोकेशन की फोटो खिंचवाकर जरूर भेजना।

क्या तुमने बिनती को कोई दु:ख दिया था? बिनती हरदम तुम्हारी बात पर आँसू

भर लाती है। मैंने तुम्हारे भरोसे बिनती को वहाँ छोड़ा था। मैं उससे दूर, माँ का सुख उसे मिला नहीं, पिता मर गये। क्या तुम उसे इतना भी प्यार नहीं दे सकते? मैंने तुम्हें बार-बार सहेज दिया था। मेरी तन्दुरुस्ती अब कुछ-कुछ ठीक है, लेकिन जाने कैसी है। कभी-कभी सिर में दर्द होने लगता है। जी मिचलाने लगता है। आजकल वह बहुत ध्यान रखते हैं। लेकिन वे मुझको समझ नहीं पाये। सारे सुख और आजादी के बीच मैं कितनी असन्तुष्ट हूँ। मैं कितनी परेशान हूँ। लगता है हजारों तूफान हमेशा नसों में घहराया करते हैं।

चन्दर, एक बात कहूँ अगर बुरा न मानो तो। आज शादी के छह महीने बाद भी मैं यही कहूँगी चन्दर कि तुमने अच्छा नहीं किया। मेरी आत्मा सिर्फ तुम्हारे लिए बनी थी, उसके रेशे में वे तत्त्व हैं जो तुम्हारी ही पूजा के लिए थे। तुमने मुझे दूर फेंक दिया, लेकिन इस दूरी के अँधेरे में भी जन्म-जन्मान्तर तक भटकती हुई सिर्फ तुम्हीं को ढूँढ़ूँगी, इतना याद रखना और इस बार अगर तुम मिल गये तो जिन्दगी की कोई ताकत, कोई आदर्श, कोई सिद्धान्त, कोई प्रवंचना मुझे तुमसे अलग नहीं कर सकेगी। लेकिन मालूम नहीं पुनर्जन्म सच है या झूठ! अगर झूठ है तो सोचो चन्दर कि इस अनादिकाल के प्रवाह में सिर्फ एक बार...सिर्फ एक बार मैंने अपनी आत्मा का सत्य ढूँढ़ पाया था और अब अनन्तकाल के लिए उसे खो दिया। अगर पुनर्जन्म नहीं है तो बताओ मेरे देवता, क्या होगा? करोड़ों सृष्टियाँ होंगी, प्रलय होंगे और मैं अतृप्त चिनगारी की तरह असीम आकाश में तड़पती हुई अँधेरे की हर परत से टकराती रहूँगी, न जाने कब तक के लिए। ज्यों-ज्यों दूरी बढ़ती जा रही है, त्यों-त्यों पूजा की प्यास बढ़ती जा रही है! काश मैं सितारों के फूल और सूरज की आरती से तुम्हारी पूजा कर पाती! लेकिन जानते हो, मुझे क्या करना पड़ रहा है? मेरे छोटे भतीजे नीलू ने पहाड़ी चूहे पाले हैं। उनके पिंजड़े के अन्दर एक पहिया लगा है और ऊपर घंटियाँ लगी हैं। अगर कोई अभागा चूहा उस चक्र में उलझ जाता है तो ज्यों-ज्यों छूटने के लिए वह पैर चलाता है त्यों-त्यों चक्र घूमने लगता है; घंटियाँ बजने लगती हैं। नीलू बहुत खुश होता है लेकिन चूहा थककर बेदम होकर नीचे गिर पड़ता है। कुछ ऐसे ही चक्र में फँस गयी हूँ, चन्दर! सन्तोष सिर्फ इतना है कि घंटियाँ बजती हैं तो शायद तुम उन्हें पूजा के मन्दिर की घंटियाँ समझते होगे। लेकिन खैर! सिर्फ इतनी प्रार्थना है चन्दर! कि अब थककर जल्दी ही गिर जाऊँ।

मेरे भाग्य! खत का जवाब जल्दी ही देना। पम्मी अभी आयी या नहीं?

तुम्हारी, जन्म-जन्म की प्यासी–सुधा।"

चन्दर ने खत पढ़ा और फौरन लिखा–

"प्रिय सुधा,

तुम्हारा पत्र बहुत दिनों के बाद मिला। तुम्हारी भाषा वहाँ जाकर बहुत निखर गयी है। मैं तो समझता हूँ कि अगर खत कहीं छपा दिया जाये तो लोग इसे किसी रोमांटिक उपन्यास का अंश समझें, क्योंकि उपन्यासों के ही पात्र ऐसे खत लिखते हैं, वास्तविक जीवन के नहीं।

खैर, मैं अच्छा हूँ। हरेक आदमी जिन्दगी से समझौता कर लेता है किन्तु मैंने जिन्दगी से समर्पण कराकर उसके हथियार रख लिये हैं। अब किले के बाहर से आनेवाली आवाजें अच्छी नहीं लगतीं, न खतों के पाने की उत्सुकता, न जवाब लिखने का आग्रह। अगर मुझे अकेला छोड़ दो तो बहुत अच्छा होगा। मैं विनती करता हूँ, मुझे खत मत लिखना–आज विनती करता हूँ क्योंकि आज्ञा देने का अब साहस भी नहीं, अधिकार भी नहीं, व्यक्तित्व भी नहीं। खत तुम्हारा तुम्हें भेज रहा हूँ।

कभी जिन्दगी में कोई जरूरत आ पड़े तो जरूर याद करना–बस, इसके अलावा कुछ नहीं।

अपने में सन्तुष्ट–चन्द्रकुमार कपूर।"

उसके बाद फिर वही सुनसान जिन्दगी का ढर्रा। खँडहर के सन्नाटे में भूलकर आयी हुई बाँसुरी की आवाज की तरह सुधा का पत्र, सुधा का ध्यान आया और चला गया। खँडहर का सन्नाटा, सन्नाटे के उल्लू, गिरगिट और पत्थर काँपे और फिर मुस्तैदी से अपनी जगह पर जम गये और उसके बाद फिर वही उदास सन्नाटा, टूटता हुआ-सा अकेलापन और मूर्च्छित दोपहरी के फूल-सा चन्दर...

नवम्बर का एक खुशनुमा विहान; सोने के काँपते तारे सुबह की ठंडी हवाओं में उलझे हुए थे। आकाश एक छोटे बच्चे के नीलम नयनों की तरह भोला और स्वच्छ लग रहा था। क्यारियाँ शरद के फूलों से भर गयी थीं और एक नयी ताजगी मौसम और मन में पुलक उठी थी। चन्दर अपना पुराना कत्थई स्वेटर और पीले रंग के पश्मीने का लम्बा कोट पहने लॉन में टहल रहा था। छोटे-छोटे पिल्ले दूब पर किलोल कर रहे थे। सहसा एक कार आकर रुकी और पम्मी उसमें से कूद पड़ी और क्वाँरी हिरणी की तरह दौड़कर चन्दर के पास पहुँच गयी–"हलो माई ब्वॉय, मैं आ गयी!"

चन्दर कुछ नहीं बोला, "आओ, ड्राइंगरूम में बैठो!" उसने उसी मुर्दा-सी आवाज में कहा। उसे पम्मी के आने की कोई प्रसन्नता नहीं थी। पम्मी उसके उदास चेहरे को

देखती रही, फिर उसके कन्धे पर हाथ रखकर बोली, "क्यों कपूर, कुछ बीमार हो क्या?"

"नहीं तो, आजकल मुझे मिलना-जुलना अच्छा नहीं लगता। अकेला घर भी है!" उसने उसी फीकी आवाज में कहा।

"क्यों, मिस सुधा कहाँ है? और डॉक्टर शुक्ला!"

"वे लोग मिस बिनती की शादी में गये हैं।"

"अच्छा, उसकी शादी भी हो गयी, डैम इट। जैसे ये लोग पागल हो गये हैं, बर्टी, सुधा, बिनती!...क्यों, मिलते-जुलते क्यों नहीं तुम?"

"यों ही, मन नहीं होता।"

"समझ गयी, जो मुझे तीन-चार साल पहले हुआ था, कुछ निराशा हुई है तुम्हें!" पम्मी बोली।

"नहीं, ऐसी तो कोई बात नहीं।"

"कहना मत अपनी जबान से, स्वीकार कर लेने से पुरुष का गर्व टूट जाता है।... यही तो तुम्हारे चरित्र में मुझे प्यारा लगता है। खैर, यह ठीक हो जाएगा...! मैं तुम्हें ऐसे नहीं रहने दूँगी।"

"मसूरी में इतने दिन क्या करती रहीं?" चन्दर ने पूछा।

"योग-साधन!" पम्मी ने हँसकर कहा, "जानते हो, आजकल मसूरी में बर्फ पड़ रही है। मैंने कभी बर्फ के पहाड़ नहीं देखे थे। अँग्रेजी उपन्यासों में बर्फ पड़ने का जिक्र सुना बहुत था। सोचा, देखती जाऊँ। क्या कपूर! तुम खत क्यों नहीं लिखते थे?"

"मन नहीं होता था। अच्छा बर्टी की शादी कब होगी?" चन्दर ने बात टालने के लिए कहा।

"हो भी गयी। मैं आ भी नहीं पायी कि सुनते हैं जेनी एक दिन बर्टी को पकड़कर खींच ले गयी और पादरी से बोली, 'अभी शादी करा दो।' उसने शादी करा दी। लौटकर जेनी ने बर्टी का शिकारी सूट फाड़ डाला और अच्छा-सा सूट पहना दिया। बड़े विचित्र हैं दोनों। एक दिन सर्दी के वक्त बर्टी स्वेटर उतारकर जेनी के कमरे में गया तो मारे गुस्से के जेनी ने सिवा पतलून के सारे कपड़े उतारकर बर्टी को कमरे से बाहर निकाल दिया। मैं तो जब से आयी हूँ, रोज नाटक देखती हूँ। हाँ, देखो यह तो मैं भूल ही गयी थी..." और उसने अपनी जेब से पीतल की एक छोटी-सी मूर्ति निकालकर मेज पर रखी–"एक भोटिया औरत इसे बेच रही थी। मैंने इसे माँगा तो वह बोली–'यह सिर्फ मर्दों के लिए है।' मैंने पूछा, 'क्यों?' तो बोली–'इसे अगर मर्द पहन ले तो उस पर किसी औरत का जादू नहीं चलता। वह औरत या तो मर जाती है या भाग जाती है या उसका ब्याह किसी

दूसरे से हो जाता है।' तो मैंने सोचा, तुम्हारे लिए लेती चलूँ।"

चन्दर ने देखा वह अवलोकितेश्वर की महायानी मूर्ति थी। उसने हँसकर उसे ले लिया फिर बोला, "और क्या लायी अपने लिए?"

"अपने लिए एक नया रहस्य लायी हूँ।"

"क्या?"

"इधर देखो, मेरी ओर, मैं सुन्दर लगती हूँ?"

चन्दर ने देखा। पम्मी अठारह साल की लड़की-सी लगने लगी है। चेहरे के कोने भी जैसे गोल हो गये थे और मुँह पर बहुत ही भोलापन आ गया था, आँखों में क्वाँरापन आ गया था, चेहरे पर सोना और केसर, चम्पा, हरसिंगार घुल-मिल गये थे।

"सचमुच पम्मी, लगता है जैसे कौमार्य लौट आया है तुम पर तो! परियों के कुंज से अपना बचपन फिर चुरा लायी क्या?"

"नहीं कपूर, यही तो रहस्य लायी हूँ, हमेशा सुन्दर बने रहने का और परियों के कुंजों से नहीं, गुनाहों के कुंजों से। मैंने हिमालय की छाँह में एक नया संगीत सुना कपूर, मांसलता का संगीत। मसूरी के समाज में घुल-मिल गयी और मादक अनुभूतियाँ बटोरती रही–बिना किसी पश्चात्ताप के और मैंने देखा कि दिनों-दिन निखरती जा रही हूँ। कपूर, सेक्स इतनी बुरा नहीं जितना मैं समझती थी। तुम्हारी क्या राय है?"

"हाँ, मैं देख रहा हूँ, सेक्स लोगों को उतना बुरा नहीं लगता, जितना मैं समझता था।"

"नहीं चन्दर, सिर्फ इतना ही नहीं, अच्छा मान लो जैसे तुम आजकल उदास हो और तुम्हारा सिर इस तरह अपनी गोद में रख लूँ तो कुछ सन्तोष नहीं होगा तुम्हें?" और पम्मी ने चन्दर का सिर सचमुच अपने श्वासान्दोलित वक्ष से चिपका लिया। चन्दर झल्लाकर अलग हट गया। कैसी अजब लड़की है! थोड़ी देर चुप बैठा रहा, फिर बोला–

"क्यों पम्मी, तुम एक लड़की हो, मैं तुम्हीं से पूछता हूँ–क्या लड़कियों के लिए प्रेम में सेक्स अनिवार्य है?"

"हाँ।" पम्मी ने स्पष्ट स्वरों में जोर देकर कहा।

"लेकिन पम्मी, मैं तुमसे नाम तो नहीं बताऊँगा लेकिन एक लड़की है जिसको मैंने प्यार किया है लेकिन शायद वह मुझसे शादी नहीं कर पाएगी। मेरे उसके कोई शारीरिक सम्बन्ध भी नहीं हैं। क्या तुम इसे प्यार नहीं कहोगी?"

"कुछ दिन बाद जब उसकी शादी हो जाये तब पूछना, तुम्हारा सारा प्रेम मर जाएगा। पहले मैं भी तुमसे कहती थी–पुरुष और नारी के सम्बन्धों में एक अन्तर जरूरी है। अब लगता है यह सब एक भुलावा है।" अपने से पम्मी ने कहा।

"लेकिन दूसरी बात तो सुनो, उसी की एक सखी है। वह जानती है कि मैं उसकी सखी को प्यार करता हूँ, उसे नहीं कर सकता। कहीं सेक्स की तृप्ति का सवाल नहीं फिर भी वह मुझे प्यार करती है। इसे तुम क्या कहोगी?" चन्दर ने पूछा।

"यह और दूसरे ढंग की परिस्थिति है। देखो कपूर, तुमने हिप्नोटिज्म के बारे में नहीं पढ़ा। ऐसा होता है कि अगर कोई हिप्नोटिज्म एक लड़की को हिप्नोटाइज कर रहा है और बगल में एक दूसरी लड़की बैठी है जो चुपचाप यह देख रही है तो वातावरण के प्रभाव से अक्सर ऐसा देखा जाता है कि वह भी हिप्नोटाइज हो जाती है, लेकिन वह एक क्षणिक मानसिक मूर्च्छा होती है जो टूट जाती है।" पम्मी ने कहा।

चन्दर को लगा जैसे बहुत कुछ सुलझ गया। एक क्षण में उसके मन का बहुत-सा भार उतर गया।

"पम्मी, मुझे तुम्हीं एक लड़की मिली जो साफ बातें करती हो और एक शुद्ध तर्क और बुद्धि के धरातल से। बस, मैं आजकल बुद्धि का उपासक हूँ, भगवान से चिढ़ है।"

"बुद्धि और शरीर बस यही दो आदमी के मूल तत्त्व हैं। हृदय तो दोनों के अन्त:संघर्ष की उलझन का नाम है।" पम्मी ने कहा और सहसा घड़ी देखते हुए बोली, "नौ बज रहे हैं, चलो साढ़े नौ से मैटिनी है। आओ, देख आएँ!"

"मुझे कॉलेज जाना है, मैं जाऊँगा नहीं कहीं!"

"आज इतवार है, प्रोफेसर कपूर?" पम्मी चन्दर को उठाकर बोली, "मैं तुम्हें उदास नहीं होने दूँगी, मेरे मीठे सपने! तुमने भी मुझे इस उदासी के इन्द्रजाल से छुड़ाया था, याद है न?" और चन्दर के माथे पर अपने गरम मुलायम होंठ रख दिये।

माथे पर पम्मी के होंठों की गुलाबी आग चन्दर की नसों को गुदगुदा गयी। वह क्षण-भर के लिए अपने को भूल गया...पम्मी के रेशमी फ्रॉक के गुदगुदाते हुए स्पर्श, उसके वक्ष की अलभ्य गरमाई और उसके स्पर्श के जादू में खो गया। उसके अंग-अंग में सुबह की शबनम ढलकने लगी। पम्मी उसके बालों को अँगुलियों से सुलझाती रही। फिर कपूर के गाल थपथपाकर बोली, "चलो!" कपूर जाकर बैठ गया। "तुम ड्राइव करो।" पम्मी बोली। चन्दर ड्राइव करने लगा और पम्मी कभी उसके कॉलर, कभी उसके बाल, कभी उसके होंठों से खेलती रही।

सात चाँद की रानी ने आखिर अपनी निगाहों के जादू से सन्नाटे के प्रेत को जीत लिया। स्पर्शों के सुकुमार रेशमी तारों ने नगर की आग को शबनम से सींच दिया। ऊबड़-खाबड़ खँडहर को अंगों के गुलाब की पाँखुरियों से ढँक दिया और पीड़ा के अँधियारे को सीपिया पलकों से झरने वाली दूधिया चाँदनी से धो दिया। एक संगीत की लय थी

जिसमें स्वर्गभ्रष्ट देवता खो गया, संगीत की लय थी या उद्दाम यौवन का भरा हुआ ज्वार था जो चन्दर को एक मासूम फूल की तरह बहा ले गया...जहाँ पूजा-दीप बुझ गया था, वहाँ तरुणाई की साँस की इन्द्रधनुषी समाँ झिलमिला उठी थी, जहाँ फूल मुरझाकर धूल में मिल गये थे वहाँ पुखराजी स्पर्शों के सुकुमार हरसिंगार झर पड़े...आकाश के चाँद के लिए जिन्दगी के आँगन में मचलता हुआ कन्हैया, थाली के प्रतिबिम्ब में ही भूल गया...

चन्दर की शामें पम्मी के अदम्य रूप की छाँव में मुस्करा उठीं। ठीक चार बजे पम्मी आती, कार पर चन्दर को ले जाती और चन्दर आठ बजे लौटता। प्यार के बिना कितने महीने कट गये, पम्मी के बिना एक शाम नहीं बीत पाती, लेकिन अब भी चन्दर ने अपने को इतना दूर रखा था कि कभी पम्मी के होंठों के गुलाबों ने चन्दर के होंठों के मूँगे से बातें भी नहीं की थीं।

एक दिन रात को जब वह लौटा तो देखा कि अपनी कार आ गयी है। उसका मन फूल उठा। जैसे कोई अनाथ भटका हुआ बच्चा अपने संरक्षक की गोद के लिए तड़प उठता है, वैसे ही वह पिछले ड़ेढ महीने से डॉक्टर साहब के लिए तरस गया था। जहाँ इस वक्त उसके जीवन में सिर्फ नशा और नीरसता थी, वहीं हृदय के एक कोने में सिर्फ एक सुकुमार भावना रह गयी थी, वह थी डॉक्टर शुक्ला के प्रति। वह भावना कृतज्ञता की भावना नहीं थी, डॉक्टर शुक्ला इतने दूर नहीं थे कि अब वह उनके प्रति कृतज्ञ हो, इतने बड़े हो जाने पर भी वह जब कभी डॉक्टर को देखता था तो लगता था जैसे कोई नन्हा बच्चा अपने अभिभावक की गोद में आकर निश्चिन्त हो जाता हो।

उसने पास आकर देखा, डॉक्टर साहब बरामदे में टहल रहे थे। चन्दर दौड़कर उनके पाँव पर गिर पड़ा। डॉक्टर साहब ने उसे उठाकर गले से लगा लिया और बड़े प्यार से उसकी पीठ पर हाथ फेरते हुए बोले–

"कन्वोकेशन हो गया? डिग्री जीत लाये?"

"जी हाँ!" बड़ी विनम्रता से चन्दर ने कहा।

"बहुत ठीक, अब डी. लिट् की तैयारी करो। तुम्हें जल्दी ही सेंट्रल गवर्नमेंट में जाना है।" डॉक्टर साहब बोले, "मैं तो 15 जनवरी को दिल्ली जा रहा हूँ। कम-से-कम साल भर के लिए?"

"इतनी जल्दी; ऑफर कब आया?" चन्दर ने अचरज से पूछा।

"मैं उन दिनों दिल्ली गया था न, तभी एजुकेशन मिनिस्टर से बात हुई थी!" डॉक्टर

साहब ने चन्दर को देखते हुए कहा, "अरे, तुम कुछ दुबले हो रहे हो! क्यों महराजिन ने ठीक से काम नहीं किया?"

"नहीं!" चन्दर हँसकर बोला, "बिनती की शादी ठीक-ठाक हो गयी?"

"बिनती की शादी!" डॉक्टर साहब ने सिर झुकाये हुए, टहलते हुए एक बड़ी फीकी हँसी हँसकर कहा, "बिनती और तुम्हारी बुआजी दोनों अन्दर हैं।"

"अन्दर हैं!" चन्दर को यह रहस्य कुछ समझ में नहीं आता था। "इतनी जल्दी बिनती लौट आयी?"

"बिनती गयी ही कहाँ?" डॉक्टर साहब ने बहुत चुपचाप सिर झुका कर कहा और बहुत करुण उदासी उनके मुँह पर छा गयी। वह बेचैनी से बरामदे में टहलने लगे। चन्दर का साहस नहीं हुआ कुछ पूछने का। कुछ अमंगल अवश्य हुआ है।

वह अन्दर गया। बुआजी अपनी कोठरी में सामान रख रही थीं और बिनती बैठी सिल पर उरद की भीगी दाल पीस रही थी! बिनती ने चन्दर को देखा, दाल में सने हुए हाथ जोड़कर प्रणाम किया, सिर को आँचल से ढँककर चुपचाप दाल पीसने लगी, कुछ बोली नहीं। चन्दर ने प्रणाम किया और जाकर बुआ के पैर छू लिये।

"अरे चन्दर है, आओ बेटवा, हम तो लुट गये!" और बुआ वहीं देहरी पर सिर थामकर बैठ गयीं।

"क्या हुआ, बुआजी?"

"होता का भइया! जौन बदा रहा भाग में ओ ही भवा।" और बुआ अपनी धोती से आँसू पोंछकर बोलीं, "ई हमरी छाती पर मूँग दरै के लिए बदी रही तौन जमी है। भगवान कौनों को ऐसी कलंकिनी बिटिया न दे। तीन भाँवरी के बाद बारात उठ गयी, भइया! हमारा तो कुल डूब गया।" और बुआजी ने उच्च स्वर में रुदन शुरू किया। बिनी ने चुपचाप हाथ धोये और उठकर छत पर चली गयी।

"चुप रहो हो। अब रोय-रोय के काहे जिउ हल्कान करत हउ? गुनवन्ती बिटिया बाय, हज्जारन आय के बिटिया के लिए गोड़े गिरिहैं। अपना एकान्त होई के बैठो!" महराजिन ने पूड़ी उतारते हुए कहा।

"आखिर बात क्या हुई, महराजिन?" चन्दर ने पूछा।

महराजिन ने जो बताया उससे पता लगा कि लड़के वाले बहुत ही संकीर्णमना और स्वार्थी थे। पहले मालूम हुआ कि लड़का उन्होंने ग्रेजुएट बताया था। वह था इंटर फेल। फिर दरवाजे पर झगड़ा किया उन्होंने। डॉक्टर साहब बहुत बिगड़ गये, अन्त में मड़वे में लोगों ने देखा कि लड़के के बायें हाथ की अँगुलियाँ गायब हैं। डॉक्टर साहब इस बात पर

बिगड़े और उन्होंने मड़वे से बिनती को उठवा दिया। फिर बहुत लड़ाई हुई। लाठी तक चलने की नौबत आ गयी। जैसे-तैसे झगड़ा निपटा। तीन भाँवरों के बाद ब्याह टूट गया।

"अब बताओ, भइया!" सहसा बुआ आँसू पोंछकर गरज उठीं–"ई इन्हें का हुई गवा रहा, इनकी मति मारी गयी। गुस्से में आय के बिनती को उठवाय लिहिन। अब हम एत्ती बड़ी बिटिया लै के कहाँ जाईं? अब हमरी बिरादरी में कौन पूछी एका? एत्ता पढ़-लिख के इन्हें का सूझा? अरे लड़की वाले हमेशा दब के चलै चाहीं।"

"अरे तो क्या आँख बन्द कर लेते? लँगड़े-लूले लड़के से कैसे ब्याह कर देते, बुआ! तुम भी गजब करती हो!" चन्दर बोला।

"भइया, जेके भाग में लँगड़ा-लूला बदा होई ओका ओही मिली। लड़कियन को निबाह करै चाही कि सकल देखै चाही। अबहित ब्याह के बाद कौनों के हाथ-गोड़ टूट जाये तो औरत अपने आदमी को छोड़ के गली-गली की हाँड़ी चाटै? हम रहे तो जब बिनती तीन बरस की हुई गयी, तब उनकी सकल उजेले में देखा रहा। जैसा भाग में रहा तैसा होता!"

चन्दर ने विचित्र हृदय-हीन तर्क को सुना और आश्चर्य से बुआ की ओर देखने लगा।... बुआजी बकती जा रही थीं—

"अब कहते हैं कि बिनती को पढ़उबै! ब्याह न करबै! रही-सही इज्जत भी बेच रहे हैं। हमार तो किस्मत फूट गयी..." और वे फिर रोने लगीं, "पैदा होते काहे नहीं मर गयी कुलबोरनी...कुलच्छनी...अभागिन!"

सहसा बिनती छत से उतरी और आँगन में आकर खड़ी हो गयी, उसकी आँखों में आग भरी थी—"बस करो, माँजी!" वह चीखकर बोली, "बहुत सुन लिया मैंने। अब और बर्दाश्त नहीं होता। तुम्हारे कोसने से अब तक नहीं मरी, न मरूँगी। अब मैं सुनूँगी नहीं, मैं साफ कह देती हूँ। तुम्हें मेरी शक्ल अच्छी नहीं लगती तो जाओ तीरथ-यात्रा में अपना परलोक सुधारो! भगवान का भजन करो। समझी कि नहीं!"

चन्दर ने ताज्जुब से बिनती की ओर देखा। वह वही बिनती है जो माँजी की ज़रा-ज़रा-सी बात से लिपटकर रोया करती थी। बिनती का चेहरा तमतमाया हुआ था और गुस्से से बदन काँप रहा था। बुआ उछलकर खड़ी हो गयीं और दुगुनी चीखकर बोलीं, "अब बहुत जबान चलै लगी है। कौन है तोर जे के बल पर ई चमक दिखावत है? हम काट के धर देबै, तोके बताय देइत हई। मुँहझौंसी! ऐसी न होती तो काहे ई दिन देखै पड़त। उन्हें तो खाय गयी, हमहूँ का खाय लेव!" अपना मुँह पीटकर बुआ बोलीं।

"तुम इतनी मीठी नहीं हो माँजी कि तुम्हें खा लूँ!" बिनती ने और तड़पकर जवाब दिया।

चन्दर स्तब्ध हो गया। यह बिनती पागल हो गयी है। अपनी माँ को क्या कह रही है!

"छि:, बिनती। पागल हो गयी हो क्या? चलो उधर!" चन्दर ने डाँटकर कहा।

"चुप रहो, चन्दर! हम भी आदमी हैं। हमने जितना बर्दाश्त किया है, हमीं जानते हैं। हम क्यों बर्दाश्त करें! और तुमसे क्या मतलब? तुम कौन होते हो हमारे बीच में बोलने वाले?"

"क्या है यह सब? तुम लोग सब पागल हो गये हो क्या? बिनती, यह क्या हो रहा है?" सहसा डॉक्टर साहब ने आकर कहा।

बिनती दौड़कर डॉक्टर साहब से लिपट गयी और रोकर बोली, "मामाजी, मुझे दीदी के पास भेज दीजिए! मैं यहाँ नहीं रहूँगी।"

"अच्छा बेटी! अच्छा! जाओ चन्दर!" डॉक्टर साहब ने कहा। बिनती चली गयी तो बुआ जी से बोले, "तुम्हारा दिमाग खराब हो गया है। उस पर गुस्सा उतारने से क्या फायदा? हमारे सामने ये सब बातें करोगी तो ठीक नहीं होगा।"

"अरे हम काहे बोलबै! हम तो मर जाईं तो अच्छा है..." बुआजी पर जैसे देवी माँ आ गयी हों इस तरह से झूम-झूमकर रो रही थीं... "हम तो वृन्दावन जाय के डूब मरीं! अब हम तुम लोगन की सकल न देखबै। हम मर जाईं तो चाहे बिनती को पढ़ायो चाहे नचायो-गवायो। हम अपनी आँख से न देखबै।"

उस रात को किसी ने खाना नहीं खाया। एक विचित्र-सा विषाद सारे घर पर छाया हुआ था। जाड़े की रात का गहन अँधेरा खमोश छाया हुआ था, महज एक अमंगल छाया की तरह कभी-कभी बुआजी का रुदन अँधेरे को झकझोर जाता था।

सभी चुपचाप भूखे सो गये...

दूसरे दिन बिनती उठी और महराजिन के आने के पहले ही उसने चूल्हा जलाकर चाय चढ़ा दी। थोड़ी देर में चाय बनाकर और टोस्ट भूनकर वह डॉक्टर साहब के सामने रख आयी। डॉक्टर साहब कल की बातों से बहुत ही व्यथित थे। रात को भी उन्होंने खाना नहीं खाया था, इस वक्त भी उन्होंने मना कर दिया। बिनती चन्दर के कमरे में गयी, "चन्दर, मामाजी ने कल रात को भी कुछ नहीं खाया, तुमने भी नहीं खाया, चलो चाय भी लो!"

चन्दर ने भी मना किया तो बिनती बोली, "तुम पी लोगे तो मामाजी भी शायद पी लें।" चन्दर चुपचाप गया। बिनती थोड़ी देर में गयी तो देखा दोनों चाय पी रहे हैं। वह आकर मेवा निकालने लगी।

चाय पीते-पीते डॉक्टर साहब ने कहा, "चन्दर, यह पास-बुक लो। पाँच सौ निकाल लो और दो हजार का हिसाब अलग करवा दो। ...अच्छा देखो, मैं तो चला जाऊँगा दिल्ली, बिनती को शाहजहाँपुर भेजना ठीक नहीं है। वहाँ चार रिश्तेदार हैं, बीस तरह की बातें होंगी। लेकिन मैं चाहता हूँ अब आगे जब तक वह चाहे, पढ़े! अगर कहो तो यहाँ छोड़ जाऊँ, तुम पढ़ाते रहना!"

बिनती आ गयी और तश्तरी में भुना मेवा रखकर उसमें नमक मिला रही थी। चन्दर ने एक स्लाइस उठायी और उस पर नमक लगाते हुए बोला, "वैसे आप यहाँ छोड़ जाएँ तो कोई बात नहीं है, लेकिन अकेले घर में अच्छा नहीं लगता। दो-एक रोज की बात दूसरी होती है। एकदम से साल-भर के लिए...आप समझ लें।"

"हाँ बेटा, कहते तो तुम ठीक हो! अच्छा, कॉलेज के होस्टल में अगर रख दिया जाए!" डॉक्टर साहब ने पूछा।

"मैं लड़कियों को होस्टल में रखना ठीक नहीं समझता हूँ।" चन्दर बोला, "घर के वातावरण और वहाँ के वातावरण में बहुत अन्तर होता है।"

"हाँ, यह भी ठीक है। अच्छा तो इस साल मैं इसे दिल्ली लिये जा रहा हूँ। अगले साल देखा जायेगा...चन्दर, इस महीने-भर में मेरा सारा विश्वास हिल गया। सुधा का विवाह कितनी अच्छी जगह किया गया, मगर सुधा पीली पड़ गयी है। कितना दुःख हुआ देखकर! और बिनती के साथ यह हुआ! सचमुच यह जाति, विवाह सभी परम्पराएँ बहुत ही बुरी हैं। बुरी तरह सड़ गयी हैं। उन्हें तो काट फेंकना चाहिए। मेरा तो वैसे इस अनुभव के बाद सारा आदर्श ही बदल गया।"

चन्दर बहुत अचरज से डॉक्टर साहब की ओर देखने लगा। यही जगह थी, इसी तरह बैठकर डॉक्टर साहब ने जाति बिरादरी, विवाह आदि सामाजिक परम्पराओं की कितनी प्रशंसा की थी! जिन्दगी की लहरों ने हर एक को दस महीने में कहाँ से कहाँ लाकर पटक दिया है। डॉक्टर साहब कहते गये..."हमलोग जिन्दगी से दूर रहकर सोचते हैं कि हमारी सामाजिक संस्थाएँ स्वर्ग हैं, यह तो जब उनमें धँसो तब उनकी गन्दगी मालूम होती है। चन्दर, तुम कोई गैर जात का अच्छा-सा लड़का ढूँढ़ो। मैं बिनती की शादी दूसरी बिरादरी में कर दूँगा।"

बिनती, जो और चाय ला रही थी, फौरन बड़े दृढ़ स्वर में बोली, "मामाजी, आप जहर दे दीजिए लेकिन मैं शादी नहीं करूँगी। क्या आपको मेरी दृढ़ता पर विश्वास नहीं?"

"क्यों नहीं, बेटी! अच्छा, जब तक तेरी इच्छा हो, पढ़!"

दूसरे दिन डॉक्टर साहब ने बुआजी को बुलाया और रुपये दे दिये।

"लो, यह पाँच सौ पहले खर्चे के हैं और दो हजार में से तुम्हें धीरे-धीरे मिलता रहेगा।"

दो-तीन दिन के अन्दर बुआ ने जाने की सारी तैयारी कर ली, लेकिन तीन दिन तक बराबर रोती रहीं। उनके आँसू थमे नहीं। बिनती चुप थी। वह भी कुछ नहीं बोली, चौथे दिन जब वह सामान मोटर पर रखवा चुकीं तो उन्होंने चन्दर से बिनती को बुलवाया। बिनती आयी तो उन्होंने उसे गले से लगा लिया—और बेहद रोयीं। लेकिन डॉक्टर साहब को देखते ही फिर बोल उठीं—"हमरी लड़की का दिमाग तुम ही बिगाड़े हो। दुनिया में भाइयौ अपना नै होत। अपनी लड़की को बिया दियौ! हमरी लड़की..." फिर बिनती को चिपटाकर रोने लगीं।

चन्दर चुपचाप खड़ा सोच रहा था, अभी तक बिनती खराब थी। अब डॉक्टर साहब खराब हो गये। बुआ ने रुपये सँभालकर रख लिये और मोटर पर बैठ गयीं। समस्त लांछनों के बावजूद डॉक्टर साहब उन्हें पहुँचाने स्टेशन तक गये।

बिनती बहुत ही चुप-सी हो गयी थी। वह किसी से कुछ नहीं बोलती और चुपचाप काम किया करती थी। जब काम से फुरसत पा लेती तो सुधा के कमरे में जाकर लेट जाती और जाने क्या सोचा करती। चन्दर को बड़ा ताज्जुब होता था बिनती को देखकर। जब बिनती खुश थी, बोलती-चालती थी तो चन्दर बिनती से चिढ़ गया था, लेकिन बिनती के जीवन का यह नया रूप देखकर पहले की सभी बातें भूल गया। और उससे फिर बात करने की कोशिश करने लगा। लेकिन बिनती ज्यादा बोलती ही नहीं।

एक दिन दोपहर को चन्दर यूनिवर्सिटी से लौटकर आया और उसने रेडियो खोल दिया। बिनती एक तश्तरी में अमरूद काटकर ले आयी और रखकर जाने लगी। "सुनो बिनती, क्या तुमने मुझे माफ नहीं किया? मैं कितना व्यथित हूँ, बिनती! अगर तुमको भूल से कुछ कह दिया तो तुम उसका इतना बुरा मान गयीं कि दो-तीन महीने बाद भी नहीं भूलीं!"

"नहीं, बुरा मानने की क्या बात है, चन्दर!" बिनती एक फीकी हँसी-हँसकर बोली, "आखिर नारी का भी एक स्वाभिमान है, मुझे माँ बचपन से कुचलती रही, मैंने तुम्हें दीदी से बढ़कर माना। तुम भी ठोकरें लगाने से बाज नहीं आये, फिर भी मैं सब सहती गयी। उस दिन जब मंडप के नीचे मामाजी ने जबरदस्ती हाथ पकड़कर खड़ा कर दिया तो मुझे उसी क्षण लगा कि मुझमें भी कुछ सत्व है, मैं इसीलिए नहीं बनी हूँ कि दुनिया मुझे कुचलती ही रहे। अब मैं विरोध करना, विद्रोह करना भी सीख गयी हूँ। जिन्दगी

में स्नेह की जगह है, लेकिन स्वाभिमान भी कोई चीज है। और तुम्हें अपनी जिन्दगी में किसी की जरूरत भी तो नहीं है!" कहकर बिनती धीरे-धीरे चली गयी।

अपमान से चन्दर का चेहरा काला पड़ गया। उसने रेडियो बन्द कर दिया और तश्तरी उठाकर नीचे रख दी और बिना कपड़े बदले पम्मी के यहाँ चल दिया।

मनुष्य का एक स्वभाव होता है। जब वह दूसरे पर दया करता है तो वह चाहता है कि याचक पूरी तरह विनम्र होकर उसे स्वीकार करे। अगर याचक दान लेने में कहीं भी स्वाभिमान दिखलाता है तो आदमी अपनी दानवृत्ति और दयाभाव भूलकर नृशंसता से उसके स्वाभिमान को कुचलने में व्यस्त हो जाता है। आज हफ्तों के बाद चन्दर के मन में बिनती के लिए कुछ स्नेह, कुछ दया जागी थी, बिनती को उदास मौन देखकर; लेकिन बिनती के इस स्वाभिमान-भरे उत्तर ने फिर उसके मन का सोया हुआ साँप जगा दिया था। वह इस स्वाभिमान को तोड़कर रहेगा, उसने सोचा।

पम्मी के यहाँ पहुँचा तो अभी धूप थी। जेनी कहीं गयी थी, बर्टी अपने तोते को कुछ खिला रहा था। कपूर को देखते ही हँसकर अभिवादन किया और बोला, "पम्मी अन्दर है!" वह सीधा अन्दर चला गया। पम्मी अपने शयन-कक्ष में बैठी हुई थी। कमरे में लम्बी-लम्बी खिड़कियाँ थीं जिनमें लकड़ी के चौखटों में रंग-बिरंगे शीशे लगे हुए थे। खिड़कियाँ बन्द थीं और सूरज की किरणें इन शीशों पर पड़ रही थीं और पम्मी पर सातों रंग की छायाएँ खेल रही थीं। वह झुकी हुई सोफे पर अधलेटी कोई किताब पढ़ रही थी। चन्दर ने पीछे से जाकर उसकी आँखें बन्द कर लीं और बगल में बैठ गया।

"कपूर!" अपनी सुकुमार अँगुलियों से चन्दर के हाथ को आँखों पर से हटाते हुए पम्मी बोली और पलकों में बेहद नशा भरकर सोनजुही की मुस्कान बिखेरकर चन्दर को देखने लगी। चन्दर ने देखा, वह ब्राउनिंग की कविता पढ़ रही थी। वह पास बैठ गया।

पम्मी ने उसे अपने वक्ष पर खींच लिया और उसके बालों से खेलने लगी। चन्दर थोड़ी देर चुप लेटा रहा, फिर पम्मी के गुलाबी होंठों पर अँगुलियाँ रखकर बोला, "पम्मी, तुम्हारे वक्ष पर सिर रखकर मैं जाने क्यों सब कुछ भूल जाता हूँ? पम्मी, दुनिया वासना से इतना घबराती क्यों है? मैं ईमानदारी से कहता हूँ कि अगर किसी को वासना हीन प्यार करके, किसी के लिए त्याग करके मुझे जितनी शान्ति मिलती है, पता नहीं क्यों मांसलता में भी उतनी ही शान्ति मिलती है। ऐसा लगता है कि शरीर के विकार अगर आध्यात्मिक प्रेम में जाकर शान्त हो जाते हैं तो लगता है आध्यात्मिक प्रेम में प्यासे रह

जाने वाले अभाव फिर किसी के मांसल-बन्धन में ही आकर बुझ पाते हैं। कितना सुख है तुम्हारी ममता में!"

"शी!" चन्दर के होंठों को अपनी अँगुलियों से दबाती हुई पम्मी बोली, "चरम शान्ति के क्षणों को अनुभव किया करो। बोलते क्यों हो?"

चन्दर चुप हो गया। चुपचाप लेट रहा।

पम्मी की केसर श्वासें उसके माथे को रह-रहकर चूम रही थीं और चन्दर के गालों को पम्मी के वक्ष में धड़कता हुआ संगीत गुदगुदा रहा था। चन्दर का एक हाथ पम्मी के गले में पड़ी इमीटेशन हीरे की माला से खेलने लगा। सारस के पंखों से भी ज्यादा मुलायम सुकुमार गरदन से छूटने पर अँगुलियाँ लाजवन्ती की पत्तियों की तरह सकुचा जाती हैं। माला खोल ली और उसे उतारकर अपने हाथ में ले लिया। पम्मी ने माला लेने के लिए हाथ बढ़ाया ही था कि गले के बटन टच-से टूट गये...बर्फानी चाँदनी उफनकर छलक पड़ी। चन्दर को लगा उसके गालों के नीचे बिजलियों के फूल सिहर उठे हैं और एक मदमाता नशा टूटते हुए सितारों की तरह उसके शरीर को चीरता हुआ निकल गया। वह काँप उठा, सचमुच काँप उठा। नशे में चूर वह उठकर बैठ गया और उसने पम्मी को अपनी गोद में डाल लिया। पम्मी अनंग के धनुष की प्रत्यंचा की तरह दोहरी होकर उसकी गोद में पड़ रही। तरुणाई का चाँद टूटकर दो टुकड़े हो गया था और वासना के तूफान ने झीने बादल भी हटा दिये थे। जहरीली चाँदनी ने नागिन बनकर चन्दर को लपेट लिया। चन्दर ने पागल होकर पम्मी को अपनी बाँहों में कस लिया, इतनी प्यास से लगा कि पम्मी का दीपशिखा-सा तन चन्दर के तन में समा जायेगा। पम्मी निश्चेष्ट आँखें बन्द किये थी लेकिन उसके गालों पर जाने क्या खिल उठा था। चन्दर के गले में उसने मृणाल-सी बाँहें डाल दी थीं। चन्दर ने पम्मी के होंठों को जैसे अपने होंठों में समेट लेना चाहा...इतनी आग...नशा...

"ठाँय!" सहसा बाहर बन्दूक की आवाज हुई। चन्दर चौंक उठा। उसने अपने बाहुपाश ढीले कर दिये। लेकिन पम्मी उसके गले में बाँहें डाले बेहोश पड़ी थी। चन्दर ने क्षण-भर पम्मी के भरपूर रूप यौवन को आँखों से पी लेना चाहा। पम्मी ने अपनी बाँहें हटा लीं और नशे में मखमूर-सी चन्दर की गोद से एक ओर लुढ़क गयी। उसे अपने तन-बदन का होश नहीं था। चन्दर ने उसके वस्त्र ठीक किये और फिर झुककर उसकी नशे में चूर पलकें चूम लीं।

"ठाँय!" बन्दूक की दूसरी आवाज हुई। चन्दर घबराकर उठा।

"यह क्या है, पम्मी?"

"होगा कुछ, जाओ मत।" अलसायी हुई नशीली आवाज में पम्मी ने कहा और उसे फिर खींचकर बिठा लिया। और फिर बाँहों में उसे समेटकर उसका माथा चूम लिया।

"ठाँय!" फिर तीसरी आवाज हुई।

चन्दर उठ खड़ा हुआ और जल्दी से बाहर दौड़ गया। देखा बर्टी की बन्दूक बरामदे में पड़ी है, और वह पिंजड़े के पास मरे हुए तोते का पंख पकड़कर उठाये हुए है। उसके घावों से बर्टी के पतलून पर खून चू रहा था। चन्दर को देखते ही बर्टी हँस पड़ा, "देखा! तीन गोली में इसे बिल्कुल मार डाला, वह तो कहो सिर्फ एक ही लगी वरना..." और पंख पकड़कर तोते की लाश को झुलाने लगा।

"छि:! फेंको उसे; हत्यारे कहीं के! मार क्यों डाला उसे?" चन्दर ने कहा।

"तुमसे मतलब! तुम कौन होते हो पूछने वाले? मैं प्यार करता था उसे, मैंने मार डाला!" बर्टी बोला और आहिस्ते से उसे एक पत्थर पर रख दिया। रूमाल निकालकर फाड़ डाला। आधा रूमाल उसके नीचे बिछा दिया और आधे से उसका खून पोंछने लगा। फिर चन्दर के पास आया। चन्दर के कन्धे पर हाथ रखकर बोला, "कपूर! तुम मेरे दोस्त हो न! ज़रा रूमाल दे दो।" और चन्दर का रूमाल लेकर तोते के पास खड़ा हो गया। बड़ी हसरत से उसकी ओर देखता रहा। फिर झुककर उसे चूम लिया और उस पर रूमाल ओढ़ा दिया। और बड़े मातम की मुद्रा में उसी के पास सिर झुकाकर बैठ गया।

"बर्टी बर्टी, पागल हो गये क्या?" चन्दर ने उसका कन्धा पकड़ाकर हिलाते हुए कहा, "यह क्या नाटक हो रहा है?"

बर्टी ने आँखें खोलीं और चन्दर को भी हाथ पकड़कर वहीं बिठा लिया और बोला, "देखो कपूर, एक दिन तुम आये थे तो मैंने तोता और जेनी दोनों को दिखाकर कहा था कि जेनी से मैं नफरत करता हूँ, उससे शादी कर लूँगा और तोते से मैं प्यार करता हूँ, इसे मार डालूँगा। कहा था कि नहीं? कहो हाँ।"

"हाँ, कहा था।" चन्दर बोला, "लेकिन क्यों कहा था?"

"हाँ, अब पूछा तुमने! तुम पूछोगे 'मैंने क्यों मार डाला' तो मैं कहूँगा कि इसे अब मर जाना चाहिए था, इसलिए इसे मार डाला। तुम पूछोगे, 'इसे क्यों मर जाना चाहिए?' तो मैं कहूँगा, 'जब कोई जीवन की पूर्णता पर पहुँच जाता है तो उसे मर जाना चाहिए। अगर वह अपनी जिन्दगी का लक्ष्य पूरा कर चुका है और नहीं मरता तो यह उसका अन्याय है। वह अपनी जिन्दगी का लक्ष्य पूरा कर चुका था, फिर भी नहीं मरता था। मैं इसे प्यार करता था लेकिन यह अन्याय नहीं सह सकता था, अत: मैंने इसे मार डाला!'"

"अच्छा, तो तुम्हारे तोते की भी जिन्दगी का कोई लक्ष्य था?"

"हरेक की जिन्दगी का लक्ष्य होता है। और वह लक्ष्य होता है सत्य को, चरम सत्य को जान जाना। वह सत्य जान लेने के बाद आदमी अगर जिन्दा रहता है, तो उसकी यह असीम बेहयाई है। मैंने इसे वह सत्य सिखा दिया। फिर भी यह नहीं मरा तो मैंने मार डाला। फिर तुम पूछोगे कि वह चरम सत्य क्या है? वह सत्य है कि मौत आदमी के शरीर की हत्या करती है। और आदमी की हत्या गला घोंट देती है। मसलन तुम अगर किसी औरत के पास जा रहे हो या किसी औरत के पास से आ रहे हो। और सम्भव है उसने तुम्हारी आत्मा की हत्या कर डाली हो..."

"ऊँह! अब तुम जल्दी ही पूरे पागल हो जाओगे?" चन्दर ने कहा और फिर वह पम्मी के पास लौट गया। पम्मी उसी तरह मदहोश लेटी थी। उसने जाते ही फिर बाँहें फैलाकर चन्दर को समेट लिया और चन्दर उसके वक्ष की रेशमी गरमाई में डूब गया।

जब वह लौटा तो बर्टी हाथ में खुरपा लिये एक गड्ढा बन्द कर रहा था। "सुनो, कपूर! यहाँ मैंने उसे गाड़ दिया। यह उसकी समाधि है। और देखो, आते-आते यहाँ सिर झुका देना। वह बेचारा जीवन का सत्य जान चुका है। समझ लो वह सेंट पैरट (सन्त शुकदेव) हो गया है!"

"अच्छा, अच्छा!" चन्दर सिर झुकाकर हँसते हुए आगे बढ़ा।

"सुनो, रुको कपूर!" फिर बर्टी ने पुकारा और पास आकर चन्दर के कन्धे पर हाथ रखकर बोला, "कपूर, तुम मानते हो कि नहीं कि पहले मैं एक असाधारण आदमी था।"

"अब भी हो।" चन्दर हँसते हुए बोला।

"नहीं, अब मैं असाधारण नहीं हूँ, कपूर! देखो, तुम्हें आज रहस्य बताऊँ। वही आदमी असाधारण होता है जो किसी परिस्थिति में किसी भी तथ्य को स्वीकार नहीं करता, उनका निषेध करता चलता है। जब वह किसी को भी स्वीकार कर लेता है, तब वह पराजित हो जाता है। मैं तो कहूँगा असाधारण आदमी बनने के लिए सत्य को भी स्वीकार नहीं करना चाहिए।"

"क्या मतलब, बर्टी! तुम तो दर्शन की भाषा में बोल रहे हो। मैं अर्थशास्त्र का विद्यार्थी हूँ, भाई!" चन्दर ने कौतूहल से कहा।

"देखो, अब मैंने विवाह स्वीकार कर लिया। जेनी को स्वीकार कर लिया। चाहे यह जीवन का सत्य ही क्यों न हो पर महत्ता तो निषेध में होती है। सबसे बड़ा आदमी वह होता है तो अपना निषेध कर दे...लेकिन मैं अब साधारण आदमी हूँ। सस्ते किस्म का अदना व्यक्ति। मुझे कितना दु:ख है आज। मेरा तोता भी मर गया और मेरी असाधारणता भी।" और बर्टी फिर तोते की कब्र के पास सिर झुकाकर बैठ गया।

वह घर पहुँचा तो उसके पाँव जमीन पर नहीं पड़ रहे थे। उसने उफनी हुई चाँदनी चूमी थी, उसने तरुणाई के चाँद को स्पर्शों से सिहरा दिया था, उसने नीली बिजलियाँ चूमी थीं। प्राणों की सिहरन और गुदगुदी से खेलकर वह आ रहा था, वह पम्मी के होंठों के गुलाबों को चूम-चूमकर गुलाबों के देश में पहुँच गया था और उसकी नसों में बहते हुए रस में गुलाब झूम उठे थे। वह सिर से पैर तक एक मदहोश प्यास बना हुआ था। घर पहुँचा तो जैसे उल्लास से उसका अंग-अंग नाच रहा हो। बिनती के प्रति दोपहर को जो आक्रोश उसके मन में उभर आया था, वह भी शान्त हो गया था।

बिनती ने आकर खाना रखा। चन्दर ने बहुत हँसते हुए, बड़े मीठे स्वर में कहा, "बिनती, आज तुम भी खाओ।"

"नहीं, मैं नीचे खाऊँगी।"

"अरे चल बैठ, गिलहरी!" चन्दर ने बहुत दिन पहले के स्नेह के स्वर में कहा और बिनती के पीठ में एक घूँसा मारकर उसे पास बिठा लिया—"आज तुम्हें नाराज नहीं रहने देंगे। ले खा, पगली!"

नफरत से नफरत बढ़ती है, प्यार से प्यार जागता है। बिनती के मन का सारा स्नेह सूख-सा गया था। वह चिड़चिड़ी, स्वाभिमानी, गम्भीर और रूखी हो गयी थी लेकिन औरत बहुत कमजोर होती है। ईश्वर न करे, कोई उसके हृदय की ममता को छू ले। वह सब कुछ बर्दाश्त कर लेती है लेकिन अगर कोई किसी तरह उसके मन के रस को जगा दे, तो फिर अपना सब अभिमान भूल जाती है। चन्दर ने, जब वह यहाँ आयी थी, तभी से उसके हृदय की ममता जीत ली थी। इसलिए चन्दर के सामने सदा झुकती आयी लेकिन पिछली बार से चन्दर ने ठोकर मारकर सारा स्नेह बिखेर दिया था। उसके बाद उसके व्यक्तित्व का रस सूखता ही गया। क्रोध जैसे उसकी भौंहों पर रखा रहता था।

आज चन्दर ने उसको इतने दुलार से बुलाया तो लगा वह जाने कितने दिनों का भूला स्वर सुन रही है। चाहे चन्दर के प्रति उसके मन में कुछ भी आक्रोश क्यों न हो, लेकिन वह इस स्वर का आग्रह नहीं टाल सकती, यह वह भली प्रकार जानती थी। वह बैठ गयी। चन्दर ने एक कौर बनाकर बिनती के मुँह में दे दिया। बिनती ने खा लिया। चन्दर ने बिनती की बाँह में चुटकी काट कर कहा—

"अब दिमाग ठीक हो गया पगली का! इतने दिनों से अकड़ी फिरती थी!"

"हूँ!" बिनती ने बहुत दिन के भूले हुए स्नेह के स्वर में कहा, "खुद ही तो अपना दिमाग बिगाड़े रहते हैं और हमें इल्जाम लगाते हैं। तरकारी ठंडी तो नहीं है?"

दोनों में सुलह हो गयी...जाड़ा अब काफी बढ़ गया था। खाना खा चुकने के बाद

बिनती शाल ओढ़े चन्दर के पास आयी और बोली, "लो, इलायची खाओगे?" चन्दर ने ले ली। छीलकर आधे दाने खुद खा लिये, आधे बिनती के मुँह में दे दिये। बिनती ने धीरे से चन्दर की अँगुली दाँत से दबा दी। चन्दर ने हाथ खींच लिया। बिनती उसी के पलंग पर पास ही बैठ गयी और बोली, "याद है तुम्हें? इसी पलंग पर तुम्हारा सिर दबा रही थी तो तुमने शीशी फेंक दी थी।"

"हाँ, याद है! अब कहो तुम्हें उठाकर फेंक दूँ।" चन्दर आज बहुत खुश था।

"मुझे क्या फेंकोगे!" बिनती ने शरारत से मुँह बनाकर कहा, "मैं तुमसे उठूँगी ही नहीं!"

जब अंगों का तूफान एक बार उठना सीख लेता है तो दूसरी बार उठते हुए उसे देर नहीं लगती। अभी वह अपने तूफान में पम्मी को पीसकर आया था। सिरहाने बैठी हुई बिनती, हल्का बादामी शाल ओढ़े, रह-रहकर मुस्कराती और गालों पर फूलों के कटोरे खिल जाते, आँख में एक नयी चमक। चन्दर थोड़ी देर देखता रहा उसके बाद उसने बिनती को खींचकर कुछ हिचकते हुए बिनती के माथे पर अपने होंठ रख दिये। बिनती कुछ नहीं बोली। चुपचाप अपने को छुड़ाकर सिर झुकाये बैठी रही और चन्दर के हाथ को अपने हाथ में लेकर उसकी अँगुलियाँ चिटकाती रही। सहसा बोली, "अरे, तुम्हारे कफ का बटन टूट गया है, लाओ सिल दूँ।"

चन्दर को पहले कुछ आश्चर्य हुआ, फिर कुछ ग्लानि। बिनती कितना समर्पण करती है, उसके सामने वह...लेकिन उसने अच्छा नहीं किया। पम्मी की बात दूसरी है, बिनती की बात दूसरी। बिनती के साथ एक पवित्र अन्तर ही ठीक रहता—

बिनती आयी और उसके कफ में बटन सीने लगी...सीते-सीते बचे हुए डोरे को दाँत से तोड़ती हुई बोली, "चन्दर, एक बात कहें मानोगे?"

"क्या?"

"पम्मी के यहाँ मत जाया करो।"

"क्यों?"

"पम्मी अच्छी औरत नहीं है। वह तुम्हें प्यार नहीं करती, तुम्हें बिगाड़ती है।"

"यह बात गलत है, बिनती! तुम इसीलिए कह रही हो न कि उसमें वासना बहुत तीखी है!"

"नहीं, यह नहीं। उसने तुम्हारी जिन्दगी में सिर्फ एक नशा, एक वासना दी, कोई ऊँचाई, कोई पवित्रता नहीं। कहाँ दीदी, कहाँ पम्मी? किस स्वर्ग से उतरकर तुम किस नरक में फँस गये!"

"पहले मैं भी यही सोचता था बिनती, लेकिन बाद में मैंने सोचा कि माना किसी

लड़की के जीवन में वासना ही तीखी है, तो क्या इसी से वह निन्दनीय है? क्या वासना स्वत: में निन्दनीय है? गलत! यह तो स्वभाव और व्यक्तित्व का अन्तर है, बिनती! हरेक से हम कल्पना नहीं माँग सकते, हरेक से वासना नहीं पा सकते। बादल है, उस पर किरण पड़ेगी, इन्द्रधनुष की खिलेगा, फूल है, उस पर किरण पड़ेगी, तबस्सुम ही आयेगा। बादल से हम माँगने लगें तबस्सुम और फूल से माँगने लगें इन्द्रधनुष, तो यह तो हमारी एक कवित्वमयी भूल होगी। माना एक लड़की के जीवन में प्यार आया, उसने अपने देवता के चरणों पर अपनी कल्पना चढ़ा दी। दूसरी के जीवन में प्यार आया, उसने चुम्बन, आलिंगन और गुदगुदी की बिजलियाँ दीं। एक बोली, 'देवता मेरे! मेरा शरीर चाहे जिसका हो, मेरी पूजा-भावना, मेरी आत्मा तुम्हारी है और वह जन्म-जन्मान्तर तक तुम्हारी रहेगी...' और दूसरी दीपशिखा-सी लहराकर बोली, 'दुनिया कुछ कहे अब तो मेरा तन-मन तुम्हारा है। मैं तो बेकाबू हूँ! मैं करूँ क्या? मेरे तो अंग-अंग जैसे अलसा कर चूर हो गये हैं तुम्हारी गोद में गिर पड़ने के लिए, मेरी तरुणाई पुलक उठी है तुम्हारे आलिंगन में पिस जाने के लिए। मेरे लाज के बन्धन जैसे शिथिल हुए जाते हैं? मैं करूँ तो क्या करूँ? कैसा नशा पिला दिया है तुमने, मैं सब कुछ भूल गयी हूँ। तुम चाहे जिसे अपनी कल्पना दो, अपनी आत्मा दो, लेकिन एक बार अपने जलते हुए होंठों में मेरे नरम गुलाबी होंठ समेट लो न!' बताओ बिनती, क्यों पहली की भावना ठीक है और दूसरी की प्यास गलत?"

बिनती कुछ देर तक चुप रही, फिर बोली, "चन्दर, तुम बहुत गहराई से सोचते हो। लेकिन मैं तो एक मोटी-सी बात जानती हूँ कि जिसके जीवन में वह प्यास जग जाती है वह फिर किसी भी सीमा तक गिर सकता है। लेकिन जिसने त्याग किया, जिसकी कल्पना जागी, वह किसी भी सीमा तक उठ सकता है। मैंने तो तुम्हें उठते हुए देखा है।"

"गलत है, बिनती! तुमने गिरते हुए देखा है मुझे! तुम मानोगी कि सुधा से मुझे कल्पना ही मिली थी, त्याग ही मिला था, पवित्रता ही मिली थी। पर वह कितने दिन टिकी! और तुम यह कैसे कह सकती हो कि वासना आदमी को नीचे ही गिराती है। तुम आज ही की घटना लो। तुम यह तो मानोगी कि अभी तक मैंने तुम्हें अपमान और तिरस्कार ही दिया था।"

"खैर, उसकी बात जाने दो!" बिनती बोली।

"नहीं, बात आ गयी तो मैं साफ कहता हूँ कि आज मैंने तुम्हारा प्रतिदान देने की सोची, आज तुम्हारे लिए मन में बड़ा स्नेह उमड़ आया। क्यों? जानती हो? पम्मी ने आज अपने बाहुपाश में कसकर जैसे मेरे मन की सारी कटुता, सारा विष खींच लिया।

मुझे लगा बहुत दिन बाद मैं फिर पिशाच नहीं, आदमी हूँ। यह वासना का ही दान है। तुम कैसे कहोगी कि वासना आदमी को नीचे ही ले जाती है!"

बिनती कुछ नहीं बोली, चन्दर भी थोड़ी देर चुप रहा। फिर बोला, "लेकिन एक बात पूछूँ, बिनती?"

"क्या?"

"बहुत अजब-सी बात है। सोच रहा हूँ पूछूँ या न पूछूँ!"

"पूछो न!"

"अभी मैंने तुम्हारे माथे पर होंठ रख दिये, तुम कुछ भी नहीं बोलीं, और मैं जानता हूँ यह कुछ अनुचित-सा था। तुम पम्मी नहीं हो! फिर भी तुमने कुछ भी विरोध नहीं किया...?"

बिनती थोड़ी देर तक चुपचाप अपने पाँव की ओर देखती रही। फिर शाल के छोर से एक डोरा खींचते हुए बोली, "चन्दर, मैं अपने को कुछ समझ नहीं पाती। सिर्फ इतना जानती हूँ कि मेरे मन में तुम जाने क्या हो; इतने महान हो, इतने महान हो कि मैं तुम्हें प्यार नहीं कर पाती, लेकिन तुम्हारे लिए कुछ भी करने से अपने को रोक नहीं सकती। लगता है तुम्हारा व्यक्तित्व, उसकी शक्ति और उसकी दुर्बलताएँ, उसकी प्यास और उसका सन्तोष, इतना महान है, इतना गहरा है कि उसके सामने मेरा व्यक्तित्व कुछ भी नहीं है। मेरी पवित्रता, मेरी अपवित्रता, इन सबसे ज्यादा महान तुम्हारी प्यास है।... लेकिन अगर तुम्हारे मन में मेरे लिए ज़रा भी स्नेह है तो तुम पम्मी से सम्बन्ध तोड़ लो। दीदी से अगर मैं बताऊँगी तो जाने क्या हो जायेगा! और तुम जानते नहीं, दीदी अब कैसी हो गयी हैं? तुम देखो तो आँसू..."

"बस! बस!" चन्दर ने अपने हाथ से बिनती का मुँह बन्द करते हुए कहा, "सुधा की बात मत करो, तुम्हें कसम है। जिन्दगी के जिस पहलू को हम भूल चुके हैं, उसे कुरेदने से क्या फायदा?"

"अच्छा, अच्छा!" चन्दर का हाथ हटाकर बिनती बोली, "लेकिन पम्मी को अपनी जिन्दगी से हटा दो।"

"यह नहीं हो सकता, बिनती?" चन्दर बोला, "और जो कहो, वह मैं कर दूँगा। हाँ, तुम्हारे प्रति आज तक जो दुर्व्यवहार हुआ है, उसके लिए मैं तुमसे क्षमता माँगता हूँ।"

"छिः, चन्दर! मुझे शर्मिन्दा मत करो।" काफी रात हो गयी थी। चन्दर लेट गया। बिनती ने उसे रजाई उढ़ा दी और टेबल पर बिजली का स्टैंड रखकर बोली, "अब चुपचाप सो जाओ।"

बिनती चली गयी। चन्दर पड़ा-पड़ा सोचने लगा, दुनिया गलत कहती है कि वासना पाप है। वासना से भी पवित्रता और क्षमाशीलता आती है। पम्मी से उसे जो कुछ मिला, वह अगर पाप है तो आज चन्दर ने जो बिनती को दिया, उसमें इतनी क्षमा, इतनी उदारता और इतनी शान्ति क्यों थी?

उसके बाद बिनती को वह बहुत दुलार और पवित्रता से रखने लगा। कभी-कभी जब वह घूमने जाता तो बिनती को भी ले जाता था। न्यू-ईयर्स-डे के दिन पम्मी ने दोनों की दावत की। बिनती पम्मी के पीछे चाहे चन्दर से पम्मी का विरोध कर ले पर पम्मी के सामने बहुत शिष्टता और स्नेह का बरताव करती थी।

डॉक्टर साहब की दिल्ली जाने की तैयारी हो गयी। बिनती ने कार्यक्रम में कुछ परिवर्तन करा लिया था। अब वह पहले डॉक्टर साहब के साथ शाहजहाँपुर जायेगी और तब दिल्ली।

निश्चय करते-करते अन्त में पहली फरवरी को वे लोग गये। स्टेशन पर बहुत-से विद्यार्थी और डॉक्टर साहब के मित्र उन्हें विदा देने के लिए आये थे। बिनती विद्यार्थियों की भीड़ से घबराकर इधर चली आयी और चन्दर को बुलाकर कहने लगी—"चन्दर! दीदी के लिए एक खत तो दे दो!"

"नहीं।" चन्दर ने बहुत रूखे और दृढ़ स्वर में कहा।

बिनती कुछ क्षण तक एकटक चन्दर की ओर देखती रही; फिर बोली, "चन्दर, मन की श्रद्धा चाहे अब भी वैसी हो, लेकिन तुम पर अब विश्वास नहीं रहा।"

चन्दर ने कुछ जवाब नहीं दिया, सिर्फ हँस पड़ा। फिर बोली, "चन्दर, अगर कभी कोई जरूरत हो तो जरूर लिखना, मैं चली आऊँगी, समझे?" और फिर चुपचाप जाकर बैठ गयी।

जब चन्दर लौटा तो उसके साथ कई साथी प्रोफेसर थे। घर पहुँचकर वह कार लेकर पम्मी के यहाँ चल दिया। पता नहीं क्यों बिनती के जाने का चन्दर को कुछ थोड़ा-सा दु:ख था।

गरमी का मौसम आ गया था। चन्दर सुबह कॉलेज जाता, दोपहर को सोता और शाम को वह नियमित रूप से पम्मी को लेकर घूमने जाता। डॉक्टर साहब कार छोड़ गये थे। कार पम्मी और चन्दर को लेकर दूर-दूर का चक्कर लगाया करती थी। इस बार उसने अपनी छुट्टियाँ दिल्ली में ही बिताने की सोची थीं। पम्मी ने भी तय किया था कि मसूरी

से लौटते समय जुलाई में वह एक हफ्ते आकर डॉक्टर शुक्ला की मेहमानी करेगी और दिल्ली के पूर्व परिचितों से भी मिल लेगी।

यह नहीं कहा जा सकता कि चन्दर के दिन अच्छी तरह नहीं बीत रहे थे। उसने अपना अतीत भुला दिया था और वर्तमान को वह पम्मी की नशीली निगाहों में डुबो चुका था। भविष्य की उसे कोई खास चिन्ता नहीं थी। उसे लगता था कि यह पम्मी की निगाहों के बादलों और स्पर्शों के फूलों की जादू भरी दुनिया अमर है, शाश्वत है। इस जादू ने हमेशा के लिए उसकी आत्मा को अभिभूत कर लिया है, ये होठ कभी अलग न होंगे, यह बाहुपाश इसी तरह उसे घेरे रहेगा और पम्मी की गरम तरुण साँसें सदा इसी प्रकार उसके कपोलों को सिहराती रहेंगी। आदमी का विश्वास हमेशा सीमाएँ और अन्त भूल जाने का आदी होता है। चन्दर भी सब कुछ भूल चुका था।

अप्रैल की एक शाम। दिन-भर लू चलकर अब थक गयी थी। लेकिन दिन-भर की लू की वजह से आसमान में इतनी धूल भर गयी थी कि धूप भी हल्की पड़ गयी थी। माली बाहर छिड़काव कर रहा था। चन्दर सोकर उठा था और सुस्ती मिटा रहा था। थोड़ी देर बाद वह उठा, दिशाओं की ओर निरुद्देश्य देखने लगा। बड़ी उदास-सी शाम थी। सड़क भी बिल्कुल सूनी थी, सिर्फ दो-एक साइकिल-सवार लू से बचने के लिए कानों पर तौलिया लपेटे हुए चले जा रहे थे। एक बर्फ का ठेला भी चलाजा रहा था। "जाओ, बर्फ ले आओ?" चन्दर ने माली को पैसे देते हुए कहा। माली ने ठेलावाले को बुलाया। ठेलावाला आकर फाटक पर रुक गया। माली बर्फ तुड़वा ही रहा था कि एक रिक्शा, जिस पर परदा बँधा था, वह भी फाटक के पास मुड़ा और ठेले के पास आकर रुक गया। ठेलावाले ने ठेला पीछे किया। रिक्शा अन्दर आया। रिक्शा में कोई परदानसीन औरत बैठी थी, लेकिन रिक्शा के साथ कोई नहीं था, चन्दर को ताज्जुब हुआ, कौन परदानसीन यहाँ आ सकती है! रिक्शा से एक लड़की उतरी जिसे चन्दर नहीं जानता था, लेकिन बाहर का परदा जितना गन्दा और पुराना था, लड़की की पोशाक उतनी ही साफ और चुस्त। वह सफेद रेशम की सलवार, सफेद रेशम का चुस्त कुरता और उस पर बहुत हल्के शरबती फालसई रंग की चुन्नी ओढ़े हुई थी। वह उतरी और रिक्शावाले से बोली, "अब घंटे भर में आकर मुझे ले जाना।" रिक्शावाला सिर हिलाकर चल दिया और वह सीधे अन्दर चल दी। चन्दर को बड़ा अचरज हुआ। यह कौन हो सकती है जो इतनी बेतकल्लुफी से अन्दर चल दी। उसने सोचा, शायद शरणार्थियों के लिए चन्दा माँगने वाली कोई लड़की हो। मगर अन्दर तो कोई है ही नहीं! उसने चाहा कि रोक दे फिर उसने नहीं रोका। सोचा, खुद ही अन्दर खाली देखकर लौट आयेगी।

माली बर्फ लेकर आया और अन्दर चला गया। वह लड़की लौटी। उसके चेहरे पर कुछ आश्चर्य और कुछ चिन्ता की रेखाएँ थीं। अब चन्दर ने उसे देखा। एक साँवली लड़की थी, कुछ उदास, कुछ बीमार-सी लगती थी। आँखें बड़ी-बड़ी लगती थीं जो रोना भूल चुकी हैं और हँसने में भी अशक्त हैं। चेहरे पर एक पीली छाँह थी। ऐसा लगता था, देखने ही से कि लड़की दु:खी है पर अपने को सँभालना जानती है।

वह आयी और बड़ी फीकी मुस्कान के साथ, बड़ी शिष्टता के स्वर में बोली, "चन्दर भाई, सलाम! सुधा क्या ससुराल में है?"

चन्दर का आश्चर्य और भी बढ़ गया। यह तो चन्दर को जानती भी है!

"जी हाँ, वह ससुराल में है। आप..."

"और बिनती कहाँ है?" लड़की ने बात काटकर पूछा।

"बिनती दिल्ली में है।"

"क्या उसकी भी शादी हो गयी?"

"जी नहीं, डॉक्टर साहब आजकल दिल्ली में हैं। वह उन्हीं के पास पढ़ रही है। बैठ तो जाइए!" चन्दर ने कुर्सी खिसकाकर कहा।

"अच्छा, तो आप यहीं रहते हैं अब? नौकर हो गये होंगे?"

"जी हाँ!" चन्दर ने अचरज में डूबकर कहा, "लेकिन आप इतनी जानकारी और परिचय की बातें कर रही हैं, मैंने आपको पहचाना नहीं, क्षमा कीजिएगा..."

वह लड़की हँसी, जैसे अपनी किस्मत, जिन्दगी, अपने इतिहास पर हँस रही हो।

"आप मुझको कैसे पहचान सकते हैं? मैं जरूर आपको देख चुकी थी। मेरे-आपके बीच में दरअसल एक रोशनदान था, मेरा मतलब सुधा से है!"

"ओह! मैं समझा, आप गेसू हैं!"

"जी हाँ!" और गेसू ने बहुत तमीज से अपनी चुन्नी ओढ़ ली।

"आप तो शादी के बाद जैसे बिल्कुल खो ही गयीं। अपनी सहेली को भी एक खत नहीं लिखा। अख्तर मियाँ मजे में हैं?"

"आपको यह सब कैसे मालूम?" बहुत आकुल होकर गेसू बोली और उसकी पीली आँखों में और भी मैलापन आ गया।

"मुझे सुधा से मालूम हुआ था। मैं तो उम्मीद कर रहा था कि आप हम लोगों को एक दावत जरूर देंगी। लेकिन कुछ मालूम ही नहीं हुआ। एक बार सुधाजी ने मुझे आपके यहाँ भेजा तो मालूम हुआ कि आप लोगों ने मकान ही छोड़ दिया है।"

"जी हाँ, मैं देहरादून में थी। अम्मीजान वगैरह सभी वहीं थीं। अभी हाल में वहाँ कुछ पनाहगीर पहुँचे..."

"पनाहगीर?"

"जी, पंजाब के सिख वगैरह। कुछ झगड़ा हो गया तो हम लोग चले आये। अब हम लोग यहीं हैं।"

"अख्तर मियाँ कहाँ हैं?"

"मिरजापुर में पीतल का रोजगार कर रहे हैं!"

"और उनकी बीवी देहरादून में थी। यह सजा क्यों दी आपने उन्हें?"

"सजा की कोई बात नहीं" गेसू का स्वर घुटता हुआ-सा मालूम दे रहा था। "उनकी बीवी उनके साथ है।"

"क्या मतलब? आप तो अजब-सी बातें कर रही हैं। अगर मैं भूल नहीं करता तो आपकी शादी... "

"जी हाँ!" बड़ी ही उदास हँसी हँसकर गेसू बोली, "आपसे चन्दर भाई, मैं क्या छिपाऊँगी, जैसे सुधा वैसे आप! मेरी शादी उनसे नहीं हुई!"

"अरे! गुस्ताखी माफ कीजिएगा, सुधा तो मुझसे कह रही थी कि अख्तर..."

"मुझसे मुहब्बत करते हैं!" गेसू बात काटकर बोली और बड़ी गम्भीर हो गयी और अपनी चुन्नी के छोर में टँके हुए सितारे को तोड़ती हुई बोली, "मैं सचमुच नहीं समझ पायी कि उनके मन में क्या था। उनके घरवालों ने मेरे बजाय फूल को ज्यादा पसन्द किया। उन्होंने फूल से ही शादी कर ली। अब अच्छी तरह निभ रही है दोनों की। फूल तो इतने अरसे में एक बार भी हम लोगों से मिलने नहीं आयी!"

"अच्छा..." चन्दर चुप होकर सोचने लगा। कितनी बड़ी प्रवंचना हुई इस लड़की की जिन्दगी में! और कितने दबे शब्दों में यह कहकर चुप हो गयी! एक भी आँसू नहीं, एक भी सिसकी नहीं। संयत स्वर और फीकी मुस्कान, बस। चन्दर चुपचाप उठकर अन्दर गया। महराजिन आ गयी थी। कुछ नाश्ता और शरबत भेजने के लिए कहकर चन्दर बाहर आया। गेसू चुपचाप लॉन की ओर देख रही थी, शून्य निगाहों से। चन्दर आकर बैठ गया और बोला—

"बहुत धोखा दिया आपको!"

"छि:! ऐसी बात नहीं कहते, चन्दर भाई! कौन जानता है कि यह अख्तर की मजबूरी रही हो! जिसको मैंने अपना सरताज माना उसके लिए ऐसा खयाल भी दिल में लाना गुनाह है। मैं इतनी गिरी हुई नहीं कि यह सोचूँ कि उन्होंने धोखा दिया!" गेसू दाँत तले जबान दबाकर बोली।

चन्दर दंग रह गया। क्या गेसू अपने दिल से कह रही है? इतना अखंड विश्वास है गेसू को अख्तर पर! शरबत आ गया था। गेसू ने तकल्लुफ नहीं किया। लेकिन बोली, "आप बड़े भाई हैं। पहले आप शुरू कीजिए।"

"आपकी फिर कभी अख्तर से मुलाकात नहीं हुई?" चन्दर ने एक घूँट पीकर कहा।

"हुई क्यों नहीं? कई बार वह अम्मीजान के पास आये।"

"आपने कुछ नहीं कहा?"

"कहती क्या? यह सब बातें कहने-सुनने की होती हैं! और फिर फूल वहाँ आराम से है, अख्तर भी फूल को जान से ज्यादा प्यार से रखते हैं, यही मेरे लिए बहुत है। और अब कहकर क्या करूँगी! जब फूल से शादी तय हुई और वे राजी हो गये तभी मैंने कुछ नहीं कहा, अब तो फूल की माँग, फूल का सुहाग मेरे लिए सुबह की अजान से ज्यादा पाक है।" गेसू ने शरबत में निगाहें डुबाये हुए कहा। चन्दर क्षण-भर चुप रहा फिर बोला—

"अब आपकी शादी अम्मीजान कब कर रही हैं?"

"कभी नहीं! मैंने कस्द कर लिया है कि मैं शादी ताउम्र नहीं करूँगी। देहरादून के मैटर्निटी सेंटर में काम सीख रही थी। कोर्स पूरा हो गया। अब किसी अस्पताल में काम करूँगी।"

"आप..."

"क्यों, आपको ताज्जुब क्यों हुआ? मैंने अम्मीजान को इस बात के लिए राजी कर लिया है। मैं अपने पैरों पर खड़ी होना चाहती हूँ।"

चन्दर ने शरबत से बर्फ निकालकर फेंकते हुए कहा—

"मैं आपकी जगह होता तो दूसरी शादी करता और अख्तर से भरसक बदला लेता!"

"बदला!" गेसू मुसकराकर बोली, "छि:, चन्दर भाई! बदला, गुरेज, नफरत इससे आदमी न कभी सुधरा है न सुधरेगा? बदला और नफरत तो अपने मन की कमजोरी को जाहिर करते हैं। और फिर बदला मैं लूँ किससे? उससे, दिल की तनहाइयों में मैं जिसके सजदे पड़ती हूँ। यह कैसे हो सकता है?"

गेसू के माथे पर विश्वास का तेज दमक उठा, उसकी बीमार आँखों में धूप लहलहा उठी और उसका कंचनलता-सा तन जगमगाने लगा। कुछ ऐसी दृढ़ता थी उसकी आवाज में, ऐसी गहराई थी उसकी ध्वनि में कि चन्दर देखता ही रह गया। वह जानता था कि गेसू के दिल में अख्तर के लिए कितना प्रेम था, वह यह भी जानता था कि गेसू अख्तर की शादी के लिए किस तरह पागल थी। वह सारा सपना ताश के महल की तरह गिर

गया। और परिस्थितियों ने नहीं; खुद अख्तर ने धोखा दिया, लेकिन गेसू है कि माथे पर शिकन नहीं, भौंहों में बल नहीं, होंठों पर शिकायत नहीं। नारी के जीवन का यह कैसा अमिट विश्वास था! यानी जिसे गेसू ने अपने प्रेम का स्वर्णमन्दिर समझा था, वह ज्वालामुखी बनकर फूट गया और उसने दर्द की पिघली आग की धारा में गेसू को डुबो देने की कोशिश की लेकिन गेसू है कि अटल चट्टान की तरह खड़ी है।

चन्दर के मन में कहीं कोई टीस उठी। उसके दिल की धड़कनों ने कहीं पर उससे पूछा। '...और चन्दर तुमने क्या किया? तुम पुरुष थे। तुम्हारे सबल कन्धे किसी के प्यार का बोझ क्यों नहीं ढो पाये, चन्दर?' लेकिन चन्दर ने अपनी अन्त:करण की आवाज को अनसुनी करते हुए पूछा–

"तो आपके मन में ज़रा भी दर्द नहीं अख्तर को न पाने का?"

"दर्द?" गेसू की आवाज डूबने लगी, निगाहों की जर्द पाँखुरियों पर हल्की पानी की लहर दौड़ गयी—"दर्द, यह तो सिर्फ सुधा समझ सकती है, चन्दर भाई! बचपन से वह मेरे लिए क्या थे, यह वही जानती है। मैं तो उनका सपना देखते-देखते उनका सपना ही बन गयी थी, लेकिन खैर दर्द इन्सान के यकीदे को और मजबूत न कर दे, आदमी के कदमों को और ताकत न दे, आदमी के दिल को ऊँचाई न दे तो इन्सान क्या? दर्द का हाल पूछते हैं आप! कयामत के रोज तक मेरी मय्यत उन्हीं का आसरा देखेगी, चन्दर भाई! लेकिन इसके लिए जिन्दगी में तो खामोश ही रहना होगा। बन्द घर में जलते हुए चिराग की तरह घुलना होगा। और अगर मैंने उनको अपना माना है तो वह मिलकर ही रहेंगे। आज न सही कयामत के बाद सही। मुहब्बत की दुनिया में जैसे एक दिन उनके बिना कट जाता है वैसे एक जिन्दगी उनके बिना कट जायेगी... लेकिन उसके बाद वे मेरे होकर रहेंगे।"

चन्दर का दिल काँप उठा। गेसू की आवाज में तारे बरस रहे थे...

"और आपसे क्या कहूँ, चन्दर भाई! क्या आपकी बात मुझसे छिपी है? मैं जानती हूँ। सब कुछ जानती हूँ। सच पूछिए तो जब मैंने देखा कि आप कितनी खामोशी से अपनी दुनिया में आग लगते देख रहे हैं, और फिर भी हँस रहे हैं, तो मैंने आपसे सबक लिया। हमें नहीं मालूम था कि हम और आप दोनों भाई-बहनों की किस्मत एक-सी है।"

चन्दर के मन में जाने कितने घाव कसक उठे। उसके मन में जाने कितना दर्द उमड़ने-सा लगा। गेसू उसे क्या समझ रही है मन में और वह कहाँ पहुँच चुका है! जिसने चन्दर की जिन्दगी से अपने मन का दीप जलाया, वह आज देवता के चरण तक पहुँच गया, लेकिन चन्दर के मन की दीपशिखा? उसने अपने प्यार की चिता जला डाली।

चन्दर के मुँह पर ग्लानि की कालिमा छा गयी। गेसू चुपचाप बैठी थी। सहसा बोली, "चन्दर भाई, आपको याद है, पिछले साल इन्हीं दिनों मैं सुधा से मिलने आयी थी और हसरत आपको मेरा सलाम कहने गया था?"

"याद है!" चन्दर ने बहुत भारी स्वर में कहा।

"इस एक साल में दुनिया कितनी बदल गयी!" गेसू ने एक गहरी साँस लेकर कहा, "एक बार ये दिन चले जाते हैं, फिर बेदर्द कभी नहीं लौटते! कभी-कभी सोचती हूँ कि सुधा होती तो फिर कॉलेज जाते, क्लास में शोर मचाते, भागकर घास में लेटते, बादलों को देखते, शेर कहते और वह चन्दर की और हम अख्तर की बातें करते..." गेसू का गला भर आया और एक आँसू चू पड़ा... "सुधा और सुधा की ब्याह-शादी का हाल बताइए। कैसे हैं उनके शौहर?"

चन्दर के मन में आया कि वह कह दे, गेसू क्यों लज्जित करती हो! मैं वह चन्दर नहीं हूँ। मैंने अपने विश्वास का मन्दिर भ्रष्ट कर दिया...मैं प्रेत हूँ...मैंने सुधा के प्यार का गला घोंट दिया है...लेकिन पुरुष का गर्व! पुरुष का छल! उसे यह भी नहीं मालूम होने दिया कि उसका विश्वास चूर-चूर हो चुका है और पिछले कितने ही महीनों से उसने सुधा को खत लिखना भी बन्द कर दिया है और यह भी नहीं मालूम करने का प्रयास किया कि सुधा मरती है या जीती!

घण्टा-भर तक दोनों सुधा के बारे में बातें करते रहे। इतने में रिक्शावाला लौट आया। गेसू ने उसे ठहरने का इशारा किया और बोली, "अच्छा, ज़रा सुधा का पता लिख दीजिए।" चन्दर ने एक कागज पर पता लिख दिया। गेसू ने उठने का उपक्रम किया तो चन्दर बोला, "बैठिए अभी, आपसे बातें करके आज जाने कितने दिनों की बातें याद आ रही हैं!"

गेसू हँसी और बैठ गयी। चन्दर बोला, "आप अभी तक कविताएँ लिखती हैं?"

"कविताएँ..." गेसू फिर हँसी और बोली, "जिन्दगी कितनी हमगीर है, कितनी पुरशोर, और इस शोर में नगमों की हकीकत कितनी! अब हड्डियाँ, नसें, प्रेसर-प्वाइंट, पट्टियाँ और मरहमों में दिन बीत जाता है। अच्छा चन्दर भाई, सुधा अभी उतनी ही शोख है? उतनी ही शरारती है!"

"नहीं।" चन्दर ने बहुत उदास स्वर में कहा, "जाओ, कभी देख आओ न!"

"नहीं, जब तक कहीं जगह नहीं मिल जाती, तब तक तो इतनी आजादी नहीं मिलेगी। अभी यहीं हूँ। उसी को बुलवाऊँगी और उसके पति देवता को लिखूँगी। कितना सूना लग रहा है घर जैसे भूतों का बसेरा हो। जैसे परेत रहते हों!"

"क्यों 'परेत' बना रही हैं आप? मैं रहता हूँ इसी घर में।" चन्दर बोला।

"अरे, मेरा मतलब यह नहीं था!" गेसू हँसते हुए बोली, "अच्छा, अब मुझे तो अम्मीजान नहीं भेजेंगी, आज जाने कैसे अकेले आने की इजाजत दे दी। आपको किसी दिन बुलवाऊँ तो आइएगा जरूर!"

"हाँ, आऊँगा गेसू, जरूर आऊँगा!" चन्दर ने बहुत स्नेह से कहा।

"अच्छा भाईजान, सलाम!"

"नमस्ते!"

गेसू जाकर रिक्शा पर बैठ गयी और परदा तन गया। रिक्शा चल दिया। चन्दर एक अजीब-सी निगाह से देखता रहा जैसे अपने अतीत की कोई खोयी हुई चीज ढूँढ़ रहा हो, फिर धीरे-धीरे लौट आया। सूरज डूब गया था। वह गुसलखाना बन्द कर नहाने बैठ गया। जाने कहाँ-कहाँ मन भटक रहा था उसका। चन्दर मन का अस्थिर था, मन का बुरा नहीं था। गेसू ने आज उसके सामने अचानक वह तस्वीर रख दी थी जिसमें वह स्वर्ग की ऊँचाइयों पर मँडराया करता था। और जाने कैसा दर्द-सा उसके मन में उठ गया था, गेसू ने अपने अजाने में ही चन्दर के अविश्वास, चन्दर की प्रतिहिंसा को बहुत बड़ी हार दी थी। उसने सिर पर पानी डाला तो उसे लगा यह पानी नहीं है जिन्दगी की धारा है, पिघले हुए अंगारों की धारा जिसमें पड़कर केवल वही जिन्दा बच पाया है, जिसके अंगों में प्यार का अमृत है। और चन्दर के मन में क्या है? महज वासना का विष... वह सड़ा हुआ, गला हुआ शरीर मात्र जो केवल सन्निपात के जोर से चल रहा है। उसने अपने मन के अमृत को गली में फेंक दिया है... उसने क्या किया है?

वह नहाकर आया और शीशे के सामने खड़ा होकर बाल काढ़ने लगा–फिर शीशे की ओर एकटक देखकर बोला, "मुझे क्या देख रहे हो, चन्दर बाबू! मुझे तो तुमने बर्बाद कर डाला। आज कई महीने हो गये और तुमने एक चिट्ठी तक नहीं लिखी, छि:!" और उसने शीशा उलटकर रख दिया।

महराजिन खाना ले आयी। उसने खाना खाया और सुस्त-सा पड़ रहा। "भइया, आज घूमै न जाबो?"

"नहीं!" चन्दर ने कहा और पड़ा-पड़ा सोचने लगा। पम्मी के यहाँ नहीं गया।

यह गेसू दूसरे कमरे में बैठी थी। इस कमरे में बिनती उसे कैलाश का चित्र दिखा रही थी।...चित्र उसके मन में घूमने लगे...चन्दर क्या इस दुनिया में तुम्हीं रह गये थे फोटो दिखाकर पसन्द कराने के लिए...चन्दर का हाथ उठा। तड़ से एक तमाचा...चन्दर, चोट तो नहीं आयी... मान लिया कि मेरे मन ने मुझसे न कहा हो, तुमसे तो मेरा मन कोई बात

नहीं छिपाता...तो चन्दर, तुम शादी कर क्यों नहीं लेते? पापा लड़की देख आयेंगे...हम भी देख लेंगे... तो फिर तुम बैठो तो हम पढ़ेंगे, वरना हमें शरम लगती है... चन्दर, तुम शादी मत करना, तुम इस सबके लिए नहीं बने हो... नहीं सुधा, तुम्हारे वक्ष पर सिर रखकर कितना सन्तोष मिलता है...

आसमान में एक-एक करके तारे टूटते जा रहे थे।

वह पम्मी के यहाँ नहीं गया। एक दिन... दो दिन... तीन दिन... अन्त में चौथे दिन शाम को पम्मी खुद आयी। चन्दर खाना खा चुका था और लॉन पर टहल रहा था। पम्मी आयी। उसने स्वागत किया लेकिन उसकी मुसकराहट में उल्लास नहीं था।

"कहो कपूर, आये क्यों नहीं? मैं समझी, तुम बीमार हो गये!" पम्मी ने लॉन पर पड़ी एक कुर्सी पर बैठते हुए कहा, "आओ, बैठो न!" उसने चन्दर की ओर कुर्सी खिसकायी।

"नहीं, तुम बैठो, मैं टहलता रहूँगा!" चन्दर बोला और कहने लगा, "पता नहीं क्यों पम्मी, दो-तीन दिन से तबीयत बहुत उदास-सी है। तुम्हारे यहाँ आने को तबीयत नहीं हुई!"

"क्यों, क्या हुआ?" पम्मी ने पूछा और चन्दर का हाथ पकड़ लिया। चन्दर पम्मी की कुर्सी के पीछे खड़ा हो गया। पम्मी ने चन्दर के दोनों हाथ पकड़कर अपने गले में डाल लिये और अपना सिर चन्दर से टिकाकर उसकी ओर देखने लगी। चन्दर चुप था। न उसने पम्मी के गाल थपथपाये, न हाथ दबाया, न अलकें बिखेरीं और न निगाहों में नशा ही बिखेरा।

औरत अपने प्रति आने वाले प्यार और आकर्षण को समझने में चाहे एक बार भूल कर जाये, लेकिन वह अपने प्रति आने वाली उदासी और उपेक्षा को पहचानने में कभी भूल नहीं करती। वह होंठों पर होंठों के स्पर्शों के गूढ़तम अर्थ समझ सकती है, वह आपके स्पर्श में आपकी नसों से चलती हुई भावना पहचान सकती है, वह आपके वक्ष से सिर टिकाकर आपके दिल की धड़कनों की भाषा समझ सकती है, यदि उसे थोड़ा-सा भी अनुभव है और आप उसके हाथ पर हाथ रखते हैं तो स्पर्श की अनुभूति से ही जान जायेगी कि आप उससे कोई प्रश्न कर रहे हैं, कोई याचना कर रहे हैं, सान्त्वना दे रहे हैं या सान्त्वना माँग रहे हैं। क्षमा माँग रहे हैं या क्षमा दे रहे हैं, प्यार का प्रारम्भ कर रहे हैं या समाप्त कर रहे हैं। स्वागत कर रहे हैं या विदा दे रहे हैं। यह पुलक का स्पर्श है या उदासी का चाव और नशे का स्पर्श है या खिन्नता और बेमनी का।

पम्मी चन्दर के हाथों को छूते ही जान गयी कि हाथ चाहे गरम हों, लेकिन स्पर्श

बड़ा शीतल है, बड़ा नीरस। उसमें वह पिघली हुई आग की शराब नहीं है जो अभी तक चन्दर के होंठों पर धधकती थी, चन्दर के स्पर्शों में बिखरती थी।

"कुछ तबीयत खराब है कपूर, बैठ जाओ!" पम्मी ने उठकर चन्दर को जबरदस्ती बिठाल दिया, "आजकल बहुत मेहनत पड़ती है, क्यों? चलो, तुम हमारे यहाँ रहो!"

पम्मी में केवल शरीर की प्यास थी, यह कहना पम्मी के प्रति अन्याय होगा। पम्मी में एक बहुत गहरी हमदर्दी थी चन्दर के लिए। चन्दर अगर शरीर की प्यास को जीत भी लेता तो उसकी हमदर्दी को वह नहीं ठुकरा पाता था। उस हमदर्दी का तिरस्कार होने से पम्मी दु:खी होती थी और उसे वह तभी स्वीकृत समझती थी जब चन्दर उसके रूप के आकर्षण में डूबा रहे। अगर पुरुषों के होंठों में तीखी प्यास न हो, बाहुपाशों में जहर न हो तो वासना की इस शिथिलता से नारी फौरन समझ जाती है कि सम्बन्धों में दूरी आती जा रही है। सम्बन्धों की घनिष्ठता को नापने का नारी के पास एक ही मापदंड है, चुम्बन का तीखापन!

चन्दर के मन में ही नहीं वरन् स्पर्शों में भी इतनी बिखरती हुई उदासी थी, इतनी उपेक्षा थी कि पम्मी मर्माहत हो गयी। उसके लिए यह पहली पराजय थी! आजकल पम्मी जान जाती थी कि चन्दर का रोम-रोम इस वक्त पम्मी की साँसों में डूबा हुआ है।

लेकिन पम्मी ने देखा कि चन्दर उसकी बाँहों में होते हुए भी दूर, बहुत दूर न जाने किन विचारों में उलझा हुआ है। वह उससे दूर चला जा रहा है, बहुत दूर। पम्मी की धड़कनें अस्त-व्यस्त हो गयीं। उसकी समझ में नहीं आया वह क्या करे! चन्दर को क्या हो गया? क्या पम्मी का जादू टूट रहा है? पम्मी ने अपनी पराजय से कुंठित होकर अपना हाथ हटा लिया और चुपचाप मुँह फेरकर उधर देखने लगी। चन्दर चाहे जितना उदास हो लेकिन पम्मी की उदासी वह नहीं सह सकता था। बुरी या भली, पम्मी इस वक्त उसकी सूनी जिन्दगी का अकेला सहारा थी और पम्मी की हमदर्दी का वह बहुत कृतज्ञ था। वह समझ गया, पम्मी क्यों उदास है! उसने पम्मी का हाथ खींच लिया और अपने होठ उसकी हथेलियों पर रख दिये और खींचकर पम्मी का सिर अपने कन्धे पर रख लिया...

पुरुष के जीवन में एक क्षण आता है जब वासना उसकी कमजोरी, उसकी प्यास, उसका नशा, उसका आवेश नहीं रह जाती। जब वासना उसकी हमदर्दी का, उसकी सान्त्वना का साधन बन जाती है। जब वह नारी को इसलिए बाँहों में नहीं समेटता कि उसकी बाँहें प्यासी हैं, वह इसलिए उसे बाँहों में समेट लेता है कि नारी अपना दु:ख भूल जाये। जिस वक्त वह नारी की सीपिया पलकों के नशे में नहीं वरन् उसकी आँखों के आँसू सुखाने के लिए उसकी पलकों पर होठ रख देता है, जीवन के उस क्षण में पुरुष

जिस नारी से सहानुभूति रखता है, उसके मन की पराजय को भुलाने के लिए वह नारी को बाहुपाश के नशे में बहला देना चाहता है! लेकिन इन बाहुपाशों में प्यास ज़रा भी नहीं होती, आग ज़रा भी नहीं होती, सिर्फ नारी को बहलावा देने का प्रयास मात्र होता है।

इसमें कोई सन्देह नहीं कि चन्दर के मन पर छाया हुआ पम्मी के रूप का गुलाबी बादल उचटता जा रहा था, नशा उखड़ा-सा रहा था। लेकिन चन्दर पम्मी को दु:खी नहीं करना चाहता था, वह भरसक पम्मी को बहलाये रखता था... लेकिन उसके मन में कहीं-न-कहीं फिर अन्तर्द्वन्द्व का एक तूफान चलने लगा था...

गेसू ने उसके सामने उसकी साल भर पहले की जिन्दगी का वह चित्र रख दिया था, जिसकी एक झलक उस अभागे को पागल कर देने के लिए काफी थी। चन्दर जैसे-तैसे मन को पत्थर बनाकर, अपनी आत्मा को रूप की शराब में डुबोकर, अपने विश्वासों में छलकर उसको भुला पाया था। उसे जीता पाया था। लेकिन गेसू ने और गेसू की बातों ने जैसे उसके मन में मूर्च्छित पड़ी अभिशाप की छाया में फिर प्राण-प्रतिष्ठा कर दी थी और आधी रात के सन्नाटे में फिर चन्दर को सुनाई देता था कि उसके मन में कोई काली छाया बार-बार सिसकने लगती है और चन्दर के हृदय से टकराकर वह रुदन बार-बार कहता था, "देवता! तुमने मेरी हत्या कर डाली! मेरी हत्या, जिसे तुमने स्वर्ग और ईश्वर से बढ़कर माना था..." और चन्दर इन आवाजों से घबरा उठता था।

विस्मरण की एक तरंग जहाँ चन्दर को पम्मी के पास खींच लायी थी, वहाँ अतीत के स्मरण की दूसरी तरंग उसे वेग में उलझाकर जैसे फिर उसे दूर खींच ले जाने के लिए व्याकुल हो उठी। उसको लगा कि पम्मी के लिए उसके मन में जो मादक नशा था, उस पर ग्लानि का कोहरा छाता जा रहा है और अभी तक उसने जो कुछ किया था, उसके लिए उसी के मन में कहीं-न-कहीं पर हल्की-सी अरुचि झलकने लगी थी। फिर भी पम्मी का जादू बदस्तूर कायम था। वह पम्मी के प्रति कृतज्ञ था और वह पम्मी को कहीं, किसी भी हालत में दु:खी नहीं करना चाहता था। भले वह गुनाह करके अपनी कृतज्ञता जाहिर क्यों न कर पाये, लेकिन जैसे बिनती के मन में चन्दर के प्रति जो श्रद्धा थी, वह नैतिकता-अनैतिकता के बन्धन से ऊपर उठकर थी, वैसे ही चन्दर के मन में पम्मी के प्रति कृतज्ञता पुण्य और पाप के बन्धन से ऊपर उठकर थी। बिनती ने एक दिन चन्दर से कहा था कि यदि वह चन्दर को असन्तुष्ट करती है, तो वह उसे इतना बड़ा गुनाह लगता है कि उसके सामने उसे किसी भी पाप-पुण्य की परवा नहीं है। उसी तरह चन्दर सोचता था कि सम्भव है कि उसका और पम्मी का यह सम्बन्ध पापमय हो, लेकिन इस सम्बन्ध को तोड़कर पम्मी को असन्तुष्ट और दु:खी करना इतना बड़ा पाप होगा जो अक्षम्य है।

लेकिन वह नशा टूट चुका था, वह साँस धीमी पड़ गयी थी... अपनी हर कोशिश के बावजूद वह पम्मी को उदास होने से बचा न पाता था।

एक दिन सुबह जब वह कॉलेज जा रहा था कि पम्मी की कार आयी। पम्मी बहुत ही उदास थी। चन्दर ने आते ही उसका स्वागत किया। उसके कानों में एक नीले पत्थर का बुन्दा था, जिसकी हल्की छाँह गालों पर पड़ रही थी। चन्दर ने झुककर वह नीली छाँह चूम ली।

पम्मी कुछ नहीं बोली। वह बैठ गयी और फिर चन्दर से बोली, "मैं लखनऊ जा रही हूँ, कपूर!"

"कब? आज?"

"हाँ, अभी कार से।"

"क्यों?"

"यों ही, मन ऊब गया! पता नहीं, कौन-सी छाँह मुझ पर छा गयी है। मैं शायद लखनऊ से मसूरी चली जाऊँ।"

"मैं तुम्हें जाने नहीं दूँगा, पहले तो तुमने बताया नहीं!"

"तुम्हीं ने कहाँ पहले बताया था!"

"क्या?"

"कुछ भी नहीं! अच्छा, चल रही हूँ।"

"सुनो तो!"

"नहीं, अब रोक नहीं सकते तुम... बहुत दूर जाना है चन्दर..." वह चल दी। फिर वह लौटी और जैसे युगों-युगों की प्यास बुझा रही हो, चन्दर के गले में झूल गयी और कस लिया चन्दर को... पाँच मिनट बाद सहसा वह अलग हो गयी और फिर बिना कुछ बोले अपनी कार में बैठ गयी। "पम्मी...तुम्हें हुआ क्या यह?"

"कुछ नहीं, कपूर।" पम्मी कार स्टार्ट करते हुए बोली, "मैं तुमसे जितनी ही दूर रहूँ उतना ही अच्छा है, मेरे लिए भी, तुम्हारे लिए भी! तुम्हारे इन दिनों के व्यवहार ने मुझे बहुत कुछ सिखा दिया है?"

चन्दर सिर से पैर तक ग्लानि से कुंठित हो उठा। सचमुच वह कितना अभागा है! वह किसी को भी सन्तुष्ट नहीं रख पाया। उसके जीवन में सुधा भी आयी और पम्मी भी, एक को उसके पुण्य ने उससे छीन लिया, दूसरी को उसका गुनाह उससे छीने लिये जा रहा है। जाने उसके ग्रहों का मालिक कितना

क्रूर खिलाड़ी है कि हर कदम पर उसकी राह उलट देता है। नहीं, वह पम्मी को नहीं खो सकता–उसने पम्मी का कॉलर पकड़ लिया, "पम्मी, तुम्हें हमारी कसम है–बुरा मत मानो! मैं तुम्हें जाने नहीं दूँगा।"

पम्मी हँसी–बड़ी ही करुण लेकिन सशक्त हँसी। अपने कॉलर को धीमे-से छुड़ाकर चन्दर की अँगुलियों को कपोलों से दबा दिया और फिर वक्ष के पास से एक लिफाफा निकालकर चन्दर के हाथों में दे दिया और कार स्टार्ट कर दी...पीछे मुड़कर नहीं देखा... नहीं देखा।

कार कड़वे धुएँ का बादल चन्दर की ओर उड़ाकर आगे चल दी।

जब कार ओझल हो गयी, तब चन्दर को होश आया कि उसके हाथ में एक लिफाफा भी है। उसने सोचा, फौरन कार लेकर जाये और पम्मी को रोक ले। फिर सोचा, पहले पढ़ तो ले, यह है क्या चीज? उसने लिफाफा खोला और पढ़ने लगा–

"कपूर, एक दिन तुम्हारी आवाज और बर्टी की चीख सुनकर अपूर्ण वेश में ही अपने शृंगार-गृह से भाग आयी थी और तुम्हें फूलों के बीच में पाया था, आज तुम्हारी आवाज मेरे लिए मूक हो गयी है और असन्तोष और उदासी के काँटों के बीच मैं तुम्हें छोड़कर जा रही हूँ।

जा रही हूँ इसलिए कि अब तुम्हें मेरी जरूरत नहीं रही। झूठ क्यों बोलूँ, अब क्या, कभी भी तुम्हें मेरी जरूरत नहीं रही थी, लेकिन मैंने हमेशा तुम्हारा दुरुपयोग किया। झूठ क्यों बोलें, तुम मेरे पति से भी अधिक समीप रहे हो। तुमसे कुछ छिपाऊँगी नहीं। मैं तुमसे मिली थी, जब मैं एकाकी थी, उदास थी, लगता था कि उस समय तुम मेरी सुनसान दुनिया में रोशनी के देवदूत की तरह आये थे। तुम उस समय बहुत भोले, बहुत सुकुमार, बहुत ही पवित्र थे। मेरे मन में उस दिन तुम्हारे लिए जाने कितना प्यार उमड़ आया! मैं पागल हो उठी। मैंने तुम्हें उस दिन सेलामी की कहानी सुनायी थी, सिनेमा घर में, उसी अभागिन सेलामी की तरह मैं भी पैगम्बर को चूमने के लिए व्याकुल हो उठी।

देखा, तुम पवित्रता को प्यार करते हो। सोचा, यदि तुमसे प्यार ही जीतना है, तो तुमसे पवित्रता की ही बातें करूँ। मैं जानती थी कि सेक्स प्यार का आवश्यक अंग है। लेकिन मन में तीखी प्यास लेकर भी मैंने तुमसे सेक्स-विरोधी बातें करनी शुरू कीं। मुँह पर पवित्रता और अन्दर में भोग का सिद्धान्त रखते हुए भी मेरा अंग-अंग प्यासा हो उठा था...तुम्हें होठों तक खींच लायी थी, लेकिन फिर साहस नहीं हुआ।

फिर मैंने उस छोकरी को देखा, उस नितान्त प्रतिभाहीन दुर्बलमना छोकरी मिस

सुधा को। वह कुछ भी नहीं थी, लेकिन मैं देखते ही जान गयी थी कि तुम्हारे भाग्य का नक्षत्र है, जाने क्यों उसे देखते ही मैं अपना आत्मविश्वास खो-सा बैठी। उसके व्यक्तित्व में कुछ न होते हुए भी कम-से-कम अजब-सा जादू था, यह मैं भी स्वीकार करती हूँ, लेकिन थी वह छोकरी ही!

तुम्हें न पाने की निराशा और तुम्हें न पाने की असीम प्यास, दोनों के पीस डालने वाले संघर्ष से भागकर, मैं हिमालय में चली आयी। जितना तीखा आकर्षण होता है कपूर कभी-कभी नारी उतनी ही दूर भागती है। अगर कोई प्याला मुँह से न लगाकर दूर फेंक दे, तो समझ लो कि वह बेहद प्यासा है, इतना प्यासा कि तृप्ति की कल्पना से भी घबराता है। दिन-रात उस पहाड़ी की धवल चोटियों में तुम्हारी निगाहें मुसकराती थीं, पर मैं लौटने का साहस न कर पाती थी।

लौटी तो देखा कि तुम अकेले हो, निराश हो। और थोड़ा-थोड़ा उलझे हुए भी हो। पहले मैंने तुम पर पवित्रता की आड़ में विजय पानी चाही थी, अब तुम पर वासना का सहारा लेकर छा गयी। तुम मुझे बुरा समझ सकते हो, लेकिन काश कि प्यास को समझ पाते, कपूर! तुमने मुझे स्वीकार किया। वैसे नहीं जैसं कोई फूल शबनम को स्वीकार करे। तुमने मुझे उस तरह स्वीकार किया जैसे कोई बीमार आदमी माफिया (अफीम) के इंजेक्शन को स्वीकार करे। तुम्हारी प्यासी और बीमार प्रवृत्तियाँ बदली नहीं, सिर्फ बेहोश होकर सो गयीं।

लेकिन कपूर, पता नहीं किसके स्पर्श से वे एकाएक बिखर गयीं। मैं जानती हूँ, इधर तुममें क्या परिवर्तन आ गया है। मैं तुम्हें उसके लिए अपराधी नहीं ठहराती, कपूर! मैं जानती हूँ तुम मेरे प्रति अब भी कितने कृतज्ञ हो, कितने स्नेहशील हो लेकिन अब तुममें वह प्यास नहीं, वह नशा नहीं। तुम्हारे मन की वासना अब मेरे लिए एक तरस में बदलती जा रही है।

मुझे वह दिन याद है, अच्छी तरह याद है चन्दर, जब तुम्हारे जलते हुए होठों ने इतनी गहरी वासना से मेरे होठों को समेट लिया था कि मेरे लिए अपना व्यक्तित्व ही एक सपना बन गया था। लगता था, सभी सितारों का तेज भी इसकी एक चिनगारी के सामने फीका है। लेकिन आज होठ होठ हैं, आग के फूल नहीं रहे–पहले मेरी एक झलक से तुम्हारे रोम-रोम में सैकड़ों इच्छाओं की आँधियाँ गरज उठती थीं... आज तुम्हारी नसों का खून ठंडा है। तुम्हारी निगाहें पथरायी हुई हैं और तुम इस तरह वासना मेरी ओर फेंक देते हो, जैसे तुम किसी पालतू बिल्ली को पावरोटी का टुकड़ा दे रहे हो।

मैं जानती हूँ कि हम दोनों के सम्बन्धों की उष्णता खत्म हो गयी है। अब तुम्हारे

मन में महज एक तरस है, एक कृतज्ञता है, और कपूर, वह मैं स्वीकार नहीं कर सकूँगी। क्षमा करना, मेरा भी स्वाभिमान है।

लेकिन मैंने कह दिया कि मैं तुमसे छिपाऊँगी नहीं! तुम इस भ्रम में कभी मत रहना कि मैंने तुम्हें प्यार किया था। पहले मैं भी यही सोचती थी। कल मुझे लगा कि मैंने अपने को आज तक धोखा दिया था। मैंने इधर तुम्हारी खिन्नता के बाद अपने जीवन पर बहुत सोचा, तो मुझे लगा कि प्यार जैसी स्थायी और गहरी भावना शायद मेरे जैसे रंगीन बहिर्मुख स्वभावशाली के लिए है ही नहीं। प्यार जैसी गम्भीर और खतरनाक तूफानी भावना को अपने कन्धों पर ढोने का खतरा देवता या बुद्धिहीन ही उठा सकते हैं–तुम उसे वहन कर सकते हो (कर रहे हो। प्यार की प्रतिक्रिया भी प्यार की ही परिचायक है कपूर), मेरे लिए आँसुओं की लहरों में डूब जाना सम्भव नहीं। या तो प्यार आदमी को बादलों की ऊँचाई तक उठा ले जाता है, या स्वर्ग से पाताल में फेंक देता है। लेकिन कुछ प्राणी हैं, जो न स्वर्ग के हैं न नरक के, वे दोनों लोकों के बीच में अन्धकार की परतों में भटकते रहते हैं। वे किसी को प्यार नहीं करते, छायाओं को पकड़ने का प्रयास करते हैं, या शायद प्यार करते हैं या निरन्तर नयी अनुभूतियों के पीछे दीवाने रहते हैं और प्यार बिल्कुल करते ही नहीं। उनको न दुःख होता है न सुख, उनकी दुनिया में केवल संशय, अस्थिरता और प्यास होती है...कपूर, मैं उसी अभागे लोक की एक प्यासी आत्मा थी। अपने एकान्त से घबराकर तुम्हें अपने बाहुपाश में बाँधकर तुम्हारे विश्वास को स्वर्ग से खींच लायी थी। तुम स्वर्ग-भ्रष्ट देवता, भूलकर मेरे अभिशप्त लोक में आ गये थे।

आज मालूम होता है कि फिर तुम्हारे विश्वास ने तुम्हें पुकारा है। मैं अपनी प्यास में खुद धधक उठूँ, लेकिन तुम्हें मैंने अपना मित्र माना था। तुम पर मैं आँच नहीं आने देना चाहती। तुम मेरे योग्य नहीं, तुम अपने विश्वासों के लोक में लौट जाओ।

मैं जानती हूँ तुम मेरे लिए चिन्तित हो। लेकिन मैंने अपना रास्ता निश्चित कर लिया है। स्त्री बिना पुरुष के आश्रय के नहीं रह सकती। उस अभागी को जैसे प्रकृति ने कोई अभिशाप दे दिया है।... मैं थक गयी हूँ इस प्रेमलोक की भटकन से।... मैं अपने पति के पास जा रही हूँ। वे क्षमा कर देंगे, मुझे विश्वास है।

उन्हीं के पास क्यों जा रही हूँ? इसलिए मेरे मित्र, कि मैं अब सोच रही हूँ कि स्त्री स्वाधीन नहीं रह सकती। उसके पास पत्नीत्व के सिवा कोई चारा नहीं। जहाँ ज़रा स्वाधीन हुई कि बस उसी अन्धकूप में जा पड़ती है जहाँ मैं थी। वह अपना शरीर भी खोकर तृप्ति नहीं पाती। फिर प्यार से तो मेरा विश्वास जैसे उठा जा रहा है, प्यार स्थायी नहीं होता। मैं ईसाई हूँ, पर सभी अनुभवों के बाद मुझे पता लगता है कि हिन्दुओं के

यहाँ प्रेम नहीं वरन् धर्म और सामाजिक परिस्थितियों के आधार पर विवाह की रीति बहुत वैज्ञानिक और नारी के लिए सबसे ज्यादा लाभदायक है। उसमें नारी को थोड़ा बन्धन चाहे क्यों न हो लेकिन दायित्व रहता है, सन्तोष रहता है, वह अपने घर की रानी रहती है। काश कि तुम समझ पाते कि खुले आकाश में इधर-उधर भटकने के बाद, तूफानों से लड़ने के बाद मैं कितनी आतुर हो उठी हूँ बन्धनों के लिए, और किसी सशक्त डाल पर बने हुए सुखद, सुकोमल नीड़ में बसेरा लेने के लिए। जिस नीड़ को मैं इतने दिनों पहले उजाड़ चुकी थी, आज वह फिर मुझे पुकार रहा है। हर नारी के जीवन में यह क्षण आता है और शायद इसीलिए हिन्दू प्रेम के बजाय विवाह को अधिक महत्त्व देते हैं।

मैं तुम्हारे पास नहीं रुकी। मैं जानती थी कि हम दोनों के सम्बन्धों में प्रारम्भ से इतनी विचित्रताएँ थीं कि हम दोनों का सम्बन्ध स्थायी नहीं रह सकता था, फिर भी जिन क्षणों में हम दोनों एक ही तूफान में फँस गये थे, वे क्षण मेरे लिए अमूल्य निधि रहेंगे। तुम बुरा न मानना। मैं तुमसे ज़रा भी नाराज नहीं हूँ। मैं न अपने को गुनहगार मानती हूँ, न तुम्हें, फिर भी अगर तुम मेरी सलाह मान सको तो मान लेना। किसी अच्छी-सी सीधी-सादी हिन्दू लड़की से अपना विवाह कर लेना। किसी बहुत बौद्धिक लड़की, जो तुम्हें प्यार करने का दम भरती हो, उसके फन्दे में न फँसना कपूर, मैं उम्र और अनुभव दोनों में तुमसे बड़ी हूँ। विवाह में भावना या आकर्षण अक्सर जहर बिखेर देता है। ब्याह करने के बाद एक-आध महीने के लिए अपनी पत्नी सहित मेरे पास जरूर आना, कपूर। मैं उसे देखकर वह सन्तोष पा लूँगी, जो हमारी सभ्यता ने हम अभागों से छीन लिया है।

अभी मैं साल भर तक तुमसे नहीं मिलूँगी। मुझे तुमसे अब भी डर लगता है लेकिन इस बीच में तुम बर्टी का खयाल रखना। कभी-कभी उसे देख लेना। रुपये की कमी तो उसे न होगी। बीवी भी उसे ऐसी मिल गयी है, जिसने उसे ठीक कर दिया है...उस अभागे भाई से अलग होते हुए मुझे कैसा लग रहा है, यह तुम जानते, अगर तुम बहन होते।

अगला पत्र तुम्हें तभी लिखूँगी जब मेरे पति से मेरा समझौता हो जायेगा...नाराज तो नहीं हो?

—प्रमिला डिक्रूज।"

चन्दर पम्मी को लौटाने नहीं गया। कॉलेज भी नहीं गया। एक लम्बा-सा खत बिनती को लिखता रहा और इसकी प्रतिलिपि कर दोनों नत्थी कर भेज दिये और उसके बाद थककर सो गया...बिना खाना खाये!

तीन

गर्मियों की छुट्टियाँ हो गयी थीं और चन्दर छुट्टियाँ बिताने दिल्ली गया था। सुधा भी आयी हुई थी। लेकिन चन्दर और सुधा में बोलचाल नहीं थी। एक दिन शाम के वक्त डॉक्टर साहब ने चन्दर से कहा, "चन्दर, सुधा इधर बहुत अनमनी रहती है, जाओ इसे कहीं घुमा लाओ।" चन्दर बड़ी मुश्किल से राजी हुआ। दोनों पहले कनॉट प्लेस पहुँचे। सुधा ने बहुत फीकी और टूटती हुई आवाज में कहा, "यहाँ बहुत भीड़ है, मेरी तबीयत घबराती है।" चन्दर ने कार घुमा दी शहर से बाहर रोहतक की सड़क पर, दिल्ली से पन्द्रह मील दूर। चन्दर ने एक बहुत हरी-भरी जगह में कार रोक दी। किसी बहुत पुराने पीर का टूटा-फूटा मजार था और कब्र के चबूतरे को फाड़कर एक नीम का पेड़ उग आया था। चबूतरे के दो-तीन पत्थर गिर गये थे। चार-पाँच नीम के पेड़ लगे थे और कब्र के पत्थर के पास एक चिराग बुझा हुआ पड़ा था और कई एक सूखी हुई फूल-मालाएँ हवा से उड़कर नीचे गिर गयी थीं। कब्र के आसपास ढेरों नीम के तिनके और सूखे हुए नीम के फूल जमा थे।

सुधा जाकर चबूतरे पर बैठ गयी। दूर-दूर तक सन्नाटा था। न आदमी न आदमजाद। सिर्फ गोधूलि के अलसाते हुए झोंकों में नीम चरमरा उठते थे। चन्दर आकर सुधा की दूसरी ओर बैठ गया। चबूतरे पर इस ओर सुधा और उस ओर चन्दर, बीच में चिर-नीरव कब्र...

सुधा थोड़ी देर बाद मुड़ी और चन्दर की ओर देखा। चन्दर एकटक कब्र की ओर देख रहा था। सुधा ने एक सूखा हार उठाया और चन्दर पर फेंककर कहा, "चन्दर, क्या हमेशा मुझे इसी भयानक नरक में रखोगे? क्या सचमुच हमेशा के लिए तुम्हारा प्यार खो दिया है मैंने?"

"मेरा प्यार?" चन्दर हँसा, उसकी हँसी उस सन्नाटे से भी ज्यादा भयंकर थी...

"मेरा प्यार! अच्छी याद दिलायी तुमने! मैं आज प्यार में विश्वास नहीं करता। या यह कहूँ कि प्यार के उस रूप में विश्वास नहीं करता!"

"फिर?"

"फिर क्या, उस समय मेरे मन में प्यार का मतलब था त्याग, कल्पना, आदर्श। आज मैं समझ चुका हूँ कि यह सब झूठी बातें हैं, खोखले सपने हैं!"

"तब?"

"तब! आज मैं विश्वास करता हूँ कि प्यार के माने सिर्फ एक है; शरीर का सम्बन्ध! कम-से-कम औरत के लिए। औरत बड़ी बातें करेगी, आत्मा, पुनर्जन्म, परलोक का मिलन, लेकिन उसकी सिद्धि सिर्फ शरीर में है और वह अपने प्यार की मंजिलें पार कर पुरुष को अन्त में एक ही चीज देती है–अपना शरीर। मैं तो अब यह विश्वास करता हूँ सुधा कि वही औरत मुझे प्यार करती है जो मुझे शरीर दे सकती है। बस, इसके अलावा प्यार का कोई रूप अब मेरे भाग्य में नहीं।" चन्दर की आँख कुछ धधक रहा था...सुधा उठी, और चन्दर के पास खड़ी हो गयी–"चन्दर, तुम भी एक दिन ऐसे हो जाओगे, इसकी मुझे कभी उम्मीद नहीं थी। काश कि तुम समझ पाते कि..." सुधा ने बहुत दर्द भरे स्वर में कहा।

"स्नेह है!" चन्दर ठठाकर हँस पड़ा–और उसने सुधा की ओर मुड़कर कहा, "और अगर मैं उस स्नेह का प्रमाण माँगूँ तो? सुधा!" दाँत पीसकर चन्दर बोला, "अगर तुमसे तुम्हारा शरीर माँगूँ तो?"

"चन्दर!" सुधा चीखकर पीछे हट गयी। चन्दर उठा और पागलों की तरह उसने सुधा को पकड़ लिया, "यहाँ कोई नहीं है–सिवा इस कब्र के। तुम क्या कर सकती हो? बहुत दिन से मन में एक आग सुलग रही है। आज तुम्हें बर्बाद कर दूँ तो मन की नारकीय वेदना बुझ जाए.... बोलो!" उसने अपनी आँख की पिघली हुई आग सुधा की आँखों में भरकर कहा।

सुधा क्षण-भर सहमी-पथरायी दृष्टि से चन्दर की ओर देखती रही फिर सहसा शिथिल पड़ गयी और बोली, "चन्दर, मैं किसी की पत्नी हूँ। यह जन्म उनका है। यह माँग का सिन्दूर उनका है। इस शरीर का श्रृंगार उनका है। मुझे गला घोंटकर मार डालो। मैंने तुम्हें बहुत तकलीफ दी है। लेकिन..."

"लेकिन..." चन्दर हँसा और सुधा को छोड़ दिया, "मैं तुम्हें स्नेह करती हूँ, लेकिन यह जन्म उनका है। यह शरीर उनका है–हः! हः! क्या अन्दाज हैं प्रवंचना के जाओ सुधा... मैं तुमसे मजाक कर रहा था। तुम्हारे इस जूठे तन में रखा क्या है?"

सुधा अलग हटकर खड़ी हो गयी। उसकी आँखों से चिनगारियाँ झरने लगीं, "चन्दर,

तुम जानवर हो गये; मैं आज कितनी शर्मिन्दा हूँ। इसमें मेरा कसूर है, चन्दर! मैं अपने को दंड दूँगी, चन्दर! मैं मर जाऊँगी! लेकिन तुम्हें इन्सान बनना पड़ेगा, चन्दर!" और सुधा ने अपना सिर एक टूटे हुए खम्भे पर पटक दिया।

चन्दर की आँख खुल गयी, वह थोड़ी देर तक सपने पर सोचता रहा। फिर उठा। बहुत अजब-सा मन था उसका। बहुत पराजित, बहुत खोया हुआ-सा, बेहद खिसियाहट से भरा हुआ था। उसके मन में एकाएक खयाल आया कि वह किसी मनोरंजन में जाकर अपने को डुबो दे—बहुत दिनों से उसने सिनेमा नहीं देखा था। उन दिनों बर्नार्ड शॉ का 'सीजर ऐंड क्लियोपेट्रा' लगा हुआ था, उसने सोचा कि पम्मी की मित्रता का परिपाक सिनेमा में हुआ था, उसका अन्त भी वह सिनेमा देखकर मनाएगा। उसने कपड़े पहने, चार बजे से मैटिनी थी, और वक्त हो रहा था। कपड़े पहनकर वह शीशे के सामने आकर बाल सँवारने लगा। उसे लगा, शीशे में पड़ती हुई उसकी छाया उससे कुछ भिन्न है, उसने और गौर से देखा–छाया रहस्यमय ढंग से मुस्करा रही थी; वह सहसा बोली—

"क्या देख रहा है? 'मुखड़ा क्या देखे दरपन में।' एक लड़की से पराजित और दूसरी से सपने में प्रतिहिंसा लेने का कलंक नहीं दिख पड़ता तुझे? अपनी छवि निरख रहा है? पापी! पतित!"

कमरे की दीवारों ने दोहराया—"पापी! पतित!"

चन्दर तड़प उठा, पागल-सा हो उठा। कंघा फेंककर बोला, "कौन है पापी? मैं हूँ पापी? मैं हूँ पतित? मुझे तुम नहीं समझते। मैं चिर-पवित्र हूँ। मुझे कोई नहीं जानता।"

"कोई नहीं जानता! हा, हा!" प्रतिबिम्ब हँसा, "मैं तुम्हारी नस-नस जानता हूँ। तुम वही हो न जिसने आज से डेढ़ साल पहले सपना देखा सुधा के हाथ से लेकर अमृत बाँटने का, दुनिया को नया सन्देश देकर पैगम्बर बनने का। नया सन्देश! खूब नया सन्देश दिया मसीहा! पम्मी... बिनती... सुधा... कुछ और छोकरियाँ बटोर ले। चरित्रहीन!"

"मैंने किसी को नहीं बटोरा! जो मेरी जिन्दगी में आया, अपने-आप आया, जो चला गया, उसे मैंने रोका नहीं। मेरे मन में कहीं भी अहम की प्यास नहीं थी, कभी भी स्वार्थ नहीं था। क्या मैं चाहता तो सुधा को अपने एक इशारे से अपनी बाँहों में नहीं बाँध सकता था!"

"शाबाश! और नहीं बाँध पाये तो सुधा से भी जी भरकर बदला निकाल रहा है। वह मर रही है और तू उस पर नमक छिड़कने से बाज नहीं आया। और आज तो उसे एकान्त में भ्रष्ट करने का सपना देख अपनी पलकों को देवमन्दिर की तरह पवित्र बना लिया तूने! कितनी उन्नति की है तेरी आत्मा ने! इधर आ, तेरा हाथ चूम लूँ।"

"चुप रहो! पराजय की इस वेला में कोई भी व्यंग्य करने से बाज नहीं आता। मैं पागल हो जाऊँगा।"

"और अभी क्या पागलों से कम है तू? अहंकारी पशु! तू बर्टी से भी गया-गुजरा है। बर्टी पागल था, लेकिन पागल कुत्तों की तरह काटना नहीं जानता था। तू काटना भी जानता है और अपने भयानक पागलपन को साधना और त्याग भी साबित करता रहता है। दम्भी!"

"बस करो, अब तुम सीमा लाँघ रहे हो।" चन्दर ने मुट्ठियाँ कसकर जवाब दिया।

"क्यों, गुस्सा हो गये, मेरे दोस्त! अहंवादी इतने बड़े हो और अपनी तस्वीर देखकर नाराज होते हो! आओ, तुम्हें आहिस्ते से समझाऊँ, अभागे! तू कहता है तूने स्वार्थ नहीं किया। विकलांग देवता! वही स्वार्थी है जो अपने से ऊपर नहीं उठ पाता! तेरे लिए अपनी एक साँस भी दूसरे के मन के तूफान से भी ज्यादा महत्त्वपूर्ण रही है। तूने अपने मन की उपेक्षा के पीछे सुधा को भट्ठी में झोंक दिया। पम्मी के अस्वस्थ मन को पहचानकर भी उसके रूप का उपभोग करने में नहीं हिचका, बिनती को प्यार न करते हुए भी बिनती को तूने स्वीकार किया, फिर सबों का तिरस्कार करता गया... और कहता है तू स्वार्थी नहीं। बर्टी पागल हो लेकिन स्वार्थी नहीं है।"

"ठहरो, गालियाँ मत दो, मुझे समझाओ न कि मेरे जीवन-दर्शन में कहाँ पर गलती रही है! गालियों से मेरा कोई समझौता नहीं।"

"अच्छा, समझो! देखो, मैं यह नहीं कहता कि तुम ईमानदार नहीं हो, तुम शक्तिशाली नहीं हो, लेकिन तुम अन्तर्मुखी रहे, घोर व्यक्तिवादी रहे, अहंकारग्रस्त रहे। अपने मन की विकृतियों को भी तुमने अपनी ताकत समझने की कोशिश की। कोई भी जीवन-दर्शन सफल नहीं होता अगर उसमें बाह्य-यथार्थ और व्यापक-सत्य धूप-छाँह की तरह न मिला हो। मैं मानता हूँ कि तूने सुधा के साथ ऊँचाई निभायी, लेकिन अगर तेरे व्यक्तित्व को, तेरे मन को, ज़रा-सी ठेस पहुँचती तो तू गुमराह हो गया होता। तूने सुधा के स्नेह का निषेध कर दिया। तूने बिनती की श्रद्धा का तिरस्कार किया। तूने पम्मी की पवित्रता भ्रष्ट की... और इसे अपनी साधना समझता है? तू याद कर; कहाँ था तू एक वर्ष पहले और अब कहाँ है?"

चन्दर ने बड़ी कातरता से प्रतिबिम्ब की ओर देखा और बोला, "मैं जानता हूँ, मैं गुमराह हूँ लेकिन बेईमान नहीं! तुम मुझे क्यों धिक्कार रहे हो! तुम कोई रास्ता बता दो न! एक बार उसे भी आजमा लूँ।"

"रास्ता बताऊँ! जो रास्ता तुमने एक बार बनाया था, उसी पर तुम मजबूत रह पाये? फिर क्या एक के बाद दूसरे रास्ते पर चहलकदमी करना चाहते हो? देखो कपूर, ध्यान से सुनो। तुमसे शायद किसी ने कभी कहा था, शायद बर्टी ने कहा था कि आदमी तभी तक बड़ा रहता है जब तक वह निषेध करता चलता है। पता नहीं किस मानसिक आवेश में एक के बाद दूसरे तत्त्व का विध्वंस और विनाश करता चलता है। हर चट्टान को उखाड़कर फेंकता रहता है और तुमने यही जीवन-दर्शन अपना लिया था, भूल से या अपने अनजाने में ही। तुम्हारी आत्मा में एक शक्ति थी, एक तूफान था। लेकिन यह लक्ष्य भ्रष्ट था। तुम्हारी जिन्दगी में लहरें उठने लगीं लेकिन गहराई नहीं। और याद रखो चन्दर, सत्य उसे मिलता है जिसकी आत्मा शान्त और गहरी होती है समुद्र की गहराई की तरह। समुद्र की ऊपरी सतह की तरह जो विक्षुब्ध और तूफानी होता है, उसके अन्तर्द्वन्द्व में चाहे कितनी गरज हो लेकिन सत्य की शान्त अमृतमयी आवाज नहीं होती।"

"लेकिन वह गहराई मुझे मिली नहीं?"

"बताता हूँ—घबराते क्यों हो! देखो, तुममें बहुत बड़ा अधैर्य रहा है। शक्ति रही, पर धैर्य और दृढ़ता बिल्कुल नहीं। तुम गम्भीर समुद्रतल न बनकर एक सशक्त लेकिन अशान्त लहर बन गये जो हर किनारे से टकराकर उसे तोड़ने के लिए व्यग्र हो उठी। तुममें ठहराव नहीं था। साधना नहीं थी! जानते हो क्यों? तुम्हें जहाँ से ज़रा भी तकलीफ मिली, अवरोध मिला वहीं से तुमने अपना हाथ खींच लिया! वहीं तुम भाग खड़े हुए। तुमने हमेशा उसका निषेध किया–पहले तुमने समाज का निषेध किया, व्यक्ति को साधना का केन्द्र बनाया; फिर व्यक्ति का भी निषेध किया। अपने विचारों में, अन्तर्मुखी भावनाओं में डूब गये, कर्म का निषेध किया। फिर तो कर्म में ऐसी भागदौड़, ऐसी विमुखता शुरू हुई कि बस! न मानवता का प्यार जीवन में प्रतिफलित कर सका, न सुधा का। पम्मी हो या बिनती, हरेक से तू निष्क्रिय खिलौने की तरह खेलता गया। काश कि तूने समाज के लिए कुछ किया होता! सुधा के लिए कुछ किया होता लेकिन तू कुछ न कर पाया। जिसने तुझे जिधर चाहा उधर उत्प्रेरित कर दिया और तू अन्धे और इच्छाविहीन परतन्त्र अन्धड़ की तरह उधर ही हू-हू करता हुआ दौड़ गया। माना मैंने कि समाज के आधार पर बने जीवन-दर्शन में कुछ कमियाँ हैं : लेकिन अंशत: ही उसे स्वीकार कर कुछ काम करता, माना कि सुधा के प्यार से तुझे तकलीफ हुई पर उसकी महत्ता के ही आधार पर तू कुछ निर्माण कर ले जाता। लेकिन तू तो ज़रा-से अवरोध के बहाने सम्पूर्ण का निषेध करता गया। तेरा जीवन निषेधों की निष्क्रियता की मानसिक प्रतिक्रियाओं की शृंखला रहा है। अभागे, तूने हमेशा जिन्दगी का निषेध किया है। दुनिया को स्वीकार करता,

यथार्थ को स्वीकार करता, जिन्दगी को स्वीकार करता और उसके आधार पर अपने मन को, अपने मन के प्यार को, अपने जीवन को सन्तुलित करता, आगे बढ़ता लेकिन तूने अपनी मन की गंगा को व्यक्ति की छोटी-सी सीमा में बाँध लिया, उसे एक पोखरा बना दिया, पानी सड़ गया, उसमें गन्ध आने लगी, सुधा के प्यार की सीपी जिसमें सत्य और सफलता का मोती बन सकता था, वह मर गयी और रुके हुए पानी में विकृति और वासना के कीड़े कुलबुलाने लगे। शाबाश! क्या अमृत पाया है तूने! धन्य है, अमृत-पुत्र!"

"बस करो! यह व्यंग्य मैं नहीं सह सकता! मैं क्या करता!"

"कैसी लाचारी का स्वर है! छि:, असफल पैगम्बर! साधना यथार्थ को स्वीकार करके चलती है, उसका निषेध करके नहीं। हमारे यहाँ ईश्वर को कहा गया है नेति नेति, इसका मतलब यह नहीं कि ईश्वर परम निषेध स्वरूप है। गलत, नेति में 'न' तो केवल एक वर्ण है। 'इति' दो वर्ण हैं। एक निषेध तो कम-से-कम दो स्वीकृतियाँ। इसी अनुपात में कल्पना और यथार्थ का समन्वय क्यों नहीं किया तूने?"

"मैं नहीं समझ पाता–यह दर्शन मेरी समझ में नहीं आता!"

"देखो, इसको ऐसे समझो। घबराओ मत! कैलाश ने अगर नारी के व्यक्तित्व को नहीं समझा, सुधा की पवित्रता को तिरस्कृत किया, लेकिन उसने समाज के लिए कुछ तो किया। गेसू ने अपने विवाह का निषेध किया, लेकिन अख्तर के प्रति अपने प्यार का निषेध तो नहीं किया। अपने व्यक्तित्व का निर्माण किया। अपने चरित्र का निर्माण किया। यानी गेसू, एक लड़की से तुम हार गये, छि:!"

"लेकिन मैं कितना थक गया था, यह तो सोचो। मन को कितनी ऊँची-नीची घाटियों से, मौत से भी भयानक रास्तों से गुजरने में और कोई होता तो मर गया होगा। मैं जिन्दा तो हूँ!"

"वाह, क्या जिन्दगी है!"

"तो क्या करूँ, यह रास्ता छोड़ दूँ? यह व्यक्तित्व तोड़ डालूँ?"

"फिर वही निषेध और विध्वंस की बातें। छि: देखो, चलने को तो गाड़ी का बैल भी रास्ते पर चलता है! लेकिन सैकड़ों मील चलने के बाद भी वह गाड़ी का बैल ही बना रहता है। क्या तुम गाड़ी के बैल बनना चाहते हो? नहीं कपूर! आदमी जिन्दगी का सफर तय करता है। राह की ठोकरें और मुसीबतें उसके व्यक्तित्व को पुख्ता बनाती चलती हैं, उसकी आत्मा को परिपक्व बनाती चलती हैं। क्या तुममें परिपक्वता आयी? नहीं। मैं जानता हूँ, तुम अब मेरा भी निषेध करना चाहते हो। तुम मेरी आवाज को भी चुप करना चाहते हो। आत्म-प्रवंचना तो तेरा पेशा हो गया है। कितना खतरनाक है तू

अब...तू मेरा भी...तिरस्कार...करना...चाहता...है।" और छाया, धीरे-धीरे एक वह बिन्दु बनकर अदृश्य हो गयी।

चन्दर चुपचाप शीशे के सामने खड़ा रहा।

फिर वह सिनेमा नहीं गया।

चन्दर सहसा बहुत शान्त हो गया। एक ऐसे भोले बच्चे की तरह जिसने अपराध कम किया, जिससे नुकसान ज्यादा हो गया था, और जिस पर डाँट बहुत पड़ी थी। अपने अपराध की चेतना से वह बोल भी नहीं पाता था। अपना सारा दु:ख अपने ऊपर उतार लेना चाहता था। वहाँ एक ऐसा सन्नाटा था जो न किसी को आने के लिए आमन्त्रित कर सकता था, न किसी को जाने से रोक सकता था। वह एक ऐसा मैदान था जिस पर की सारी पगडंडियाँ तक मिट गयी हों; एक ऐसी डाल थी जिस पर के सारे फूल झर गये हों, सारे घोंसले उजड़ गये हों। मन में उसके असीम कुंठा और वेदना थी, ऐसा था कि कोई उसके घाव छू ले तो वह आँसुओं में बिखर पड़े। वह चाहता था, वह सबसे क्षमा माँग ले, बिनती से, पम्मी से, सुधा से और फिर हमेशा के लिए उनकी दुनिया से चला जाए। कितना दु:ख दिया था उसने सबको!

इसी मन:स्थिति में एक दिन गेसू ने उसे बुलाया। वह गया। गेसू की अम्मीजान तो सामने आयीं पर गेसू ने परदे में से ही बातें कीं। गेसू ने बताया कि सुधा का खत आया है कि वह जल्दी ही आयेगी, गेसू से मिलने। गेसू को बहुत ताज्जुब हुआ कि चन्दर के पास कोई खबर क्यों नहीं आयी!

चन्दर जब घर पहुँचा तो कैलाश का एक खत मिला—

"प्रिय चन्दर,

बहुत दिन से तुम्हारा कोई खत नहीं आया, न मेरे पास न इनके पास। क्या नाराज हो हम दोनों से? अच्छा तो लो, तुम्हें एक खुशखबरी सुना दूँ। मैं सांस्कृतिक मिशन में शायद ऑस्ट्रेलिया जाऊँ। डॉक्टर साहब ने कोशिश कर दी है। आधा रुपया मेरा, आधा सरकार का।

तुम्हें भला क्या फुरसत मिलेगी यहाँ आने की! मैं ही इन्हें लेकर दो रोज के लिए आऊँगा। इनकी कोई मुसलमान सखी है वहाँ, उससे ये भी मिलना चाहती हैं। हमारी खातिर का इन्तजाम रखना–मैं 11 मई को सुबह की गाड़ी से पहुँचूँगा।

तुम्हारा—कैलाश।"

सुधा के आने के पहले चन्दर ने घर की ओर नजर दौड़ायी। सिवा ड्राइंगरूम और लॉन के सचमुच बाकी घर इतना गन्दा पड़ा था कि गेसू सच ही कह रही थी कि जैसे घर में प्रेत रहते हों। आदमी चाहे जितना सफाई-पसन्द और सुरुचिपूर्ण क्यों न हो, लेकिन औरत के हाथ में जाने क्या जादू है कि वह घर को छूकर ही चमका देती है। औरत के बिना घर की व्यवस्था सँभल ही नहीं सकती। सुधा और बिनती कोई भी नहीं थी और तीन ही महीने में बँगले का रूप बिगड़ गया था।

उसने सारा बँगला साफ कराया। हालाँकि दो ही दिन के लिए सुधा और कैलाश आ रहे थे, लेकिन उसने इस तरह बँगले की सफाई करायी जैसे कोई नया समारोह हो। सुधा का कमरा बहुत सजा दिया था और सुधा की छत पर दो पलंग डलवा दिये थे। लेकिन इन सब इन्तजामों के पीछे उतनी ही निष्क्रिय भावहीनता थी जैसे कि वह एक होटल का मैनेजर हो और दो आगन्तुकों का इन्तजाम कर रहा हो। बस।

मानसून के दिनों में अगर कभी किसी ने गौर किया हो तो बारिश होने के पहले ही हवा में एक नमी, पत्तियों पर एक हरियाली और मन में एक उमंग-सी छा जाती है। आसमान का रंग बतला देता है कि बादल छानेवाले हैं, बूँदें रिमझिमाने वाली हैं। जब बादल बहुत नजदीक आ जाते हैं, बूँदें पड़ने के पहले ही दूर पर गिरती हुई बूँदों की आवाज वातावरण पर छा जाती है, जिसे धुरवा कहते हैं।

ज्यों-ज्यों सुधा के आने का दिन नजदीक आ रहा था, चन्दर के मन में हवाएँ करवटें बदलने लग गयी थीं। मन में उदास सुनसान में धुरवा उमड़ने-घुमड़ने लगा था। मन उदास सुनसान आकुल प्रतीक्षा में बेचैन हो उठा था। चन्दर अपने को समझ नहीं पा रहा था। नसों में एक अजीब-सी घबराहट मचलने लगी थी, जिसका वह विश्लेषण नहीं करना चाहता था। उसका व्यक्तित्व अब पता नहीं क्यों कुछ भयभीत-सा था।

इम्तहान खत्म हो रहे थे, और जब मन की बेचैनी बहुत बढ़ जाती थी तो परीक्षकों की आदत के मुताबिक वह कापियाँ जाँचने बैठ जाता था। जिस समय परीक्षकों के घर में पारिवारिक कलह हो, मन में अन्तर्द्वन्द्व हो या दिमाग में फितूर हो, उस समय उन्हें कॉपियाँ जाँचने से अच्छा शरणस्थल नहीं मिलता। अपने जीवन की परीक्षा में फेल हो जाने की खीझ उतारने के लिए लड़कों को फेल करने के अलावा कोई अच्छा रास्ता ही नहीं है। चन्दर जब बेहद दु:खी होता तो वह कॉपियाँ जाँचता।

जिस दिन सुबह सुधा आ रही थी, उस रात को तो चन्दर का मन बिल्कुल बेकाबू-सा हो गया। लगता था जैसे उसने सोचने-विचाने से ही इनकार कर दिया हो। उस दिन

चन्दर एक क्षण को भी अकेला न रहकर भीड़-भाड़ में खो जाना चाहता था। सुबह वह गंगा नहाने गया, कार लेकर। कॉलेज से लौटकर दोपहर को अपने एक मित्र के यहाँ चला गया। लौटकर आया तो नहाकर एक किताब की दुकान पर चला गया और शाम होने तक वहीं खड़ा-खड़ा किताबें उलटता और खरीदता रहा। वहाँ उसने बिसरिया का गीत-संग्रह देखा जो 'बिनती' नाम बदल उसने 'विप्लव' नाम से छपवा लिया था और प्रमुख प्रगतिशील कवि बन गया था। उसने वह संग्रह भी खरीद लिया।

अब सुधा के आने में मुश्किल से बारह घंटे की देर थी। उसकी तबीयत बहुत घबराने लगी थी और वह बिसरिया के काव्य-संग्रह में डूब गया। उन सड़े हुए गीतों में ही अपने को भुलाने की कोशिश करने लगा और अन्त में उसने अपने को इतना थका डाला कि तीन बजे का अलार्म लगाकर वह सो गया। सुधा की गाड़ी साढ़े चार बजे आती थी।

जब वह जागा तो रात अपने मखमली पंख पसारे नींद में डूबी हुई दुनिया पर शान्ति का आशीर्वाद बिखेर रही थी। ठंडे झोंके लहरा रहे थे और उन झोंकों पर पवित्रता छायी हुई थी। यह पछुआ के झोंके थे। ब्राह्म मुहूर्त में प्राचीन आर्यों ने जो रहस्य पाया था, वह धीरे-धीरे चन्दर की आँखों के सामने खुलने-सा लगा। उसे लगा जैसे यह उसके व्यक्तित्व की नयी सुबह है। एक बड़ा शान्त संगीत उसकी पलकों पर ओस की तरह थिरकने लगा।

क्षितिज के पास एक बड़ा-सा सितारा जगमगा रहा था! चन्दर को लगा जैसे यह उसके प्यार का सितारा है जो जाने किस अज्ञात पाताल में डूब गया था और आज से वह फिर उग गया है। उसने एक अन्धविश्वासी भोले बच्चे की तरह उस सितारे को हाथ जोड़कर कहा, "मेरी कंचन जैसी सुधा रानी के प्यार, तुम कहाँ खो गये थे? तुम मेरे सामने नहीं रहे, मैं जाने किन तूफानों में उलझ गया था। मेरी आत्मा में सारी गुरुता सुधा के प्यार की थी। उसे मैंने खो दिया। उसके बाद मेरी आत्मा पीले पत्ते की तरह तूफान में उड़कर जाने किस कीचड़ में फँस गयी थी। तुम मेरी सुधा के प्यार हो न! मैंने तुम्हें सुधा की भोली आँखों में जगमगाते हुए देखा था। वेदमन्त्रों-जैसे इस पवित्र सुबह में आज फिर मेरे पाप में लिप्त तन को अमृत से धोने आये हो। मैं विश्वास दिलाता हूँ कि आज सुधा के चरणों पर अपने जीवन के सारे गुनाहों को चढ़ाकर हमेशा के लिए क्षमा माँग लूँगा। लेकिन मेरी साँसों की साँस सुधा! मुझे क्षमा कर दोगी न?" और विचित्र-से भावावेश और पुलक से उसकी आँख में आँसू आ गये। उसे याद आया कि एक दिन सुधा ने उसकी हथेलियों को होंठों से लगाकर कहा था-जाओ, आज तुम सुधा के स्पर्श से पवित्र हो... काश कि आज भी सुधा अपने मिसरी-जैसे होंठों से चन्दर की आत्मा को चूमकर कहे—जाओ चन्दर, अभी तक जिन्दगी के तूफान ने तुम्हारी आत्मा को

बीमार, अपवित्र कर दिया था... आज से तुम वही चन्दर हो। अपनी सुधा के चन्दर। हरिणी-जैसी भोली-भाली सुधा के महान पवित्र चन्दर...

तैयार होकर चन्दर जब स्टेशन पहुँचा तो वह जैसे मोहाविष्ट-सा था। जैसे वह किसी जादू या टोना पढ़ा–हुआ-सा घूम रहा था और वह जादू था सुधा के प्यार का पुनरावर्तन।

गाड़ी घण्टा-भर लेट थी। चन्दर को एक पल काटना मुश्किल हो रहा था। अन्त में सिगनल डाउन हुआ। कुलियों में हलचल मची और चन्दर पटरी पर झुककर देखने लगा। सुबह हो गयी थी और इंजन दूर पर एक काले दाग-सा दिखाई पड़ रहा था, धीरे-धीरे वह दाग बड़ा होने लगा और लम्बी-सी हरी पूँछ की तरह लहराती हुई ट्रेन आती दिखाई पड़ी। चन्दर के मन में आया, वह पागल की तरह दौड़कर वहाँ पहुँच जाए। जिस दिन एक घोर अविश्वासी में विश्वास जाग जाता है, उस दिन वह पागल-सा हो उठता है। उसे लग रहा था जैसे इस गाड़ी में सभी डिब्बे खाली हैं। सिर्फ एक डिब्बे में अकेली सुधा होगी। जो आते ही चन्दर को अपनी प्यार-भरी निगाहों में समेट लेगी।

गाड़ी के प्लेटफार्म पर आते ही हलचल बढ़ गयी। कुलियों की दौड़धूप, मुसाफिरों की हड़बड़ी, सामान की उठा-धरी से प्लेटफॉर्म भर गया। चन्दर पागलों-सा इस सब भीड़ को चीरकर डिब्बे देखने लगा। एक दफे पूरी गाड़ी का चक्कर लगा गया। कहीं भी सुधा नहीं दिखाई दी। जैसे आँसू से उसका गला रुँधने लगा। क्या आये नहीं ये लोग! किस्मत कितना व्यंग्य करती है उससे! आज जब वह किसी के चरणों पर अपनी आत्मा उत्सर्ग कर फिर पवित्र होना चाहता था तो सुधा ही नहीं आयी। उसने एक चक्कर और लगाया और निराश होकर लौट पड़ा। सहसा सेकेंड क्लास के एक छोटे-से डिब्बे में से कैलाश ने झाँककर कहा, "कपूर!"

चन्दर मुड़ा, देखा कि कैलाश झाँक रहा है। एक कुली सामान उतारकर खड़ा है। सुधा नहीं है।

जैसे किसी ने झोंके से उसके मन का दीप बुझा दिया। सामान बहुत थोड़ा-सा था। वह डिब्बे में चढ़कर बोला, "सुधा नहीं आयी?"

"आयी हैं, देखो न! कुछ तबीयत खराब हो गयी है। जी मितला रहा है।" और उसने बाथरूम की ओर इशारा कर दिया। सुधा बाथरूम में बगल में लोटा रखे सिर झुकाये बैठी थी—"देखो! देखती हो?" कैलाश बोला, "देखो, कपूर आ गया।" सुधा ने देखा और मुश्किल से हाथ जोड़ पायी होगी कि उसे मितली आ गयी...कैलाश दौड़ा

और उसकी पीठ पर हाथ फेरने लगा और चन्दर से बोला—"पंखा लाओ!" चन्दर हतप्रभ था। उसके मन ने सपना देखा था... सुधा सितारों की तरह जगमगा रही होगी और अपनी रोशनी की बाँहों में चन्दर के प्राणों को सुला देगी। जादूगरनी की तरह अपने प्यार के पंखों से चन्दर की आत्मा के दाग पोंछ देगी। लेकिन यथार्थ कुछ और था। सुधा जादूगरनी, आत्मा की रानी, पवित्रता की सम्राज्ञी सुधा, बाथरूम में बैठी है और उसका पति उसे सान्त्वना दे रहा था।

"क्या कर रहे हो, चन्दर!... पंखा उठाओ जल्दी से।" कैलाश ने व्यग्रता से कहा। चन्दर चौंक उठा और जाकर पंखा झलने लगा। थोड़ी देर बाद मुँह धोकर सुधा उठी और कराहती हुई-सी जाकर सीट पर बैठ गयी। कैलाश ने एक तकिया पीछे लगा दिया और वह आँख बन्द करके लेट गयी।

चन्दर ने अब सुधा को देखा। सुधा उजड़ चुकी थी। उसका रस मर चुका था। वह अपने यौवन और रूप, चंचलता और मिठास की एक जर्द छाया मात्र रह गयी थी। चेहरा दुबला पड़ गया था और हड्डियाँ निकल आयी थीं। चेहरा दुबला होने से लगता था आँखें फटी पड़ती हैं। वह चुपचाप आँख बन्द किये पड़ी थी। चन्दर पंखा हाँक रहा था, कैलाश एक सूटकेस खोलकर दवा निकाल रहा था। गाड़ी यहीं आकर रुक जाती है, इसलिए कोई जल्दी नहीं थी। कैलाश ने दवा दी। सुधा ने दवा पी और फिर उदास, बहुत बारीक, बहुत बीमार स्वर में बोली, "चन्दर, अच्छे तो हो! इतने दुबले कैसे लगते हो? अब कौन तुम्हारे खाने-पीने की परवा करता होगा!" सुधा ने एक गहरी साँस ली। कैलाश बिस्तर लपेट रहा था।

"तुम्हें क्या हो गया है, सुधा?"

"मुझे सुख-रोग हो गया है?" सुधा बहुत क्षीण हँसी हँसकर बोली, "बहुत सुख में रहने से ऐसा ही हो जाता है। "

चन्दर चुप हो गया। कैलाश ने बिस्तर कुली को देते हुए कहा, "इन्होंने तो बीमारी के मारे हम लोगों को परेशान कर रखा है। जाने बीमारियों को क्या मुहब्बत है इनसे! चलो उठो।" सुधा उठी।

कार पर सुधा के साथ पीछे सामान रख दिया गया और आगे कैलाश और चन्दर बैठे। कैलाश बोला, "चन्दर, तुम बहुत धीमे ड्राइव करना वरना इन्हें चक्कर आने लगेगा..." कार चल दी। चन्दर कैलाश की विदेश यात्रा और कैलाश चन्दर के कॉलेज के बारे में बात करते रहे। मुश्किल से घर तक कार पहुँची होगी कि कैलाश बोला, "यार चन्दर, तुम्हें तकलीफ तो होगी लेकिन एक दिन के लिए कार तुम मुझे दे सकते हो?"

"क्यों?"

"मुझे ज़रा रीवाँ तक बहुत जरूरी काम से जाना है, वहाँ कुछ लोगों से मिलना है, कल दोपहर तक मैं चला आऊँगा।"

"इसके मतलब मेरे पास नहीं रहोगे एक दिन भी?"

"नहीं, इन्हें छोड़ जाऊँगा। लौटकर दिन-भर रहूँगा।"

"इन्हें छोड़ जाओगे? नहीं भाई, तुम जानते हो कि आजकल घर में कोई नहीं है।" चन्दर ने कुछ घबराकर कहा।

"तो क्या हुआ, तुम तो हो!" कैलाश बोला और चन्दर के चेहरे की घबराहट देखकर हँसकर बोला, "अरे यार, अब तुम पर इतना अविश्वास नहीं है। अविश्वास करना होता तो ब्याह के पहले ही कर लेते।"

चन्दर मुसकरा उठा, कैलाश ने चन्दर के कन्धे पर हाथ रखकर धीमे से कहा ताकि सुधा न सुन पाये–"वैसे चाहे मुझे कुछ भी असन्तोष क्यों न हो, लेकिन इनका चरित्र तो सोने का है, यह मैं खूब परख चुका हूँ। इनका ऐसा चरित्र बनाने के लिए तो मैं तुम्हें बधाई दूँगा, चन्दर! और फिर आज के युग में!"

चन्दर ने कुछ जवाब नहीं दिया।

कार पोर्टिको में लगी। सुधा, कैलाश, चन्दर उतरे। माली और नौकर दौड़ आये, सुधा ने उन सबसे उनका हाल पूछा। अन्दर जाते ही महराजिन दौड़कर सुधा से लिपट गयी। सुधा को बहुत दुलार किया।

कैलाश मुँह-हाथ धो चुका था, नहाने चला गया। महराजिन चाय बनाने लगी। सुधा भी मुँह-हाथ धोने और नहाने चली गयी। कैलाश तौलिया लपेटे नहाकर आया और बैठ गया। बोला, "आज और कल की छुट्टी ले लो, चन्दर! इनकी तबीयत ठीक नहीं है और मुझे जाना जरूरी है!"

"अच्छा, लेकिन आज तो जाकर हाजिरी देना जरूरी होगा। फिर लौट आऊँगा!" महराजिन चाय और नाश्ता ले आयी। कैलाश ने नाश्ता लौटा दिया तो महराजिन बोली, "वाह, दामाद हुइके अकेली चाय पीबो भइया, अबहिन डॉक्टर साहब सुनिहैं तो का कहिहैं।"

"नहीं माँजी, मेरा पेट ठीक नहीं है। दो दिन के जागरण से आ रहा हूँ। फिर लौटकर खाऊँगा। लो चन्दर, चाय पियो।"

"सुधा को आने दो!" चन्दर बोला।

"वह पूजा-पाठ करके खाती हैं।"

"पूजा-पाठ!" चन्दर दंग रह गया, "सुधा पूजा-पाठ करने लगी?"

"हाँ भाई, तभी तो हमारी माताजी अपनी बहू पर मरती हैं। असल में वह पूजा-पाठ करती थीं। शुरुआत की इन्होंने पूजा के बरतन धोने से और अब तो उनसे भी ज्यादा पक्की पुजारिन बन गयी हैं।" कैलाश ने इधर-उधर देखा और बोला, "यार, यह मत समझना मैं सुधा की शिकायत कर रहा हूँ, लेकिन तुम लोगों ने मुझे ठीक नहीं चुना!"

"क्यों?" चन्दर कैलाश के व्यवहार पर मुग्ध था।

"इन जैसी लड़कियों के लिए तुम कोई कवि या कलाकार या भावुक लड़का ढूँढ़ते तो ठीक था। मेरे जैसा व्यावहारिक और नीरस राजनीतिक इनके उपयुक्त नहीं है। घर भर इनसे बेहद खुश है। जब से ये गयी हैं, माँ और शंकर भइया दोनों ने मुझे नालायक करार दे दिया है। इन्हीं से पूछकर सब करते हैं। लेकिन मैंने जो सोच रखा था, वह मुझे नहीं मिल पाया!"

"क्यों, क्या बात है?" चन्दर ने पूछा, "गलती बताओ तो हम इन्हें समझाएँ।"

"नहीं, देखो गलत मत समझो। मैं यह नहीं कहता कि इनकी गलती है। यह तो गलत चुनाव की बात है।" कैलाश बोला, "न इसमें मेरा कसूर, न इनका! मैं चाहता था कोई लड़की जो मेरे साथ राजनीति का काम करती, मेरी सबलता और दुर्बलता दोनों की संगिनी होती। इसीलिए इतनी पढ़ी-लिखी लड़की से शादी की। लेकिन इन्हें धर्म और साहित्य में जितनी रुचि है, उतनी राजनीति से नहीं। इसलिए मेरे व्यक्तित्व को ग्रहण भी नहीं कर पायीं। वैसे मेरी शारीरिक प्यास को इन्होंने चाहे समर्पण किया, वह भी एक बेमनी से, उससे तन की प्यास भले ही बुझ जाती हो कपूर, लेकिन मन तो प्यासा ही रहता है...बुरा न मानना। मैं बहुत स्पष्ट बातें करता हूँ। तुमसे छिपाना क्या?...और स्वास्थ्य के मामले में ये इतनी लापरवाह हैं कि मैं बहुत दु:खी रहता हूँ।" इतने में सुधा नहाकर आती हुई दिख पड़ी। कैलाश चुप हो गया। सुधा की ओर देखकर बोला, "मेरी अटैची भी ठीक कर दो। मैं अभी चला जाऊँ वरना दोपहर में तपना होगा।" सुधा चली गयी। सुधा के जाते ही कैलाश बोला, "भरसक मैं इन्हें दु:खी नहीं होने देता, हाँ, अक्सर ये दु:खी हो जाती हैं; लेकिन मैं क्या करूँ, यह मेरी मजबूरी है, वैसे मैं इन्हें भरसक सुखी रखने का प्रयास करता हूँ...और ये भी जायज-नाजायज हर इच्छा के सामने झुक जाती हैं, लेकिन इनके दिल में मेरे लिए कोई जगह नहीं है, वह जो एक पत्नी के मन में होती है। लेकिन खैर, जिन्दगी चलती जा रही है। अब तो जैसे हो निभाना ही है!"

इतने में सुधा आयी और बोली, "देखिए, अटैची सँवार दी है, आप भी देख लीजिए..." कैलाश उठकर चला गया। चन्दर बैठा-बैठा सोचने लगा—कैलाश कितना

अच्छा है, कितना साफ और स्वच्छ दिल का है! लेकिन सुधा ने अपने को किस तरह मिटा डाला...

इतने में सुधा आयी और चन्दर से बोली, "चन्दर! चलो, वो बुला रहे हैं!"

चन्दर चुपचाप उठा और अन्दर गया। कैलाश ने तब तक यात्रा के कपड़े पहन लिये थे। देखते ही बोला, "अच्छा चन्दर, मैं चलता हूँ। कल शाम तक आ जाने की कोशिश करूँगा। हाँ देखो, ज्यादा घुमाना मत। इनकी सखी को यहाँ बुलवा लो तो अच्छा।" फिर बाहर निकलता हुआ बोला, "इनकी जिद थी आने की, वरना इनकी हालत आने लायक नहीं थी। माताजी से मैं कह आया हूँ कि लखनऊ मेडिकल कॉलेज ले जा रहा हूँ।"

कैलाश कार पर बैठ गया। फिर बोला, "देखा चन्दर, दवा इन्हें दे देना याद से, वहीं रखी है।" कार स्टार्ट हो गयी।

चन्दर लौटा। बरामदे में सुधा खड़ी थी। चुपचाप बुझी हुई-सी। चन्दर ने उसकी ओर देखा, उसने चन्दर की ओर देखा, फिर दोनों ने निगाहें झुका लीं। सुधा वहीं खड़ी रही। चन्दर ड्राइंग-रूम में जाकर किताबें वगैरह उठा लाया और कॉलेज जाने के लिए निकला। सुधा अब भी बरामदे में खड़ी थी। गुमसुम...चन्दर कुछ कहना चाहता था... लेकिन क्या? कुछ था, जो न जाने कब से संचित होता आ रहा था, जो वह व्यक्त करना चाहता था, लेकिन सुधा कैसी हो गयी है! यह वह सुधा तो नहीं जिसके सामने वह अपने को सदा व्यक्त कर देता था। कभी संकोच नहीं करता था, लेकिन यह सुधा कैसी है अपने में सिमटी-सकुची, अपने में बँधी-बँधायी, अपने में इतनी छिपी हुई कि लगता था दुनिया के प्रति इसमें कहीं कोई खुलाव ही नहीं। चन्दर के मन में जाने कितनी आवाजें तड़प उठीं लेकिन...कुछ नहीं बोल पाया। वह बरामदे में ठिठक गया, निरुद्देश्य। वहाँ अपनी किताबें खोलकर देखने लगा, जैसे वह याद करना चाहता था कि कहीं भूल तो नहीं आया है कुछ लेकिन उसके अन्तर्मन में केवल एक ही बात थी। सुधा कुछ तो बोले। यह इतना गहरा, इतनी घुटनवाला मौन, यह तो जैसे चन्दर के प्राणों पर घुटन की तरह बैठता जा रहा था। सुधा...निर्वात निवास में दीपशिखा-सी अचल, निस्पन्द, थमे हुए तूफान की तरह मौन। चन्दर ने अन्त में नोट्स लिए, घड़ी देखी और चल दिया। जब वह सीढ़ी तक पहुँचा तो सहसा सुधा की छायामूर्ति में हरकत हुई। सुधा ने पाँव के अँगूठे से फर्श पर एक लकीर खींचते हुए नीचे निगाह झुकाये हुए कहा, "कितनी देर में आओगे?" चन्दर रुक गया। जैसे चन्दर को सितारों का राज मिल गया हो। सुधा भला बोली तो। लेकिन, फिर भी अपने मन का उल्लास उसने जाहिर नहीं होने दिया, बोला, "कम-से-कम दो घंटे तो लगेंगे ही।"

सुधा कुछ नहीं बोली, चुपचाप रह गयी। चन्दर ने दो क्षण प्रतीक्षा की कि सुधा अब कुछ बोले लेकिन सुधा फिर भी चुप। चन्दर फिर मुड़ा। क्षण-भर बाद सुधा ने पूछा, "चन्दर, और जल्दी नहीं लौट सकते?"

जल्दी! सुधा अगर कहे तो चन्दर जाये भी न, चाहे उसे इस्तीफा देना पड़े। क्या सुधा भूल गयी कि चन्दर के व्यक्तित्व पर अगर किसी का शासन है तो सुधा का! वह जो अपनी जिद से, उछलकर, लड़कर, रूठकर चन्दर से हमेशा मनचाहा काम करवाती रही है...आज वह इतनी दीनता से, इतनी विनय से, इतने अन्तर और इतनी दूरी से क्यों कह रही है कि जल्दी नहीं लौट सकते? क्यों नहीं वह पहले की तरह दौड़कर चन्दर का कॉलर पकड़ लेती और मचलकर कहती, 'ए, अगर जल्दी नहीं लौटे तो...' लेकिन अब तो सुधा बरामदे में खड़ी होकर गम्भीर-सी, डूबती हुई-सी आवाज में पूछ रही है—जल्दी नहीं लौट सकते! चन्दर का मन टूट गया। चन्दर की उमंग चट्टान से टकराकर बिखर गयी...उसने बहुत भारी-सी आवाज में पूछा, "क्यों?"

"जल्दी लौट आते तो पूजा करके तुम्हारे साथ नाश्ता कर लेते! लेकिन अगर ज्यादा काम हो तो रहने दो, मेरी वजह से हरज मत करना!" उसने उसे ठंडे, शिष्ट और भावहीन स्वर में कहा।

हाय सुधा! अगर तुम जानती होती कि महीनों उद्भ्रान्त चन्दर का टूटा और प्यासा मन तुमसे पुराने स्नेह की एक बूँद के लिए तरस उठा है तो भी क्या तुम इसी दूरी से बातें करती! काश कि तुम समझ पाती कि चन्दर ने अगर तुमसे कुछ दूरी भी निभायी है तो उससे खुद चन्दर कितना बिखर गया है। चन्दर ने अपना देवत्व खो दिया है, अपना सुख खो दिया है, अपने को बर्बाद कर दिया है और फिर भी चन्दर के बाहर से शान्त और सुगठित दिखने वाले हृदय के अन्दर तुम्हारे प्यार की कितनी गहरी प्यास धधक रही है, उसके रोम-रोम में कितनी जहरीली तृष्णा की बिजलियाँ कौंध रही हैं, तुमसे अलग होने के बाद अतृप्ति का कितना बड़ा रास्ता उसने आग की लपटों में झुलसते हुए बिताया है। अगर तुम इसे समझ लेती तो तुम चन्दर को एक बार दुलारकर उसके जलते हुए प्राणों पर अमृत की चाँदनी बिखेरने के लिए व्यग्र हो उठती; लेकिन सुधा, तुमने अपने बाह्य विद्रोह को ही समझा, तुमने उस गम्भीर प्यार को समझा ही नहीं जो इस बाहरी विद्रोह, इस बाहरी विध्वंस के मूल में पयस्विनी की पावन धारा की तरह बहता जा रहा है। सुधा, अगर तुम एक क्षण के लिए इसे समझ लो...एक क्षण-भर के लिए चन्दर को पहले की तरह दुलार लो, बहला लो, रूठ लो, मना लो तो सुधा चन्दर की जलती हुई आत्मा, नरक चिताओं में फिर से अपना गौरव पा ले, फिर से अपनी खोयी हुइ पवित्रता जीत ले, फिर से अपना विस्मृत देवत्व लौटा ले...लेकिन सुधा, तुम

बरामदे में चुपचाप खड़ी इस तरह की बातें कर रही हो जैसे चन्दर कोई अपरिचित हो। सुधा, यह क्या हो गया है तुम्हें? चन्दर, बिनती, पम्मी सभी की जिन्दगी में जो भयंकर तूफान आ गया है, जिसने सभी को झकझोर कर थका डाला है, इसका समाधान सिर्फ तुम्हारे प्यार में था, सिर्फ तुम्हारी आत्मा में था, लेकिन अगर तुमने इनके चरित्रों का अन्तर्निहित सत्य न देखकर बाहरी विध्वंस से ही अपना आगे का व्यवहार निश्चित कर लिया तो कौन इन्हें इस चक्रवात से खींच निकालेगा! क्या ये अभागे इसी चक्रवात में फँसकर चूर हो जायेंगे...सुधा...

लेकिन सुधा और कुछ नहीं बोली। चन्दर चल दिया। जाकर लगा जैसे कॉलेज के परीक्षा भवन में जाना भी भारी मालूम दे रहा था। वह जल्दी ही भाग आया।

हालाँकि सुधा के व्यवहार ने उसका मन जैसे तोड़-सा दिया था, फिर भी जाने क्यों वह अब आज सुधा को एक प्रकाशवृत्त बनकर लपेट लेना चाहता था।

जब चन्दर लौट आया तो उसने देखा—सुधा तो उसी के कमरे में है। उसने उसके कमरे के एक कोने में दरी हटा दी है, वहाँ पानी छिड़क दिया और एक कुश के आसन पर सामने चौकी पर कोई पोथी धरे बैठी है। चौकी पर एक श्वेत वस्त्र बिछाकर धूपदानी रख दी है जिसमें धूप सुलग रही है। लॉन से शायद कुछ फूल तोड़ लायी थी जो धूपदानी के पास रखे हुए थे। बगल में एक रुद्राक्ष की माला रखी थी। एक शुद्ध श्वेत रेशम की धोती और केवल एक चोला पहने हुए पल्ले से बाँहों तक ढँके हुए वह एकाग्र मनोयोग से ग्रन्थ का पारायण कर रही थी। धूपदानी से धूम्र-रेखाएँ मचलती हुईं, लहराती हुईं, उसके कपोलों पर झूलती हुईं सूखी-रूखी अलकों से उलझ रही थीं। उसने नहाकर केश बाँधे नहीं थे...चन्दर ने जूते बाहर ही उतार दिये और चुपचाप पलंग पर बैठकर सुधा को देखने लगा। सुधा ने सिर्फ एक बार बहुत शान्त, बहुत गहरी आकाश-जैसी स्वच्छ निगाहों से चन्दर को देखा और फिर पढ़ने लगी। सुधा के चारों ओर एक विचित्र-सा वातावरण था, एक अपार्थिव स्वर्गिक ज्योति के रेशों से बुना हुआ झीना प्रकाश उस पर छाया हुआ था। गले में पड़ा हुआ आँचल, पीठ पर बिखरे हुए सुनहले बाल, अपना सब कुछ खोकर विरक्ति में खिन्न सुहाग पर छाये हुए वैधव्य की तरह सुधा लग रही थी। माँग सूनी थी, माथे पर रोली का एक बड़ा-सा टीका था और चेहरे पर स्वर्ग के मुरझाये हुए फूलों की घुलती हुई उदासी, जैसे किसी ने चाँदनी पर हरसिंगार के पीले फूल छींटे दे दिये हों।

थोड़ी देर तक सुधा स्पष्ट स्वरों में पढ़ती रही। उसके बाद उसने पोथी बन्द कर रख दी। उसके बाद आँख बन्द कर जाने किस अज्ञात देवता को हाथ जोड़कर नमस्कार किया...फिर उठ खड़ी हुई और फर्श पर चन्दर के पास बैठ गयी। आँचल कमर में खोंस लिया और बिना सिर उठाये बोली, "चलो, नाश्ता कर लो!"

"यहीं ले आओ!" चन्दर बोला। सुधा उठी और नाश्ता ले आयी। चन्दर ने उठाकर एक टुकड़ा मुँह में रख लिया। लेकिन जब सुधा उसी तरह फर्श पर चुपचाप बैठी रही तो चन्दर ने कहा, "तुम भी खाओ!"

"मैं!" वह एक फीकी हँसी हँसकर बोली, "मैं खा लूँ तो अभी कै हो जाये। मैं सिवा नीबू के शरबत और खिचड़ी के अब कुछ नहीं खाती। और वह भी एक वक्त!"

"क्यों?"

"असल में पहले मैंने एक व्रत किया, पन्द्रह दिन तक केवल प्रात:काल खाने का, तब से कुछ ऐसा हो गया कि शाम को खाते ही मन बिगड़ जाता है। इधर और कई रोग हो गये हैं?"

चन्दर का मन रो आया। सुधा, तुम चुपचाप इस तरह अपने को मिटाती रहीं! मान लिया चन्दर ने एक खत में तुम्हें लिख ही दिया था कि अब पत्र-व्यवहार बन्द कर दो! लेकिन क्या अगर तुम पत्र भेजतीं तो चन्दर की हिम्मत थी कि वह उत्तर न देता! अगर तुम समझ पातीं कि चन्दर के मन में कितना दु:ख है!

चन्दर चाहता था कि सुधा की गोद में अपने मन की सभी बातें बिखेर दे...लेकिन सुधा कहे, कुछ शिकायत करे तो चन्दर अपनी सफाई दे...लेकिन सुधा तो है कि शिकायत ही नहीं करती, सफाई देने का मौका ही नहीं देती...यह देवत्व की मूर्ति-सी पथरीली सुधा! यह चन्दर की सुधा तो नहीं! चन्दर का मन बहुत भर आया। उसके रुँधे गले से पूछा, "सुधा, तुम बहुत बदल गयी हो। खैर और तो जो कुछ है उसने लिए अब मैं क्या कहूँ, लेकिन अपनी तन्दुरुस्ती बिगाड़कर क्यों तुम मुझे दु:ख दे रही हो! अब यों भी मेरी जिन्दगी में क्या रहा है! लेकिन एक ही सन्तोष था कि तुम सुखी हो। लेकिन तुमने मुझसे वह सहारा छीन लिया...पूजा किसकी करती हो?"

"पूजा कहाँ, पाठ करती हूँ, चन्दर! गीता का और भागवत का, कभी-कभी सूर-सागर का! पूजा अब भला किसकी करूँगी? मुझ जैसी अभागिनी की पूजा भला स्वीकार कौन करेगा?"

"तब यह एक वक्त का भोजन क्यों?"

"यह तो प्रायश्चित्त है, चन्दर!" सुधा ने एक गहरी साँस लेकर कहा।

"प्रायश्चित्त...?" चन्दर ने अचरज से कहा।

"हाँ, प्रायश्चित्त..." सुधा ने अपने पाँव के बिछियों को धोती के छोर से रगड़ते हुए कहा, "हिन्दू-गृह तो एक ऐसा जेल होता है जहाँ कैदी को उपवास करके प्राण छोड़ने की भी इजाजत नहीं रहती, अगर धर्म का बहाना न हो! धर्म के बहाने उपवास करके कुछ सुख मिल जाता है।"

एक क्षण आता है कि आदमी प्यार से विद्रोह कर चुका है, अपने जीवन की प्रेरणा-मूर्ति की गोद से बहुत दिन तक निर्वासित रह चुका है, उसका मन पागल हो उठता है फिर से प्यार करने को, बेहद प्यार करने को, अपने मन का दुलार फूलों की तरह बिखरा देने को। आज विद्रोह का तूफान उतर जाने के बाद अपनी उजड़ी हुई जिन्दगी में बीमार सुधा को पाकर चन्दर का मन तड़प उठा। सुधा की पीठ पर लहराती हुई सूखी अलकें हाथ में ले लीं। उन्हें गूँथने का असफल प्रयास करते हुए बोला—

"सुधा, यह तो सच है कि मैंने तुम्हारे मन को बहुत दुखाया है, लेकिन तुम तो हमारी हर बात को, हमारे हर क्रोध को क्षमा करती रही हो, इस बात का तुम इतना बुरा मान गयी?"

"किस बात का, चन्दर!" सुधा ने चन्दर की ओर देखकर कहा, "मैं किस बात का बुरा मान गयी!"

"किस बात का प्रायश्चित्त कर रही हो तुम, इस तरह अपने को मिटाकर!"

"प्रायश्चित्त तो मैं अपनी दुर्बलता का कर रही हूँ, चन्दर!"

"दुर्बलता?" चन्दर ने सुधा की अलकों को घटाओं की तरह छिटकाकर कहा।

"दुर्बलता—चन्दर! तुम्हें ध्यान होगा, एक दिन हम लोगों ने निश्चय किया था कि हमारे प्यार की कसौटी यह रहेगी चन्दर, दूर रहकर भी हम लोग ऊँचे उठेंगे, पवित्र रहेंगे। दूर हो जाने के बाद चन्दर, तुम्हारा प्यार तो मुझमें एक दृढ़ आत्मा और विश्वास भरता रहा, उसी के सहारे मैं अपने जीवन के तूफानों को पार कर ले गयी; लेकिन पता नहीं मेरे प्यार में कौन-सी दुर्बलता रही कि तुम उसे ग्रहण नहीं कर पाये...मैं तुमसे कुछ नहीं कहती। मगर अपने मन में कितनी कुंठित हूँ कि कह नहीं सकती। पता नहीं दूसरा जन्म होता है या नहीं; लेकिन इस जन्म में तुम्हें पाकर तुम्हारे चरणों पर अपने को न चढ़ा पायी। तुम्हें अपने मन की पूजा में यकीन न दिला पायी, इससे बढ़कर और दुर्भाग्य क्या होगा? मैं अपने व्यक्तित्व को कितना गर्हित, कितना छिछला समझने लगी हूँ, चन्दर!"

चन्दर ने नाश्ता खिसका दिया। अपनी आँख में झलकते हुए आँसू को छिपाते हुए चुपचाप बैठ गया।

"नाश्ता कर लो, चन्दर! इस तरह तुम्हें अपने पास बिठाकर खिलाने का सुख अब

कहाँ नसीब होगा! लो।" और सुधा ने अपने हाथ से उसे एक नमकीन सेव खिला दिया। चन्दर के भरे आँसू सुधा के हाथों पर चू पड़े।

"छि:, यह क्या, चन्दर!"

"कुछ नहीं..." चन्दर ने आँसू पोंछ डाले।

इतने में महराजिन आयी और सुधा से बोली, "बिटिया रानी! लेव ई नानखटाई हम कल्है से बनाय के रख दिया रहा कि तोके खिलाइबे!"

"अच्छा! हम भी महराजिन, इतने दिन से तुम्हारे हाथ का खाने के लिए तरस गये, तुम चलो हमारे साथ!"

"हियाँ चन्दर भइया के कौन देखी? अब बिटिया इनहूँ के ब्याह कर देव, तो हम चली तोहरे साथ!"

सुधा हँस पड़ी, चन्दर चुपचाप बैठा रहा। महराजिन खिचड़ी डालने चली गयी। सुधा ने चुपचाप नानखटाई की तश्तरी उठाकर एक ओर रख दी—चन्दर चुप, अब क्या बात करे! पहले वह दोनों घंटों क्या बात करते थे! उसे बड़ा ताज्जुब हुआ। इस वक्त कोई बात ही नहीं सूझती है। पहले जाने कितना वक्त गुजर जाता था, दोनों की बातों का खात्मा ही नहीं होता था। सुधा भी चुप थी। थोड़ी देर बाद चन्दर बोला, "सुधी, तुम सचमुच पूजा-पाठ में विश्वास रखती हो..."

"क्यों, करती तो हूँ, चन्दर! हाँ, मूर्ति जरूर नहीं पूजती, पर कृष्ण को जरूर पूजती हूँ। अब सभी सहारे टूट गये, तुमने भी मुझे छोड़ दिया, तब मुझे गीता और रामायण में बहुत सन्तोष मिला। पहले मैं खुद ताज्जुब करती थी कि औरतें इतना पूजा-पाठ क्यों करती हैं, फिर मैंने सोचा—हिन्दू नारी इतनी असहाय होती है, उसे पति से, पुत्र से, सभी से इतना लांछन, अपमान और तिरस्कार मिलता है कि पूजा-पाठ न हो तो पशु बन जाये, पूजा-पाठ ही ने हिन्दू नारी का चरित्र अभी तक इतना ऊँचा रखा है।"

"मैं तो समझता हूँ यह अपने को भुलावा देना है।"

"मानती हूँ चन्दर, लेकिन अगर कोई हिन्दू धर्म की इन किताबों को ध्यान से पढ़े तब वह जाने, क्या है इनमें! जाने कितनी ताकत देती हैं ये! अभी तक जिन्दगी में मैंने यह सोचा है कि पुरुष हो या नारी, सभी के जीवन का एकमात्र सम्बल विश्वास है, और इन ग्रन्थों में सभी संशयों को मिटाकर विश्वास का इतना गहन उपदेश है कि मन पुलक उठता है।...मैं तुमसे कुछ नहीं छिपाती। चन्दर, जब बिनती के ब्याह में तुमने मेरा पत्र लौटा दिया तो मैं तड़प उठी। एक अविश्वास मेरी नस-नस में गुँथ गया। मैंने समझ लिया कि तुम्हारी सारी बातें झूठी थीं। एक जाने कैसी आग मुझे हरदम झुलसाती रहती थी! मेरा स्वभाव बहुत बिगड़ गया था। मुझे हरेक से नफरत हो गयी थी। हरेक पर

झल्ला उठती थी...किसी बात में मुझे चैन नहीं मिलता था। धीरे-धीरे मैंने इन किताबों को पढ़ना शुरू किया। मुझे लगने लगा कि शान्ति धीरे-धीरे मेरी आत्मा पर उतर रही है। मुझे लगा कि यह सभी ग्रन्थ पुकार-पुकारकर कह रहे हैं—'संशयात्मा विनश्यति।' धीरे-धीरे मैंने इन बातों को अपने जीवन पर घटाना शुरू किया, तो मैंने देखा कि सारी भक्ति की किताबें और उनका दर्शन बड़ा मनोहर रूपक है, चन्दर! कृष्ण प्यार के देवता हैं। वंशी की ध्वनि विश्वास की पुकार है। धीरे-धीरे तुम्हारे प्रति मेरे मन में जगा हुआ अविश्वास मिट गया, मैंने कहा, तुम मुझसे अलग ही कहाँ हो, मैं तो तुम्हारी आत्मा का एक टुकड़ा हूँ जो एक जनम के लिए अलग हो गयी। लेकिन हमेशा तुम्हारे चारों ओर चन्द्रमा की तरह चक्कर लगाती रहूँगी, जिस दिन मैंने पढ़ा—

'सर्वधर्मान् परित्यज्य मामेकं शरणं व्रज।
अहं त्वां सर्वपापेभ्यो मोक्षयिष्यामि मा शुचः।।'

तो मुझे लगा कि तुम्हारा खोया हुआ प्यार मुझे पुकारकर कह रहा है—मेरी शरण में चले आओ, और सिवा तुम्हारे प्यार के मेरा भगवान और है ही क्या ...उसके बाद से चन्दर, मेरे मन में विश्वास और प्रेम झलक आया, अपने जीवन की परिधि में आने वाले हर व्यक्ति के लिए। सभी मुझे बहुत चाहने लगे...लेकिन चन्दर, जब बिनती यहाँ से दिल्ली जाते वक्त मेरे साथ गयी और उसने सब हाल बताया तो मुझे कितना दुःख हुआ। कितनी ग्लानि हुई। तुम्हारे ऊपर नहीं, अपने ऊपर।"

बातें भावनात्मक स्तर से उठकर बौद्धिक स्तर पर आ चुकी थीं। चन्दर फौरन बोला, "सुधा, ग्लानि की तो कोई बात नहीं, कम-से-कम मैंने जो कुछ किया है उस पर मुझे ज़रा-सी भी शर्म नहीं!" चन्दर के स्वर में फिर एक बार गर्व और कड़वाहट-सी आ गयी थी—"मैंने जो कुछ किया है उसे मैं पाप नहीं मानता। तुम्हारे भगवान ने तुम्हें जो कुछ रास्ता दिखलाया, वह तुमने किया। मेरे भगवान ने जो रास्ता मुझे दिखलाया, वह मैंने किया। तुम जानती ही हो मेरी जिन्दगी की पवित्रता तुम थीं, तुम्हारी भोली निष्पाप साँसें मेरे सभी गुनाह, मेरी सभी कमजोरियाँ सुलाती रही हैं। जिस दिन तुम मेरी जिन्दगी से चली गयीं, कुछ दिन तक मैंने अपने को सँभाला। इसके बाद मेरी आत्मा का कण-कण द्रोह कर उठा। मैंने कहा, स्वर्ग के मालिक साफ-साफ सुनो। तुमने मेरी जिन्दगी की पवित्रता को छीन लिया है, मैं तुम्हारे स्वर्ग में वासना की आग धधकाकर उसे नरक से बदतर बना दूँगा। और मैंने होंठों के किनारे चुम्बन की लपटें सुलगानी शुरू कर दीं...धीरे-धीरे महाश्मशान के सन्नाटे में करोड़ों वासना की लपटें जहरीले साँपों की तरह फुँफकारने लगीं। मेरे मन को इसमें बहुत सन्तोष मिला, बहुत शान्ति मिली। यहाँ

तक कि बिनती के लिए मैं अपने मन की सारी कटुता भूल गया। मैं कैसे कह दूँ कि यह सब गुनाह था। सुधा, अगर ठीक से देखो, गम्भीरता से समझो तो जो कुछ तुम्हारे लिए मेरे मन में था, उसी की प्रतिक्रिया वह है जो मेरे मन में पम्मी के लिए है। तुम्हारा दुलार और पम्मी की वासना दोनों एक सिक्के के दो पहलू हैं। अपने पहलू को सही और दूसरे पहलू को गलत क्यों कहती हो? देवता की आरती में जलता हुआ दीपक पवित्र है और उससे निकला हुआ धुआँ अपवित्र! दीप-शिखा नैतिक है और धूम-रेखा अनैतिक? ग्लानि किस बात की, सुधा?" चन्दर ने बहुत आवेश में कहा।

"छि:, चन्दर! तुम मुझे समझे नहीं! मैं नैतिक-अनैतिक की बात ही नहीं करती। मेरे भगवान ने, मेरे प्यार ने मुझे अब उस दुनिया में पहुँचा दिया है जो नैतिक-अनैतिक से उठकर है। तुमने अपने भगवान से विद्रोह किया, लेकिन उन्होंने तुम्हारी बात पर कोई फैसला भी तो दिया होता। वे इतने दयालु हैं कि कभी मानव के कार्यों पर फैसला ही नहीं देते। दंड तो दूर की बात, वे तो केवल आदमी को समझाकर उसकी कमजोरियाँ समझकर उसे क्षमा करने और उसे प्यार करने की बात कहते हैं, चन्दर! वहाँ नैतिकता-अनैतिकता का प्रश्न ही नहीं।"

"तब? यह ग्लानि किस बात की तुम्हें!" चन्दर ने पूछा।

"ग्लानि तो मुझे अपने पर थी, चन्दर! रहा तुम्हारा पम्मी से सम्बन्ध तो मैं बिनती की तरह नहीं सोचती, इतना विश्वास रखो। मेरी पाप और पुण्य की तराजू ही दूसरी है। फिर कम-से-कम अब इतना देख-सुनकर मैं यह नहीं मानती कि शरीर की प्यास ही पाप है! नहीं चन्दर, शरीर की प्यास भी उतनी ही पवित्र और स्वाभाविक है जितनी आत्मा की पूजा। आत्मा की पूजा और शरीर की प्यास दोनों अभिन्न हैं। आत्मा की अभिव्यक्ति शरीर से है, शरीर का संस्कार, शरीर का सन्तुलन आत्मा से है। जो आत्मा और शरीर को अलग कर देता है, वही मन के भयंकर तूफानों में उलझकर चूर-चूर हो जाता है। चन्दर, मैं तुम्हारी आत्मा थी। तुम मेरे शरीर थे। पता नहीं कैसे हम लोग अलग हो गये! तुम्हारे बिना मैं केवल सूक्ष्म आत्मा रह गयी। शरीर की प्यास, शरीर की रंगीनियाँ मेरे लिए अपरिचित हो गयीं। पति को शरीर देकर भी मैं सन्तोष न दे पायी...और मेरे बिना तुम केवल शरीर रह गये। शरीर में डूब गये...पाप का जितना हिस्सा तुम्हारा उतना ही मेरा...पाप की वैतरणी के इस किनारे जब तक तुम तड़पोगे, तभी तक मैं भी तड़पूँगी... दोनों में से किसी को भी चैन नहीं और कभी चैन नहीं मिलेगा..."

"लेकिन फिर..."

"हटाओ इन सब बातों को, चन्दर! तुमने व्यर्थ यह बात उठायी। मैं अब बात करना भूलती जा रही हूँ। मैं तो आयी थी तुम्हें देखकर कुछ मन का ताप मिटाने। उठो,

खाना खाएँ!" सुधा बोली।

"नहीं, मैं चाहता हूँ, बातें सुलझ जाएँ, सुधा!" चन्दर ने सुधा के हाथ पर अपना सिर रखकर कहा, "मेरी तकलीफ अब बेहद बढ़ती जा रही है। मैं पागल न हो जाऊँ।"

"छि:, ऐसी बात नहीं सोचते। उठो!" चन्दर को उठाकर सुधा बोली। दोनों ने खाना खाया। महराजिन बड़े दुलार से परसती रहीं और सुधा से बातें करती रहीं। खाना खाकर चन्दर लेट गया और सोचने लगा, अब क्या सचमुच उसके और सुधा के बीच में कोई इतना भयंकर अन्तर आ गया है कि दोनों पहले जैसे नहीं हो सकते?

लगभग चार बजे वह जागा तो उसने देखा कि उसके पाँवों के पास सिर रखकर सुधा सो रही है। पंखे की हवा वहाँ तक नहीं पहुँचती। वह पसीने से तर-बतर हो रही है। चन्दर उठा, उसे नींद में ऐसा लगा कि जैसे इधर कुछ हुआ ही नहीं है। सुधा वही सुधा है, चन्दर वही चन्दर है। उसने सुधा के पल्ले से सुधा के माथे और गले का पसीना पोंछ दिया और हाथ बढ़ाकर पंखा उसकी ओर घुमा दिया। सुधा ने आँखें खोलीं, एक अजीब-सी निगाह से चन्दर की ओर देखा और चन्दर के पाँव को खींचकर वक्ष से लगाकर फिर आँख बन्द करके लेट गयी। चन्दर ने अपना एक हाथ सुधा के माथे पर रख लिया और वह चुपचाप बैठा सोचने लगा, आज से लगभग साल-भर पहले की बात, जब उसने पहले-पहल सुधा को कैलाश का चित्र दिखाया था, और सुधा रो-धोकर उसके पाँवों में इसी तरह मुँह छिपाकर सो गयी थी...और आज...सुधा साल-भर में कहाँ से कहाँ जा पहुँची है! चन्दर कहाँ से कहाँ पहुँच गया है! काश कि कोई उनकी जिन्दगी की स्लेट से इस वर्ष-भर में खींची हुए मानसिक रेखाओं को मिटा सके तो कितने सुखी हो जाएँ दोनों! चन्दर ने सुधा को हिलाया और बोला—

"सुधा, सो रही हो?"

"नहीं।"

"उठो।"

"नहीं चन्दर, पड़ी रहने दो। तुम्हारे चरणों में सब कुछ भूलकर एक क्षण के लिए भी सो सकूँगी, मुझे इसका विश्वास नहीं था। सब कुछ छीन लिया है तुमने, एक क्षण की आत्म-प्रवंचना क्यों छीनते हो?" सुधा ने उसी तरह पड़े हुए जवाब दिया।

"अरी, उठ पगली!" चन्दर के मन में जाने कहाँ मरा पड़ा हुआ उल्लास फिर से जिन्दा हो उठा था। उसने सुधा की बाँह में जोर से चुटकी काटते हुए कहा, "उठती है या नहीं, आलसी कहीं की!"

सुधा उठकर बैठ गयी। क्षण-भर चन्दर की ओर पथरायी हुई निगाह से देखती रही और बोली, "चन्दर, मैं जाग रही हूँ। तुम्हीं ने उठाया है मुझे...चन्दर। कहीं सपना तो नहीं कि फिर टूट जाए!" और सुधा सिसक-सिसक कर रो पड़ी। चन्दर की आँखों में

आँसू आ गये। थोड़ी देर बाद वह बोला, "सुधा, कोई जादूगर अगर हम लोगों के मन से यह काँटा निकाल देता तो मैं कितना सुखी होता! लेकिन सुधा, अब मैं तुम्हें दुःखी नहीं करूँगा।"

"यह तो तुमने पहले भी कहा था, चन्दर! लेकिन इधर जाने कैसे हो गये। लगता है तुम्हारे चरित्र में कहीं स्थायित्व नहीं...इसी का तो मुझे दुःख है, चन्दर!"

"अब रहेगा, सुधा! तुम्हें खोकर, तुम्हारे प्यार को खोकर मैं देख चुका हूँ कि मैं आदमी नहीं रह पाता, जानवर बन जाता हूँ। सुधा, अगर तुम आज से महीनों पहले मिल जातीं तो जो जहर मेरे मन में घुट रहा है, वह तुम्हारे सामने व्यक्त करके मैं बिल्कुल निश्चिन्त हो जाता। अच्छा सुधा, यहाँ आओ। चुपचाप लेट जाओ, मैं तुमसे सब कुछ कह डालूँ, फिर सब भूल जाऊँ। बोलो, सुनोगी?"

सुधा चुपचाप लेट गयी और बोली, "चन्दर! या तो मत बताओ या फिर सभी स्पष्ट बता दो..."

"हाँ, बिल्कुल स्पष्ट सुधी; तुमसे कुछ छिपा सकता हूँ भला!" चन्दर ने हल्की-सी चपत मारकर कहा, "आज मन जैसे पागल हो रहा है तुम्हारे चरणों पर बिखर जाने के लिए...जादूगरनी कहीं की! देखो सुधा—पिछली दफे तुमने मुझे बहुत कुछ बताया था, कैलाश के बारे में!"

"हाँ।

"बस, उसके बाद से एक अजीब-सी अरुचि मेरे मन में तुम्हारे लिए होने लगी थी; मैं तुमसे कुछ छिपाऊँगा नहीं। तुम्हारे जाने के बाद बर्टी आया। उसने मुझसे कहा कि औरत केवल नयी संवेदना, नया स्वाद चाहती है और कुछ नहीं, अविवाहित लड़कियाँ विवाह, और विवाहित लड़कियाँ नये प्रेमी...बस यही उनका चरम लक्ष्य है। लड़कियाँ शरीर की प्यास के अलावा और कुछ नहीं चाहतीं...जैसे अराजकता के दिनों में किसी देश में कोई भी चालाक नेता शक्ति छीन लेता है, वैसे ही मानसिक शून्यता के क्षणों में बर्टी जैसे मेरा दार्शनिक गुरु हो गया। उसके बाद आयी पम्मी। उससे मैंने कहा कि क्या आवश्यक है कि पुरुष और नारी के सम्बन्धों में सेक्स हो ही? उसने कहा, 'हाँ, और यदि नहीं है तो प्लेटानिक (आदर्शवादी) प्यार की प्रतिक्रिया सेक्स की ही प्यास में होती है।' अब मैं तुम्हें अपने मन का चोर बतला दूँ। मैंने सोचा कि तुम भी अपने वैवाहिक जीवन में रम गयी हो। शरीर की प्यास ने तुम्हें अपने में डुबा दिया है और जो अरुचि तुम मेरे सामने व्यक्त करती हो वह केवल दिखावा है। इसलिए मन-ही-मन मुझे तुमसे चिढ़-सी हो गयी। पता नहीं क्यों यह संस्कार मुझमें दृढ़-सा हो गया और इसी के पीछे मैं तुम्हीं को नहीं, पम्मी को छोड़कर सभी लड़कियों से नफरत-सी करने लगा। बिनती

को भी मैंने बहुत दु:ख दिया। ब्याह में जाने के पहले ही बहुत दु:खी होकर गयी। रही पम्मी की बात तो मैं उस पर इसलिए खुश था कि उसने बड़ी यथार्थ-सी बात कही थी। लेकिन उसने मुझसे कहा कि आदर्शवादी प्यार की प्रतिक्रिया शारीरिक प्यास में होती है। तुमको इसका अपराधी मानकर तुमसे तो नाराज हो गया लेकिन अन्दर-ही-अन्दर वह संस्कार मेरा व्यक्तित्व बदलने लगा। सुधा, पता नहीं, तुम्हारे जीवन में प्रतिक्रिया के रूप में शारीरिक प्यास जागी या नहीं पर मेरे मन के गुनाह तो तूफान की तरह लहरा उठे। लेकिन तुमसे एक बात नहीं छिपाऊँगा। वह यह कि ऐसे भी क्षण आये हैं जब पम्मी के समर्पण ने मेरे मन की सारी कटुता धो दी है...बोलो, तुम कुछ तो बोलो, सुधा!"

"तुम कहते चलो, चन्दर! मैं सुन रही हूँ।"

"हाँ...लेकिन उस दिन गेसू आयी। उसने मुझे फिर पुराने दिनों की याद दिला दी और फिर जैसे पम्मी के लिए आकर्षण उखड़-सा गया। अच्छा सुधा, एक बात बताओ। तुम यह मानती हो कि कभी-कभी एक व्यक्ति के माध्यम से दूसरे व्यक्ति की भावनाओं की अनुभूति होने लगती है?"

"क्या मतलब?"

"मेरा मतलब जैसे मुझे गेसू की बातों में उस दिन ऐसा लगा, जैसे तुम बोल रही हो। और दूसरी बात तुम्हें बताऊँ। तुम्हारे पीछे बिनती रही मेरे पास। सारे अँधेरे में वही एक रोशनी थी, बड़ी क्षीण, टिमटिमाती हुई, सारहीन-सी। बल्कि मुझे तो लगता था कि वह रोशन ही इसलिए थी कि उसमें रोशनी तुम्हारी थी। मैंने कुछ दिन बिनती को बहुत प्यार किया। मुझे ऐसा लगता था कि अभी तक तुम मेरे सामने थीं, अब तुम उसके माध्यम से आती हो। लगता था जैसे वह एक व्यक्तित्व नहीं है, तुम्हारे व्यक्तित्व का ही अंश है। उस लड़की में जिस अंश तक तुम थीं वह अंश बार-बार मेरे मन में रस उभार देता था। क्यों सुधा! मन की यह भी कैसी अजब-सी गति है!"

सुधा थोड़ी देर चुप रही, फिर बोली, "भागवत में एक जगह एक टीका में हमने पढ़ा था चन्दर कि जिसको भगवान बहुत प्यार करते हैं, उसमें उनकी अंशाभिव्यक्ति होती है। बहुत बड़ा वैज्ञानिक सत्य है यह! मैं बिनती को बहुत प्यार करती हूँ, चन्दर!"

"समझ गया मैं।" चन्दर बोला, "अब मैं समझा, मेरे मन में इतने गुनाह कहाँ से आये। तुमने मुझे बहुत प्यार किया और वही तुम्हारे व्यक्तित्व के गुनाह मेरे व्यक्तित्व में उतर आये!"

सुधा खिलखिलाकर हँस पड़ी। चन्दर के कन्धे पर हाथ रखकर बोली, "इसी तरह हँसते-बोलते रहते तो क्यों यह हाल होता? मनमौजी हो। जब चाहो खुश हो गये, जब चाहो नाराज हो गये!"

उसके बाद वह उठी और बाहर से एक तश्तरी में कुछ फल काटकर लायी। चन्दर ने देखा—आम। "अरे आम! अभी कहाँ से आम ले आयी? कौन लाया?"

"लखनऊ उतरी थी? वहाँ से तुम्हारे लिए लेती आयी।"

चन्दर ने एक आम की फाँक उठाकर खायी और किसी पुरानी घटना की याद दिलाने के लिए आँचल से हाथ पोंछ दिये। सुधा हँस पड़ी और बड़ी दुलार-भरी ताड़ना के स्वर में बोली, "बोलो, अब तो दिमाग नहीं बिगाड़ोगे अपना?"

"कभी नहीं सुधी, लेकिन पम्मी का क्या होगा? पम्मी से मैं सम्बन्ध नहीं तोड़ सकता। व्यवहार चाहे जितना सीमित कर दूँ।"

"मैं कब कहती हूँ, मैं तुम्हें कहीं से कभी बाँधना ही नहीं चाहती। जानती हूँ कि अगर चाहूँ भी तो कभी अपने मन के बाहुपाश ढीले कर तुम्हें चिरमुक्ति तो मैं न दे पाऊँगी, तो भला बन्धन ही क्यों बाँधूँ! पम्मी शाम को आयेगी?"

"शायद..."

दरवाजा खटका और गेसू ने प्रवेश किया। आकर, दौड़कर सुधा से लिपट गयी। चन्दर उठकर चला आया। "चले कहाँ भाईजान, बैठिए न।"

"नहा लूँ, तब आता हूँ..." चन्दर चल दिया। वह इतना खुश था, इतना खुश कि बाथ-रूम में खूब गाता रहा और नहा चुकने के बाद उसे खयाल आया कि उसने बनियाइन उतारी ही नहीं थी। नहाकर कपड़े बदलकर वह आया तब भी गुनगुना रहा था। कमरे में आया तब देखा गेसू अकेली बैठी है।

"सुधा कहाँ गयी?" चन्दर ने नाचते हुए स्वर में कहा।

"गयी है शरबत बनाने।" गेसू ने चुन्नी से सिर ढँकते हुए और पाँवों को सलवार से ढँकते हुए कहा। चन्दर इधर-उधर बक्स में रूमाल ढूँढ़ने लगा।

"आज बड़े खुश हैं, चन्दर भाई! कोई खोयी हुई चीज मिल गयी है क्या? अरे, मैं बहन हूँ कुछ इनाम ही दे दीजिए।" गेसू ने चुटकी ली।

"इनाम की बात क्या, कहो तो वह चीज ही तुम्हें दे दूँ!"

"हाँ, कैलाश बाबू के दिल से पूछिए।" गेसू बोली।

"उनके दिल से तुम्हीं बात कर सकती हो!"

गेसू ने झेंपकर मुँह फेर लिया।

सुधा हाथ में दो गिलास लिए आयी। "लो गेसू, पियो।" एक गिलास गेसू को देकर बोली, "चन्दर, लो।"

"तुम पियो न!"

"नहीं, मैं नहीं पिऊँगी। बर्फ मुझे नुकसान करेगी!" सुधा ने चुपचाप कहा। चन्दर

को याद आ गया। पहले सुधा चिढ़कर-चिढ़कर अपने आप चाय, शरबत पी जाती थी...और आज...

"क्या ढूँढ़ रहे हो, चन्दर?" सुधा बोली।

"रूमाल, कोई मिल ही नहीं रहा!"

"साल-भर में रूमाल खो दिये होंगे! मैं तो तुम्हारी आदत जानती हूँ। आज कपड़ा ला दो, कल सुबह रूमाल सी दूँ तुम्हारे लिए।" और उठकर उसने कैलाश के बक्स से एक रूमाल निकालकर दे दिया।

उसके बाद चन्दर बाजार गया और कैलाश के लिए तथा सुधा के लिए कुछ कपड़े खरीद लाया। इसके साथ ही कुछ नमकीन जो सुधा को पसन्द था, पेठा, एक तरबूज, एक बोतल गुलाब का शरबत, एक सुन्दर-सा पेन और जाने क्या-क्या खरीद लाया। सुधा ने देखकर कहा, "पापा नहीं हैं, फिर भी लगता है मैं मायके आयी हूँ!" लेकिन वह कुछ खा-पी नहीं सकी।

चन्दर खाना खाकर लॉन में बैठ गया, वहीं उसने अपनी चारपाई डलवा ली। सुधा के बिस्तर छत पर लगे थे। उसके पास महराजिन सोनेवाली थीं। सुधा एक तश्तरी में तरबूज काटकर ले आयी और कुर्सी डालकर चन्दर भी चारपाई के पास बैठ गया। चन्दर तरबूज खाता रहा...थोड़ी देर बाद सुधा बोली—

"चन्दर, बिनती के बारे में तुम्हारी क्या राय है?"

"राय? राय क्या होती? बहुत अच्छी लड़की है! तुमसे तो अच्छी ही है!" चन्दर ने छेड़ा।

"अरे, मुझसे अच्छी तो दुनिया है, लेकिन एक बात पूछें? बहुत गम्भीर बात है!"

"क्या?"

"तुम बिनती से ब्याह कर लो।"

"बिनती से? कुछ दिमाग तो नहीं खराब हो गया है?"

"नहीं! इस बारे में पहले-पहले 'ये' बोले कि चन्दर से बिनती का ब्याह क्यों नहीं करती, तो मैंने चुपचाप पापा से पूछा। पापा बिल्कुल राजी हैं, लेकिन बोले मुझसे कि तुम्हीं कहो चन्दर से। कर लो; चन्दर! बुआजी अब दखल नहीं देंगी।"

चन्दर हँस पड़ा, "अच्छी खुराफतें तुम्हारे दिमाग में उठती हैं! याद है, एक बार और तुमने ब्याह करने के लिए कहा था?"

सुधा के मुँह से एक हल्का नि:श्वास निकल पड़ा—"हाँ, याद है! खैर, तब की बात दूसरी थी, अब तो तुम्हें कर लेना चाहिए।"

"नहीं सुधा, शादी तो मुझे नहीं ही करनी है। तुम कह क्यों रही हो? तुम मेरे-बिनती के सम्बन्धों को कुछ गलत तो नहीं समझ रही हो?"

"नहीं जो, लेकिन यह जानती हूँ कि बिनती तुम पर अन्धश्रद्धा रखती है। उससे अच्छी लड़की तुम्हें मिलेगी नहीं। कम-से-कम जिन्दगी तुम्हारी व्यवस्थित हो जाएगी।"

चन्दर हँसा, "मेरी जिन्दगी शादी से नहीं, प्यार से सुधरेगी, सुधा! कोई ऐसी लड़की ढूँढ़ दो जो तुम्हारी जैसी हो और प्यार करे तो मैं समझूँ भी कि तुमने कुछ किया मेरे लिए। शादी-वादी बेकार है और कोई बात करनी है या नहीं?"

"नहीं चन्दर, शादी तो तुम्हें करनी ही होगी। अब मैं ऐसे तुम्हें नहीं रहने दूँगी। बिनती से न करो तो दूसरी लड़की ढूँढ़ूँगी। लेकिन शादी करनी होगी और मेरी पसन्द से करनी होगी।"

चन्दर एक उपेक्षा की हंसी हँसकर रह गया।

सुधा उठ खड़ी हुई।

"क्यों, चल दीं?"

"हाँ, अब नींद आ रही होगी तुम्हें, सोओ।"

चन्दर ने रोका नहीं। उसने सोचा था, सुधा बैठेगी। जाने कितनी बातें करेंगे! वह सुधा से उसका सब हाल पूछेगा, लेकिन सुधा तो जाने कैसी तटस्थ, निरपेक्ष और अपने में सीमित-सी हो गयी है कि कुछ समझ में नहीं आता। उसने चन्दर से सब कुछ जान लिया लेकिन चन्दर के सामने उसने अपने मन को कहीं जाहिर ही नहीं होने दिया, सुधा उसके पास होकर भी जाने कितनी दूर थी! सरोवर में डूबकर पंछी प्यासा था।

करीब घण्टा-भर बाद सुधा दूध का गिलास लेकर आयी। चन्दर को नींद आ गयी थी। वह चन्दर के सिरहाने बैठ गयी—"चन्दर, सो गये क्या?"

"क्यों?" चन्दर घबराकर उठ बैठा।

"लो, दूध पी लो।" सुधा बोली।

"दूध हम नहीं पियेंगे।"

"पी लो, देखो बर्फ और शरबत मिला दिया है, पीकर तो देखो!"

"नहीं, हम नहीं पियेंगे। अब जाओ, हमें नींद लग रही है।" चन्दर गुस्सा था।

"पी लो मेरे राजदुलारे, चमक रहे हैं चाँद-सितारे..." सुधा ने लोरी गाते हुए चन्दर को अपनी गोद में खींचकर बच्चों की तरह गिलास चन्दर के मुँह से लगा दिया। चन्दर ने चुपचाप दूध पी लिया। सुधा ने गिलास नीचे रखकर कहा, "वाह, ऐसे तो मैं नीलू को दूध पिलाती हूँ।"

"नीलू कौन?"

"अरे मेरा भतीजा! शंकरबाबू का लड़का।"

"अच्छा!"

"चन्दर, तुमने पंखा तो छत पर लगा दिया है। तुम कैसे सोओगे?"

"मुझे नींद आ जायेगी।"

चन्दर फिर लेट गया। सुधा उठी नहीं। वह दूसरी पाटी से हाथ टेककर चन्दर के वक्ष के आर-पार फूलों के धनुष-सी झुककर बैठ गयी। एकादशी का स्निग्ध पवित्र चन्द्रमा आसमान की नीली लहरों पर अधखिले बेल के फूल की तरह काँप रहा था। दूध में नहाये हुए झोंके चाँदनी से आँख-मिचौली खेल रहे थे। चन्दर आँखें बन्द किये पड़ा था और उसकी पलकों पर, उसके माथे पर, उसके होंठों पर चाँदी की पाँखुरियाँ बरस रही थीं। सुधा ने चन्दर का कॉलर ठीक किया और बड़े ही मधुर स्वर में पूछा, "चन्दर, नींद आ रही है?"

"नहीं, नींद उचट गयी!" चन्दर ने आँख खोलकर देखा। एकादशी का पवित्र चन्द्रमा आकाश में था और पूजा से अभिषिक्त एकादशी की उदास चाँदनी उसके वक्ष पर झुकी बैठी थी। उसे लगा जैसे पवित्रता और अमृत का चम्पई बादल उसके प्राणों में लिपट गया है।

उसने करवट बदलकर कहा, "सुधा, जिन्दगी का एक पहलू खत्म हुआ। दर्द की एक मंजिल ख्त्म हो गयी। थकान भी दूर हो गयी, लेकिन अब आगे का रास्ता समझ में नहीं आता। क्या करूँ?"

"करना बहुत है, चन्दर! अपने अन्दर की बुराई से लड़ लिये, अब बाहर की बुराई से लड़ो। मेरा तो सपना था चन्दर कि तुम बहुत बड़े आदमी बनोगे। अपने बारे में तो जो कुछ सोचा था वह सब नसीब ने तोड़ दिया। अब तुम्हीं को देखकर कुछ सन्तोष मिलता है। तुम जितने ऊँचे बनोगे, उतना ही चैन मिलेगा। वर्ना मैं तो नरक में भुन रही हूँ।"

"सुधा, तुम्हारी इसी बात से मेरी सारी हिम्मत, सारा बल टूट जाता है। अगर तुम अपने परिवार में सुखी होतीं तो मेरा भी साहस बँधा रहता। तुम्हारा यह हाल, तुम्हारा यह स्वास्थ्य, यह असमय वैराग्य और पूजा, यह घुटन देखकर लगता है क्या करूँ? किसके लिए करूँ?"

"मैं भी क्या करूँ, चन्दर! मैं यह जानती हूँ कि अब ये भी मेरा बहुत खयाल रखते हैं, लेकिन इस बात पर मुझे और भी दु:ख होता है। मैं इन्हें सन्तुलित नहीं कर पाती और उनकी खुलकर उपेक्षा भी नहीं कर पाती। यह अजब-सा नरक है मेरा जीवन भी, लेकिन यह जरूर है चन्दर कि तुम्हें ऊँचा देखकर मैं यह नरक भी भोग ले जाऊँगी। तुम दिल

मत छोटा करो। एक ही जिन्दगी की तो बात है, उसके बाद... "

"लेकिन मैं तो पुनर्जन्म में विश्वास ही नहीं करता।"

"तब तो और भी अच्छा है, इसी जन्म में जो सुख दे सकते हो, दे लो। जितना ऊँचे उठ सकते हो, उठ लो।"

"तुम जो रास्ता बताओ वह मैं अपनाने के लिए तैयार हूँ। मैं सोचता हूँ, अपने व्यक्तित्व से ऊपर उठूँ...लेकिन मेरे साथ एक शर्त है। तुम्हारा प्यार मेरे साथ रहे!"

"तो वह अलग कब रहा, चन्दर! तुम्हीं ने जब चाहा मुँह फेर लिया। लेकिन अब नहीं। काश कि तुम एक क्षण का भी अनुभव कर पाते कि तुमसे दूर वहाँ, वासना के कीचड़ में फँसी हुई मैं कितनी व्याकुल, कितनी व्यथित हूँ तो तुम ऐसा कभी न करते! मेरे जीवन में जो कुछ अपूर्णता रह गयी है चन्दर, उसकी पूर्णता, उसकी सिद्धि तुम्हीं हो। तुम्हें मेरे जन्म-जन्मान्तर की शान्ति की सौगन्ध है, तुम अब इस तरह न करना! बस ब्याह कर लो और दृढ़ता से ऊँचाई की ओर चलो।"

"ब्याह के अलावा तुम्हारी सब बातें स्वीकार हैं। लेकिन फिर भी तुम अपना प्यार वापस नहीं लोगी कभी?"

"कभी नहीं।"

"और हम कभी नाराज भी हो जाएँ तो बुरा नहीं मानोगी?"

"नहीं!"

"और हम कभी फिसलें तो तुम तटस्थ होकर नहीं बैठोगी बल्कि बिना डरे हुए मुझे खींच लाओगी उस दलदल से?"

"यह कठिन है चन्दर, आखिर मेरे भी बन्धन हैं। लेकिन खैर...अच्छा यह बताओ, तुम दिल्ली कब आओगे?"

"अब दिल्ली तो दशहरे में आऊँगा। गर्मियों में यही रहूँगा।...लेकिन हो सका तो लौटने के बाद शाहजहाँपुर आऊँगा।"

सुधा चुपचाप बैठी रही। चन्दर भी चुपचाप लेटा रहा। थोड़ी देर बाद चन्दर ने सुधा की हथेली अपने हाथ पर रख ली और आँखें बन्द कर लीं। जब वह सो गया तो सुधा ने धीरे-से हाथ उठाया, खड़ी हो गयी। थोड़ी देर अपलक उसे देखती रही और धीरे-धीरे चली आयी।

दूसरे दिन सुबह सुधा ने आकर चन्दर को जगाया। चन्दर उठ बैठा तो सुधा बोली—

"जल्दी से नहा लो, आज तुम्हारे साथ पूजा करेंगे!"

चन्दर उठ बैठा। नहा-धोकर आया तो सुधा ने चौकी के सामने दो आसन बिछा रखे थे। चौकी पर धूप सुलग रही थी और फूल गमक रहे थे। ढेर-के-ढेर बेलें और अगस्त के फूल। चन्दर को बिठाकर सुधा बैठी। उसने फिर वही वेश धारण कर लिया था। रेशम की धोती और रेशम का एक अन्तर्वासक, गीले बाल पीठ पर लहरा रहे थे।

"लेकिन मैं बैठा-बैठा क्या करूँगा?" उसने पूछा।

सुधा कुछ नहीं बोली। चुपचाप अपना काम करती गयी। थोड़ी देर बाद उसने भागवत खोली और बड़े मधुर स्वरों में गोपिका-गीत पढ़ती रही। चन्दर संस्कृत नहीं समझता था, पूजा में विश्वास नहीं करता था, लेकिन वह क्षण जाने कैसा लग रहा था! चन्दर की साँस में धूप की पावन सौरभ के डोरे गुँथ गये थे। उसके घुटनों पर रह-रहकर सद्य:स्नाता सुधा के भीगे केशों से गीले मोती चू पड़ते थे। कृशकाय, उदास और पवित्र सुधा की पूजा के प्रसाद जैसे मधुर स्वर में श्रीमद्भागवत के श्लोक उसकी आत्मा को अमृत से धो रहे थे। लगता था, जैसे इस पूजा की श्रद्धान्वित वेला में उसके जीवन-भर की भूलें, कमजोरियाँ, गुनाह सभी धुलता जा रहा था।...जब सुधा ने भागवत बन्द करके रख दिया तो पता नहीं क्यों चन्दर ने प्रणाम कर लिया—भागवत को या भागवत की पुजारिन को, यह नहीं मालूम।

थोड़ी देर बाद सुधा ने पूजा की थाली उठायी और उसने चन्दर के माथे पर रोली लगा दी।

"अरे मैं!"

"हाँ तुम! और कौन...मेरे तो दूसरा न कोई!" सुधा बोली और ढेर-के-ढेर फूल चन्दर के चरणों पर चढ़ाकर, झुककर चन्दर के चरणों को प्रणाम कर लिया। चन्दर ने घबराकर पाँव खींच लिए, "मैं इस योग्य नहीं हूँ, सुधा! क्यों लज्जित कर रही हो?"

सुधा कुछ नहीं बोली...अपने आँचल से एक छलकता हुआ आँसू पोंछकर नाश्ता लाने चली गयी।

जब वह यूनिवर्सिटी से लौटा तो देखा, सुधा मशीन रखे कुछ सिल रही है। चन्दर ने कपड़े बदलकर पूछा, "कहो, क्या सिल रही हो?"

"रूमाल और बनियाइन! कैसे काम चलता था तुम्हारा? न सन्दूक में एक भी रूमाल है, न एक भी बनियाइन। लापरवाही की भी हद है। तभी कहती हूँ ब्याह कर लो!"

"हाँ, किसी दर्जी की लड़की से ब्याह करवा दो!" चन्दर खाट पर बैठ गया और

सुधा मशीन पर बैठी-बैठी सिलती रही। थोड़ी देर बाद सहसा उसने मशीन रोक दी और एकदम से घबरा कर उठी।

"क्या हुआ, सुधा..."

"बहुत दर्द हो रहा है..." वह उठी और खाट पर बेहोश-सी पड़ रही। चन्दर दौड़कर पंखा उठा लाया। और झलने लगा। "डॉक्टर बुला लाऊँ?"

"नहीं, अभी ठीक हो जाऊँगी। उबकाई आ रही है!" सुधा उठी।

"जाओ मत, मैं पीकदान उठा लाता हूँ।" चन्दर ने पीकदान उठाकर रख दिया और सुधा की पीठ सहलाने लगा। फिर सुधा हाँफती-सी लेट गयी। चन्दर दौड़कर इलायची और पानी ले आया। सुधा ने इलायची खायी और फिर पड़ी रही। उसके माथे पर पसीना झलक आया।

"अब कैसी तबीयत है, सुधा?"

"बहुत दर्द है अंग-अंग में...मशीन चलाना नुकसान कर गया।" सुधा ने बहुत क्षीण स्वरों में कहा।

"जाऊँ किसी डॉक्टर को बुला लाऊँ?"

"बेकार है, चन्दर! मैं तो लखनऊ में दिखा आयी। इस रोग का क्या इलाज है। यह तो जिन्दगी भर का अभिशाप है!"

"क्या बीमारी बतायी तुम्हें?"

"कुछ नहीं।"

"बताओ न?"

"क्या बताऊँ, चन्दर!" सुधा ने बड़ी कातर निगाहों से चन्दर की ओर देखा और फूट-फूटकर रो पड़ी। बुरी तरह सिसकने लगी। सुधा चुपचाप पड़ी कराहती रही। चन्दर ने अटैची में से दवा निकालकर दी। कॉलेज नहीं गया। दो घंटे बाद सुधा कुछ ठीक हुई। उसने एक गहरी साँस ली और तकिये के सहारे उठकर बैठ गयी। चन्दर ने और कई तकिये पीछे रख दिये। दो ही घंटे में सुधा का चहेरा पीला पड़ गया। चन्दर चुपचाप उदास बैठा रहा।

उस दिन सुधा ने खाना नहीं खाया। सिर्फ फल लिये। दोपहर को दो बजे भयंकर लू में कैलाश वापस आया और आते ही चन्दर से पूछा, "सुधा की तबीयत तो ठीक रही?" यह जानकर कि सुबह खराब हो गयी थी, वह कपड़े उतारने के पहले सुधा के कमरे में गया और अपने हाथ से दवा देकर फिर कपड़े बदलकर सुधा के कमरे में जाकर सो गया। बहुत थका मालूम पड़ता था।

चन्दर आकर अपने कमरे में कॉपियाँ जाँचता रहा। शाम को कामिनी, प्रभा तथा कई लड़कियाँ, जिन्हें गेसू ने खबर दे दी थी, आयीं और सुधा और कैलाश को घेरे रहीं। चन्दर उनकी खातिर-तवज्जो में लगा रहा। रात को कैलाश ने उसे अपनी छत पर बुला लिया और चन्दर के भविष्य के कार्यक्रम के बारे में बात करता रहा। जब कैलाश को नींद आने लगी, तब वह उठकर लॉन पर लौट आया और लेट गया।

बहुत देर तक उसे नींद नहीं आयी। वह सुधा की तकलीफों के बारे में सोचता रहा। उधर सुधा बहुत देर तक करवटें बदलती रही। यह दो दिन सपनों की तरह बीत गये और कल वह फिर चली जाएगी चन्दर से दूर, न जाने कब तक के लिए!

सुबह से ही सुधा जैसे बुझ गयी थी। कल तक जो उसमें उल्लास वापस आ गया था, वह जैसे कैलाश की छाँह ने ही ग्रस लिया था। चन्दर के कॉलेज का आखिरी दिन था। चन्दर कैलाश को ले गया और अपने मित्रों से, प्रोफेसरों से उसका परिचय करा लाया। एक प्रोफेसर, जिनकी आदत थी कि वे कांग्रेस सरकार से सम्बन्धित हर व्यक्ति को दावत जरूर देते थे, उन्होंने कैलाश को भी दावत दी क्योंकि वह सांस्कृतिक मिशन में जा रहा था।

वापस जाने के लिए रात की गाड़ी तय रही। हफ्ते भर बाद ही कैलाश को जाना था अत: वह ज्यादा नहीं रुक सकता था। दोपहर का खाना दोनों ने साथ खाया। सुधा महराजिन का लिहाज करती थी, अत: वह कैलाश के साथ खाने नहीं बैठी। निश्चय हुआ कि अभी से सामान बाँध लिया जाए ताकि पार्टी के बाद सीधे स्टेशन जा सकें।

जब सुधा ने चन्दर के लाये हुए कपड़े कैलाश को दिखाये तो उसे बड़ा ताज्जुब हुआ। लेकिन उसने कुछ नहीं कहा, कपड़े रख लिये और चन्दर से जाकर बोला, "अब जब तुमने लेने-देने का व्यवहार ही निभाया है तो यह बता दो, तुम बड़े हो या छोटे?"

"क्यों?" चन्दर ने पूछा।

"इसलिए कि बड़े हो तो पैर छूकर जाऊँ, और छोटे हो तो रुपया देकर जाऊँ!" कैलाश बोला। चन्दर हँस पड़ा।

घर में दोपहर से ही उदासी छा गयी। न चन्दर दोपहर को सोया, न कैलाश और न सुधा। शाम की पार्टी में सब लोग गये। वहाँ से लौटकर आये तो सुधा को लगा कि उसका मन अभी डूब जाएगा। उसे शादी में भी जाना इतना नहीं अखरा था जितना आज अखर रहा था। मोटर पर सामान रखा जा रहा था तो वह खम्भे से टिककर खड़ी रो रही थी। महराजिन एक टोकरी में खाने का सामान बाँध रही थी।

कैलाश ने देखा तो बोला, "रो क्यों रही हो? छोड़ जाएँ तुम्हें यहीं? चन्दर से

सँभलेगा!" सुधा ने आँसू पोंछकर आँखों से डाँटा—"महराजिन सुन रही हैं कि नहीं।" मोटर तक पहुँचते-पहुँचते सुधा फूट-फूटकर रो पड़ी और महराजिन उसे गले से लगाकर आँसू पोंछने लगीं। फिर बोलीं, "रोवौ न बिटिया! अब छोटे बाबू का बियाह कर देव तो दुई-तीन महीना आयके रह जाव। तोहार सास छोड़िहैं कि नैं?"

सुधा ने कुछ जवाब नहीं दिया और पाँच रुपये का नोट महराजिन के हाथ में थमाकर आ बैठी।

ट्रेन प्लेटफॉर्म पर आ गयी थी। सेकेंड क्लास में चन्दर ने इन लोगों का बिस्तर लगवा दिया। सीट रिजर्व करवा दी। गाड़ी छूटने में अभी घण्टा भर देर थी। सुधा की आँखों में विचित्र-सा भाव था। कल तक की दृढ़ता, तेज, उल्लास बुझ गया था और अजब-सी कातरता आ गयी थी। वह चुप बैठी थी। चन्दर से जब नहीं देखा गया तो वह उठकर प्लेटफॉर्म पर टहलने लगा। कैलाश भी उतर गया। दोनों बातें करने लगे। सहसा कैलाश ने चन्दर के कन्धे पर हाथ रखकर कहा, "हाँ यार, एक बात बहुत जरूरी थी।"

"क्या?"

"इन्होंने तुमसे बिनती के बारे में कुछ कहा?"

"कहा था!"

"तो क्या सोचा तुमने?"

"मैं शादी-वादी नहीं करूँगा।"

"यह सब आदर्शवाद मुझे अच्छा नहीं लगा, और फिर उससे शादी करके सच पूछो तो बहुत बड़ी बात करोगे तुम! उस घटना के बाद अब ब्राह्मणों में तो वर उसे मिलने से रहा। और ये कह रही थीं कि वह तुम्हें मानती भी बहुत है।"

"हाँ, लेकिन इसके मतलब यह नहीं कि मैं शादी कर लूँ। मुझे बहुत कुछ करना है।"

"अरे जाओ यार, तुम सिवा बातों के कुछ नहीं कर सकते।"

"हो सकता है।" चन्दर ने बात टाल दी। वह शादी तो नहीं ही करेगा।

थोड़ी देर बाद चन्दर ने पूछा, "इन्हें दिल्ली कब भेजोगे?"

"अभी तो जिस दिन मैं जाऊँगा, उस दिन ये दिल्ली मेरे साथ जाएँगी, लेकिन दूसरे दिन शाहजहाँपुर लौट जाएँगी।"

"क्यों?"

"अभी माँ बहुत बिगड़ी हुई हैं। वह इन्हें आने थोड़े ही देती थीं। वह तो लखनऊ के बहाने मैं इन्हें ले आया। तुम शंकर भइया से कभी जिक्र मत करना–अब दिल्ली तो इसलिए चली जाएँ कि मैं दो-तीन महीने बाद लौटूँगा...फिर शायद सितम्बर, अक्टूबर

में ये तीन-चार महीने के लिए दिल्ली जाएँगी। यू नो शी इज कैरीइङ्!"

"हाँ, अच्छा!"

"हाँ, यही तो बात है, पहला मौका है।"

दोनों लौटकर कम्पार्टमेंट में बैठ गये।

सुधा बोली, "तो सितम्बर में आओगे न, चन्दर?"

"हाँ-हाँ!"

"जरूर से? फिर उस वक्त कोई बहाना न बना देना।"

"जरूर आऊँगा!"

कैलाश उतरकर कुछ लेने गया तो सुधा ने अपनी आँखों से आँसू पोंछकर झुककर चन्दर के पाँव छू लिये और रोकर बोली, "चन्दर, अब बहुत टूट चुकी हूँ... अब हाथ न खींच लेना..." उसका गला रुँध गया।

चन्दर ने सुधा के हाथों को अपने हाथ में ले लिया और कुछ भी नहीं बोला। सुधा थोड़ी देर चुप रही, फिर बोली—

"चन्दर, चुप क्यों हो? अब तो नफरत नहीं करोगे? मैं बहुत अभागी हूँ, देवता! तुमने क्या बनाया था और अब क्या हो गयी!... देखो, अब चिट्ठी लिखते रहना। नहीं तो सहारा टूट जाता है..." और फिर वह रो पड़ी।

कैलाश कुछ किताबें और पत्रिकाएँ खरीदकर वापस आ गया। दोनों बैठकर बातें करते रहे। यह निश्चय हुआ कि जब कैलाश लौटेगा तो बजाय बम्बई से सीधे दिल्ली जाने के, वह प्रयाग से होता हुआ जाएगा।

गाड़ी चली तो चन्दर ने कैलाश को बहुत प्यार से गले लगा लिया। जब तक गाड़ी प्लेटफॉर्म के अन्दर रही, सुधा सिर निकाले झाँकती रही। प्लेटफॉर्म के बाहर भी पीली चाँदनी में सुधा का फहराता हुआ आँचल दिखता रहा। धीरे-धीरे वह एक सफेद बिन्दु बनकर अदृश्य हो गया। गाड़ी एक विशाल अजगर की तरह चाँदनी में रेंगती चली जा रही थी।

जब मन में प्यार जाग जाता है तो प्यार की किरन बादलों में छिप जाती है। अजब थी चन्दर की किस्मत! इस बार तो, सुधा गयी थी तो उसके तन-मन को एक गुलाबी नशे में सराबोर कर गयी थी। चन्दर उदास नहीं था। वह बेहद खुश था। खूब घूमता था और गरमी के बावजूद खूब काम करता था। अपने पुराने नोट्स निकाल लिये थे और एक

नयी किताब की रूपरेखा सोच रहा था। उसे लगता था कि उसका पौरुष, उसकी शक्ति, उसका ओज, उसकी दृढ़ता, सभी कुछ लौट आया है। उसे हरदम लगता कि गुलाबी पाँखुरियों की एक छाया उसकी आत्मा को चूमती रहती है। वह जब कभी लेटता तो उसे लगता कि सुधा फूलों के धनुष की तरह उसके पलंग के आर-पार पाटी पर हाथ टेके बैठी है। उसे लगता–कमरे में अब भी धूप की सौरभ लहरा रही है और हवाओं में सुधा के मधुर कंठ के श्लोक गूँज रहे हैं।

दो ही दिन में चन्दर को लग रहा था कि उसकी जिन्दगी में जहाँ जो कुछ टूट-फूट गया है, वह सब सँभल रहा है। वह सब अभाव धीरे-धीरे भर रहा है। उसके मन का पूजा-गृह खँडहर हो चुका था, सहसा उस पर जैसे किसी ने आँसू छिड़ककर जीवन के वरदान से अभिषिक्त कर दिया था। पत्थर के बीच दबकर पिसे हुए पूजा-गीत फिर से सस्वर हो उठे थे। मुरझाये हुए पूजा-फूलों की पाँखुरियों में फिर रस छलक आया था और रंग चमक उठे थे। धीरे-धीरे मन्दिर का कँगूरा फिर सितारों से समझौता करने की तैयारी करने लगा था। चन्दर की नसों में वेद-मन्त्रों की पवित्रता और ब्रज की वंशी की मधुराई पलकों में पलकें डालकर नाच उठी थी। सारा काम जैसे वह किसी अदृश्य आत्मा की आज्ञा से करता था। वह आत्मा सिवा सुधा के और भला किसकी थी! वह सुधामय हो रहा था। उसके कदम-कदम में, बात-बात में, साँस-साँस में सुधा का प्यार फिर से लौट आया था।

तीसरे दिन बिनती का एक पत्र आया। बिनती ने उसे दिल्ली बुलाया था और मामाजी (डॉक्टर शुक्ला) भी चाहते थे कि चन्दर कुछ दिन के लिए दिल्ली चला आये तो अच्छा है। चन्दर के लिए कुछ कोशिश भी कर रहे थे। उसने लिख दिया कि वह मई के अन्त में या जून के प्रारम्भ में आएगा। और बिनती को बहुत, बहुत-सा स्नेह। उसने सुधा के आने की बात नहीं लिखी क्योंकि कैलाश ने मना कर दिया था।

सुबह चन्दर गंगा नहाता, नयी पुस्तकें पढ़ता, अपने नोट्स दोहराता। दोपहर को सोता और रेडियो बजाता, शाम को घूमता और सिनेमा देखता, सोते वक्त कविताएँ पढ़ता और सुधा के प्यार के बादलों में मुँह छिपाकर सो जाता। जिस दिन कैलाश जाने वाला था, उसी दिन उसका एक पत्र आया कि वह और सुधा दिल्ली आ गये हैं। शंकर भइया और नीलू उसे पहुँचाने बम्बई जाएँगे। चन्दर सुधा के इलाहाबाद जाने का जिक्र किसी को भी न लिखे। यह उसके और चन्दर के बीच की बात थी। खत के नीचे कुछ लाइनें थीं।

"चन्दर,

राम-राम। तुमने मुझे जो साड़ी दी थी वह क्या अपनी भावी श्रीमती के नाप की थी? वह मेरे घुटनों तक आती है। बूढ़ी होकर घिस जाऊँगी तो उसे पहना करूँगी—अच्छा

स्नेह। और जो तुमसे कह आयी हूँ उन बातों का ध्यान रहेगा न? मेरी तन्दुरुस्ती ठीक है। इधर मैंने गांधीजी की आत्मकथा पढ़नी शुरू की है।

तुम्हारी—सुधा।

"... और हाँ, लालाजी! मिठाई खिलाओ, दिल्ली में बहुत खबर है कि शरणार्थी विभाग में प्रयाग के एक प्रोफेसर आने वाले हैं!"

कैलाश तो अब बम्बई चल दिया होगा। बम्बई के पते से उसने बधाई का एक तार भेज दिया और सुधा को एयर मेल से उसने एक खत भेजा जिसमें उसने बहुत-सी मिठाइयों का चित्र बना दिया था।

लेकिन वह पसोपेश में पड़ गया। दिल्ली जाए या न जाए। वह अपने अन्तर्मन से सरकारी नौकरी का विरोधी था। उसे तत्कालीन भारतीय सरकार और ब्रिटिश सरकार में ज्यादा अन्तर नहीं लगता था। फिर हर दृष्टिकोण से वह समाजवादियों के अधिक समीप था। और अब वह सुधा से वायदा कर चुका था कि वह काम करेगा। ऊँचा बनेगा। प्रसिद्ध होगा, लेकिन पद स्वीकार कर ऊँचा बनना उसके चरित्र के विरुद्ध था। किन्तु डॉक्टर शुक्ला कोशिश कर रहे थे। चन्दर केन्द्रीय सरकार के किसी ऊँचे पद पर आए, यह उनका सपना था। चन्दर को कॉलेज की स्वच्छन्द और ढीली नौकरी पसन्द थी। अन्त में उसने यह सोचा कि पहले नौकरी स्वीकार कर लेगा। बाद में फिर कॉलेज चला आएगा–एक दिन रात को जब वह बिजली बुझाकर, किताब बन्द कर सीने पर रखकर सितारों को देख रहा था और सोच रहा था कि अब सुधा दिल्ली लौट गयी होगी, अगर दिल्ली रह गया तो बँगले में किसे टिकाया जाएगा...इतने में किसी व्यक्ति ने फाटक खोलकर बँगले में प्रवेश किया। उसे ताज्जुब हुआ कि इतनी रात को कौन आ सकता है, और वह भी साइकिल लेकर! उसने बिजली जला दी। तार वाला था।

साइकिल खड़ी कर, तार वाला लॉन पर चला गया और तार दे दिया। दस्तखत करके उसने लिफाफा फाड़ा। तार डॉक्टर साहब का था। लिखा था कि "अगली ट्रेन से फौरन चले आओ। स्टेशन पर सरकारी कार होगी सलेटी रंग की।" उसके मन ने फौरन कहा, चन्दर, हो गये तुम केन्द्र में!

उसकी आँखों से नींद गायब हो गयी। वह उठा, अगली ट्रेन सुबह तीन बजे जाती थी। ग्यारह बजे थे। अभी चार घंटे थे। उसने एक अटैची में कुछ अच्छे-से-अच्छे सूट रखे, किताबें रखीं, और माली को सहेजकर चल दिया। मोटर को स्टेशन से वापस लाने की दिक्कत होती, ड्राइवर अब था नहीं, अत: नौकर को अटैची देकर पैदल चल दिया। राह में सिनेमा से लौटता हुआ रिक्शा मिल गया।

चन्दर ने सेकेंड क्लास का टिकट लिया और ठाठ से चला। कानपुर में उसने सादी

चाय पी और इटावा में रेस्तराँ-बार में जाकर खाना खाया। उसके बगल में मारवाड़ी दम्पती बैठे थे जो सेकेंड क्लास का किराया खर्च करके प्रायश्चित्त स्वरूप एक आने की पकौड़ी और दो आने की दालमोठ से उदर-पूर्ति कर रहे थे। हाथरस स्टेशन पर एक मजेदार घटना घटी। हाथरस में छोटी और बड़ी लाइनें क्रॉस करती हैं। छोटी लाइन ऊपर पुल पर खड़ी होती है। स्टेशन के पास जब ट्रेन धीमी हुई तो सेठजी सो रहे थे। सेठानी ने बाहर झाँककर देखा और निस्संकोच उनके पृथुल उदर पर कर-प्रहार करके कहा, "हो! देखो रेलगाड़ी के सिर पर रेलगाड़ी!" सेठ एकदम चौंककर जागे और उछलकर बोले, "बाप रे बाप! उलट गयी रेलगाड़ी। जल्दी सामान उतार। गये राम! ये तो जंगल है। कहते थे जेवर न ले चल।"

चन्दर खिलखिलाकर हँस पड़ा। सेठजी ने परिस्थिति समझी और चुपचाप बैठ गये। चन्दर करवट बदलकर फिर पढ़ने लगा।

इतने में ऊपर की गाड़ी से उतर कर कोई औरत हाथ में एक गठरी लिये आयी और अन्दर ज्यों ही घुसी कि मारवाड़ी बोला, "बुड्ढी, यह सेकेंड क्लास है।"

"होई! सेकेंड-थर्ड तो सब गोविन्द की माया है, बच्चा!"

चन्दर का मुँह दूसरी ओर था, लेकिन उसने सोचा गोविन्दजी की माया का वर्णन और विश्लेषण करते हुए रेल के डब्बों के वर्गीकरण को भी मायाजाल बताना शायद भागवतकार की दिव्यदृष्टि से सम्भव होगा। लेकिन यह भी मारवाड़ी कोई सुधा तो था नहीं कि वैष्णव साहित्य और गोविन्दजी की माया का भक्त होता। जब उसने कहा गार्ड साहब को बुलाऊँ? तो बुढ़िया गरज उठी—"बस-बस, चल हुआँ से, गार्ड का तोर दमाद लगत है जौन बुलाइहै। मोटका कद्दू!"

चन्दर हँस पड़ा, कम-से-कम गाली की नवीनता पर। दूसरी बात; गाड़ी उस समय ब्रजक्षेत्र में थी, वहाँ यह अवधी का सफल वक्ता कौन है! उसने घूमकर देखा। एक बुढ़िया थी, सिर मुड़ाये। उसने कहीं देखा है इसे!

"कहाँ जाओगी, माई?"

"कानपुर जाबै।"

"लेकिन यह गाड़ी तो दिल्ली जाएगी?"

"तुहूँ बोल्यो टुप्प से! हम ऐसे धमकावे में नै आइत। ई कानपुर जइहै!" उसने हाथ नचाकर चन्दर से कहा। और फिर जाने क्यों रुक गयी और चन्दर की ओर देखने लगी। फिर बोली, "अरे चन्दर बेटवा, कहाँ से आवत हौ तू!"

"ओह! बुआजी हैं। सिर मुड़ा लिया तो पहचान में ही नहीं आतीं!" चन्दर ने फौरन

उठकर पाँव छुए। बुआजी वृन्दावन से आ रही थीं। वह बैठ गयीं, बोलीं,

"ऊ नटिनियाँ मर गयी कि अबहिन है?"

"कौन?"

"ओही बिनती!"

"मरेगी क्यों?"

"भइया! सुकुल तो हमार कुल डुबोय दिहिन। लेकिन जैसे ऊ हमरी बिटिया के मड़वा तरे से उठाय लिहिन वैसे भगवान् चाही तो उनहू का लड़की से समझी!"

चन्दर कुछ नहीं बोला। थोड़ी देर बाद खुद बड़बड़ाती हुई बुआजी बोलीं, "अब हमें का करै को है। हम सब मोह-माया त्याग दिया। लेकिन हमरे त्याग में कुच्छौ समरथ है तो सुकुल को बदला मिलिहै!"

कानपुर की गाड़ी आयी तो चन्दर खुद उन्हें बिठाल आया। विचित्र थीं बुआजी, बेचारी कभी समझ ही नहीं पायीं कि बिनती को उठाकर डॉक्टर साहब ने उपकार किया या अपकार और मजा तो यह है कि एक ही वाक्य के पूर्वार्द्ध में मायामोह से विरक्ति की घोषणा और उत्तरार्द्ध में दुर्वासा का शाप... हिन्दुस्तान के सिवा ऐसे नमूने कहीं भी मिलने मुश्किल हैं। इतने में चन्दर की गाड़ी ने सीटी दी। वह भागा। बुआजी ने चन्दर का खयाल छोड़कर अपने बगल के मुसाफिर से लड़ना शुरू कर दिया।

वह दिल्ली पहुँचा। दो-तीन साल पहले भी वह दिल्ली आया था लेकिन अब दिल्ली स्टेशन की चहल-पहल ही दूसरी थी। गाड़ी घण्टा-भर लेट थी। नौ बज चुके थे। अगर मोटर न मिली तो भी इतनी मशहूर सड़क पर डॉक्टर साहब का बँगला था कि चन्दर को विशेष दिक्कत न होती। लेकिन ज्यों ही वह प्लेटफॉर्म से बाहर निकला तो उसने देखा कि जहाँ मरकरी की बड़ी सर्चलाइट लगी है, ठीक उसी के नीचे सलेटी रंग की शानदार कार खड़ी थी जिसके आगे-पीछे क्राउन लगा था और सामने तिरंगा, आगे लाल वर्दी पहने एक खानसामा बैठा है। और पीछे एक सिख ड्राइवर खड़ा है। चन्दर का सूट चाहे जितना अच्छा हो लेकिन इस शान के लायक तो नहीं ही था। फिर भी वह बड़े रोब से गया और ड्राइवर से बोला, "यह किसकी मोटर है?"

"सर्कारी गड्डी हैज्जी।" सिख ने अपनी प्रतिभा का परिचय दिया।

"क्या यह डॉक्टर शुक्ला ने भेजी है?"

"जी हाँ, हुजूर!" एकदम उसका स्वर बदल गया—"आप ही उनके लड़के हैं—चन्दर बहादुर साहब?" उसने उतरकर सलाम किया। दरवाजा खोला, चन्दर बैठ गया। कुली को एक अटैची के लिए एक अठन्नी दी। मोटर उड़ चली।

चन्दर बहुत उदार विचारों का था लेकिन आज तक वह डॉक्टर साहब की उन्नीसवीं सदी वाली पुरानी कार पर ही चढ़ा था। इस राजमुकुट और राष्ट्रीय ध्वज से सुशोभित मोटर पर खानसामे के साथ चढ़ने का उसका पहला ही मौका था। उसे लगा जैसे इस समय तिरंगे का गौरव और महान् ब्रिटिश साम्राज्य के इस क्राउन का शासनदम्भ उसके मन को उड़ाये लिये जा रहा है। चन्दर तनकर बैठा लेकिन थोड़ी देर बाद स्वयं उसे अपने मन पर हँसी आ गयी। फिर वह सोचने लगा कि जिन लोगों के हाथ में आज शासन-सत्ता है; मोटरों और खानसामों ने उनके हृदयों को इस तरह बदल दिया है। वे भी तो बेचारे आदमी हैं, इतने दिनों से प्रभुता के प्यासे। बेकार हम लोग उन्हें गाली देते हैं। फिर चन्दर उन लोगों का खयाल करके हँस पड़ा।

दिल्ली में इलाहाबाद की अपेक्षा कम गरमी थी। कार एक बँगले के अन्दर मुड़ी और पोर्टिको में रुक गयी। बँगला नये सादे अमेरिकन ढंग का बना हुआ था। खानसामे ने उतरकर दरवाजा खोला। चन्दर उतर पड़ा। ड्राइवर ने हॉर्न दिया। दरवाजा खुला और बिनती निकली। उसका मुँह सूखा हुआ था, बाल अस्त-व्यस्त थे और आँखें जैसे रो-रोकर सूज गयी थीं। चन्दर का दिल धक् से हो गया, राह-भर के सुनहरे सपने टूट गये।

"क्या बात है, बिनती? अच्छी तो हो?" चन्दर ने पूछा।

"आओ, चन्दर?" बिनती ने कहा और अन्दर जाते ही दरवाजा बन्द कर दिया और चन्दर की बाँह पकड़कर सिसक-सिसककर रो पड़ी। चन्दर घबरा गया। "क्या बात है? बताओ न! डॉक्टर साहब कहाँ हैं?"

"अन्दर हैं?"

"तब क्या हुआ? तुम इतनी दु:खी क्यों हो?" चन्दर ने बिनती के सिर पर हाथ रखकर पूछा...उसे लगा जैसे इस समस्त वातावरण पर किसी बड़े भयानक मृत्यु-दूत के पंखों की काली छाया है... "क्या बात है? बताती क्यों नहीं?"

बिनती बड़ी मुश्किल से बोली, "दीदी... सुधा दीदी..."

चन्दर को लगा जैसे उस पर बिजली टूट पड़ी—"क्या हुआ सुधा को?" बिनती कुछ नहीं बोली, उसे ऊपर ले गयी और कमरे के पास जाकर बोली, "उसी में हैं दीदी!"

कमरे के अन्दर की रोशनी उदास, फीकी और बीमार थी। एक नर्स सफेद पोशाक पहने पलंग के सिरहाने खड़ी थी, और कुर्सी पर सिर झुकाये डॉक्टर साहब बैठे थे। पलंग पर चादर ओढ़े सुधा पड़ी थी नर्स सामने थी, अतः सुधा का चेहरा नहीं दिखाई पड़

रहा था। चन्दर के भीतर पाँव रखते ही नर्स ने आँख के इशारे से कहा, "बाहर जाइए।" चन्दर ठिठककर खड़ा हो गया, डॉक्टर साहब ने देखा और वे भी उठकर चले आये।

"क्या हुआ सुधा को?" चन्दर ने बहुत व्याकुल, बहुत कातर स्वर में पूछा। डॉक्टर साहब कुछ नहीं बोले। चुपचाप चन्दर के कन्धे पर हाथ रखे हुए अपने कमरे में आये और बहुत भारी स्वर में बोले, "हमारी बिटिया गयी, चन्दर!" और आँसू छलक आये।

"क्या हुआ उसे?" चन्दर ने फिर उतने ही दु:खी स्वर में पूछा।

डॉक्टर साहब क्षण-भर पथराई आँखों से चन्दर की ओर देखते रहे, फिर सिर झुकाकर बोले, "एबॉर्शन!" थोड़ी देर बाद सिर उठाकर व्याकुल की तरह चन्दर का कन्धा पकड़कर बोले, "चन्दर, किसी तरह बचाओ सुधा को, क्या करें कुछ समझ में नहीं आता...अब बचेगी नहीं...परसों से होश नहीं आया। जाओ कपड़े बदलो, खाना खा लो, रात भर जागरण होगा..."

लेकिन चन्दर उठा नहीं, कुर्सी पर सिर झुकाये बैठा रहा।

सहसा नर्स आकर बोली, "ब्लीडिंग फिर शुरू हो गयी और नाड़ी डूब रही है। डॉक्टर को बुलाइए... फौरन!" और वह लौट गयी।

डॉक्टर साहब उठ खड़े हुए। उनकी आँखों में बड़ी निराशा थी। बड़ी उदासी से बोले, "जा रहा हूँ, चन्दर! अभी आता हूँ!" चन्दर ने देखा, कार बड़ी तेजी से जा रही है। बिनती आकर बोली, "खाना खा लो, चन्दर!" चन्दर ने सुना ही नहीं।

"यह क्या हुआ, बिनती!" उसने घबराई आवाज में पूछा।

"कुछ समझ में नहीं आता, उस दिन सुबह जीजाजी गये। दोपहर में पापा ऑफिस गये थे। मैं सो रही थी, सहसा जीजी चीखी। मैं जागी तो देखा दीदी बेहोश पड़ी हैं। मैंने जल्दी से फोन किया। पापा आये, डॉक्टर आये। उसके बाद से पापा और नर्स के अलावा किसी को नहीं जाने देते दीदी के पास। मुझे भी नहीं।"

और बिनती रो पड़ी। चन्दर कुछ नहीं बोला। चुपचाप पत्थर की मूर्ति-सा कुर्सी पर बैठा रहा। खिड़की से बाहर की ओर देख रहा था।

थोड़ी देर में डॉक्टर साहब वापस आये। उनके साथ तीन डॉक्टर थे और एक नर्स। डॉक्टरों ने करीब दस मिनट देखा, फिर अलग कमरे में जाकर सलाह करने लगे। जब लौटे तो डॉक्टर साहब ने बहुत विह्वल होकर कहा, "क्या उम्मीद है?"

"घबराइए मत, घबराइए मत—अब तो जब तक अन्दरूनी सब साफ नहीं हो जाएगा तब तक खून जाएगा। नब्ज के लिए और होश के लिए एक इंजेक्शन देते हैं—अभी।"

इंजेक्शन देने के बाद डॉक्टर चले गये। पापा वहीं जाकर बैठ गये। बिनती और चन्दर चुपचाप बैठे रहे। करीब पाँच मिनट के बाद सुधा ने भयंकर स्वर में कराहना शुरू

किया। उन कराहों में जैसे उनका कलेजा उलटा आता हो। डॉक्टर साहब उठकर यहाँ चले आये और चन्दर से बोले, "वेहीमेंट ब्लीडिंग..." और कुर्सी पर सिर झुकाकर बैठ गये। बगल के कमरे से सुधा की दर्दनाक कराहें उठती थीं और सन्नाटे में छटपटाने लगती थीं। अगर आपने किसी जिन्दा मुर्गी के पंख और पूँछ नोचे जाते हुए देखा हो तभी आप उसका अनुमान कर सकते हैं; उस भयानकता का, जो उन कराहों में थी। थोड़ी देर बाद कराहें बन्द हो गयीं, फिर सहसा इस बुरी तरह से सुधा चीखी जैसे गाय डकार रही हो। पापा उठकर भागे—वह भयंकर चीख उठी और सन्नाटे में मँडराने लगी—बिनती रो रही थी—चन्दर का चेहरा पीला पड़ गया था और पसीने से तर हो गया था वह।

पापा लौटकर आये, "हम लोग देख सकते हैं?" चन्दर ने पूछा।

"अभी नहीं—अब ब्लीडिंग खत्म है।... नर्स अभी कपड़े बदल दे तो चलेंगे।"

थोड़ी देर में तीनों गये और जाकर खड़े हो गये। अब चन्दर ने सुधा को देखा। उसका चेहरा सफेद पड़ गया था। जैसे जाड़े के दिनों में थोड़ी देर पानी में रहने के बाद उँगलियों का रंग रक्तहीन श्वेत हो जाता है। गालों की हड्डियाँ निकल आयी थीं और होठ काले पड़ गये थे। पलकों के चारों ओर कालापन गहरा गया था और आँखें जैसे बाहर निकली पड़ती थीं। खून इतना अधिक बह गया था कि लगता था बदन पर चमड़े की एक हल्की झिल्ली मढ़ दी गयी हो। यहाँ तक कि भीतर की हड्डी के उतार-चढ़ाव तक स्पष्ट दिख रहे थे। चन्दर ने डरते-डरते माथे पर हाथ रखा। सुधा के होंठों में कुछ हरकत हुई, उसने मुँह खोल दिया और आँखें बन्द किये हुए ही उसने करवट बदली, फिर कराही और सिर से पैर तक उसका बदन काँप उठा। नर्स ने नाड़ी देखी और कहा अब ठीक है। कमजोरी बहुत है। थोड़ी देर बाद पसीना निकलना शुरू हुआ। पसीना पोंछते-पोंछते एक बज गया। बिनती बोली डॉक्टर साहब से—"मामाजी, अब आप सो जाइए। चन्दर देख लेंगे आज। नर्स है ही।"

डॉक्टर साहब की आँखें लाल हो रही थीं। सबके कहने पर वह अपनी सीट पर लेट रहे। नर्स बोली, "मैं बाहर आराम कुर्सी पर थोड़ा बैठ लूँ। कोई जरूरत हो तो बुला लेना।" चन्दर जाकर सुधा के सिरहाने बैठ गया। बिनती बोली, "तुम थके आये हो। चलो तुम भी सो रहो। मैं देख रही हूँ!"

चन्दर ने कुछ जवाब नहीं दिया। चुपचाप बैठा रहा। बिनती ने सभी खिड़कियाँ खोल दीं और चन्दर के पास ही बैठ गयी। सुधा सो रही थी चुपचाप। थोड़ी देर बाद बिनती उठी, घड़ी देखी, मुँह खोलकर दवा दी। सहसा डॉक्टर साहब घबराये हुए-से आये—

"क्या बात है, सुधा क्यों चीखी!"

"कुछ नहीं, सुधा तो सो रही है चुपचाप!" बिनती बोली।

"अच्छा, मुझे नींद में लगा कि वह चीखी है।" फिर वह खड़े-खड़े सुधा का माथा सहलाते रहे और फिर लौट गये। नर्स अन्दर थी। बिनती चन्दर को बाहर ले आयी और बोली, "देखो, तुम कल जीजाजी को एक तार दे देना!"

"लेकिन अब वह होंगे कहाँ?"

"विजगापट्टम या कोलम्बो में जहाजी कम्पनी के पते से दिलवा देना तार।"

दोनों फिर जाकर सुधा के पास बैठ गये। नर्स बाहर सो रही थी। साढ़े तीन बज गये थे। ठंडी हवा चल रही थी। बिनती चन्दर के कन्धे पर सिर रखकर सो गयी। सहसा सुधा के होठ हिले और उसने कुछ अस्फुट स्वर में कहा। चन्दर ने सुधा के माथे पर हाथ रखा। माथा सहसा जलने लगा था; चन्दर घबरा उठा। उसने नर्स को जगाया। नर्स ने बगल में थर्मामीटर लगाया। तापक्रम एक सौ पाँच था। सारा बदन जल रहा था और रह-रहकर वह काँप उठती थी। चन्दर ने फिर घबराकर नर्स की ओर देखा। "घबराइए मत! डॉक्टर अभी आएगा।" लेकिन थोड़ी देर में हालत और बिगड़ गयी। और फिर उसी तरह दर्दनाक कराहें सुबह की हवा में सिर पटकने लगीं। नर्स ने इन लोगों को बाहर भेज दिया और बदन अँगोछने लगी।

थोड़ी देर में सुधा ने चीखकर पुकारा—"पापा..." इतनी भयानक आवाज थी कि जैसे सुधा को नरक के दूत पकड़े ले जा रहे हों। पापा गये। सुधा का चेहरा लाल था और वह हाथ पटक रही थी।... पापा को देखते ही बोली, "पापा... चन्दर को इलाहाबाद से बुलवा दो।"

"चन्दर आ गया बेटा, अभी बुलाते हैं।" ज्यों ही पापा ने माथे पर हाथ रखा कि सुधा चीख उठी—"तुम पापा नहीं हो... कौन हो तुम?... दूर हटो, छुओ मत... अरे बिनती..."

डॉक्टर शुक्ला ने नर्स की ओर देखा। नर्स बोली—

"डेलीरियम (सन्निपात)! डॉक्टर को बुलाइए।"

सुधा ने फिर करवट बदली और नर्स को देखकर बोली, "कौन गेसू... आओ बैठो। चन्दर नहा रहा है। अभी बुलाती हूँ। अरे चन्दर..." और फिर हाँफने लगी, आँखें बन्द कर लीं और रोकर बोली, "पापा, तुम कहाँ चले गये?"

नर्स ने चन्दर और बिनती को बुलाया। बिनती पास जाकर खड़ी हो गयी—आँसू पोंछकर बोली, "दीदी, हम आ गये।" और सुधा की बाँह पर हाथ रख दिया। सुधा ने आँखें नहीं खोलीं, बिनती के हाथ पर हाथ रखकर बोली, "बिनती, पापा कहाँ गये हैं?"

"खड़े तो हैं मामाजी!"

"झूठ मत बोल कम्बख्त... अच्छा ले, शरबत तैयार है, जा चन्दर स्टडीरूम में पढ़ रहा है बुला ला, जा!"

बिनती फफककर रो पड़ी।

"रोती क्यों है?" सुधा ने कराहकर कहा, "मैं जाऊँगी तो चन्दर को तेरे पास छोड़ जाऊँगी। जा चन्दर को बुला ला, नहीं बर्फ घुल जाएगी—शरबत छान लिया है?"

चन्दर आगे आया। रुँधे गले से आँसू पीते हुए बोला, "सुधा, आँखें खोलो। हम आ गये सुधी!"

डॉक्टर साहब कुर्सी पर पड़े सिसक रहे थे... सुधा ने आँखें खोलीं और चन्दर को देखते ही फिर बहुत जोर से चीखी..."तुम... तुम ऑस्ट्रेलिया से लौट आये? झूठे! तुम चन्दर हो? क्या मैं तुम्हें पहचानती नहीं? अब क्या चाहिए? इतना कहा, तुमसे हाथ जोड़ा, मेरी क्या हालत है? लेकिन तुम्हें क्या? जाओ यहाँ से वर्ना मैं अभी सिर पटक दूँगी..." और सुधा ने सिर पटक दिया—"नहीं गये?" नर्स ने इशारा किया—चन्दर कमरे के बाहर आया और कुर्सी पर सिर झुकाकर बैठ गया। सुधा ने आँखें खोलीं और फटी-फटी आँखों से चारों ओर देखने लगी। फिर नर्स से बोली—

"गेसू, तुम बहुत बहादुर हो! तुमने अपने को बेचा नहीं; अपने पैर पर खड़ी हो। किसी के आश्रय में नहीं हो। कोई खाना-कपड़ा देकर तुम्हें खरीद नहीं सकता गेसू। बिनती कहाँ गयी...?"

"मैं खड़ी हूँ दीदी?"

"हैं...अच्छा, पापा कहाँ हैं?" सुधा ने कराहकर पूछा।

डॉक्टर साहब उठकर आ गये—"बेटा!" बड़े दुलार से सुधा के माथे पर हाथ रखकर बोले। सुधा रो पड़ी—"कहाँ थे पापा, अभी तक तुम? हमने इतना पुकारा, न तुम बोले न चन्दर बोला...हमें तो डर लग रहा था, इतना सूना था... जाओ महराजिन ने रोटी सेंक ली है—खा लो। हाँ, ऐसे बैठ जाओ। लो पापा, हमने नानखटाई बनायी..."

डॉक्टर शुक्ला रोते हुए चले गये—बिनती ने चन्दर को बुलाया। देखा चन्दर कुर्सी पर हथेली में मुँह छिपाये बैठा था। बिनती गयी और चन्दर के कन्धे पर हाथ रखा। चन्दर ने देखा और सिर झुका लिया, "चलो चन्दर, दीदी फिर बेहोश हो गयीं।"

इतने में नर्स बोली। "वह फिर होश में आयी हैं; आप लोग वहीं चलिए।"

सुधा ने आँखें खोल दी थीं—चन्दर को देखते ही बोली, "चन्दर आओ, कोई मास्टर ठीक किया तुमने? जो कुछ पढ़ा था वह भूल रही हूँ। अब इम्तहान में पास नहीं होऊँगी।"

"डेलीरियम अब भी है।" नर्स बोली। सहसा सुधा ने चन्दर का हाथ छोड़ दिया

और झट से हथेलियाँ आँखों पर रख लीं और बोली, "ये कौन आ गया? यह चन्दर नहीं है। चन्दर नहीं है। चन्दर होता तो मुझे डाँटता—क्यों बीमार पड़ीं? अब बताओ मैं चन्दर को क्या जवाब दूँगी... चन्दर को बुला दो, गेसू! जिन्दगी में दुश्मनी निभायी, अब मौत में तो न निभाए।"

"उफ! मरीज के पास इतने आदमी? तभी डेलीरियम होता है।" सहसा डॉक्टर ने प्रवेश किया। कोई दूसरा डॉक्टर था, अँग्रेज था। बिनती और चन्दर बाहर चले आये। बिनती बोली, "ये सिविल सर्जन हैं।" उसने खून मँगवाया, देखा फिर डॉक्टर शुक्ला को भी हटा दिया। सिर्फ नर्स रह गयी। थोड़ी देर बाद वह निकला तो उसका चेहरा स्याह था। "क्या यह प्रैग्नेंसी पहली मर्तबा थी?"

"जी हाँ?"

डॉक्टर ने सिर हिलाया और कहा, "अब मामला हाथ से बाहर है। इंजेक्शन लगेंगे। अस्पताल ले चलिए।"

"डॉक्टर शुक्ला, मवाद आ रहा है, कल तक सारे बदन में फैल जाएगा, किस बेवकूफ डॉक्टर ने देखा था..."

चन्दर ने फोन किया। ऐम्बुलेंस कार आ गयी। सुधा को उठाया गया...

दिन बड़ी ही चिन्ता में बीता। तीन-तीन घंटे पर इंजेक्शन लग रहे थे। दोपहर को दो बजे इंजेक्शन खत्म कर डॉक्टर ने एक गहरी साँस ली और बोला, "कुछ उम्मीद है—अगर बारह घंटे तक हार्ट ठीक रहा तो मैं आपकी लड़की आपको वापस दूँगा।"

बड़ा भयानक दिन था। बहुत ऊँची छत का कमरा, दालानों में टाट के परदे पड़े थे और बाहर गर्मी की भयानक लू हू-हू करती हुई दानवों की तरह मुँह फाड़े दौड़ रही थी। डॉक्टर साहब सिरहाने बैठे थे, पथरीली निगाहों से सुधा के पीले मृतप्राय चेहरे की ओर देखते हुए... बिनती और चन्दर बिना कुछ खाये-पीये चुपचाप बैठे थे—रह-रहकर बिनती सिसक उठती थी, लेकिन चन्दर ने मन पर पत्थर रख लिया था। वह एकटक एक ओर देख रहा था... कमरे में वातावरण शान्त था—रह-रहकर बिनती की सिसकियाँ, पापा की नि:श्वासें तथा घड़ी की निरन्तर टिक-टिक सुनाई पड़ रही थी।

चन्दर का हाथ बिनती की गोद में था। एक मूक संवेदना ने बिनती को सँभाल रखा था। चन्दर कभी बिनती की ओर देखता, कभी घड़ी की ओर। सुधा की ओर नहीं देख पाता था। दु:ख अपनी पूरी चोट करने के वक्त अक्सर आदमी की आत्मा और मन को क्लोरोफार्म सुँघा देता है। चन्दर कुछ भी सोच नहीं पा रहा था। संज्ञा-हत, नीरव, निश्चेष्ट...

घड़ी की सूई अविराम गति से चल रही थी। सर्जन कई दफे आये। नर्स ने आकर

टेम्परेचर लिया। रात को ग्यारह बजे टेम्परेचर उतरने लगा। डॉक्टर शुक्ला की आँखें चमक उठीं। ठीक बारह बजकर पाँच मिनट पर सुधा ने आँखें खोल दीं। चन्दर ने बिनती का हाथ मारे खुशी से दबा दिया।

"बिनती कहाँ है?" बड़े क्षीण स्वर में पूछा।

सुधा ने आँख घुमाकर देखा। पापा को देखते ही मुसकरा पड़ी।

बिनती और चन्दर उठकर आ गये।

"आहा, चन्दर तुम आ गये? हमारे लिए क्या लाये?"

"पगली कहीं की!" मारे खुशी के चन्दर का गला भर गया।

"लेकिन तुम इतनी देर में क्यों आये, चन्दर!"

"कल रात को ही आ गये थे हम।"

"चलो-चलो, झूठ बोलना तो तुम्हारा धर्म बन गया। कल रात को आ गये होते तो अभी तक हम अच्छे भी हो गये होते।" और वह हाँफने लगी।

सर्जन आया, "बात मत करो..." उसने कहा।

उसने एक मिक्सचर दिया। फिर आला लगाकर देखा, और डॉक्टर शुक्ला को अलग ले जाकर कहा, "अभी दो घंटे और खतरा है। लेकिन परेशान मत होइए। अब सत्तर प्रतिशत आशा है। मरीज जो कहे, उसमें बाधा मत दीजिएगा। उसे ज़रा भी परेशानी न हो।"

सुधा ने चन्दर को बुलाया, "चन्दर, पापा से मत कहना। अब मैं बचूँगी नहीं। अब कहीं मत जाना, यहीं बैठो।"

"छि: पगली! डॉक्टर कह रहा है अब खतरा नहीं है।" चन्दर ने बहुत प्यार से कहा, "अभी तो तुम हमारे लिए जिन्दा रहोगी न!"

"कोशिश तो कर रही हूँ चन्दर, मौत से लड़ रही हूँ! चन्दर, उन्हें तार दे दो! पता नहीं देख पाऊँगी या नहीं।"

"दे दिया, सुधा!" चन्दर ने कहा और सिर झुकाकर सोचने लगा।

"क्या सोच रहे हो, चन्दर! उन्हें इसीलिए देखना चाहती हूँ कि मरने के पहले उन्हें क्षमा कर दूँ, उनसे क्षमा माँग लूँ!... चन्दर, तुम तकलीफ का अन्दाजा नहीं कर सकते।"

डॉक्टर शुक्ला आये। सुधा ने कहा, "पापा, आज तुम्हारी गोद में लेट लें।" उन्होंने सुधा का सिर गोद में रख लिया। "पापा, चन्दर को समझा दो, ये अब अपना ब्याह तो कर ले।... हाँ पापा, हमारी भागवत मँगवा दो..."

"शाम को मँगवा देंगे बेटी, अब एक बज रहा है..."

"देखा..." सुधा ने कहा, "बिनती, यहाँ आओ!"

बिनती आयी। सुधा ने उसका माथा चूमकर कहा, "रानी, जो कुछ तुझे आज तक समझाया वैसा ही करना, अच्छा! पापा तेरे जिम्मे हैं।"

बिनती रोकर बोली, "दीदी, ऐसी बातें क्यों करती हो..."

सुधा कुछ न बोली, गोद से हटाकर सिर तकिये पर रख लिया।

"जाओ पापा, अब सो रहो तुम।"

"सो लूँगा, बेटी..."

"जाओ। नहीं फिर हम अच्छे नहीं होंगे! जाओ..."

सर्जन का आदेश था कि मरीज के मन के विरुद्ध कुछ नहीं होना चाहिए— डॉक्टर शुक्ला चुपचाप उठे और बाहर बिछे पलंग पर लेट रहे।

सुधा ने चन्दर को बुलाया, बोली, "मैं झुक नहीं सकती—बिनती यहाँ आ—हाँ, चन्दर के पैर छू...अरे अपने माथे में नहीं पगली मेरे माथे से लगा दे। मुझसे झुका नहीं जाता।" बिनती ने रोते हुए सुधा के माथे में चरण-धूल लगा दी, "रोती क्यों है, पगली! मैं मर जाऊँ तो चन्दर तो है ही। अब चन्दर तुझे कभी नहीं रुलाएँगे...चाहे पूछ लो! इधर आओ, चन्दर! बैठ जाओ, अपना हाथ मेरे होंठों पर रख दो...ऐसे...अगर मैं मर जाऊँ तो रोना मत, चन्दर! तुम ऊँचे बनोगे तो मुझे बहुत चैन मिलेगा। मैं जो कुछ नहीं पा सकी, वह शायद तुम्हारे ही माध्यम से मिलेगा मुझे। और देखो, पापा को अकेले दिल्ली में न छोड़ना...लेकिन मैं मरूँगी नहीं, चन्दर...यह नरक भोगकर भी तुम्हें प्यार करूँगी...मैं मरना नहीं चाहती, जाने फिर कभी तुम मिलो या न मिलो, चन्दर...उफ कितनी तकलीफ है, चन्दर! हम लोगों ने कभी ऐसा नहीं सोचा था...अरे हटो-हटो...चन्दर!" सहसा सुधा की आँखों में फिर अँधेरा छा गया—"भागो, चन्दर! तुम्हारे पीछे कौन खड़ा है?" चन्दर घबराकर उठ गया—पीछे कोई नहीं था..."अरे चन्दर, तुम्हें पकड़ रहा है। चन्दर, तुम मेरे पास आओ।" सुधा ने चन्दर का हाथ पकड़ लिया—बिनती भागकर डॉक्टर साहब को बुलाने गयी। नर्स भी भागकर आयी। सुधा चीख रही थी—"तुम हो कौन? चन्दर को नहीं ले जा सकते। मैं चल तो रही हूँ। चन्दर, मैं जाती हूँ इसके साथ, घबराना मत। मैं अभी आती हूँ। तुम तब तक चाय पी लो—नहीं, मैं तुम्हें उस नरक में नहीं जाने दूँगी, मैं जा तो रही हूँ—बिनती मेरी चप्पल ले आ...अरे पापा कहाँ हैं...पापा..."

और सुधा का सिर चन्दर की बाँह पर लुढ़क गया—बिनती को नर्स ने सँभाला और डॉक्टर शुक्ला पागल की तरह सर्जन के बँगले की ओर दौड़े...घड़ी ने टन-टन दो बजाये...

जब एम्बुलेंस कार पर सुधा का शव बँगले पहुँचा तो शंकरबाबू आ गये थे—बहू को विदा कराने...

उपसंहार

जिन्दगी का यन्त्रणा-चक्र एक वृत्त पूरा कर चुका था। सितारे एक क्षितिज से उठकर, आसमान पार कर दूसरे क्षितिज तक पहुँच चुके थे। साल-डेढ़ साल पहले सहसा जिन्दगी की लहरों में उथल-पुथल मच गयी थी और विक्षुब्ध महासागर की तरह भूखी लहरों की बाँहें पसारकर वह किसी को दबोच लेने के लिए हुंकार उठी थी। अपनी भयानक लहरों के शिकंजे में सभी को झकझोरकर, सभी के विश्वासों और भावनाओं को चकनाचूर कर अन्त में सबसे प्यारे, सबसे मासूम और सबसे सुकुमार व्यक्तित्व को निगलकर अब धरातल शान्त हो गया–तूफान थम गया था, बादल खुल गये थे और सितारे फिर आसमान के घोंसलों से भयभीत विहंग-शावकों की तरह झाँक रहे थे।

डॉक्टर शुक्ला छुट्टी लेकर प्रयाग चले आये थे। उन्होंने पूजा-पाठ छोड़ दिया था। उन्हें कभी किसी ने गाते हुए नहीं सुना था। अब वह सुबह उठकर लॉन पर टहलते और एक भजन गाते थे। बिनती, जो इतनी सुन्दर थी, अब केवल खामोश पीड़ा और अवशेष स्मृति की छाया मात्र थी। चन्दर शान्त था, पत्थर हो गया था, लेकिन उसके माथे का तेज बुझ गया था और वह बूढ़ा-सा लगने लगा था और यह सब केवल पन्द्रह दिनों में।

जेठ दशहरे के दिन डॉक्टर साहब बोले, "चन्दर, आज जाओ, उसके फूल छोड़ आओ, लेकिन देखो, शाम को जाना जब वहाँ भीड़-भाड़ न हो, अच्छा!" और चुपचाप टहलकर गुनगुनाने लगे।

शाम को चन्दर चला तो बिनती भी चुपचाप साथ हो ली; न बिनती ने आग्रह किया न चन्दर ने स्वीकृति दी। दोनों खामोश चल दिये। कार पर चन्दर ने बिनती की गोद में गठरी रख दी। त्रिवेणी पर कार रुक गयी। हल्की चाँदनी मैले कफन की तरह लहरों की लाश पर पड़ी हुई थी। दिन-भर कमाकर मल्लाह थककर सो रहे थे। एक बूढ़ा बैठा चिलम

पी रहा था। चुपचाप उसकी नाव पर चन्दर बैठ गया। बिनती उसकी बगल में बैठ गयी। दोनों खामोश थे, सिर्फ पतवारों की छप-छप सुन पड़ती थी। मल्लाह ने तख्त के पास नाव बाँध दी और बोला, "नहा लें बाबू!" वह समझता था बाबू सिर्फ घूमने आये हैं।

"जाओ!"

वह दूर तख्तों की कतार के उस छोर पर जाकर खो गया। फिर दूर-दूर तक फैला संगम...और सन्नाटा...चन्दर सिर झुकाये बैठा रहा...बिनती सिर झुकाये बैठी रही। थोड़ी देर बाद बिनती सिसक पड़ी। चन्दर ने सिर उठाया और फौलादी हाथों से बिनती का कन्धा झकझोरकर बोला, "बिनती, यदि रोयी तो यहीं फेंक देंगे उठाकर कम्बख्त, अभागी!"

बिनती चुप हो गयी।

चन्दर चुपचाप बैठा तख्त के नीचे से गुजरती हुई लहरों को देखता रहा। थोड़ी देर बाद उसने गठरी खोली...फिर रुक गया, शायद फेंकने का साहस नहीं हो रहा था... बिनती ने पीछे से आकर एक मुट्ठी राख उठा ली और अपने आँचल में बाँधने लगी। चन्दर ने चुपचाप उसकी ओर देखा, फिर झपटकर उसने बिनती का आँचल पकड़कर राख छीन ली और गुर्राता हुआ बोला, "बदतमीज कहीं की!...राख ले जाएगी—अभागी!" और झट से कपड़े सहित राख फेंक दी और आग्नेय दृष्टि से बिनती की ओर देखकर फिर सिर झुका लिया। लहरों में राख एक जहरीले पनियाले साँप की तरह लहराती हुई चली जा रही थी।

बिनती चुपचाप सिसक रही थी।

"नहीं चुप होगी!" चन्दर ने पागलों की तरह बिनती को ढकेल दिया, बिनती ने बाँस पकड़ लिया और चीख पड़ी।

चीख से चन्दर जैसे होश में आ गया। थोड़ी देर चुपचाप रहा फिर झुककर अंजलि में पानी लेकर मुँह धोया और बिनती के आँचल से पोंछकर बहुत मधुर स्वर में बोला, "बिनती, रोओ मत! मेरी समझ में नहीं आता कुछ भी! रोओ मत!" चन्दर का गला भर आया और आँख में आँसू छलक आये—"चुप हो जाओ, रानी! मैं अब इस तरह कभी नहीं करूँगा—उठो! अब हम दोनों को निभाना है, बिनती!" चन्दर ने तख्त पर छीना-झपटी में बिखरी हुई राख चुटकी में उठायी और बिनती की माँग में भरकर माँग चूम ली। उसके होठ राख में सन गये।

सितारे टूट चुके थे। तूफान खत्म हो चुका था।

नाव किनारे पर आकर लग गयी थी—मल्लाह को चुपचाप रुपये देकर बिनती का हाथ थामकर चन्दर ठोस धरती पर उतर पड़ा...मुर्दा चाँदनी में दोनों छायाएँ मिलती-जुलती हुई चल दीं।

गंगा की लहरों में बहता हुआ राख का साँप टूट-फूटकर बिखर चुका था और नदी फिर उसी तरह बहने लगी थी जैसे कभी कुछ हुआ ही न हो।

❑❑